Prolog

Nächtliche Schwüle hing vor den Fenstern der Einsatzleitstelle am Friesenring. Im Laternenlicht vor der Eingangstür ballten sich Motten und Mücken und im kurz geschnittenen Rasen lärmten die Grillen in leicht versetzten Synkopen. Von Zeit zu Zeit wuchs aus ihrem archaischen Chor ein rhythmisches Klopfen, schwoll an und raste Sekunden später, wie durch eine Zeitmaschine in die Moderne katapultiert, als hämmernde Popmusik aus offenen Wagenfenstern vorbei. Der Dopplereffekt bewirkte eine kurzfristige Frequenzänderung, dann schossen die aufpolierten Golfs, Audis oder Corsas auf ihrem Heimweg vom Kino oder der Diskothek über die nahe gelegene Kreuzung. Die Klangwolke legte sich wieder und die Grillen führten ihr Programm fort, wie nach einem unerwarteten Zwischenapplaus.

Die beiden Polizeibeamten, die sich den Dienst teilten, dachten angesichts der hochsommerlichen Temperaturen vielleicht gerade an kühles Bier oder Sparerips, vielleicht auch an Nacktbaden im Dortmund-Ems-Kanal, als das Telefon ihre Träume durchschnitt und ihnen eine weibliche Stimme ins Ohr schrie: „An der Pleistermühle liegt eine tote Frau, … grünes Bootshaus, weiße Fensterrahmen …“ Die Stimme erstickte in einem trockenen Schluchzen.

„Moment!“ Strössners Stimme klang scharf. „Ihren Namen, bitte!“ Frustriert legte er auf. Sein Kollege Sigurd Hall hob den Kopf und sagte: „Da wird sofort eine Streife hingeschickt!“ Jörg Strössner nickte und notierte den Anruf. Es war exakt null Uhr fünfzig

Die Tür des Bootshauses am dicht bewachsenen Uferweg war abgeschlossen, aber in der Fensterscheibe auf der Rückseite klaffte ein großes Loch, sauber herausgeschnitten. Drinnen, rücklings auf den blutbefleckten Holzplanken, lag eine Frau mit seitlich weggedrehtem Kopf und einer Schusswunde in der Höhe des Herzens. Der linke Arm war zur Seite gefallen, der rechte lag quer über dem Bauch. Es gab weder Kampfspuren noch eine Waffe, doch die Umhängetasche auf dem Holztisch stand weit offen. Drinnen steckten ein Schlüsselbund, ein Führerschein auf den Namen Constanze Grimm mit dem Foto der Toten, außerdem Visitenkarten mit einer

Adresse an der Annette-Allee. Strössner benachrichtigte die Spurensicherung und den Polizeiarzt und überprüfte die Adresse. Als er herausfand, dass dort Olaf Degenhart wohnte, brach in seinem Kopf ein nachhaltiges Klingeln aus. Die Spottdrossel der städtischen Kulturveranstaltungen, der selbsternannte „georgische Drachentöter" all dessen, was bei Lesungen, Ballett- oder Theaterabenden verbreitet wurde, war in Münster gehasst und gefürchtet, weil er jeden verbal zu vernichten versuchte, der verquaste Gedanken, verstörende Alpträume oder skandalöse Neigungen in Wort, Ton oder Bewegung umsetzte und mit diesem Nonsens seine Mitmenschen belästigte. Nachdem Degenhart es sich mit den lokalen Medien verscherzt hatte, weil niemand seine ätzenden Kritiken drucken wollte, hatte er ein Magazin mit dem Namen Pegasus gestartet, das monatlich erschien und trotz seines stolzen Preises gekauft wurde. Dabei enthielt es neben boshaften Verrissen ausschließlich Lobeshymnen auf seine kleine, elitäre Edition im Spieker. Der weibliche Star unter seinen Autoren war Constanze Grimm; Lyrikerin und Reiseschriftstellerin mit Hang zur Esoterik. Bekannt geworden war sie durch die Gedichtbände „Die andere Seite der Milchstraße", „Vorläufige Wiederkehr" und durch den Führer „Mit magischen Kräften durchs Münsterland". Diese Titel bescherten ihr zwei bissige Persiflagen unter dem Titel „Die Kehrseite des Vollmonds" und „Stühlerücken im Münsterland". Allerdings erntete sie auch so viel Popularität, dass man vorübergehend an einen faulen Zauber glaubte und die Verballhornungen ihrem Mann in die Schuhe schob. Als sie tot in ihrem Bootshaus gefunden wurde, war sie dreiundvierzig und sieben Jahre lang mit Degenhart verheiratet gewesen. Sie hinterließ eine Tochter aus erster Ehe.

Weil am Fundort die Uhr der Toten – wie man später erfuhr, eine Cartier mit zwölf Brillanten – ebenso fehlte wie Waffe und Patronenhülse; weil die Scheibe ein Loch hatte und in dieser Gegend erst vor kurzem ein Einbruch gemeldet worden war, ging man von Raubmord aus und schellte Inspektor Max Lückmann von der münsterschen Mordkommission aus dem Bett. Der warf sich in Jeans und Polohemd und machte sich auf den Weg zur Pleistermühle. Sobald die Spurensicherung ihre Arbeit aufgenommen hatte, fuhr er mit einem uniformierten Kollegen zu Degenhart. Der Verleger öffnete ihnen in einem silbergrauen Seidenmorgenrock, entweder verkatert von Alkohol oder schlechtem Schlaf und verstört durch Uniform und Dienstmarken. Als ihm die Tragweite dieses nächtlichen Besuchs aufging, weinte er wie ein Kind. Seine Frau hatte am Abend gegen zehn Uhr, nach einem heftigen Streit mit der Tochter, das Haus verlassen und war mit ihrem dunkelblauen Clio weggefahren. Degenhart war davon überzeugt gewesen, dass sie bei einer Freundin übernachtete. Es wäre nicht das erste Mal.

„Woraus schließen Sie das? Hat sie ein paar Sachen gepackt?"

„Nicht nötig", erklärte der Verleger. „Zahnbürste und Nachthemd sind bei der Freundin deponiert." Er habe resigniert geklungen, hatte Lückmann im Protokoll angemerkt.

„Vor dem Bootshaus stand kein Auto", stellte Max klar. „Wäre es für Sie denkbar, dass sie eine andere Person besucht hat und mit ihr zur Pleistermühle gefahren ist?"

Darauf gab der Verleger keine Antwort, entweder weil er keine wusste oder weil ihm diese Vorstellung, aus welchem Grund auch immer, unangenehm war. Lückmann fragte nach der Tochter.

„Kurz danach fluchtartig getürmt", gab Degenhart knapp zurück. Vorher hatte sie mit ihrem Freund telefoniert und bei ihm war sie jetzt offenbar. Lückmann ließ sich auch diese Adresse geben. „Kam es öfter zum Streit zwischen Ihrer Frau und Ihrer Stieftochter?"

„In letzter Zeit, ja."

„Und zwischen Ihnen und Ihrer Frau?"

„Nicht öfter als in anderen Ehen auch."

„Haben Sie selbst in den letzten Stunden das Haus verlassen?"

Er verneinte. Er war gegen halb zwölf schlafen gegangen.

„Besitzen Sie eine Waffe?" Auch hier fiel die Antwort negativ aus. Weder er noch seine Frau besaßen einen Waffenschein.

„Jemand in Ihrer Familie oder im Freundeskreis?"

Er schüttelte den Kopf.

„Wohnt die Tochter hier im Haus?"

„Sie hat seit einem dreiviertel Jahr eine Wohnung in der Hüfferstraße. Seitdem sie mit dem Studium begonnen hat."

Das Boothaus an der Pleistermühle, ein Ruder- und ein Paddelboot hatte seine Frau schon vor langer Zeit von einem Onkel geerbt. Wie lange das ganz genau her war, wusste Degenhart nicht mehr.

Er hielt sich nie dort auf, während Constanze es gelegentlich für Partys mit ihrem Freundeskreis benutzt hatte. Es existierte nur ein einziger Schlüssel, der im Garderobenschrank aufbewahrt wurde. Mühsam schlappte der Hausherr in die Diele, der Schlüssel war nicht an seinem Platz.

Worüber hatte es Streit gegeben?

„Sonia“, antwortete er verdrossen, „ist zwanzig und studiert Kunstgeschichte. Der Krach ist entbrannt, weil sie sich einen Englischkurs in San Francisco in den Kopf gesetzt hatte.“

Wo lebte der Vater, Constanze Grimms erster Mann?

„In Frankreich“, Degenhart tastete nach der Zigarettenschachtel auf dem Glastisch. Als er den Rauch ins Zimmer blies, klang es wie ein Stöhnen. „Er hat eine Wohnung in Paris und ein Bauernhaus im Hérault. Constanze und Sonia haben ihn dort besucht, nie zusammen, aber … meine Frau hatte noch einiges mit ihm auszufechten. Zum Beispiel die Unterhaltszahlungen für die Tochter für jene Monate nach der Scheidung, in denen wir noch nicht verheiratet waren. Der Mann heißt Erich Grimm, ein bekannter Jockey.“

Nachdem er Degenhart am folgenden Vormittag zur Identifizierung der Toten ins Institut für Rechtsmedizin begleitet hatte, ging Max zu ihrer Freundin Jette Abel. Auch sie reagierte bestürzt. Constanze sei seit Tagen nicht erreichbar und seit Wochen depressiv gewesen. Sie habe sich eingeredet, schwer krank zu sein, über Konzentrationsstörungen und Gedächtnislücken geklagt und nicht mehr schreiben können. Dabei arbeitete sie sonst „manisch“.

„Ihr Mann scheint davon nichts gewusst zu haben.“

Jette Abel hatte die Achseln gezuckt. „Männer!“

„War sie in ärztlicher Behandlung?“

„Constanze hielt nicht viel von der Schulmedizin, sie verließ sich auf magische Kräfte, glaubte an Amulette und Energiearmbänder. Sie war wohl auch hypochondrisch veranlagt.“ Bei diesen Worten war über Frau Abels Gesicht ein mitleidiges Lächeln gehuscht.

War eine Kurzschlusshandlung vorstellbar? Hatte die Anruferin einen Selbstmord vertuscht? Von wem stammte dann die Waffe?

Jette Abel hatte nicht an Selbstmord geglaubt. Constanze hatte mit einer Biographie über die Schauspielerin Ingrid Bergman begonnen und seltenes Material in die Hände bekommen. Sie war begeistert von dem Projekt. Allerdings kam sie wegen ihrer gesundheitlichen Probleme nicht voran. Das belastete sie natürlich!

Lückmanns Frage nach dem Verhältnis zwischen den beiden Ehepartnern löste nach längerem Schweigen die Antwort aus, Constanze habe über Talent und Geld verfügt, sie hatte einiges geerbt. Olaf besaß Einfluss und Durchsetzungsvermögen. Sie führten eine „offene" Ehe, in der keiner dem anderen Rechenschaft schuldete. Getrennte Urlaube seien keine Seltenheit gewesen. Diese letzte Aussage wurde von einem viel sagenden Lächeln begleitet.

Lückmann hatte die Einrichtung des Bootshauses ausführlich ins Protokoll aufgenommen: ein „ziemlich durchgelegenes" Sofa, unter dessen verschlissenem Überwurf sich Bettzeug verbarg, und zwei „bequem aussehende" Rattansessel. So nützliche Utensilien wie Kaffeemaschine, Geschirr und Gläser, so Überflüssiges wie Sektkühler und Kerzenleuchter. In der Tischschublade lag Briefpapier und Schreibzeug, über einem der Sessel hing eine karierte Wolldecke. Welchem Zweck hatte dieses Bootshaus mit seinem leicht fauligen Geruch und den feuchten Holzwänden wirklich gedient? Jette Abel wusste von keinem Liebhaber.

„Übernachtete Ihre Freundin gelegentlich im Bootshaus?"

„Möglich."

„Sind Sie auf ihren Partys gewesen?"

„Ich weiß von keinen Partys."

„Könnte Herr Degenhart eine Freundin haben?" Noch mehr Schulterzucken. Im Türrahmen drehte sich Lückmann noch einmal um. „Wo waren Sie letzte Nacht?"

Frau Abel zündete sich gerade eine Zigarette an. Sie atmete ruhig aus und entgegnete: „Ich war hier. Ich habe bis gegen Mitternacht Briefe geschrieben und dann geschlafen."

„Besitzen Sie ein Auto?"

„Einen roten Fiat, er steht draußen vor der Tür."

Als Max das Gespräch Strössner vorspielte, schüttelte der den Kopf. Das war nicht die Stimme der anonymen Anruferin.

Mit Sonia Grimm redete Hauptkommissar Frieder Lenz am frühen Nachmittag. Sie lag im Apartment ihres Freundes auf dem Bett, eine kalte Kompresse auf der Stirn, die Augen verquollen vom Weinen. Lenz hatte Strössner zu diesem Gespräch mitgenommen, in der

Hoffnung, er werde vielleicht diesmal die anonyme Informantin wieder erkennen. Doch die wenigen gestammelten Worte am Telefon, verfremdet durch Panik, machten ihm die Entscheidung schwer. Außerdem bestritt Sonia wie eine fauchende Katze, die Polizei jemals in ihrem Leben angerufen zu haben. Sie sei die ganze Nacht bei ihrem Freund gewesen und morgens gegen sieben von ihrem Stiefvater benachrichtigt worden. Warum war sie nicht sofort zu ihm gefahren? Oder zum Bootshaus? Warum war sie bei ihrem Freund geblieben? Und der Streit mit der Mutter?

„Wir hatten keinen Streit."

„Ihre Mutter ist gegen zweiundzwanzig Uhr ziemlich verärgert aus dem Haus gegangen."

„Sie *war* nicht verärgert. Sie hat sich schlecht gefühlt."

Hatte sie mal mit Selbstmord gedroht? Als Sonia heftig den Kopf schüttelte, in lautes Klagen ausbrach und nach frischen Eiswürfeln für die Kompresse verlangte, waren Lenz und Strössner gegangen.

Das private Telefonbuch der Lyrikerin war eng beschrieben, deshalb kostete es viel Zeit, die Teilnehmer der Bootshauspartys herauszufiltern, und noch mehr Geduld, bis man Details besaß. Wozu diese Fragen, wollten Frau Grimms Freunde wissen. War ein Sommerfest neuerdings ein Delikt? Warum diese Zugeknöpftheit, wunderte sich Lückmann und überprüfte die Alibis der Fun-Gesellschaft. Doch er stellte nicht eine einzige Ungereimtheit fest.

Er wandte sich an ein Hotel in der Nähe des Bootshauses und fragte die Besitzer, ob es Lärmbelästigungen gegeben habe. Laut, so hieß die erstaunte Antwort, ging es auch auf anderen Bootshäusern zu, das Knallen der Sektkorken habe natürlich gestört, auch sei die Musik nach zweiundzwanzig Uhr nicht immer leiser gestellt worden. Aber wer holte denn deswegen gleich die Polizei? Sommerabende, an denen man bis in den frühen Morgen feiern konnte, waren im Münsterland so rar, dass man jedem seinen Spaß gönnte. Max nahm sich sämtliche Anrainer in der Bootshausreihe vor, derer er habhaft werden konnte. Doch auch hier konnte oder wollte ihm niemand helfen. Es hatte nie Streit gegeben, allenfalls mal etwas alkoholisiertes Gekabbel, laute Autotüren und aufheulende Motoren, wenn sich die Gäste vom Steg machten. Was nachts bei Frau Grimm vor sich ging, wusste niemand, die Nachbarn übernachteten nicht bei ihren Booten, *sie* angeblich schon. Der eine oder andere Informant verzog sein Gesicht und erklärte hinter vorgehaltener Hand, als hätten die Trauerweiden am Ufer Ohren, sie habe als „halbseiden“ gegolten. Warum? Weil’s nun mal so war!

Constanze Grimm war im Bootshaus gestorben, es gab keine Hinweise, die für einen Transport der Ermordeten an diese Stelle sprachen. Als sich herausstellte, dass die frischen Fahrspuren vor dem Bootshaus von ihrem Wagen stammten, und Fußabdrücke auf der Rückseite des Bootshauses gesichert wurden, galt ein Raubmord als wahrscheinlich. Die Autopsie ergab einen Steckschuss in die linke Herzkammer. Es wurden keine Medikamente, Drogen oder Alkohol in Blut und Gewebe nachgewiesen und es tauchte kein Abschiedsbrief auf. Der Tod war zwischen elf und halb zwölf eingetreten, der anonyme Anruf um zehn vor eins erfolgt. Vier Tage nach ihrem Tod stand der Wagen der Autorin wieder am Bootshaus, niemand hatte gesehen, wie er hergekommen war. Wer auch immer ihn benutzt hatte, war schlau ans Werk gegangen, hatte weder Fingerabdrücke hinterlassen noch Kleidungsfasern auf den Sitzen oder verräterische Rückstände im Reifenprofil. Die Fahrertür war offen, der Schlüssel steckte.

Bei der Beerdigung auf dem Zentralfriedhof umklammerte Sonia den Arm ihres Stiefvaters; ein Bild der Einmütigkeit in Trauer und Verbitterung, aber auch des stummen Protests. Eine quälende Stunde lang waren sie fast hundert sensationshungrigen Zuschauern ausgesetzt, obwohl die Zeitungen eine Beisetzung im engsten Kreis angekündigt hatten. In die Degenhartsche Phalanx reihten sich nur Jette Abel ein, die Buchhalterin Renate Lose, der Prokurist Heinrich Krafft und eine junge Kollegin, die vor kurzem die Öffentlichkeitsarbeit des Verlags übernommen hatte. Schluchzend erzählte sie den am Tor herumlungernden Reportern, sie habe noch in der Osterwoche nach Constanzes Anleitungen die „magische“ Strecke der Nottulner Baumberge zwischen Femekreuz und Hexenquellen durchwandert. Weder Erich Grimm war erschienen noch Sonias Freund.

Degenhart war damit beschäftigt, eine Sondernummer seines Hochglanzmagazins Pegasus fertig zu stellen, die das Lebenswerk seiner Frau würdigte: ihre „wunderbar dunklen, bebend-traurigen“ Gedichtzyklen, ihre Protokolle über Wanderungen aus der Kraft der

Magie, als er eine Vorladung ins Präsidium bekam. Ausgelöst hatte diese Maßnahme ein neuer anonymer Anruf. Eine ähnliche Stimme wie jene, die Constanzes Tod gemeldet hatte, beschuldigte den Verleger, seine Frau erschossen zu haben, und behauptete, die Tatwaffe wäre in dem Ruderboot versteckt, das kieloben auf der Böschung lag. Obwohl die Kriminaltechniker natürlich auch die Boote abgesucht hatten, nahm man den Hinweis ernst, fand die Browning wie angekündigt in einem Karton für Kinderpantoffel, eingewickelt in genau das gleiche weiße Leinenhandtuch, das in Degenharts Bad hing, und nahm den Witwer fest.

Jetzt gab auch die Tatsache zu denken, dass in dem Kahn feuchte Sohlenabdrücke und Seidenfasern gesichert worden waren. An mehreren Stellen hatte sich der hellblaue Stoff in der Holzwand verhakt. Die Schuhe der Toten waren trocken gewesen, Größe und Profil stimmten nicht, und sie hatte Baumwolle und Leinen getragen. Aber Degenhart hatte den Polizisten in einem seidenen Morgenrock aufgemacht; möglicherweise besaß er eine Schwäche für dieses Material. Welcher Einbrecher trug seidene Arbeitskleidung?

Vier Monate später schlug Degenhart erneut der scharfe Wind der Sensationslust ins Gesicht, diesmal eng verbunden mit Häme, Abscheu und einem prickelnden Grauen. Doch die Schöffen entschieden, dass keins der Indizien stark genug sei, um den Angeklagten zu verurteilen. Auf der Pistole waren keine Fingerabdrücke und außer seiner seidenen Pyjama-Morgenrock-Kombination, in der er wohl kaum zum Tatort gefahren war, besaß Degenhart nur zwei Seidenkrawatten, in Grün und in Silbergrau. Vor allem aber fehlte ein Tatmotiv. Wenn seine unkonventionelle Ehe eins gewesen wäre, so der Verteidiger im süffisanten Siegestenor, müsse die Werse mit Leichen gespickt sein. Es hatte keine gravierenden Probleme im Privatleben gegeben, Constanze war das Zugpferd des Verlags und die beiden lebten in strenger Gütertrennung. So wie es aussah, brachte ihr Tod dem Witwer höchstens Nachteile. Die Öffentlichkeit reagierte auf den Freispruch dennoch unzufrieden. So kam es, dass Degenhart, als er die Stadt verließ, wie ein Gangster wirkte, den die Mafia freigepresst hatte. Das Gerücht, er lebe in einem kleinen Ort im Elsass, sickerte erst ein halbes Jahr später durch.

- I -

Münster, achteinhalb Jahre danach

In der Ferne fiel ein Schuss, wahrscheinlich machte jemand Jagd auf Kaninchen. Die Krähen, die die Douglasfichte auf der anderen Straßenseite mit so geometrischer Genauigkeit besetzt hielten wie Kerzen eine Weihnachtstanne, flatterten auf. Ihr angsterfülltes Krächzen und der harte Flügelschlag drangen durch das geschlossene Küchenfenster. Fein, aber weitflächig puderte Schnee von den tief hängenden Wipfeln, grell glitzerte er in der Sonne. Die Krähen kamen noch immer, als könnten sie nicht begreifen, dass ihr Futterplatz verschwunden war. Ich vermisste den Ausblick auf die Ackerflächen, das zarte Grün der austreibenden Saat, das kraftvolle Wellenspiel der gelben Ähren, durch die der Wind enge Täler trieb, und die erste Schneedecke, in die nervös hüpfende Krähenfüße zarte Muster stickten, während die Schnäbel die Saat aus dem Boden stocherten – sehr zum Ärger von Bauer Schonebeck.

Im vorletzten Herbst, nachdem die Ernte eingefahren war, hatte er sich im Altenteil seines Schwiegersohns einquartiert und sein Land verkauft; den großen Acker auf der gegenüberliegenden Straßenseite und das etwas kleinere Rübenfeld, das links von uns, nur durch einen schmalen Weg getrennt, bis zum Ufer der Werse reichte. Noch vor dem ersten Frost wurde Maschendraht mit dem Werbeschild einer Baufirma ausgerollt, dann fuhren Planierfahrzeuge auf. Wie kleine, zänkisch lärmende Raptoren zerpflügten sie den grobscholligen Boden und mahlten sich durch die Pfützen, die der extrem nasse September hinterlassen hatte. Man stellte Bauwagen für die Arbeiter auf, Landvermesser begannen die Flächen in Parzellen zu zerteilen, Grundstücksgrenzen wurden markiert. Auf dem großen Acker waren zwei hintereinander liegende Zeilen mit jeweils drei Reihenhäusern geplant, auf dem Rübenfeld eine Dreierzeile. Anfang Dezember waren sechs Objekte verkauft, nur die hintere Häuserreihe auf dem Acker blieb erst mal auf dem Papier. All das erfuhren wir von dem Architekten und Generalunternehmer Boris Kupfer, der Franz und mich gern in weitschweifige Gespräche verwickelte, während wir zum letzten Mal in diesem Jahr die Hecke stutzten, den Holzzaun lasierten oder Thujen als Winterbegrünung für die Terrasse aus dem Kofferraum luden. Lange bevor Kupfer selbst in das mittlere Haus an der Hauptstraße einzog, wussten wir aus seinen gebetsmühlenartigen Monologen, dass er das „offendynamische Wohnen“ liebte und, tyrannisch wie ein Le Corbusier im Taschenformat, nur vor den Badezimmern Türen genehmigte. Seitdem schloss ich die Tür meiner unaufgeräumten Küche mit einem ganz neuen Wohlbehagen.

Da weder Franz noch mich eine exzessive Neugier auf die künftigen Nachbarn plagte, auch nicht als im Herbst ihr Einzug näher rückte, nahmen wir sie zunächst nur sporadisch zur Kenntnis. Wenn ich morgens ins Präsidium fuhr, waren oft schon Handwerker oder Lieferanten vor Ort. Da der Weg zur Werse sehr schmal war, hinterließen die Reifen ihrer Kombis und Transporter tiefe Furchen im nassen Lehm, die Kotflügel schlugen Schneisen in unsere Hecke und die Kunden unserer Tierarztpraxis mussten plötzlich um Parkplätze kämpfen. Die Veränderungen vor unserer Haustür weckten melancholische Erinnerungen an idyllische Zeiten, einen gewissen Fatalismus, weil man nichts machen konnte, aber absolut keine Wissbegier, weil wir es selbst nicht mochten, wenn man in unserem Privatleben herumstocherte.

Bis an einem Sonntagmittag Anfang Oktober Kerstin die Gabel sinken ließ und mit jener Weltuntergangsmiene, die normalerweise schlechte Schulnoten ankündigte, sagte: „Der Nachbar nebenan hat vor acht Jahren seine Frau erschossen.“ Während Franz unbeeindruckt weiter an seinem Schnitzel säbelte, hörte ich auf zu essen. „Wer behauptet denn *das*?“

„Greta“, Kerstins Antwort zischte, als würde ein Streichholz angeratscht. „Der Mörder hieß Olaf Degenhart, dieser Name steht an dem mittleren Haus. Greta sagt, mit uns tauschen möchte sie nicht.“

„Und woher hat Greta ihre Neuigkeiten?“

„Von ihrer Mutter, nehme ich an.“ Gretas Mutter, Carola Hellmann, war Redakteurin einer Frauenzeitschrift. Obwohl sie über Ehe- und Erziehungsprobleme schrieb, war es möglich, dass sie mehr Zugang zu brisanten Nachrichten besaß als wir. Schließlich hatten wir vor acht Jahren noch gar nicht in Münster gewohnt.

„Weißt du, Schätzchen“, ich nahm meine Gabel wieder auf, „es gibt drei Möglichkeiten: Entweder *hat* Herr Degenhart seine Frau erschossen und seine Strafe abgesessen oder er ist unschuldig, dann vergisst du Gretas Gerede am besten. Oder, noch eleganter: Unser Nachbar ist nur ein Namensvetter.“

„Kannst du nicht mal alte Akten wälzen?“

Woher diese Ausdrucksweise und wozu diese Frage? Damit sie ihre beste Freundin mit Polizeiinformationen beeindrucken konnte? Damit sie in Herrn Degenharts Nachbarschaft besser schlief? Eins ihrer Mansardenfenster zeigte auf sein Dachgeschoss. Ich nahm mir vor, mit dem Kollegen Lückmann zu reden.

Das Tischgespräch hatte zur Folge, dass ich, anfangs widerstrebend, dann von wachsendem Interesse getrieben, die Unterlagen zum Fall Olaf Degenhart durchackerte. Es handelte sich tatsächlich um den Mann von gegenüber, auch wenn er seinen Vollbart nicht mehr trug. Aus dem Handelsregister erfuhr ich, dass er seine Arbeit als Verleger von Lyrik und Reiseführern wieder aufgenommen hatte – wenn auch unter dem neuen Namen Edition Bisping. Neu war auch die zusätzliche Spezialisierung auf Kunst- und Bildbände.

Zwei Wochen später begegnete ich ihm, als er aus seinem noch nicht fertig gestellten Haus kam; ein großer, etwas kastig wirkender Mittfünfziger mit Adlernase, markantem Kinn und vollem, graumeliertem Haar. An der Haustür drehte er sich um und rief etwas ins Innere, das verärgert klang. Er riss sich unwirsch den Mantel von der Schulter, knallte ihn auf den Rücksitz seines schwarzen Omega und jagte über aufspritzenden Schotter davon.

Jetzt war mein Spürsinn voll erwacht. Vor allem, als ich über die restlichen Nachbarn Daten zugesteckt bekam, ohne danach gefragt zu haben. Am mitteilsamsten war Bella, die zu dem weiblichen Trio in Haus A gehörte, dem nördlichsten an der Hauptstraße. Nur die Vornamen standen neben dem Klingelknopf, darüber hing ein Messingschild: „O.B.Y.-Partyservice“ und eine aufgeklappte Miesmuschel als Logo. Die Vornamen lasen sich wie eine moderne Version der antiken drei Grazien. Olivia, Bella und Yvonne betrieben eine Cateringfirma und hatten mehrmals meine Freundin Marion beliefert, wenn sie Vernissagen veranstaltete. Seit ewigen Zeiten führte die Witwe des Bildhauers Friedrich Vondembusche am Rosenplatz eine Galerie mit Aquarellen, Silberschmuck und Collagen und war, was Cateringdienste betraf, ein ganz kitzeliger Gaumen. „O. B. Y.! ‚Only the Best for You!'" Dann hatte sie von dem Meeresfrüchte-Büffet des Trios geschwärmt.

Über Haus B, wo Boris Kupfer wohnte, wusste ich genug, schließlich hatte der Mann genügend Lobeshymnen auf sein Können gesungen. Sogar Visitenkarten hatte er uns aufgedrängt. Umso schwieriger waren die Bewohner von Haus C einzuordnen. Ray und Charles, zwei Varietéartisten, kamen in den Gelben Seiten von Münster nicht vor; weder als Jongleure noch als Magier. Entweder handelte es sich um internationale Stars, die sich in Las Vegas oder Miami einem verwöhnteren Publikum stellten oder sie tingelten dank Mundpropaganda über private Partys und runde Geburtstage und machten Schwarzgeld.

Am Seitenweg zur Werse reihten sich die Häuser D, E und F. Das Pärchen vorn an der Kurve zur Hauptstraße hatte sein Namensschild ebenfalls schon angebracht. Bert Bogenmann und Kitty Schlager leiteten eine Tauchschule am Aasee. Auch über den Hausbesitzer rechts von Degenharts blieben wir nicht lange im Unklaren. Folke Torsvik war Schwede und betrieb, wie seine Nationalität klischeehaft andeutete, einen Großhandel für Saunaeinrichtungen.

Nach und nach zogen die Nachbarn ein. Man grüßte gelegentlich über den Gartenzaun oder quer über die Straße und gewöhnte sich an die neue Kulisse mit ihren zweistöckigen Backsteinfassaden und den gleichförmigen Giebeln. Obwohl es Garagen gab, parkten die Autos meist an der Hauptstraße oder entlang des schmalen Seitenwegs, und in unserer Familie kamen Spekulationen darüber auf, warum ein Ehepaar ohne Kinder wie Degenharts gleich drei Wagen benutzte, während das Catering-Team nur über einen einzigen Van verfügte. Degenhart hatten wir nicht wieder zu Gesicht bekommen, während seine Frau regelmäßig dadurch auffiel, dass sie ihren dunkelgrünen Opel Corsa katastrophal schief parkte und die Autotür mit einer Wucht zuknallte, dass bei uns die Bilder an den Wänden zitterten. Ihr dritter Wagen, ein schwarzer Smart, schien dagegen wie von Geisterhand bewegt, stand plötzlich abends da, war morgens weg, um am Mittag unverhofft wieder aufzutauchen. Nie sah man jemanden ein- oder aussteigen – das Fahrzeug eines Schlossgespenstes, dessen Arbeitsrhythmus von einem obskuren Auftraggeber geregelt wurde. Frau Degenhart war eine dünne, kurzhaarige Blondine mit einer Vorliebe für rote Oberbekleidung und Stiefel mit nahkampftauglichen Absätzen. Sie schien grundsätzlich nichts vom Grüßen zu halten. Wenn ihr jemand einen schönen Tag wünschte, sah sie durch ihn hindurch, als wäre er aus Glas.

Sobald die Häuser bezogen waren, zeigte sich der eine oder andere selbstbewusste Verstoß gegen Herrn Kupfers tyrannisches Architekturkorsett: beim O.B.Y.-Team eine knallblaue Eingangstür, am Haus der Artisten dottergelbe Fensterumrandungen, bei dem Schweden die obere Fassadenhälfte in hellblauer Schindelverkleidung, als hätte er Heimweh nach Lappland. Wahrscheinlich hatte auch die eine oder andere Küche längst eine Tür bekommen.

Als die so genannte dunkle Jahreszeit begann und schon früh abends Licht brannte, sorgte die Transparenz der Häuser für peinliche Überraschungen. Nachdem Kerstin einmal glucksend berichtet hatte, im Haus des „IKEA-Typen“ habe jemand im Tanga-Bikini den Teppich gesaugt, ging ich, wenn ich abends nach Hause kam, als Erstes in ihre Mansarde, weil mir Schlimmes schwante.

„Kerstin, geh weg vom Fenster!“

Das Pärchen von der Tauchschule knutschte auf dem Sofa, Gardinen gab es nicht. Ich knipste die Deckenbeleuchtung an und das Knutschen fand ein unromantisches Ende. Am nächsten Abend hingen Rollos vor den Fenstern.

Anfang Januar steckte ein Brief im Kasten. Lila der Umschlag, rosa die Karte, blumig der Text: Die drei Grazien luden zu einer Kostümparty am Karnevalssamstag ein, an der sich auch ihre Nachbarn Boris Kupfer und die beiden Varietékünstler beteiligen wollten. Am Samstag hatte ich Geburtstag. Doch um mit Freunden zu feiern, war mir der Februar schon immer zu ungemütlich gewesen. Deshalb wartete ich regelmäßig auf den Geburtstag von Franz Ende Mai.

Ich legte ihm die Einladung beim Abendessen neben den Teller, worauf er die Augenbrauen in die Höhe zog.

„Als was soll ich mich verkleiden? Vielleicht als Tierarzt, mit einem Stoffschwein im Arm und einem Riesenklistier?"

„Frau Hilbich könnte dir etwas nähen."

„Was wohl? Eine Djalabia aus alten Bettlaken!"

„Ich denke, sie bringt mehr zusammen als eine Djalabia." Frau Hilbich besaß Feenhände, nicht nur beim Putzen des bleiverglasten Fensters in unserem romantischen Erker.

„Ich weiß nicht", knurrte Franz. Er konnte nicht ahnen, dass der nächste Brief seinen Widerstand ins Wanken bringen würde. Es gab Schlimmeres als ein Kostümfest bei Nachbarn.

Auch das zweite Schreiben – nichts gegen Umweltpapier, aber dies hier sah aus wie „Hakle dreifach gerippt", die Schrift war runenartig, die Briefmarke halb abgerissen –, gab ich Franz zum Lesen. Er zog die Stirn kraus. „Benno? Ist das nicht dieser …?"

„Mein früherer Kollege aus Altötting", nickte ich, „Wolltapir hast du ihn genannt. Inzwischen hat er es zum Oberinspektor im Münchener Sittendezernat gebracht. Möglich, dass er in meinem alten Büro sitzt." Ich sah ihn vor mir mit seinem dunklen, fusseligen Haarschopf, der auffallend langen Nase und den Händen, die aussahen wie große, rosafarbene Seesterne.

„*Was* schreibt er?", rätselte Franz kopfschüttelnd. „Er will mit uns Karneval feiern? Warum fährt er nicht nach Köln oder Mainz?"

„Weil er ihn mit *uns* erleben möchte", sagte ich boshaft. „Und falls wir die Einladung bei den neuen Nachbarn absagen, haben wir am Karnevalssamstag jede Menge Zeit, um mit Benno zur Galasitzung in der Halle Münsterland zu gehen. Bis zu seiner Abreise am Aschermittwochnachmittag müssen wir uns noch einiges einfallen lassen, wo er schon mal hier ist."

„Wenigstens möchte er nicht bei uns wohnen", knurrte Franz.

„Nein, er bittet um eine ruhige Pension in unserer Nähe."

Darauf brummte er etwas, das ich nicht verstand. Es passte ihm beides nicht: weder die Party noch die Sitzung in der Halle Münsterland. Aber war die Party nicht das kleinere Übel? Und wo unsere „Perle" so perfekt nähte? Ich beschloss, mit Frau Hilbich zu reden.

Eine Woche vor dem Karnevalssamstag hing mein Kostüm am Schlafzimmerschrank. Von wegen altes Bettlaken! In der Hoffnung, Franz durch materialisiertes Selbstbewusstsein zu beeindrucken, hatte ich eigene Bedürfnisse angemeldet. Frau Hilbich hatte einen Traum aus smaragdgrünem Taft und algenfarbenem Tüll gezaubert, wie für eine Meerjungfrau. Ob Franz daraufhin als Goldbarsch ging, war sein Problem.

Als ich abends in meinem Kostüm ins Wohnzimmer wallte, behauptete Franz in unbelehrbarer Renitenz, ich sähe aus wie eine Gottesanbeterin. Das brachte mich auf die zündende Idee. Im Keller, zwischen Schnorcheln und Schwimmflossen, lag eine grüne Badekappe. Ich schnitt sie zurecht und bewaffnete sie mit zwei Fühlern aus grünem Blumendraht. Jetzt fehlten nur noch die spiegelnde Sonnenbrille und lange grüne Handschuhe.

Franz hatte trotzdem keine Lust, auch nicht als ich ihm ein Khakihemd, einen Tropenhelm und einen Schmetterlingskescher kaufte. Er registrierte weder die zarte erotische Botschaft, die sich hinter diesen Utensilien verbarg, noch die soziale Verpflichtung, die wie eine heitere Wolke über uns schwebte, seitdem Bella die Einladung in unseren Briefkasten geschoben hatte.

Die drei Grazien hatten als Mitbringsel etwas für die Hausbars der drei Gastgeber vorgeschlagen. In Anbetracht ihrer Kochkünste, von denen zumindest Marion überzeugt war, kaufte ich eine Flasche Veuve Clicquot, verpackte sie in Folie und befestigte roten Tüll an ihrem Hals. Danach wartete ich auf eheliches Tauwetter, während die Metereologen für die Karnevalstage scharfen Frost ankündigten. Längst hatte ich ein Stadium erreicht, in dem ich zur Party gehen *wollte.* Die Vorstellung, dass wir am Samstagabend mit Bierflaschen und Chips vor dem Fernseher hockten und uns weinerliche Büttenreden anhörten, weckte in meinem Inneren einen kleinen Teufel, der sich nur selten regte. Einmal aus dem Schlaf gerüttelt, randalierte er ausdauernd und rabiat. Er hieß Schlechte Laune.

Benno traf am Mittwochabend ein. Offenbar hatte er von der eigenartig martialischen Weiberfastnacht in Köln und Bonn gehört, wo die Frauen nicht nur auf der Straße, sondern auch in den *Behörden* Krawatten abschnitten, und zwar direkt unterhalb des Knotens.

Ich hatte mir den Donnerstag frei genommen, um meinen Kollegen durchs närrische Münster zu schleusen und ihm zu beweisen, dass absolut nichts von diesen abschreckenden Gerüchten auf unsere

Stadt zutraf. Hier trugen die Männer auch an Weiberfastnacht mit Schlipsen von Ferragamo oder Nina Ricci.

Ich war ein bisschen verwirrt, als er plötzlich vor mir stand, dermaßen abgespeckt! Groß und bullig wirkte er noch immer, aber seine Hamsterbacken beutelten ins Leere und sein Doppelkinn hatte sich zu einem Truthahnhalslappen dezimiert. Er kompensierte dieses gewöhnungsbedürftige Defizit durch einen fast aggressiven Optimismus, mit dem er mich überschwemmte, sobald wir einander in der Bahnhofshalle begrüßt hatten. Eine erfreuliche Konsequenz war seine Kleidung: keine flattrigen Jogginghosen mehr, sondern schmale Jeans zum schicken Dufflecoat. Allerdings hatte er eine gepunktete Fliege mitgebracht, und als er auf der Fahrt zur Pension eine rote Pappnase aus der Tasche zog und ein grün schillerndes Hütchen am Kopf befestigte, wurde mir fast schlecht. Er wandte mir das Gesicht zu und grinste idiotisch.

„Ist das deine Verkleidung?" Nachdem von Franz endlich grünes Licht für die Party gekommen war, hatte ich mich vergeblich um eine Karte für die Karnevalssitzung angestellt. Jetzt musste ich Benno mit einem bunten Abend im Roland-Frosch-Theater vertrösten, was allerdings den Vorteil hatte, dass er sich bei Zauberkunststücken und Clownspäßen unmissverständlicher amüsierte als mit Seitenhieben gegen die Kommunalpolitik.

„Zieh dir für das Varieté einen schwarzen Rolli an", drängte ich. „Ein T-Shirt mit Hawaii-Aufdruck tut es notfalls auch. Aber lass das Hütchen zu Hause." Als er dazu schwieg, entweder beleidigt oder um meinen Vorschlag zu ventilieren, fuhr ich skrupellos fort: „Es tut uns Leid, dass wir dich am Samstagabend allein lassen müssen. Alle übrigen Karnevalstage gehören selbstverständlich dir."

„Schade", maulte er. „Ihr seid bei Nachbarn zum Kostümfest eingeladen? Das klingt ja rasend komisch."

Da hat er vielleicht Recht!, dachte ich in einem plötzlichen Anfall von Trübsinn. Und dann kam mir eine diabolische Idee. Möglich, dass der Tropenhelm bei Benno etwas eng saß und das Khakihemd unter den Achseln kniff, weil er größer war als Franz, aber dann würde die Party für uns vielleicht nicht so lang werden, weil sein Schädel Drucksstellen bekam und er nur noch schwer atmen konnte. Franz wiederum käme der Tausch zugute, weil er sich fürs

Varieté noch mehr begeistern konnte als für Schokoladenpudding mit Sahne. Gegen zwölf oder halb eins, wenn die Vorstellung im Roland zu Ende war und den Partygästen bei Ray und Charles die Zungen schwer wurden, wobei mir ausgerechnet das Bild des schwedischen Saunagroßhändlers durch den Hinterkopf torkelte, wären wir mit Benno längst wieder in den eigenen vier Wänden, würden den Champagner knallen lassen, den er mitgebracht hatte, und das Party-Geflacker gegenüber mitleidig belächeln.

Benno nahm seine Pension in Handorf mit Wohlwollen zur Kenntnis. Ähnlich hatten wohl auch die Fotos in seiner Tourismusbroschüre ausgesehen. Eine Hausfront im landesüblichen Klinker, die Fenster rund und gewölbt wie Flaschenböden, rotbackige Mädchen und preußische Bierhumpen, die schwer in der Faust lagen. Wie es in seinem Gastzimmer aussah, würde ich am nächsten Morgen erfahren, mein alter Kollege war ein „Sockenbügler". Wenn die Handtücher kratzten, der Frühstückskaffee nur lau war oder die Marmelade tropfte, stand er fünf Minuten später an der Rezeption.

Am Donnerstag, während wir unter gelben, roten und weißen Wimpeln den Prinzipalmarkt hinunter schlenderten, weil Benno sich die hochberühmte spätgotische Mogelpackung unseres Rathauses ansehen wollte, ließ ich die Katze aus dem Sack. Bei meinem Vorschlag, der natürlich mit Franz abgesprochen war, weiteten sich Bennos Pupillen auf Golfballgröße: *Er* mit mir zur Nachbarsparty? In dem Kostüm von Franz? Franz dafür ins Varieté? Sein jungenhaftes Staunen erinnerte mich an die Szene in „Vom Winde verweht", in der Scarlett O'Hara dem schafsköpfigen Charles Hamilton einen Heiratsantrag macht, um Ashley Wilkes eins auszuwischen.

Ich fragte telefonisch bei den Grazien nach, ob ich mit einem alten Freund der Familie kommen könne, weil mein Mann leider andere Verpflichtungen habe. Worauf Bella sehr diplomatisch entgegnete, meine Freunde seien auch ihre Freunde und „mein lieber Mann" könne ja am Osterbrunch teilnehmen oder demnächst am Sommer-Barbecue. Die Mädchen schienen wirklich keine Gelegenheit auszulassen, um ihr Catering ins Gespräch zu bringen.

- II -

Am Samstagabend wünschten wir drei uns gegenseitig und schon ziemlich aufgedreht jede Menge schöner Stunden. Die Vorstellung im Roland-Frosch begann um neun, Benno und ich wurden gegen acht erwartet. Kerstin hatte sich schon um sieben in Richtung Hellmannscher Bungalow verabschiedet, wo ihre Freundin Greta eine Fete steigen ließ. Ihre Eltern „störten nicht“, weil sie zu einem Kurzurlaub nach Marokko abgereist waren. Als sie das Haus in einem Neoprenanzug unter ihrem Wintermantel aus dunkelbraunem Teddystoff verließ, wirkte sie wie ein als Grizzly verkleideter Seehund. Das Pärchen, das sie mit dem Auto aufgabelte, war gerade um die Ecke verschwunden, als ich entdeckte, dass auch unsere Veuve Clicquot mitgefahren war. Aber wir hatten ja noch Bennos Flasche.

Haus A, wo das O.B.Y.-Team wohnte, lag so zwielichtig vor uns wie das „Wirtshaus im Spessart“, was mich verwunderte. Ein Hauskonzert bei Kerzenlicht hätte ich ja romantisch gefunden, solange der Pianist in die richtigen Tasten griff. Aber ein Büffet, an dem man im Dunkeln fischte?

Die mittelgroße Dunkelhaarige, ganz in dunkles Lila gekleidet, öffnete uns die Tür und stellte sich als „schwarze Olivia“ vor. Body und blickdichte Strumpfhose, um die Taille ein Baströckchen mit eingearbeiteten Plastikoliven. Sie nahm uns die Jacken, die wir trotz der kurzen Entfernung angezogen hatten, weil der Abend klirrend kalt war, mit der Bemerkung ab, wir würden sie auf dem Bett im ebenerdigen Schlafzimmer wieder finden.

Im Durchgang zum Wohnraum wären wir beinahe mit Bella und ihrem Gläsertablett zusammengestoßen. Auch sie trug Body und Strumpfhose, allerdings in Rot, dazu einen roten Ballonrock im Stil der achtziger Jahre und eine kurze, fuchsfarbene Perücke mit dem Stängelansatz einer Tomate aus grünem Krepp. Ihre dralle Pummeligkeit arbeitete die Ähnlichkeit noch weiter heraus. Jetzt war ich gespannt auf Yvonne und entdeckte sie, als sie gerade eine Platte auf dem schon reich bestückten Büffet unterbrachte. Sie ging als „Spargelstange“: cremefarbener Badeanzug, blassgrüne Netzstrümpfe und auf dem Kopf ein wippendes Bouquet aus frischem Zierspargel. Über Brust und Rücken spannte sich, wie die mit Werbung gepflasterte Startnummer eines Wettkampfsportlers, ein Stoffstreifen mit Rezepten für Sauce Hollandaise und Sauce Béarnaise.

Ich lachte bei der Vorstellung, wie diese drei so unterschiedlich gebauten Mädchen vor dem Spiegel beratschlagt hatten, welches Gemüse auf wen am besten zutraf. Mir persönlich gefiel Yvonnes Kostüm am besten. Mit ihren fast Einsachtzig und dem schmalen Gesicht unter helmartig anliegendem, aschblondem Haar hatte sie etwas Stängelartiges. Ich fragte Bella, ob sie sich für ihre Partybewirtung immer verkleideten, und sie gluckste. „Manchmal gehen wir auch als Fenchel, Stangensellerie und Feldgurke."

Als nächste Gäste erschienen jene beiden chronisch übellaunigen Pensionäre, die weiter nördlich an der Hauptstraße wohnten. Tamara Schneider war Floristin und wirkte so ätherisch wie getrocknetes Schleierkraut. Ihr Partner Herwig Protz hatte früher beim Standesamt gearbeitet. Franz und ich gingen den beiden aus dem Weg, seitdem sie uns mit einer Anwaltsklage über das nächtliche Bellen unseres Golden Retrievers gedroht hatten, dabei gab es keinen fauleren Wachhund als Rollo. Wären wir Besitzer eines Aquariums gewesen, hätte den beiden wohl der Flossenschlag unserer Fische in den Ohren gedröhnt. Aber jetzt gab es ja Frau Degenharts Türenknallen oder Herrn Kupfers Klavierspiel, um ihre Pulsfrequenz zu beschleunigen. Ich lächelte Frau Schneider in vorsichtigem Optimismus zu, während ich ihre Finger drückte, die eiskalt waren wie bei einem Gespenst. Die Hand ihres Partners hinterließ das Gefühl, als würde man einen mürben Wildlederhandschuh schütteln. Das unentwegte Maulen und Murren hatte sie frühzeitig altern lassen. Nachdem sie ihren Begrüßungsmarathon absolviert hatten, fielen sie über das Büffet her, als hätten sie tagelang nichts Essbares gesehen. Bei ihrer Kostümierung musste ich an Franz denken: alte Bettlaken, Kränze aus brüchigem Lorbeer. Ihre trockene Substanzlosigkeit erinnerte an die verfallenen Sarkophage auf der Via Appia.

Die Vorspeisen waren in der Küche angerichtet, die aus beruflichen Gründen im größten Raum des Hauses untergebracht war und absolut professionell wirkte. Blanke Edelstahlfronten, ein extrabreiter Herd mit Gasgrill und ein Dunstabzug mit Kupfermantel.

Im angrenzenden Wohnzimmer standen drei Sitzmöbel, die an Deckstühle auf einem Bananendampfer erinnerten, ferner ein halbes Dutzend Klappsitze wie aus dem Biergarten und eine Holzbank. Doch die Mehrzahl der Gäste drängte sich um den massiven Küchentisch, der aus einem Kloster ohne signifikante Nachwuchsprobleme hätte stammen können, und kommentierte die Leckereien. Das Thema Fisch und Meeresfrüchte, für das das O.B.Y.-Team angeblich schon viel Lob eingeholt hatte, beschränkte sich auf eine Platte mit hausgebeiztem Räucherlachs. Vielleicht wollte man Kupfers Paella nicht die Schau stehlen. Es gab Nudelsalat mit Roastbeef und eingelegtem Kürbis, Grünkernklößchen mit Joghurtdressing, gefüllte Weinblätter, marinierte Avocado und ein Auberginensoufflé. Die Namenstäfelchen steckten wie in den Beeten eines Kräutergartens.

Ich beschloss, den ersten Ansturm auf Platten und Schüsseln abzuwarten, einerseits weil mir dieses gierige Rempeln und Raffen zuwider war, zweitens weil ich in der Fensternische zwischen Spüle und Mikrowelle einen guten Überblick hatte. Degenhart überließ die Honneurs seiner Frau und versank ziemlich bald mit randvollem Teller und wie in Kampfstellung erhobenem Besteck in einem der leicht speckigen Cordelemente, die in Eingangsflur und Küchenecken geschoben worden waren. Die meisten aßen im Stehen. Zu meiner Beruhigung sah ich, wie die Frau von der Tauchschule Benno in ein angeregtes Gespräch verwickelte. Kitty Schlager war etwa Mitte dreißig und sehr hübsch: große, braune Augen, kastanienfarbenes, kugelförmig geschnittenes Haar, dunkler, fast südländischer Teint. Sie war nicht in Berufskleidung – Neoprenanzug und Schwimmflossen – erschienen, sondern in einem asymmetrisch zipfelnden, türkisfarbenen Fransenkleid mit langer, zweireihiger Perlenkette, schwarzem Stirnband, das nur die untersten Spitzen ihres Ponys freiließ, und einer weißen Federboa. Die hochhackigen, aber trittfest wirkenden schwarzen Schuhe ließen auf eine Tanzeinlage schließen. Als ich für die Party zusagte, hatte Bella eine Tangonummer in ihrem Wohnzimmer angekündigt, der in Kupfers Bibliothek eine von Klaviermusik begleitete Lesung mit „Nonsens-Gedichten“ und bei Ray und Charles ein Zaubertrick folgen würde, der mit Desserts zu tun hatte; wahrscheinlich in Gestalt eines Soufflés, das beim Anstich explodierte. Kittys Partner, Bert Bogenmann, trug einen Smoking im Stil der zwanziger Jahre mit weißem Schal und Gamaschen. Er wirkte um mindestens zehn Jahre älter als seine Lebensgefährtin und war fast kahl, was er durch einen dunklen Vollbart wieder wettmachte. Er schien ein notorischer Spaßvogel zu sein, immer wieder durchschnitt sein dröhnendes Lachen das Stimmengewirr der übrigen Gäste. Ich schlängelte mich durch zu Benno und bekam gerade noch mit, wie Frau Schlager ihm erzählte, dass man zur Musik von Astor Piazzolla tanzen würde. Danach wirbelte sie mit einer koketten Drehung weiter zum nächsten Gast.

Während ich eine Portion Auberginenauflauf in Angriff nahm – ein hauchzarter Schichtwechsel mit gerösteten Zucchini- und Champignonscheiben – hörte ich Benno zu, der, offensichtlich aufgeputscht durch Kittys Erscheinung, über seinen Tauchkurs am Starnberger See im letzten Sommer berichtete. Dabei beobachtete ich weiter das Ehepaar Degenhart. Jette, sicher um einiges jünger als ihr Mann, reichte ihm knapp zur Schulter. Ihr Gesicht unter dem kurzen, blonden Haar hatte etwas Ziegenhaftes, was durch die langen Zähne noch unterstrichen wurde. Olaf hatte sich gegen jede Verkleidung gesträubt und war in Jeans, dunklem Rolli und einem grün-braun gemusterten Tweedsakko gekommen. Seine Frau hatte sich ähnlich ausgetobt wie ich: roter, knöchellang fließender Stoff, gelegentlich ins Orange changierend, zu einem Mix aus Najaden- und Bajaderenkostüm verarbeitet, wobei der Fischschwanz, den sie im Schlepptau führte wie eine Operndiva ihren Pekinesen, für die Nixe sprach, der Satz aggressiv klimpernder Armreifen für die Tempeltänzerin. Als hätte sie sich nicht entscheiden können.

Ich löste mich wieder aus meiner Nische, um das Avocadogericht zu probieren, und als ich zurückkehrte, war mein Platz von Jette Degenhart besetzt. Sie warf mir einen fischäugigen Blick zu, den ich wohl als Lächeln verstehen sollte, und mir schwante, dass dieser neuen Nachbarngemeinschaft meine und Bennos Teilnahme dubios erschien. Man wäre wohl lieber unter sich geblieben, anstatt ausgerechnet mit zwei Polizisten zu feiern. Eine Weile stocherte sie auf ihrem Teller herum, dann fragte sie zu meiner Überraschung, ob ich das „ganz ausgezeichnete“ Kochbuch unserer drei Gastgeberinnen kenne. Ich kannte es nicht, und sie lächelte triumphierend. Es hätte mich brennend interessiert, ob sie vor ihrer Heirat Jette Abel geheißen hatte und eng befreundet mit der ersten Frau Degenhart gewesen war. Aber die Frage schien mir für den Rahmen einer Party zu amtlich. Ich sah mich nach ihrem Mann um und entdeckte ihn am Fuß der Wendeltreppe, wo er mit Bella redete. Dabei lachte er laut und nahm schnelle, gierige Schlucke aus seinem Sektglas. Er schien seine Einsilbigkeit abgelegt zu haben und wirkte wie ein aufgedrehtes Blechhündchen. Als hätte Jette Degenhart den gleichen Eindruck, stellte sie plötzlich den nur halb geleerten Teller mit einem leisen, aber wütend wirkenden Knall auf die Abtropffläche der Spüle. Ich hatte das Gefühl, dass sie mir etwas sagen wollte, vielleicht etwas über ihren Mann oder dessen erste Frau, die vielleicht ihre allerbeste Freundin gewesen und gelegentlich über Nacht bei ihr geblieben war, doch genau in diesem Moment explodierte an der Haustür ein spitzer Schrei, der, wenn nicht einem Überfall, eigentlich nur neuen Gästen gelten konnte. Im nächsten Augenblick standen zwei rabenschwarz gekleidete Figuren im Raum, mit dem flachen, schwarzen Hut und der Schnabelmaske venezianischer Pestärzte, einen schwarzen Stab in der einen und eine knisternde Wunderkerze in der anderen Hand. Das Publikum klatschte und Bogenmann bedauerte, sich nach allen Seiten umdrehend, als wäre er seinerseits um Applaus bemüht, dass Ray und Charles nicht mit Country- oder Soulmusik zu diesem Abend beitragen könnten, wie es ihr Namensvetter mit Sicherheit getan hätte.

Yvonne kam mit einer frischen Flasche Sekt und verkündete, als wäre das ein heißer Tipp der beiden Neuankömmlinge, dass sich generell geduzt werden müsse. Wie man das in Zukunft handhaben wolle, könne jeder selbst entscheiden. Dann zischte sie Olivia die Frage zu, ob die Gäste jetzt komplett seien. Die Antwort erhielt sie von der Türklingel. Als letzter Gast erschien Boris Kupfer mit rotschwarzem Teufelskostüm und einer Schwefelwolke, die einen Aufschrei der Empörung auslöste. Sofort machte er sich daran, den beiden Zauberern die Schau zu stehlen. Er führte seine Hörner und den Klumpfuß aus strapazierfähigem Kunststoff vor, erzählte, dass er sie und den roten Umhang bei Karstadt in der Karnevalsabteilung gefunden habe, und ließ den zottigen Schweif, eine dunkelbraune Vorhangkordel mit fester Troddel, durch neugierige Hände gleiten. Seine Vorstellung fand ein rasches Ende, als Olivia die Tanzeinlage ankündigte. Bogenmann fragte leicht angeheitert, warum „der schwedische Elch von gegenüber“ nicht eingeladen sei, und erhielt von Kupfer die Auskunft, er habe sich nicht entscheiden können, welches seiner Saunamädchen er mitbringen solle. Alle vier, das wäre zuviel geworden.

„Es soll ja bei ihm zugehen wie in Sodom und Gomorrha“, raunte der Architekt dicht neben mir. „Der Mann ist eine total schräge Nummer.“ Aus der Nähe sah ich, dass er sich falsche Wimpern angeklebt hatte. Es wirkte so abartig, dass ich beschloss, beim „Sie“ zu bleiben. „Wie ist das Wort Saunamädchen zu verstehen?“

Er warf mir einen Blick zu, der vielleicht diabolisch wirken sollte, und entblößte dazu scharfe Eckzähne, beides wirkte wie vor dem Spiegel einstudiert. „Ach, richtig! Du bist bei der Polizei. Bei der Sitte vielleicht? Mal einen Blick auf seine Homepage geworfen? Es gibt da einen speziellen Link.“

„Ich arbeite im Mordkommissariat.“

„Und der werte Kollege?“ Wieder höllisches Grinsen. „Vielleicht undercover hier?“

„Sind Sie sicher, dass Ihre Paella nicht anbrennt? Vielleicht sehen Sie mal in Ihrer Küche nach.“

„Sehe ich so aus, als ließe ich etwas anbrennen?“, gab er geschmeidig zurück. Ich ließ ihn stehen und sah mich nach Benno um.

Bella und Yvonne hatten die Klappstühle im Wohnzimmer zur Seite geschoben und die Hi-Fi-Anlage gestartet. Die Gäste bildeten einen Kreis und das Tangopaar begann zu tanzen. Nicht mit den fast athletischen Verrenkungen von Turniertänzern, die manchmal ans Groteske grenzen. Sie bewegten sich schlangenhaft und sinnlich. Kupfer, der erneut meine Nähe suchte, pfiff ein paar Mal leise, Ray und Charles hatten ihre Masken heruntergenommen, um besser zu sehen, und die drei Grazien standen wie angewachsen. Nur Degenharts lehnten mit demonstrativer Langeweile im Türrahmen und die beiden Pensionäre kauten mit offenem Mund.

Als ich die Hände zum Beifall hob, streifte Kupfer meinen Arm. „Heiße Nummer, was?“ Bellas schrille Stimme ersparte mir eine Antwort. „Leute? Es ist viertel nach zehn. Ich schlage vor, wir gehen ein Türchen weiter zu Boris und lassen uns von seiner spanischen Paella überraschen! Vergesst nicht: Alle duzen sich. Ich habe da eben etwas anderes gehört. Wer sein Glas mitnehmen möchte, bitte sehr! Aber bei Boris gibt es auch einen guten Tropfen.“

„Hauptsache, es gibt keinen Vortrag über dynamisch-offenes Wohnen“, ätzte Bogenmann so dicht hinter uns, dass Kupfer es unmöglich überhören konnte. Seine Freundin suchte lautstark ihre Handtasche, das Pensionärspaar begann zu schlingen, um nicht auch noch die Teller mitnehmen zu müssen. Dann drängte alles zur Haustür wie ein Schwarm Kinder, der nach einem verregneten Vormittag endlich ins Freie durfte.

Die Häuser hatten einen einheitlichen Grundriss. Der nach links versetzte Flur teilte sie in eine rechte größere und eine kleinere linke Hälfte. Auf der rechten Seite führte eine Wendeltreppe aus Buchenholz ins Obergeschoss und zum Keller. Bei den Grazien ging sie von der Küche aus, bei Kupfer von der „Bibliothek“, während jener Raum, in den Olivia unsere Jacken gebracht hatte, bei ihm als Kochstudio eingerichtet war. Die Paella wurde auf einem improvisierten Tisch aus Holzplanken und Anstreicherböcken im Flur serviert. Die Wand darüber war mit Fotos von Bauprojekten gepflastert. Offenbar hatte Kupfer gelegentlich in Ferienparadiesen zu tun. Weiße Endlosstrände mit würfelförmigen Bungalows unter Palmen, Terrassenhäuser um einen Pool geschart, dahinter eine tropisch aussehende Bergkette.

Wir versanken in den großzügigen Sofas, weichen Sesseln und Bodenkissen, was nicht ganz ohne Gerangel ausging. Der Alkohol zeigte erste Wirkung. Als wäre er der große Verlierer auf der „Reise nach Jerusalem“, zog sich der Hausherr schmollend den Klavierhocker heran und verkündete, dass die Lyriklesung leider ausfallen müsse, weil der vortragende Germanistikstudent seit letzter Nacht stockheiser sei. Jemand lachte spöttisch, vielleicht über mögliche pikante Ursachen der Heiserkeit oder weil er keine Dichterlesungen mochte. Da ich mich nicht neugierig umdrehen wollte, verließ ich mich auf meine Vermutung, dass es der Lyrikverleger Degenhart war, der sich derart amüsierte.

„Dann spielen wir doch Scharade“, schlug Kitty mit einem flirrenden Vibrato in ihrer dunklen Stimme vor. Ein intellektuelles Programm war angesagt, warum nicht intellektuell bleiben? Die Floristin wollte wissen, was Scharade sei, doch ihre Frage ging unter, weil Kitty bereits weiterredete. „Aber nur schwierige Wörter, sonst wird es langweilig. Also nicht gerade ‚Spiegelei' oder ‚Geldwäsche'. Letztes Mal hatten Bert und ich den Begriff ‚Mausmatte'. Kein Mensch ist darauf gekommen."

Beifälliges Gemurmel bewies, dass Kittys Vorschlag akzeptiert wurde. Während die ersten Teller mit dampfender Paella und von eisig prickelndem Sekt beschlagene Designergläser auftauchten, füllte sich der große Raum mit Gelächter über die oft witzig, manchmal auch stümperhaft dargestellten Pantomimen. „Windjammer", „Vergnügungssteuer", sogar das Wort „Götterdämmerung" wurde, wenn auch nach vielen Fehldeutungen, erraten. Es war fast Mitternacht, als wir zu Ray und Charles und ihren Desserts weiterzogen. Kupfers Paella war perfekt. Gut gewürzter Safranreis, viel scharfes Gemüse und zartes Hühnerfleisch. Nur um die Miesmuscheln und die Krabben hatte ich einen Bogen gemacht. Seitdem ich in einer Pariser Bar, unweit der ehemaligen „Hallen", nur knapp eine Muschelvergiftung überstanden hatte, hielt ich eisern an meinen Prinzipien fest. Begleitet wurde die Paella von einem knackigen Salat mit ungewöhnlichen Ingredienzien: Chicoree, Mangospalten, Eichblatt und Walnüsse. Ich beschloss, mir nach den Karnevalstagen die Rezepte geben zu lassen.

Das Wohnzimmer der beiden Varietékünstler wurde gleichzeitig als Trainingsraum genutzt, und ob es sich nun um Requisiten für ihre Vorstellungen handelte oder um Souvenirs von Gastspielen, das Mobiliar war von Scheußlichkeiten überwuchert wie in einem Gruselkabinett. Überdimensionale Käfer und Spinnen aus Gummi, Fliegende Hunde, die, durch einen Ventilator bewegt, unter der Decke schaukelten, teilweise obszön wirkende Schneekugeln und fratzenhafte Masken. Ich fragte Ray, ob es sich um eine Karnevalsdekoration handele oder um eine Dauerausstellung. Statt einer Antwort wandte er mir wortlos sein kalkweiß geschminktes Gesicht zu und rollte die Augen hinter seiner Pestmaske, bis mir unbehaglich wurde.

„Sie haben einen Laden in der Frauenstraße", sagte Bogenmann, sobald sich Ray entfernt hatte. „Falls du mal ein ausgefallenes Geschenk suchst … Für eine Rapperhochzeit, zum Beispiel …" Während er mir einen Überblick über das Ladensortiment verschaffte, öffnete Charles die Durchreiche zur Küche, um die Desserts zu servieren. Wie Hühner auf der Stange hockten wir an dem langen Ess- und Zaubertisch. Eine Glasschüssel erschien und wurde von Ray präsentiert: Rote Grütze – voilà! Die Durchreiche schloss sich, Ray warf ein Küchenhandtuch über die Schüssel, ließ beide Hände in Abrakadabra-Haltung darüber kreisen, zog das Tuch mit theatralischer Geste weg: na, so was! Grüne Grütze! Wir staunten gehorsam wie Kinder beim Kasperletheater, die Grütze war wieder rot, dann standen beide Schüsseln vor uns, mit dem Ergebnis, dass sie misstrauisch beäugt wurden, als hätten unsere Gastgeber einen bösen Geist aus seiner Flasche befreit. Herwig Protz, nach einem einzigen Gläschen Sekt bereits jenseits von Gut und Böse, brachte den Kalender nicht mehr auf die Reihe und erklärte, wackelig stehend und mit erhobenem Zeigefinger, ihm als Nachfahre der Wiedertäufer seien in der Nacht zum Aschermittwoch keine roten Früchte erlaubt. Seine beiden Platznachbarn zogen ihn barsch an seiner Toga zurück auf sein schmales Fleckchen Holzbank. Eine Schale mit dunkler Mousse au chocolat passierte die Küchenklappe, verwandelte sich unter exstatisch gemurmelten Zauberformeln in helle Mousse, kehrte zur ursprünglichen Farbe zurück, bis beides auf dem Tisch landete. Eine Weile machten die Desserts ihre Runde, doch obwohl sie viel Lob fanden, war das Klappern der Löffel auf den Glastellern bald das einzige Geräusch in unserer wortkarg gewordenen Tischgesellschaft. Ich dachte noch darüber nach, wer oder was die Schuld an unserem Schweigen hatte: Vielleicht die makabre Dekoration des Raums, eine lähmende Müdigkeit, die alle zur gleichen Zeit erfasst hatte, oder die schmale Tischplatte, die uns nach dem quirligen Durcheinander in Haus A und dem großzügigen Haremsplüsch bei Kupfer eine unangenehme Tuchfühlung aufzwang, als der Architekt plötzlich seinen Teller zur Seite setzte, den Blick in der Runde kreisen ließ und mit schwerer Zunge wissen wollte, ob denn niemand Lust habe, die Scharade weiterzuspielen. Als keine Antwort kam, stand er auf, umsegelte die Tischkante, als besäße er das Navigationssystem einer Fledermaus, und stand in seiner ganzen Leibesfülle vor uns. Der schwarze Seidenrolli nahm die Speckrillen seiner Taille auf wie ein Spritzsack die Buttercreme, die Jeans schienen eine Nummer zu eng und auf seinem Gesicht zeigte sich wieder das teuflische Grinsen, als er uns das erste Rätsel aufgab.

Hätte er zwischendurch mal ein Glas Mineralwasser getrunken oder etwas Substanzielles gegessen; wäre umgekehrt Tamara Schneider dem Alkohol nicht so feindlich gesonnen und außerdem nicht so ehrgeizig und vorlaut gewesen, das verstörende Ende dieses Abends wäre uns wahrscheinlich erspart geblieben. So aber standen Kupfer alle Möglichkeiten offen, nicht nur seine scharfe Attacke in die Tat umzusetzen, sondern dabei auch eine Gehilfin zu finden, die in ihrem törichten Geltungsdrang alles heraustrompetete, was ihr Hirnstübchen produzierte. Die übrigen Gäste, teils in fortgeschrittener Vernebelung, teils in wachsender Bestürzung, brachten nichts über die Lippen. Doch das Verwunderlichste an dem Vorfall war das Ausmaß, in dem alle in diesem Raum über Degenhart informiert waren.

Es war ein hinterhältiger Angriff, doch das wurde mir erst bei Kupfers zweitem Rätsel klar. Mit dem ersten konnte ich nichts anfangen. Kupfer zeichnete eckige Linien in die Luft, kreuzte dann die Arme und fuhr sich mit beiden Händen über die Schulterblätter.

„Häh?“, der Freund der Floristin legte die Hand hinters Ohr, andere schüttelten die Köpfe und forderten Kupfer unwirsch auf, seine Pantomime zu wiederholen. Aber dann krähte Frau Schneider: „Ich hab’s: Er meint ‚Stühlerücken‘“. Bella lachte überdreht und Bogenmann warf das Wort „Schwachsinn!“ in die Runde. Worauf Kupfer Ruderbewegungen machte und danach die Umrisse eines Hauses in die Luft schrieb. Frau Schneider rief schrill: „Bootshaus“, Kitty protestierte, die Lösungen seien abgesprochen worden und das sei unfair. Die Sache nahm immer surrealere Züge an.

„Und jetzt die letzte Scharade“, sagte Kupfer. Er sah in die Runde und lächelte schmal. „Das errät niemand.“

Er hatte nicht mit der Floristin gerechnet, wir anderen wären entweder nicht darauf gekommen oder hätten ihn mit seinem Spiel sitzen lassen, weil wir erkannten, dass sein drittes Rätsel endgültig ins Geschmacklose abrutschte. Kupfer deutete eine Würgebewegung an und griff dann zu einem imaginären Spaten, als wollte er ein Loch ausheben. „Totengräber!“ schmetterte der Pensionär, Kupfer verneinte. „Nicht der Mensch, sondern die Käferart, die Totengräber heißt“, insistierte Protz und erntete erneutes Kopfschütteln. Eine Weile blieb es still, und ich dachte schon nervös: Diesmal wird sie nicht drauf kommen! Doch Frau Schneider war auf dem Gipfel ihrer Kombinationsgabe: Sie knackte auch diese Nuss.

„Mördergrube!“ Ihre Stimme überschlug sich in kindlichem Siegestaumel und löste ein abruptes, eisiges Schweigen aus. Im nächsten Moment erhob sich Degenhart von seinem Platz am Ende des langen Tisches. Niemand sah ihn an, als er mit messerscharfer Stimme fragte: „Was läuft hier ab, Kupfer? Was sollen diese dummen Scherze? Das ist kein Spaß, verdammt noch mal!“

„Fühlt sich da jemand angesprochen?“ Kupfer zeigte kampfbereit die scharfen Eckzähne, dann griff er, wie in einer plötzlichen Überlegung, zum Sektglas und nahm einen Schluck. Er setzte es mit einem harten Ruck zurück auf den Tisch; die herrische Geste eines Feldherrn oder Großgrundbesitzers, die klar machen sollte, dass *er* sich nicht aus der Ruhe bringen ließ. „Das ist meine Antwort auf deine unbezahlten Rechnungen, du Ganove.“

Einen Augenblick lang sah es aus, als würden die beiden aufeinander losgehen. „Jetzt macht doch bitte keinen Ärger!“, Olivias Stimme zitterte. Ray nahm die Maske herunter und die rollenden Augen in seinem grellweißen Gesicht wirkten grotesk. Ich versuchte mir gerade vorzustellen, wie eine Rauferei die Scheußlichkeiten seines Horrorkabinetts, die obszönen Schneekugeln, die monströsen Gummipräparate vom Sockel fegte, als Degenhart ein bellendes Lachen ausstieß und sagte: „Die Rechnungen bezahle ich, wenn die Baumängel behoben sind. Mit Pfusch kann mir keiner kommen! Und ich lasse mich nicht beleidigen!“

„Was nennst du Pfusch?“, fauchte Kupfer.

„In der ganzen Bude zieht es.“ Degenharts Stimme klang plötzlich keuchend und abgehackt. Die Aufregung setzte ihm hörbar zu. Seine Hände zitterten, er setzte zu einer fahrigen Bewegung in Richtung Herz an, doch seine Hand sackte nach unten, als wäre sie ein leerer Handschuh. „Die Fenster sind nicht dicht, die Treppenstufen knarren, die Drainage rund ums Haus wurde mit Bauschutt aufgefüllt anstatt mit Kies. Beim ersten Gewitterregen im Frühjahr stehen sämtliche Keller unter Wasser, alle hier in der Straße. Nur bei dem feinen Architekten wurde natürlich sauber gearbeitet und all das Geld verbraten, das wir für den Schund zahlen mussten." Er sprach immer langsamer und atmete schwer, während sein Gesicht rot anlief und ihm Schweiß auf der Stirn perlte. Die Blicke der Tischrunde pendelten zwischen ihm, Kupfer und seiner Frau, die wie versteinert da saß. Dann holte Bella tief Luft, als wollte sie beschwichtigend eingreifen, doch Degenhart hatte sich schon umgedreht. Im Hinausgehen brüllte er: „Ich kriege dich noch, du elendes Schwein! Ich schicke dir meinen Anwalt ins Haus, der lässt dich über den Tisch kriechen wie einen Wurm, bis du endlich genug hast von all deinen perversen Spielchen!"

Die Eingangstür flog ins Schloss, zurück blieb ein verstörtes Publikum. Bella tuschelte mit Jette, die ratlos den Kopf schüttelte, und ich kreuzte einen schnellen Blick mit Benno. Seine entschlossene Miene erinnerte mich an frühere Zeiten in Altötting, wenn wir gemeinsam eine Gasthausschlägerei regeln mussten. Olivia stieß entnervt Luft durch ihre Nüstern und Frau Schneider begann, in reichlich später Einsicht in die verfahrene Lage, zu lamentieren: „Aber das war doch nicht ich! Ich habe doch nur richtig *geraten*! Und wir haben doch nur *gespielt*!" Für Kupfer hatte sie damit die überhängende Lawine vom Dach geholt, seine Haltung entspannte sich, auch wenn er nichts zu Degenharts Vorwürfen sagte. Und die übrigen Gäste, die vielleicht ebenfalls offene Rechnungen im Schreibtisch liegen hatten, mochten sich an der heißen Glut nicht die Finger verbrennen.

Das Erstaunliche war, dass Jette Degenhart da blieb. Vielleicht schätzte sie die Wutausbrüche ihres Mannes nicht, schon gar nicht, wenn sie sich in die eigenen vier Wände fortpflanzten. Vielleicht war seine Klage über die Baumängel berechtigt und sie wollte wissen, wie sich der Architekt aus der Schlinge zog. Stumm, kerzengerade, mit fast antiker Feierlichkeit thronte sie in ihrem roten Schleiergewand am Ende der langen Bank, das sie bis vor kurzem mit ihrem Mann geteilt hatte – eine Außenseiterposition, die die beiden den ganzen Abend lang eingenommen hatten.

Eine Viertelstunde später und erlösend für uns alle stellte Kupfer sein leeres Glas auf den Tisch und dankte förmlich für die Einladung, als wäre er kein Gastgeber gewesen, sondern Ehrengast. Dann war er weg, merklich leiser als sein Kontrahent. Als nach weiteren zehn Minuten auch Jette, nicht ohne knallende Küsschen und viel Schulterklopfen seitens der weiblichen Partyteilnehmer, verabschiedet worden war, machte sich noch mehr Erleichterung breit. Obwohl Franz und mich mit Kupfer nicht mehr als eine unverbindliche Nachbarschaft verband, fühlte ich mich plötzlich wie in einer Internatsschule, in der gegen den unfairen Direktor gemauert wurde. War von Betrug die Rede gewesen, von lodernden Streitigkeiten? Dies war Karnevalssamstag, jeder in unserer exklusiven Gästerunde war gut gelaunt hergekommen, mit raffinierten Kochrezepten, aufwändigen Kostümen und professionellen Programmeinlagen. Man ließ sich den Spaß nicht verderben, nur weil jemand keine saubere Weste hatte.

Die Gesichter der drei Grazien wirkten noch immer angespannt, als sie uns die Jacken und Mäntel aushändigten. Stumm und verlegen zerstreuten wir uns zu unseren Häusern, und jetzt tat mir das Rentnerpaar, das noch gut tausend Meter zu tappen hatte, Leid. Ihre Mienen hatten so verletzt gewirkt.

Als wir die Klaviermusik in Kupfers Bibliothek hörten, blieben Benno und ich stehen. Die letzten Takte aus Beethovens Sonate „Der Sturm“ perlten vorbei, dann entstand eine kurze Pause, als suchte der Spieler neue Noten, um anschließend das Fantaisie Impromptu von Chopin in Angriff zu nehmen. Er kühlt seinen Ärger ab, dachte ich, er nutzt die Zeit, bis die anderen Partygäste ins Bett gegangen sind. Kupfer spielte fehlerfrei, aber auch irgendwie provokant, als wollte er uns zeigen, wie egal wir alle ihm waren.

Als ich Benno an seinem Quartier absetzte, war es kurz vor zwei und die niedlichen Butzenscheiben starrten schwarz und abweisend in die Nacht. „Falls du das Frühstück verschläfst, komm zu uns.“

„Danke!“ Benno nestelte den Schlüssel aus der Tasche. Während er sich der Tür näherte, flammte ein Bewegungsmelder auf. Ich wartete, bis mein alter Kollege verschwunden war. Um viertel nach zwei landete ich selbst im Bett. Franz schlief tief und fest, wie ein Igel im Winter.

Am nächsten Morgen hatte Benno einen dicken Kopf. Ich konnte mich gar nicht daran erinnern, dass er so viel getrunken hatte. Ich hatte ihn nur mit Sekt-Orange gesehen. Doch was auch der Grund sein mochte, seine Tränensäcke hingen schlaff und sein Haarschopf wirkte noch fusseliger als sonst. Stumm vor sich hin leidend, trank er den Kaffee schwarz und in kleinen Schlucken. Als Franz ihn darauf hinwies, dass manchen Kateropfern Rollmöpse oder Salzgurken halfen, die in ihren Gläsern auf unserer Tischmitte prangten wie bei anderen Leuten der Frühlingsstrauß, tastete er mit unsicherer Hand nach einem weich gekochten Ei, sägte ihm den Kopf ab und tunkte Weißbrotbröckchen ein. Immerhin befolgte er die Ausnüchterungstherapie, indem er mehrmals zum Salzstreuer griff.

Um halb elf machte ich mich mit ihm auf den Weg zum Stadtweinhaus, wo, wie immer am Sonntag vor Rosenmontag, dem Karnevalsprinzen die Schlüssel der Stadt ausgehändigt wurden. Das ging selbstverständlich nicht reibungslos vor sich. Welcher Oberbürgermeister verlor schon gern seine Hausrechte? Eine halbe Stunde früher war die Entmachtung des Regierungspräsidenten am Domplatz vorgesehen, während das Bischöfliche Palais mit einem Höflichkeitsbesuch davonkam, bei dem alle Jahre wieder den närrischen Tollitäten das Kachelzimmer im Dom vorgeführt wurde. Mit der Übergabe des Rathausschlüssels musste so lange gewartet werden, bis das Hochamt in Sankt Lambertus samt pompösem Orgelfinale ausgeklungen war.

Franz und Kerstin hatten versprochen, fürs Mittagessen zu sorgen, ich war gespannt. Zwar konnten beide ganz anständig kochen, doch gingen ihre Geschmäcker diametral auseinander. „Vegetarian meets carnivorous“ dachte ich, während ich neben unserem Kombi auf Benno wartete: Das klang wie das Motto eines ernährungswissenschaftlichen Kongresses. Ich hob den Kopf und atmete die eisige, klare Luft ein. Der Himmel war von einem dunstigen Blau, in dem dünne Schäfchenwolken trieben, für die nächsten Tage wurden Schneeschauer angekündigt. Ungeduldig trat ich auf der Stelle. War das Gummiband an Bennos Tropenhelm geplatzt, so dass er sich eine andere Verkleidung suchen musste? Als er endlich in der Haustür erschien, trug er einen Feuerwehrhelm aus Plastik. Ich zerrte an dem grüntüllenen Schal von Frau Hilbich herum, bis ich beim Autofahren volle Blickfreiheit hatte. Dann fuhren wir los.

Die Innenstadt wirkte so leer, als hätte man einen Blizzard angedroht. Wo waren all die lustigen Westfalen? Wo blieben rote Pappnasen und Luftschlangen? Vor Jahren hatte mich mein Vorgänger im münsterschen Morddezernat Frieder Lenz zum Karnevalssonntag in seine neue Wahlheimat Köln eingeladen. Wie ein Sog hatte uns die singende, schunkelnde Menge aufgenommen. Die meisten Jecken waren schon morgens früh aus ihren Reisebussen geklettert, einige von ihnen angeheiterter als auf einem Ballermann-Flug. In Münster hatte ich nicht gerade Touristenbusse erwartet, aber ganz bestimmt nicht diese leere, windzerzauste Kulisse. Ein paar Luftballons in den Stadtfarben Rot, Weiß, Gelb wirbelten an uns vorbei und sahen so einsam aus, dass ich noch mehr fror. Wir trabten den Prinzipalmarkt hinunter, der eisigen Schatten und frostige Sonne bot, je nachdem welche Straßenseite man benutzte. Auch er war frustrierend leer, bis auf ein paar potenzielle Zuschauer, die sich das Warten vor Schaufensterauslagen vertrieben, in kleinen Gruppen mit Bierflaschen oder Sektgläsern zusammenstanden oder sich an den offenen Fenstern der hohen, schmalen Giebelhäuser versammelt hatten, die Münsters gute Stube säumen. Kostümiert war niemand, nur die Funktionäre der Karnevalsgesellschaften trugen ihre Narrenkappen und sie blickten verdammt dienstlich. Als einer von ihnen demonstrativ auf die Uhr sah, kam ich endlich drauf: Kein Wunder, dass die Stimmung so flau wirkte, ich hatte mich um eine Stunde vertan, wir waren zu früh. Ich sagte es Benno, worauf er kommentarlos den Mantelkragen hochschlug, die Hände in die tiefen Taschen seines Dufflecoats stopfte und auf den Absätzen wippte, um die Füße warm zu halten.

Allmählich füllte sich der Platz vor dem Podest, das man unter der Laube des Stadtweinhauses, dem Sentenzbogen, aufgebaut hatte, und mit den Narren kam auch die Stimmung, in Form von alten Karnevalsschlagern, die offenbar nicht totzukriegen waren, und witzigen Kostümen wie dem Hühnerfrack meines Stehplatznachbarn zur Rechten. Der schlabberige, rote Plastikkamm auf seinem Kopf stammte von einer ausrangierten Badekappe, die Flügel waren aus einem orangegelbbraunen Billigperser oder Bettvorleger ausgeschnitten, sogar am Sitzteil der Hose baumelte ein Teppichrest. Nur die Geräuschkonserve mit aggressivem Hühnergackern, die der junge Mann in regelmäßigen Abständen aus seiner beigefarbenen Plüschjacke hervorschnellen ließ, nervte gewaltig. Ohne sie hätte er glatt meinen privaten Carolus Piep-Orden gewonnen. Carolus Piep war das Maskottchen der Karnevalsgesellschaft der münsterschen Schutzpolizei Witte Müse. Der einssiebzig große Mäusemann mit weißer Polizeiuniform, grünem Umhang und grüner Narrenkappe war so putzig, dass Kerstin mich früher regelmäßig um eine Ausgabe im Miniformat angebettelt hatte, bevor sie ihr Herz an Leonardo di Caprio verlor.

Nicht lange, und wir standen Kopf an Kopf und auch nicht mehr in der dritten Reihe, sondern bereits in der sechsten. Eine schmale Gasse bildete sich, durch die das Stadtfanfarenkorps, die Stadtwache und die münsterschen Karnevalsgesellschaften mit ihren Spielmannszügen und Tanzgruppen einzogen. Oben, auf dem Sentenzbogen, waren unterdessen der Bürgermeister, der Oberbürgermeister und der Zoodirektor erschienen, umgeben von einem großen närrischen Hofstaat. Unten auf dem Podest zeigte das Tanzcorps der Narrenzunft Aasee viel Bein bei seiner schmissigen Nummer, der Moderator machte seine Späße, die Schlossgeister legten einen Cancan auf die Bretter, weitere Witze folgten und mir wurden die Füße zu Eisklumpen, da half auch alles Trampeln und Wippen nichts. Sie begannen erst recht zu zwicken, als Benno mir ein Bier von einem der Bierwagen anbot. Doch den heißen Kaffee, den er daraufhin besorgte, nahm ich dankbar an.

Um zwölf traf das Jugendprinzenpaar, Anne und Stephan, ein und beim Anblick der Prinzessin wich Bennos rasselndes Fiepen, das eine Bronchitis anzukündigen schien, prompt einem papagenoartigen Flöten.

Traditionsgemäß weigerte sich das Stadtoberhaupt, die Amtsgeschäfte zwei minderjährigen Narren zu überlassen. Jedes Jahr fiel die Ausrede anders aus, mal witzig, mal mau. Diesmal gab er zum Besten, der Rathausschlüssel sehe so merkwürdig mickrig aus, das sei gar nicht der richtige. Er hob eine übergroße Spezialversion in die Höhe und die Zuschauer feixten. Er frage sich, so der Oberbürgermeister weiter, ob der Schlüssel nur auf den Weinkeller des Rathauses passe, den man zwei Fünfzehnjährigen auf keinen Fall zur Verfügung stellen dürfe. Darauf konterte der Prinz, man könne ja die Rathaustür aushebeln und zum Balkon hinaufreichen. Das Publikum johlte und pfiff, während die Prinzengarde mit einer Attrappe der spitzbogigen Tür erschien. Das Schlüsselloch, natürlich ebenfalls in Übergröße, passte perfekt und Benno verschluckte sich vor Lachen an seinem Bier.

Jetzt warteten wir auf den Stadtprinzen, Heiner den Ersten. Doch der hatte sich, wie der Oberbürgermeister zufrieden feststellte, offensichtlich beim Bischof verplaudert oder war beim Regierungspräsidenten abgeblitzt. In siegessicherem Tenor versprach er seinem Publikum eine ähnlich wehrhafte Verteidigung des Rathauses wie im vergangenen Jahr, als Timm I. und seine Adjutanten mit hängenden Ohren hätten abziehen müssen. Er verschränkte die Hände, die wieder eine große Schlüsselattrappe hielten, auf dem Rücken, schob ruckartig das Kinn vor und wippte trotzig auf den Fersen, während sich unter den närrischen Bürgern hämische Freude breit zu machen begann. Hoch über ihm, im zweiten Stock des Stadtweinhauses, hatten sich nämlich zwei Fenster geöffnet und zwei Männer in roten, mit dem Raster eines Spinnennetzes dekorierten Masken, Trikots und Stiefeln lehnten sich hinaus. Sie hockten im Fensterrahmen, ließen die Beine baumeln und gaben eine akrobatische Nummer. Die drei Honoratioren unten auf dem Balkon spielten ihre Rolle der Ahnungslosen gut, jedenfalls lachte das Publikum dankbar, als sich die Spidermen elegant abseilten und lautlos auf dem Balkon landeten. Es waren, wie ich von dem Hühnermenschen neben mir erfuhr, die Adjutanten des Prinzen. Sie zogen eine Leiter aus, lehnten sie gegen die Hauswand und Prinz Karneval kletterte herunter. Nach diesem Überraschungsangriff war die Schlüsselübergabe kein Thema mehr.

Die Hoheiten – die abgesetzten wie die frisch inthronisierten – verzogen sich ins gut geheizte Innere, Fenster und Türen wurden mit nachdrücklicher Hand geschlossen. Das Volk hatte seinen Spaß gehabt.

Zu Hause roch es vielversprechend nach Reibeplätzchen. Für Vegetarier gab es dazu Broccoli und Blattspinat, die *piscivori* nahmen auch von dem ganz ausgezeichneten Räucherlachs und löffelten fleißig Crème fraîche auf ihren Teller. „Hmmmm!“, grunzte Benno zufrieden.

Am Rosenmontag sahen wir uns den Karnevalszug an. Benno und ich standen in der vorletzten Reihe an der Windhorststraße. Es war noch kälter geworden und die Zuschauer stampften sich die Füße warm, während Thermoskannen und Kornflaschen ihre Runde machten. Ich lachte über Benno, der sich nach den Bonbons reckte oder bückte, um sie später an Kinder zu verteilen, und musste ihn mehrmals daran erinnern, dass man in Münster „Helau“ rief und nicht „Alaaf“. Mein Nachbar zur anderen Seite, ein als Eisbär vermummter Endfünfziger, röhrte, als würde er dafür bezahlt: „Das kannst du nicht aahnen, du munteres Reehlein, duu“, und nuckelte zwischendurch an seinem Flachmann. Als der Karnevalswagen der Witte Müse vorbeirollte – zwei Pappmachéfiguren im Blaumann mit rosa Brillen, die unter dem Motto „Der letzte Arbeitsplatz“ miteinander rangelten – musste ich wieder an Degenhart und die Farce von Kostümparty denken. Am Sonntagnachmittag war uns keiner der neuen Nachbarn begegnet, obwohl wir mit Benno ausgiebig spazieren gegangen waren. Nur Torsvik hatte eine Joggingrunde auf den verharschten Schnee gelegt, aber ich bezweifelte, dass er uns zur Kenntnis genommen hatte. Sein bis zur Nasenspitze reichender, doppelter Rollkragen und das extrabreite Stirnband nahmen ihm die Sicht. Ich wurde aus meinen Erinnerungen aufgestört, als mir ein Hagel aus Gummibärchentüten an den Kopf prasselte. Die Kollegen auf dem Karnevalswagen hatten mich im Gedränge erkannt und tief in ihre Vorräte gegriffen.

Nachdem der Rosenmontagszug vorbei war, setzte ich Benno an seiner Pension ab. Er wollte im Dämmerlicht nach lohnenden Fotomotiven suchen. Als ich den Wagen vor unserem Haus abstellte, entdeckte ich seine Handschuhe auf dem Beifahrersitz. Ich rief in der Pension an, um ihm anzukündigen, ich brächte sie vorbei, als die Wirtin plötzlich zu schreien begann. Dann war die Leitung tot.

- III -

Ich erreichte die Pension zur gleichen Zeit wie die Feuerwehr. Im ersten Stock waren drei Fenster geborsten, unten im Eingang staubte der Mörtel und der Tresen war weiß von herabgefallenem Putz. Wie durch eine Nebelwand erkannte ich die Wirtin, die sich schwer auf zwei junge Mädchen stützte. Wo steckte Benno? Ich wählte seine Handynummer und er meldete sich völlig arglos, wie ein kolonialzeitlicher Urwaldforscher, der den Ausbruch des Ersten Weltkriegs nicht mitbekommen hatte, aber seine Abwesenheit war einfach zu erklären. Als er seine Handschuhe vermisste, war er mit bloßen Händen auf die Suche nach Fotomotiven gegangen. Das Licht draußen kippte bereits, er hatte sich beeilen müssen.

Der Sprengsatz war im ersten Stock explodiert und hatte drei Zimmertüren aus den Angeln gehoben, darunter auch die von Benno. Die Überreste des Koffers, in dem er durch Fernzündung ausgelöst worden war, lagen über den ganzen Korridor verstreut. Glücklicherweise war kein Feuer ausgebrochen, doch die Kleidungs- und Wäschestücke, die Benno der Übersichtlichkeit wegen nicht in den Schrank geräumt, sondern auf Bett und Stuhl drapiert hatte, waren mit Glassplittern gespickt. Wie der oder die Attentäter ins Haus gekommen waren, wusste niemand. Allerdings war die Pensionsbelegschaft in schöner Einträchtigkeit im Hinterzimmer versammelt gewesen, um sich die Fernsehübertragungen aus Köln, Mainz und Düsseldorf anzusehen. „Scheißkarneval!", bollerte Benno.

„Und das Fatale, Herr Schüssler", sagte die Wirtin, während zwei Sprengstoffexperten ihre Koffer aufklappten und die Feuerwehr davonbrauste, „ich kann Ihnen kein anderes Zimmer anbieten. Ab Morgen tagen die Kieferorthopäden. Wir sind ausgebucht."

Benno zog zu uns. Stück für Stück zupfte er mit einer Pinzette die Glassplitter aus Unterwäsche, Frotteepyjama und Socken, ich bürstete seine Hosen und den Sakko ab. Warum war der Bursche auch zu faul gewesen, seine Sachen wegzuräumen? Erst nach einer ganzen Weile fiel mir auf, wie merkwürdig schweigsam er sich der Säuberungsaktion widmete, das passte nicht zu seinem Sheriff-Naturell. „Gibt es irgendetwas, worüber wir reden sollten?"

Er hob in gespielter Unschuld den Kopf. „Wie meinst du?“

„Hör zu, Benno. Wenn du nicht nach Münster gekommen bist, um dir den Rosenmontagszug anzusehen, dann wüsste ich das gern. Ich bin nicht scharf auf Hausreparaturen.“ Darauf erhob er sich so abrupt, dass das Gästebett, auf dem er Platz genommen hatte, empört knarrte. „Ich gehe ins Hotel!“

„Red keinen Blödsinn! Du hast gehört, dass Münster ausgebucht ist. Heute die Karnevalstouristen, morgen die Kongressteilnehmer. Kannst du über die Sache nicht reden oder willst du nicht?“

„Dafür ist es noch zu früh“, gab er bockig zurück.

„Auf deine Pension wurde ein Sprengstoffanschlag verübt, worauf willst du denn noch warten?“

„Du würdest dich bei dieser Geschichte garantiert langweilen.“

„Mit dir habe ich mich noch keine fünf Minuten gelangweilt, das heißt natürlich nur im Dienst.“

Er kräuselte die Lippen.

„Also?“

„Tut mir Leid.“ Daraufhin legte ich ihm die Kleiderbürste auf den Nachttisch und ließ ihn mit seinen Glassplittern allein.

Etwa zur gleichen Zeit tauchte eine ziemlich ratlose Jette Degenhart im Wachzimmer des Präsidiums auf und meldete ihren Mann als vermisst; verschwunden seit Samstagnacht. Von dem Streit mit Kupfer sagte sie vorläufig nichts.

Sie hatte bei ihrer Heimkehr von der Party die Haustür verschlossen vorgefunden und das Haus stockdunkel, sie hatte Licht gemacht, sich schnell abgeschminkt und war schlafen gegangen. Ihr Mann und sie benutzten getrennte Zimmer und jeder hatte sein Bad. Auch am folgenden Morgen hatte sie nichts dabei gefunden, allein zu frühstücken, obwohl das nicht oft vorkam. Erst gegen halb zwölf war sie durch einen Telefonanruf aufgeschreckt worden. Degenharts Mitarbeiter Heinrich Krafft hatte einen Gesprächstermin mit einem Fotographen im Kalender stehen. Für ein Uhr war ein Tisch bei Lazzaretti bestellt. Wo Olaf denn bliebe, hatte Heinrich wissen wollen, und Jette hatte nachgesehen. Das Bett ihres Mannes war unbenutzt, sein Auto nicht bewegt worden und sein Handy hing noch immer am Aufladegerät – seit Samstagnachmittag.

Als Strössner das Protokoll aus dem Drucker gezogen und Frau Degenhart zum Unterschreiben vorgelegt hatte, war ihm eingefallen, dass ich in ihrer Nähe wohnte. Er rief mich zu Hause an und wenig später saß ich Jette Degenhart gegenüber. Es war ihr sichtlich peinlich, dass ich den Streit auf der Party zur Sprache brachte, aber diese Episode konnte wichtig sein, weil Degenhart im Affekt und unter heftigen Drohungen aus dem Haus gerannt war. Falls er nicht wieder auftauchte, musste die ganze Partygesellschaft befragt werden. Aber noch waren wir nicht so weit. Noch gab es die Hoffnung, dass er sich in eine uns unbekannte Einsamkeit verkrochen hatte, um seinen Ärger abzubauen – so wie Kupfer seine Wut mit Klaviermusik gelöscht hatte. Welches Ausweichquartier gab es für den tief gekränkten Verleger? Sekundenlang streiften meine Gedanken das Bootshaus. War es noch in seinem Besitz oder hatte er es verkauft?

„Constanze hatte es Sonia vermacht“, entgegnete Jette Degenhart. „Olaf hat es nie benutzt.“ Besaß er trotzdem den Schlüssel?

Sonia, so erklärte sie daraufhin, sei nach dem Tod ihrer Mutter nach Paris gezogen und inzwischen dort verheiratet. „Da der Schlüssel zum Bootshaus nicht bei uns hängt, denn das hätte ich beim Umzug gemerkt, nehme ich an, dass sie ihn mitgenommen hat.“ Ich nickte und blätterte unauffällig im Protokoll nach ihren Personalien. Mit ihrem Mädchennamen hieß sie tatsächlich Abel.

„Haben Sie irgendwelche Hinweise darauf, dass Ihr Mann Samstagnacht noch zu Hause gewesen ist, bevor er verschwand?“

Sie sah Strössner an, als begriffe sie nicht, und er insistierte: „Einen feuchten Schuhabdruck oder ein leeres Glas in der Küche.“

„Ich weiß nicht“, murmelte sie.

„Wenn Ihr Mann Samstagnacht noch einmal fortgegangen ist“, schaltete ich mich ein, „hatte er seine Gründe. Wir alle wissen, dass er sehr aufgebracht war, da liegt der Gedanke nahe, dass er seinen Frust vielleicht mit einem kurzen Spaziergang abreagieren wollte. Andererseits war es schon spät, ein Uhr, wenn ich mich recht erinnere, es könnte genauso gut sein, dass Ihr Mann ein völliges Blackout hatte. Ist das schon einmal vorgekommen?“

„Dass er nicht mehr wusste, wohin er ging oder wo er gerade war?“, fragte sie aufgebracht. „Nein, niemals!“

„Wenn er entführt worden wäre“, gab Strössner zu bedenken, „sähe die Sache wahrscheinlich anders aus. Es gäbe Anzeichen von Gegenwehr. Hat Ihr Mann gewisse Gewohnheiten, wenn er nach Hause kommt? Zieht er gleich die Schuhe aus? Hatte er zur Party einen Mantel mitgenommen, den er nachts gegen etwas anderes ausgetauscht haben könnte? Hängt sein Mantel an der Garderobe, während zum Beispiel eine Jacke fehlt?“

„Ich habe nicht nachgesehen“, sagte sie schwach, korrigierte sich jedoch sofort: „Nein, er hatte zur Party keinen Mantel mitgenommen, es waren ja nur ein paar Schritte.“

Hatte sie im Haus etwas Auffälliges bemerkt? Fehlte etwas? Standen Schubladen oder Schränke offen? Frau Degenharts Aussagen deuteten nicht auf einen Einbruch hin. Dann gab es vielleicht Freunde, zu denen ihr Mann zu Fuß gegangen war? Wieder dachte ich an seine erste Frau, die auf Ärger im eigenen Haus häufig reagiert hatte, indem sie bei ihrer Freundin übernachtete. Wie sich herausstellte, hatte Jette Degenhart dieselbe Idee gehabt und sämtliche Freunde angerufen. Niemand hatte ihn gesehen.

„Könnte es sein, dass Ihr Mann am Samstag etwas zu viel getrunken hat?“

„Sie meinen, dass er in die Werse gefallen ist?“ Sie schürzte die Lippen. „Er macht sich nichts aus Alkohol.“

War eine Entführung außer Haus vorstellbar? Hatte jemand, der über die Party Bescheid wusste, ihm beim Heimweg aufgelauert? Die vielfältigen Feindseligkeiten fielen mir ein, die er sich durch seine Kritiken über den münsterschen Kulturbetrieb zugezogen hatte wie einen hartnäckigen Virus.

Ich sah Jette Degenhart zu, wie sie ihren Silberfuchs von der Sessellehne zog und auf ihren für Guerillakriege geeigneten Stiefelabsätzen zur Tür stöckelte. Beim Anblick dieser martialischen Schuhbekleidung kam mir der Gedanke, dass eine geschlossene Schneedecke am Samstagabend die Suche nach dem verschollenen Verleger auf eine geradezu bestrickende Weise begünstigt hätte. Seine Schritte wären nachprüfbar gewesen, von Haus C gleich zu E, weil er keinen Mantel mitgenommen hatte? Oder zu B, um sich hieb- und stichfeste Beweise für Kupfers Pfuschereien zu verschaffen? Vielleicht noch kurz ans Werseufer, um seinen Zorn in der klaren Winterluft abzukühlen? Etwa eine halbe Stunde nach seinem wütenden Abgang hatte sich Jette Abel verabschiedet, hatte Kupfer seinen Chopin in die Tasten gehauen, waren Benno und ich über eisigen Boden nach Hause geschlittert.

Am Dienstagmorgen begann man nach ihm zu suchen. Die Kollegen von der Hundestaffel hatten Socken aus dem Wäschekorb und eine Wildlederjacke des Vermissten mitgenommen und durchkämmten mit eng gestellten Zinken den ganzen Boniburgwald. Gegen fünf Uhr nachmittags erschien Ruth Vollmann von der Abteilung für Vermisstenmeldungen in meinem Büro. „Ich fange mit der Befragung der Partyteilnehmer an“, verkündete sie. Wir arbeiteten Fragen aus, und da ihre Kollegen zum Skilaufen gefahren waren und ihr neuer Assistent Roland gerade einen Termin außer Haus hatte, fragte sie, ob ich sie begleiten könne.

Das Pensionärspaar Tamara Schneider und Herwig Protz, das an der Dorbaumerstraße wohnte, reagierte nicht auf unser Schellen, deshalb begannen wir mit den drei Grazien, die leidvolle, aber dekorative Schnuten zogen, als wir um ein Gespräch baten. Die Vorbereitungen für ihr großes Heringsbüffet, von einer Versicherungsgesellschaft im Zentrum Nord für Aschermittwoch bestellt, liefen auf vollen Touren. Kaum hatte man einen lukrativen Großauftrag auf den Küchentisch bekommen, erschien die Polizei und stahl einem wertvolle Zeit. Seufzend baten sie uns in die Küche, schoben uns zwei Hocker hin und beantworteten abwechselnd und ständig mit irgendwelchen Zerkleinerungs-, Rühr- und Abschmecktätigkeiten beschäftigt, was wir von ihnen wissen wollten.

Seit seinem zornigen Aufbruch bei Ray und Charles hatte keine von ihnen Degenhart gesehen. Er war ohne Mantel gekommen, nur im Tweedsakko. Ich erinnerte mich an Bellas angeregtes Gespräch mit ihm an der Wendeltreppe, während seine Frau neben mir an der Küchenspüle gelehnt hatte, und ich fragte mich, ob die beiden nur lose geplaudert oder etwas Substanzielles zu besprechen hatten.

„Und am Sonntag? Und am Montag?“, hakte meine Kollegin nach.

„Wir waren *hier*“, sagte Olivia so fest, als hätte jemand das Gegenteil behauptet. „Wir haben es uns bequem gemacht, ferngesehen und die Reste vom Büffet verputzt. Schließlich wussten wir, was heute auf uns einstürmt." Ihr Blick streifte ostentativ den vollen Küchentisch. Wir gingen weiter zu Boris Kupfer.

Der Architekt bat uns mit übertrieben wirkender Höflichkeit herein und führte uns in die obere Etage, wo sein Büro lag. Auch er erklärte, nichts von Degenharts Verschwinden zu wissen, hatte weder ihn noch seine Frau zu Gesicht bekommen und das Haus auch nur einmal verlassen, um den Straßenatlas aus seinem Auto zu holen. In Anbetracht des „abstoßenden Wetters" habe er gearbeitet, und als müsse er das beweisen, hielt er uns Millimeterpapier vor die Nase. Eine Ferienhaussiedlung auf Ibiza: Grundrisse, isometrische Einblicke, Bebauungspläne – sein jüngstes Sahneschnittchen, wie er selbstgefällig bemerkte. Alle Objekte schon seit einem halben Jahr verkauft. Meine Gedanken streiften kurz Degenharts unbezahlte Rechnungen und den Rechtsanwalt, mit dessen Winkelzügen er Kupfer gedroht hatte.

„Sie haben Samstagnacht noch Klavier gespielt. Hatten Sie keine Sorge, dass es Klagen von den Nachbarn geben würde?"

„Ach was!" Seine grimmige Miene zeigte mir, dass ich ihn genau dort hatte, wo ich ihn haben wollte. „Ich spiele beinahe jede Nacht. Bisher hat sich niemand beschwert, weil meine Häuser bestens isoliert sind. Durch die Wände dringt nichts, da könnten Sie die Berliner Philharmoniker einquartieren."

Aber durch die Fenster dringt es!, dachte ich. „Herr Degenhart scheint mit seinem Haus nicht sehr zufrieden zu sein."

Sein Blick wanderte zwischen mir und Ruth hin und her, wobei er mehrmals leicht blinzelte. „Ich weiß wirklich nicht, was Herr Degenhart meint. Keiner der übrigen Käufer hat sich beklagt. Aber er findet ja wohl an allem etwas zu nörgeln. So was gibt es eben"

„Gibt es noch mehr offene Rechnungen?", fragte Ruth.

„Wäre meine Antwort zielführend für Ihre Suchaktion?"

Also hatte er wahrscheinlich noch Rechnungen offen! Ich beschloss, das Thema zu wechseln. Degenhart war bestimmt nicht verschwunden, weil es in seinem Haus zog oder die Treppe knarrte.

„Wer hatte eigentlich die Idee, ein Kostümfest zu organisieren?"

Er schmunzelte. „Die *Idee* stammte von mir. Ich dachte, es sei eine gute Gelegenheit, einander zu beschnuppern und Bauherrenerfahrungen auszutauschen." Das hat er auch erreicht, dachte ich grimmig. „Die drei Catering-Ladies", fuhr er in noch besserer Laune fort, „waren sofort entschlossen mitzumachen. In erster Linie ging es ihnen natürlich um die Werbung für ihre Firma, die Zeiten sind schlecht für solche Kleinunternehmen. Auch die beiden Varietékünstler werden in erster Linie ans Geschäft gedacht haben. Mundpropaganda bedeutet viel in diesem Gewerbe."

„Aber die Initiative kam von Ihnen", vergewisserte ich mich und er nickte. „Ich bin ein geselliger Mensch und habe gern Gäste. Schade, dass der Student verhindert war. Das hätte der Sache einen intellektuellen Touch gegeben."

Wir dankten für seine Gesprächsbereitschaft und gingen weiter zu Ray und Charles, wo die Antworten ähnlich ausfielen. Sie hatten Degenhart nicht zu Gesicht bekommen und das Haus nur am Montagmorgen verlassen, um Lebensmittel einzukaufen. Diese Auskunft erhielten wir von Charles. Ray war, wie wir von seinem Partner erfuhren, taubstumm. Jetzt verstand ich das groteske Augenrollen des jungen Mannes. Es war seine Antwort auf die lästigen Fragen jener Mitmenschen, die über ihn nicht Bescheid wussten. Ohne ihre Masken wirkten die beiden – sie mochten Anfang dreißig sein – unscheinbar. Ray hatte schütteres, aschblondes Haar und blassblaue Augen mit hellen Wimpern, Charles war dunkelhaarig, bleichhäutig, neigte zu Muttermalen und Akne. An dem Horrorambiente, in dem sie lebten, hatte sich auch an diesem letzten Karnevalstag nichts geändert. Es machte das Haus kalt und düster.

Auch Frau Schlager öffnete auf unser Schellen. Sie trug wieder ihre Tangoschuhe und dazu ein wadenlanges Strickkleid, dessen pflaumenblauer Farbton sich exakt in ihrem Lidschatten wiederholte. Ihr Wohnzimmer war rundum in einem pudrigen Graublau gestrichen, was mich auf die irrwitzige Idee brachte, sie und ihr Partner brauchten wohl ständig das Gefühl, unter Wasser zu sein. Kitty Schlager stellte den CD-Player leiser und erklärte uns, ihr Mann habe gerade etwas in seiner Schule zu erledigen.

„Olaf Degenhart wird seit Samstagnacht vermisst", sagte Ruth. „Sie und Ihr Freund haben die Party verlassen, nachdem er schon gegangen war. Erinnern Sie sich, ob bei ihm Licht brannte?"

Sie dachte kurz nach, dann kam die Antwort, fest und bestimmt. „Nein, in der ganzen Zeile war es dunkel, auch bei dem Schweden.“

„Haben Sie Herrn Degenhart nach der Party noch mal gesehen?“

„Nein, nur seine Frau, gestern Morgen. Das war merkwürdig.“

„Merkwürdig?“, hakte ich nach.

Sie nickte und berichtete, die Frau des Verlegers sei am Rosenmontagmorgen gegen zehn aus dem Haus gekommen und „in mäßigem Tempo“ Richtung Hauptstraße gelaufen.

„Joggt sie häufiger?“

„Bis Anfang Januar habe ich sie manchmal gesehen, allerdings immer am Sonntagmorgen. Nachdem es so kalt geworden war, lief sie nicht mehr, jedenfalls ist sie mir nicht ausgefallen. Ausgerechnet jetzt, wo ihr Mann vermisst wird, fängt sie wieder an. Ich an ihrer Stelle würde das Telefon nicht aus der Hand legen, bevor ich nicht alle erdenklichen Freunde gefragt hätte, ob sie wissen, wo mein Partner steckt. Und ich würde das Haus auch nicht verlassen. Für den Fall, dass ein Anruf kommt.“

„Vielleicht hat sie ja telefoniert. Wie lange blieb sie weg?“

„Etwa eine halbe Stunde. Halten Sie mich bitte nicht für neugierig“, sie lächelte für meine Begriffe ein bisschen zu zerknirscht, „es war reiner Zufall, dass ich sie sah. Es hat mich gewundert, dass sie auf dem Rückweg plötzlich ein anderes Stirnband trug.“

„Sie hatte es ausgewechselt?“

Sie hob die Augenbrauen, wodurch sich auch ihre leicht aufwärts gebogene Nasenspitze in die Höhe zog. „Es war nicht mehr rot, sondern türkis.“

„Sie hatte ein zweites Band in der Tasche“, entschied Ruth in trockenem Tonfall. „Manche Menschen schwitzen am Haarsansatz besonders schnell.“

Auch ich fand Frau Schlagers Beobachtung ziemlich überspannt, worauf wollte sie hinaus? Dass Jette Degenhart beim Joggen jemanden getroffen und das Stirnband getauscht hatte? Na und?

Eine Weile blieben wir stumm, nur die Tangorhythmen im Hintergrund sandten ihre leisen Vibrationen aus, dann klappte Ruth ihr Notizbuch zu. „Frau Schlager, vielen Dank für Ihre Aussage.“

Unser letzter Ansprechpartner war der schwedische Saunagroßhändler, doch das Gespräch mit ihm fiel noch unergiebiger aus als die anderen, weil Folke Torsvik nicht nur den Samstagabend mit Freunden verbracht hatte, sondern auch den Sonntagvormittag. Er hatte bei ihnen übernachtet.

Aus der Nähe betrachtet und ohne einen Rollkragen, der die halbe Gesichtshälfte verdeckte, wirkte der Schwede überraschend südländisch: braune Augen, fast schwarzes Haar, dunkler Teint. Ich schätzte ihn auf Mitte vierzig. Seine Einrichtung verriet viel Heimatverbundenheit. Auf drei Armsesseln aus heller Birke lagen blaugelb karierte Kissen, den Boden aus weiß lackierten Schiffsdielen bedeckten gestreifte Fleckenteppiche, auf der Fensterbank stand ein verstaubter Julbock und die Tischlampe mit dem dicht gefältelten, blassblauen Papierschirmchen kannte ich aus Kerstins Mansarde. Als Torsvik uns Multebeerensaft und eine Schachtel Krokantpralinen vorsetzte, platzte meine Neugier wie ein überdehnter Luftballon. Ich fragte ihn nach seiner Herkunft, und er berichtete bereitwillig, sein Vater stamme aus Uppsala, seine Mutter dagegen aus Tirana. Erfreut über seine Gesprächigkeit forschte ich weiter und erfuhr, dass seine Saunagirls Studentinnen aus dem Münsterland waren, die jeden Morgen die Überlandlinien der städtischen Verkehrsbetriebe bestiegen, um ihre Lehrveranstaltungen zu besuchen und zwischendurch ihren Dienst in seinem Großhandel am Albersloher Weg anzutreten. Gelegentlich nahm er sie zu Messeterminen mit.

Mehr Information konnten wir ihm beim besten Willen nicht entlocken. Aber demnächst würde ich mir seine Homepage vornehmen.

Am Aschermittwoch entdeckten Mitarbeiter eines großen Mühlenbetriebs nördlich von Münster im Morgengrauen eine voll bekleidete, männliche Leiche. Sie war kopfunter an der Staustufe der Werse, etwa zwei Meter über dem Kolk liegen geblieben und ihr Gesicht war so aufgedunsen, dass es anfangs nicht sicher war, ob wir Degenhart gefunden hatten. Außerdem hatte jemand die Nasenspitze abgeschnitten; nur die dreieckige Öffnung des Nasenbeins gähnte dem Betrachter entgegen. Sie war von Blut verkrustet, demnach hatte der Täter die Spitze abgetrennt, als sein Opfer noch lebte. Die Kleidung ähnelte jener, die Degenhart am Samstagabend zur Party getragen hatte: Designerjeans und anthrazitfarbener Pullover. Sakko und Schuhe fehlten, dafür baumelte um den Hals eine vom Wasser aufgeschwemmte rote Pappnase, ein grotesker Ersatz für das gewaltsam entfernte Gegenstück im Gesicht. Aus der Waschhaut der Extremitäten ging hervor, dass der Tote nicht erst seit diesem nebeligen Morgen im Wasser trieb, und die Kratzer auf Stirn, Kniescheiben und Fußrücken bewiesen, dass er einen längeren Weg auf dem steinigen Flussbett zurückgelegt hatte.

Während Dr. Henseler, der Polizeiarzt, die klatschnasse Kleidung des Toten öffnete und den Körper untersuchte, sah Benno wortlos zu. Unsere Sprengstoffexperten hatten ihn gebeten, bis zur Aufklärung des Anschlags in Münster zu bleiben. Daraufhin wollte er auf Zimmersuche gehen, doch das hatten Franz und ich ihm ausgeredet. Schließlich besaßen wir ein Gästezimmer und Benno war ein pflegeleichter, liebenswerter Gast, auch wenn seine Verschlossenheit immer mehr Rätsel aufgab. Wenn ich ihn nach Spuren, Verdächtigen, einem Motiv fragte, schwieg er mürrisch, und ich ertappte mich immer häufiger dabei, dass ich, wenn er neben mir im Auto saß, nervös in den Rückspiegel blickte, oder mich, als Fußgänger in seiner Begleitung, nach potenziellen Verfolgern umdrehte. Wer auch immer Benno schaden wollte, er würde wieder zuschlagen.

Jetzt, wo man Degenhart oder zumindest ein Opfer, das Degenhart ähnelte, gefunden hatte, war er ein wichtiger Zeuge für Samstagabend. Ich schenkte ihm einen kurzen Seitenblick, den er aber nicht erwiderte. Als zwei Froschmänner in der trüben, eiskalten Werse verschwanden, um den Grund nach Beweisstücken abzusuchen, folgten Benno, Max und ich dem Wagen vom Institut für Rechtsmedizin. Eine gründliche Leichenschau würde vielleicht brauchbare Ergebnisse bringen. Wenn nicht, blieb nur die Obduktion.

Sie blieb dem Opfer nicht erspart und sie wurde für den folgenden Vormittag, elf Uhr, angesetzt. Professor Busse, der sie vornehmen würde, pochte angesichts seines eng beschriebenen Terminkalenders auf absolute Pünktlichkeit. Ich beschloss, Ruths Assistenten Roland mitzunehmen, nicht etwa aus Schadenfreude für den Fall, dass ihm schlecht würde, sondern weil die Anwesenheit bei einer Sektion ganz allgemein als Prüfstein für junge Kriminalbeamte galt.

Nachdem ich zum ersten Mal dabei gewesen war, hatte ich die bislang einzige Zigarette meines Lebens geraucht. Ein Schnaps wäre mir besser bekommen, doch der war im Dienst natürlich verboten. Als Roland bei meinem Vorschlag eine bleiche Nase bekam, versuchte ich ihn mit dem gern erzählten Witz zu beruhigen, eine Wasserleiche käme den Wachspräparaten in der Pathologie noch am nächsten. Noch rechtzeitig fiel mir ein, dass das Gesicht unseres Toten nicht nur aufgeschwemmt, sondern verstümmelt war und sich von den Wachsmodellen auf sehr entstellende Weise unterschied. Warum hatte man ihn so verunstaltet? Aus Hass oder weil uns jemand die Arbeit erschweren wollte? Dann hatte dieser Jemand noch nichts von DNS-Analysen gehört. Mein nächster Gedanke galt Jette Degenhart und meiner heiklen Pflicht, sie über unseren Fund zu informieren.

Vorher stand allerdings die tägliche Lagebesprechung mit Dezernatsleiter Dr. Gross auf dem Programm, einem weiteren Karnevalsflüchtling. Von seiner Sekretärin Hilly Türmer wusste ich, dass er die närrischen Tage in Hamburg verbracht hatte, wo die jüngste seiner drei Töchter als Strafverteidigerin arbeitete. Seine Angewohnheit, schwarze, leicht speckig wirkende Anzüge und weiße, mit einer Fliege aufgepeppte Hemden zu tragen, hatte ihm den Spitznamen Pinguin eingebracht. Er war auch dann an ihm hängen geblieben, als er längst auf Streifen oder Karos umgesattelt hatte. Er erwartete Max und mich wie gewohnt mit schwelender Zigarre und einer Tageszeitung, die an diesem Morgen allerdings nicht im Sportteil aufgeschlagen war, sondern auf jener Seite, die das rätselhafte Verschwinden des Verlegers meldete. Von dem grausigen Fund am Sudmühlenwehr wusste er noch nichts. Während ich ihm berichtete, fixierte er mit schläfrigem Blick die Tischplatte; der sicherste Beweis, dass seine Hirnzellen auf Hochtouren arbeiteten.

„Elf Partygäste“, rechnete er besorgt nach, „dazu das Verlagsteam und dann noch die beträchtliche Garde der von Degenhart verbal geschädigten Kulturschaffenden. Wenn er wirklich der Tote ist, kommt eine Menge Arbeit auf Sie beide zu!“

Wir fanden Jette Degenhart im Verlag. Er war in jenem klassizistischen Haus an der Martinikirche untergebracht, dem ich noch bei jedem Vorbeifahren einen begehrlichen Blick zugeworfen hatte. Zum Beispiel, wenn ich auf einen Parkplatz lauerte, um meine Freundin Marion zu besuchen. Sie wohnte gleich um die Ecke, in der Stiftsherrenstraße. Das Verlagshaus hatte zwei Stockwerke, eine spitzgiebelige Mansarde und weiße Sprossenfenster, in denen unter zart gerüschten Gardinen die lyrischen Neuausgaben oder frisch gedruckten Reiseführer lagen. Mit seiner rostroten Fassade wirkte es so verspielt, dass man unwillkürlich an Puppenstuben dachte.

Dieser Eindruck hatte auch im Innern Bestand. Dunkle, sehr dekorativ gesplissene Holzbalken unterbrachen die niedrige, weiß gekälkte Decke, Bücherschränke mit geschnitzten Fronten reihten sich an den blasslila tapezierten Wänden. An die türseitige Wand hatte man ein altes Stehpult gerückt, auf dessen Ablage ein großformatiger Bildband mit ganzseitigen Farbfotos auf Betrachter zu warten schien. Auch die Holztreppe ins Obergeschoss war schön geschwungen und blank poliert – ein edler Rahmen für Lyrik, Kunst und Landschaften … Der Ernst der Lage brachte mich schnell in die raue Gegenwart zurück, als Ulrike König, Degenharts Mitarbeiterin für Öffentlichkeitsarbeit, Max und mich mit bestürzter Miene in die obere Etage führte. Dort, auf einer Galerie, die Überblick über den gesamten Eingangsbereich bot, saß Frau Degenhart an einem großen Mahagonitisch, der die Form eines gleichschenkligen Dreiecks hatte, und sah mit konzentrierter Miene dicht beschriebene Listen durch. Als sie den Grund unseres Besuchs erfuhr, wirkte ihr Gesicht plötzlich wie erloschen. Langsam, wie in Trance, nahm sie die Brille ab und starrte uns an.

Ich kannte Degenhart nur von der kurzen Episode auf der Baustelle und von der Party. Sein Lebenslauf, den ich mir noch schnell im Büro angesehen hatte, machte ihn nicht unbedingt sympathischer und der Verdacht, der ihn nach dem Tod seiner ersten Frau getroffen hatte, warf auf einmal wieder Schatten. Das Gericht hatte ihn freigesprochen, welche Gründe konnte die anonyme Anruferin gehabt haben, als sie ihn so monströs belastete?

Jetzt, da ich seiner wie versteinert wirkenden zweiten Frau gegenüberstand, war mein einziger Gedanke, bei der aufgeschwemmten Männerleiche mit dem deformierten Gesicht dürfe es sich nicht um Degenhart handeln. Er würde unversehrt wieder auftauchen, der

Tote dagegen als notorischer Steuerhinterzieher, Scheckbetrüger oder dreister Scharlatan identifiziert werden. Er trug keinen Ehering, nur eine unauffällige Armbanduhr, und der Rollkragenpullover ähnelte zwar dem Stück, das der Verleger bei der Party getragen hatte, stammte aber von einer sehr populären Ladenkette. Deshalb war mir die Wahrscheinlichkeit, dass wir es mit Degenhart zu tun hatten, anfangs gering erschienen, bis Dr. Henseler den Mann auf den Bauch drehte und ich den Hinterkopf und die kurz rasierte Nackenpartie vor mir hatte. Während seines Gesprächs mit Bella am Fuß der Wendeltreppe hatte Degenhart mir haargenau die gleiche Partie zugewandt, allerdings noch ohne das Hämatom, das jetzt durch seinen schlammverschmierten Haarschopf schimmerte. Ich erinnerte mich an das flirrende Lachen, das er Bella entlockt hatte, während er und seine Frau sich für den restlichen Abend in ein so feindseliges Abseits verzogen hatten, dass man hätte glauben können, sie seien auf der falschen Party. Warum dieser Flirt mit Bella? Hatte er sich unbeobachtet gefühlt? Ich warf einen Blick auf Jette Degenharts Hände; auch sie trug keinen Ehering, sondern zwei Silberringe, der eine mit einem Türkis, der andere mit einem Onyx.

„Frau Degenhart", sagte Max, „es ist noch nicht sicher, dass es sich bei dem Toten um Ihren Mann handelt. Besitzt er ein unveränderliches Kennzeichen, das uns weiterhelfen könnte?"

Die Starrheit ihres Blicks wich blankem Entsetzen. „Aber Sie *kennen* doch meinen Mann. Sie wissen doch, wie er aussieht. Und Ihr Kollege, der am Samstag dabei war …"

„Das Gesicht des Toten wurde verstümmelt."

„Oh, mein Gott!", flüsterte sie.

„Gibt es etwas, das Ihren Mann identifizieren könnte?"

„Er hat eine Narbe am linken Handgelenk. Auf der Innenseite. Es sieht aus …", sie zögerte kurz, „man könnte meinen, er hätte versucht, sich die Pulsader aufzuschneiden, aber es stammt von einem Unfall. Er hat sich mit einem scharfen Messer verletzt."

„Wann ist das passiert?"

„Er war noch jung, keine zwanzig."

„Der Tote wurde an der Sudmühle gefunden", bemerkte Max. „Hat Ihr Mann irgendwelche Beziehungen zu dieser Gegend? Betreibt er in der Nähe Sport, hat er Bekannte, die dort wohnen?"

Sie schüttelte den Kopf, als wollte sie mit aller Gewalt ein Bild abwehren, das sie erschreckte. Ihr Blick wurde flehend, doch unsere stumme Aufforderung war unmissverständlich.

„Ich hole meinen Mantel." Sie nahm ein Schlüsselbund aus der Schreibtischschublade. Zwei Minuten später war sie zurück und wir fuhren zum Institut für Rechtsmedizin.

Die männliche Leiche hatte eine helle Narbe am linken Handgelenk. Frau Degenhart warf einen kurzen Blick auf den bis zur Taille entblößten Körper, nickte knapp, wandte sich wortlos ab und presste ihr Taschentuch vor den Mund. Die Gegenüberstellung hatte sie offenbar so mitgenommen, dass wir beschlossen, sie nach Hause zu bringen. Unsere Frage, ob sie weitere Hilfe benötige, verneinte sie allerdings und so nahmen wir unsere Fragenliste aus dem Handschuhfach und schellten bei den Nachbarn.

Wie am Tag zuvor begann ich in Haus A. Wieder saßen wir um einen mit Schüsseln, Tupperwarebehältern und Schneidbrettern voll gestellten Küchentisch, es roch leicht metallisch nach Räucherfisch. Der Auftraggeber des Büffets war ein Architektenteam in Sankt Mauritz; die recht umfangreiche Bestellung hing an der Pinnwand. Wo blieben die Einschränkungen der Fastenzeit?

Meine Frage nach dem nachbarschaftlichen Verhältnis des O.B.Y.-Teams zu Olaf Degenhart löste gleichgültiges Schulterzucken aus, bis Bella mit einer gewissen Frustriertheit bemerkte, dass er ihre Cateringdienste nie in Anspruch genommen habe, obwohl es in seinem Verlag jede Menge Events gebe. Dass man Degenhart in der Werse gefunden hatte, wussten die drei noch nicht und sie reagierten cool. Der Querulant hatte ihnen, Kupfer und den beiden Varietékünstlern die Party vermasselt, und jetzt war er tot. Kismet!

„Vielleicht hatte er eine Freundin und deren Ehemann hat ihn aus Eifersucht umgebracht", mutmaßte Olivia in einem Tonfall, als trüge sie eine Szene aus einem Rührstück vor. Die fein gehackten Schalotten auf dem Holzbrett vor ihr verbreiteten eine direkt wilde Schärfe. Sie wischte sich eine Träne aus dem Augenwinkel, ohne den Mascara zu verwischen, zog die Nase hoch und suchte in ihrer wadenlangen Wachstuchschürze nach einem Taschentuch. Erst jetzt fiel mir auf, dass alle drei Frauen die gleichen schwarze Leggings zu verschiedenfarbigen Pullovern trugen – Olivias war anthrazitgrau, Yvonnes blasslila, während sich die etwas kräftiger gebaute Bella für mutiges Dottergelb entschieden hatte.

„Er wurde vom Liebhaber seiner Frau aus dem Weg geräumt“, sagte Bella und goss die gegarten Pellkartoffeln ab.

„Er hatte eine Freundin und wollte seine Frau aus dem Weg räumen, aber sie ist ihm zuvorgekommen“, orakelte Yvonne und jetzt platzte Lückmann der Kragen. „Sie denken wohl immer nur an Ehebruch, oder?“

„Haben Sie entsprechende Beobachtungen gemacht?“ Ich dachte an Kitty Schlagers Aussage über Frau Degenharts Jogging-Tour.

„Nein, Schätzchen, wir denken immer nur an legalen Sex“, flötete Olivia und hielt Max eine Baguettescheibe mit einer undefinierbaren graubraunen Masse vor die Nase. „Liegt Beamtenbestechung vor, wenn man der Polizei ein Leckerchen anbietet? Grünkernaufstrich mit passierten Kapern und Cornichons, zum Beispiel?“

Bella kicherte. „Olivia hat fünf Semester Jura studiert. Seitdem sieht sie überall Delikte.“

„Lassen Sie das gefälligst“, knurrte Max und schob Olivias Hand mit dem Häppchen weg. Sie steckte es selbst in den Mund, kaute kurz und nickte dann beifällig. „’N bisschen Salz fehlt noch! Und wir haben *keine* Beobachtungen gemacht, Herr Oberinspektor. Aber Olaf Degenhart scheint ein Mensch gewesen zu sein, der sich zu amüsieren wusste.“

„Na ja, bei *der* Frau!“, kicherte Yvonne, während sie mit geschmeidigen Bewegungen eine große Schüssel Mayonnaisesalat durchmengte. Ein kräftiges Heringsaroma drang zu mir herüber, neben der Spüle häuften sich Orangen- und Zwiebelschalen – ein bemerkenswertes Rezept.

Ich wollte wissen, wer das dritte Auto vor Degenharts Haus benutzte, worauf sich Bella, die gerade ein paar Messer abwusch, von der Spüle wegdrehte: „Das gehört Degenharts Biographen.“

„*Wem*?“, fragte Lückmann konsterniert.

„Dem Germanistikstudenten, der die Lebensgeschichte unseres Starverlegers schreiben sollte. Jetzt weiß er, wie das bittere Ende aussieht.“

„Wenn er sie überhaupt noch zu Ende schreibt“, ätzte Yvonne.

Woher sie davon wussten? Er selbst, Christoph Pagenstecher, hatte es ihnen erzählt; eines Morgens im Dezember, als ihr Van nicht ansprang und er ihnen beim Anschieben geholfen hatte.

„Aber bei der Party war er nicht dabei." Oder hatte ich jemanden übersehen? „Er hätte bei Kupfer rezitieren sollen", stellte Olivia klar. „Er sagte ab wegen Heiserkeit. Ich hätte nichts dagegen gehabt, wenn Christoph dabei gewesen wäre, er ist ganz knuddelig. Was meint ihr, Mädels?" Die beiden anderen lachten keckernd.

„Und er wohnt bei Degenharts?" Max konnte sich gar nicht beruhigen. Ich dachte an das hämische Lachen, als Kupfer die Lesung absagte, und war mir sicher, dass es von Degenhart stammte. Hatte er als Lyrikverleger an dem Programm des jungen Mannes etwas zu bemängeln? Hielt er den Gastgeber für einen Banausen?

„Warum sollte er nicht dort wohnen?", entgegnete Yvonne, „wir sind hier auch zu dritt und jede hat ihr Zimmer. Um sein Buch zu schreiben, musste Christoph den großen Meister ja wohl in allen Lebenslagen kennen lernen." Sie zog mit der Gabel eine Furche durch den Salat, leckte sie ab und wartete stumm, was ihr die Geschmacksnerven mitzuteilen hatten. Offenbar war die Botschaft positiv, denn sie löffelte die weiß, silbergrau und orange gemusterte Masse in einen großen, quadratischen Kunststoffbehälter, glättete liebevoll die Oberfläche, bevor sie sie mit ein paar Dillzweigen dekorierte und den energisch zugedrückten Deckel beschriftete. Dann verschwand sie mit dem Behälter in dem an die Küche angrenzenden Kühlraum, der mir am Partyabend gar nicht aufgefallen war. Mein Blick folgte Yvonne und dabei entdeckte ich an den drei Seiten des etwa sechs Quadratmeter großen Raums fast deckenhohe Tiefkühl- und Vorratsschränke. Yvonne kehrte sehr schnell zurück, zog die Schiebetür mit fester Hand hinter sich zu und lächelte mir verschwörerisch zu.

„Schreibt Herr Pagenstecher die Biographie im Rahmen eines Universitätsseminars?"

Yvonne schüttelte den Kopf. „Es ist ein privater Auftrag. Degenhart bezahlt ihn großzügig, wie Christoph behauptet. Nur die Verpflegung könnte besser sein, seine Frau kocht angeblich grottenschlecht. Dagegen ist die Mensa ein Schlemmertempel."

„Wann haben Sie ihn das letzte Mal gesehen?"

Bella hatte inzwischen die Pellkartoffeln halbiert und ausgehöhlt und damit begonnen, eine Farce aus fein gewiegten Champignons, blanchiertem Blattspinat und geriebenem Käse in die Kuhlen zu löffeln. Jetzt hielt sie inne und runzelte die Stirn. „Am Freitagabend in einer Apotheke an der Rothenburg. Er ließ sich gerade Lutschpastillen und Tinkturen einpacken."

„War er am Samstagabend in Degenharts Haus?"

„Als ich fragte, ob er Hilfe brauche, sagte er, er wolle das Wochenende bei einem Freund verbringen, der einen Inhalator besitzt."

„Und am Wochenbeginn?"

Bella hatte ihr Backblech fertig und schob es in den leise surrenden Umluftherd. Ein angenehmer Geruch entfaltete sich, mir fiel ein, dass ich seit dem Frühstück nichts mehr gegessen hatte.

„Seit Dienstag wird er wohl wieder in der Uni hocken und Goethe lesen. Möchten Sie sonst noch etwas wissen?"

„Sie, Bella, waren die Einzige, mit der sich Degenhart auf der Party länger unterhalten hat? Worum ging es dabei?"

Sie lächelte geschmeichelt. „Unser Büffet törnte ihn dermaßen an, dass er uns unbedingt für seine nächste Veranstaltung engagieren wollte. Ende dieser Woche hätte er abends vorbeikommen wollen, für ein Sondierungsgespräch. Wennergreen habe ihn beim letzten Mal schwer enttäuscht. Jetzt wird wohl nichts mehr draus. Schade!" Ihre beiden Freundinnen nickten melancholisch.

Wir verabschiedeten uns und schellten bei Kupfer. Der Architekt schüttelte ungläubig den Kopf, als er uns auf der Türschwelle erblickte. „Er war im Grunde ein netter Nachbar", räumte er ein, nachdem er uns in sein Büro geführt und in vorübergehend unverfänglichem Plauderton gefragt hatte, ob er uns etwas anbieten könne. Als wir dankend ablehnten, fuhr er fort: „Meine Anspielungen auf den Tod seiner Frau waren absolut geschmacklos, keine Ahnung, wie ich mich so hinreißen lassen konnte. Muss ein bisschen zu viel getrunken haben. Wie furchtbar! Er ist dem Mörder direkt in die Arme gelaufen!" Mich beschlich die Idee, dass er diesen Auftritt vor dem Spiegel geübt hatte. Es wirkte genauso einstudiert wie die Rolle des Partyteufels. Er war ein schlechter Schauspieler.

„Wie kommen Sie auf diese Idee?", fragte Lückmann, worauf sich Kupfer in seinem Sessel zurücklehnte und ihn fixierte, als suchte er die Antwort auf seinem Gesicht. „Sie sagten, er wurde an der Sudmühle aus dem Wasser gezogen? Nun, dann sage *ich* Ihnen, dass Herr Degenhart am Samstagabend weder zu betrunken noch zu erregt war, um ins Wasser zu *fallen*. Ein anderer hat ihn gestoßen.“

„Was macht Sie da so sicher?“, hakte ich nach.

Jetzt betrachtete er mich, um dann seinen Blick über den voll gepackten Schreibtisch schweifen zu lassen. Große Papierrollen säumten ihn an beiden Enden. Wie in einem plötzlichen Entschluss griff Kupfer nach einer von ihnen und ich befürchtete schon, dass er uns jetzt irgendwelche Hauspläne zeigen würde, doch er legte die Rolle nur auf die andere Seite und sagte: „Dies war nicht meine erste Auseinandersetzung mit Herrn Degenhart. Dass sie meine letzte war, bedauere ich sehr, doch das ändert nichts daran, dass er sich sehr gern aufregte. Allerdings regte er sich auch mühelos wieder ab. Im Grunde hatte er ein gesundes Nervenkostüm.“ Ein kurzes, verächtliches Schnauben blähte seine schwarz behaarten Nasenlöcher. „Er brauchte diese … Dispute, wie andere ihren Kaffee brauchen, um den Blutdruck zu heben.“

„Sehen Sie das nicht sehr zynisch?“

Er sah mich wieder an und bleckte die Reißzähne, aber ohne zu lachen. Es sah aus, als wollte er in einen Apfel beißen. „Nein, nein, ich sehe das ganz realistisch. Es gibt Menschen, die müssen sich ständig beweisen, dass sie klüger sind als andere, dass *sie* sich nicht austricksen lassen. Nur dann fühlen sie sich wohl. Sie glauben“, wieder entblößte er das Gebiss, „dass Herr Degenhart einen Herzinfarkt bekommen hat? Ganz falsch! Ohne diese Streitereien hätte er ein Magengeschwür bekommen. Er wurde von einem Banditen überfallen und in die Werse gestoßen.“

„Wissen Sie vielleicht auch, von wem?“

Prompt setzte Kupfer wieder sein diabolisches Lächeln auf und ließ seinen Blick so unverschämt an mir herunter wandern, als wäre ich das Covergirl eines Männermagazins. „Ich denke, er hat sich viele Feinde herangezüchtet. In letzter Zeit mag es ruhig um ihn geworden sein, aber damals, als seine erste Frau starb, gab es einige, die ihm den Gerichtsprozess von Herzen gönnten.“

„Können Sie Namen nennen?“

„Kann ich nicht“, kam es scharf zurück. „Aber ich glaube, dass bei Herrn Degenharts Tod späte Rache im Spiel ist. Die öffentliche Meinung war damals komplett gegen ihn. Das hat man nicht vergessen.“

„Sie glauben doch nicht“, protestierte Max, „dass jemand mit seiner Rache acht Jahre wartet. Degenhart hatte sich mit seinen ätzenden Kritiken viele Sympathien verscherzt. Aber das hat doch heute keine Konsequenzen mehr!“

Als Antwort hielt Kupfer uns beide Handflächen entgegen.

„Wann haben Sie ihn kennen gelernt?“, fragte ich.

Er lehnte sich im Sessel zurück und inszenierte einen Blick auf den großen Wandplaner links hinter meinem Kopf, bevor er mit dem milden Lächeln eines Märchenonkels, das seine Eckzähne ausnahmsweise bedeckt ließ, erwiderte: „Das ist anderthalb Jahre her. Vorher war mir natürlich sein Name bekannt. Und als Architekt war mir auch sein Haus an der Annette-Allee ein Begriff. Reinster Bauhausstil! Im vorletzten November schneite er in mein Büro an der Kanalstraße und kaufte aus dem lockeren Handgelenk mein Objekt Handorf I, Haus E. Es war Liebe auf den ersten Blick.“

Zwischen Ihnen und Degenhart? hätte ich fast gefragt, glücklicherweise kam mir Lückmann zuvor. „Schneite er allein?“

„Seine Frau war dabei“, erinnerte sich Kupfer. „Die beiden hatten von meiner Hausanlage in der Zeitung gelesen und waren fasziniert. Der Grundriss, meine Wohnphilosophie, alles stimmte.“

Sein Geschwätz nervte. Wir saßen hier, um Informationen über den gewaltsamen Tod seines Nachbarn zu erfahren, und dieser Gockel …

„Hatte er die Wahl zwischen mehreren Objekten?“ Lückmann dachte anders als ich. Er war seit einem Jahr Hausbesitzer in Greven und die Entscheidung für das eine Objekt und gegen das andere hatte ihn damals nicht nur eine schlaflose Nacht gekostet.

„An der Hauptstraße war schon alles ausverkauft“, versetzte Kupfer mit sichtlichem Stolz, „Haus F hätte er noch haben können, aber er wollte nicht direkt am Wasser wohnen, und so entschied er sich für das mittlere Objekt.“

Nicht unmittelbar am Wasser?, fuhr es mir durch den Kopf. Auch unser Grundstück grenzte an die Werse, was wir als ausgesprochenen Glücksfall empfanden, vor allem seit Franz und Kerstin begeisterte Kajakfahrer geworden waren und den schnellen Zugriff auf ihr Boot zu schätzen wussten. Dann fiel mir ein, dass die erste Frau Degenhart in ihrem Bootshaus gefunden worden war und dass ihm vielleicht deshalb Häuser am Wasser unsympathisch waren.

„Sie haben die Party mitorganisiert", erinnerte Max. „Hat jemand abgesagt oder ist weggeblieben, obwohl er zugesagt hatte?"

„Nein, aber wir hatten anfangs überlegt, auch Herrn Torsvik anzusprechen, … lieber Himmel, ich will keine Vorurteile schüren, aber … der Mann ist undurchsichtig."

„Undurchsichtig?", hakte Lückmann nach. „Inwiefern?"

„Sie wissen, dass er kein echter Schwede ist?"

„Sondern?" Wenn Max etwas nicht leiden konnte, dann war es Chauvinismus.

„Seine Mutter stammt aus Albanien. Also, wenn Sie das nicht misstrauisch macht! Was denken Sie denn, woher die Saunagirls kommen? Aus Stockholm? Aus Göteborg? Nein!"

„Ein Mädchenhändler, der seine Ware auf einer Firmenseite im Internet anbietet?" Jetzt sprühte Lückmanns Stimme vor Zorn.

Wieder wandte Kupfer uns beide Handflächen zu, die Geste schien zu ihm zu gehören wie das Spucken zum Lama. „Ich habe keine Beweise. Ich möchte es nur mal in den Raum stellen."

Ich beschloss, das leidige Thema zu wechseln. „Wer hat in der Partynacht bei Ihnen Klavier gespielt?"

„Hat es Ihnen gefallen? Ich habe mein Studium als Barpianist finanziert."

„In erster Linie fand ich Ihr Spiel zu laut. Um diese Uhrzeit!"

„Sie sind die Erste, die sich beklagt."

„Sie hatten", schaltete sich Max wieder ein, „einen Studenten eingeladen, der Gedichte vortragen sollte?"

Kupfer nickte: „Leider musste er absagen. Er hatte sich am Vorabend so überanstrengt, dass er keinen Pieps herausbekam …"

„Wobei überanstrengt?"

Jetzt wirkte sein Grinsen anzüglich. „Nicht, was Sie meinen. Er ist Mitglied eines Studentenkabaretts. Am Freitag brachten sie zum letzten Mal ihr Karnevalsprogramm, da hat er wohl zu laut gegrölt."

Max reichte ihm seine Visitenkarte mit der Bitte, ihn anzurufen, wenn ihm noch etwas Zweckdienliches einfiele. Danach gingen wir zu der Floristin. Zu meiner Überraschung tauchte Tamara Schneider im verschneiten Garten auf, als wir bei ihr schellten. Sie war mit einer abgetragenen, dunkelbraunen Felljacke, Jeans und kniehohen Stiefeln bekleidet und trug eine Pudelmütze mit Norwegermuster.

„Ich habe die Schreckensmeldung schon gehört. Bella hat mich angerufen." Ihre kräftige Stimme durchschnitt den dichten weißen Atem, der ihr aus dem Mund quoll. Mit der Dämmerung war es noch kälter geworden und die Wolkendecke hing so schwer, dass man jeden Augenblick mit einem Schneeschauer rechnete. Frau Schneider zerrte die wattierten Handschuhe von den Fingern und sagte: „Kommen Sie herein!"

Ihr Partner saß im düsteren, dunkel möblierten Wohnzimmer, eine trübe Lampe neben sich, eine Lupe ins linke Auge geklemmt, und sortierte Briefmarken. Wieder hatte ich bei der Berührung seiner Hand dieses morbide Wildledergefühl. Frau Schneider zog sich den Armsessel von einem verkratzten Ebenholzsekretär heran.

„Sie hatten Samstagnacht einen längeren Heimweg als die anderen Partygäste", begann ich. „Ist Ihnen etwas aufgefallen?"

Sie warf ihrem Lebensgefährten einen Blick zu und sagte: „Das laute Klavierspiel des Architekten haben Sie ja selbst gehört. Was denkt sich dieser Mensch eigentlich? Auf dem Weg ist uns niemand begegnet, aber wir gingen ja auch in die andere Richtung."

„Woher wussten Sie, wohin Herr Degenhart gegangen war?"

Jetzt schien sie verwirrt. „Wollte er nicht gleich nach Hause? Er wohnt in dem mittleren der flussseitigen Häuser, nicht wahr?"

„Er könnte noch einen kleinen Spaziergang unternommen haben. Er war nicht in der allerbesten Stimmung, als er die Party verließ."

Darauf nickte sie versonnen, während Herwig Protz abwesend vor sich hinstarrte. Ich fragte mich, wie viel er von unserem Gespräch mitbekam. Wenigstens nahm er mit einer trägen Bewegung die Lupe aus dem Auge.

„Ja, dann allerdings", sagte die Floristin gedankenverloren. „Aber wir haben ihn wirklich nicht gesehen. Und nichts gehört. Wir hatten es natürlich sehr eilig, weil es so kalt war und so einsam."

„Sie waren die einzigen Gäste, die nicht in der unmittelbaren Nachbarschaft wohnen“, wandte Lückmann ein. „Haben Sie regelmäßig Kontakt mit den neuen Hausbesitzern?“

Jetzt strahlte sie, während ihr Partner erstaunt die Augen aufriss, als hätte er fest geschlafen. Dann erzählte Frau Schneider, dass sie für die „Mädchen vom Partyservice“ und die beiden Varietékünstler einen Bepflanzungsplan entworfen habe. Bei der winzigen Grünfläche, die die Häuser umgebe, müsse man Farben und Höhe der Rabatten sehr genau durchdenken, sonst gebe es hinterher „Kuddelmuddel“ oder es blühe alles zur selben Zeit und in Farben, die sich gegenseitig „anschrieen“. Nach dieser längeren Ausführung lehnte sie sich im Lehnstuhl zurück und fragte, ob wir eine Tasse Tee haben wollten. Etwas Kalorienhaltigeres wäre mir lieber gewesen, der Hunger bohrte sich langsam durch meine Magenwand. Ich verwünschte meine eiserne Keksreserve, die ich morgens auf dem Küchentisch vergessen hatte, und hoffte, dass Frau Schneider Gebäck zum Tee aufsetzen würde. Leider nahm sie ihr Angebot absolut wörtlich: Es gab Tee und Süßstoff. Fastenzeit!

Herrn Degenhart, so berichtete sie, nachdem sie einen Schluck genommen hatte, habe sie nie zuvor kennen gelernt, auch seine tragische Vergangenheit sei ihr erst nach der Party zu Ohren gekommen. Wie hätte sie sich sonst zurückgenommen, um den armen Mann nicht vor den Kopf zu stoßen! Ich fragte mich, wie sie dann so schnell auf die Lösung der Scharade gekommen war? Diese Frau hatte eine blühende Phantasie.

„Wo erfuhren Sie von seiner Vergangenheit?“

„Das war“, sie runzelte angestrengt die Stirn, „richtig, bei den Partymädchen. Ich kam am Rosenmontag vorbei, um zu fragen, ob ich vielleicht mit meinem legendären Pecannuss-Vollkornbrot zu ihrer Aschermittwoch-Bestellung beitragen könne. Es ist ein ganz herrliches Rezept aus den USA. Meine Gäste können gar nicht genug davon bekommen.“

„Und dann haben Sie über Herrn Degenhart geredet?“

„Ach, das kam so am Rande zur Sprache. Bella hatte Frau Degenhart, ich meine, der zweiten Frau Degenhart, ein Rezept für eine Focaccia mit Walnüssen geschenkt, und als sie mir das erzählte, fiel ihr wieder ein, dass deren Vorgängerin reichlich dubios ums Leben gekommen sei. Ja“, sie lächelte, „was man sich so zwischen Tür und Angel erzählt, nicht wahr? Also, wenn Sie an den Zutaten für das Pecannussbrot interessiert sind?“, sie machte Anstalten aufzustehen. „Das Rezeptbuch steht im Küchenregal.“

„Machen Sie sich keine Mühe. Wen von den neuen Hausbewohnern kannten Sie noch?“

„Nur die, deren Garten ich planen durfte“, sagte sie sanft.

„Hätten Sie den Plan zufällig zur Hand?“

Ich hatte eine ähnliche Beflissenheit erwartet wie bei ihrem Brotrezept. Doch zu meiner Überraschung zögerte sie. „Welchen denn?“, fragte sie fast ein wenig unwirsch. „Ich habe natürlich meine Kunden individuell beraten. Die Gärten sollen ja nicht aussehen wie aus der Retorte.“

Ich bat um beide und sie nestelte umständlich ihre Brille aus einem schwarzen Lederetui. Doch ihre Behäbigkeit war nur gespielt, die Pläne lagen griffbereit im Schreibtisch. Sie breitete sie auf dem Tisch aus, nachdem sie die Briefmarkenalben energisch zur Seite geschoben hatte, was bei ihrem Lebensgefährten fauchende Entrüstung auslöste. Dann gewährte sie mir Einblick in den Garten der O.B.Y.-Mädchen: Forsythien für den April, blassrosa Hortensien für den Juni, vor eine Barriere aus weißen Rhododendron gesetzt, eine späte Sorte, die im August blühte; im Herbst dann Goldrute und rostrote Astern. Sie sah mich forschend an, als erwartete sie Lob, bevor sie fortfuhr: „Die Damen wünschten sich etwas Dauerhaftes, das jedes Jahr treu und zuverlässig wiederkommt.“

Ich sah mir den Plan für Ray und Charles an: Rosen, nichts als Rosen.

- IV -

Roland bekam keine blasse Nase, und als er am Ende der Sektion zur Zigarettenschachtel griff, tat er es mit der gezielten Geste des Kettenrauchers.

Olaf Degenhart war ertrunken. Auf seinem Hinterkopf befand sich zwar ein handtellergroßes Hämatom, das auf einen Schlag mit einem harten, schwach gewölbten Gegenstand hindeutete, doch die Schädelverletzung war nicht verantwortlich für seinen Tod.

Als Erstes hatte Professor Busse den Schädel geöffnet. Dazu zog er einen Schnitt durch die Haut hinter dem linken Ohr über die Stirn zum rechten Ohr, klappte die Kopfhaut nach vorn und sägte die Schädeldecke kranzförmig auf. Nachdem er mit einer langen Nadel Gehirnflüssigkeit gesammelt hatte, trennte er mit einem schmalen Spezialmesser die Hirnmasse heraus und reichte sie seinem Assistenten Jochen zum Vermessen und Wiegen.

Bevor er den Rumpf öffnete, hatte er sich die Arme und danach sehr lange, die Beine angesehen. Er winkte mich heran und deutete auf knotige Verdickungen der Blutgefäße in den Unterschenkeln.

„Krampfadern?“

Er nickte. „Merken Sie sich das! Möglich, dass wir weitere Hinweise finden.“

„Hinweise worauf?“

„Auf Probleme bei der Blutgerinnung.“

Als Busse den Rumpf mit einem langen, ypsilonförmigen Schnitt aufgetrennt, die Hautlappen zur Seite gezogen, den Brustkorb mit Hilfe einer Knochensäge geöffnet und die Lunge freigelegt hatte, stand er vor einem eindeutigen Resultat. Eine so genannte Ballonierung hatte die beiden Flügel in aufgedunsene, schwammartige Monster verwandelt. Eine Laboranalyse brachte uns später weitere Klarheit. Die Kieselalgen, die natürlich auch in der Werse vorkamen, waren von den Lungen in die Blutbahn weitergeleitet worden, was bei einer Leiche, die ins Wasser fiel, natürlich nicht mehr möglich war. Busse hatte an der entsprechenden Textstelle des Obduktionsbefunds vermerkt, dass weitere Mikroorganismen im Lungeninhalt des Toten mit Proben vom Handorfer Werseufer verglichen werden müssten. Die Kollegen von der Technik hatten sowohl die Werseböschung hinter unseren Häusern als auch das Ufer vor der Staustufe abgesucht, jedoch weder Schleifspuren noch Hinweise auf einen Kampf gefunden. Die Wasserproben würden ein paar Tage auf sich warten lassen. Dann würden wir vielleicht wissen, wo Degenhart vom nassen Tod überrascht worden war, ehe sein Körper an der Sudmühle liegen blieb.

Degenharts Herzmuskel befand sich in kontrahiertem Zustand; ein Faktum, das nach Busses Aussage auf eine Überversorgung mit Kalzium deutete. Er sprach auch diese Beobachtung auf Band und fügte hinzu, dass bei der Laboranalyse des Gewebes der Natrium-Kalium-ATPase in den Herzmuskelzellen besondere Aufmerksamkeit gewidmet werden müsse.

„Das membranständige Enzym ATPase", erklärte er uns, „pumpt das in die Zelle eingetretene Natrium zurück in den Extrazellulärraum und transportiert gleichzeitig aus der Zelle ausgetretenes Kalium wieder hinein. Eine Hemmung dieser Funktion erhöht also das intrazelluläre Natrium und beeinträchtigt dadurch auch den Natrium-Kalzium-Austausch, was zu einem erhöhten Kalziumwert innerhalb der Zelle führt." Während er redete, hatte er begonnen, sämtlichen inneren Organen und Hohlräumen Flüssigkeitsproben zu entnehmen, bevor er die Organe heraustrennte und an Jochen weiter reichte, der sie wog, vermaß und fotografierte.

Das routinierte Ineinandergreifen ihrer Bewegungen und die nüchterne Weitergabe der einzelnen Untersuchungsschritte ins Mikrofon verliehen dem Schauspiel, das vor unseren Augen ablief, etwas wohltuend Sachliches. Deshalb fiel es einem relativ leicht, die Vorstellung zu verdrängen, dass hier ein menschlicher Körper zerlegt wurde. Da lag schon eher der Gedanke an die wachsende Zahl jener Aktionskünstler nahe, die sich die Faszination von Körperlichkeit, Tod und Verwesung zunutze machten, um aus ihren Objekten und Collagen die sprühenden Funken Aufsehen, Diskussionsstoff und Kapital zu schlagen. So lange Busse seine Aktivitäten fortsetzte, beschloss ich, Degenhart als Kunstobjekt zu betrachten. Wie unser weiteres Vorgehen durch den Befund verändert werden würde, stand auf einem ganz anderen Blatt.

Degenharts Organe waren in Plastikbeuteln abgepackt. Kurz vor seiner Freigabe zur Beerdigung würden sie in seinen Körper zurückkehren, bevor man den Rumpf mit groben Stichen verschloss. Sämtliche Laborproben standen auf dem Beistelltisch, die Instrumente wurden zum Reinigen eingesammelt und Professor Busse zog Roland und mich zur Seite. Ein Fremdverschulden, so seine Erklärung, war nicht auszuschließen.

„Für eine äußere Gewalteinwirkung spricht nur die Kopfwunde; ein kräftiger Hieb, aber keineswegs tödlich. Könnte von einer Schneeschaufel stammen. Andere Verletzungen wie Einschüsse, Messerstiche oder Spuren von Injektionsnadeln habe ich nicht finden können, weder am Körper selbst, noch in der Kleidung. Der Magen- und Darminhalt ist ja noch nicht analysiert – das Ergebnis bekommen Sie in den nächsten Tagen – aber die Symptome von Arteriosklerose, Herzinsuffizienz oder einer veränderten Blutzusammensetzung, einer Gerinnungsstörung zum Beispiel, sind nicht von der Hand zu weisen.“ Weshalb wir dringend mit Degenharts Hausarzt sprechen sollten. Möglicherweise hatte er ein Digitalispräparat verordnet. „Die Grenze zwischen der therapeutisch wirksamen und einer giftigen Dosis ist dramatisch eng und schwankt nicht nur von Fall zu Fall, sondern auch bei ein- und demselben Patienten.“

Als ich nach typischen Anzeichen für eine Vergiftung fragte, nannte Busse Rhythmusstörungen, Magen- und Darmbeschwerden, Sehstörungen, Reizbarkeit und Verwirrtheit.

Degenharts Hausarzt hieß Dr. Bruno Schmelzer, seine Praxis lag an der Bogenstraße. Ich fuhr vom Institut für Rechtsmedizin gleich zu ihm. Er zeigte nicht nur tiefe Bestürzung über den Tod eines „treuen Patienten“, der ihn auch nach sechs Jahren Abwesenheit wieder konsultiert habe, sondern auch großes Verständnis für den hohen Leistungsdruck bei der Polizei. Er ließ sich von einer beflissenen, mandeläugigen Eurasierin, die zu meiner Überraschung den teutonischen Namen Walburga trug, Degenharts Karteikarte bringen und wies seine Mitarbeiterin an, sie möge den nächsten Patienten noch ein wenig vertrösten. Danach beantwortete er geduldig meine Fragen. Er war ein kleiner, drahtiger Typ, beinahe ausgedörrt, wie ein Europäer, der lange in den Tropen gelebt und sich unverhältnismäßig oft der Sonne ausgesetzt hatte. Seine lebhaften dunkelbraunen Augen, die emsig zwischen der Schreibtischplatte und meinem Gesicht hin- und herwanderten, machten eine Altersbestimmung schwer. Während er redete, betrachtete ich seine buschigen, dunklen Augenbrauen, die dichte Behaarung auf dem Handrücken und die extravagante Krawatte, deren samtblauer Untergrund mit kleinen, silberfarbenen Rosetten verziert war. Dann schob ich diese nicht sehr sachdienlichen Eindrücke energisch beiseite und ließ mir stattdessen seine Aussage durch den Kopf gehen: keine Spur von Arteriosklerose, Herzinsuffizienz oder Veränderungen in der Blutzusammensetzung! Degenhart hatte sich Anfang September einem gründlichen Gesundheitscheck unterzogen und war vor acht Wochen wegen eines „akuten Tennisarms“ gekommen. Man hatte eine entsprechende Behandlung eingeleitet, ihn, als das keine Erleichterung brachte, auf Rheuma untersucht und ihm, da es sich um den linken Arm handelte, ein Belastungs-EKG abverlangt, ohne jedoch alarmierende Ergebnisse zu finden.

„Ich habe ihm vom Tennisspielen abgeraten“, erklärte Dr. Schmelzer, wobei er sich in seinem hochlehnigen Schreibtischsessel so sichtlich entspannte, als verschaffte ihm diese Empfehlung noch immer persönliche Genugtuung. Er gestattete sich einen Blick nach draußen, in die blasse Wintersonne, und gemeinsam lauschten wir kurz den urbanen Geräuschen, die von der Bogenstraße herauf schallten – Schritte, Menschenstimmen, Fahrradklingeln und kurz darauf das resolute Schnurren eines Linienbusses, der die Kurve um die Lambertikirche nahm.

„Als Ersatz“, fuhr der Doktor fort, „schlug ich ihm vor, Golf zu spielen. Für seinen Blutdruck wäre das auch viel besser gewesen. Ich selbst bin seit langem Clubmitglied in Wolbeck und hätte ihn gern dort eingeführt. Doch er weigerte sich mit dem Argument, er habe keine Zeit, ganze Nachmittage auf dem Fairway zu verbringen, und es seien doch gerade die kurzen Sprints, die ihn nach einem in sitzender Tätigkeit verbrachten Tag wieder aufmischten.“

„Übte er andere Sportarten aus? Joggte er, ging er schwimmen?“

Darüber war Dr. Schmelzer nicht informiert, aber er machte diese Wissenslücke gern wieder wett, indem er mir einen kurzen Blick auf den EKG-Ausdruck seines verstorbenen Patienten gewährte und noch einmal versicherte, herz-kreislaufmäßig sei zwar nicht alles bestens gewesen, aber doch im Grenzbereich. „Er hatte ja auch einen anstrengenden Beruf."

Als ich wissen wollte, ob Degenhart über Stress geklagt habe, meinte der Arzt reichlich kryptisch, das Verlegerdasein sei schon längst kein Kaffeeklatsch mehr. Darüber konnte ich mir noch kein Urteil bilden, und da ich auch keinen Einblick in Degenharts möglicherweise Blutdruck steigernde finanzielle Verhältnisse besaß, gab ich mich mit der Auskunft des Arztes zufrieden. Ich ließ mir bestätigen, dass Degenhart kein Medikament gegen Bluthochdruck bekommen habe, weil er immerhin Toleranzwerte vorlegen konnte und überdies versprochen hatte, Kaffee, Alkohol sowie fett- und zuckerreiche Kost einzuschränken, dann sagte ich: „Bei der Autopsie wurde der Herzmuskel in kontrahierter Form vorgefunden. Hätten Sie dafür eine Erklärung?"

Dr. Schmelzer senkte den Blick auf die Schreibtischplatte, öffnete die vor ihm verschränkten Hände und schloss sie wieder. „Nun, ich bin kein Pathologe, ich kann nicht aus eigener Anschauung sprechen. Aber die von Ihnen geschilderten Symptome könnten durchaus ein Hinweis darauf sein, dass dem Tod des Patienten Degenhart eine hochgradige Bradykardie mit anschließendem Vorhofflimmern vorausging. So etwas tritt bei einer Überdosierung mit Glycosiden auf. Diese Medikamente verringern die Herzfrequenz, was bei Herzinsuffizienz natürlich erwünscht ist."

Hatte er Degenhart ein Glycosid verordnet?

Nein, dafür hatte es absolut keine Indikation gegeben. Mit dieser Auskunft wurde ich entlassen. Vielleicht, so vertröstete er mich, könne mir ja die bedauernswerte Witwe weiterhelfen.

„Haben Sie auch Olaf Degenharts erste Frau behandelt?"

Einen Moment lang schien er nicht zu wissen, wen ich meinte, dann hellte sich sein Gesicht auf. „Sie meinen die Schriftstellerin? Nein. Ich kannte natürlich ihren Namen und ihr Gesicht. Ich hatte den ‚Pegasus' ein paar Monate lang im Wartezimmer liegen, aber dann war er mir doch zu teuer. Wie es scheint, verließ sich Frau Grimm lieber auf die heilenden Kräfte der Natur. Nun, das muss jeder mit sich selbst ausmachen."

„Sie war angeblich psychisch krank, als sie starb."

„Das habe ich damals gehört, ja! Konzentrationsmangel, Gedächtnisschwund und schlechte Träume."

„Hat Ihnen das ihr Mann erzählt?"

Wieder schien der Arzt sekundenlang etwas verwirrt zu sein. „Wir behandeln Ihre Auskünfte absolut vertraulich", fügte ich hinzu und er nickte: „Ich weiß. Nur kann ich mich beim besten Willen nicht erinnern, wer mir davon erzählt hat. Es war nicht ihr Mann, sondern eine Patientin. Sie sagte, sie habe ihr geraten, sich von mir untersuchen zu lassen. Demnach schien sie sie näher zu kennen."

„Ist Frau Grimm zu Ihnen gekommen?"

„Nein, nie. Ich frage mich sowieso, wie ich ihr hätte helfen können. Mit einem Rezept für ein Schlafmittel vielleicht und einer Überweisung zum Psychotherapeuten."

Vor Degenharts Haus stand der Kleinbus unserer Techniker. Schüller und Wagner, so teilte Max mir mit, seien damit beschäftigt, in dem Schriftwechsel des Verlegers, seinen Kontoauszügen und Firmenunterlagen zu blättern, Kleidung, Schuhe und andere persönliche Dinge durchzusehen und den Computer für den Transport ins Präsidium vorzubereiten, Max und ich wurden von der Witwe im Wohnzimmer erwartet. Christoph Pagenstecher ließ sich bis halb acht entschuldigen. Er jobbte jeden Donnerstagnachmittag in einem Supermarkt in Kinderhaus.

Frau Degenharts Augen wirkten verquollen und so trocken, als wären die Tränen ein für alle Mal versiegt. Sie hatte auf jedes Make-up verzichtet. Kein Rouge, das dem Gesicht seine kalkige Blässe genommen, kein Lidschatten, der die Schwellung der Augenlider gemildert hätte; sie hingen schlaff und leicht gerötet wie bei einem kranken Huhn. Ich erschrak selbst über mein krasses Urteil, dachte aber auch darüber nach, dass Witwen in der Skala der Verdächtigen an oberster Stelle standen. Ich hatte hilflose, tief trauernde Frauen erlebt, deren Bereitschaft zu enger Mitarbeit bei unseren Recherchen aufrichtig schien. Ich kannte Frauen, die mit schrillen Racheplänen gegen den unbekannten Täter drohten und eine deprimierende Skepsis, unsere Erfolgschancen betreffend, an den Tag legten. Und dann war da der Typ, der zu manipulieren, das heißt unsere Befragungen zu beherrschen versuchte. Er trat häufig mit formvollendeter Maske und Körpersprache auf, mit Höflichkeit und Selbstsicherheit. In der Regel waren das Vertuschungsstrategien, die mich dazu veranlassten, dem möglichen Motiv der Ehefrau und ihrem Alibi noch mehr Priorität einzuräumen, als sie ohnehin schon hatten. Mit dem Resultat, dass die Trauer der Witwe kurz und ihr Gefängnisaufenthalt lang war.

Ich ließ Jette Degenharts kreidigen Gesichtsausdruck auf mich wirken, ihre langgliedrige, krakenhafte Körpersprache, die brüchig klingende Stimme, und neue Zweifel befielen mich. Diese leise knallenden Abschiedsküsse der Nachbarinnen ... War ein Komplott inszeniert worden? Warum hatte sie ihrem Mann im Streit mit Kupfer nicht den Rücken gestärkt? Gingen die Bauschäden sie nichts an? Oder waren Bauschäden und unbezahlte Rechnungen gar nicht der primäre Grund für den Streit? Was spielte sich in dieser Nachbarngemeinschaft ab?

Andererseits: Warum hatte jemand, der ein Komplott gegen Degenhart inszenierte, toleriert, dass zur Party ausgerechnet eine Polizistin eingeladen wurde? Bedeutete das, dass dieser Jemand nicht wusste, dass ich Polizistin war? Dann gehörte er nicht zur Nachbarschaft. Oder hatte er keinen Einfluss auf die Gästeliste und wollte nicht protestieren, um kein Misstrauen zu wecken?

Frau Degenhart hatte sich eine Zigarette angesteckt und rauchte mit fiebrigen Handbewegungen. Ich beendete das drückende Schweigen, indem ich ihr unser Beileid aussprach und sie bat, unsere Fragen vollständig und wahrheitsgemäß zu beantworten.

„Hatte Ihr Mann Feinde?“ Ich dachte an Degenharts Rolle des Kulturkritikers. Wie der Peitschenstiel eines Dompteurs, der seine Raubkatzen so lange reizte, bis sie mit der Pranke drohten oder zu fauchen begannen, hatte seine spitze Füllfeder die münsterschen Kulturschaffenden provoziert und aufgestachelt. Blieb nur die Überlegung, ob sich einer von ihnen so weit hatte herausfordern lassen, dass er zum Mörder wurde.

Jette Degenhart hatte kurz nachgedacht, jetzt zuckte sie die Schultern, streifte die Asche ab und drehte die Zigarette auf dem Boden des Aschenbechers. Eine ganze Weile hielt sie den Blick auf die kreisende Bewegung gerichtet. Unterschied sie fein säuberlich zwischen jenen Kontrahenten ihres Mannes, die sich aufs Verbale beschränkt, und anderen, die auch zu drastischen Mitteln gegriffen oder zumindest damit gedroht hatten? Vom Vandalismus an Degenharts Eigentum bis zur Kugel in den eigenen Kopf? Würde sie mir das Ergebnis mitteilen?

„Haben Sie in letzter Zeit Drohbriefe bekommen, erpresserische Anrufe oder vielleicht dubiose Mitteilungen, für die es keine Erklärung gab?"

„Nein!"

„Und im Verlag?"

„Das hätte mein Mann mir erzählt. Ich fahre nur nachmittags ins Büro, aber wenn ich dort war … nein, mir ist nichts aufgefallen."

„Gibt es ein Projekt, das kurz vor der Veröffentlichung steht?"

„Es gibt mehrere: einen Wallfahrtsführer von Münster über Telgte nach Werl, zu den verschiedenen Gnadenkapellen des Münsterlands, dann einen Titel mit plattdeutscher Lyrik und einen Bildband über die Reiseziele der Annette von Droste-Hülshoff."

Ihre Auskunft provozierte mich zu der Überlegung, warum nicht auch jemand, der fromme Pilgerfahrten anregte, anheimelnde Volksdichtung reimte oder sich den Reisevergnügen der Droste-Hülshoff widmete, Mordpläne gegen seinen Verleger ausbrüten konnte. Ich gewöhnte mich sehr schnell an diese Vorstellung, sie faszinierte mich direkt.

„Arbeiten Sie mit diesen Autoren schon länger zusammen?"

Sie nickte. „In allen drei Fällen. Die Verfasserin des Wallfahrtsführers ist Dozentin für Katholische Theologie an der Universität Paderborn, die Lyrik stammt von einem Münsteraner, der aktiv im örtlichen Heimatverein mitarbeitet, und die Fotos für den Bildband hat ein Freund von uns gemacht, ein ganz wunderbarer Fotograf. Auf die …", sie sah kurz zu ihren über den Knien verschränkten Händen hinunter, „Präsentation im Verlagsgebäude hatte Olaf sich schon sehr gefreut. Aber jetzt", sie hob den Kopf wie in einem plötzlichen Entschluss, „sagen wir den Termin natürlich ab."

„Wie würden Sie den Gesundheitszustand Ihres Mannes beurteilen?"

„Unauffällig", sagte sie knapp. Ich rief mir den Verleger ins Gedächtnis zurück, wie er Kupfer gegenüberstand, zuerst kreidebleich, dann zorngerötet, immer mühsamer atmend. Natürlich war seine

Verärgerung verständlich, aber hätte man nicht erwartet, dass er kopfschüttelnd und allenfalls verstört reagierte, anstatt einen wahren Tobsuchtsanfall aufzuführen? Kupfers Anspielungen auf den Todesfall im Bootshaus waren eine schäbige Attacke gewesen, aber der Prozess lag acht Jahre zurück und hatte mit Freispruch geendet. Die Anschuldigungen wegen der Baumängel konnten dagegen gerechtfertigt sein. Außerdem hatte sich Kupfer den Partygästen als grober Klotz dargestellt, dessen geschmacklose Pöbeleien man besser ignorierte. War Degenhart schwer krank gewesen?

„Nahm Ihr Mann regelmäßig Medikamente? Hatte er Herzprobleme?“ Es war immerhin denkbar, dass er mehr als nur einen Arzt konsultiert hatte. Sie schüttelte den Kopf. „Davon weiß ich nichts.“

„Haben Sie mit Ihrem Mann über gesundheitliche Beschwerden geredet? Könnten Sie sich vorstellen, dass er etwas verschwieg?“

„Woraus schließen Sie, dass er Herzbeschwerden hatte? Er ließ jedes Jahr einen Gesundheitscheck machen. Wenn das Ergebnis nicht in Ordnung gewesen wäre …“

„Wann war der letzte?“

„Das muss ich nachsehen“, sie stand auf. Max blickte von seinem Schreibblock hoch und wir setzten einen stummen Gedankenaustausch in Gang. Wir kamen zu keinem Ergebnis, obwohl Frau Degenhart uns viel Zeit ließ. Sie suchte eine ganze Weile auf dem untersten Brett des Bücherregals gleich neben dem Türrahmen, wo mehrere Aktenordner aufgereiht waren. Endlich zog sie einen heraus, löste die Klammer, die die durch Einsteckfolien geschützten Unterlagen zusammen hielt, blätterte hin und her und sagte endlich: „Am 3. September. Hier ist das Ergebnis seines Blutbilds, des EKGs und der Ultraschalluntersuchung. Olaf war nicht krank.“

Ich fragte nach dem zuständigen Arzt, sie nannte Dr. Schmelzer.

„Hat Ihr Mann mal über Schmerzen in den Beinen geklagt?“

Sie legte den schweren Ordner auf der Esstischplatte ab und blätterte noch einmal kurz. Wollte sie Zeit gewinnen, bevor sie meine Frage beantwortete? „Welche Art von Schmerzen?“

„Spannungsgefühle, Stiche, eine Verhärtung der Venen. Vor allem, wenn er lange stehen musste. Er hatte nicht viel Bewegung in seinem Büro.“

„Er spielte Tennis!“ Jetzt wirkte ihre Stimme frostig. Gab es vielleicht eine attraktive, geschmeidige Tennispartnerin?

„Spielten Sie zusammen?“

„Nein!“ Auch ihr Blick überzog sich mit Eis. „Aber ich habe Olaf sein Freizeitvergnügen von Herzen gegönnt.“

Von Herzen! „Regte er sich leicht auf? Hatte er in letzter Zeit Ärger im Verlag?“

„Mir ist nichts aufgefallen. Er war so wie immer.“

„Fanden Sie es dann nicht ungewöhnlich, dass Ihr Mann am Samstagabend derart aus der Fassung geriet?“

„Ich *bitte* Sie! Das war ein unglaublicher Affront gegen Olaf!“

„Wir alle wissen, wie dieser Affront zustande gekommen ist. Eine unnötige Provokation, die Ihr Mann als Entgleisung eines betrunkenen Partygastes hätte auf sich beruhen lassen können.“

„Eine so infame Beleidigung konnte Olaf unmöglich auf sich sitzen lassen. Er hatte keine Schuld an Constanzes Tod. Sie ahnen ja nicht, wie sehr er darunter gelitten hat.“ Ihre Stimme klang beherrscht, doch als sie jetzt zur Zigarette griff, zitterte ihre Hand.

„Würden Sie mir die folgende Frage bitte aufrichtig beantworten: Hat Sie die heftige Reaktion Ihres Mannes auf Kupfers Anspielungen überrascht oder würden Sie sie als eine Reaktion beurteilen, die seinem Naturell entspricht? Reagierte er häufig so emotional?“

Sie antwortete nicht, sondern ließ die Zigarette in den Ascher fallen und vergrub ihr Gesicht in den Händen. „Ich bin schuld“, schluchzte sie, „ich … nein, Christoph hat ihn überzeugt, aber ich habe ihm auch zugeredet. Olaf hatte sich nämlich geweigert, an der Party teilzunehmen. Nicht mit Kupfer als Gastgeber!“

„Hatten Sie es offen gelassen, ob Sie zu zweit kämen, nur Sie allein oder gar niemand?“

„Ich hatte für uns beide zugesagt, obwohl Olaf häufig sehr unentschlossen ist … war, wenn es darum ging, mich irgendwohin zu begleiten. Es gab so viele Abendtermine, die er wahrnehmen musste. Deshalb blieb er auch gern mal zu Hause.“ Ich nickte. Das kannte ich von Franz. Wenn er sich eine bestimmte Anzahl an Nächten um die Ohren geschlagen hatte, zog er sich wie ein Einsiedlerkrebs zurück, las historische Reisebeschreibungen – von Marco Polo bis Jack London – oder ließ sich von Spätfilmen im Fernsehen fesseln.

Frau Degenhart putzte sich umständlich die Nase, bevor sie fortfuhr: „Ich wäre auch ohne meinen Mann hingegangen. Ich hatte mir ein aufwändiges Kostüm schneidern lassen und wollte es nicht nur bei einer einzigen Gelegenheit tragen. Am Wochenende vor der Party waren wir zu einem Ball im Mövenpick eingeladen, Mitte Januar zu einem Faschingstreffen unter Verlegern in München …"

Sie brach ab, als hätte sie plötzlich den Faden verloren. „Überhaupt fand ich die Idee sehr gut, mal alle neuen Hausbesitzer zu versammeln und zu zeigen, wie man sich eingerichtet hat." Sie machte eine fahrige Handbewegung, die mich an einen wenig routinierten Museumsführer erinnerte, und redete weiter. „Die Einladung von den Mädchen in Haus A hätte Olaf akzeptiert, die sind ja wirklich nett, und auch die beiden Artisten scheinen in Ordnung zu sein. Aber dieser arrogante Scheißer, dieser eitle Sack! Erst die Bauherren mit Pleiten und Pannen zu provozieren und sich dann als der große Gastgeber aufzuspielen." Wieder kam das Taschentuch zum Einsatz und ich nutzte die kurze Pause, um ihre Reaktion zu überdenken. Ließ man sich tatsächlich von einem Windei wie Kupfer derart provozieren, wenn erstens das Windei betrunken war und zweitens seine hinterhältige Attacke aus der Luft gegriffen schien?

„Alle drei Gastgeber", fasste ich zusammen, „konnten also davon ausgehen, dass Sie und Ihr Mann zur Party kommen würden. Auch Herr Pagenstecher war eingeladen, allerdings nur bei Herrn Kupfer und als Rezitator. Die Tatsache, dass er absagen musste, lassen wir mal beiseite. Ihr Mann hatte nur Bedenken, Herrn Kupfers Haus zu betreten. Weder gegen das Cateringteam noch gegen die Varietékünstler hatte er etwas einzuwenden. Sehe ich das richtig?"

Sie nickte. „Bei der Kontroverse zwischen Olaf und Kupfer ging es um viel mehr als um Baupannen. Es war Kupfers elendes Banditennaturell, das Olaf verärgerte." Ich sah, dass Max die Augenbrauen hob. Mit Baupannen hatte er leidvolle Erfahrungen gemacht, als er sein Reihenhaus in Greven renovierte. Aber ins Ideologische hatten sich die Differenzen nie verstiegen.

„Wollen Sie damit andeuten, dass er bei *all* Ihren Nachbarn Pfusch und Stümperei walten ließ?" Seine leicht bebende Stimme verriet, wie betroffen ihn diese Möglichkeit machte.

Frau Degenharts Stimme bebte dagegen kein bisschen, vielmehr gab sie reserviert zurück: „Das sollte wohl jeder Hauseigentümer selbst beurteilen. Der eine fühlt sich belogen und betrogen, der andere hält den Pfusch für völlig normal, dann gibt es noch die dritte Variante, dass jemand nicht zugeben möchte, übers Ohr gehauen worden zu sein.“ Zum ersten Mal seit Gesprächsbeginn geriet ihr ein triumphales Lächeln, bei dem mich spontan der Gedanke durchfuhr, dass sich jeder Bauherr wahrscheinlich sein ganz spezifisches Porträt von Kupfer zurechtgelegt hatte.

„Und in welchen Punkten fühlte sich Ihr Mann betrogen?“ Lückmanns Stimme klang noch immer beunruhigt.

„Hat er das nicht aufgezählt?“, zischte sie zurück. „Die Treppe knarrt, durch die Fenster zieht es, und was die Dränage betrifft, da hat Olaf die Maurer dabei überrascht, wie sie Bauschutt in die Öffnung kippten. ‚Da muss Kies rein!‘, hat er gesagt, aber die haben nur dämlich gegrinst. Als Olaf sich dann bei Kupfer beschweren wollte, war der feine Herr nicht zu sprechen.“

„Dann rechneten Sie auf der Party mit offenem Streit?“

„Er war wohl nicht zu vermeiden“, entgegnete sie ausweichend. „Obwohl wir mit dieser Variante, ich meine diese alberne Scharade, nicht gerechnet hatten.“

Als ich wissen wollte, mit welchem Argument Pagenstecher ihren Mann zur Teilnahme überredet habe, gab sie zurück, er habe gemeint, dass eine Auseinandersetzung mit einem betrügerischen Architekten sich gut in der Biographie mache. Sie beweise einen durchsetzungsfähigen Charakter, der sich von keinem noch so cleveren Scharlatan bluffen ließe. Außerdem hatte er vorgeschlagen, die Kontroverse um die Baumängel in seinem Buch auf ökologische Aspekte auszuweiten.

„Zum Beispiel?“ Lückmann war ein überzeugter Anhänger ökologischer Baumaterialien.

„Er riet meinem Mann, den Brandschutzmelder zu erwähnen, der automatisch in alle Häuser eingebaut wurde, und Kupfer zu fragen, ob er nicht irgendwelche giftigen Chemikalien enthielte …“

„Unsinn!“, fiel Max ihr ins Wort. „Ein Rauchmelder funktioniert entweder ionisierend oder fotoelektrisch. Wenn die Batterien umweltgerecht entsorgt werden, wüsste ich nicht, worüber man eine ökologische Debatte lostreten könnte."

„Na gut", lenkte sie leicht pikiert ein, „dann hätte er nach dem Lack fragen können, mit dem die Holztreppe behandelt wurde. Oder nach dem Reiniger für den Fugenkleber." Degenhart als militanter Umweltschützer? An den Gedanken musste ich mich erst gewöhnen, doch wie gut kannte ich ihn eigentlich?

„Mit Starallüren hatte Ihr Mann ja wohl häufiger zu tun. Hätte es nicht genügend Kontroversen mit Autoren gegeben, um in der Biographie das Durchsetzungsvermögen Ihres Mannes zu demonstrieren?" Während das Feilschen um offene Rechnungen, so berechtigt es auch sein mochte, leicht den Nimbus des kleinkarierten Erbsenzählers einbrachte. Doch dieser Einwand gehörte nicht in die laufende Befragung.

„Waren Sie nun über die heftige Reaktion Ihres Mannes überrascht oder nicht?", unterbrach Max meine Überlegungen.

Meinen Einwand hatte Frau Degenhart ignoriert, auf Lückmanns Frage entgegnete sie mit leiser Stimme: „Sie haben Recht. So reagierte er normalerweise nicht. Können Sie sich vorstellen, wie oft Olaf auf Constanzes Tod angesprochen wurde? Auch nach seiner Rückkehr nach Münster? Immer konnte er das ganz souverän abwehren. Obwohl Constanze von einem Einbrecher erschossen worden war, hatte man Olaf vor Gericht gezerrt. Aber welches Motiv hätte er denn haben sollen? Sie waren glücklich miteinander, erfolgreich, unabhängig von den Tratschereien anderer. Olaf hatte es sich als Kulturkritiker nie leicht gemacht, er sagte seine Meinung frei heraus und Constanze unterstützte ihn darin. Ich wusste das doch: Ich war *ihre* Freundin und *seine* engste Mitarbeiterin."

„Dann haben Sie schon für die Edition im Spieker gearbeitet?"

„Ich war Lektorin im Bereich Lyrik und Reiseführer. Für die Bisping-Edition habe ich auch Prokura."

„Wie ist das Erbe Ihres Mannes geregelt?"

„Das Testament liegt bei unserem Anwalt." Sie nannte seinen Namen und eine Hausnummer an der Ludgeristraße. „Wenden Sie sich an ihn, wenn Sie mehr wissen müssen. Wir haben ihn als Nachlassverwalter eingesetzt."

„Aber Sie werden doch mit Ihrem Mann geregelt haben, wie der Verlag weitergeführt wird, wenn einer von Ihnen stirbt.“

„Natürlich haben wir das. Im Todesfall meines Mannes rücke ich automatisch an die erste Stelle. Wenn ich vor ihm gestorben wäre, hätte es ihm frei gestanden, wen er zum Prokuristen ernennt.“

„Kennen Sie seine Entscheidung?“, fragte ich. „Hätte er einen Mitarbeitern ausgesucht oder jemanden von draußen genommen?“

„Eher jemanden aus dem Haus. Auf Anhieb wüsste ich aber nicht, wen.“

„Gab es Mitarbeiter, die er besonders schätzte?“

Sie schürzte die Lippen: „Er schätzte wohl jeden auf seine besondere Weise. Wir sind ein sehr effizientes Team.“

„Wen werden Sie zum Prokuristen ernennen?“

„Die Wahl wird mir nicht leicht fallen, unsere Mitarbeiter sind eine Klasse für sich. Jeder einzelne.“

Während sie ihr harmonisches Weltbild vor mir ausbreitete, hatte ich wieder das markerschütternde Krachen der Eingangstür von Ray und Charles im Ohr, Degenharts heiseres Schreien und die Drohung, seinen Anwalt einzuschalten. Gab es noch andere Begründungen für seinen cholerischen Auftritt? Plausiblere Gründe?

„Hat Ihr Mann am Samstagabend vielleicht doch etwas zu viel Alkohol getrunken? Wenn er sonst nur wenig gewohnt war und eigentlich gar nichts trinken durfte.“ Für seinen Angreifer hätte er eine leichte Beute abgegeben, vor allem wenn er unkonzentriert gewesen war, weil ihn Kupfers Scharade aus der Fassung gebracht hatte. Aber warum gab es in der Umgebung der Häuser keinerlei Hinweis auf einen Kampf? Und warum hatte Degenhart nicht um Hilfe gerufen, wenn er draußen angegriffen worden war? In unserer bestürzten, sprachlosen Tischrunde hätten wir ihn doch gehört.

„Er machte sich nichts aus Alkohol“, entgegnete sie, „das sagte ich doch schon. Ein Bier am Abend oder ein Glas Wein, mehr nicht.“ Sie dachte nach. „Ich erinnere mich, dass Bella ihm zur Begrüßung ein Glas Sekt in die Hand drückte, das er wenig später irgendwo abstellte.“ Auch ich erinnerte mich: an schnelle, gierige Schlucke, während Degenhart sich ausgezeichnet mit Bella unterhielt. Das musste seine Frau doch auch beobachtet haben. Schließlich hatte sie neben mir gestanden.

Sie starrte vor sich hin, als würde sie plötzlich von genau dieser Vision heimgesucht, während mir ein eigenartiger Gedanke kam. Ließ sich das völlige Ausrasten eines Menschen, der als nervlich belastbar und, von einem Tennisarm abgesehen, mit etwas Nachsicht als gesund bezeichnet wurde, durch schädliche Substanzen erklären, mit denen er in Berührung gekommen war, ohne es zu wissen? Kurz bevor er starb, war Degenhart mit sechs Gastgebern und weiteren fünf Gästen zusammen gewesen, von denen jeder, seine Frau eingeschlossen, seines Tellers hätte habhaft werden können. Auch wenn das nicht ganz einfach war, weil er sich ziemlich abgekapselt hatte. War er auf der Hut gewesen, weil er einen Giftanschlag befürchtete? Hatte Jette Degenhart mir meinen Beobachtungsposten streitig gemacht, weil sie sich um ihn sorgte?

Dr. Schmelzer hatte die Frage, ob er seinem Patienten ein Digitalispräparat verordnet habe, verneint, und so wie die Lage aussah, gab es auch keinen Grund dafür. Welche Wirkstoffe hätten dann seine Herzfrequenz beeinträchtigen können? Rein theoretisch gab es eine ganze Menge pflanzlicher oder tierischer Gifte: vom japanischen Kugelfisch über Frösche bis zum Maiglöckchen oder der Herbstzeitlose. Wie viel Zeit musste verstreichen, bis die Wirkung der einzelnen Stoffe einsetzte? Ich versuchte, mir auch Degenharts Reaktion auf plötzliche Lähmungserscheinungen oder Krämpfe vorzustellen, auf Brechreiz oder Durchfall. Hätte er seine Frau nicht alarmiert? Bei Ray und Charles hatte er ihr gegenüber gesessen; eine kurze Bemerkung hätte genügt, ein schneller Wink. Andererseits hatte Kupfers anzügliche Scharade Degenhart erregt. Jetzt einfach weggehen, während üble Verleumdungen auf ihn einprasselten? Wut und schlechtes Befinden hatten sich gegenseitig hoch geschaukelt, bis Kupfers böses Spiel vorbei war und sich Verlegenheit breit machte. Niemand stellte sich auf die Seite des Verleumdeten? Da war er aus dem Haus gestürzt. Hätte er sich nur unwohl gefühlt, wäre er wahrscheinlich sofort nach Hause gegangen, hätte sich ins Bett gelegt oder seinen Hausarzt angerufen. Aber da war die unstillbare Wut, die in ihm tobte. Er war durch die Dunkelheit getappt, und dann hatte ihn jemand zusammengeschlagen. Schwer verletzt, wie er war, würde er wohl kaum allein zur Werse gegangen sein. Andererseits hatten Schüller und Wagner am Ufer keine

Spuren gefunden, die auf ein Verbrechen hindeuteten. Und warum hatte der Täter sein Gesicht verstümmelt?

Ich verdrängte die grausige Vision von der klaffenden Nasenöffnung, trotzdem blieb der Ekel so groß, dass mir das Vorspeisenbüffet, die Paella und die Desserts nur sehr zögernd vors innere Auge kamen. Ich hoffte, man würde Degenharts Verdauungstrakt einwandfrei analysieren und sich beim Todeszeitpunkt noch genauer festlegen. Bisher lag die Schätzung bei drei Tagen.

Und wenn das todbringende Gift nicht auf seinem Teller gelandet, sondern durch die Kleidung gedrungen war? Ich dachte an die Vielfalt der Partykostüme; von den Römertogen der beiden Pensionäre bis zu Bellas prallem Tomatenkopfputz. Und was war von der Idee zu halten, die Garderobe der Gäste in einem der Schlafzimmer zu hinterlegen? Wie hatte Olivia gesagt? ‚Wenn Sie an Ihre Sachen wollen, wissen Sie, wo Sie sie finden.' Also hatte jeder Zugang. Ich versuchte mich zu erinnern, ob Degenhart seinen Sakko mal ausgezogen hatte. Es war warm gewesen bei Bella und Co. Wer hatte sich Jacke oder Mantel geholt, als wir zu Kupfer weiterzogen?

Und wenn nun ein Wirkstoff vorlag, mit dem das Opfer schon früher in Kontakt gekommen war? Hatten wir es mit einer chronischen bis subchronischen Vergiftung zu tun, deren Latenzzeit mehrere Tage betrug?

„Hatte Ihr Mann Vorlieben in puncto Essen und Trinken?"

Frau Degenhart zögerte. „Alkohol und Nikotin sollte er einschränken", sagte sie dann. „Und das *tat* er auch. Er rauchte nur mäßig, aber er aß gern Süßes, wie es ja bei vielen Männern der Fall ist."

„Schreiben Sie bitte alles auf, was Ihr Mann zwischen Donnerstag und Samstag zu sich genommen hat. Speisen und Getränke, bis zum Beginn der Party. Notieren Sie auch, wo er sich an den drei Tagen aufgehalten hat, mit wem er zusammen war und welche Kleidung er trug. Und während Sie schreiben, würde ich gern einen Blick in Ihr Verlagsprogramm werfen. Haben Sie eins im Haus?"

Sie drückte die Zigarette aus und suchte noch einmal in den deckenhohen Bücherregalen, mit denen, rechterhand nur von dem Durchgang zur Haustür unterbrochen, die beiden Längsseiten des Zimmers ausgefüllt waren. In die straßenseitige Wand war ein von sonnengelben Vorhängen eingerahmtes Fenster eingelassen, an der gegenüberliegenden Schmalseite standen ein Esstisch mit Glasplatte und sechs lederbezogene Klappstühle. Über dem Tisch hingen drei mittelgroße Ölbilder, die wie ein Tryptichon wirkten. In Gelb-, Ocker- und Rottönen zeigten sie jeweils zwei hintereinander liegende, großflächige, pralle Kugeln, wie Kürbisse oder Melonen. Die in die Nähe des Fensters gerückte Polstergruppe, in der wir saßen, bestand aus zwei frontal zueinander stehenden, vanilleweißen Sofas, zwischen denen ein kleiner, filigran gemusterter Perserteppich lag. Die Sofas wurden von runden Beistelltischen aus mattem Aluminium flankiert. Das restliche Parkett lag frei und auch die Dekoration beschränkte sich auf die drei Gemälde. Keine Blumenvasen, keine Fotos und auch kein Nippes in den offenen Regalen.

Frau Degenhart reichte mir kommentarlos ein schmales Heft, auf dessen blassgelbem Umschlag als Logo ein stilisiertes Giebelhaus abgedruckt war und darunter der Name Edition Bisping in gedrungenen, dunkelgrauen Lettern. Als ich auch um das Programm der Edition im Spieker bat, legte sie mir einen noch schmächtigeren Prospekt hin, der fast identisch gestaltet war wie das Bisping-Verzeichnis, sogar das Logo wirkte ähnlich. Ich verglich die Namensverzeichnisse. Die meisten Lyriker hatten Degenhart die Treue gehalten – über sechs Jahre hinweg –, von ehemals acht Frauen und neun Männern waren es jetzt noch jeweils sechs. Kein Name, den ich kannte, außer Frau Grimm, die im Bisping-Katalog nicht mehr vorkam. Warum gab es keine Neuauflage ihrer Bücher?

Während ich unter lockerem Blättern die Kurzbeschreibungen der Lyrikausgaben, Reiseführer und Kunstbildbände las, die Umschläge und die Autorenfotos betrachtete, schrieb Frau Degenhart, immer wieder unterbrochen von kurzen Erinnerungsversuchen, den Bogen halb voll und schob ihn mir mit der Bemerkung hin, dass ihr Mann am Donnerstagmittag mit dem Lyrikautor Ulli Helder verabredet gewesen sei. „Ich kann nur raten, wo, wann und was er dabei gegessen hat. Aber vielleicht hilft Herr Krafft Ihnen weiter. Er ist bei den Besprechungen meistens dabei.“ Ich nickte und überflog ihre Angaben.

„Constanze Grimm“, sagte ich dann und stellte fest, dass der Name bei meiner Gesprächspartnerin eine schreckhafte Reaktion auslöste, die sie nur mühsam verbergen konnte. Als hätte sie gerade intensiv an ihre Freundin gedacht, allerdings nicht damit gerechnet, dass über sie gesprochen würde.

„Ja?" Sie hatte sich wieder gefangen und sah mich fast herausfordernd an. „Was ist mit ihr?" Auch ihr Tonfall war angriffslustig geworden. „Was hat sie mit dem Tod meines Mannes zu tun?"

„Sie waren ihre beste Freundin?"

„Wir waren gut befreundet", entgegnete sie gedehnt, „über ihren restlichen Bekanntenkreis war ich nicht informiert. Es kann durchaus Menschen geben, die ihr näher standen als ich."

„Sie übernachtete gelegentlich bei Ihnen?"

Sie hob die Schultern. „Manchmal, wenn Olaf verreist war und Sonia bei Freunden schlief. Sie fürchtete sich in dem großen Haus."

„Haben Sie Kontakt zu der Tochter?"

„Hin und wieder. Sonia ist in Paris verheiratet. Ihr Mann ist Galerist, sie arbeitet im Musée d'Orsay." Ein Lächeln huschte über ihr Gesicht. „Gelegentlich besuche ich sie. Ich mag Paris und ich mag Sonia und Bastien. Die beiden sind ganz reizend zu mir."

„Weiß sie schon, dass ihr Stiefvater tot ist?"

„Natürlich", nickte sie. „Ich habe sie angerufen, nachdem ich …, als es keinen Zweifel mehr gab, dass Olaf nicht mehr lebt."

„Was hat sie gesagt?"

„Sie hatte gerade ein Meeting in ihrem Büro. Meine Nachricht hat sie natürlich sehr geschockt, aber … im Beisein ihrer Kollegen war sie gehandikapt. Sie versprach, mich abends anzurufen."

Demnach hatte die Tochter ihre Besprechung nicht unterbrochen, was schwer begreiflich war. „Hat sie Sie abends angerufen?"

„Ja. Sie bat mich, ihr den Beerdigungstermin mitzuteilen, sobald er feststeht. Wenn sie es einrichten kann, kommt sie nach Münster."

„Hat sie nicht gefragt, woran ihr Stiefvater gestorben ist?"

„Sonia", ihre Miene verhärtete sich, „empfand nicht viel für Olaf. Ich habe ihr gesagt, dass es vielleicht ein Herzinfarkt war. Ein Fremdverschulden hätte sie an den Raubüberfall auf ihre Mutter erinnert. Das wollte ich ihr fürs Erste ersparen, sie hat deswegen genug gelitten. Sie hängt sehr an ihrem Vater. Erich Grimm ist wohlhabend, er hat ihr ermöglicht, in Paris zu studieren und weiter dort zu leben. Das war angenehm für Sonia. Für das Verhältnis zu Olaf war es natürlich schädlich; sie brach den Kontakt völlig ab."

„Weil sie ihn nicht mochte? Oder gab es einen anderen Grund?"

„Nein, das glaube ich nicht. Es war mangelnde Zuneigung."

Als ich fragte, wann Sonia nach Paris gezogen sei, gab Jette an, das sei direkt nach dem Prozess gewesen, als Olaf Münster verließ.

„Wie kam Ihr Kontakt mit Sonia zustande, wenn sie zu ihrem Stiefvater keinen mehr hatte?"

„Wie ich schon sagte: Ich bin sehr gern in Paris. Vor drei Jahren wollte ich für mehrere Wochen dort wohnen, und zwar in einem Apartment. Ich suchte in Constanzes Unterlagen nach der Adresse ihres ersten Mannes und", ihre Handbewegung ähnelte Rays theatralischem „Abrakadabra" über den Dessertschüsseln, „*Sonia* war am Apparat. Und sie war ganz entzückt über meinen Anruf. Sie hat mir dann auch eine Wohnung besorgt. Wir haben uns mehrmals in Paris getroffen und seitdem die Verbindung aufrechterhalten."

„Constanzes Unterlagen!", bemerkte ich. „Woher hatten Sie sie, wenn Olaf Degenhart im Elsass wohnte?"

„Er hatte mir nach ihrem Tod den Nachlass geschenkt: Fotos, Briefe, unvollendete Manuskripte – alles, was Ihre Kollegen damals durchsucht hatten, ohne damit etwas anfangen zu können."

Max notierte Sonia Davids Adresse, ihre Handynummer und den Dienstanschluss im Museum und bemerkte: „Da wir bei Ihrem Mann von einem nicht natürlichen Tod ausgehen, werden wir Frau David schon vor der Beerdigung ein paar Fragen stellen müssen." Sie registrierte diese Nachricht, ohne mit der Wimper zu zucken.

Ich fragte sie, ob Constanze grundsätzlich ein ängstlicher Mensch gewesen sei. Dass sich eine Frau in ihrem großen Haus am Aasee nicht sicher fühlte, war verständlich, doch mir ging auch die Aussage durch den Kopf, sie habe sich vor ihrem Tod sehr krank gefühlt und sei depressiv gewesen.

In Jette Degenharts Miene zeichnete sich eine überraschende Mischung aus Amüsiertheit und Betroffenheit ab. „Constanze schrieb ihre magischen Reiseführer nicht etwa, um ihre Leser mit einem ganz neuen Blickwinkel durchs Land zu führen; sie *glaubte* an übernatürliche Kräfte, und was sie manchmal davon erzählte, konnte einem schon Angst einjagen."

„Inwiefern?“ Lückmann sah von seinem Schreibblock auf.

„In jedem Bekanntenkreis gibt es Krankheiten, Ehekrisen, einen überraschenden Todesfall; Ereignisse, die einen berühren, aber schlussendlich zur Realität gehören. In dem einen oder anderen Fall behauptete Constanze, zuvor davon geträumt oder gewisse Anzeichen dafür gesehen zu haben. Nur das Mitgefühl für die Betroffenen habe sie davon abgehalten, sie zu warnen. Es sei sowieso nicht abzuwenden gewesen …“ Sie brach ab, starrte auf ihre Hände hinunter und ich dachte: Spökenkiekerei in ihrer radikalsten Form!

„Frau Grimm war die produktivste Autorin der Edition im Spieker oder irre ich mich da?“

„Das stimmt. Nach ihrem Tod beschloss mein Mann, den Verlag in Edition Bisping umzubenennen, weil er …“, sie überlegte kurz. „Ich meine, weil es Constanze nicht mehr gab.“

Ganz so reibungslos war das nicht geschehen. Zwischen den beiden Verlagsnamen lagen sechs Jahre, die der Geschäftsführer im Elsass verbracht hatte, an unbekanntem Ort und mit nicht näher definierter Tätigkeit. Beachtlich viele Autoren waren zu ihm zurückgekehrt, obwohl sie dazwischen vielleicht für andere Verlage gearbeitet hatten. „Warum gab es keine Neuauflage ihrer Bücher?“

„Wir haben das anfangs natürlich diskutiert, aber nachdem Constanze damals schon sechs Jahre tot war, erschien es uns zu riskant. Der Buchmarkt ist sehr kurzlebig, wer einmal vergessen ist, erlebt seine ‚Auferstehung‘ nur in seltenen Fällen.“

„Wie lange waren Sie und Olaf Degenhart verheiratet?“

„Im März wären es acht Jahre geworden.“

„Haben Sie auch die Reiseführer von Frau Grimm betreut?“

In diesem Moment kam von der Haustür her ein Geräusch. Eine Jacke aus Kunstfaser raschelte, ein Kleiderbügel klapperte an der Garderobe, dann trat ein junger Mann ins Zimmer.

- V -

Max und ich hatten uns vor dem Besuch bei Frau Degenhart darauf verständigt, dass wir sie und Pagenstecher zunächst gemeinsam befragen würden. Ich wollte unbedingt erfahren, in welchem Verhältnis der ungewöhnliche Hausgast zu einer Gastgeberin stand, die er als „grottenschlechte Köchin" bezeichnet hatte; und zwar ausgerechnet im Gespräch mit drei Nachbarinnen, die mit professionellen Kochkünsten ihren Lebensunterhalt verdienten. Steckte hinter diesem uncharmanten Urteil vielleicht ein Ablenkungsmanöver? Es wäre sicher nicht das erste Mal, dass jemand verbotene Gefühle zu kaschieren versuchte, indem er negative, aber durchaus glaubwürdige Urteile über die Person in Umlauf setzte, der die Gefühle galten. Mit anderen Worten: Dass Pagenstecher über jene Frau, für die er sich erwärmte, lästerte, indem er ihr Fehler nachsagte, die ihn gar nicht störten.

Andererseits bewegte mich die Frage, ob die Ehefrau vielleicht als Schaltstelle zwischen dem Biographen und seinem vielleicht sehr kapriziösen Objekt fungierte. Empfand sie den Familienzuwachs vielleicht als lästig? Wie war diese Konstellation überhaupt zustande gekommen?

Diese Frage würde sich Max beantworten lassen, sobald er mit Pagenstecher allein war. Vorher mussten so aussagekräftige Fakten wie Blickkontakt, Umgangston und Körpersprache, kurz jene wie Moleküle sich anziehenden oder abstoßenden Berührungspunkte dieses Trios definiert werden, aus dessen Mitte einer gewaltsam entfernt worden war.

Ich ließ meinen Blick auf Pagenstecher gerichtet, während Max ihn zu seinen biographischen Ambitionen befragte. Der Junge hatte seine starke Erkältung restlos auskuriert, er verfügte über eine ausgesprochen angenehme Stimme, die ihn zum Rezitator prädestinierte und mich dazu führte, dass ich noch im Nachhinein seine Absage am Samstag bedauerte. Aber dann fuhr mir ein ganz anderer Gedanke durch den Kopf. Die Scharade, die den Streit zwischen Degenhart und Kupfer zum Ausbruch brachte, hatte als Ersatz für die Lyriklesung gedient. Wäre es ohne Pagenstechers Absage nicht zum Krach gekommen? Hatte vielleicht jemand dem Studenten nahe gelegt, er solle auf seinen Auftritt verzichten? Ihm Geld geboten, damit er zu Hause blieb? Der Vorschlag, Scharade zu spielen, war von Kitty Schlager gekommen. Steckte ein gezielter Plan dahinter oder war alles purer Zufall? Ich fragte mich, welche anderen Gründe für die Absage in Frage kamen. Mir klang der Junge nicht erkältet genug!

Rein äußerlich war er ein Hausgenosse, von dem ich mir vorstellen konnte, dass er schon beim Frühstück für aggressiven Schwung sorgte. Gut geschnittenes, blondes Haar, um den Mund eine kämpferische Note, die auf Ehrgeiz und Dynamik hindeutete. Nachdem er seine Bestürzung über Degenharts Tod beteuert hatte, ließ er unsere Befragung willig über sich ergehen, strich sich mehrmals energisch das Haar aus der Stirn, während er von einer Biographie erzählte, die er im letzten Jahr über Hermann Wagenknecht, einen Verleger aus dem Ruhrgebiet, verfasst habe. Er lächelte triumphal, als er die exzellenten Kritiken erwähnte, wurde jedoch sofort ernst, als das Thema wieder auf Degenhart kam.

„Können Sie uns Ihr Manuskript zur Verfügung stellen?“, fragte Max. „Sie haben doch sicher schon einiges zu Papier gebracht.“

Auf diese Frage hin streifte Pagenstechers Blick kurz die Dame des Hauses, als sie die Schultern zuckte, erklärte er sich einverstanden. „Dann gehen wir doch gleich in Ihr Arbeitszimmer“. Max erhob sich und der junge Mann wies ihn in den Raum nebenan, den ich für das Bad gehalten hatte. Er besaß nämlich eine Tür.

Sobald wir allein waren, wiederholte ich meine Frage an Frau Degenhart, ob sie in der Edition im Spieker Constanze Grimms Reiseliteratur betreut habe. Sie zögerte kurz, bevor sie „Ja, natürlich!“ sagte, was in meinen Ohren reichlich lakonisch klang.

„Haben Sie Fehler ausgebessert oder Änderungen angeregt?“

„Constanze brauchte keine Änderungsvorschläge.“ Sie sah mich nicht an, sondern blickte auf ihre Zigarette – die wievielte seit Gesprächsbeginn? „Sie war“, fuhr sie dann schnell fort, „eine wunderbare Lyrikerin. Sie konnte Gedanken und Gefühle so in Worte kleiden, dass sich jeder Leser sofort angesprochen fühlte.“

„Und die Autorin der magischen Reiseführer?“

Sie zuckte die Schultern und drückte die Zigarette wie in einem plötzlichen Entschluss aus. „*Die*“, sagte sie mit einem matten Lächeln, „war in meinen Augen schon ein wenig verschroben. Obwohl es genug Leser gab, die die von ihr empfohlenen Wege nachgegangen sind. Über das Erfolgserlebnis schrieben sie ihr dann lange Briefe. Constanze bekam sehr viel Fanpost. Und die Führer verkauften sich ja auch sehr gut.“

„Wieder aufgelegt wurden sie trotzdem nicht?“

„Die Gründe dafür habe ich Ihnen bereits erklärt.“

Darauf gab es nicht viel zu erwidern. Ich fragte, ob sie sich einen Zusammenhang zwischen dem Tod ihres Mannes und dem Mord an auf Frau Grimm vorstellen könne. „Ich weiß“, fuhr ich fort, weil sie nicht antwortete, „das sind schwierige Fragen. Trotzdem wäre ich für eine Antwort dankbar, auch wenn Sie sie verweigern könnten.“

„Ich kann mir einfach keinen Zusammenhang vorstellen.“

„Hat sich Ihr Mann in letzter Zeit auffallend oft mit Dingen beschäftigt, die mit seiner ersten Frau zu tun haben? Mehr als früher?“

„Ja, den Eindruck hatte ich.“ Sie machte eine energische Kopfbewegung, als wollte sie einen Gedanken verscheuchen. „Ich weiß nicht, was es zu bedeuten hat, aber ich habe Olaf in den letzten Wochen mehrfach dabei überrascht, wie er Fotos von Constanze betrachtete, außerdem lag ihr letzter Gedichtband auf seinem Nachttisch. Ich sah es, als ich die Bettwäsche wechselte. Ich komme nicht jeden Tag in sein Schlafzimmer, das Aufräumen erledigt er selbst, das Staubwischen übernimmt die Putzfrau. Deshalb weiß ich nicht, seit wann das Buch dort liegt.“

„Fanden Sie es ungewöhnlich, dass Ihr Mann im Schlafzimmer Gedichte las? Es waren doch Veröffentlichungen seines Verlags!“

Ihre Antwort überraschte mich: „Olaf las keine moderne Lyrik, nicht in der Freizeit. Er liebte Goethe, Schiller, die Romantiker, doch selbst von denen habe ich nie etwas an seinem Bett gesehen.“

„Welches Konzept verfolgte er? Er hatte ein relativ kleines Programm und beschränkte sich auf drei Genres, sehe ich das richtig? Zeitgenössische Lyrik, Reiseführer mit zum Teil esoterischem Einschlag, Landschafts- und Kunstbildbände.“

„So ist es“, nickte sie mit unüberhörbarem Stolz. „Die Edition Bisping ist ein Verlag, wie es nicht viele gibt. Ich werde sie in diesem Sinne weiterführen. Wir machen Bücher, weil wir das Ästhetische lieben und den verwöhnten Lesergeschmack bedienen möchten. Ein Buch ist für uns keine Ansammlung bedruckter Blätter, sondern ein Gesamtkunstwerk. Olaf konnte stundenlang über Fotos oder Druckfahnen grübeln. Er war ein Perfektionist. Außerdem“, sie stieß verächtlich Rauch durch die Nase, „wollen wir nicht mit dilettantischen Romanmanuskripten zugeschüttet werden.“

Ich überlegte, was mir spontan zu Degenharts Lebenslauf einfiel: Geboren 1946 in Münster, das Abitur mit neunzehn am Paulinum, danach das Studium der Germanistik und Anglistik in Münster und Durham. Sein Vater war Antiquitätenhändler gewesen, die Mutter Klavierlehrerin. Er hatte zwei jüngere Schwestern, über deren Schicksal ich noch nichts wusste. Sein eigenes hatte sich so weiterentwickelt, dass er nach seinem Magister Artium in England als Lektor tätig war, bevor er sich 1982 in Münster niederließ.

„Der Gedichtband auf dem Nachttisch Ihres Mannes ..., wo stand er vorher?“

„Dort drüben.“ Sie wies auf das Regal links vom Fenster. „Zwischen der restlichen Lyrik, unter dem Buchstaben G. Wenn man so viele Bücher besitzt wie wir, muss man sehr gut Ordnung halten.“ Es klang überheblich, als zählte sie mich automatisch zu jenen, die nicht „so viele“ Bücher besaßen.

„Und wo bewahrte er die Fotos auf?“

Wieder erhob sie sich wortlos und überreichte mir ein dünnes Fotoalbum. Es enthielt etwa zwanzig Aufnahmen aus den Jahren 1986 bis 1993, Olaf und Constanze auf Reisen, im Garten an der Annette-Allee, bei Buchpräsentationen und Lesungen. Von letzteren waren Zeitungsartikel beigelegt. Ich gab Jette Degenhart das Album zurück und sie legte es neben sich auf den Beistelltisch.

„Glauben Sie, dass Ihr Mann den Gedichtband aus Nachlässigkeit liegen ließ oder sollten Sie es bemerken? Ich meine, wenn er sonst nie Gedichte las.“

„Ich weiß es nicht.“ Eine neue Zigarette wurde angesteckt.

„Kann ich das Buch bitte sehen?“

Auch jetzt musste sie nicht lange suchen. Der Band war ziemlich umfangreich, im Todesjahr der Lyrikerin erschienen und trug den Titel: „Die Sphinx blickt nach Westen.“

„Ihre letzte Arbeit?“ Sie nickte.

Es gab keine Randnotizen, Lesezeichen oder nachträglichen Korrekturen. Ich bat, das Buch für ein paar Tage behalten zu dürfen.

„War Ihre Ehe glücklich?“

Diesmal überlegte sie eine Weile. „Ich habe“, entgegnete sie schließlich, „Olaf schon lange gekannt, bevor ich seine Frau wurde. Sehr gut gekannt. Als wir dann verheiratet waren, schien mir meine Situation allerdings ... *anders,* als ich erwartet hatte.“ Der Blick, den sie mir zuwarf, wirkte fast lauernd. Als wäre sie gespannt auf meine Reaktion. Wollte sie andeuten, dass sie mit Degenhart ein Verhältnis gehabt hatte, während er mit Constanze verheiratet war?

„Inwiefern anders?“

„Constanze stand zwischen uns.“

„Kam Ihr Mann über ihren Tod nicht hinweg?“

Noch ein abschätzender Blick. „Kommen Sie mit.“

Ich war gespannt, was sie mir zeigen würde. Eine ganze Galerie gerahmter Constanze-Fotos, ihre gesammelten Gedichtbände und Reiseführer an exponierter Stelle, ihr Sortiment an Handtaschen oder Schuhen; vielleicht exquisite Wäsche? Die Schmucklosigkeit des Wohnzimmers bestärkte mich in meiner Vermutung, dass die erste Frau Degenhart einen anderen Raum dieses Hauses beherrschte. Die Sonderausgabe des Pegasus fiel mir wieder ein, die ihrem Lebenswerk gewidmet war. Ich fragte, wie viele Exemplare ihrer Bücher Degenhart noch besaß und wo er sie aufbewahrte.

Da müsse sie in seinem Arbeitszimmer nachsehen, entgegnete sie und dann führte sie mich als Erstes in die Küche.

Wenn sie tatsächlich eine miserable Köchin war, dann wirkte ihre Küche wie ein Rolls Royce, den jemand ohne Führerschein fuhr. Granit als Arbeitsflächen- und Bodenbelag, lindgrün gelackte Wände unter Glasplatten als Spritzschutz, die Schränke aus hell lasierter, gebürsteter Eiche. Das Geschirr war in einer hohen Vitrine mit Mattglasfronten untergebracht, die Geräte sahen aus wie Designklassiker aus dem New Yorker Museum of Modern Art, statt eines Fensters hatte man ein Bullauge eingesetzt. Während ich meine Bewunderung nur schwer unterdrücken konnte, wartete Frau Degenhart mit undurchsichtiger Miene im Türrahmen.

„Hatte Herr Kupfer keine Einwände gegen ein rundes Fenster? Er scheint mir ziemlich puristisch zu sein."

Sie schürzte die Lippen. „Das Fenster war im Bauplan nicht vorgesehen, da haben Sie Recht. Deshalb schließt es jetzt auch nicht gut. Verstehen Sie das Prinzip? Alle Sonderwünsche der Bauherren wurden konsequent verpfuscht. Um ehrlich zu sein, hatte meinem Mann und mir der Grundriss des Hauses einigermaßen gefallen, obwohl er im Grunde so originell auch wieder nicht ist. An Kupfers restlichem Ideenkorsett waren wir überhaupt nicht interessiert. Doch das passte dem großen Meister nicht. Er wollte eine Mustersiedlung im Einheitsstil errichten, aber die hat er nicht bekommen. Hier hat jeder gemacht, was er wollte, da hätte sich Herr Kupfer sogar quer über die Baustellen legen können. Doch darum geht es mir im Augenblick gar nicht. Sie wollen wissen, warum ich Ihnen dies hier zeige, nachdem Sie nach Constanzes Rolle in unserer Ehe fragten? Olaf spendierte mir eine teure Küche, der alte Krempel blieb an der Annette-Allee. Und jetzt zeige ich Ihnen mein Bad."

Aus Pagenstechers Zimmer drangen gedämpfte Stimmen, während Frau Degenhart mich zur Wendeltreppe winkte, und es hätte mich nicht gewundert, wenn sie mich am Handgelenk gepackt hätte, so entschlossen wirkte sie.

„Künstlerfliesen", bemerkte sie triumphierend, während sie mir den Vortritt in das großzügig geschnittene Badezimmer ließ. Was sie meinte, waren großformatige, rotbraun geflammte Kacheln an Boden und Wänden, die ein befreundeter Keramiker gestaltet hatte. Auf mich wirkten sie, als hätte jemand eine beachtliche Portion Spaghetti Bolognese erbrochen.

„Sehr schön", nickte ich kühl, aber sie wies mich bereits weiter. „Das Schlafzimmer und den Arbeitsraum meines Mannes", bemerkte sie nicht ohne Schärfe, „haben Ihre Mitarbeiter ja schon besichtigt und dabei hoffnungslos durcheinander gebracht. Dies hier wurde Gott sei Dank verschont." Sie knipste die Deckenlampe an.

„Dies hier" war kein Zimmer, es war eine Gruft. Bodenlange, schwarze Vorhänge mit einem Muster aus silberfarbenen Vogelfedern säumten das Fenster, aber eigentlich sahen die Federn aus wie Palmzweige, weshalb sie an einen Sargüberwurf erinnerten. Auch Schreibtisch und Schrank hätten aus der Einrichtung eines Bestattungsinstituts stammen können. An der Wand, genau über dem schmalen Bett ohne Kopf- und Fußteil, hingen zwei Drucke in Schwarz-Weiß: „Geschrei" von Edvard Munch und „Der Tod und das Mädchen" von Alfred Kubin – in Rahmen gefasste Alpträume. Auf dem Schreibtisch mit Schieferplatte, der vor dem Fenster stand, waren mehrere Karteikästen aus grauem Kunststoff aufgereiht, dazu ein quadratischer Glasbehälter, in dem Bleistifte und Kugelschreiber steckten, und, gegen die Fensterbank gelehnt, ein in stark genarbtes, dunkelbraunes Leder gefasstes Buch, wie die Speisekarte eines Landgasthofs. Beleuchtet wurde der Schreibtisch von einer einfachen Halogenlampe mit schwarzem Kunststoffschirm, wie sie in Baumärkten für wenig Geld zu haben war. Die Deckenleuchte unterstrich die Tristesse des Raums noch: ein dreiteiliger Luster mit Milchglasbirnen in Kerzenform unter düsteren Stoffschirmchen.

„Mein Mann wollte, dass das Zimmer in demselben Zustand blieb wie an der Annette-Allee. Selbst die alte Tapete hat er aufgestöbert und ich habe ihm seinen Willen gelassen. Die Einrichtung stammt von Constanze."

Ich fand die Luft drückend, dabei war es nicht sehr warm in dem Raum. Das Schlafzimmer einer Toten? Nein, ein Mausoleum!

„Hat sie immer so gewohnt? Oder erst, als sie depressiv wurde?"

„Keine Ahnung." Jetzt klang sie biestig. „Wenn ich Constanze besuchte, haben wir im Wohnzimmer gesessen."

Warum hatte sie nicht protestiert, wenn diese Einrichtung sie deprimierte? Sie wehrte sich doch auch gegen Kupfers Diktat. Warum hatte sie nicht das Zimmer im Erdgeschoss, das Pagenstecher bewohnte, für sich beansprucht und mit diesem düsteren Trödel gelegentliche Besucher konfrontiert? Dieses Haus, in dem ihre Möbel standen, ihre Vorhänge hingen, ihre quecksilberfarbene Tapete klebte, hatte die Lyrikerin nie betreten. Wozu diese Museumsinszenierung? Ich überlegte, ob Max in der Akte Grimm das Schlafzimmer der Toten kommentiert hatte, konnte mich aber nicht erinnern.

„Sie benutzte doch sicher Bücher und Dokumente, um ihre Reiseführer zu schreiben."

Statt einer Antwort zeigte sie auf ein schwarzes Rollladenschränkchen links vom Bett. „Dort habe ich alles eingeschlossen. Wer weiß, ob nicht irgendwann ihre magischen Führer wieder sehr gefragt sind?“ Sie lächelte matt, ohne jede Ironie, aber auch ohne Optimismus.

„Was ist aus dem Haus am Aasee geworden?“

„Olaf hat es verkauft. Der Mieter hatte gekündigt, selbst darin wohnen wollten wir nicht. Also stieß er es ab.“

„Wie hieß der Käufer?“ Ich hatte die Ledermappe aufgeschlagen und einen Blick hinein geworfen. Da Jette Degenhart nicht protestierte und als Käufer bereitwillig einen exklusiven Herrenausstatter an der Ägidiistraße nannte, blätterte ich zielstrebiger. Die Mappe enthielt eine Menge handgeschriebener Zettel mit Gästelisten, Tischordnungen und Menüplänen. Manche hatten ein Datum: 1986, 1987, 1988 … die ersten Ehejahre von Constanze und Olaf.

„Wo haben Sie gearbeitet, während er im Elsass lebte?“

„Ich bin mit ihm gegangen. Meine Freundin war tot, andere Freunde hatte ich nicht, mein Arbeitgeber zog ins Ausland. Da habe ich ihm angeboten, weiter für ihn zu arbeiten. Schließlich vermisste jeder von uns Constanze, wenn auch auf seine persönliche Art. Das hat uns einander näher gebracht.“

Ich ließ mir die Möglichkeit durch den Kopf gehen, sie hätte lange vor Constanze mit Olaf zusammengelebt. Aber warum mussten sie sich dann näher kommen, wenn sie sich schon lange kannten? Während ich ihr gewinnend zulächelte, plagte ich mich mit dem Verdacht herum, dass sie nicht die volle Wahrheit sagte.

„Warum ist Ihr Mann zurückgekommen? Wenn er sich in Münster nicht mehr wohl fühlte, hätte es doch andere Plätze gegeben.“

„Aus finanziellen Gründen“, entgegnete sie. „Sein Projekt in Frankreich war völlig den Bach heruntergegangen. Er hatte sich als Winzer versucht, ein kleines Restaurant eröffnet. Doch der Koch war ein Schlitzohr und Olaf hatte zu wenig Ahnung vom Weinbau. In Münster besaß er das Haus am Aasee und das Verlagsgebäude.“

„Gab es Verwandtschaft, die ihm aus dem Debakel heraushalf?“

Sie schüttelte den Kopf.

„Freunde?“

„Einige unserer Autoren“, gab sie mit sichtlichem Widerstreben zurück, „verzichteten anfangs auf ihr Honorar, um dem Verlag auf die Beine zu helfen. Es lag im Interesse aller, dass er wieder florierte. Olaf hat diesen … Vorschuss zurückgezahlt.“

Brachte der Verlag genug ein, um davon leben zu können? Den Pegasus hatte Degenhart nach seinem Verlagsneubeginn nicht mehr herausgegeben.

„Ihre Leute haben Olafs Unterlagen mitgenommen", sagte sie, als hätte sie meine Gedanken erraten, „Sie können unsere Daten überprüfen. Es wurde niemand benachteiligt, Olaf steht bei keinem unserer Autoren in der Kreide. Seit einem Jahr arbeiten wir mit Gewinn. Dank der Bildbände."

„Wie schön", nickte ich. „Erzählen Sie mir über Ihren Mann, was Ihnen spontan einfällt."

„Wenn Sie wollen, können wir in sein Zimmer gehen. Ihre Kollegen sind mit ihrer Arbeit fertig, das haben sie mir jedenfalls gesagt. Einige Unterlagen haben sie behalten. Was das zu bedeuten hat, weiß ich nicht ..." Sie sah mich sichtlich besorgt an und ich beruhigte sie, man würde alles zurückbringen, was für die Ermittlungen nicht von Bedeutung war. „Sie haben doch für jedes Stück eine Quittung bekommen."

Wenn ich bei Constanzes Bett an Napoleons Feldlager gedacht hatte, erinnerte mich Degenharts an den pudrigblauen Liegesessel der Madame Récamier. Als hätte das Ehepaar die Betten getauscht; die Grimm, um auf einer harten Unterlage Alpträume zu produzieren, die sich für Gedichte nutzen ließen, Degenhart, weil er seine Alpträume loswerden wollte. In seinem Zimmer hatte man in die angrenzende Wand eine Schiebetür eingesetzt, die den Blick auf seinen Arbeitsbereich freigab. Verglichen mit der plüschigen, in Puderblau und Dottergelb getauchten Schlafstätte wirkte er karg. Schräg vor dem Fenster, durch einen schlichten, schwarz gepolsterten Bürosessel ergänzt, stand ein großer Schreibtisch mit Chromgestell und Glasplatte. In drei Aluminiumregalen drängten sich Bücher in doppelten Reihen oder quer darüber gelegt. Die Ecke neben der Schiebetür füllten zwei einfache, mit dünnem schwarzem Leder bezogene Schwinger. Wir setzten uns.

„Wir haben uns das Haus aufgeteilt. Jeder hat ein Bad und zwei Räume. Ich habe gerne Besuch, deshalb gehört das Gästezimmer im Erdgeschoss mir. Auch wenn es zurzeit von Christoph belegt ist."

„Von wem stammte die Idee, die Biographie Ihres Mannes zu schreiben?"

„Ursprünglich wollte Olaf es selbst tun, doch dann stellte er fest, dass ihm die Zeit fehlte. Mehr als zwei Kapitel brachte er nicht zustande. Deshalb habe ich im Germanistik-Institut nach einem Studenten gesucht, der unseren Anforderungen entsprach. Herr Pagenstecher schien uns besonders geeignet, weil er schon eine Biographie verfasst hat und recht originell schreibt."

„Wie und wann haben Sie Ihren Mann kennen gelernt?"

Sie schlug die Beine übereinander, erst jetzt wurde mir das Einbrennmuster ihrer schwarzen Samthose bewusst. Ziemlich verspielt für jemanden, der noch keine Woche lang Witwe war. „Das ist achtzehn Jahre her. Olaf suchte in den Westfälschen Nachrichten eine Mitarbeiterin für die Edition im Spieker und ich habe mich beworben. Ich war dreißig und seit meinem Studienabschluss in der Bibliothek eines Kölner Universitäts-Instituts beschäftigt."

„Wann und wo war Ihre erste Begegnung mit Frau Grimm?"

„Zwei Jahre später, in unserem Verlag. Sie schneite unangemeldet herein, packte Olafs Schreibtisch mit ihren Manuskripten voll und redete ihn völlig zu. Er war so überrumpelt, dass er sie ins Theatercafé einlud, um das Gespräch auf neutralem Boden fortzuführen. Haben *Sie* Constanze mal kennen gelernt?"

„Ich kenne nur das Foto aus ihrer Akte." Ich erinnerte mich an ein ovales Gesicht mit dunklem, schulterlangem Haar, in der Mitte gescheitelt, dazu dunkle Augen unter starken Brauen. Ihr Blick, der Mund mit den vollen Lippen und das markante Kinn drückten Selbstbewusstsein aus. Hals und Schultern ließen einen sehr femininen Körperbau erkennen. Die Aufnahme war nicht irgendein Schnappschuss, sondern vom Verlag zu Werbezwecken gemacht. Der Gegensatz zu der hageren Jette Abel mit ihrem sportlich kurzen Blondhaar war nicht zu übersehen. Allerdings konnte man sein Äußeres in gewissen Grenzen verändern. War Jettes ein wenig männlich wirkendes Outfit ein Protest gegen die Freundin?

„Würden Sie sagen, dass sie attraktiv war?"

Sie antwortete so spontan, als hätte sie auf diese Frage gewartet. „Sie war nicht nur attraktiv, sie war schön, und sie stand immer im Mittelpunkt. Das lag nicht nur an ihrem Aussehen, sondern auch an ihrer Art. Sie beherrschte mühelos jede Unterhaltung …" Sie brach ab und betrachtete ihre rot lackierten Fingernägel.

Mit dieser ‚Art', dachte ich, hat sie ihr Degenhart ausgespannt. Nach ihrem Tod hat Jette ihn erobert. Warum lebte sie mit Constanzes Möbeln? Trug sie auch ihren Schmuck oder ihren Pelzmantel, falls Constanze einen besessen hatte?

Als im Erdgeschoss eine Tür klappte und die Stimmen von Max und Pagenstecher laut wurden, stand Frau Degenhart auf, als hätte sie nichts sehnsüchtiger erwartet als diesen Moment.

Am Freitagmorgen hielt ich auf dem Weg ins Präsidium an einer Buchhandlung und suchte in der Abteilung für Naturwissenschaften nach einem Lehrbuch über Toxikologie. Herzwirksame Glycoside, so erfuhr ich, wurden aus so beliebten Gartenpflanzen wie dem Roten Fingerhut oder dem Adonisröschen gewonnen und hatten eine starke therapeutische Wirkung. Wurde die Dosis allerdings überschritten, die Rede war vom Eineinhalb- bis Dreifachen der verordneten Menge, je nach der Konstitution des an Herzschwäche leidenden Patienten, verwandelten sich die hilfreichen Wirkstoffe Digitoxin und Adonitoxin in todbringende Substanzen. Zehn Milligramm oder zwei bis drei getrocknete Blätter genügten, um Rhythmusstörungen und eine hochgradige Bradykardie auszulösen, die in Kammerflimmern und Herzversagen endeten. Allerdings entnahm ich dem Buch auch, dass Digitoxin schlecht wasserlöslich war. Für unsere Recherchen bedeutete das im Fall einer Vergiftung, dass Degenhart den Wirkstoff wahrscheinlich nicht über das Glas aufgenommen hatte, sondern vom Teller.

Das Spartein der Lupinen und einiger Ginsterarten hatte ähnliche Folgen wie Digitoxin, während das Acotinin des Eisenhuts auf das zentrale Nervenssystem wirkte. Das Register gefährlicher Pflanzen ließ sich problemlos fortsetzen, wobei die Farben der Blüten oder Früchte – von Goldregen über Eibe und Seidelbast bis zur Tollkirsche – immer flammender zu werden schienen, während ihre Häufigkeit in den heimischen Gärten bedrohliche Ausmaße gewann. Dafür war unser eigener Garten ein gutes Beispiel. Es gab dort zwar weder Maiglöckchen noch Herbstzeitlose, aber Franz hatte bei seinem Umzug von Altötting einen kapitalen, blutroten Oleander mitgebracht, den er dem Käufer unseres alten Bauernhofs nicht überlassen wollte; ganz abgesehen von der Tatsache, dass die Blütenpracht regelmäßig zwischen Mai und Oktober unserer Terrasse zu mediterraner Pracht verhalf, die die billigen, abgestoßenen Bodenfliesen überglänzte. Von unseren restlichen Kübelpflanzen ging zwar keine Gefahr aus, doch war unser Grundstück ein alter, durch viele Jahreszeiten hindurch gewachsener Garten, in dem sich jedes Frühjahr, aller herbstlichen Säuberungsaktionen zum Trotz, der eine oder andere giftige Ableger wieder aus der Erde drängte, wie ein ungebetener Gast über den Zaun blickte oder zwischen den Steinplatten zu wuchern begann, als hätte ihn jemand in seinem Treibhaus für uns pikiert. Niemand hätte das Sprichwort „Unkraut vergeht nicht!" anschaulicher demonstrieren können als wir. Ernüchtert klappte ich das Buch zu und notierte mir Titel und Autor. Mit Sicherheit besaßen wir ein Exemplar in der Präsidiumsbibliothek, und dorthin würde ich mich am Wochenbeginn mit Cornelia Hanflang von der Kriminaltechnik zurückziehen. Seit dem Abschluss ihres Chemiestudiums arbeitete sie mit Ansgar Schüller und Bernhard Wagner zusammen, und seitdem sie im vergangenen Jahr an einem Intensivkurs über Toxikologie teilgenommen hatte, stellte sie unsere „Verbindungsfachfrau" sowohl zum Drogendezernat als auch zu den Rechtsmedizinern dar, wenn es um den Verdacht auf Giftmord ging. Was ich gerade gelesen hatte, reichte zwar locker, um mir das bevorstehende Frühjahr zu verderben, aber mehr als wilde Spekulationen hatte es im Grunde nicht gebracht. Auch die Bepflanzungspläne der Floristin besaßen in meinem Gedächtnis keinen Wiedererkennungswert: Rhododendron hatte sie empfohlen, Forsythien, Hortensien, Astern und Goldrute. Und jede Menge Rosen. So oft ich die Jahreszeiten auch mischte und die Farben neu sortierte, tödliche Wirkstoffe waren nicht darunter.

Der restliche Tag verstrich, indem ich mit Max die Geschäftsunterlagen der Edition Bisping durchsah. Nicht ohne Respekt stellte ich fest, dass Degenharts Programmkonzept aufgegangen war. Exklusiven Kunstbänden und esoterischen Reiseführern eine reelle Chance zu geben, zahlte sich offenbar aus, trotz der beinharten Konkurrenz durch größere Verlage.

Die Namen seines Teams fand ich auf der Verlags-Homepage. Es gab keine Fotos, nur eine Liste mit den Qualifikationen und Arbeitsfeldern. Über Herkunft und Kompetenz des Verlegerehepaares hatten wir im Zuge unserer Ermittlungen schon einiges an Information eingefahren. Was die sechs Mitarbeiter zu offenbaren beziehungsweise zu verbergen hatten, würde sich vielleicht nur in mühsamer Kleinarbeit auffächern lassen.

Es war sieben Uhr und Max vollzog gerade sein Feierabendritual, das vom exakt dosierten Wasserguss für die Kakteen über die Entsorgung des Schreibtischschlüssels im Blechkästchen bis zum militärisch exakten Ausrichten seiner Bleistiftsammlung reichte, als Heiner Vogt vom Dezernat für Entführungen und Erpressungen zur Tür hereinplatzte und über einen ziemlich verrückten Fall loslegte, der im vergangenen Oktober auf seinem Schreibtisch gelandet und ganz bestimmt für uns aufschlussreich sei. Max, der zu Hause zum Tranchieren einer Pekingente für vier Personen erwartet wurde, hockte sich auf die Schreibtischkante und wir hörten Heiner zu.

Anfang Oktober war Vogt von einer gewissen Maria Katzbach kontaktiert worden; es ging um Erpressung. Maria Katzbach war die Frau jenes Thomas Katzbach, der die Edition Bisping mit Illustrationen und Karten für die Reiseführer belieferte. Katzbach hatte Geografie studiert, bevor er seine künstlerische Ader entdeckte. Das qualifizierte ihn in doppelter Hinsicht als Degenharts ‚Hauszeichner'. Er lieferte nicht nur Straßenkarten und Wanderrouten, sondern auch Zeichnungen für die Gedichtbände, sofern ihn deren Inhalt genügend inspirierte. Seine Werkstatt lag im Künstlerdorf Schöppingen, seine Wohnung in Roxel.

Gleich zwei Erpresserbriefe hatte Maria Katzbach bekommen, in beiden wurde angedroht, sie werde von einer ihrer nächsten Überlandfahrten nicht zurückkehren. Sie war Kunstlehrerin in einem münsterschen Gymnasium und benutzte regelmäßig die Werkstatt ihres Mannes. Als Max fragte, ob Geld verlangt worden sei, gab Heiner an, es sei um die Druckplatte einer Radierung ihres Mannes gegangen. Eine Illustration zu den Gedichten eines gewissen Ulli Helder. Der Lyriker und der Illustrator hatten ihre Gemeinschaftsproduktion in einer Galerie ausgestellt. Die Erpresser verlangten, dass Frau Katzbach die Platte in ihrem Kofferraum hinterlegte und den Wagen in einer Seitenstraße des Gymnasiums abstellte.

„Hatte sie einen konkreten Verdacht?", fragte ich.

„Zwei Schüler aus der elften Jahrgangsstufe", sagte Heiner. „Sie glaubte an einen dummen Streich, aber ihr Mann nahm die Sache ernst. Er verdächtigte einen ehemaligen Kollegen, der ab und zu freiberuflich für Degenhart gearbeitet hatte."

„Ich erinnere mich nicht an den Fall. Wie ist er ausgegangen?"

„Wir haben Frau Katzbach observiert und ihr geraten, die Briefe im Unterricht ganz unverblümt zur Sprache zu bringen. Daraufhin trat Funkstille ein. Niemand ist ihr gefolgt, niemand hat ihr Auto angerührt, es wurden auch keine Briefe mehr abgeschickt. Damit war Katzbachs Theorie, ein Konkurrent und sein Komplize steckten dahinter, vom Tisch und die Intrigen in der Edition Bisping, von denen er uns erzählt hatte, um seinen Verdacht zu untermauern, verschwanden im Aktenschrank. Jetzt, nach dem Tod des Verlegers, sind sie euch vielleicht nützlich."

Als Max wissen wollte, ob der Verkauf der Druckplatte überhaupt eine Erpressung wert gewesen sei, schüttelte Heiner den Kopf. „Frau Katzbach glaubte nicht an materiellen Profit, sondern an Zerstörung. Es handelte sich um eine erotische Darstellung. Deshalb ahnte sie, wer hinter der Sache steckte: zwei Klemmis." Seine Lippen kräuselten sich in verhaltenem Lachen. „Da heißt es immer, die Jugend sei so verdorben! Und dann stößt man auf ganz massiven Fundamentalismus."

Damals hatte man gedacht: Katzbach übertreibt. Nachdem Degenhart tot war, stand der eine oder andere Sachverhalt in einem neuen Licht.

„Laut Aussage der Witwe hat sich Degenhart noch am Donnerstagmittag vor seinem Tod im Verlagsbüro mit Ulli Helder getroffen. Zumindest *der* war angeblich ein guter Freund von ihnen."

„Friede, Freude, Eierkuchen!", winkte Heiner lässig ab.

Bei dem Verlagsteam handelte es sich bis auf Hahn und Wollmacher noch um die alte Belegschaft der Edition im Spieker. Sibylle Hahn war erst fünfundzwanzig, aber schon alleinige Herstellerin der Reiseführer. Sie arbeitete seit einem Jahr für Degenhart, Achim Wollmacher war seit zwei Jahren dabei. Er schrieb die Texte zu den Kunstbänden, die Heinrich Krafft mit den dazugehörigen Abbildungen versah. Jette Degenhart hatte seit jeher die Lyrikausgaben betreut, Renate Lose die Buchhaltung und Ulrike König die Pressearbeit gemacht. Im September war eine Praktikantin aufgenommen worden.

„Was hatte Katzbach über Frau König zu sagen?“

„No comment. Dafür umso mehr über Heinrich Krafft. Er ist Kunsthistoriker wie Wollmacher. Wollmacher scheint loyal zu sein, während Krafft dem Chef in letzter Zeit regelmäßig an die Karre gefahren ist. Kunstbände werden teuer, wenn die Drucke von bester Qualität sein sollen. Degenhart wollte Massenware, Krafft stellte sich quer: Alles nur vom Feinsten oder er mache nicht mehr mit. Das Problem ist nur, dass er sich das im Grunde nicht leisten kann. Er ist Mitte sechzig, Renate Lose auch schon Anfang sechzig. Beide fürchten um ihren Job, wobei die eine ihre wachsende Schussligkeit nicht verleugnen kann, der andere nicht seinen zwanghaften Perfektionismus. Im Hintergrund wartet Wollmacher ungeduldig auf den Tag, an dem er die Kunstbände allein herausgeben kann. Er ist knapp Vierzig und bereit, für zwei zu arbeiten, wenn er dafür mehr Macht bekommt. Ein dynamischer Kollege, dazu eine jüngere, attraktivere Buchhalterin, die sich auch hier und da im Chefbüro zum Diktat einfindet; das dürfte Degenhart besser gefallen haben als Frau Lose mit ihrer unechten Haarfarbe und dem ewigen Schlafzimmerblick. Ganz abgesehen davon, dass sie nicht im Traum daran dachte, seine Briefe zu schreiben.“

„Herr Katzbach wusste über Kündigungspläne Bescheid, von denen die Betroffenen keine Ahnung hatten?“

„Frau Degenhart ist die Personalchefin“, Heiner zuckte mit den Schultern. „Vielleicht war sie unvorsichtig und hat aufschlussreiche Papiere herumliegen lassen.“

„Ihr Schreibtisch steht völlig ungeschützt auf der Galerie“, bestätigte ich. „Wenn sie nur den halben Tag lang auf ihrem Posten sitzt und ihre Sachen nicht wegschließt …?“

„Besaß sie kein Veto gegen Kündigungswünsche ihres Mannes?“, wunderte sich Lückmann.

Das wussten wir natürlich nicht. Katzbach hatte allerdings behauptet, dass von den Lyrikmanuskripten nichts in Druck ginge, was nicht zuvor auf dem Schreibtisch ihres Mannes gelegen hätte.

„Sie hat schon die Gedichte der Grimm betreut und sie behauptet, ihr Mann habe sich für moderne Lyrik überhaupt nicht erwärmen können."

‚Constanze brauchte keine Änderungsvorschläge', hatte sie gesagt und den Blick auf ihre Zigarette gesenkt. Beschränkte sich ihre Arbeit tatsächlich auf das Korrigieren von Rechtschreibfehlern, bevor sie ihrem Mann das letzte Wort ließ? Ich berichtete Heiner von dem gruftartigen Schlafzimmer der Grimm und dem Gedichtband, der auf Degenharts Nachttisch gelegen hatte: „Die Sphinx blickt nach Westen." Warum waren ihre Gedichte nie nachgedruckt worden, wenn die Erinnerung an sie so lebendig gehalten wurde? Was waren schon sechs Jahre Pause, wenn ein Autor einen anhänglichen Fanclub und stolze Verkaufszahlen vorweisen konnte?

Lückmann gab zu bedenken, dass Frau Grimms Tochter die Nutzungsrechte an den Büchern besaß. Hatte Sonia Probleme mit einer Mutter, die ihre Träume veröffentlichte oder aus dem Sohlenabdruck ihrer Wanderschuhe las wie andere aus dem Kaffeesatz? In dem Zeitungsartikel über Degenharts Tod war auch ein Foto vom Grab seiner ersten Frau gewesen. Vergessen und verwahrlost lag es unter seiner engmaschig gestrickten Efeudecke. Allerdings hatte jemand die Sandsteinsäule geschrubbt – vielleicht der Ehemann, vielleicht ein auf Magie eingeschworener Wanderkreis.

„Frau Degenhart meinte, dass verstorbene Autoren manchmal so in Vergessenheit gerieten, dass ein Nachdruck nicht lohne. Die Grimm war eben nicht die Droste-Hülshoff! Dass die Tochter dahinter steckt, hat sie nicht gesagt, obwohl sie von Sonia schwärmte, als wäre es ihr eigener Nachwuchs. Aber ich sehe Sonia David am Sonntag. Vielleicht lässt sie ihre Meinung über die Mutter frei plätschern, am Telefon wirkte sie eher taff."

„Gab es noch andere Gerüchte im Verlag?", wollte Max wissen.

Heiner rieb seine lange knochige Nase. „Degenhart soll jedem Rock nachgelaufen sein. Frau Lose, die im Büro nebenan sitzt, konnte angeblich hören, wie er die Praktikantin anbaggerte. Das Mädchen ist siebzehn und hält sich für Lolita, dabei ist sie laut Katzbach unattraktiv und verpennt. Keiner weiß, warum sich Degenhart ausgerechnet für diese faserige Spargelstange interessierte, wenn er schon Ärger mit seiner Frau riskierte."

„Wie machte sich sein Interesse noch bemerkbar?“

„Er hat sie gleich zur Frankfurter Buchmesse mitgenommen. Sie macht eine Ausbildung zur Kauffrau und spezialisiert sich auf Medienkontakte.“

„Dann war sie auf der Buchmesse goldrichtig“, entschied ich. „Und auch mit siebzehn sollte man genug ethische Reife besitzen, um sich nicht mit einem verheirateten Mann einzulassen.“

Noch eine Unregelmäßigkeit kramte Heiner aus seiner Akte hervor. Das Lager der Edition Bisping befand sich am Hawerkamp, einer weitläufig mit Graffiti verschmierten, unansehnlichen Meile ehemaliger Schuppen und Lagerhäuser, die den Stadthafen II flankierte. Zwar konnte man dort perfekt renovierte Fahrräder kaufen, im Übrigen regte die Kulisse tagsüber vielleicht Großstadtlyriker zu nihilistischen Zeilen an, nachts konnte sie eigentlich nur abgebrühte Thrillerautoren beflügeln. Die Tatsache, dass es seit der Neugründung des Verlags mehrere Einbrüche in das Lager gegeben hatte, machte die Gegend nicht anheimelnder. Ich fragte Heiner, ob die Kollegen vom Einbruchsdezernat eine Verbindung zu dem Raubmord an Constanze Grimm festgestellt hätten. Er schüttelte den Kopf. Aus dem Lager war nichts gestohlen worden, demnach waren der oder die Einbrecher neugierig oder obdachlos. Wer reiche Beute machen wollte, hielt sich an Juwelier- und Pelzgeschäfte, anstatt Bücherregale zu plündern.

Bevor ich nach Hause fuhr, nahm ich mir noch Folke Torsviks Firmenseite im Internet vor. Sein Sortiment umfasste die verschiedensten Saunasysteme und ich lernte eine Menge über dieses weit verbreitete Freizeitvergnügen. Von der Elementsauna über die Luftkammersauna zur Infrarotwärme-Kabine war alles zu haben. Aber auch umfassendes Zubehör wurde angeboten: edles hölzernes Gerät wie Kopfstützen, Aufgusskübel, Schöpflöffel, vor allem aber schöne Handtücher und Kilts und hier kamen Torsviks Studentinnen zum Einsatz. Es handelte sich um zwei langmähnige Blondinen und zwei Brünette mit sportlichem Kurzhaarschnitt. In dem ganz speziellen Link, den Boris Kupfer auf der Party erwähnt hatte, waren die beiden Blonden hüllenlos abgebildet, doch hatte man das Licht beim Photographieren stark gedimmt. Torsviks weibliche Landjugend gab sich so züchtig wie Klosterschülerinnen unter der Gemeinschaftsdusche. Nichts, aber auch gar nichts bestätigte die bösen Anschuldigungen unseres offenbar sehr prüden Architekten.

Ich druckte die Homepage aus, nicht zuletzt, um Franz eine Sauna in unserem Keller schmackhaft zu machen, und suchte mir dann noch einmal die Prozessakte Olaf Degenhart heraus, als Couch-Lektüre im Arbeitszimmer. Ich hatte mich mit Benno darauf geeinigt, dass ich bis dreiundzwanzig Uhr Zugriff auf meine Arbeitsliteratur und den Computer hatte. Dafür durfte er bis in die frühen Morgenstunden fernsehen. Er behauptete, mit vier Stunden Schlaf auszukommen; eine interessante Kehrtwende in seinem Leben. In Altötting hatte er sich sogar mittags im Bürosessel zusammengerollt wie ein Baumschläfer in seinem Astloch.

Da Kerstin den Abend bei Greta verbrachte – die beiden büffelten für einen Geschichtstest, das Abendessen brachte der Pizzamann – stellte ich für Franz, Benno und mich drei kulinarisch bemerkenswerte Teller zusammen, die wir auf den Knien vor dem Fernseher balancierten. Fastenzeit hin oder her – Alte und Schwache, stillende Mütter und Fernreisende waren ohnehin freigesprochen, und wie letztere fühlte ich mich, seitdem Degenharts Leiche gefunden worden war. Die chronische Hungerei der letzten Tage hatte mich auf dem abendlichen Heimweg vor meiner Lieblingsmetzgerei buchstäblich ins Parkverbot gedrängt. Es handelte sich um eine moderne Metzgerei, die bis zwanzig Uhr geöffnet hielt und auch Fischgerichte und Partysalate im Sortiment führte. Außerdem verkaufte sie ganz wunderbares Landbrot. Ich musste mich ordentlich zusammenreißen, um nur von der Lachspastete zu nehmen und die extra-scharfen Heringsröllchen links liegen zu lassen. Dafür durfte es vom original Hamburger Labskaus etwas mehr sein und die Portion Kartoffelsalat mit Kapern und hauchdünn geraspelter Gurke, die ich mir abwiegen ließ, hätte für die Insassen eines Kleinbusses gereicht. Schwarze Oliven fanden den Weg in meine Einkaufstasche und die saftigen, mit Frischkäse gefüllten Minipaprikaschoten. Meine Männer schaufelten sich durch die Köstlichkeiten, leider kommentarlos in jeder Beziehung. Wobei ich Benno in Verdacht hatte, dass er mir weiterhin Substanzielles über seinen Aufenthalt in Münster verschwieg. Im Lauf des Tages hatte ich ihn ein paar Mal durchs Präsidium hasten gesehen.

Ich ließ sie mit Torsviks Homepage allein, über deren Lektüre sehr spontan eine Seilschaft der Ablehnung entstand, und widmete mich im Arbeitszimmer den Antworten, die Degenhart als Angeklagter vor Gericht gegeben hatte. Danach las ich die Aussagen von seiner Stieftochter Sonia, ihrem Vater Erich Grimm und von Jette Abel. Es waren auch Teilnehmer der Bootshauspartys gefragt worden, deren Adressen ich mir notierte. Meine Aufmerksamkeit galt vor allem den Angaben zur literarischen Karriere der Verstorbenen, zu schöpferischen Höhen und Tiefen, die die Monate vor ihrem Tod geprägt hatten, aber ich konnte keine eindeutigen Anhaltspunkte für eine Krise entdecken. Entweder war sie im Familien- und Freundeskreis ein Tabu oder man hatte sie nicht ernst genommen.

Dann schlug ich den Band „Die Sphinx blickt nach Westen" auf, den Frau Degenhart mir überlassen hatte. Es war eine posthume Auflage, vom Oktober des Todesjahres. Den Umschlag schmückte das Foto einer Sphinx, die, wie auf der Innenseite angegeben, aus dem Belvederegarten in Wien stammte. Das war aber auch schon die einzige Auskunft. Weder existierte ein Vorwort noch ein Nachruf, nicht mal ein Foto der Autorin gab es, und die Informationen über ihr Leben beschränkten sich auf das Geburtsjahr, den Geburtsort Münster und die Tatsache, dass sie schon früh mit dem Schreiben begonnen hatte und auch sonst sehr kreativ gewesen war. Doch was auf den ersten Blick nach Vielseitigkeit klang, weckte bei längerem Überlegen den Eindruck, als hätten da üppig wuchernde Talente nicht so recht kanalisiert werden können. Lag darin der Grund für ihre Depressionen? War ihr der Horizont zu weit geworden?

Ihre Gedichte waren frei von jeder Metrik: Verse mit völlig unterschiedlicher Zeilenlänge, meist ohne Stropheneinteilung, immer ohne Interpunktion und ohne Majuskeln; aber das war wohl ein häufiges Markenzeichen avantgardistischer Lyrik. Der erste Teil des Buches stand unter dem Motto „Colours" und suggerierte Naturlandschaften in ziemlich gewöhnungsbedürftigen Farben. Während „Bärenblau" und „Alligatorrot" noch an Kinderzeichnungen erinnerten, leuchtete eine Wolkenbank in „Regengrün", ein verschneiter Acker in „Ascherosa." Novemberlaub gab sich „Nacktschneckenfarben", eine Libelle „wie aus Bleiglas" schwebte über einem weißen Teich. Der zweite Teil der Sammlung hieß „Traumprotokolle" und verwirrte mit einer „Gartenhecke aus knochenbleichen Vogelfedern“, einer „Rüstung aus abblätternder Haut“ und einer „oktogonen Fensterscheibe, vielfacettig wie ein Fliegenauge“. Die starken, surrealistisch wirkenden Farben des ersten Teils wichen morbiden Tönen. Manchmal standen Wörter an ungewohnter Stelle, wie die „Tautropfen der durchsichtigen Verzweiflung“ oder der „Hufabdruck der unvollständigen Gazelle“. Andere Zeilen waren auf reine Infinitive reduziert oder kalligraphisch bemerkenswert geschrieben; in Form von Rhomben, Spiralen, Kreisen.

Ich blätterte zurück und nahm meine ganze Aufmerksamkeit zusammen, doch die Müdigkeit erschwerte das Verständnis zusätzlich. Das einzige, was mir auf den zweiten Blick auffiel, waren die häufigen Farben und Klänge als Ausdruck für melancholische Stimmungen. „Synästhesien“ hätte meine kluge Freundin Stella dieses Phänomen genannt und von „Metaphern“ gesprochen.

Als Polizeipsychologin hatte Stella misshandelte Kinder betreut, ihr privates Interesse galt den Aufzeichnungen drogenabhängiger und psychisch gestörter Rechtsbrecher. Wobei sie nicht nur verbale Krankheitssymptome sammelte, sondern auch aufschlussreiche Neologismen herausfilterte. Mit dem Versprechen, mich in ihre Analysen einzubinden, hatte sie mir schon vor Jahren einen Stapel Sachbücher zum Thema zeitgenössische Lyrik aufgenötigt, damit wir uns „überhaupt miteinander unterhalten“ konnten. Wieder ging mir die Frage durch den Kopf, warum Degenhart über die Absage der Lesung bei Kupfer so dämlich gelacht hatte? Hatte *er* sie seinem Biographen ausgeredet? Avantgardistische Lyrik gehörte nicht zu seinen Interessensgebieten. Trotzdem verlegte er sie.

Anhand von Stellas Büchern hatte ich mich geduldig in die Welt der metrischen Systeme und rhetorischen Figuren eingearbeitet und immer öfter in Kerstins Regal gegriffen, um auch die Praxis kennen zu lernen. Was nicht reibungslos vor sich ging. Das Aktendeutsch der Juristen war mir gelegentlich ja schon hermetisch erschienen, doch was war der oft abstrakt wirkende Paragraphentext, verglichen mit der verschlüsselten Sprache von Dichtern, die gar nicht verstanden werden *wollten?* „Sinnentleert“ nannten es die Experten, redeten von Sprachmagie und Enkodierung. Das dichterische Wort nahm seine Daseinsberechtigung aus sich selbst, ohne Zusammenhang mit seinem Kontext – wie ein Solitär ohne Fassung.

Ich legte das Buch auf den Nachttisch und dachte an Degenhart. Warum dieser späte Rückgriff auf die letzten Gedichte seiner Frau? Ein lang verdrängtes schlechtes Gewissen, weil er sich für ihre Depressionen verantwortlich fühlte?

Um halb elf erreichte ich endlich Pagenstecher. Kupfers Angebot für den Gedichtvortrag, so erklärte er, habe verlockend geklungen. Zumindest, so dachte ich, wenn man ein junger Mann mit chronischen Geldnöten und einer Mikrophonstimme war. „Wie reagierte er auf Ihre Absage?"

„Cool!", schnarrte er munter. „*Ich* war natürlich frustriert. Hätte die fünfzig Euro gern gehabt, aber ich konnte ja nicht mal flüstern."

„Was könnte Herr Degenhart gegen Ihre Veranstaltung gehabt haben? Er hat hämisch gelacht, als Kupfer sie absagte."

„Er nannte es Perlen vor die Sau werfen. Im Singular!"

Hatte der Verleger vielleicht verhindern wollen, dass sein Biograph ihn als Teilnehmer einer Kostümparty erlebte? Passten karnevalistische Albernheiten nicht in das Hochglanzporträt, das er in Auftrag gegeben hatte?

„Bestimmt bekommen Sie bald einen neuen Lesetermin."

Er lachte. „Vielleicht demnächst mal bei diesen drei quirligen Weibern, die planen gern mit Herrn Kupfer. Ich an seiner Stelle würde mir die Hausmodelle regelmäßig von ihnen als Sahnetorte kreieren lassen. Dreistöckig, mit Regenrinne und Balkon." Er fiel in keckerndes Lachen und ich erinnerte mich, dass das in Hustentropfen enthaltene Kodein toxikologisch auch nicht unbedenklich war. Als ich ihn zu einem ausführlicheren Gespräch ins Präsidium bestellte, räumte er mir einen Termin für Mittwochvormittag ein. Zum Wochenbeginn erwarteten ihn dermaßen harte Examensklausuren, dass er um Schonung bat.

- VI -

Am Samstagmorgen telefonierte ich mit Sonia David in Paris und vereinbarte mit ihr ein Treffen für Sonntag, vierzehn Uhr in Münster, wobei ich das Marktcafé am Domplatz vorschlug. Frau David schien nicht sehr überrascht über meinen Anruf zu sein, und als ich ihr zum Tod ihres Stiefvaters kondolierte, reagierte sie kühl, stellte ein paar Fragen zu unseren Ermittlungen, die wenig Betroffenheit erkennen ließen, und erklärte dann, als handelte es sich um einen Geschäftstermin, sie werde versuchen, den Frühzug nach Köln zu „erwischen“. Und es sei ihr lieb, wenn sie noch am selben Abend nach Paris zurückkehren könne. Für jemanden, der gerade den Stiefvater unter ungeklärten Umständen verloren hatte, war das eine sehr sachliche Reaktion. Ich legte den Hörer auf, ließ mir noch eine Weile ihren Tonfall durch den Kopf gehen und überlegte dann, was über die Beerdigung ihrer Mutter im Protokoll stand. Sonia und Olaf solidarisch in ihrer Trauer, aber auch in ihrem Protest gegen die Zuschauer. Als jemand kondolieren wollte, hatten sie sich weggedreht und waren gegangen.

Natürlich gab es auch Sonias Zeugenaussage im Prozess gegen ihren Stiefvater, vier Monate später. Als „smart“ und „cool“ hatte sie ihn bezeichnet und seine Ehe mit ihrer Mutter als „echt okay“. War das die Wortwahl einer Zwanzigjährigen? Unsere Tochter wurde im Mai fünfzehn. Selbst sie würde ihren Vater als „liebevoll“ und „fürsorglich“ beschreiben. Und unsere Ehe? Als „harmonisch“? Schön wäre es jedenfalls, wenn sie zu diesem Urteil käme. Natürlich hätte es einen Unterschied gemacht, ob Kerstin mit Greta redete oder mit einem Richter, trotzdem wirkten Sonias Formulierungen auf mich so salopp, als hätte sie ihre Abneigung gegen Degenhart mit allen Mitteln verbergen wollen. Warum war der Kontakt abgebrochen worden? Woraus nährte sich ihre Antipathie? Oder war es einfach nur Gleichgültigkeit?

Eine halbe Stunde später, während Kerstin in der Schule über einer Deutschklausur brummte und Franz seinen Bereitschaftsdienst in Angriff nahm, fuhr ich mit Benno zum Domplatz, wo der Samstagsmarkt abgehalten wurde. Beim Frühstück hatte unser Gast verkündet, er wolle an diesem Abend für uns kochen: „fürstlich“, wie zu bemerken er sich nicht verkneifen konnte. Vergeblich hatten wir ihn umzustimmen versucht. Aus alter Erfahrung – Franz und ich waren in Altötting mehrmals bei ihm eingeladen gewesen – wussten wir, dass er tatsächlich wie ein Fürst auftischte, allerdings nicht wie ein moderner, figurbewusster, der Biogemüse zog und für die Abschaffung der Gänsestopfleber kämpfte, sondern wie ein spätbarocker Landesherr. Seufzend dachte ich an die verschwenderischen Fleischportionen, dazu Kraut mit Schmalz, Käsenocken mit Speck und weitere Kalorienbomben zum Dessert. Trotzdem beschloss ich, ihm nicht länger reinzureden. Dieses Abendessen war unseren gemeinsamen Erinnerungen gewidmet – mit allem Drum und Dran.

Ich sah ihm nach, wie er im Gedränge verschwand; ein Raddampfer auf Vergnügungstour. Im Auto hatte er Lobeshymnen auf den Viktualienmarkt gesungen, jetzt würde er westfälisches Qualitätsbewusstsein schätzen lernen, vor allem die Bereicherung des Angebots durch Holländer und Franzosen. Da seine Kreuzfahrt unserem kulinarischen Vergnügen galt, hatte ich ihm angeboten, ihn und seine Segeltuchtasche, deren Henkel nicht nach großer Belastbarkeit aussahen, gegen ein Uhr an der Bogenstraße aufzugabeln. Falls jedoch die Zeit bis dahin nicht reichte, um Degenharts Verlag gründlich aufs Korn zu nehmen, musste er sich ein Taxi nehmen.

Degenharts Verlag! Eine Puppenstube, in der wir Hinweise auf einen Mord suchten. Zartlila Tapeten, gerüschte Gardinen, bunte Reiseführer mit Hochglanzcover und edel aufgemachte Gedichtsammlungen mit Schutzumschlag und Lesebändchen. Trotzdem konnte ich die Vorstellung nicht ungewöhnlich finden; in „Puppenstuben“ hatten wir schon öfter zu tun gehabt. Da belastete mich schon eher der Gedanke, dass jemand die voll gestopften Schubladen *meines* Computertisches herauszog, um das Chaos aus voll gekritzelten Zetteln, abgelaufenen Quittungen und nicht einmal mehr von mir identifizierbaren Handynummern zu enträtseln. Haarsträubend der Gedanke, man könnte mein privates Telefonverzeichnis überprüfen. Ich hatte nichts zu verbergen, aber es hätte mich rasend gemacht, wenn man meine Freunde anriefe und sie nach ihrem Aufenthaltsort in den letzten vierundzwanzig Stunden fragte. Wieder einmal wurde mir klar, wie nahe man dem Verbrechen war. Niemand war geschützt.

Auf mein Schellen an dem hübschen, klassizistischen Giebelhaus öffnete Ulrike König. Den gedämpften Stimmen und den schweren Schritten im Obergeschoss entnahm ich, dass Lückmann und Ansgar Schüller vom Erkennungsdienst bereits in Degenharts Büro aktiv waren. Frau König führte mich durchs Parterre, an Wänden entlang, die mit Entwürfen für Buchumschläge regelrecht tapeziert waren. Ihr Büro lag am Ende, neben dem von Sibylle Hahn.

Ihr Schreibtisch aus schlichtem, hellem Holz war überladen mit PC und Drucker, einem Tischplaner, Aktenordnern und verstreuten Papieren. In einem Regal an der Wand waren die Gedichtbände des Verlags aufgereiht, jeder Buchrücken trug das hellgraue Giebelhaus-Logo, und der Umfang der Sammlung wirkte beeindruckend. Als einzigen Wandschmuck hatte Frau König einen Kunstkalender aufgehängt und rechts und links davon Sammelrahmen mit Fotos von Lesungen und Buchpräsentationen. Wenn mich nicht alles täuschte, zeigten sie ausschließlich Constanze Grimm.

Ulrike König war eine attraktive Frau. Kräftig gelocktes, zimtrotes Haar fiel ihr über die Schultern und ihr ovales Gesicht mit den hohen Backenknochen, der zierlichen Nase und den smaragdfarbenen Augen war schlicht und einfach perfekt. Wie hatte das Arbeitsklima des Trios Ulrike, Olaf und Jette ausgesehen? Bei Constanze Grimms Tod war Frau König erst ein paar Monate lang beschäftigt gewesen; ein schüchternes junges Mädchen – so hatte Lückmann sie damals beschrieben.

Sie schob ein paar Drucksachen zur Seite, so dass das helle Holz der Tischplatte unter ihren schmalen Händen wie eine ovale Sandbank sichtbar wurde. „Was kann ich für Sie tun?“

Meine routinemäßige Frage, ob in letzter Zeit im Verlag etwas Gravierendes vorgefallen sei, eine schwerwiegende Auseinandersetzung oder ernsthafte Probleme bei der Herausgabe eines neuen Titels, beantwortete sie mit einem resoluten Kopfschütteln. Ich wollte wissen, ob sie in den letzten Wochen jeden Tag ins Büro gekommen sei, und dies bejahte sie. Sie und Krafft seien morgens immer lange vor Degenhart da gewesen, der gegen zehn Uhr erschien, nachdem er seine Außentermine absolviert hatte. Seine Frau kam erst nachmittags.

Frau König oblag die Betreuung aller Kontakte nach draußen und die Vorbereitung und Durchführung von Veranstaltungen. Degenhart – sie warf einen schnellen Blick aus dem Sprossenfenster, an dem gerade eine lärmende Kindergartengruppe vorbeizog –, sei ein sehr „eventfreudiger" Verleger gewesen. Ich dachte an die feindseligen Resonanzen, die er in den achtziger Jahren mit seinen Kritiken ausgelöst hatte. Wie gut besucht waren die Events eines Mannes, der mindestens drei Viertel der münsterschen Kulturschaffenden gegen sich aufgebracht, beleidigt oder verstört hatte? Aus Frau Königs Mund klang die Sache so heiter wie eine Kindtaufe.

„Gibt es noch Kontakte aus der Zeit der Edition im Spieker? Zu Autoren oder Veranstaltern von Lesungen? Zur Presse?"

„Unsere Arbeit ist sechs Jahre lang unterbrochen gewesen. Der eine oder andere Buchhändler, den wir früher belieferten, kommt noch zu uns, die Zeitungen schicken dagegen meist junge Leute. Da gibt es nicht viele bekannte Gesichter. Aber was unsere Autoren angeht, sind noch viele alte Namen dabei."

„Eine fehlt: Constanze Grimm. Es heißt, sie sei vor ihrem Tod depressiv gewesen. Ist Ihnen das aufgefallen? Schließlich waren Sie für ihre Lesungen und Signierstunden verantwortlich, für die Vereinbarung von Terminen."

Sie hob die Augenbrauen. „Weniger verantwortlich, als Sie zu glauben scheinen. Frau Grimm hatte gute Beziehungen, nicht nur hier in der Stadt."

„Das heißt, Sie waren an ihren Veranstaltungen nicht beteiligt?"

„Nur selten. Offen gesagt finde ich es reizvoller, junge Autoren zu betreuen, die noch keine guten Kontakte haben. Wenn ich da Anfragen wegen Leseabenden oder Signierstunden bekomme, freut es mich mehr."

„Würden Sie Ihr Arbeitsverhältnis zu Frau Grimm als eng bezeichnen?"

„Nein", entgegnete sie gleichmütig. „Sie war zwar die Frau des Chefs, aber ohne sich in unsere Arbeit stärker einzumischen als andere Autoren auch. Für die Betreuung ihrer Manuskripte war die jetzige Frau Degenhart zuständig."

„Wurde über sie im Verlag viel gesprochen? Kurz vor ihrem Tod, zum Beispiel? Ließ ihr Mann durchblicken, dass er sich Sorgen um sie machte?“

„Mir ist nichts aufgefallen. Jetzt, wo Sie Frau Grimms Probleme erwähnen, klingt das, als hätte ich damals auf dem Mond gelebt. Dabei erinnere ich mich sehr gut an jenen Sommer. Wir hatten uns mit anderen Verlagen zusammengeschlossen, um auf der Frankfurter Buchmesse einen Lyrikmarathon zu organisieren. Pro Verlag sollten drei Autoren teilnehmen, es ging um die Endauswahl.“

„War Frau Grimm eine Kandidatin?“

Ihr Gesicht verschloss sich, als wäre ich eine Verwandte der Toten, die nachträglich Rechenschaft verlangte. Da wusste ich, wie die Wahl ausgegangen war. „Sie las furchtbar schlecht“, klagte sie. „Ihre Stimme war nicht sehr angenehm und ihre Gestik ziemlich eigenwillig. Wir schlugen ihr mehrmals vor, jemanden von den Städtischen Bühnen zu engagieren. Selbstverständlich nicht mit der Begründung, sie sei ungeeignet, sondern als Chance für junge Schauspielerinnen. Doch das lehnte sie ab.“ Sie lächelte verlegen. „Vielleicht hätten wir mal offen mir ihr reden sollen.“

„Nicht mal ihr Mann hat das getan?“

„Der hörte sich ihre Lesungen grundsätzlich nicht an.“

„Und wie kamen dann die Termine zustande?“

„Sie vereinbarte sie selbst. Und da sie nicht nur Constanze Grimm, sondern auch Degenhart hieß, bekam sie, was sie wollte.“

„Die Frau des säurescharfen Kritikers.“

„Eben.“ Ein ironisches Lächeln kräuselte ihren Mund. „Entsprechend giftig fielen die Berichte über ihre Lesungen aus. ‚Singende Säge‘ nannte man sie. Ich glaube, sie ignorierte das. Ihr Foto stand in der Zeitung, und böse Kritiken hatten andere Autoren auch. Alles nur Neid! – damit wird sie sich wohl getröstet haben. Dass die meisten Zuhörer gar nicht an ihrer Stimme interessiert seien, sondern an ihrer Person, mag auch ein Argument gewesen sein. Als moderne Hexe betrachtet zu werden, fand sie sehr amüsant.“

Ich hatte sie gebeten, eine Liste aller Personen anzulegen, mit denen der Verlag, wie auch immer, in Verbindung stand. Sie zog sie aus der Schublade: Autoren, Fotografen, Designer, eine Werbeagentur. Und dann natürlich Buchhändler, Journalisten, Druckereien, die Besitzer von Cafés oder Kneipen, die Lesungen veranstalteten.

Ich legte das Blatt zurück auf den Tisch und fragte, wer im Verlag für die Post zuständig sei. Als Frau König entgegnete, das mache sie selbst, wollte ich wissen, ob es in letzter Zeit Beschwerden oder Drohungen gegeben habe. Vielleicht einen Erpresserbrief?

„Nein", gab sie wieder sehr energisch zurück, „auch wenn längst nicht alle Briefe, die wir bekommen, freundlich sind. Meistens sind sie an unsere Autoren gerichtet; Beschwerden über Ungenauigkeiten in den Reiseführern, Meinungen zu ihrer Lyrik oder zu den Begleittexten der Kunstbände, da kommt nicht immer nur Lob." Sie zuckte die Schultern. „Wir geben sie weiter, und wenn der Fehler bei uns liegt, informiere ich Herrn Krafft oder Frau Hahn."

Es war mir nicht entgangen, dass sie Frau Degenhart nicht erwähnte; ein interessanter Lapsus. Trotzdem hakte ich nicht nach, weil sie sich sofort korrigiert hätte.

„Was meinen Sie mit Herrn Degenharts ‚Eventfreudigkeit'? Nahm er an den Lesungen anderer Autoren teil?"

„Selten", sagte sie. „Allenfalls wenn sein Lieblingsautor Ulli Helder las, fühlte er sich verpflichtet. Was er dagegen ausgesprochen gern inszenierte, war die Präsentation eines neuen Bildbandes hier im Haus. Dieses Genre hatte er erst vor zwei Jahren in Angriff genommen und ihm sind ganz wunderbare Ausgaben gelungen." Ich betrachtete ihr Gesicht und fragte mich, ob Augen, die derart vor Sympathie glühten, einer Frau gehören konnten, deren heimlicher Geliebter soeben ermordet worden war. Meine Antwort fiel negativ aus: Ihre Begeisterung galt dem bewundernswerten Chef.

„Wie kamen Sie mit Herrn Degenhart zurecht?"

„Ausgezeichnet", sagte sie so unbeschwert, als wäre er nicht tot, sondern auf Dienstreise oder im Urlaub. „Er war nicht nur klug, sondern auch mitfühlend. Als mein Spaniel im letzten Sommer krank war, hat er sich jeden Tag nach ihm erkundigt." Ihre Augen schimmerten feucht. Ich fragte mich, ob ihre Trauer dem Hund galt oder Degenhart.

„Hat er sich seinen Mitarbeiter*innen* gegenüber immer korrekt verhalten?"

„Ich verstehe nicht, was Sie meinen."

„Muss ich es näher erklären? Ich sagte Mitarbeiter*innen*."

Sie wirkte völlig konsterniert. „Wer hat sich über ihn beschwert?"

„Der Vorwurf liegt schon länger zurück. Er wurde in einem anderen Zusammenhang erhoben. Aber er wurde erhoben."

Sie lehnte sich zurück und betrachtete mich so nachdenklich, als wäre meine Frage entweder ein persönliches Dilemma oder ein Definitionsproblem. Auf letzteres lief dann ihre Antwort hinaus.

„Olaf Degenhart war ein …", offensichtlich suchte sie nach einem geeigneten Begriff, der ihrem Chef nicht schadete, aber auch nichts verharmloste, „ein humorvoller Mensch. Allerdings kam sein Humor nicht immer gut an. Er konnte recht derb sein oder makaber, gelegentlich rutschten seine Bemerkungen unter die Gürtellinie. Es konnte durchaus passieren, dass jemand, der ihn nicht gut kannte, sich belästigt fühlte. Wenn es sich dann auch noch um eine Person handelte, die gern jedes laut gesprochene Wort auf sich münzte, konnte es leicht zu Missverständnissen kommen."

„Denken Sie an eine bestimmte Person?"

Sie schüttelte den Kopf, doch ihre Augen behaupteten das Gegenteil und in ihrem nachsichtigen Lächeln zeichnete sich massive Entschuldigung für diesen großen Kindskopf von Chef ab, dessen Humor gelegentlich ins Missverständliche abrutschte.

„Wird es die Edition Bisping weiter geben?"

„Natürlich", entgegnete sie in einem Ton, als hätte ich gefragt, ob die Erde rund ist. „Frau Degenhart hat ab sofort die Geschäftsführung übernommen und wird zwei neue Lektoren einstellen. Das Pensum, das sich unser Chef auferlegte, schafft keiner von uns."

„Delegierte er nicht gerne?"

Sie zögerte kurz, bevor sie entgegnete: „Offen gestanden, nein. Die Bücher, an denen sein Herz hing, gab er grundsätzlich nicht aus der Hand. Auch bei den anderen behielt er das letzte Wort. Allerdings haben wir kein umfangreiches Programm. Wir geben im Jahr etwa zwanzig neue Titel heraus, wir legen Wert auf Exklusivität."

„Ist es nicht schwierig für einen Mitarbeiter, wenn der Verlagsleiter gern das letzte Wort behält? Und was bedeutet das konkret? Nicht nur maßgeblichen Einfluss auf den Umschlag, den Titel, den Umfang eines neuen Bandes, sondern auch auf den Inhalt?" Hatte

Degenhart seinen Lektoren nur die Knochenarbeit der Fehlerkorrekturen überlassen, die lästigen Wege zur Druckerei und zu den Buchhandlungen?

„Das können Ihnen meine beiden Kollegen sagen. Sie sind am Montagmorgen wieder hier.“

Ich fragte, wo sie am Samstagabend gewesen sei, und sie antwortete: „Im Varieté. Mein Mann und ich machen uns nichts aus Karnevalssitzungen. Weil wir den Samstag aber nicht zu Hause verbringen wollten, hatten wir Karten für eine Magiervorstellung besorgt.“

„Hier, in Münster?“ Dann waren vielleicht Informationen über das Artistenduo Ray und Charles zu bekommen.

„Nein“, sagte sie, „die Veranstaltung fand in Dortmund statt. Wir sind mit zwei Kollegen meines Mannes hingefahren, falls Sie uns überprüfen wollen.“ Sie notierte die Adressen und fuhr dann fort: „Was meine Zusammenarbeit mit Herrn Degenhart betrifft, muss ich sagen, dass er mir viel freie Hand ließ. Wenn er eine Veranstaltung mal nicht guthieß, dann hatte er seine Gründe.“

Als ich wisse wollte, ob für die Veranstaltungen regelmäßig eine Cateringfirma bestellt würde, nannte sie das Café Wennergreen.

„Hatte Herr Degenhart beim Essen besondere Vorlieben?“

„Für die Partyverpflegung ist Frau Lose zuständig. Allerdings haben wir ihm zum letzten Geburtstag ein Glas Belugakaviar geschenkt, auf gestoßenem Eis, mit einem Speziallöffelchen aus Perlmutt. Nur für den Fall, dass Ihnen das weiterhilft.“ Irrte ich mich oder tanzte in ihren Augen sekundenlang ein Kobold?

Gepolter auf der Holztreppe verkündete, dass Lückmann und Schüller ihre trockene Schürfarbeit beendet hatten. Ich gab Frau König die Hand und vergewisserte mich, dass Herr Krafft und Frau Hahn am Montagvormittag im Haus wären. Ein dringender Familienbesuch hatte ihn aus Münster weggeholt, während sie Urlaub gemacht hatte. Noch ein Karnevalsflüchtling!

Unsere Autos waren nicht weit von einander geparkt. Als Max seine Fahrertür aufschloss, sah er mich über das Wagendach hinweg an. „Degenhart wollte die komplette Lyrik aus dem Programm streichen. Der Schriftwechsel mit den betroffenen Autoren liest sich wie eine Serie von Duellen.“

Der sperrige Inhalt von Bennos Segeltuchtasche zerrte bedrohlich an den Henkeln. In mehreren Plastiktüten lagen weitere Beutestücke. Wir hoben alles in den Kofferraum, er ließ sich auf den Beifahrersitz fallen und begann sofort über die „geschmalzenen" Preise zu klagen, die ihn dazu gezwungen hätten, sich kreuz und quer durch die Standreihen zu schieben. Irgendwann hatte er sich in einer gezielten Aktion Auberginen, Zucchini, Tomaten und Zwiebeln abwiegen lassen und zwar, nach der Tasche zu urteilen, in einem Quantum, als müssten wir uns bei der gesamten Nachbarschaft für die Party revanchieren. In einer grünen Rascheltüte, die er mit nach vorn genommen hatte, als wäre ihr Inhalt unersetzlich, beulten sich zwei kurze, dicke Rollen. „Was hast du noch gekauft? Abflussrohre?" Obwohl ich die Lösung kannte, beschloss ich, ihn durch den Kakao zu ziehen, worauf er etwas von einer westfälischen Spezialität murmelte, die die Metzgersfrau ihm empfohlen habe.

„Wurstebrot und Leberbrot", nickte ich. „Früher ein Armeleuteessen aus Schlachtabfällen, heute eine Spezialität, deren Rezept jeder Metzger so geheim hält wie das Hotel Sacher seine Torte. Ich weiß nur so viel, dass manche Rosinen unter das Schweineblut und die Getreidekörner mischen, andere den Leber-Mehl-Teig mit Thymian würzen. Franz hat sich dran gewöhnt, obwohl er sonst weder Blutwurst noch Innereien mag." Ich verriet Benno nicht, wie viel ländliche Kundschaft an dieser Bekehrung beteiligt gewesen war. Besorgt über das leibliche Wohl des Herrn Doktor, hatten sie regelmäßig mit einem Imbiss aufgewartet, wenn das lahme Pferd oder die kranke Kuh versorgt waren. Die Gewissheit, dass Benno weder Lammkoteletts noch Kalbssteaks gekauft hatte, stimmte mich heiter, weil wir damit hitzige Diskussionen mit unserer vorlauten Tochter über „Kinderfresser" vermieden. Benno bettete die Wurstrollen behutsam auf die Fußmatte, langte in die Manteltasche und zerrte ein kleines, in Seidenpapier gewickeltes Fläschchen heraus: Olivenöl, extra vergine. Er drehte den Verschluss auf, schnupperte am Inhalt und ich rechnete schon damit, dass er sich einen Tropfen hinters Ohrläppchen reiben würde, doch er tat es nicht. Aber seine Lippen bebten in so genussvoller Vorfreude, dass ich mir die Frage, ob er vielleicht eine Ratatouille plane, mühsam verkniff. Als er dann wissen wollte, ob ich Eier, Rum und Puderzucker im Haus hätte, hätte ich, an Kitty Schlagers Scharade erinnert, am liebsten „Bayrische Creme!" gerufen

Gegen halb vier band er sich meine wadenlange provenzalische Lieblingsschürze vor, Lavendelblüten auf zitronengelbem Grund, und zerrte unter erheblichem Gepolter den gusseisernen Schmortopf aus dem Schrank. Er hatte jede Hilfe abgelehnt, allerdings hatte ich sie auch nur lauwarm angeboten, weil ich lieber mit Max zu Cornelia Hanflang fuhr; unserer Fachfrau für Toxikologie. Mit Rücksicht auf Bennos Besuch hatte Lückmann vorgeschlagen, allein mit ihr zu reden, doch ich war auf Cornelias neues Zuhause gespannt. Seit kurzem bewohnte sie eins der beiden Torhäuser von Haus Schewing, einem pittoresken Gräftenhof, in dem sich Annette von Droste-Hülshoff angeblich mit Schücking getroffen hatte. Die Skeptiker behaupteten, dieses Gerücht sei aus einer Verballhornung des Namens Levin Schücking entstanden. Zwischen ihm und Annette habe es nie ein Tête-à-tête gegeben, sehr zum Leidwesen der um siebzehn Jahre älteren Dichterin.

Durch tropfnasse, nebelige Landschaften fuhren wir etwa fünfzehn Kilometer in Richtung Westen. Als wir den Gräftenhof erreichten, fiel schon die Dämmerung herein. Nur schemenhaft erkannte man ausladende Baumkronen und dahinter ein gedrungenes Gebäude mit dunklen Fenstern. Cornelia wartete am Tor. Sie verriegelte es sofort wieder und führte uns zu dem linken der beiden Backsteinhäuschen, die die Brücke über den Wassergraben flankierten. „Die Bewohner des Haupthauses sind zum Wintersport gefahren, ich bin ganz allein, und wo es schon so früh dunkel wird …" Für die wenigen Minuten des Wartens hatte sie sogar ihre Haustür doppelt verriegelt. Das grelle Licht des Scheinwerfers, der auf den Steg über die Gräfte gerichtet war, streifte gerade noch die Klinke.

„Ich kann verstehen, dass du dich einsam fühlst", sagte ich.

„Hmm!", brummte Max.

„Als ich noch in der Innenstadt wohnte, habe ich dich bewundert, weil du keine Angst hattest in eurem einsamen Haus in Handorf."

Zu diesem Kompliment fiel mir nur ein grimmiges Lächeln ein. „Seitdem wir im Fall Degenhart ermitteln, wünsche ich mir die Einsamkeit zurück. Besser gar keine Nachbarn als eine Sippschaft, in der ein Mord passiert."

„Ist unter deinen Nachbarn jemand, dem du so etwas zutrauen würdest?“

„Um das zu klären, sind wir hier“, sagte ich.

Ich war nicht nur ohne zündende Ideen zum Mordfall Degenhart hergekommen, ich hatte auch nicht die geringste Vorstellung von Cornelias neuem Zuhause. Das Torhaus eines spätbarocken Wasserschlosses! Hätte ich genug Zeit gehabt, darüber nachzudenken, wären mir wahrscheinlich niedrige Räume mit dauerfeuchten Wänden eingefallen, fußkalte Böden und kleine Fenster, die nur wenig Sonne herein ließen. Umso mehr hätte mich die Realität überrascht. Bei Cornelia gab es keine düsteren Deckenbalken, an denen sich hoch gewachsene Menschen den Kopf stießen; ungehindert reichte der Blick bis unter die eichenfarbenen Sparren der Turmhaube. Nur über dem letzten Drittel der Hausfläche, in die sich eine Kochnische und ein winziges Bad zwängten, befand sich ein Zwischendeck, auf dem ein Schlafplatz eingerichtet war, erreichbar über eine Hühnerleiter. Auf den Fußbodenziegeln lag ein kuscheliges Schaffell, und die beiden Fenster waren zwar klein, aber die mächtige Laibung schuf behagliche Sitzplätze. Die Möblierung setzte sich aus Thonetstühlen und einem kleinen Tisch mit stark genarbter Holzplatte zusammen, zwei Bücherregalen aus Rattan und einem offenen Schränkchen, in dem sich Geschirr und Gläser stapelten. An der rohen Backsteinwand darüber hing ein dünner Teppich mit eingewebten Fabelwesen, und die Beleuchtung bestand aus drei Tischlampen mit kugelförmigen Reispapierschirmen und zwei schmiedeeisernen Wandleuchten mit weißen Kerzen. In dem mageren Licht warfen die wenigen Gegenstände lange Schatten: ein Bunzlau-Krug mit Hagebuttenranken, ein rot lackiertes Dalarna-Pferd, eine zottelige Käte-Kruse-Puppe. Als könnte sie Gedanken lesen, sagte Cornelia: „Mir liegt weder an Nobelkitsch noch an ultramodernem Design. Wegen Letzterem hätte sich mein Exfreund fast ruiniert, außerdem investiere ich lieber in Kunst, anstatt mich von avantgardistischen Sitzmöbeln peinigen zu lassen. Mein Inventar stammt vom Sperrmüll oder vom Flohmarkt und ist richtig lümmelig. Dafür leiste ich mir lieber *das*, zum Beispiel.“ Sie zeigte auf eine Wandnische, die mit einer Glastür und einem Lichtspot ausgestattet war wie eine kleine Museumsvitrine. Drinnen standen Ross und Reiter aus Bronze, etwa zwanzig Zentimeter hoch und ausgemergelt wie Rosinante und Don Quijote. Die Nachbarnische war leer. „War dein Vormieter Kunstsammler?“, fragte Max.

„Maler“, korrigierte sie. „Hier hingen zwei Masken in Ei-Tempera. Ich hätte sie ihm abgekauft, aber er wollte nicht. Dafür gehört mir eins seiner Acrylbilder. Wollt ihr es sehen? Dann müssen wir uns nach oben bequemen, auf mein Schlafdeck.“ Sie begann die Hühnerleiter hochzuklettern. „Ich brauche das Bild immer gleich morgens, wenn ich wach werde. Es war sauteuer, aber anstatt mir Alpträume einzujagen, baut es mich auf. Mein erster Blick fällt darauf und ich sage mir: Cornelia, aufstehen und Geld verdienen, damit du deine Schulden tilgst.“

Das Bild hing am Fußende der Futonmatratze, war kreisrund und bedeckte fast die ganze Wand. Laubfroschgrün die eine Hälfte, beige die andere, wobci dic Trennungslinie ein S wie in einem Yin- und Yang-Zeichen bildete. Das gesamte Rund war mit weißen, braunen und grauen Farbeinsprengseln übersät wie der Konfettiregen eines Bürolochers. Signiert war das Œuvre mit Henri Marx. Die restliche Fläche beherrschten eine rollbare Kleiderstange, auf der Blazer, Röcke und Hosen hingen, und eine Kommode aus knallrotem Lochblech mit drei geräumigen Schubladen.

„Wie hast du dieses Häuschen gefunden?“, fragte ich, und meine Anerkennung für ihren Spürsinn war echt.

„Durch die Zeitung. Die Vermieter suchten einen ‚Romantiker‘. Das hat mich neugierig gemacht, vor allem, weil die Miete kulant ist. Inzwischen weiß ich, dass sie einen menschlichen Dobermann suchten, weil sie ständig unterwegs sind. Ich wette, irgendwann bringen sie mir von ihren Reisen mal eine Dose Chappi mit.“

„Wer sind ‚sie‘?“

Darauf antwortete Cornelia nicht sofort, sondern forderte uns auf, in der Fensternische Platz zu nehmen, zog den alten, mit perlmuttfarbenen Einlegearbeiten verzierten Klapptisch heran, der an der Wand lehnte, und stellte eine der Reispapierlampen darauf. Während ich den Schreibblock aus der Tasche zog, ging sie in ihre Kombüse, um uns einen Cocktail zu mixen. Vom Küchentresen aus berichtete sie dann, dass ihre Vermieter ein Einrichtungsgeschäft in der Innenstadt und ein Sportzentrum am Stadtrand besaßen. Sie drückte den Knopf des elektrischen Mixers, in dessen Glasaufsatz sie dickflüssige Substanzen in Orange, Gelb und Rot eingefüllt hatte. Die Massen drehten sich in einem kurzen, rasanten Tanz gegeneinander, um im nächsten Moment in einem bleichen Ockerton in sich zusammen zu fallen. Cornelia schabte sie in drei hohe Gläser, trug sie mit einer Schale Gewürzkekse zum Tisch und stellte die Stereoanlage an: Elton John mit „Candle in the Wind".

„Siehst du gelegentlich mal ein menschliches Wesen, wenn du hier am Fenster sitzt?", fragte ich.

„Die Bewohner des Haupthauses gehen nie über die Brücke. An der Rückseite gibt es einen Privatparkplatz. Hier über den Steg traben nur die Bustouristen, die das Zimmer besichtigen wollen, in dem die Droste angeblich ihr Schäferstündchen hatte." Der Scheinwerfer war erloschen, offenbar handelte es sich um einen Bewegungsmelder, und die Dunkelheit sah tintenschwarz aus.

„Fangen wir mit der Arbeit an", sagte sie. „Ihr glaubt, dass Degenhart vergiftet wurde?"

„Das ist unsere Vermutung", entgegnete ich. „Ich komme von dem Eindruck nicht los, dass dieser Mann auf die Attacke eines betrunkenen Pöbels namens Boris Kupfer überreagiert hat. Anstatt einen Verdacht, der vor acht Jahren durch ein Gerichtsurteil aus der Welt geschafft wurde, souverän zu ignorieren, begibt er sich auf das Niveau seines Angreifers. *Warum* hat er sich so aufgeregt? Weil er plötzlich Herzbeschwerden bekam. Vielleicht hatte er einen Mordanschlag befürchtet. Wir sollten nicht vergessen, dass er ursprünglich gar nicht teilnehmen wollte. Erst als sein Biograph seine Eitelkeit anstachelte, hat er nachgegeben." Ich erzählte Cornelia von Pagenstechers Idee, die Proteste gegen Kupfers Baupfusch in seiner Biographie auf ökologische Einwände auszuweiten.

Max gab zu bedenken, dass Degenhart, wenn ihn auch nur der geringste Argwohn geplagt hätte, bei der Party ganz bestimmt nichts gegessen hätte. Zumindest am Büffet der drei Grazien hatte er sich aber reichlich bedient und womöglich seinen Teller für kurze Zeit unbeaufsichtigt gelassen. Vielleicht war der Moment, wo er mit Bella redete, „unser Zeitpunkt". Da hatte er nur ein Sektglas in der Hand gehabt. Und Digitoxin war schwer wasserlöslich.

„Das Gespräch mit Bella könnte ein Ablenkungsmanöver dieser Dame gewesen sein", pflichtete ihm Cornelia bei. „Wir sollten das Catering-Team ganz besonders aufs Korn nehmen."

Kupfers Paella hatte Degenhart ostentativ verschmäht, obwohl die Gästerunde in seiner weitläufigen Bibliothek viel besser zu überschauen gewesen war als das Gedränge in Bellas Wohnzimmer. Auch von den Desserts hatte er nichts genommen. Dabei wäre in der engen Tischreihe, die wir im Haus der Zauberkünstler gebildet hatten, noch weniger Gelegenheit gewesen, sich an seinem Teller zu vergreifen.

„Kupfer als Täter …", überlegte Max. „Er weiß, dass der Wirkstoff etwa nach drei Stunden erste Symptome zeigt und welche Symptome er auslöst. Zu dem Zeitpunkt, als nach seiner Berechnung die Wirkung einsetzt, beginnt er Degenhart zu provozieren. Alles soll nach einem Wutanfall aussehen. Und es ist auch gar nicht schwer, ihn auf die Palme zu bringen. Das Einzige, was er befürchten muss, ist, dass sein Opfer zusammenbricht und ein Arzt geholt werden muss. Aber das passiert zum Glück nicht. Eine Viertelstunde, nachdem Degenhart aus dem Haus gestürzt ist, verabschiedet er sich und sucht nach ihm. Jette Degenhart bleibt noch zehn Minuten, bevor sie nach Hause geht. War das Absicht oder Zufall?"

„Welches Motiv hätte Kupfer haben sollen?", wandte ich ein. „Nicht bezahlte Rechnungen eines Kunden? Das fände ich ziemlich krass." Als niemand darauf antwortete, zog ich jenen Zettel aus der Tasche, auf dem Degenharts Witwe den Ablauf der letzten drei Tage im Leben ihres Mannes protokolliert hatte, einschließlich der Kleidungsstücke, die er getragen, aller Mahlzeiten, die er zu sich genommen, und sämtlicher Personen, mit denen er sich getroffen hatte. Er war ein Frühaufsteher gewesen, der nicht nur am Donnerstag und Freitag, sondern auch am Samstag den Wecker auf sechs gestellt hatte, um in seinem im Keller gelegenen Pool die gewohnten Bahnen zu ziehen. Seine Frühstücksgewohnheiten lasen sich nicht ganz so gesund, jedenfalls nicht für jemanden, dem ein Blutdruck im oberen Grenzbereich bescheinigt und ein zucker- und fettarmer Speiseplan verordnet worden war. Das Frühstück bestand an allen drei Tagen aus schwarzem Kaffee mit Zucker, zwei Berliner Krapfen am Donnerstag, zwei Zimtschnecken am Freitag und einem großen Stück englischen Teekuchens am Samstag.

Am Donnerstag hatte er eine hellgraue Hose zum dunkelblauen Pullover getragen, am Freitag eine beigefarbene Hose, ein rosa Hemd und einen Sakko mit schwarz-bordeauxrotem Karo, am Samstag jene Kleidungsstücke, in denen er auch zur Party erschienen war. Bis auf Sakko und Schuhe lagen sie im Labor.

Am Donnerstagmittag war er mit dem Lyriker Ulli Helder im Verlag verabredet gewesen, und Frau Degenhart hatte die Bemerkung angefügt, dass er sich wahrscheinlich ein paar belegte Brötchen vom Café Wennergreen auf der Hörsterstraße habe bringen lassen. Der dazu genossene Kaffee sei wohl wieder viel zu stark gewesen, eine schlechte Angewohnheit von Frau König, die die gesundheitlichen Probleme ihres Chefs hartnäckig ignoriere.

Am Abend war Degenhart gegen halb acht nach Hause gekommen, um anschließend an einer Literaturlesung in seiner Lieblingsvinothek im Kuhviertel teilzunehmen. Das Thema war eine Kindheit im sozialistischen Ostdeutschland, vorgetragen von einem Dresdener Autor. Gegen halb elf war er heimgekehrt, hatte seiner Frau kurz Bericht erstattet und sich in sein Zimmer zurückgezogen.

Cornelia wollte wissen, ob man während der Lesung etwas zu trinken oder zu essen angeboten habe. Max rief Frau Degenhart an, doch sie wusste es nicht, deshalb ließ er sich die Nummer der Vinothek geben. Der Inhaber erinnerte sich, Degenhart in der Pause mit einem Glas Weißwein und einem Teller voll Canapés gesehen zu haben. „Die waren diesmal auch wirklich gut“, erklärte er treuherzig. „Ganz karnevalsmäßig belegt, mit Hering, Krabben und hart gekochtem Ei mit Kaviar.“

„Wer hatte sie so gut zubereitet?“ Eine Antwort auf diese Frage bekam Max erst, nachdem sein Gesprächspartner Lieferschein und Rechnung herausgekramt hatte: Es war das O.B.Y.-Team!

„Sind Sie ganz sicher, dass Herr Degenhart etwas getrunken und gegessen hat?“

„Absolut. Wir haben darüber gerätselt, ob der Kaviar echt oder nur Rogen vom Seehasen ist. Herr Degenhart ist ein Experte in Sachen Kaviar. Aber Sie glauben doch nicht etwa …?“

„Danke für Ihre Auskunft." Max legte auf und ich las weiter aus Frau Degenharts Protokoll vor. Den Freitag hatte ihr Mann im Büro verbracht, am späten Vormittag seinen Bildbandtexter Achim Wollmacher getroffen und anschließend Hefeteilchen und Kaffee zu sich genommen. Der Espresso sei mit Sicherheit wieder viel zu kräftig gewesen, und es klang beinahe, als hätte sie in dem übermäßigen Kaffeekonsum ihres Mannes eine plausible Erklärung für seinen Tod gefunden. War da Eifersucht im Spiel? Ich dachte an die unverhohlene Zuneigung, mit der Frau König über ihren toten Chef geredet hatte. Doch da ich nicht wusste, wie sich der Rest seines Teams äußern würde, ließ ich meinen Eindruck erst mal außer Acht.

Das Abendessen zu Hause, so der weitere Wortlaut des Protokolls, sei am Freitag genauso frugal ausgefallen wie immer, darüber führe *sie* ja schließlich das Regiment: „Slimbrot" mit magerem Käse oder Putenfrischwurst, rasch in der Küche verzehrt, weil ein Theaterbesuch im Kleinen Haus auf dem Programm stand und Degenhart erst spät aus dem Verlag gekommen war.

„Und in der Vorstellungspause?" Max klang ungeduldig, ich konnte es ihm nicht verübeln, aber jedes Detail dieser letzten Tage war wichtig.

„Sekt-Orange und Zigaretten", sagte ich. „Um einundzwanzig Uhr zwanzig wurde die Aufführung fortgesetzt. ‚Orpheus in der Unterwelt'."

Hatten sie in der Pause Freunde oder Bekannte getroffen?

Als ich sie danach fragte, hatte Jette Degenharts Blick gequält gewirkt. „Glauben Sie mir, Frau Züricher, Olaf konnte keine zwanzig Meter in der Öffentlichkeit zurücklegen, ohne angesprochen zu werden. Nennen Sie diese Personen meinetwegen Freunde, *mir* waren sie immer lästig."

Ich hatte ihre Antwort als Ausweichmanöver verstanden und deshalb nachgehakt: „Und an jenem Abend?"

Sie hatte kurz überlegt. „Da hat man uns in Ruhe gelassen."

„Was wollte man von Ihrem Mann, wenn man ihn *nicht* in Ruhe ließ?"

Sie hatte die Schultern gezuckt. „Seine Meinung zu diesem oder jenem Spektakel hören. Er war jahrelang eine Autorität im Kulturbereich gewesen, man legte wieder Wert auf sein Urteil." Es klang spitz und war wohl als Anspielung auf Degenharts umstrittene Rolle als kultureller „Drachentöter“ in den achtziger Jahren gedacht. „Aber“, fuhr sie fort, „es gab auch Lyriker, die ihr Manuskript unterm Arm hielten oder ihn um einen Leseabend anbettelten. Es gab Autoren, die sich die Recherchen für einen Reiseführer finanzieren lassen wollten. Oh, wie haben die alle genervt.“

War mal jemand zudringlich geworden? Vielleicht aggressiv? Darauf hatte sie mit einem herablassenden Lächeln geantwortet und mit der Bemerkung „unbedeutende Würstchen.“

Den Samstagvormittag hatten Degenharts mit ein paar Besorgungen in der münsterschen Innenstadt verbracht, anschließend in der „Gourmet“-Ecke der Galeria Kaufhof Nudelgratin mit Räucherlachs gegessen und sich eine Flasche Mineralwasser geteilt. Von Freunden, die sie getroffen, oder von Bittstellern, die „genervt“ hatten, war keine Rede. Als sie gegen zwei Uhr nach Hause kamen, war Degenhart wieder fest entschlossen gewesen, nicht an der Party teilzunehmen. Er hatte die Zeitung gelesen, in einem Bildband geblättert und mit dem Fotografen telefoniert, den er am nächsten Tag bei Lazzaretti treffen wollte. Erst gegen sieben hatte Jette ihn überreden können, das Kostümfest doch zu besuchen. Eine Verkleidung hatte er allerdings abgelehnt. Er sei kein Narr!

Als Grund für seine anfängliche Weigerung mitzugehen hatte die Witwe sein Bestreben genannt, jede überflüssige Konfrontation mit Kupfer zu vermeiden. Als ich einwandte, ohne die Scharade wäre es gar nicht zur Konfrontation gekommen, hatte sie lakonisch entgegnet: „Da kennen Sie Herrn Kupfer aber schlecht! Der findet immer einen Grund.“

Auf meine nächste Frage, wie sie persönlich mit diesen Feindseligkeiten umginge, hatte sie entgegnet: „Mir ist Herr Kupfer alles andere als sympathisch, aber ich kann damit leben.“

„Über den restlichen Abend“, so lautete der Schluss ihres Protokolls, „wissen Sie genauso gut Bescheid wie ich. Wie Sie sehen, ist mein Mann in den drei Tagen vor seinem Tod weder mit Menschen noch mit Nahrungsmitteln in Berührung gekommen, die ihm einen solchen Schaden zufügen könnten, dass er daran gestorben wäre. Ulli Helder“, schrieb sie weiter, „ist ein Freund von uns und seine Gedichtbände verkaufen sich gut. Was hätte er gegen Olaf haben sollen? Auch das Telefongespräch mit dem Fotographen verlief freundlich. Und wenn jemand im Café Wennergreen, von dem mein Mann gern Kuchen und belegte Brötchen bezog, Mordpläne schmiedete, würde ich diese Welt nicht mehr verstehen. Olaf ließ sich von ihnen bei allen Veranstaltungen beliefern und weder in der Familie noch bei ihren Angestellten gibt es einen Lyriker oder Reiseschriftsteller, den mein Mann hätte abweisen können." Während Max und Cornelia zu meinen Angaben zustimmend nickten, ging mir Bellas bissige Bemerkung durch den Kopf, Degenhart habe ihren Cateringservice nie in Anspruch genommen.

„Also, wenn ich richtig informiert bin", begann Cornelia, als ich den Zettel zurück auf den Tisch legte, „glaubst du, dass Olaf Degenhart an einem Wirkstoff gestorben ist, den ihm jemand irgendwann zwischen Donnerstagmittag und Samstagnacht auf den Teller gemogelt hat. Vielleicht waren ja auch Gabel oder Messer infiziert." Ich sah wieder das wie zur Verteidigung hochgereckte Besteck, das Degenhart in der geballten Faust gehalten hatte, als er sich in den Cordsessel des O.B.Y.-Teams sinken ließ, während Cornelia fortfuhr: „Die Partybewirtung selbst muss in Ordnung gewesen sein, sonst hätten wir nicht ein, sondern bis zu dreizehn Opfer, und du und dein Kollege, ihr wäret auch dabei gewesen. Das Gleiche gilt für die anderen Veranstaltungen, an denen Degenhart teilgenommen hat. Eine kontaminierte Kollektivverpflegung hätte auch ein Kollektivsterben ausgelöst. Denk nur an den Theaterabend und die Dichterlesung. Doch das wäre nicht im Sinne des Täters gewesen, er hatte nur Degenhart im Visier."

„Stimmt", schaltete sich Max ein. „Trotzdem frage ich mich, ob der Wirkstoff in Verbindung mit einem anderen Nahrungsmittel, das auf dem Büffet vorhanden war, besonders aggressiv reagierte. Sieglinde sollte sich am Wochenbeginn die Kochrezepte besorgen."

Ich nickte. „Das wollte ich auf jeden Fall tun, weil das Essen nämlich ganz ausgezeichnet war. Aber vergessen wir Degenharts Kleidung nicht. Schließlich gibt es Wirkstoffe, die durch Einatmen oder durch kleine Hautverletzungen zum Tragen kommen. Professor Busse hat zwar bisher nichts bemerkt, dennoch sollten wir diese Möglichkeit nicht ausschließen."

„Der Fachmann nennt diese Form der Einnahme parenteral“, bemerkte Max ein wenig süffisant und leerte sein Glas. „Gibt es noch einen Nachschlag von diesem Hexenpunsch? Der schmeckt echt gesund!“

Cornelia schüttelte den Kopf. „Tomatensaft wäre noch da.“

„Dann mix mir eine ‚Bloody Mary‘ oder hast du keinen Wodka?“

Doch, hatte sie! Ein Restbestand von ihrer eigenen Party am Samstagabend. Sie mixte den Cocktail ganz stilecht, mit Zitronensaft, Tabasco und Worcestersoße, und Max nickte anerkennend, allerdings erst, nachdem er mit spitzen Fingern das Stück Selleriestange herausgefischt hatte, das dekorativ wirken sollte. „Der einzige Drink, der keine ‚Fahne‘ hinterlässt“, bemerkte er vergnügt.

„Vielleicht haben wir ja Glück“, nahm Cornelia ein wenig hämisch den Faden wieder auf, „und Degenhart hat im richtigen Moment seinen Pulli bekleckert. Dann besitzen wir beides, den giftigen Wirkstoff und die Speise, in der er versteckt war. Wenn sich dann noch jemand erinnern kann, wer gerade in der Nähe war, als er seinen Teller kurz aus den Augen ließ, sind wir ein Stück weiter.“

Ich dachte daran, dass der Pulli tagelang durch die Werse gedümpelt war, wurde aber von Max unterbrochen. „Und wenn es sich ganz anders abgespielt hat? Wenn sich der Täter nicht unter den Gästen befand, sondern vor der Party zugeschlagen hat oder später, als Degenhart allein nach Hause ging?“

Cornelia nickte. „Auf diese Frage finden wir allerdings erst eine Antwort, wenn wir wissen, an welchem Gift er gestorben ist. Dann kennen wir die Latenzzeit und können Rückschlüsse darauf ziehen, zu welchem Zeitpunkt er es aufgenommen hat. Allerdings beißt sich hier die Katze in den Schwanz, denn um den Wirkstoff zu bestimmen, müssen wir mehr über die Art seiner Wirkung erfahren. Ich schlage vor, wir gehen systematisch alle Pflanzen- und Tiergifte durch und versuchen, uns ein Bild zu machen.“

Aber Lückmann war mit seinen Gedanken noch nicht zu Ende. „Degenhart hatte sich ursprünglich geweigert, an der Party teilzunehmen? Seine Witwe sagt, er haben Kupfer aus dem Weg gehen wollen? Das mag sein. Andererseits waren ihm die drei O.B.Y.-Mädchen sehr sympathisch, oder?“

„Mit Bella hat er regelrecht geflirtet“, bestätigte ich. „An ihrem Büffet hat er sich dann auch reichlich bedient.“

„Mal angenommen“, überlegte Max weiter, „er weigerte sich, zur Party zu gehen, weil er Angst vor einem Anschlag hatte. Hätte er sich dann von seinem grünschnäbeligen Biographen umstimmen lassen? Als streitbarer, umweltbewusster Bauherr dargestellt zu werden, mag ja schmeichelhaft sein, aber ich sehe eine ganz andere Erklärung, weshalb er dann doch mitgegangen ist: Unser Verleger befürchtete sehr wohl, dass ihm jemand an den Kragen wollte, allerdings nicht im Getümmel von dreizehn Partyteilnehmern, sondern wenn er allein zu Hause war, während sich seine Frau auf dem Kostümfest amüsierte und der Biograph bei Freunden seinen Husten auskurierte. Bei genauer Überlegung erschien ihm die Party sicherer als das eigene Haus. Nur deshalb ist er mitgegangen.“

Cornelia nickte. „Bei allem, was wir tun, sollten wir den Raubmord an Constanze Grimm nicht aus den Augen lassen.“

„Siehst du einen Zusammenhang?“, fragte Lückmann.

„Ich denke an die Möglichkeit, dass Degenhart vor oder während der Party mit dem Gift in Kontakt kam, das Haus der Varietékünstler mit Wut, Übelkeit, vielleicht auch Herzrhythmusstörungen verließ und draußen einen Einbrecher überraschte. Der schlug ihn bewusstlos und stieß ihn, in der Meinung, er habe ihn umgebracht, in die Werse. Degenhart war nicht tot, als er ins Wasser fiel.“

„Dann suchen wir also zwei Täter“, sagte ich. Lückmann nickte. „Dass eine Party gefeiert wurde, war kein Geheimnis. Wer die Lage seit längerem beobachtet hatte, wusste, dass die Haustüren der Gastgeber offen standen. So etwas zieht immer Gelichter an. Der Einbrecher trieb sich auf dem Gelände herum, Degenhart kam ihm in die Quere, da wurde er gewalttätig.“

Ich brachte in Erinnerung, dass der Täter seinem Opfer die Nasenspitze abgeschnitten hatte; eine Tatsache, die einen erwerbsmäßigen Ganoven ausschloss. Welche Botschaft steckte hinter dieser brutalen Verstümmelung? Der misstrauische Bauherr? Der indiskrete Verleger? Der voyeuristisch veranlagte Nachbar? Der Neugier unserer Tochter hatte ich schnell ein Ende gemacht, hier ging es möglicherweise um einen erwachsenen Spanner, dem jemand das Handwerk gelegt hatte.

Max spann einen anderen Faden weiter. „Kupfer könnte illegale Arbeitskräfte beschäftigen." Offenbar hielt er den zänkischen *Bauherrn* Degenhart für besonders glaubwürdig. „Ist dir als Anrainerin nichts aufgefallen?"

Ich zuckte die Schultern. „Ein Kollege vom Wirtschaftsdezernat hätte sich vielleicht das eine oder andere Kennzeichen gemerkt, wenn ein Auto am Wochenende verdächtig lange an unserer Hecke parkte. Aber selbst dann! Degenhart hat sich zwar über Baumängel beschwert und einige Rechnungen offen gelassen, über illegale Arbeitskräfte sagt das nichts aus."

Degenhart als Agent in Sachen Schwarzarbeit? Als Sprachrohr der redlichen Bauunternehmer, denen diese Art der Versklavung nicht nur einen Dorn ins Auge, sondern auch ein Loch ins eigene Budget bohrte? Degenhart mit dem facettenreichen Auge einer Stubenfliege oder der flinken Pupille des Chamäleons? Je länger ich über diese Version nachdachte, desto weiter fächerte sich das Register auf, in dem wir den Täter suchen mussten. Auf der einen Seite ein ganzer Rattenschwanz an unseriösen Handwerkern, die Kupfer, nach außen hin ganz selbstbewusster Impressario, in den Bau seiner Häuserzeilen eingebunden hatte. Auf der anderen die unübersehbare Korona der Lyriker, Reiseschriftsteller und Textautoren, die für die Edition im Spieker und später für die Edition Bisping arbeiteten. Wenn sich herausstellte, dass der Täter zur Partygesellschaft gehörte, kamen wieder andere Motive in Betracht.

Ich dachte darüber nach, ob es Indizien gab, die für Pagenstecher als Täter sprachen. Er hatte dem Verleger die Party schmackhaft gemacht, wenn auch nur mit dem Versprechen, seinen Streit mit Kupfer als engagiertes Aufbegehren gegen einen korrupten Betrüger darzustellen. Hatte Kupfer ihm die Absage vielleicht nahe gelegt, um Degenhart mit einer Scharade provozieren zu können? Aber warum war dann der Vorschlag, Scharade zu spielen, nicht von ihm, sondern von Frau Schlager gekommen? Und warum hätte sich Pagenstecher an Degenharts Ermordung beteiligen sollen, nachdem dieser ihm einen lukrativen Auftrag erteilt hatte? Das einzige, klassische Mordmotiv, das mir spontan einfiel, war ein Verhältnis mit Frau Degenhart, und das erschien mir ziemlich unwahrscheinlich.

Cornelia unterbrach meine Überlegungen. „Beschreib mir noch einmal, was dir an dem Verhalten des Verlegers aufgefallen ist.“

„Ich bin ihm vor der Party nur einmal begegnet. Da hat er sich über irgendeine Panne beim Hausbau aufgeregt und trotzdem nicht gebrüllt wie ein Stier. Umso mehr hat mich sein Wutausbruch am Samstagabend verwundert, aber ich habe mir gedacht: Du kennst den Mann zu wenig, um ihn zu beurteilen. Jetzt, nachdem er tot ist, bin ich der Meinung, dass er sich nicht nur schlecht gefühlt hat, sondern seinen Zustand als unerklärlich und besorgniserregend empfand. Mit anderen Worten, dass er Angst hatte. Die Wut auf Kupfer und die Panik, in die ihn seine Beschwerden brachten, griffen ineinander. Zu dieser Theorie passt auch die Aussage seiner Frau, die seine heftige Reaktion ebenfalls ungewöhnlich fand.“

„Hatte sie eine Erklärung dafür?“, fragte Cornelia.

„Sie ist meiner Frage ausgewichen, indem sie sich selbst die Schuld gab, dass ihr Mann zur Party mitgegangen ist. Dann kam sofort die Sprache auf Pagenstechers Vorschlag, Degenharts Kontroverse mit Kupfer auf ökologisches Terrain auszuweiten. Ich werde sie noch mal fragen.“

Cornelia wollte die Symptome wissen, die Degenharts Wutausbruch begleitet hatten, und ich entgegnete, für plötzliche Lähmungserscheinungen oder Krämpfe habe nichts gesprochen, eher schon für Herzbeschwerden. Ich beschrieb sein zunächst bleiches, dann puterrot werdendes Gesicht, seine abgehackte Sprechweise, das schwere Atmen, das seine Worte begleitet hatte, der Griff zur Brust. Aber er *hatte* noch reden können, *hatte* noch die Kraft gehabt, die Haustür seiner Gastgeber ins Schloss zu schmettern.

Mit Cornelias Hilfe erstellten wir eine Liste der verschiedenen Tier- und Pflanzengifte mit ihrer Wirkung auf Herz, Kreislauf oder Verdauungstrakt und den unterschiedlichen Latenzzeiten. Einige Stoffe waren zwar ausschließlich mit Lähmungserscheinungen oder Krämpfen verbunden, wie ich sie an Degenhart nicht bemerkt hatte, doch auch sie nahmen wir erst mal in das Verzeichnis auf. Dann redeten wir über die merkwürdige Häufung von Krampfadern in den Beinen des Toten, die auf Digitoxin, das Gift des Roten Fingerhuts, hindeutete. Aber hatten sie sich so schnell bilden können, wenn Degenhart erst am Samstagabend damit in Kontakt gekommen war? War der Täter schon länger am Werk gewesen? Unser Fragenkatalog würde alle Kontaktpersonen der letzten Monate einschließen. Nicht nur Autoren und Mitarbeiter standen unter dieser Hypothese in einem ganz anderen Licht, sondern auch deren Konkurrenten. Autoren, die er abgewiesen hatte, Bewerber um einen Job, die bei ihm vorstellig geworden waren. Nicht nur die münstersche Kundschaft kam in Frage, sondern die nordrhein-westfälische, die bundesweite … Und dann hatte er auch noch seine minderjährige Praktikantin mit zur Buchmesse genommen. Mit einem Mal wünschte ich mir, Degenhart wäre von einer Schlange gebissen worden. Den Curare-Pfeil eines Amazonas-Indianers hätte ich ebenso widerspruchslos akzeptiert wie die unsachgemäße Ausweidung eines Kugelfisches beim Japaner, aus dem einfachen Grund, weil sich die Todesursache damit zweifelsfrei klärte. Selbst nach drei Tagen und vier Nächten in der Werse wären Biss- oder Stichspuren noch zu erkennen, das wusste ich von Drogenopfern aus dem Aasee.

„Das Gift aus der Leber des Kugelfisches wirkt nach dreißig Minuten", erklärte Cornelia, die offenbar ähnliche Berechnungen angestellt hatte. „Es beginnt mit einem prickelnden Gefühl auf Lippen, Zunge und Rachen, danach folgen Hyperthermie und Hypertonie, Übelkeit und Schmerzen in der Brust, bis der Tod durch Atemlähmung eintritt. In Degenharts Fall scheidet diese Möglichkeit wohl aus."

Ich nickte, während ich mir die Frage stellte, wie sich jemand verhielt, der in den eigenen vier Wänden einen Giftmord an einem häufigen Gast plante. Sorgte er für kulinarische Überraschungen und dekorierte ungewöhnlich oder setzte er hinlänglich bekannte Leckerbissen auf den wie ehedem gedeckten Tisch?

„Der Stich eines Skorpions", schaltete sich Cornelia in meine Überlegungen ein, „ist in der Regel nicht tödlich, er führt zu Konvulsionen, Herzrhythmus- und Sehstörungen und zu Erbrechen."

„Und Spinnenbisse?"

„Verursachen nur lokale Entzündungserscheinungen. Wenn die Opfer sterben, erleiden sie vor Schreck einen Herzinfarkt. Es sei denn, wir haben es mit einer Phoneutria nigriventer zu tun. Zehn bis zwanzig Minuten nach ihrem Biss treten starke Schmerzen, Fieber,

Herzrhythmusstörungen und schließlich Atemlähmung ein. Da hätten wir einen schnellen Tod."

„Zu schnell!", korrigierte ich. „Es sei denn, die Täter hießen Ray und Charles." Sekundenlang streiften meine Gedanken ihre Gummitiere. Ich bekam eine Gänsehaut, als ich an die Möglichkeit dachte, unter all den Plastikviechern könnte sich ein lebendes Tier befunden haben, das plötzlich zulangte. Aber hätte Degenhart nicht geschrieen, wenn er gebissen oder gestochen worden wäre? Trotzdem beschloss ich, mich bei den Zauberkünstlern umzusehen.

Wir gingen die Pilzgifte durch und kamen zu keinem Ergebnis. Die Wirkung des Knollenblätterpilzes, zum Beispiel, setzte erst drei bis vier Tage nach der Aufnahme ein. Der Fliegenpilz war gar nicht so schädlich wie allgemein angenommen, er führte zu Störungen der Motorik, Rauschzuständen und sexueller Erregung, aber nur selten zum Tod. Die Schimmelpilze, die sich auf Nahrungsmitteln bildeten, daher ohne weiteres gezüchtet werden konnten, wie die Aflatoxine auf Erdnüssen, Sojabohnen und Getreide, schädigten erst langfristig Leber, Niere und Zellmembrane.

Bei den Pflanzengiften wurde das Angebot reichhaltiger. Cytisin, das Gift des Goldregens, zog heftige Krämpfe nach sich, die Tollkirsche löste Tobsucht, Raserei und Verwirrung aus, auch das Aconitin des Eisenhuts führte erst zu starken Erregungszuständen, bevor es das zentrale Nervensystem lähmte. So weit war es bei Degenhart in unserem Beisein nun doch nicht gekommen. Für jeden, der nicht an Gift dachte, ging er leicht als Choleriker durch.

Das Coniin des Gefleckten Wasserschierlings verursachte jene aufsteigende Lähmung, die den Liebhabern der griechischen Antike durch den Tod des Sokrates bekannt war, während die Brechnuss als Lieferant des ehemals klassischen Mordinstruments Strychnin, keine heimische Pflanze war und hierzulande nur an Homöopathen und nur für rezeptpflichtige Präparate ausgehändigt wurde.

Als Cornelia mit ungerührter Miene ihr Glas leerte und uns zu verstehen gab, dass nicht nur die als giftig verrufenen Pflanzen Herzglycoside enthielten, sondern auch scheinbar „so harmlose und beliebte" wie Goldlack, Pfaffenhütchen, Färberginster, Oleander, und dass auch heimisch gewordene Exoten wie die Christrose, die mediterrane Meerzwiebel oder der Chinarindenbaum zu den Giftproduzenten gehörten, klappte ich genervt meinen Schreibblock zu. Sogar Lückmann machte ein angewidertes Gesicht, als wollte er sagen: Jetzt reicht's! „Bei dieser Artenvielfalt", teilte er in lakonischem Tonfall an meine Adresse aus, „ist ja wohl jeder deiner Anrainer verdächtig, ob er nun an der Party teilgenommen hat oder nicht. Was weißt du über die Bepflanzung der Grundstücke?"

„Es ist noch Winter. Mag sein, dass der eine oder andere neue Hausbesitzer Blumenzwiebeln gepflanzt oder Samentütchen ausgestreut hat. Für das O.B.Y.-Team und die Magier hat Frau Schneider Gartenpläne entworfen. Giftpflanzen kommen darin nicht vor."

„Es wird", ereiferte sich Max, „doch niemand extra Ginster und Eiben pflanzen oder einen Oleander aufstellen, um seine Gäste unter die Erde zu bringen. Die meisten Hobbygärtner wissen nicht mal, wie giftig ihre Lieblinge sind. Es geht ums Motiv!"

„Natürlich geht es um das Motiv", nickte Cornelia. „Und selbstverständlich sind auch andere Giftstoffe problemlos und unauffällig zu bekommen. So lange wir den Grund für Degenharts Tod nicht kennen, müssen wir die Ursachen weiter unter die Lupe nehmen. Und für eine tödliche Vergiftung kommen nun mal verdammt viele Ursachen in Betracht." Ihr Blick blieb auf mir hängen und wurde schmal. „Du züchtest nicht zufällig Pastinaken oder Petersilie?", fragte sie fast schon hämisch. „Dann vergewissere dich, dass man dir keine Safranrebendolde oder etwa eine Hundspetersilie angedreht hat. Die Folgen wären katastrophal."

„Ich *habe*", jetzt fühlte ich ebenfalls Zynismus in mir aufsteigen, „im Herbst Pastinaken und Petersilie ausgesät. Nimm mir also nicht den Appetit auf künftige Gemüseorgien und schon gar nicht auf das heutige Abendessen. Kollege Benno kocht uns was Gutes. Aber", ich sah von meiner Umhängetasche hoch, in der ich gerade meine Unterlagen verstaute, „warum kommst du nicht mit? Benno hat auf dem Markt eingekauft, als erwartete er einen Reisebus."

„Du bist selbstverständlich auch bei uns eingeladen", warf Max in jenem geschmeidigen Tonfall ein, der eine positive Antwort von vornherein ausschloss. „Sabine ist allerdings auf Diät …"

Cornelia schickte einen schnellen Blick nach draußen, vor dem Fenster hing die Dunkelheit wie eine blickdichte Strumpfhose. Standhaft schüttelte sie den Kopf. „Ich habe meinen Vermietern versprochen, die Nächte hier im Torhaus zu verbringen, bis sie zurück sind. Schließlich stehen bei ihnen jede Menge Wertsachen."

„Du spinnst!" Kopfschüttelnd stand ich auf, auch Lückmann griff mit tadelnder Miene nach seiner Wildlederjacke.

„Wir lösen unser Trio infernale auf und warten die Ergebnisse der Rechtsmediziner ab." Cornelia klimperte resolut mit dem Schlüsselbund. „Überhaupt bin ich jetzt richtig angetörnt. Ich werde weiterschmökern. Über bakterielle Gifte, zum Beispiel: Botulinus, Salmonella, Staphylococcus aureus. Bilden sich unter Luftabschluss in Konservendosen, auf frischen Lebensmitteln oder kommen von draußen rein. Man riecht die Toxine nicht, schmeckt sie nicht, sieht sie nicht! Und nicht einmal der Kochvorgang kann sie inaktivieren."

Max wünschte ihr mit scheinheiliger Stimme noch einen schönen Hexensabbat, ich freute mich auf unsere Tischrunde mit Benno.

Auf dem Weg zum Auto überlegte ich, welche giftigen Pflanzenblätter, Blüten und Knollen sich konservieren ließen. Waren getrocknete Pflanzenteile giftiger, weil höher konzentriert? Ich rufe Cornelia morgen früh an!, dachte ich, als ich sie so einsam im grellen Licht des Bewegungsmelders stehen sah, klein, drall, dunkel gekleidet, den klugen Kopf voll nützlichen Wissens über die intelligente Natur und den Menschen, der diese Intelligenz infam missbrauchte. Nebelfetzen zogen durch den Scheinwerferkegel, irgendwo krächzten Raben und ich fragte mich, wie gefährlich Toxikologen eigentlich lebten. In den paar Sekunden, die ich brauchte, um den Wagen zu wenden, lag die Brücke von Haus Schewing schon wieder im Dunkeln und Cornelia war verschwunden.

„Warum lassen diese Leute sie nicht im Schloss übernachten, wenn sie so versessen auf einen Nachtwächter sind?", knurrte Max. „Nicht mal Fensterläden hat das Mädchen und ihr Türschloss ist der reinste Witz." Als mir darauf keine Antwort einfiel, verlegte er sich ebenfalls aufs Schweigen. Ich ignorierte die ungewohnte Stille und stellte ihn mir beim Abgrasen seines Grundstücks vor, auf der Suche nach bisher unentdeckten Giftpflanzen. Die Freude am Garten hatte mir das Gespräch mit Cornelia nicht nehmen können, aber ich sah die Natur mit anderen Augen.

Zu Hause flackerte ein Feuer im Kamin, war der Tisch gedeckt, das Bier kalt gestellt. Wie leicht hätte sich Cornelia in unsere Runde eingefügt! In der Küche fand ich Benno und Kerstin in angeregter Unterhaltung, und an Kerstins missionarischem Tonfall erkannte ich, dass sie unseren Hausgast zum radikalen Vegetarismus zu bekehren versuchte. Benno, ganz vorbildlicher, höflicher Besuch, lächelte unverbindlich, rührte in der brodelnden Ratatouille und wendete ab und zu die Scheiben Leber- und Wurstebrot, die in zwei Pfannen auf dem Herd knisterten. Sein Menü bewies kosmopolitisches Denken. Dass man bei Grenzüberschreitungen allerdings auch übertreiben konnte, kam mir erst in den Sinn, als ich das Senfglas auf der Küchentheke entdeckte, weiß-blau das Etikett, unmissverständlich die Aufschrift. Süßer Senf zu westfälischer Hausmannskost!

Wir genossen die Ruhe, das wärmende Herdfeuer und die Ettaler Klostersuppe, mit der das Essen begann. Fein geriebener Räucherkäse in Gemüsebrühe aufgelöst, mit Schnittlauch und Crème fraîche verfeinert. Hmmm, ich lächelte Benno zu und lenkte ihn damit von dem missbilligenden Blick ab, den Franz auf das Senfglas in der Tischmitte heftete.

Die Ratatouille glänzte seidig, als hätte Benno am Schluss eiskalte Butterstückchen eingeschwenkt. Die Zucchini waren schön knackig, die Auberginen so gut durch, dass sie jenen rauchigen Fleischgeschmack abgaben, den ich an vegetarischen Gerichten schätze. Gleichmäßig kross gebraten lag das Leber- und Wurstebrot auf der vorgewärmten Platte, garniert mit fritierter Petersilie.

Die Zwangsbekanntschaft von süddeutscher und westfälischer Küche war längst vergessen, als wir uns der Bayrischen Creme hingaben. Doch als Benno und ich sehr viel später, nach langen Reminiszenzen an gemeinsame Diensteinsätze und etlichen Flaschen Löwenbräu, die Spülmaschine füllten, rückte er mit dem letzten Gang seines Nostalgieessens heraus, seiner eigentlichen Überraschung. Er hatte von München einen ganzen Karton Senf an uns abgeschickt. Papa ante Portas! Es sollte noch schlimmer kommen.

- VII -

Am nächsten Morgen telefonierte ich gleich nach dem Frühstück mit Cornelia. Sie lachte über meine Frage, ob sie die Nacht gut überstanden habe. Sie hatte bis in die Morgenstunden „durchgeschmökert". Als ich wissen wollte, ob getrocknete Blüten, Früchte oder Blätter von Giftpflanzen hochprozentiger wirkten als im frischen Zustand, meinte sie, die Trockenprodukte seien natürlich jederzeit zur Hand und unauffälliger, weil man sie pulverisieren könne. Ob die Pulverisierung die Wirkung steigerte, wusste sie nicht, doch versprach sie, es nachzuprüfen.

Ich kam etwas früher als verabredet ins Marktcafé am Domplatz. Der große Raum war nur mäßig besetzt, es war ein ungemütlicher Tag. Der Himmel kleidete sich in wolkenloses, aber arktisches Blau und der Ostwind zwickte in den Ohren; da hatte die Sonne keine Chance. Die wenigen Personen, die mir auf der Straße begegnet waren, gingen mit hochgeschlagenem Mantelkragen, den Wollschal eng geknotet, die Mütze tief hinuntergezogen.

Von meinem Fensterplatz aus fiel mir Sonia schon von weitem durch ihre Kleidung auf: silbergrauer Redingote mit einem kleidsamen, aber völlig bedeutungslosen schwarzen Fellkragen und hauchdünne rote Stiefel. Weder Schal noch Handschuhe. Als sie hereinkam und sich suchend umblickte, ging ich ihr entgegen. Ihre Hände waren krebsrot und sie japste vor Kälte.

„Ich wusste gar nicht mehr, dass es in Münster so eisig werden kann. Scheint, dass ich hoffnungslos verwöhnt bin." Sie warf den Mantel über die Stuhllehne, strich ihren wadenlangen Tweedrock und den nabelkurzen weißen Angorapullover glatt, wobei sie fünf Zentimeter beneidenswert gebräunter Bauchdecke herausblitzen ließ, und sank dekorativ auf den Sessel mir gegenüber. Dann widmete sie sich so konzentriert der Speisekarte, als wären wir nur zwei Freundinnen, die sich regelmäßig zum Sonntagslunch trafen.

„Flammkuchen! Wann habe ich den das letzte Mal gegessen?"

„Wahrscheinlich bei einem Aufenthalt im Elsass", vermutete ich. Hatte sie vielleicht Degenhart besucht?

Sie hob den Blick. „Nein, das war irgendwo im Badischen. Ich war mit Freunden unterwegs zur Weinprobe.“ Unauffällig betrachtete ich ihr Gesicht. Wie die meisten erstgeborenen Töchter ähnelte sie wohl eher ihrem Vater, jedenfalls war sie ein anderer Typ als Constanze Grimm. Nur mittelgroß und sehr schlank, mit kess geschnittenem, blondem Kurzhaar, lang baumelnden Ohrringen in Halbmondform und dezentem Make-up, wenn man den knallroten Lippenstift wegließ. Mit ihrer spitzen Nase und den hellen Augen, die unschlüssig die Speisekarte absuchten, erinnerte sie mich an einen hungrigen Igel. Mir geisterte die Frage durch den Kopf, wie meine männlichen Kollegen diese Sportausgabe von Sharon Stone etikettiert hätten. Wären ihre Kommentare in dämlichen Blondinenwitzen hängen geblieben?

Sie bestellte einen großen Milchkaffee und den Flammkuchen Forestière, wobei sie bat, man möge den Speck weglassen. Ich nahm ein Kännchen Tee und den Flammkuchen mit Ziegenkäse. Nachdem die Kellnerin gegangen war, fragte ich Sonia, wo sie das Karnevalswochenende verbracht habe.

Ihr Blick wirkte amüsiert. „Interessiert Sie das? Karneval ist in Paris überhaupt kein Thema, höchstens in Nizza und Cannes.“

„Waren Sie in Paris?“

„Richtig“, sagte sie und legte den Kopf leicht in den Nacken, als wäre sie weitsichtig oder brauchte Distanz. „Die Polizei geht davon aus, dass Olaf am Karnevalssonntag ums Leben kam.“

„Zwischen zwei und sechs Uhr morgens. Gibt es in seinem Bekanntenkreis jemanden, dem Sie einen Mord zutrauen würden?“

„Ich weiß nichts über seinen Bekanntenkreis. Ich lebe seit acht Jahren in Paris. Stimmt es, dass er bei Nachbarn eingeladen war?“

Ich nickte. „Würden Sie seine Ehe als glücklich bezeichnen?“

„Ich kenne unglücklichere“, entgegnete sie. „Und ich war *nicht* in Paris. Nur mein Mann ist da geblieben. Mich nervte das Regenwetter dermaßen, dass ich am Freitagmorgen kurzerhand zu meinem Vater gefahren bin. Er hat ein Landhaus in der Nähe von Montpellier. Am Sonntagabend war ich wieder zurück.“

„Sind Sie geflogen?“

„Flug Orly-Montpellier um sieben Uhr morgens, Ankunft acht Uhr fünfzehn. Sie können das nachprüfen. Auch den Rückflug.“

„Schon gut." Ich bat um die Adresse und Telefonnummer ihres Vaters, worauf sie mir eine Handy- und eine Hausnummer nannte. Der Ort, wo Erich Grimm lebte, war also klein. Vielleicht eine dieser mittelalterlich geprägten Idyllen, in denen noch Boules gespielt wurde und die Männer ihren Pastis auch im Winter auf dem Trottoir vor der Bar tranken. Ich kannte Grimm nicht, aber ich beneidete ihn. Offenbar war er ein sehr erfolgreicher Jockey.

Als hätte sie meine Gedanken erraten, sagte Sonia mit einem leisen Lächeln: „Das Landhaus ist paradiesisch, ich weiß das klingt blöd, aber mir fällt kein anderes Wort ein. Wenn es ein Paradies gibt, dann sieht es aus wie eine alte Villa mit hohen Bäumen und einem großen Pool. Wir beheizen ihn im Winter." Sie räkelte sich wie eine Katze am Kachelofen.

„Und die Wohnung Ihres Vaters in Paris?"

Die Kellnerin unterbrach unser Gespräch, als sie die Getränke und das Essen brachte. Sonia nahm einen schnellen Schluck Milchkaffee und wandte sich dann dem dampfend heißen Flammkuchen zu. Ich tat es ihr nach und eine Weile kauten wir stumm. Dann wiederholte ich meine Frage.

„Mein Mann und ich wohnen dort", entgegnete sie und pulte die gebratenen Zwiebelringe aus dem geschmolzenen Käse. „Gute Wohnungen", fuhr sie fort, „sind in Paris entweder knapp oder sehr teuer. Mein Großvater hat unsere in den Sechzigern gekauft: mitten im Marais. Kennen Sie Paris?"

„Nicht sehr gut", gab ich zu.

„Beste Lage", sagte sie stolz, „nicht weit von der Place des Vosges. Es ist dort leider nicht mehr so verträumt wie vor ein paar Jahren, weil die Touristen die Gegend entdeckt haben, aber ich könnte mir inzwischen nicht mehr vorstellen, in einem anderen Stadtteil zu leben." Ich überlegte, ob wir die alte münstersche Adresse von Grimm kannten, doch ich erinnerte mich nicht. Aus dem Haus ihres Stiefvaters an der Annette-Allee war Sonia jedenfalls ausgezogen, obwohl es ebenfalls unter die Kategorie „beste Lage" fiel.

„Wenn Daddy in Paris ist", unterbrach sie meine Überlegungen, „wohnt er bei uns. Was wollen Sie sonst noch wissen?"

„Ist Ihr Vater als Jockey noch aktiv?"

„Nein“, entgegnete sie. „Er ist einundsechzig und hat ziemliche Rückenprobleme. Er besitzt Anteile an einem Gestüt in der Nähe von Oelde, davon kann er gut leben. Außerdem schließt er Wetten ab. Bei seiner Erfahrung ist das ziemlich lukrativ.“

„Wo war Ihr Vater am Karnevalswochenende?“

„Wir waren zusammen. Das habe ich doch schon gesagt.“ Sie stellte ihre Tasse mit einem etwas zu lauten Klirren zurück. „In seinem Landhaus. Bastien blieb in Paris. Die Concierge hat ihn gesehen, weil sie ein Paket für ihn angenommen hatte. Sie hat es nach oben gebracht.“

„Wann hat sich das Verhältnis zu Ihrem Stiefvater geändert? Ging das schleichend oder abrupt?“

Ich hatte erwartet, dass sie mir ausweichen und ihre Zeugenaussage in seinem Prozess wiederholen würde, stattdessen wechselte ihre Mimik zu einer Verdrossenheit, die mich überraschte.

„Es begann im Lauf des Gerichtsverfahrens. Wenn Olaf vor dem Richter stand und zum Tod meiner Mutter verhört wurde, kam er mir so fremd vor, so abstoßend. Der Gedanke, dass er es gewesen sein könnte, ließ mich nicht los.“

„Wie kamen Sie auf diese Idee?“

„Er machte sie schlecht. Ihr dubioser Freundeskreis habe sie beeinflusst, behauptete er. Dort sei auch der Täter zu suchen.“

Ich hatte die Personalien der sechs Bootshausfreunde überprüft, sie wohnten alle noch in Münster: Geschäftsleute aus der Konfektionsbranche, eine Innenarchitektin, ein Jazzmusiker, eine Kneipenwirtin – solide Mittelschicht, wie es schien, der man einen untadeligen Lebenswandel bescheinigte. Keiner von ihnen besaß eine Waffe, jeder hatte für den Abend, als Frau Grimm starb, ein Alibi. Ob man für die Bootshaus-Partys konkrete Anlässe gehabt habe, hatte damals der Staatsanwalt gefragt und die von Achselzucken begleitete Antwort erhalten, es seien Geburtstage gefeiert worden, Karnevalspartys, einmal auch die Sylvesternacht. Wenn es nichts zu feiern gab, waren die im Münsterland eher seltenen warmen Sommerabende Grund genug, um einen neuen Wein zu probieren oder mit dem letzten Urlaub zu prahlen. Die Frage nach dem Einsatz von Drogen war vehement verneint worden.

„Der Tod Ihrer Mutter wurde anonym gemeldet. Demnach ist jemand schon vor der Polizei am Bootshaus gewesen und hat sie gesehen. Konnte Ihr Stiefvater einen Verdächtigen nennen? Ahnte er, wer hinter der anonymen Anschuldigung gegen ihn steckte?“

Sonia hob die Schultern; mager zeichneten sie sich unter dem Pulli ab. Ich dachte darüber nach, dass sie schon bald nach dem Tod ihrer Mutter nach Paris gezogen war. Gab es außer dem vagen Mordverdacht für sie andere Gründe, ihrem Stiefvater aus dem Weg zu gehen? Hatte ihr leiblicher Vater ihr über den Tod der Mutter hinweghelfen können? Wie schnell hatte sie ihren Mann kennen gelernt? „Auch Ihr Vater wurde vernommen. Was sagte er?“

„Er war sehr betroffen und hat sie in keiner Weise schlecht gemacht. Erich besaß seine eigene Clique, aus der sich Constanze heraushielt. Turniere langweilten sie, und Erichs Freunde redeten über Turniere. Bis zur Scheidung war Constanze ziemlich isoliert. Daraus entstand wohl ihre Eifersucht auf Erich und ihre Gier nach Kontakten. Vielleicht hätte sie diese Bootshaus-Clique gar nicht so witzig gefunden, wenn sie echte Freunde gehabt hätte.“

„Kannten Sie die Bootshaus-Clique?“ Sie schüttelte den Kopf.

„Hat Ihre Mutter nie Freunde eingeladen?“ Ich erinnerte mich an die Briefmappe mit ihren Notizen über große Tischgesellschaften.

„Später schon. Als sie mit Degenhart verheiratet war.“

„Was wissen Sie über die finanzielle Lage Ihres Stiefvaters?“

Die Durchsuchung des Verlags hatte vorerst nichts gebracht, die Kontrolle der Geschäftspapiere würde etwas dauern. Die erste Sichtung der Unterlagen deutete nicht auf finanzielle Probleme hin, obwohl die geplante Auflösung der Lyrikabteilung wahrscheinlich wirtschaftliche Gründe hatte. Die Liste der betroffenen Autoren lag auf meinem Schreibtisch. Am Dienstagmittag würden wir mit Ulli Helder beginnen.

Sonia lächelte schmal. „Keine Ahnung. Sie lebten nicht schlecht, so viel steht fest.“

„Warum wurde das Haus am Aasee verkauft? Wollte oder musste sich Ihr Stiefvater verkleinern?“

„Da kann ich nur spekulieren, ich denke, das Haus wurde ihnen zu groß. Immerhin ist Jette nicht auf klösterliche Stille angewiesen, wenn sie arbeitet. Dafür hat sie den Verlag." Ich wartete auf ein ironisches Lächeln, doch ihre Miene blieb neutral.

„Warum haben sich Ihre leiblichen Eltern scheiden lassen?"

Sie holte demonstrativ Luft und fuhr sich durchs Haar, um zu zeigen, dass ihr dieses Thema nicht passte. Noch bevor ich ihr versichern konnte, dass sie Antworten verweigern dürfe, entgegnete sie ein wenig gedehnt: „*Er* hat *sie* verlassen, trotzdem war es nicht seine Schuld. Erich war häufig unterwegs, hier ein Pferderennen, dort ein Besuch auf Gestüten. Constanze neigte zu Eifersucht und fing an, ihm nachzuspionieren. Er ärgerte sich darüber, warf ihr vor, seiner Karriere zu schaden, auf der anderen Seite aber jeden Luxus von ihm zu erwarten, und den könne er ihr nur bieten, wenn sie ihn in Ruhe arbeiten ließe. Es war eine ewige Kabbelei."

„Warum fuhr sie nicht mit?"

„Ich sagte schon, dass sie Pferderennen nervtötend fand. Und zu Gedichten inspirierten sie sie auch nicht. Je häufiger die beiden stritten, desto seltener kam Erich nach Hause. Er fuhr auch zu Galopprennen, wenn er gar nicht teilnahm, während sie sich in ihren Manuskripten verkroch oder alles zum Thema Esoterik verschlang, was ihr in die Hände geriet. Irgendwann hatten sie sich nichts mehr zu sagen. Erich investierte in ein Gestüt in der Nähe von Oelde, Constanze hatte Olaf kennen gelernt. Als ihr erstes Buch herauskam, war ihre Ehe nur noch ein Thema, das sie in Gedichten oder anderen Hirngespinsten verarbeitete."

„Machte sich ihr Hang zur Esoterik auch im Tagesablauf bemerkbar? Gab es Gewohnheiten? Oder unerklärliche Reaktionen?"

„Sie meinen Rituale? Ich weiß nicht." Ihr Blick fiel aufs Fenster. „Sie veranstaltete keine Seancen, wenn Sie das meinen. Sie stellte keine Hausaltäre mit den Fotos Verstorbener auf. Ich weiß auch nichts von Phobien. Sie entfernte eigenhändig die Spinnen im Haus, drängte sich in überfüllte Aufzugskabinen und wäre nachts über den Zentralfriedhof gegangen, wenn er nicht abgeschlossen würde. Sie riskierte einiges, um Stoff für ihre Gedichte zu sammeln."

„Woher wissen Sie, dass sie einiges riskierte?"

„Erich hat es mir mal erzählt. Grenzerfahrungen nannte er das. Genauer definiert hat er es nicht. Als sie noch mit ihm verheiratet war, machte sie einen Tauchkurs am Mittelmeer. Möglich, dass sie dort mit ihren Erfahrungen an eine Grenze stieß. Oder dass sie gefährliche Bergstrecken mit überhöhter Geschwindigkeit fuhr. Sie war eine rasante Autofahrerin."

„Kurz bevor sie starb, behauptete Ihre Mutter, krank zu sein. War sie es wirklich, und wenn sie nicht krank war, konnten Sie ihr Verhalten nachvollziehen?"

„Bevor sie starb, kam sie mir tatsächlich sehr versponnen vor, sie hatte fast animalische Ängste, düstere Vorahnungen."

„Was hat sie denn vorhergeahnt?"

„Tragische Vorfälle in ihrem Bekanntenkreis."

„Sind diese Vorfälle auch eingetreten?"

„Keine Ahnung", plötzlich klang sie amüsiert. „Ich habe nie danach gefragt. Damals wohnte ich schon nicht mehr zu Hause."

„Angst ist eine ernstzunehmende Krankheit. Wann fing es an?"

„Ganz genau weiß ich das nicht mehr, irgendwann. Erst war von Klimakteriumsbeschwerden die Rede, aber dann kam ich mit dieser Erklärung nicht mehr klar. Sie war noch zu jung für die Menopause. Außerdem wird man vielleicht depressiv, aber nicht halb verrückt."

Wer ihr diese Erklärung gegeben hatte? Sie zuckte die Achseln: Jette!

„Wie kam es, dass Sie nach der Scheidung bei Ihrer Mutter blieben?"

Noch ein nervöser Griff durchs Haar, aber immerhin antwortete sie. „Da wurde nicht lange gefackelt. Erich war viel auf Reisen, Constanze arbeitete zu Hause, raten Sie, beim wem ich besser aufgehoben war; nach den traditionellen Maßstäben jedenfalls! Aber ich durfte meinen Vater besuchen, so oft ich wollte. Sogar bei Turnieren habe ich ihn getroffen."

„Hatte Ihr Vater zum Zeitpunkt der Scheidung eine Freundin?"

Ihre Stimme klang gleichmütig, als sie erwiderte: „Wahrscheinlich hatte er etwas mit Evelyn, der das Gestüt gehört. Das gehört ihr noch immer! Aber das war mir egal. Sie hat sich mir nie aufgedrängt, als Ersatzmutter oder große Schwester. Wenn ich Erich besuchte, war er immer allein."

„Könnte es sein, dass Ihr Stiefvater und Ihre Mutter schon ein Verhältnis hatten, bevor Ihre Mutter sich scheiden ließ?"

Zu meiner Überraschung wurde sie rot. „Warum fragen Sie?"

„Nicht nur Ihre Mutter, auch Ihr Stiefvater ist einem Verbrechen zum Opfer gefallen, eine Liaison zwischen den beiden könnte wichtig sein.“

Sie überlegte kurz: „Ich weiß es nicht, und es interessiert mich auch nicht. Meine Mutter willigte in die Scheidung ein und heiratete Degenhart.“

„Und ihre Freundin Jette?“

Sie blies amüsiert die Backen auf. „Möglich, dass sie eifersüchtig war. Sie war scharf auf Olaf, sie ist ihm sogar ins Elsass gefolgt. Ich nehme an, sie hat ihm keine Ruhe gelassen …“ Ihre Stimme klang spöttisch. Jette Degenhart hatte ihr Verhältnis zur Stieftochter ihres Mannes harmonischer geschildert.

„Wie alt waren Sie zum Zeitpunkt der Scheidung?“

„Dreizehn. Nur ein halbes Jahr später hatte ich einen Stiefvater.“

„Mochten Sie ihn damals?“

„Anfangs, ja.“ Das kam ohne jedes Zögern. „Sie kennen das Verlagshaus? Es erinnerte mich an eine riesige Puppenstube. Ich habe an Olafs Schreibtisch Hausaufgaben gemacht und mit meinen Freundinnen telefoniert. Wenn er mittags essen ging, nahm er mich mit, spendierte Cola oder ließ mich an seinem Weinglas nippen. Und wenn ich auf dem Weg zum Restaurant ein T-Shirt oder einen Pullover entdeckte, hat er es mir sofort gekauft.“

„Könnten Sie seine Großzügigkeit aus heutiger Sicht auch so interpretieren, dass er sich Ihre Zuneigung zu erkaufen versuchte?“

„Natürlich habe ich später darüber nachgedacht, aber … Nein, ich glaube, er hatte mich einfach gern. Er ist …“, jetzt wich sie meinem Blick aus, „nie zudringlich geworden. Sie wissen, was ich meine. Ich war seine Stieftochter, mehr nicht.“

„Danke für Ihre Offenheit. Warum waren Sie so häufig im Verlag? War Ihre Mutter nicht zu Hause?“

„Doch, aber wenn sie arbeitete, war sie nicht ansprechbar – zumindest nicht für mich. Sie ging auch oft fort, dann wusste ich nicht, was sie trieb.“

„Können Sie etwas über das Bootshaus sagen?“

Wieder geriet ihr Blick in Unruhe, er schweifte über den Tisch, dann nach draußen, als versuchte sie sich zu erinnern, vielleicht auch mir auszuweichen. Endlich sagte sie etwas gedehnt: „Ich bin nie dort gewesen, auch nicht, als sich herausstellte, dass es mir gehört. In dem Frühjahr nach Constanzes Tod, als man es wieder hätte benutzen können, war ich schon in Paris. Irgendwann wurde mir die Klage eines Nachbarn nachgeschickt. Die welken Blätter der Trauerweide an unserem Uferstück hätten sein Paddelboot „zugemüllt". Und dann im Frühjahr die Ableger der Unkrautpflanzen! Daraufhin habe ich einen ehemaligen Studienfreund angerufen, ob er nicht gelegentlich mal nachsehen kann. Was er inzwischen mit der Hütte angestellt hat, ist mir völlig egal, ich hätte sie sowieso nie benutzt, sie war mir … unheimlich. Klagen seitens der Nachbarn hat es seitdem nicht mehr gegeben."

„Warum fahren Sie nicht hin und sehen es sich an? Ich würde mitkommen. Sagen Sie Bescheid, wenn Sie das nächste Mal in Münster sind."

Sie zögerte. „Ja, vielleicht sollte ich das tun."

„Was hat Ihre Mutter gemacht, bevor sie anfing zu schreiben?"

Wieder betrachtete sie die Szenerie draußen, als wären ihr diese Erinnerungen lästig. „Die Gedichte anderer gelesen. Oder gezeichnet. Aber", sie verzog das Gesicht, „immer nur Mandalas, Entwürfe für Tarotkarten, Masken oder Theaterkostüme. Meine Mutter hatte viele Einfälle und Talente, aber nichts brachte sie zu Ende, nirgendwo schaffte sie den Durchbruch."

„Mit ihren Büchern hatte sie Erfolg", widersprach ich, aber sie winkte ab. „Das hatte sie Olaf und ihrer Rolle als Frau Degenhart zu verdanken. Er vermarktete sie im Pegasus und verschaffte ihr Leseabende. Es ging ja schließlich um sein finanzielles Überleben. Er drängte die Buchhändler, Werbung für sie zu machen. Die Leute sind unsicher. Wenn ihnen jemand erzählt, dies oder das Buch sei ein Bestseller, dann kaufen sie es, und sie werden niemals zugeben, dass es ihnen nicht gefallen hat. Nicht bei Lyrik. Das hieße ja, dass sie sie nicht verstanden hätten."

„Demnach hielt Ihr Stiefvater die Bücher Ihrer Mutter für gut?"

Sonia schob den leeren Teller zur Seite und kramte in ihrer Umhängetasche nach dem Lippenstift. Sie befeuchtete ihre Lippen vor dem Innenspiegel des Etuis, wobei ihre rosafarbene Zunge wirkte, als spielte sie mit einem Bubblegum. „Olaf war aus anderem Holz.

Er unterschied glashart zwischen Autorengeschwätz und guten Bilanzen."

„Hat er Ihnen das erzählt?"

Sie ließ den Lippenstift zurück in die Tasche fallen, die die verkleinerte Form eines Seesacks hatte, und zurrte die Kordel fest. „Nein, irgendwann habe ich die alten Pegasus-Hefte aufgestöbert und sie mit Erich durchgesehen. Olafs Rezensionen waren die reinste Sülze. Ich glaube ihm kein Wort. Er nahm Constanze nicht ernst, sondern hätschelte sie wie ein Schoßhündchen. Deshalb hatte sie ja auch die Verwertungsrechte *mir* vererbt." Als ich wissen wollte, warum sie sich nicht für eine Wiederaufnahme in die Edition Bisping stark gemacht habe, reagierte sie kühl. „Jette meinte, Constanze sei endgültig out, und es gebe genug junge Talente, die nicht nur innovativere Töne anschlügen, sondern auch für Lesungen und Diskussionen zur Verfügung ständen. Tote können das nicht."

„Entschuldigen Sie meine Neugier, aber es gibt einen konkreten Grund für diese Frage: Benutzten Ihr Stiefvater und Ihre Mutter getrennte Schlafzimmer?" Wieder rechnete ich mit Verdruss und tatsächlich antwortete sie unwillig: „Jeder hatte sein Zimmer. Constanze schrieb oft bis in die Nacht, Olaf war ein Frühaufsteher, schon deshalb hätten sie sich am laufenden Meter gestört. Aber", sie tupfte einen Krümel vom Teller auf, „sehr zärtlich waren sie nicht. Sie gingen sogar ziemlich schroff miteinander um. Manche Paare knabbern sich ja noch mit achtzig die Ohrläppchen ab." Ein hartes Lächeln umspielte ihren Mund, als sie hinzufügte: „Welche Lizenz besitzen Sie eigentlich, um mich nach der Intimsphäre meiner Eltern auszufragen?"

„Die Lizenz der Ermittlerin. So manche Auskunft über die Intimsphäre hat uns den entscheidenden Einblick gegeben. Ich frage deshalb, weil das Schlafzimmer Ihrer Mutter eingerichtet war wie eine Gruft. Der jetzigen Frau Degenhart scheint es nicht zu gefallen. Trotzdem muss sie darin wohnen. Können Sie sich das erklären?"

„Nein", sagte sie verblüfft. „Constanzes Schlafzimmer war nicht gruftig, sondern sogar ziemlich knallig. Die Vorhänge nach Motiven von Sonia Delaunay fand ich ja noch okay. Aber der Rest war definitiv zu grell. Ich denke, sie brauchte explosive Töne, wenn sie aus ihren Alpträumen erwachte. Sie schrieb ihre Träume übrigens auf."

„Gibt es diese Aufzeichnungen noch?“

„Fragen Sie Jette. Olaf hat ihr den Nachlass vermacht. Übrigens, ohne mich zu informieren. Es war der Nachlass *meiner Mutter!*“

„Sie könnten die Sachen zurückverlangen.“

Sie machte eine abwehrende Handbewegung. „Wir ersticken in unserer Pariser Wohnung schon jetzt in Büchern und Papierkram. Außerdem hat Jette die Sachen bestimmt nicht aufbewahrt. Wenn Olaf Constanzes Bücher nicht wieder auflegte, warum sollte sie ihr dann ein Mausoleum errichten?“

„Sie war die Freundin Ihrer Mutter.“

„Freundin?“ Sie zog eine Schnute. „Jette hat, glaube ich, noch nie etwas aus Idealismus getan. Sie ist unglaublich berechnend.“ Ihr Gesichtsausdruck verschloss sich abrupt, und ich dachte: Da ist offene Feindschaft im Spiel. Lehnte Sonia ihren Stiefvater vielleicht deshalb ab, weil er eine Frau geheiratet hatte, die eben *nicht* die Freundin ihrer Mutter gewesen war, sondern ihre Konkurrentin? Ich überlegte, was mir spontan zu Jette Abel einfiel. Als einziges Kind eines Arztehepaares in Münster geboren, nach dem Abitur 1972 an der Annetteschule zehn Semester Germanistik und Geschichte an der münsterschen Universität, den ersten Arbeitsplatz an der Uni Köln. 1984 dann der Wechsel zum Verlag Edition im Spieker. Zwei Jahre später etablierte sich Constanze Grimm dort als Autorin. Hatte sie Degenhart mit ihren surrealen Texten dermaßen eingewickelt, dass er *sie* heiratete und nicht Jette Abel? Ich vergeudete ein paar Minuten von, wie ich spontan zugab, fragwürdiger Effizienz, um mir ihre erste Begegnung mit dem Verleger vorzustellen: „Er“, ein gut aussehender Vierzigjähriger mit dem kantigen Charme des umstrittenen Kulturkritikers, angefeindet und deshalb einsam, dennoch erfolgreich, smart und trotzig! „Sie“, eine schöne, sehr feminine Expertin in Sachen Esoterik und Astrologie, unverbraucht und originell im Ausdruck und Inhalt ihrer Texte.

„Also fällt Ihnen nichts ein zu einer quecksilberfarbenen Tapete, einem Bett wie im Führungsbunker und Vorhängen, die man problemlos als Sargdecke verwenden könnte?“

Ungläubig schüttelte sie den Kopf. „Schläft Jette etwa so?“

„Degenhart verlangte es von ihr. Hätten Sie eine Begründung dafür?“

„Keine Ahnung. Ich habe die beiden nur kurz bei ihrer Hochzeit im Elsass wieder gesehen. Das ist beinahe acht Jahre her.“

„Und danach?“

„Wenn ich nach Münster kam, war Olaf immer beruflich unterwegs oder Jette und er machten Urlaub. Aber ich war nicht oft hier.“

„Warum kam Ihr Vater nicht zur Beerdigung Ihrer Mutter?“

„Er hat mir einen langen Brief über seine Ehe geschrieben, fröhliche und traurige Dinge. Ich glaube, er hat Constanze sehr geliebt. Aber auf dem Friedhof hätte er sich deplatziert gefühlt. Man kann auch anders um einen Menschen trauern.“

„Kommen wir mal zur Selbstmordtheorie. Sie wurde vom Gericht ausgeschlossen, trotzdem ist sie eine Überlegung wert. Die Pistole könnte jemand weggenommen haben. Auch Schmauchspuren kann man entfernen. Sämtliche Fingerabdrücke im Bootshaus stammten von Ihrer Mutter. Ihr Tod wurde der Polizei von einer weiblichen Person gemeldet. Sie klang weder jung noch alt.“

„Warum hätte jemand die Waffe wegnehmen sollen?“

„Weil dieser Jemand glaubte, Ihr Stiefvater sei schuld an ihrem Selbstmord. Immerhin wurde er in einem weiteren anonymen Anruf schwer belastet. Ob die zweite Anruferin identisch mit der ersten ist, konnte nicht hundertprozentig geklärt werden.“

„Aber ein Selbstmord …“, sie lehnte sich zurück und schüttelte zweifelnd den Kopf, „Constanze hatte sich auch früher schon abgeschlagen oder unmotiviert gefühlt. Das waren Phasen, die regelmäßig wiederkehrten. Sie hätte auch diese durchstanden, wenn sie nicht ermordet worden wäre.“ Sie dachte kurz nach und fuhr dann fort: „Sie nahm ihre Arbeit ernst, vor allem seitdem sie die Biographie als neue Sparte für sich entdeckt hatte.“

„Wie ernst war der Streit mit Ihnen an dem Abend, als sie starb?“

„Wir hatten schon ein paar Tage lang gestritten“, gab sie zu. „Wenn es eine Kostenfrage gewesen wäre, hätte ich es ja verstanden. Aber es ging nicht ums Geld. Constanze wollte mich in ihrer Nähe haben. Sie bildete sich ein, von Durham würde ich jedes Wochenende nach Hause kommen.“

„War das nicht sehr viel verlangt?“

Sie verdrehte die Augen. „Es war illusorisch! Aber so konsequent dachte sie nicht. Sie fürchtete sich vor dem Alleinsein."

„Sie lebte mit Ihrem Stiefvater zusammen."

„Kann man sich nicht auch in der Gesellschaft eines Ehepartners einsam fühlen? Ich glaube nicht, dass die beiden noch viel mehr zusammenhielt als der Verlag. Wann immer sie mich da haben wollte, zitierte sie mich heran."

„Sie hat Sie also tyrannisiert?"

„Sie hat es versucht. Ich habe mich nicht tyrannisieren lassen!"

„Durham?", überlegte ich. „Hat Ihr Stiefvater nicht dort studiert?"

„Er war auch Lektor dort. Seine Vermieter lebten noch und er drängte mich, bei ihnen zu wohnen, weil das billiger käme als ein Studentenheim. Bei ihm ging es ganz klar ums Geld, bei Constanze nur ums Alleinsein."

„Wie sah die Lösung aus?"

„Das wissen Sie doch!" Sie lachte schrill. „Meine Mutter wurde im Bootshaus erschossen, ich zog zu Erich nach Paris."

„Na gut, wenn Sie das als Lösung betrachten? Sehen Sie einen Zusammenhang zwischen diesem Streit und dem Tod Ihrer Mutter."

„Oh nein!", entgegnete sie fast biestig, „da gibt es garantiert nichts. Wie viele Jugendliche haben Streit mit ihren Eltern, weil die nicht wollen, dass ihre Kinder aus dem Haus gehen?"

Ihre Antwort klang nach Ausweichmanöver, weil sie einen nur schwer verständlichen Egoismus verteidigte. Dass Eltern es nicht tolerierten, wenn sich ihre Kinder selbständig machten, ging mir nicht in den Kopf. Es war ein überraschender Panzer der Verständnisbereitschaft, den Sonia sich da angelegt hatte. Wusste sie über die Depressionen ihrer Mutter mehr, als sie sagte? Ich beschloss, ihre Reaktion im Hinterkopf zu behalten. Wir schlüpften in unsere Mäntel und verabschiedeten uns vor dem Café. Ich sah ihr nach, wie sie auf ihren hohen Stiefelabsätzen in Richtung Prinzipalmarkt stöckelte, und mir fiel die Ähnlichkeit mit Jette Degenharts Schuhbekleidung auf. Wie viele Übereinstimmungen gab es in diesem Clan, der Scheidung, Wiederverheiratung und zwei ungeklärte Todesfälle in seine Chronik schrieb?

Und wie viel Bereitschaft zum Lügen?

Ich hatte gerade unsere Küche betreten, wo Franz und Kerstin soßenfleckige Pappkartons vom Handorfer Fastfood-Chinesen im Mülleimer entsorgten, während Benno im Wohnzimmer vor dem Sportkanal saß, als mein Handy klingelte. „Sieglinde! Wann warst du das letzte Mal bei mir?"

Marions Frage verwirrte mich. „Meinst du zu Hause oder in der Galerie?"

„Ich meine beides!"

Ich überlegte, sie hatte Recht. An ihrem Geburtstag Mitte Januar hatten wir uns zum letzten Mal getroffen, das war vier Wochen her. Ich hatte sie, weil sie selbst kein Auto besaß, „Rostlauben" aber verabscheute, mit dem repräsentativeren unserer beiden Kombis an der Stiftsherrenstraße abgeholt, um die einen Quadratmeter große Marzipan-Eierlikör-Torte zu den Gratulanten in ihre Galerie zu bringen. Alles Weitere hatte ein Partyservice erledigt. Das O.B.Y.-Team? An die drei Grazien konnte ich mich nicht erinnern, wohl aber an das Meeresfrüchtebuffet, um das ich einen Bogen gemacht hatte. Marion aß sogar Schokolade nur in Muschelform. Ich grübelte weiter und jetzt kehrte auch das ausgezeichnete Focaccia-Walnuss-Brot ins Gedächtnis zurück, das mir damals geholfen hatte, die zwei Gläser Sekt zu verarbeiten, die mich nach einem anstrengenden Arbeitstag in eine Achterbahnfahrt zu stürzen drohten.

„Was schlägst du vor?" Bisher hatte mir immer die Offensive geholfen. Wenn sie sich mit ihrer Galerie überfordert fühlte, signalisierte sie gern den Notstand der vereinsamt lebenden Künstlerwitwe, hielt die Lösung aber gleich bereit. Das war auch diesmal nicht anders. „Ich habe Minestrone gekocht. Es ist noch etwas da."

Für ihre Minestrone hätte sie mich nachts wecken können. Die Gewürze hielt sie eisern unter Verschluss, auch die übrigen Zutaten waren immer für Überraschungen gut: mal arabisch, mal vietnamesisch. Nur italienisch nie. Wir verabredeten uns für neunzehn Uhr.

Im Treppenhaus, auf dem Weg zum dritten Stock, versuchte ich, die Suppenzutaten zu erraten, aber meine Geruchsnerven wurden von anderen Mietern fehlgeleitet, die ihre Pfannkuchen anbrennen ließen beziehungsweise ihre Wände neu strichen.

„Minestrone auf indische Art!", sagte ich anerkennend, als wir uns am Esstisch gegenüber saßen. Die ovale Eichenplatte zwischen uns war so groß, dass man jeden Augenblick mit einem Butler im Türrahmen rechnete, der nach unseren Wünschen fragte. Aus dem sämigen, farbenfrohen Eintopf, den meine Gastgeberin verschwenderisch in meinen großen Suppenteller gekellt hatte, stieg das würzige Aroma von frischem Koriander. Sie lächelte geschmeichelt. Obwohl wir nur zu zweit waren, hatte sie sich mit der Tischdekoration wieder viel Mühe gemacht: die weinrote Decke, mit den eingestickten schwarzen Mäandern, dazu das weiße Steingutservice mit dem weinroten Rand und die bauchigen Weinpokale aus dunkel patiniertem Glas. Die Suppe war in einer viktorianischen Silberterrine angerichtet, die vom Londoner Portobellomarkt stammte, selbst die passenden Kandelaber hatte Marion aus den Tiefen ihres Büffets hervorgekramt und mit schwarzen Kerzen bestückt. Wie ein mutwilliger Kontrapunkt zu diesem konsequenten Farbenquartett schmückte die Tischmitte ein Strauß aus kunterbunten Rosen.

„Im Grunde ist es eine Variante der Mulligatawnysuppe", räumte Marion ein und reichte mir das Körbchen mit Chapatibrot, das wahrscheinlich vom nahe gelegenen Inder stammte. „Aber die Idee der „Minestrone Internazionale" gefällt mir. Demnächst werde ich eine japanische Variante testen: Seetang, Chinakohl, Shiitake-Pilze und Buchweizennudeln."

„Lass mich raten, was diesmal drin ist. Linsen, Kichererbsen, Karotten, Lauch … Hast du neue Nachbarn im zweiten Stock?"

Ihre Hand, die gerade ein Stück Brot zum Mund führen wollte, hielt inne. „Da weißt du mehr als ich. Wie kommst du darauf?"

„Wenn es gleichzeitig angebrannt und frisch gestrichen riecht, erinnert mich das an meine eigenen Umzüge."

Sie lachte. „Wann bin ich schon zu Hause, um solche Feinheiten zur Kenntnis zu nehmen? Bleib doch über Nacht und geh der Sache nach? Aber erst lass es dir schmecken!" Wir hoben die Gläser.

„Die Kräuter hältst du wieder geheim?" Während ich das sagte, fiel mir ein, dass ich am nächsten Tag die Partyrezepte einsammeln wollte. Damit waren wir thematisch beim O.B.Y.-Team.

„Diese Mädchen müssen endlich eine Chance bekommen", forderte Marion in ihrer sachlichen Art. „Wie die sich abrackern, um über die Runden zu kommen! Die Konkurrenz schläft ja nicht."

Immerhin konnten sich die drei Frauen ein nagelneues Haus leisten. „Hast du regelmäßig Kontakt zu ihnen?“

„Sie schicken mir immer das Angebot des Monats.“

„Nur Meeresgetier?“

„Diesmal überhaupt kein Meeresgetier“, korrigierte Marion. „Ihre neueste Masche ist italienische Pasta! Zwei Nudelsorten und dazu drei exklusive Soßen. Nicht diese ewige Bolognapampe oder fette Specksoßen. Lass mich überlegen: Für Februar schlagen sie Tagliatelle und Penne vor, dazu Blattspinat in Gorgonzolarahm, Austernpilze in Rukolaschaum und Putengeschnetzeltes in Avocadosahne. Dazu gibt es eine Suppe und einen Salat.“

„Seit wann existiert ihre Firma?“

„Seit einem Jahr. Vorher hatte Bella ganz allein gearbeitet. Was im Klartext bedeutet, dass sie sich noch mehr abrackerte! Dann passierte diese unglückliche Geschichte, die sie dazu zwang, ihren Einmannbetrieb zu schließen. Aber wenn du *mich* fragst …“

Abrupt fuhren meine Antennen aus. „Warum musste sie zumachen?“

Sie nahm einen Schluck von dem ausgezeichneten Kalifornischen Zinfandel. „Bella“, sagte sie, während sie den ausgeprägten himbeerartigen Abgang auf sich wirken ließ, „bekam ihre Ausbildung in einer Kochschule im Elsass. Sie hatte sich mühsam einen Platz unter den Caterings im Umkreis von Karlsruhe erobert, als vier Tage nach einer Firmenparty, für die sie das Warme Büffet geliefert hatte, einer der Teilnehmer an Nierenversagen starb. Man schob es ihr in die Schuhe, stell dir vor! Nach *vier* Tagen! Bellas Betrieb war clean, dafür lege ich die Hand ins Feuer.“

„Woher weißt du das alles?“ Meine Stimme klang skeptisch, entsprechend schmal wurde Marions Blick. „Bevor ich das O.B.Y.-Team zum ersten Mal engagierte, bestellte ich Bella in die Galerie. Ich wollte sie kennen lernen und ihr meine Kombüse zeigen, Arbeits- und Abstellflächen, Kühlmöglichkeiten und so weiter. Als wir den Auftrag geregelt hatten, begann sie aus ihrem Leben zu plaudern. Ihr Betrieb hatte sich in einem Dorf im Badischen befunden, sie hatte keine Hilfe, aber lange Wege bis zu den Kunden.“ Über das Todesopfer wusste Marion nichts, zwischen ihrem Gespräch mit Bella und dem tragischen Vorfall lagen nicht nur drei Jahre, sondern auch hunderte von Kilometern. Die einzige, die man heute noch fragen konnte, war Bella.

„Gab es auf dem Büffet vielleicht Muscheln?“

„Wenn das der Grund für die Vergiftung gewesen wäre, hätte Bella ein für allemal die Finger davon gelassen, anstatt sie auch noch als Emblem für ihre Firma zu benutzen. Man stellte im Magen des Opfers Reste eines Pilzgiftes sicher. Aber ich kenne Bella! Die mogelt keinen Fliegenpilz unters Ragout!“

„Es wird eher ein Knollenblätterpilz gewesen sein, der wird gelegentlich mit Champignons verwechselt. Wie hat sie es geschafft, ihre Lizenz zurückzubekommen?“

„Sie zog nach Münster und lernte Olivia kennen.“ Marion wischte ihren Suppenteller mit einem Brotbrocken aus und setzte ihn zur Seite. „Trotz abgebrochenem Jurastudium war sie gewieft genug, um ihr über jene juristischen Klippen hinwegzuhelfen, die ihr das einstweilige Berufsverbot beschert hatten. Olivia gab ihr den Tipp, den Lieferanten der Pilze zu belangen. Das Gericht in Karlsruhe rollte das Verfahren wieder auf und beauftragte mehrere Sachverständige, aus fünf Kilo Grüner Täublinge den einen Giftpilz ausfindig zu machen, der darin versteckt war. Das Ergebnis war so eindeutig, dass Bella freigesprochen wurde. Vor allem als sich herausstellte, dass es sich bei dem Händler um einen Hobbysammler handelte, der auf dem Wochenmarkt gar kein Standrecht besaß. Aber es war Herbst und das Pilzangebot entsprechend unübersichtlich. Bellas Image war trotzdem im Eimer. Manche Leute sind eben nachtragend. Eine Weile schlug sie sich als Küchenhilfe und Kellnerin durch. Als sie dann auch noch Yvonne kennen lernte, beschlossen die drei, gemeinsam neu zu starten. Yvonne hat ein Diplom in Betriebswirtschaft, meldete das Unternehmen unter ihrem Namen an und spielt seitdem den Finanzminister.“

„Und Bella ist der Gesundheitsminister!“, lachte ich und dachte: Woher weiß sie so gut darüber Bescheid?

„Wir sollten ihnen eine Chance geben“, pflichtete ich ihr dann bei. „Ich habe keine Ahnung, was ich Ende Mai mit dem Geburtstag von Franz anfange. Ursprünglich wollten wir für ein paar Tage nach Island fahren, doch das wäre unfair gegenüber Kerstin, die nur eine Woche vorher Geburtstag hat. Ich mag aber auch kein steifes Dinner mit Gedichten à la ‚Reim' dich oder ich fress dich!' Für ein Gartenfest ist es vielleicht noch zu kühl, aber mit der Vorstellung einer lockeren Hausparty könnte ich mich anfreunden. In die Eingangshalle passen eine Menge Leute und im Wartezimmer sind Sitzplätze." Bei der Vorstellung, dass meine Gäste die an der Wand aufgereihten Hartschalensessel für Hundehalter oder Meerschweinchenbesitzer belegten, mussten wir beide lachen. Aber ich wurde schnell wieder ernst. Seit dem Kostümfest wusste ich, dass die drei Catering-Mädchen eine Menge vom Fach verstanden, doch das änderte nichts an der Tatsache, dass sie zu den Verdächtigen gehörten und für private Interessen so lange tabu blieben, bis der Fall geklärt war. Wir räumten den Tisch ab und zogen mit Gläsern und Käseplatte ins Gästezimmer. Hier probierte Marion ihre Neuerwerbungen aus, bevor sie sie in ihr klosterähnliches Galeriegewölbe trug. Allerdings nicht immer. Manches wuchs ihr dermaßen ans Herz, dass sie es da behielt. Diesmal gab es nichts Neues. Ihren letzten Kauf, eine Collage aus gefärbtem Seidenpapier, Alufolie und Lack, kannte ich schon von ihrem Geburtstag.

„Wenn der Fall bis dahin gelöst ist", überlegte ich, „könnte ich auch Ray und Charles engagieren. Es sei denn, die beiden säßen in Untersuchungshaft."

„Liegt ein Verdacht gegen sie vor?" Obwohl sie die beiden Artisten nicht kannte, reagierte sie befremdet; eine Reaktion, die ich bei ihr schon öfter erlebt hatte. Als vertrauenswürdige Freundin erfuhr sie ein bisschen mehr als andere, doch sobald ich eine vage Andeutung in die eine oder andere Richtung machte, reagierte sie empört und legte sich für völlig fremde Leute ins Zeug.

Bei dieser Überlegung ging mir ein merkwürdiger Gedanke durch den Kopf. Ich fragte Marion, ob es Künstler gebe, die exklusiv für ihre Galerie arbeiteten. Als ich sie im Lauf der Ermittlungen zu meinem ersten Mordfall in Münster kennen lernte, hatte sie Aquarelle und Kunsthandwerk aus Lateinamerika im Sortiment gehabt. Irgendwann waren ihr die weiten Reisen zu anstrengend geworden, weshalb sie sich auf einheimische Arbeiten verlegte.

Sie nickte. „Ich kann sogar konkrete Wünsche in Auftrag geben. Wenn sich ein Schmuckstück oder ein Bild besonders gut verkauft hat, lasse ich etwas Ähnliches anfertigen."

„Stell dir vor, du wolltest dein Sortiment verkleinern und, zum Beispiel, nicht mehr mit Aquarellen handeln. Ein Teil deiner Künstler würde seinen Auftraggeber verlieren, bei anderen Galerien hätten sie jedoch keine Chance, weil ihr Stil entweder zu konventionell oder zu avantgardistisch ist. Könntest du dir vorstellen, dass einer von ihnen deshalb zum Mörder würde?"

Meine Frage stimmte sie nicht nachdenklich, wie ich erwartet hatte, sondern heiter. „Du hältst nicht viel von meiner Galerie, oder? Warum sollten meine Künstler keine anderen Abnehmer finden? Ich befürchte manchmal sogar, dass sie abtrünnig werden. Schließlich bin ich eine alte Frau und sehe weit und breit keinen Nachfolger für mein Geschäft. Hast du etwa Angst um mein Leben, Sieglinde? Soll ich dir einen Cognac holen?"

„Ich frage rein theoretisch", lenkte ich ein. „Denk bitte nach."

„Hat deine Frage mit euren Ermittlungen zu tun?"

„Ja, sie hat damit zu tun."

„Einer meiner Leute", gab sie nach kurzem Nachdenken zurück, „hat wegen versuchten Mordes acht Jahre gesessen. Ein Fall wie Kain und Abel. Seinem Freund und Malerkollegen war ein Stipendium in Rom bewilligt worden, ihm nicht. Daraufhin versuchte er ihn zu erdrosseln. Allerdings war der Freund nicht nur kräftiger, als er geglaubt hatte, sondern auch rachsüchtig. Er zeigte ihn an."

„Dazu muss man nicht besonders rachsüchtig sein", bemerkte ich, überrascht von ihrem Zynismus. „Schließlich hätte er tot sein können. Sein Freund gehörte hinter Schloss und Riegel."

„Hört die Polizistin!", sagte sie spöttisch.

„Wie hast du ihn kennen gelernt?", lenkte ich vom Thema ab, weil ich diesen Tonfall nicht sehr schätzte.

„Ich lernte ihn durch seine Bewährungshelferin kennen. Er hatte im Gefängnis zu aquarellieren begonnen, die Sozialarbeiterin fand die Arbeiten so gut, dass sie eine Mappe zusammenstellte. Auf einer meiner Vernissagen sprach sie mich an, und ich kaufte ihr eine Arbeit ab. Seitdem beliefert er mich ab und zu, aber … ich tue das nur, um ihm zu helfen. Sein Stil gefällt mir nicht unbedingt. Ich halte ihn im Sortiment, damit er einigermaßen leben kann und nicht wieder in die Kriminalität zurück fällt."

„Er ist kein Berufsverbrecher“, wandte ich ein. „Er ist einmal gewalttätig geworden, was schlimm genug ist. Aber das heißt noch lange nicht, dass er zum Wiederholungstäter wird.“

Sie nippte nachdenklich an ihrem Glas. „Manchmal, wenn ich allein mit ihm in der Galerie bin, fühle ich mich unbehaglich und bilde mir alles Mögliche ein. Ich denke, wer eine solche Hemmschwelle überschritten hat, der schafft es auch ein zweites Mal.“

„Jeder Mensch ist theoretisch in der Lage zu töten“, konterte ich und dachte gleichzeitig: Das klingt, als wollte ich ihn in Schutz nehmen! „Verkaufen sich seine Bilder?“

„Das eine oder andere schon. Es hängt vom Einzelfall ab.“

„Solange du ihm Bilder abnimmst, kannst du Dank von ihm erwarten.“

„Und wenn ich nicht mehr kaufte? Müsste ich nicht Angst vor seinem Minderwertigkeitskomplex haben? Sein Freund hatte ihm auch nicht mehr angetan als ein Stipendium anzunehmen, dass er, hätte der Freund es abgelehnt, trotzdem nicht bekommen hätte. Auch andere haben nicht nur Erfolg und werden trotzdem nicht zum Mörder. Warum fragst du?“

Ich erzählte ihr von Degenharts Plänen, die Lyrikabteilung aufzulösen. „Einer der Autoren ist angeblich ein guter Freund von ihm.“

„Glaubst du, dass er es getan hat?“ Aber doch kein Lyriker!, schien sie zu denken. Wenn die Lösung so einfach wäre!

„Wir müssen mit allen Personen reden, die Degenhart näher kannte, das weißt du doch. Kann dein Maler von seinen Bildern leben?“

„Wohl kaum. Deshalb habe ich ihn bei den Närrischen Nashörnern untergebracht. Er bringt regelmäßig ihre Homepage auf Vordermann und hilft ihnen, den Wagen für den Rosenmontagszug zusammenzubauen. Der Junge hat was auf dem Kasten und die Attacke aufs Establishment macht ihm Freude, er sollte sich auf Karikaturen verlegen. Seine Aquarelle sind mir dagegen zu pastellig und für seine sentimentalen Motive ist meine Kundschaft zu intellektuell. Deshalb schaffe ich es nur ab und zu, seine „Badende Nymphe“ oder seinen „Amor“ an den Mann zu bringen.“ Ich verzichtete auf einen Versuch, mir die Nymphe oder den Liebesgott in der Praxis von Franz vorzustellen. Das einzige, was er duldete, waren „Gemälde“ von Kerstin. Ihre „Alte Schnepfe im Dalmatinerfell, von einer Schar Pelztiere gehetzt“, hatte jahrelang gehangen. Marion unterbrach meine Erinnerungen, indem sie anmerkte: „Du weißt, Närrische Nashörner heißt der Karnevalsverein, dessen Präsident mein Friedrich vierzehn Jahre lang war. Kein Wunder, die Idee zur Gründung stammte von ihm.“

„Wie kam der Name zustande?“

„Der münstersche Zoo hatte ein Breitmaulnashornpärchen angeschafft. Als im September ein Jungtier zur Welt kam, war es sofort der Liebling der Medien und der Verein hatte seinen Namen.“ Ich fragte, ob sie noch Kontakt zu den Mitgliedern hätte, während mir einfiel, dass die Närrischen Nashörner beim diesjährigen Rosenmontagszug nicht vertreten waren. Nicht mal mit einer Fußgruppe.

„Es heißt, sie ständen kurz vor der Auflösung. Wenn das stimmt, sieht es für meinen Maler gar nicht rosig aus. Dann verliert er eine Einnahmequelle, die regelmäßiger sprudelt als meine Galerie.“

Was brachte eine Karnevalsgesellschaft dazu sich aufzulösen? Erwartete man nicht gerade von Narren Humor und Toleranz? Und wenn es sich um einen wohltätigen Verein handelte, sollten sie nicht nur in der Fünften Jahreszeit für gute Laune sorgen, sondern rund ums Jahr ein offenes Ohr für jene haben, die das Lachen verlernt hatten. „Genau das ist der Punkt!“ Marion schnaufte verächtlich. „Idealismus hatten sie *damals*, als Friedrich ihr Präsident war. Ich weiß nicht, ob ich dir mal erzählt habe …?“

„Nächstes Mal, Marion. Es ist schon nach elf. Benno möchte morgen um acht im Präsidium sein. Du weißt, Benno ist …“

Sie lächelte ironisch. „Nächstes Mal, Sieglinde. Ich möchte morgen um acht meine Vernissage vorbereiten.“

Sie stand abrupt auf. „Die Eingangstür ist schon abgeschlossen. Ich bringe dich hinunter. Danke für den Bildband über Giacometti. Ist es ein Buch deines ermordeten Verlegers?“

„Richtig!“, sagte ich. „Bedank dich demnächst mit einer japanischen Minestrone.“ Wir waren schon am Haustor, als ich fragte: „Wie hast du es geschafft, deinen Maler in diesem Karnevalsverein unterzubringen?“

„Es gibt noch Mitglieder, die an den sozialen Zweck ihrer Gesellschaft glauben.“ Sie winkte, bis ich in der Kurve verschwand.

- VIII -

Am Montagmorgen fanden wir uns zu meiner Überraschung alle vier beim Frühstück ein, obwohl ich so zeitig nur Benno erwartet hatte. Der Bereitschaftsdienst hatte Franz bis drei Uhr morgens in Atem gehalten und seine Sprechstunde begann erst um zehn. Trotzdem saß er unrasiert am Tisch und bedachte abwechselnd Benno und mich mit einem lauernden Blick wie ein Ritter, der seinem Burgfräulein plötzlich keine Troubadours mehr gönnt. Was war passiert? Die Lieferung mit bayrischem Senf, die unser Hausgast angekündigt hatte, konnte eigentlich nicht der Grund sein. Unser Keller war groß genug für Vorräte in diesen Dimensionen. Doch so ganz falsch lag ich, wie sich herausstellte, mit meinem Verdacht nicht.

„Er ist eingeschweißt", hörte ich Benno sagen. „Er hält sich monatelang." Danach herrschte Stille, bis auf das emsige Geraschel, mit dem Kerstin irgendwelche Computerausdrucke sortierte. Ich wartete geduldig, während zwei Brotscheiben im Toaster bräunten, nahm sie heraus, sobald das Uhrwerk zum Stillstand kam, biss in eine köstliche Symbiose aus knuspriger Wärme und honigsüßem Fett und noch immer schwiegen sich meine Männer an.

„Wer ist eingeschweißt?", wollte ich schließlich wissen.

Anstatt zu antworten, fuhr Benno fort: „Er ist von Rüsselmaier in Starnberg. Der macht den besten in ganz Bayern."

Offenbar war von etwas Essbarem die Rede, von einem Nahrungsmittel mit maskulinem Artikel. Noch einmal dachte ich an den Zwölferkarton mit Senf, aber mussten Senfgläser eingeschweißt werden, um haltbar zu bleiben? Das war mir neu.

„Benno, du hast es gut gemeint", entgegnete Franz in einer Mischung aus Sanftmut und Gereiztheit, als redete er mit einem Kind, das gerade sein Sparschwein zertrümmert hatte, um irgendein idiotisches Geschenk zu kaufen. „Aber es ist zu viel."

Ich legte den Toast zurück auf den Teller und leckte die klebrigen Finger ab. „Könnt ihr endlich mal erklären, worüber ihr streitet?"

„Wir streiten nicht!", wehrte Franz ab, wobei jetzt der Unmut in seiner Stimme die Überhand bekam. Wenn er etwas absolut nicht leiden konnte, dann war es Bevormundung beim Essen. Oft genug hatte er die überbordende Gastfreundschaft seiner ländlichen Kunden beklagt, die ihn mit Naturalien bedrängten wie Karpatenbewohner einen Durchreisenden im Winter. Während sich Benno mit pikierter Miene in Richtung Gästezimmer verzog, um seine Aktentasche zu holen, erfuhr ich von Franz, dass unter der Samstagspost die Benachrichtigung des Postamts gewesen sei, eine Lieferung mit zwanzig Kilo Leberkäse liege zum Abholen bereit. „Meine Tochter ist Vegetarierin", ereiferte er sich, „meine Frau isst mittags nicht zu Hause, meine Eltern und Schwiegereltern leben dort, wo der Leberkäse her kommt …?"

„Aber du feierst im Mai Geburtstag", sagte ich und aß meinen Toast zu Ende. „Wie wär's, wenn wir eine original bayrische Hausfete organisierten, mit vierzig Personen, zwanzig Kilo Leberkäse und zwölf Gläsern Senf?"

Adieu, Büffet der drei Grazien! Aber vielleicht backten die Mädchen uns eine Torte. Vielleicht besaßen sie ein Rezept für Laugenbrezel. Und überhaupt konnte es ja eine grenzüberschreitende Party werden; die Ratatouille hatte ja auch zu Leber- und Wurstebrot gepasst. Als Franz keine Antwort gab, fuhr ich fort: „Stell dir vor, wir lebten in den USA. Dann müssten wir Leberkäse ins Land *schmuggeln*. Auf die Gefahr hin, dass der Zollhund drüber herfiele. No european stuff, please!"

Kerstin hatte dem Gespräch mit, wie es schien, mäßigem Interesse zugehört und dabei ihren Rucksack gepackt. Jetzt hob sie den Kopf und sagte: „Bevor du Geburtstag hast, Papa, bin ich dran. Aber ich mache keine Leberkäseparty, ich mache überhaupt keine Party. Und falls es euch interessiert, Gretas Eltern schenken mir einen Tauchkurs in der Schule am Aasee."

Das musste Bogenmanns Schule sein. „Seit wann bekommst du von Hellmanns Geburtstagsgeschenke?"

„Sie wollen, dass ich mitmache", erklärte Kerstin, „weil Greta allein keine Lust hat. Sie muss tauchen lernen, sonst langweilt sie sich auf Barbados."

„Also ist es kein Geschenk, sondern ein Köder, damit Greta ihren Kurs auch wirklich besucht", stellte ich erleichtert fest. Der Austausch von Geburtstagspräsenten wäre mir unangenehm gewesen, jedenfalls wenn es um mehr ging, als um eine dem Anlass entsprechende Kleinigkeit. Ein Tauchkurs war keine Kleinigkeit. Greta war ein braves Mädchen, hübsch und aufgeweckt. Doch das änderte nichts an der Tatsache, dass Hellmanns einen anderen Lebensstil gewohnt waren als wir. Das verrieten nicht nur Gretas Timberland-Schuhe und ihr Rucksack von Mandarina Duck, sondern auch ihre manchmal recht vorwitzigen Kommentare. Als sie zum ersten Mal zu uns kam, hatte sie sich prüfend umgesehen und bemerkt, wenn ihr Onkel mit seinem Großauftrag im Aparthotel „Sentruper Höhe" fertig sei, könne er gut mal unser Haus renovieren.

Erst jetzt fiel mir auf, dass Kerstin längst aus dem Haus sein müsste. Zwar hielt sie sich nie lange mit dem Frühstück auf, sondern stopfte eine Tupperbox mit zerkleinertem Obst, Frosties oder Honigsmacks in ihren Rucksack, der sie sich dann während ihrer Morgenlandfahrt Richtung Annetteschule widmete. „Und wenn du im Bus keinen Sitzplatz bekommst?", hatte Franz sie geneckt, nachdem diese Gewohnheit manifest geworden war. Doch unsere Tochter hatte nur die Schultern gezuckt und gemeint, sie könne genauso gut im Stehen essen, wenn andere im Stehen knutschten.

„Musst du heute erst später zur Schule?"

Ihr Blick wirkte plötzlich hellwach. „Wie kommst du darauf?"

„Weil du deinen Bus verpasst hast."

Sie strich sich eine Haarsträhne aus den Augen. „Unser Chemielehrer hat gestern Abend noch eine E-Mail herumgeschickt, dass seine Stunde ausfällt."

„Was habt ihr für moderne Lehrer!" Ich war tief beeindruckt. „Demnächst werden noch die Klassenarbeiten als E-Mail hin- und hergereicht."

„*Fertigbringen* würde er das", konterte sie, während eine leichte, aber aufschlussreiche Röte über ihr Gesicht fiel. „Er ist ganz schön innovativ. Er kommt auf Rollerblades zur Schule und spielt Gitarre in einer Band. ‚Die Gelben Müllsäcke' heißt sie."

Ich packte meine eigene Tasche und wartete am Auto auf Benno.

„Du darfst es Franz nicht verübeln", begann ich, während ich den Kombi rückwärts aus unserer Ausfahrt setzte und die Hauptstraße in Richtung Ortsmitte einschlug. „Er wuchs im Internat auf. Ich nehme an, dass ihn deine Megalieferung an Leberkäse an die dortige Massenabfütterung erinnert.“

„Das habe ich nicht gewusst“, entgegnete er so spitz, dass ich schwieg. Dabei war ich direkt stolz auf meinen Einfall, den Leberkäse bei unserer Geburtstagsparty aufzusetzen. Der O.B.Y.-Service würde trotzdem seinen Schnitt machen, indem er uns mit einer Menge raffinierter Salate und exquisiter Desserts versorgte. Ray und Charles würden zur Unterhaltung beisteuern. Es sei denn, der Täter fand sich in ihren Reihen.

„Wie sieht dein Tag aus?“, fragte ich wie beiläufig und hoffte, Benno würde sich endlich über seinen Geheimauftrag verplappern.

„Meeting um neun“, kam es zurück, „nachmittags eine letzte Beratung mit den hiesigen Sprengstoffexperten. Wir sind nah dran.“

„Soll ich dich heute Abend mit nach Hause nehmen?“

Ich hatte erwartet, dass er sich weiter in seinen undurchsichtigen Agentenkokon wickelte. Zu meiner Überraschung sagte er: „Wir gehen heute Abend zur lückenlosen Observierung über. Was im Klartext Nachtschicht bedeutet. Ich hoffe, es stört euch nicht.“

„Warum sollte uns das stören? Du hast einen Hausschlüssel und tagsüber, wenn du ausschlafen möchtest, brauche ich das Arbeitszimmer nicht.“

„Ausschlafen?“ Er lachte gallig, rutschte tiefer in den ausgelatschten Beifahrersitz und griff gleichzeitig nach der Halteschlaufe rechts neben seinem Kopf. Seine imposante Größe ermöglichte ihm beides. Es sah aus, als wollte er sich schon jetzt zur Ruhe legen. „Wenn wir Glück haben, stürmen wir die Bude, bevor die Sonne zu scheinen beginnt. Mehr sage ich nicht.“

„Woher weißt du, ob wir morgen früh Sonnenschein haben?“, ätzte ich. Ich war sauer, weil er sein albernes Versteckspiel weiter trieb, obwohl er sich offenbar in der Endphase befand und wir nicht nur Kollegen waren, sondern auch Hausgenossen. War es vorstellbar, dass die „Bude“ sich in der Nähe befand und er uns nicht gefährden wollte? Für den Rest der Fahrt fanden wir keinen Gesprächsstoff mehr, doch schien keiner böse darum. Jeder hing seinen Gedanken nach. Wem Bennos träger, aufs Handschuhfach gerichteter Blick gewidmet war, konnte ich nicht mal ahnen. Trotzdem war sein Wachtraum eine gute Vorbereitung auf das Gespräch mit Dr. Gross. Je zerstreuter dessen Blick, desto konzentrierter seine Gedankenfolge. Ich hatte einige Zeit gebraucht, um dieses System zu durchschauen.

Doch dann saß der Pinguin absolut nicht verträumt hinter seinem Schreibtisch, sondern wartete gut gelaunt wie selten auf unsere neuesten Nachrichten. Zu seiner Rechten stand eine Tasse Tee, die aufgeschlagene Zeitung lag vor ihm, nur die schwelende Zigarre fehlte, die aus seiner Hand so wenig wegzudenken war wie der steife Zylinder vom Kopf des münsterschen Zoogründers Professor Landois. Dass er sich morgens für die Printmedien interessierte, war keine Neuigkeit, dass er nicht mehr rauchte und Tee statt tintenschwarzem Kaffee trank, war eine Überraschung. Darüber würde ich mich bei Hilly klug fragen, die sich die guten Vorsätze ihres Chefs offenbar mehr zu Herzen nahm als Frau König mit ihrem aggressiven Mokka.

„Sie sind allein?“, fragte er schmollend, „wo steckt Lückmann?“

„Ich war noch nicht im Büro. Ich bin gleich zu Ihnen gekommen.“

Das nahm er sehr zufrieden auf, es war die angemessene Reihenfolge! Er fragte mich, wie ich das Wochenende verbracht hätte, und ich informierte ihn über mein Gespräch mit Sonia David, während ich das Treffen mit Cornelia überging. Es war kein Geheimnis, dass Laborgeschichten unseren Chef langweilten. Da ich annahm, dass er als langjähriger Witwer ein bedeutend einsameres Wochenende verbracht hatte als ich, und wir ohnehin auf Max warten mussten, erkundigte ich mich nach seinen vier Enkelkindern, die über ganz Norddeutschland verstreut lebten. Er antwortete sichtlich gern, mit einem breiten Lächeln, wie man es nur selten bei ihm fand. Sein Leben war nicht gerade problemlos verlaufen. Seine Frau hatte sich kurz nach der Geburt der dritten Tochter vom Balkon gestürzt, und er hatte nie wieder geheiratet, sondern nur die eine oder andere Jugendfreundschaft aufgewärmt. Während er mir von der gerissenen Fahrradkette seines ältesten Enkels erzählte, die die Familie das ganze Karnevalswochenende über im Stress gehalten habe, von den guten Schulnoten des Zweiten und den Geigenkünsten des Dritten, sah ich ihn vor mir, wie er, die Kinder auf den Knien, sich einfach wohl fühlte und nichts anderes wollte als Wärme und Gemütlichkeit. Die Fotos seiner drei Töchter standen, jedes für sich gerahmt, auf dem Schreibtisch. Obwohl nur die Älteste ihrem Vater stark ähnelte, vertraten sie doch alle den gleichen Typ: herbe, strenge Allegorien des Ehrgeizes und der Tüchtigkeit. Was fehlte, war ein Bild ihrer Mutter, und das, so hatte Hilly mir einmal erzählt, lag daran, dass er ihr den Selbstmord nie verziehen hatte. „Wie kann man den eigenen Mann mit drei Kindern im Stich lassen?“, hatte sie sich ereifert, „die Kleinen waren wie die Orgelpfeifen. Und es gab keine Tante oder Oma, die die Mutter ersetzt hätte. Da findet man heutzutage so viele bewundernde Worte für die allein erziehenden Mütter, aber was es in den siebziger Jahren für einen allein stehenden Mann bedeutete, mit drei Töchtern fertig zu werden, steht nicht zur Debatte. Und er kann stolz auf sie sein. Alle haben ihr juristisches Staatsexamen mit Prädikat gemacht, eine bewundernswerte Karriere aufgebaut, tüchtige Männer geheiratet und prachtvolle Kinder bekommen.“ Daraufhin waren wir beide in ehrfurchtsvolles Schweigen gefallen, doch im Grunde war mir Hillys Gerede über die tüchtigen Mädchen mit ihren prachtvollen Männern ganz schön auf den Zeiger gegangen. Vielleicht musste ich Dr. Gross persönlich von ihnen und ihrem Nachwuchs erzählen hören, um zu verstehen, dass er wirklich Großartiges geleistet hatte. Er ließ sich gerade in kaum geminderter Begeisterungsfähigkeit über den jüngsten Enkel aus, der noch nicht zur Schule ging und trotzdem schon wusste, dass er später mal Kampfjets fliegen wollte, als endlich Max hereinplatzte und wir mit unserer Lagebesprechung beginnen konnten.

Ich berichtete Dr. Gross über die von Degenhart geplante Auflösung seines Lyrikprogramms, obwohl sie eigentlich Lückmanns Entdeckung gewesen war. Doch wie sich herausstellte, hatte Max einen viel spitzeren Pfeil im Köcher. Die privaten Kontobewegungen des Verlegers, so begann er zunächst recht unspektakulär, waren auffallend gleichförmig. Keine überraschenden Abbuchungen, es plätscherte so dahin. Hier und da eine eher bescheidene Summe vom Bankomaten, dann die monatlichen Zinsen für den Bankkredit, den er für den Kauf des Hauses in Handorf aufgenommen hatte, die Daueraufträge für Betriebskosten und verschiedene Versicherungsprämien. Auf der Habenseite schlug sein Gehalt von dreitausend Euro zu Buche und mit zweihundertfünfzig Euro die Miete für die

Eigentumswohnung, in der Sonia gewohnt hatte. Der recht stattliche Betrag, den er beim Verkauf des Hauses am Aasee eingestrichen hatte, war unmittelbar danach auf einem Sparbuch deponiert worden, von dem das Ehepaar drei- bis viermal im Jahr Geld abgehoben hatte. Der einzige ungeklärte Posten war eine monatliche Auslandsüberweisung von zweitausend Euro, die seit November 1999 regelmäßig auf Degenharts Konto floss; das erste Mal direkt nach seiner Rückkehr nach Münster. Der Auftraggeber verbarg sich hinter rätselhaften Kürzeln; bei dem Geldinstitut, so hatte Max bei der Stadtsparkasse erfahren, handelte es sich um die französische Banque Alsacienne. Als er daran erinnerte, dass Degenhart sechs Jahre im Elsass gelebt hatte, schüttelte der Pinguin energisch den Kopf und konterte, die Banque Alsacienne habe ihre Filialen in ganz Frankreich, einschließlich Paris.

„Dann könnte rein theoretisch Erich Grimm der Auftraggeber sein. Oder dessen Tochter Sonia.“

Er sah mich nachdenklich an. „Wie lautet das Alibi von Herrn Grimm für die Nacht, in der seine Ex-Frau den Tod fand?“

Was für eine merkwürdige Formulierung!, dachte ich verwundert. Nur wer sucht, der findet! Er musste sich doch daran erinnern, dass das Gericht im Fall Constanze Grimm einen Selbstmord für unwahrscheinlich gehalten hatte.

Max war aufgesprungen. Fünf Minuten später kam er mit der Akte zurück. „Erich Grimm gibt an, in der Nacht zum neunzehnten August 1993 auf dem Gestüt seiner Lebensgefährtin in der Nähe von Oelde gewesen zu sein. Diese Pferdeklonerin hat seine Aussage bestätigt, allerdings konnte keiner ihrer Angestellten seine Anwesenheit bezeugen.“

Pferdeklonerin? Ich unterdrückte ein Lachen, während Max weiter redete: „Degenhart hat über Constanze Grimm ausgesagt, sie habe sich noch regelmäßig mit ihrem ersten Mann in Frankreich getroffen. Es ging um alte Forderungen aus dieser Ehe, um Unterhaltszahlungen für die Tochter, zum Beispiel. Es wäre immerhin denkbar, dass Grimm den Ansprüchen seiner Ex-Frau nicht nachgekommen ist, und Degenhart nach ihrem Tod ihre Forderungen fortsetzte. Immerhin hatte ihm die Stieftochter jahrelang auf der Tasche gelegen. Vielleicht war sogar Erpressung im Spiel.“ Er sah uns herausfordernd an und fuhr fort: „In diesem Fall hätte er nach sechs Jahren endlich Erfolg gehabt und seine Ermordung stände in einem ganz neuen Licht. Schließlich haben wir bis jetzt immer geglaubt, dass er keinen Nutzen aus dem Tod der Grimm ziehen konnte."

Ich gab zu bedenken, dass sie und Degenhart eine strikte Gütertrennung vereinbart hatten und deshalb alle Ansprüche, die sie an ihren ersten Mann stellte, mit ihrem Tod obsolet geworden waren. Der Pinguin schnitt nun doch eine Zigarre an und widmete sich schweigend der umständlichen Prozedur des Anzündens. Nachdem er so genussvoll inhaliert hatte, als wäre sie das einzige Vergnügen dieses Tages, fragte er: „Haben wir eine Kopie des Testaments von Constanze Grimm zur Hand?"

Max blätterte in den Akten und schüttelte dann den Kopf. „Es gab kein Testament. Schließlich war die Frau erst dreiundvierzig. Sie hatte lediglich verfügt, dass das Bootshaus an die Tochter geht."

„Und die Vermarktungsrechte ihrer Bücher", ergänzte ich. „Um beides hat sich die Tochter wenig geschert."

Dr. Gross fixierte mich. „Haben Sie mit ihr darüber gesprochen?"

Ich nickte. „Degenhart und seine Frau Jette waren gegen eine Wiederaufnahme ins Programm, und diesem Urteil hat sie sich gebeugt."

„Kommt sie zur Beerdigung?"

„Das glaube ich nicht. Seit seinem Prozess war ihr Verhältnis zu ihrem Stiefvater nicht unbedingt herzlich. Und da sie sich bereit erklärte, uns weitere Fragen jederzeit am Telefon zu beantworten, nehme ich an, dass sie vorläufig nicht nach Münster kommt. Es sei denn, wir laden sie vor."

Nach der Besprechung mit Dr. Gross fuhren wir zum Verlagshaus. Auf dem Weg sah ich mir den Grundriss an, den Max am Samstag angefertigt hatte. Obwohl Degenhart nicht dort gestorben war, konnte es nicht schaden, einen Überblick über die Verteilung der Büros zu besitzen. Möglicherweise ergaben sich daraus Animositäten oder, im Gegenteil, kollegiale Verbindungen, die weit über die berufliche Zusammenarbeit hinausgingen. Im Erdgeschoss, hinter dem Eingangsbereich mit seinen alten Bücherschränken, dem Stehpult und den tiefen Fensternischen mit den neuesten Buchausgaben, befanden sich Küche und WC, ein Material- und ein Lagerraum. Den Abschluss bildeten die Büros von Frau König und Frau Hahn. Im ersten Stock, auf der Galerie, hatte Frau Degenhart gesessen, als wir ihr die Nachricht von dem Fund an der Sudmühle brachten. Da es sonst keinen freien Raum gab, war dies wohl ihr angestammter Platz; etwas zugig vielleicht, dafür aber so übersichtlich wie die Kanzel eines Leuchtturms. Das Büro ihres Mannes und die Buchhaltung von Frau Lose befanden sich am Ende des Flurs, während sich auf die vier Zimmer im Mittelteil die Praktikantin Bianca Seydel, der Bildbandautor Achim Wollmacher, der Graphiker Thomas Katzbach und der Kunsthistoriker Heinrich Krafft verteilten, und zwar dergestalt, dass nicht nur Frau Lose, sondern auch Fräulein Seydel Tür an Tür mit Degenhart gearbeitet hatte.

Max begann bei Sibylle Hahn, die die Reiseführer herstellte, auf mich wartete Heinrich Krafft, der die Bildausstattung der Kunstbände besorgte. Er führte mich über die Treppe nach oben und quer über die Galerie. Frau Degenharts dreieckiger Mahagonischreibtisch war leer geräumt, die Geschäftsführerin richtete sich ihren neuen Arbeitsplatz wohl schon ein. Nachdem Max am Samstag das Siegel am Büro ihres Mannes entfernt hatte, war sie demnach gleich übers Wochenende aktiv geworden. Nicht gerade pietätvoll, aber die Arbeit konnte nicht warten, und Frau Degenhart hatte ab sofort Arbeit für zwei. Trotzdem berührte mich die blank gefegte Schreibplatte eigenartig. Hatte da jemand „reinen Tisch" gemacht?

Krafft hatte mir mit versteinertem Gesicht die Tür zu seinem Büro aufgehalten – es war gleich das erste linkerhand hinter der Galerie – und mir den Sessel an der Rückseite seines Schreibtisches zurechtgerückt. Ich beschloss, ihm den Beginn unserer Unterredung zu überlassen. Die erste, ungefragte Meinung, die ein Mitarbeiter zum gewaltsamen Tod seines Chefs äußerte, konnte recht informativ sein. Doch er schloss die Tür so energisch, dass er mich zu der Frage provozierte, ob im Allgemeinen eher bei offener oder geschlossener Tür gearbeitet würde. Das könne jeder halten, wie er wolle, entgegnete er fast barsch.

„Und wie hielt es Herr Degenhart?"

„Offen." Er setzte sich, faltete die großen, knochigen Hände über einem aufgeschlagenen Tischkalender und wollte Einzelheiten zu

Degenharts Tod wissen. Es hatte einiges in den lokalen Printmedien gestanden, doch mein Gesprächspartner hatte das Wochenende auswärts verbracht und offenbar noch keine Zeitung gelesen. Ich berichtete ihm, was für die Öffentlichkeit bestimmt war, er hörte mit ungerührter Miene zu. Als ich fertig war, schwieg er.

„Gibt es jemanden, dem Herrn Degenharts Tod sehr gelegen kommen könnte?“

„Nein“, sagte er.

„Vielleicht jemanden, dem Sie einen Mord zutrauen würden?“ Sein Kopfschütteln erinnerte an einen Roboter.

„Wie geht es weiter mit der Edition Bisping? Ist Frau Degenhart schon in das Büro ihres Mannes umgezogen?“ Auch sein Kopfnicken wirkte marionettenhaft. „Arbeitet sie ab sofort ganztags?“, hakte ich weiter nach, und er gab eine Spur freundlicher zurück, das sei wohl anzunehmen. Doch wenn ich geglaubt hatte, dies sei endlich der Auftakt zu einem Vertrauen bildenden Gespräch, dann wurde ich herb enttäuscht. Krafft heftete den Blick auf die unruhige Kraterlandschaft, die seine Tischplatte überwucherte, und ließ ihn dann gedankenvoll über die Wände streichen, die mit Kunstdrucken aller Richtungen und von ganz unterschiedlicher Farbqualität gepflastert waren. Als müsste er ständig alle nur denkbaren Vergleichsmöglichkeiten vor Augen haben, um die Auswahl für seine Bildbände treffen zu können.

„Wir haben eine Aussage, dass Herr Degenhart seine Mitarbeiterinnen nicht immer mit der nötigen Distanz behandelte. Können Sie das bestätigen?“

Er zog die Augenbrauen in die Höhe. „Davon habe ich nichts gehört. Wer soll das behauptet haben?“

„Ich nehme an, dass es Ihnen auch lieber ist, wenn mein Gespräch mit Ihnen vertraulich behandelt wird.“ Auf diese Antwort hin schwieg er, und ich fragte mich, ob ich ihn vielleicht zu forsch korrigiert hatte; eine Befürchtung, die intensiver wurde, als unser Gespräch auch weiterhin keinen rechten Biss bekam. Vielmehr bestätigte Krafft nur sehr wortkarg die Angaben, die wir zu seinem Lebenslauf gesammelt hatten, und es war kein sehr bewegter Lebenslauf. Nach dem Studium in Münster und einem zwölfjährigen Auslandsaufenthalt in Pisa, wo er schließlich seine Italienischlehrerin geheiratet hatte, war er im Alter von sechsundvierzig Jahren in der frisch gegründeten Edition im Spieker gelandet und im Grunde auch dort geblieben, wenn man die sechs Jahre nach Constanze Grimms Tod ausklammerte. Diese Zeitspanne hatte Krafft in einer auf Kirchenkunst spezialisierten Buchhandlung in seiner Geburtsstadt Osnabrück verbracht, war umständlich hin- und hergependelt, weil seine Frau eine Stelle an der münsterschen Volkshochschule gefunden hatte, und zurückgekommen, als sich die Edition Bisping etablierte: „Ins selbe Ressort, ins selbe Büro". Die Prokura hatte er allerdings an Jette Degenhart abtreten müssen. Sein Blick wanderte wieder zu den Kunstdrucken an den Wänden, als suchte er seine Vita auch dort – untergegraben in dem „Rasenstück" von Albrecht Dürer oder verwässert im Monets „Seerosenteich" – und ich dachte: Trotzdem hat er Recht, es gibt Schlimmeres als an seine alte Arbeitsstätte zurückzukehren, zumindest solange der Brötchengeber nicht tot aus der Werse gezogen wird. So mochten auch die übrigen Mitarbeiter der Edition im Spieker gedacht haben: Ulrike König, die von ihrem Kölner Zeitschriftenverlag nach Münster zurückgeeilt war, Renate Lose, die ihre Buchhaltung in Essen kündigte, Thomas Katzbach, der die Jahre in Münster mit Entwürfen für einen Zeichentrickfilm überbrückt hatte, der nie gedreht wurde.

Als ich versuchte, Informationen über Kraffts persönliches Verhältnis zu Degenhart zu erhalten, kam er zu meinem Erstaunen ohne große Umschweife auf die harschen Differenzen zu sprechen, die es bezüglich der Kostenfrage bei Bildbänden gegeben hatte. Er schrieb sich selbst die Schuld zu, indem er sich als unverbesserlichen Perfektionisten bezeichnete, dem Degenhart völlig gerechtfertigt „Paroli" geboten habe, und schaffte es damit, seine Aussage dubios erscheinen zu lassen, weil sie gleichzeitig nach Eitelkeit und nach Zerknirschung klang. Entweder man vertrat als erfahrener Buchhersteller seine Interessen oder man gab sich mit den Gegenargumenten zufrieden. Seine sentimentale Zickzacktour machte ihn unglaubwürdig. Meine Zweifel legten sich erst recht nicht, als Krafft ungefragt angab, über die geplante Auflösung des Lyrikprogramms nicht informiert worden zu sein. Woher wusste er dann davon?

Er erinnerte sich nicht mehr. Vielleicht ein Gerücht.

„Halten Sie keine regelmäßigen Meetings ab?"

„Herr Degenhart pflegte uns durch E-Mails zu informieren", entgegnete er gestelzt und rückte den Knoten seiner blau-grün gestreiften Krawatte so umständlich zurecht, als trüge er normalerweise keine und hätte sich für die Polizei extra aufgeputzt. Sein Anzug in der Farbe Air-France-Blau passte nicht zum Schlips. Ich schob den Gedanken beiseite und dachte stattdessen: E-Mails? Eine Schulklasse mochte es ja „fetzig" finden, wenn ihr Lehrer den Ausfall seiner Unterrichtsstunde durchs Internet bekannt gab, für einen Verlag schien mir dies eine merkwürdige Form von Teamwork!

„Und Frau Degenhart? Sie ist immerhin die Prokuristin."

War es Einbildung oder reagierte er allergisch? Über seiner knochigen Nase bildete sich sekundenlang eine Falte. Der Mann wirkte miefig; ein kleinkarierter Büromäuserich, der sich mit seinem Chef angelegt hatte, um luxuriösere Kunstbände durchzusetzen, und dann seine nutzlosen Argumente in die Tasche schob wie ein Tourist am Domplatz von Pisa die leere Taubenfuttertüte. „Seine Frau", sagte er mit einem herablassenden Lächeln, das gelbe Zähne zeigte, „arbeitete bisher nur nachmittags. Herrn Degenharts Anweisungen erreichten uns immer schon im Lauf des Vormittags, damit sie noch bis zum Abend ausgeführt wurden. Das galt natürlich auch für Absprachen zwischen ihm und mir. Wenn bis mittags keine Instruktion gekommen war, traf ich meine Entscheidungen selbst."

„Aha", nickte ich, während mir eine blasse Ahnung von dem Hickhack aufging, der dieses adrette Schmuckkästchen von Verlagsgebäude beherrschte. Wenn Jette Degenhart, die sich eine verantwortungsvolle Funktion unter welchen Umständen auch immer erkämpft hatte, nachmittags erschien, waren die Vereinbarungen getroffen, die Anweisungen vergeben, die Sparmaßnahmen beschlossen worden. Warum ließ sie sich das gefallen?

„Gab es, von der Auflösung des Lyrikprogramms mal abgesehen, irgendwelche Hinweise auf drastische Einsparungen?"

Krafft öffnete seine über dem Tischkalender gefalteten Hände und schloss sie wieder. „In diesen Zeiten geht es keinem Verlag rosig, es sei denn, er hätte die Vervielfältigungsrechte für bisher unentdeckte Picasso-Zeichnungen ergattert oder ein neues Autograph von Goethes Italienreise entdeckt. Das wäre natürlich der große Glücksfall. Trotz allem läuft unser Programm zufrieden stellend."

„Steht die Kündigung eines Mitarbeiters bevor?“ Es war nicht gerade feinfühlend, ihn das zu fragen, andererseits aber sehr aufschlussreich. Wie würde er als „auslaufendes Modell“ reagieren?

Seine Miene blieb starr, als er entgegnete: „Die Personalfragen erledigt Frau Degenhart. Mir ist keine Kündigung bekannt.“

„Darf ich fragen, wie Ihre eigenen Zukunftspläne aussehen?“

Wieder öffneten und schlossen sich seine Hände, es wirkte so resigniert, dass ich schon mit dem Zusatz rechnete: „... außer meiner eigenen Kündigung, natürlich!“ Doch dann bemerkte er ruhig, beinahe heiter: „Der große Erfolg unserer Kunstbände zwingt mich dazu, meine ursprünglichen Pläne aufzugeben und dem Verlag weitere Jahre zur Verfügung zu stehen. Vor allem, da wir jetzt eine neue Situation haben, sehe ich mich dazu verpflichtet.“

„Denken Sie auch daran, sich finanziell zu beteiligen?“

Es war ein spontaner Einfall, dem ich kein großes Echo beimaß. Die Erinnerung an den Zuschuss, den die Autoren ihrem Verleger gewährten, als die Edition Bisping in Startschwierigkeiten steckte, hatte ihn mir eingegeben. Doch zu meiner Überraschung nickte Krafft. „Ich will keine schlafenden Hunde wecken, aber Herr Katzbach und ich denken an eine Partnerschaft mit Frau Degenhart.“

„Über Herrn Degenharts Termin am Karnevalssonntag wussten Sie Bescheid. Kannten Sie auch seine Pläne für Samstagabend?“ Das hätte vielleicht erklärt, warum er ursprünglich nicht an der Party teilnehmen wollte.

„Möglicherweise. Die letzten Telefonate, die er am Freitag führte, bevor er nach Hause ging, galten zwei Teilnehmern in Berlin.“

Schnüffelte er auf dem Schreibtisch seines Chefs herum? „Und zwar?“

„Tut mir Leid, ich erinnere mich nicht an die Nummern.“ Während seine steingrauen Augen keine Sekunde von mir abließen, reckte er das eckige Kinn und machte eine ruckartige Kopfbewegung. Wieder wirkte es, als wäre ihm die Krawatte zu eng. Oder war der Mann etwa nervös?

„Wir werden das nachprüfen“, sagte ich in der beruhigenden Gewissheit, dass Max bei der Durchsuchung von Degenharts Büro auch die letzten eingespeicherten Telefonanrufe gesichert hatte. Ich brachte die Rede auf den Bildband über die Reisen der Droste-

Hülshoff, der kurz vor der Veröffentlichung stand. Hatte es Probleme oder Meinungsverschiedenheiten gegeben, die das Erscheinungsdatum gefährdeten oder einen der beteiligten Mitarbeiter ernsthaft verärgerten? Doch mit diesem Projekt hatte Krafft nichts zu tun. Der Fotograf, der die Bilder lieferte, schrieb auch den Text. So weit Krafft informiert war, gab es keine Schwierigkeiten. Bei den restlichen Antworten fiel er in Gemeinplätze. Jawohl, das Arbeitsklima im Verlag sei angenehm, die Vertrauensbasis ausgezeichnet. Dabei schien er der wandelnde Beweis dafür zu sein, dass eben diese Verhältnisse nicht gegeben waren.

„War Herr Degenhart ein guter Chef? War er beliebt?"

„Ja, das war er", entgegnete er, wobei er wieder in seinen förmlichen Tonfall zurück fiel. „Sein Konzept sah einen elitären Verlag mit exklusivem Programm vor, dieses Konzept hat er umgesetzt." Er machte eine kurze Pause und fügte hinzu: „Und uns alle damit zu großen Leistungen angefeuert."

Trotz dieser freundlichen Worte hatte sich seine Miene kein bisschen aufgehellt, sondern behielt jenen halb düsteren, halb sorgenvollen Blick, der manchmal auf alten Männerportraits in Öl zu finden ist: Kleriker, Firmengründer, emeritierte Professoren. Ich unternahm einen letzten Vorstoß in Richtung Schürzenjägerei und fragte: „Wenn Sie in den letzten Wochen mit Kollegen zusammensaßen, wurde dann über Herrn Degenhart geredet?"

„Ich *sitze* nur selten mit meinen Kollegen *zusammen!*" Sein ätzender Tonfall ließ keinen Zweifel offen, dass er Getratsche verabscheute, und das machte ihn ein wenig sympathischer. „Ich bespreche", fuhr er fort, „mit Herrn Wollmacher Projekte, die uns beide betreffen, mal in seinem Büro, mal bei mir, je nachdem wie viel Material wir hin- und hertransportieren müssen."

Transportieren? dachte ich. Die beiden sitzen doch Tür an Tür.

„Bewahren Sie Ihr Material im Keller auf?"

Er nickte. „Dort ist das Archiv untergebracht. Unsere Büros sind nicht sehr groß und das Haus steht unter Denkmalschutz. Ein moderner Anbau würde niemals genehmigt. Aber nicht jede dekorative Fassade verspricht im Innern Komfort und Wohnlichkeit." Er lächelte so vergrämt, als läge der Keller zehn Meter tief und wäre feucht. Der Geruch nach Moder weckte sekundenlang die Erinnerung an das Bauernhaus in Altötting, wo Franz und ich unsere ersten Ehejahre verbracht hatten. Von Zimmer zu Zimmer hatten wir uns durchrenoviert, die Küche ausgewechselt, das Bad neu gefliest, ein Kinderzimmer tapeziert. Als endlich auch der Garten benutzbar war, hatten wir uns getrennt.

„Was den Klatsch in der Teeküche angeht", sagte er in meinen virtuellen Rundgang hinein, „der bleibt mir erspart, weil ich immer eine Mahlzeit von zu Hause mitnehme. Ich brauche keine Mikrowelle und für Kaffee oder Tee habe ich das da." Er wies auf einen Wasserkocher im Bücherregal, der von einem Glas Instantkaffee und einer Schachtel Teebeutel flankiert wurde. Die Mahlzeit war mit einem Henkelmann dokumentiert, über den mit einem Zipfel nach vorn eine Stoffserviette drapiert war.

„Und wer klatscht in der Teeküche?" Schließlich musste er den Kocher im Erdgeschoss füllen, um seinen Tee oder Kaffee zu bekommen.

„Wenn Sie sich mal eine Stunde lang da reinsetzen würden", schoss er giftig zurück, „wüssten Sie mehr. Ich sehe nicht ein, warum ich mich über meine Kollegen aushorchen lassen sollte."

„Wenn sich einer Ihrer Kollegen verdächtig machte, müssten Sie sich aushorchen lassen." Ich fragte, wo er den Abend des Karnevalssamstags verbracht habe. Er entgegnete, er sei mit seiner Frau bei Freunden eingeladen gewesen und erst gegen zwei Uhr morgens nach Hause gekommen. Als Adresse nannte er eine Straße im Stadtteil Mauritz. Ich sah in meinen Unterlagen nach: Kraffts wohnten ganz in der Nähe.

„Haben Sie zu dem Termin mit dem Fotografen am Karnevalssonntag etwas zu sagen?"

Da gab es nicht viel zu sagen. Er hatte den Auftrag stellvertretend für Degenhart unterschrieben und seinen Gast anschließend zu einem Imbiss eingeladen. Ob ich die Rechnung sehe wolle?

Ich überging seine bissige Frage. „Ich denke, für die Veröffentlichung der Reiseführer ist Frau Hahn zuständig und für Verträge Frau Degenhart. Warum wollte Herr Degenhart bei diesem Treffen Sie dabei haben?"

Wie sich herausstellte, gab es mehr Karnevalsflüchtlinge als angenommen. Frau Hahn hatte das Weite mit Skiern gesucht. Ich bedankte mich für Herrn Kraffts Auskunftsbereitschaft, er schloss die Tür hinter mir mit hartem Griff.

Meine nächste Gesprächspartnerin war Renate Lose. Sie empfing mich an ihrem Arbeitsplatz, der freundlich und hell war. Vor dem Fenster zarte, grün-weiß gemusterte Vorhänge, an den Wänden Scherenschnitte, auf dem Schreibtisch eine Glasvase mit Ranunkeln, Ginster und Tulpen. Ihr Tisch sah nach viel Arbeit aus, aber nicht nach Chaos. Katzbachs Häme über die unechte Haarfarbe widersprach Renate Lose mit einem gekonnten Mix aus Naturgrau und blonden Strähnchen, und mit ihrem runden, rosigen Gesicht wirkte sie weit jünger als zweiundsechzig. An den molligen Fingern drängten sich die Goldringe, während im Ausschnitt ihres weißen Häkelpullis ein vergoldeter Maria-Theresien-Taler blinkte.

„Wie sind alle völlig geschockt", begann sie sofort, „ich kann gar nicht glauben, dass er nicht mehr lebt. Jeden Moment rechne ich damit, dass er an meiner Tür vorbeigeht. Ich meine, …wenn jemand an einer Krankheit stirbt oder durch einen Unfall, dann ist das tragisch. Aber *ermordet* zu werden, das ist entsetzlich!" Sie wandte die Augen ab und starrte auf den Blumenstrauß.

„Könnten Sie sich jemanden vorstellen, der dazu fähig ist?"

Ihr Blick war Abscheu hoch drei.

„Herr Degenhart hatte einen großen Bekanntenkreis."

„Aus dem *ich* aber nur sehr wenige kannte", entgegnete sie fest, um nach kurzem Schweigen fortzufahren: „Nein, beim besten Willen, ich wüsste niemanden."

Obwohl sie die Anklage gegen den Schürzenjäger Degenhart in die Welt gesetzt hatte, beschloss ich, sie nicht sofort darauf anzusprechen. Frau König hatte deutlich genug durchblicken lassen, wer sich – in offenkundiger Unkenntnis der seit langem eingefahrenen Verhältnisse im Verlag und den Blick durch ein unreifes Geltungsbedürfnis getrübt – angebaggert gefühlt hatte. Falls Frau Lose nicht von selbst das Thema aufbrachte, würde sie, von mir befragt, mit Sicherheit jede jemals abgegebene Stellungnahme über Jagdinstinkte und Beuteverhalten kategorisch abstreiten.

Ich begann bei ihren Lebensdaten, und im Gegensatz zu Krafft ging sie großzügig damit um, kehrte weitschweifig in die vom Krieg überschattete Kindheit zurück, danach zur Schulzeit im zerbombten Nachkriegsmünster, schmückte ihre Angaben mit Details und streute kleine Anekdoten ein, die nicht sachdienlich, dafür aber amüsant und anschaulich waren. Auf diese Weise machte sie wett, was Krafft an Gesprächigkeit hatte vermissen lassen. Nur saßen wir nicht im Theatercafé oder bei Wennergreen, und dies war auch kein privates Plauderstündchen, sondern eine offizielle Befragung, die Lückmann mit seiner leicht ins Machohafte abrutschenden Autorität sicher viel zügiger absolviert hätte als ich. So wechselte ich gewaltsam das Thema und brachte die Finanzen der Edition Bisping zur Sprache. Auch hier fiel Frau Loses Auskunft wortreich aus, dafür bestätigte sie das Ergebnis unserer Akten. Der Verlag war nicht auf Rosen gebettet, doch die Bildbände hatten die Bilanzen deutlich verbessert, und auch die Reiseliteratur war ein Renner, seitdem die Idee der „Magischen Führer“ wieder aufgenommen worden war.

„Wie läuft das Lyrikprogramm?“

Sie zuckte die Schultern. „Zufrieden stellend.“ Von einer bevorstehenden Auflösung wusste sie nichts. Ich betrachtete ihre jugendlich wirkenden Apfelbäckchen und fragte mich, wie sich jemand fühlte, der Anfang sechzig war und befürchten musste, dass auch seine Stelle bereits vom Chef angepeilt worden war. Wie sahen ihre Zukunftspläne aus?

Sie reagierte kühl, aber selbstbewusst, indem sie beteuerte, es hinge allein von ihr persönlich ab, wie lange sie der Edition Bisping noch zur Verfügung stände. „Drei, vier Jahre“, sagte sie, „dann setze ich mich zur Ruhe. Meine Cousine besitzt eine Frühstückspension in Wittdün. Wir haben schon längst abgesprochen, dass ich zu ihr ziehe. Ich habe ja niemanden in Münster, und meine Cousine kann von meinem Zuschuss endlich ihr Häuschen von Grund auf renovieren.“ Ein leises Blinkern zuckte durch ihre Augen, dann lächelte sie erleichtert. Wie wäre das wohl in Wittdün aufgenommen worden, wenn die münstersche Cousine schon wesentlich früher abkömmlich war, allerdings mit einer schmaleren Pension?

Ich dachte noch einmal an ihre Behauptung, Degenhart habe seine Praktikantin bedrängt, und an ihr abfälliges Urteil über das Mädchen. „Faserige Spargelstange.“ Das originelle Spargelkostüm von Yvonne fiel mir wieder ein, ich war gespannt auf meinen eigenen Eindruck von Bianca Seydel.

„Wie fanden Sie die Zusammenarbeit mit Herrn Degenhart?"

Die feinen Lachfältchen um ihre Augen verengten sich zu einem dichten Spinnennetz. „Oh, er war nett", sagte sie, und es klang so locker, als hätte ihr Chef das Haus nur kurz verlassen, um Zigaretten zu holen. „Er hatte ein offenes Ohr für alles und jeden. *Meine* Bücher", sie machte eine Handbewegung, die die offenen Aktenregale umschloss, „sind ja nicht gerade literarisch zu nennen, aber sie enthalten schwarze Zahlen, und darauf sind wir alle stolz. Frau Degenhart übernimmt, so hart der Schicksalsschlag sie auch getroffen hat, ein vitales Unternehmen mit einem guten Ruf …" Sie brach unvermittelt ab und starrte ins Leere.

„Sie haben regelmäßig Praktikantinnen?"

„Nein", gab sie so abweisend zurück, als machten sich diese jungen Leute nur zu dem einen Zweck im Verlagsgebäude breit, ihre Bilanzen durcheinander zu bringen. „Gelegentlich hat sich Herr Degenhart dazu bereit erklärt, aber nur, wenn es sich um einen vielversprechenden Fall handelte."

„Und im aktuellen Fall?"

„Sie meinen Bianca? Sie ist die Nichte von Herrn Helders Lebensgefährtin. Ulli Helder ist das Zugpferd unseres Lyrikprogramms. Ja", sie hielt einen Augenblick inne und beendete dann ihren Satz: „Ich glaube, so kann man es nennen."

Zugpferd! So hatte man Constanze Grimm genannt, als ihr Mann wegen Mordverdachts vor Gericht stand. Eigentlich ein merkwürdiger Vergleich für die Ex-Frau eines Jockeys!

„Es hat angeblich Klagen gegeben, dass Herr Degenhart seinen Mitarbeiterinnen manchmal ein bisschen zu nahe trat."

Sie beherrschte ihre Mimik perfekt. „Davon ist mir nichts zu Ohren gekommen. Ich bin immer gut darüber informiert, was sich hier im Haus abspielt. Wer behauptet das?"

Ich überging die Frage. Hatte es in letzter Zeit dubiose Besuche gegeben? War vielleicht jemand im Verlag mit einem Anliegen aufgetaucht, das Ratlosigkeit hinterließ? Mit Forderungen, für die es keine Rechtfertigung gab, oder Terminabsprachen, an die sich niemand erinnern konnte? Waren in der Buchhaltung unerklärliche Geldbeträge aufgefallen? Zu allem schüttelte Renate Lose den

Kopf. Ich fragte, ob sie für die Telefonanrufe zuständig sei. Sie nickte. „Ist Ihnen dabei etwas aufgefallen? Gab es Drohungen?“

„Nein, es war alles normal. Natürlich ist nicht jeder Anruf freundlich“. Dasselbe hatte Ulrike König von den Postsendungen gesagt. Renate Loses Blick driftete zu der Zimmerwand hinter meinem Kopf ab, wo gleich neben dem Türrahmen ein großformatiger Kalender mit Blumenfotos hing. „Aber da fällt mir ein ...“, sie verstummte, ich wartete, doch sie redete nicht weiter.

„Ihnen war etwas eingefallen?“

„Frau Degenhart hatte mich am Freitagabend vor Karneval gebeten, ein paar Telefonnummern herauszusuchen. Mitte März feiern wir unser zwanzigstes Jubiläum.“

„Das Jubiläum der Edition im Spieker“, wandte ich ein, „aber die gibt es nicht mehr.“

„Ohne die Edition im Spieker gäbe es ‚Bisping‘ nicht.“

Ich lehnte mich in ihrem Besuchersessel zurück, der sehr viel bequemer war als das Marterinstrument in Kraffts Büro: ergonomisch geformte schwarze Mikrofaser mit wippendem Stahlrohr, im Aussehen allerdings bei weitem nicht so spektakulär wie die dreibeinige Kunststoffschale in Flieder mit einem Muster aus roten Kreisen, die in seinem Büro stand.

„Welchen Zusammenhang gibt es zwischen den Telefonnummern und dem Jubiläum?“

„Es sind die Anschlüsse jener Autoren, die nur für die Edition im Spieker gearbeitet haben. Wir planen zum Jubiläum einen Lesemarathon mit der Lyrik unserer beiden Editionen. Aber ...“ Ich wartete, obwohl ich gut nachvollziehen konnte, was sie bewegte. Als sie nicht weiter redete, sagte ich: „Jetzt fragen Sie sich, ob dieser Marathon überhaupt stattfinden kann. Und in welcher Form das Jubiläum begangen werden soll. Der Verlagsleiter wurde ermordet und es stellt sich heraus, dass er das Lyrikprogramm streichen wollte. Welcher der betroffenen Dichter steht jetzt noch zur Verfügung?“

„Eben.“

„Von wem stammt die Idee? Von Frau König?“

„Die Veranstaltungen sind nicht mein Ressort.“

„Frau Grimm wäre auf keinen Fall mehr dabei. Hatte sie eigentlich einen Fanclub?“ Der frisch geschrubbte Grabstein kam mir in den Sinn. Sogar dem Zeitungsredakteur, der das Foto gemacht hatte, war er aufgefallen.

„Einen *was*?“ Frau Loses fein gezupfte Brauen hoben sich so irritiert, als könnte sie diesen Begriff einzig und allein mit Popgruppen assoziieren.

„Kamen Anfragen wegen ihrer Bücher, haben Sie Leserbriefe weitergeleitet? Wie groß war der Andrang, wenn sie signierte?“ Zu spät fiel mir ein, dass ich diese Frage Frau König hätte stellen müssen. Doch auch Renate Loses Antwort brachte eine Neuigkeit.

„Ich war bei ihrer letzten Lesung dabei, zwei Wochen vor ihrem Tod, am ersten Mittwoch im August. Der Gedichtband ‚Die Sphinx blickt nach Westen‘ war im Mai herausgekommen. Haben Sie ihn mal in der Hand gehabt?“ Als ich kommentarlos nickte, fuhr sie so beflissen fort, als erwartete sie auch gar keinen Kommentar: „Die Kritiker hielten sich bedeckt, aber hier im Verlag standen die Segel auf Optimismus. Für uns sind die Verkaufszahlen wichtig, und da sahen bei Constanze schon die Vorbestellungen ermutigend aus. Bei ihren Signierstunden standen die Leute bis auf die Straße. Aber sie nahm es gelassen, schrieb jede Widmung, die man sich wünschte, lächelte, als mache es ihr überhaupt nichts aus, hunderte Male ihren Namen zu schreiben. Wissen Sie, was sie mir mal sagte, nachdem sie eine Stunde lang signiert hatte: ‚Renchen‘, sagte sie, sie nannte mich nämlich Renchen, wenn wir beide allein waren, ‚ich bin nur froh, dass ich mich nicht auf einen Doppelnamen eingelassen habe. Im Wirtschaftsleben oder in der Politik mag das ja hilfreich sein, da fallen Frauen durch den Rost, wenn sie keinen Doppelnamen führen. Das liegt nicht etwa daran, dass sie schon vor ihrer Heirat Karriere gemacht haben, denn dann könnten sie ja ihren Mädchennamen behalten. Nein, sie müssen sich gegenüber ihrem Göttergatten behaupten.‘ Sie benutzte tatsächlich das Wort Göttergatte, obwohl es so … operettenhaft klingt, finden Sie nicht?“ Diesmal signalisierte ihr Blick, dass sie eine Antwort erwartete, und ich sagte: „Tut mir Leid, ich bin kein Operettenexperte. Jacques Offenbach vielleicht, aber selbst da …!“

Meine Operettenkenntnisse interessierten Frau Lose überhaupt nicht, sie schwelgte weiter in ihren Erinnerungen „‚Renchen‘, sagte sie“, ihre Goldringe blinkten, als sie eine wedelnde Handbewegung machte, „‚stell dir mal vor, ich würde als Constanze-Catharina Schmückeberg-Grimm herumgereicht. So könnte ich mich nennen, aber so müsste ich dann auch signieren, bis in alle Ewigkeit.‘ Und dann lachten wir beide, weil sie mit ihrem Lachen immer so ansteckend wirkte.“ Eine ähnliche Geschichte hatte auch Frau Degenhart erzählt, allerdings etwas resignierter: Die Grimm als Circe, die die Aufmerksamkeit immer und überall auf sich zog und das Gespräch auf Anhieb beherrschte. Hatte sie ihre Liebe zum „Bad in der Menge“ auch dann noch demonstriert, als es ihr schon schlecht ging?

„Es heißt, sie habe vor ihrem Tod Depressionen gehabt und nicht mehr arbeiten können. Wenn Sie die letzte Lesung miterlebt haben, müssten Sie beurteilen können, ob das stimmt.“

„Constanze war nicht depressiv“, widersprach Frau Lose eifrig. „Allerdings muss man berücksichtigen, dass ihr der Kontakt mit dem Leser ungeheuer wichtig war. Dafür nahm sie Unpässlichkeiten in Kauf. Nicht, dass Sie etwa glauben, das sei normal! Wenn ich zum Beispiel an Herrn Helder denke, der sieht die Leute, die an seinem Tisch geduldig Schlange stehen, nicht mal an, sondern schludert seine Unterschrift hin, ohne den Kopf zu heben. Was sage ich: Unterschrift – ein Krakel ist das. Dabei haben die Leute für seine Lyrik viel Geld ausgegeben, manche wollen das Buch verschenken. Wie stehen die denn da, wenn die Signatur so aussieht, als hätte jemand lediglich einen Kugelschreiber ausprobiert!“

„Frau Grimm machte es anders?“

Sie schnäuzte sich die Nase. „Absolut! Die Leser mochten Constanze. Und ihr Vortrag war ja auch immer ganz blendend.“

Hatte sie eine bestimmte Generation ganz besonders angesprochen? Renate Lose dachte kurz nach, dann kam die präzise Antwort: „Wen sie ganz besonders faszinierte, waren die jungen Männer, sagen wir bis vierzig. Bei Frauen war es eher die reifere Jugend.“ Sie lachte kokett.

„War ein bestimmter Typ besonders oft vertreten?“

Sie schüttelte spontan den Kopf. „Wenn jemand ein so weit gefächertes Programm bot, gab es auch im Publikum Extreme.“ Es war nicht schwer, sie sich auszumalen: die stets auf außerirdischen Empfang eingestellten Freunde der Geomantie und die unruhigen Wandervögel, denen das Stillsitzen schwer fiel, die Schöngeister, die jedes Wort auf sich wirken ließen, und die heimlichen Verehrer, die nur gekommen waren, um die attraktive Rezitatorin zu sehen. „Die stimmungsvollsten Abende“, fuhr Frau Lose fort, „hatten wir hier im Haus. Aber oft war die Nachfrage so lebhaft, dass wir umziehen mussten.“

„Wohin?“

„Ins Wennergreen“, entgegnete sie leicht ungehalten, als hätte ich mir *das* doch selbst denken können. Dabei hatte ich keine Ahnung, wie viele Plätze das Café in der Hörster Straße bot. Alles, was sich mir bisher eingeprägt hatte, waren zwei Bockfenster mit blassgrünen Gardinen und mehreren in giftgrüne Übertöpfe gestellte Phalaenopsisorchideen, deren zum Platzen pralle, blassrosa Knospen sich nie öffneten, auch nicht, wenn man ein paar Wochen später wieder vorbeikam. Cafés mit Plastikpflanzen waren mir ein Gräuel.

„War Herr Degenhart bei ihren letzten Auftritten dabei?“

„Er war nie dabei“, konterte sie, offensichtlich selbst unzufrieden mit diesem Manko. Schon im nächsten Moment schien sie um Schadensbegrenzung bemüht. „Sehen Sie“, fuhr sie beflissen fort, „Herr Degenhart hatte extrem viel zu tun. Auch Frau König stand nicht immer zur Verfügung. Also bat er mich, den Verlag zu vertreten. Es war mir eine Ehre.“

„Die letzte Lesung fand also im Café Wennergreen statt?“

„Nein“, sagte sie, „die war hier im Haus, vorn im Eingangsbereich.“

„Und wo hat Frau Grimm zum letzten Mal ihre Bücher signiert?“

Frau Loses Miene fror zu Eis, als sie sagte: „Im Hinterzimmer des Naturkostladens Rawalpindi in Telgte.“ Sie selbst war in dem kleinen pittoresken Wallfahrtsort zu Hause. Ein Hinterzimmer in einem Naturkostladen, das klang nicht unbedingt nach einer Warteschlange bis zur Straße. Obwohl es natürlich auch Bestsellerautoren passieren konnte, dass sich ihr Veranstaltungsraum partout nicht füllen wollte. Bedeutend schwerer wog die Tatsache, dass Degenhart nicht einmal die dramatisch schwindende Publikumswirksamkeit seiner Frau zu mehr Solidarität bewegt hatte.

„Wie groß war die Beteiligung?“

Ihre Mimik verriet, dass ich an der Schmerzgrenze war. Als sie nicht antwortete, redete ich weiter: „War Frau Grimm nicht mehr in der Lage, neue Texte zu schreiben? Auch keine Biographie? Sie hatte über Ingrid Bergman gutes Material in die Hände bekommen. War sie total blockiert, was auch immer sie in Angriff nahm?"

„Nein", flüsterte sie gequält, „so war das nicht."

Jetzt ließ ich mich nicht mehr abwimmeln. Als hätte ich das Gartenbeet entdeckt, unter dem der Hund begraben lag, fuhr ich fort: „Für Biographien war im Programm der Edition im Spieker kein Platz, da blieb der Chef glashart. Wenn er eine Ausnahme gemacht hätte, wäre der Verlag binnen kurzem mit so genannten Schicksalen zugeschüttet worden. Vom Eisprinzesschen in Sprakel über den Lamazüchter aus Gimbte zum Schnulzensänger von Emsdetten. Dabei ist die tägliche Flut von Gedichten schon nicht mehr zu bewältigen." Scheinbar gelangweilt betrachtete sie den Aufmarsch an Goldringen auf ihren Fingern.

„Constanze", setzte ich hartnäckig fort, „hätte als Autorin einer Biographie vielleicht bessere Verkaufszahlen und wieder mehr Beachtung erreicht. Sie hätte auch gern andere Verlage angesprochen. Das lehnte Degenhart ab. Nebenbei entschieden er und Frau Abel schulmeisterhaft, dass ihre eigenwillige Sprache sich nicht für Sachbücher eignete."

„Wie kommen Sie zu diesen Unterstellungen?" Ihre Oberlippe zitterte.

„Ich habe eine Biographie von Ingrid Bergman gelesen. Sie ließ sich von Rossellini scheiden, weil er keine anderen Regisseure neben sich duldete. Irritierte Constanze die Tyrannei des eigenen Mannes denn gar nicht? Konnte sie gut arbeiten, wenn er sie so einengte? Was wissen Sie darüber?"

Sie schloss sekundenlang die Augen, was ich als Zustimmung nahm. Demnach hatte Degenhart in seinem Büro nicht nur mit Constanze gestritten, sondern auch mit Jette Intrigen eingefädelt.

„Warum ließ sie sich das gefallen? Jahrelang als ‚Zugpferd' gefeiert und dann zerteilt, flambiert und verspeist! Sie scheint wirklich verrückt gewesen zu sein." Ich dachte an Jette, die jetzt in ihrem Alptraumkabinett schlafen musste. War nicht Constanze, sondern Degenhart seelisch gestört gewesen?

„Warum sagen Sie mir das alles?", stöhnte Renate Lose.

„Weil ich glaube, dass Sie Frau Grimm am besten kennen." Wenn wir endlich erfuhren, wie sie gestorben war, hätten wir den Mord an ihrem Mann bald geklärt – aber nur dann, da war ich mir sicher. „Wo waren Sie am Abend des Karnevalssamstags?"

„Ich war zu Hause."

„Kann das jemand bezeugen?"

Eine Nachbarin in ihrer Bungalowreihe kam in Betracht. Als Frau Lose gegen halb zwölf noch zur Mülltonne ging, hätte sie der Pudel dieser Frau fast gebissen. Die Nachbarin klagte zwar über zunehmende Kurzsichtigkeit, aber wenn es mal „hart auf hart" käme … Ich war schon an Frau Loses Tür, als mir noch eine Frage kam: Wer hatte zum Zeitpunkt von Frau Grimms Tod im Zimmer der Praktikantin, also Wand an Wand mit Degenhart, gearbeitet?

Das brachte sie völlig aus dem Tritt. Sie hatte sich schon zu weit in ihr Schneckenhaus zurückgezogen, um auf solche Spätzünder gefasst zu sein. „Frau Degenhart, äh, ich meine, die jetzige Frau Degenhart arbeitete dort."

Ich ließ sie allein, ging zur Galerie, warf einen Blick in den Eingangsbereich und überlegte. Für wie viele Zuhörer war dort Platz? Zwölf? Bei fünfzehn würde es schon eng, selbst wenn man den Eingang verschloss und das Publikum durch die Hintertür hereinließ. Eine merkwürdige Alternative: Entweder viel Atmosphäre – die hübsch dekorierten Fensternischen, das Stehpult, eine gute Akustik – dafür aber wenig Publikum, was auf Zeitungsfotos möglicherweise zu sehen wäre. Oder die Zuhörer dicht an dicht, in einem Café mit Plastikblumen, staubiger Gardine und Nebengeräuschen. Aber die Medien würden von großer Beteiligung reden.

Der restliche Vormittag verstrich mit der Befragung von Achim Wollmacher, Thomas Katzbach und Bianca Seydel und brachte, wie ich später beim Vergleich mit Lückmanns Ergebnissen herausfand, nur bei der Praktikantin eine Überraschung. Bei den übrigen lauteten die Antworten, wie zu erwarten war. Die Zusammenarbeit mit Degenhart war reibungslos gelaufen und er hatte sich weder auffällig verhalten noch persönliche Probleme durchblicken lassen. Der Bildband über die Reisen der Droste befand sich im Druck, der

Wanderführer der Paderborner Theologiedozentin wurde derzeit ausgeliefert, die Mundartgedichte waren bereits im Handel.

Ein Gedichtband kam heraus, obwohl Degenhart das Lyrikprogramm geschlossen hatte?

„Der Vertrag ist schon im letzten September unterschrieben worden“, stellte Katzbach klar. „Danach wurde der Autor krank, wodurch sich die Korrekturen verzögerten.“ Da er so genau Bescheid wusste, hatte man den Fall wohl im Verlag diskutiert.

Katzbach war ein kleiner, gedrungener Mensch mit einer gemütlichen Wampe, rot gesprenkelten Wangen und listigen Schweinsäuglein, dem man den Spaß an erotischen Pikanterien ohne weiteres abnahm. Als ich ihn fragte, ob er auch Bücher von Constanze Grimm illustriert habe, entgegnete er etwas gedehnt, Frau Grimm habe sich für ihre Lyrik Tusche- und Tintenzeichnungen von Miró und anderen dem Surrealismus nahe stehenden Künstlern gewünscht, doch seien Degenhart die Vervielfältigungsrechte zu teuer gewesen. „So viel brachten ihre Gedichte nämlich nicht ein“, bemerkte er mit einem Lächeln, das man nicht anders als schadenfroh nennen konnte. Er fügte an, dass er seinerseits Gedichtbände nur bearbeite, wenn ihn der Inhalt inspirieren könne. Waren sich da zwei Mimosen nicht ganz grün gewesen?

„Wirkte Frau Grimm kurz vor ihrem Tod verändert?“

Er betrachtete mich nachdenklich, als müsste er jedes Wort genau überlegen. „Frau Grimm war kurz vor ihrem Tod“, er betonte jede Silbe, „ein psychisches Wrack. Sie war weder in der Lage zu arbeiten noch Lesungen zu halten. Wie ihre letzten Signaturen aussahen, möchte ich gar nicht wissen.“

Das war nichts Neues, auch wenn sich Katzbach sehr drastisch ausdrückte.

Beruhte seine Aussage auf eigener Anschauung oder auf den Behauptungen Dritter? Hatte Frau Abel vielleicht unverzeihliche Textschwächen ausgeplaudert, die sich schrittweise in krankhafte Wortwucherungen steigerten? Hatten sich Frau Grimms letzte Gedankenexperimente ins Psychotische verstiegen?

„Können Sie mir ein Beispiel für ihr pathologisches Verhalten nennen?“

„Bei ihren letzten Leseabenden verlor sie die Kontrolle", entgegnete er. „Sie brach mitten im Satz ab, glotzte ins Publikum und dann ging sie weg. Dic Leute müssen gedacht haben, sie hat Drogen genommen oder sich Mut angetrunken. Frau König hat die Situation gerettet, indem sie aus dem neuesten Gedichtband von Herrn Helder rezitierte. Bei anderen Auftritten kippte die Grimm nach jedem Gedicht einen großen Schluck Wasser runter. Direkt manisch wirkte das. Ihre Gedichte sind nämlich nur kurz."

„Haben Sie das persönlich miterlebt?"

„Erstmal nicht. Meine Frau, die eine treue Besucherin ihrer Lesungen war, erzählte mir davon, und ich traute meinen Ohren nicht. Zur nächsten Veranstaltung bin ich gegangen. Meine Frau hatte genug von den Zicken."

„Und bei der nächsten Veranstaltung hat Frau Grimm wieder ‚manisch' Wasser getrunken?"

„Nein", jetzt wirkte er verlegen, „aber sie kam mir sehr unkonzentriert vor, sie blätterte herum, als könnte sie sich nicht entscheiden, verhaspelte sich."

„Erinnern Sie sich, wo der letzte Leseabend stattgefunden hat?"

Jetzt hatte ich ihn verwirrt. Welchen ich denn meine? Den mit dem überstürzten Ende oder den mit dem Schluck Wasser nach jedem Gedicht?

Nicht nur die allerletzte Lesung, so stellte sich heraus, auch die beiden vorhergehenden waren im Eingangsbereich des Verlagshauses veranstaltet worden. Bei der letzten war allerdings, als schon das Deckenlicht gedimmt und die Stimmen der Zuhörer zu einem Murmeln gedämpft worden waren, noch ein siebenköpfiger Wanderclub eingetroffen; treue Leserinnen der magischen Reiseführer, denn daraus las die Grimm an jenem Abend. Auf Zehenspitzen waren sie vom Hintereingang durch den Flur gehuscht und hatten die Treppe besetzt, bis hinauf zur Galerie. Nachher hatten die zuoberst Sitzenden behauptet, die Akustik sei ganz besonders angenehm gewesen. Weshalb man die nächsten Lesungen umgestellt habe: Der Vortragende oben auf der Empore, Blick und Stimme abwärts gerichtet. Aber irgendwie habe sich das dann doch nicht durchgesetzt.

Ich fragte ihn, wem damals der Arbeitsplatz auf der Empore gehört habe, aber er wusste es nicht. Hatte da oben überhaupt ein

Schreibtisch gestanden? Schließlich war auch das „Kabuff“ frei, solange keine Praktikanten beschäftigt wurden. Was meistens der Fall war. Er sei kein Kindermädchen, hatte Degenhart gesagt.

Und Bianca Seydel? Bianca war eine Ausnahme. Katzbach seufzte hörbar. Da war viel Vitamin B im Spiel gewesen.

„Wie gut kannten Sie Frau Grimm persönlich?“

„Nicht sehr gut“, gab er zu. „Sie war drei-, viermal hier in meinem Büro. Sie sah sich meine Entwürfe an und meinte, Miró wäre angemessener. Und dann rauschte sie ab. Mir hat es nichts ausgemacht, ich hatte sowieso zu viele Aufträge. Ich verdiene nicht mehr, wenn mehr Illustrationen gemacht werden müssen. Und ihr letztes, noch unveröffentlichtes Gedichtmanuskript …“, er zuckte die Achseln, „über Wochen ging das hin und her, ständig warf sie ihre Texte um. Dies nicht gut und das nicht! Jette hat es mir damals erzählt.“

„Besitzt Frau Degenhart diese Texte noch?“

„Keine Ahnung. Herausgekommen ist der Band jedenfalls nicht mehr.“

„Auch keine Kostprobe im Pegasus?“

„Ich erinnere mich nicht. Wissen Sie, es war damals für das ganze Verlagsteam eine eigenartige Zeit: die Frau des Chefs auf so unklare Weise ums Leben gekommen und dann dieser Mordverdacht gegen ihn …“

Ich dache an Renate Loses Bericht über die letzten Signierstunden. Ihre Aussage unterschied sich von Katzbachs Urteil, als wäre von zwei Personen die Rede: die eine immer lieb, nett und geduldig, bis der letzte Signierwunsch erfüllt war. Die andere eine schlingernde Fregatte kurz vorm Kentern. War Constanze Grimm vielleicht schizophren gewesen? Aber es gab noch eine andere Möglichkeit: Der Verlag war in zwei Parteien gespalten. Die einen praktizierten die hemmungslose Vergötterung, für die anderen war sie schon immer reichlich verschroben gewesen. Aber konnte ein Autor so kontrovers sein, dass er das Team seines Verlags entzweite? Noch jahrelang nach seinem Tod? Welche Rolle hatte Olaf Degenhart dabei gespielt? Und Jette Abel?

War die unvollendete Gedichtsammlung vielleicht in Jettes Rolladenschrank untergebracht? Sprengstoffartig gefüllt mit den allerletzten Botschaften der Autorin, sozusagen vermint?

„Ist Ihnen mal ein Gerücht zu Ohren gekommen, Herr Degenhart trete seinen Mitarbeiterinnen zu nahe?“

Jetzt wirkte Katzbach völlig verblüfft. „Wer hat das behauptet?“

„Sie selbst. Im Zusammenhang mit dem Erpressungsfall Ihrer Frau. Stimmt es oder stimmt es nicht?“

„Ich erinnere mich gar nicht mehr an diese Aussage“, stotterte er. „Möglich, dass mal Gerüchte durchs Haus gingen.“

„Würden Sie sagen, dass die Beziehung zwischen Herrn Degenhart und Frau Grimm besser oder schlechter war als Degenharts zweite Ehe?“ Als Katzbach zögerte, fuhr ich fort: „Stellen Sie sich diese Paare jeweils nur als Arbeitskollegen vor und sagen Sie mir, wie sie miteinander umgingen. Zwei von ihnen sind auf gewaltsame Weise gestorben.“

„Die dritte lebt“, gab er lakonisch zu bedenken. „Außerdem kann ich das nicht beurteilen, weil Frau Grimm immer zu Hause arbeitete.“

„Sie war hier“, wandte ich ein, „hier in Ihrem Büro. Worauf stützt sich Ihr Urteil über ihren Geisteszustand, wenn Sie sie kaum gekannt haben? Nur auf die letzten Leseabende, an denen sie nicht gut drauf war?“ Ich dachte an Herrn Helder, der seinen Lesern nicht mal ins Gesicht sah, während er seinen neuen Kugelschreiber in ihren Büchern testete.

Ich fragte ihn, ob seine Frau, die ja wohl häufiger Lesungen besuchte, auch an Herrn Helders Veranstaltungen teilgenommen habe. Das wusste er nicht so genau. Für die Reiseführer von Frau Grimm, so hielt er fest, sei sie immer sehr empfänglich gewesen, auch wenn sie die vorgeschlagenen Touren nie nachgegangen war. Sie joggte lieber durch den Schlossgarten, und innovative Lyrik sei auch nicht unbedingt ihre Leidenschaft. Virtuelle Wanderungen mit magischem Einschlag ließ sie dagegen gern auf sich einwirken. Manchmal ergaben sich Themen für den Kunstunterricht daraus: die Dörenther Klippen im Nebel, die hoch verschneiten Düwelsteine bei Heiden oder die Janningsquelle mit dicken, Kreise ziehenden Regentropfen; Motive, die schraffiert oder getuscht gut „rüberkamen“, in Buntstift oder Kreide. Ich fragte Katzbach, wo er am Abend des Karnevalssamstags gewesen sei, und er gab an, mit seiner Frau und ein paar Künstlerkollegen im Schöppinger Atelier bis in den frühen

Morgen gefeiert zu haben. Nicht den Karneval, den er abstoßend fand, sondern den Fünfzigsten eines Malerkollegen. Als ich mich für das Gespräch bedankte, wollte er wissen, ob seine Aussage zu Protokoll genommen würde. „Das entscheiden wir in den nächsten Tagen", sagte ich, dann klappte ich die Tür hinter mir zu.

Als Letzte trafen Max und ich in der Teeküche Bianca. Es war ein kleiner, aber exklusiv ausgestatteter Raum, der mich an Frau Degenharts Kochstudio in Handorf erinnerte; nicht zuletzt deshalb, weil hier wie dort wohl nur selten professionell gearbeitet wurde. Auf dem ellipsenförmigen Tisch aus makelloser Buche wurden allenfalls die fertigen Platten von Wennergreen abgestellt, Flaschen geöffnet, Kaffee eingeschenkt und benutztes Geschirr abgeladen. Trotzdem gab es einen Backofen mit einem Cockpit wie im Rennwagen und eine kompliziert aussehende Espressomaschine, während ein Bullauge in der Hauswand natürlich fehlte. Das hätte in dem historischen Gebäude aber auch so krass gewirkt wie eine Neonreklame am Erbdrostenhof.

Die Vitamin-B-Praktikantin, die uns mit einem Kaffeebecher am Küchentisch erwartete, wirkte auf eine bestimmte Art schickverschlafen. Blonde Mähne, modisch fahles Make-up, langgliedrige Figur, eine Töpferwespe, unter unklaren Bedingungen eingeschleust, um sich jetzt träge zwischen dem ihr zugewiesenen Kabuff und der luxuriösen Kaffeeküche hin- und herzubewegen. Frau Loses Bilanzen waren ganz bestimmt nicht in Gefahr, ich bezweifelte, dass das Mädchen überhaupt wusste, was schwarze Zahlen waren, allenfalls kannte sie ihre Kreditkartennummer. Ihr Westenanzug, ein dunkler Nadelstreifen, stammte, wenn er in Münster gekauft war, aus einer der wenigen Edelboutiquen, die sich noch halten konnten, ihr taillenlanges Haar und die auf French Manicure getrimmten Nägel prädestinierten sie für das Poster einer Kosmetikfirma. Unsere Fragen beantwortete sie zwar willig, aber mit einer Piepsstimme, die sie um einiges jünger machte als siebzehn. Sie hatte ihr Praktikum zum ersten Oktober des Vorjahres begonnen und war gleich von Degenhart aufgefordert worden, ihn zur Buchmesse zu begleiten. Doch als ich wissen wollte, wie sie in Frankfurt mit ihrem Chef zurechtgekommen sei, legte sie ein geradezu aggressives Klassenbewusstsein an den Tag. Degenhart, so meuterte sie, sei ein Sklaventreiber gewesen, der sie die Knochenarbeit am Stand habe machen lassen, während er sich in der Bar zudröhnte.

„Hat er Ihnen gesagt, wohin er geht? Und wollen Sie damit behaupten, er hätte sich regelmäßig betrunken?“

Sie schniefte verächtlich. „Er ging zwischendurch immer wieder weg, ab drei Uhr nachmittags war er dann völlig verschwunden. Am nächsten Morgen hatte er ganz verquollene Augen und hat nur Tabletten gefressen.“ Ihre Stimme klang jetzt nicht mehr verächtlich, sondern hasserfüllt.

„Vielleicht hatte er die Grippe?“

Krampfhaftes Lachen war eine weitere Bestätigung ihrer Abneigung.

„Ist er Ihnen mal zu nahe getreten?“

Sie schüttelte den Kopf. „Ich hätte ihm auf die Pfoten gehauen“, sagte sie so schroff, dass mir der Verdacht kam, hier sei gar nicht der Ekel vor zudringlichen Männerfingern im Spiel, sondern die verletzte Eitelkeit der ihrerseits Abgewiesenen. Mit Degenharts Name verband sich ein renommierter münsterscher Verlag. War es nicht plausibel, dass der Mann seine Zeit nicht nur am Messestand verbrachte, wo ihm junge Leute in teilweise maßloser Selbstüberschätzung ihre Gedichtexperimente aufdrängten oder ihn mit ihren Fotomappen nervten? Vielleicht hatte Jette Degenhart nicht übertrieben, als sie behauptete, sie und ihr Mann könnten keine zwanzig Meter weit gehen, ohne belästigt zu werden. Außerdem war Bianca noch nicht volljährig, ihre Eltern hätten ihr die Teilnahme an der Buchmesse verbieten können, wenn es moralische Bedenken gab. Hatte sich das Mädchen Hoffnungen gemacht, zu Degenharts Terminen mitgenommen zu werden, hatte sie sich die schmeichelhafte Rolle der „persönlichen Referentin“ in den Kopf gesetzt und sich dann als Standhilfe ausgenützt gefühlt?

„Sind Sie und Herr Degenhart allein nach Frankfurt gefahren?“

„Nein“, sie schüttelte effektvoll die seidige Mähne. Wie von Polycolor einstudiert. „Achim war mit. Aber der war ja auch viel unterwegs.“

Herr Wollmacher also! Ich fragte Bianca, ob sie innerhalb des Verlagteams Animositäten gegen Degenhart bemerkt hätte, Getuschel oder Intrigen. Praktikanten waren im Allgemeinen unbefangen, hingen öfter in der Teeküche oder im Lager herum, schnappten die eine oder andere Bemerkung auf oder tratschten.

Fräulein Seydel hatte nichts bemerkt.

„Kommen Sie mit Frau Degenhart gut zurecht?“

„Ich bin nur vormittags im Verlagsgebäude. Am Nachmittag werde ich zu Botengängen fortgeschickt oder habe Unterricht.“

In der Nacht zum Karnevalssonntag war sie mit Freunden unterwegs gewesen. Wieder notierten wir Namen und Adressen, die Liste wurde immer länger.

Als ich zum Schluss noch das Büro des Verlagsleiters sehen wollte, stieß ich auf Widerstand. Ab sofort sei dies Frau Degenharts Reich. Nur sie besaß den Schlüssel. Außerdem war der Raum einen Vormittag lang von der Polizei mit einer Gründlichkeit durchsucht worden, als hätte die Leiche unter dem Schreibtisch gelegen anstatt am Mühlenwehr. Konnte nicht endlich mal Ruhe einkehren?

Im Eingangsbereich war Frau König damit beschäftigt, das Stehpult mit schwarzem Krepp zu umwickeln. Auf der Ablage wartete ein aufgeschlagenes Kondolenzbuch. Ein Foto des Toten gab es nicht. Im rechten Schaufenster hing Trauerflor.

„Bleibt der Verlag in den nächsten Tagen geschlossen?“, fragte Max.

„Am Tag der Beerdigung auf jeden Fall“, kam es knapp zurück.

Die Beisetzung war für den kommenden Donnerstag vorgesehen, auf dem Zentralfriedhof, neben Constanze Grimm. Es war mit großer Beteiligung zu rechnen.

Als Max und ich das Gelände räumten, schienen sich die Blicke von Degenharts Mitarbeitern in unsere Rücken zu bohren.

- IX -

Als ich Lückmann auf dem Rückweg ins Präsidium nach seiner Unterredung mit Sibylle Hahn fragte, gab er sich auffallend wortreich. Kein Zweifel, die junge Frau hatte ihn angenehm beeindruckt. Gab es keine Verdachtsmomente? Das Karnevalswochenende hatte sie jedenfalls zum Skifahren genutzt, so viel stand fest. Das Hotel in Zürs am Arlberg konnte gefragt werden, außerdem war sie in Begleitung von Bekannten gereist. Wie hatte sie auf Katzbachs Anschuldigung reagiert, Degenhart jage jedem Rock hinterher? Wenn man Bianca Glauben schenkte, war er bei ihr brutal abgeblitzt. Aber irgendwoher musste sein schlechter Ruf doch kommen oder war alles nur üble Nachrede, Tratsch der bösesten Sorte? Außerdem ließ sich aus bloßen Jagdtrieben wohl kaum ein Mordmotiv herleiten, es sei denn, die betroffene Mitarbeiterin war verheiratet und Degenhart ihr handfest an die Wäsche gegangen. „Gibt es einen Herrn Hahn?"

„Nee!" Max blitzte mich selbstbewusst an, auch sein Herzblatt Sabine hieß noch immer Meissner mit Nachnamen.

„Frau König hat einen Ehemann", sagte ich, „aber sie hat so wohlwollend von ihrem Chef geredet und es klang so überzeugend, dass ich mir ein Techtelmechtel zwischen den beiden nicht vorstellen kann. Hat Frau Hahn auch keinen Freund?"

„Laut eigener Auskunft lebt sie allein, schläft allein und geht allein mit ihrem Kurzhaardackel spazieren, übrigens einer Hündin."

„Macht sie den Eindruck, als ließe sie sich Belästigungen gefallen?"

Über diese Frage dachte Max lange nach. „Einerseits gibt sie sich cool, auf der anderen wirkt sie warm und weich. Ein Typ wie Jennifer Lopez, da schmelzen Männerherzen wie Teelichter."

„Lückmann!", tadelte ich. „Was sagt sie über Degenhart?"

Er streckte die Füße so sehnsüchtig aus, als hätte er einen Vier-Stunden-Marsch durchs Watt hinter sich. „Sie ist erst seit letztem Februar im Geschäft, und sie sagt, Degenhart habe sie respektiert."

„Die anderen Mitarbeiterinnen hat er nicht respektiert?"

„Mit denen hast du gesprochen", konterte er, während ich unseren Dienstwagen an einer roten Ampel stoppte.

„Eine merkwürdige Formulierung!", grübelte ich laut. „Eine Mitarbeiterin, die von ihrem Chef sagt, er respektiere sie? Das klingt ja, als hätte sie das Gegenteil erwartet. Wäre Degenhart sechs Monate später zu Tode gekommen, hätte sie möglicherweise ganz anders über ihn geredet. Hätte ihn einen Ausbeuter genannt wie Bianca oder einen Geilo." In diesem Zusammenhang fiel mir Sonia Davids Bemerkung ein, Degenhart habe ihre Mutter wie ein Schoßhündchen gehätschelt. Hatte er das „Zugpferd" seiner Lyrikproduktion, in mehreren Ausgaben des Pegasus als „Magierin des westfälischen Naturempfindens" gelobt, als „Schöpferin einer ganz neuen Nomenklatur moderner Gefühlslagen" und „kompromisslose Entlarverin seelischer Abgründe", zu Hause konsequent für dumm verkauft? Stammte der Täter aus Kreisen, in denen man das Ansehen der Grimm hochhielt, aber auch den zersetzenden Spott des Kulturgurus Degenhart nicht vergessen konnte? Er hatte an allen künstlerischen Sparten gekratzt. Hatte sich im Lauf der Zeit vielleicht so viel gefährliches Strandgut gesammelt, dass es auch die sechs im Elsass verbrachten Jahre nicht hatten fortspülen können?

Im Elsass hatte Bella ihre Kochschule absolviert. Der Gedanke erinnerte mich an meinen Vorsatz, noch an diesem Abend die Rezepte der Samstagsparty einzusammeln. Ich würde die O.B.Y.-Mädchen fragen, in welchem Ort der Kochkurs stattgefunden hatte.

Aber zunächst fragte ich Max nach Degenharts letzten Telefongesprächen am Freitagabend von seinem Büro aus. Wie sich herausstellte, hatte Max die Angelegenheit schon am Samstag zu den Akten geheftet. Olaf Degenhart hatte seine beiden in Berlin lebenden Schwestern telefonisch zum Verlagsjubiläum im März eingeladen. Jetzt kamen sie zur Beerdigung.

„Die einzige Person", sagte ich nach kurzem Schweigen, „die für den Abend des Karnevalssamstags kein einwandfreies Alibi vorweisen kann, ist Renate Lose. Eine kurzsichtige Nachbarin und deren bissiger Pudel, der sie aber dummerweise nicht gebissen hat! Wenn ich mir überlege, wie gottergeben sie von der Grimm geredet hat, käme ein Mord an Degenhart in Frage. Sie hat in unserem Gespräch den geistigen Verfall seiner Frau völlig verdrängt. Erst als ich nicht mehr Fragen stellte, sondern Fakten nannte, gab sie zu, dass die Grimm am Abgrund ihrer Laufbahn stand. Diese Tatsache hatte sie vorher beinahe so vehement geleugnet wie eine Leiche im Keller."

Max warf mir einen Blick zu. „Mann, das klingt vielleicht krass! Gibt sie Degenhart die Schuld an diesem Abgrund?"

„In diesem Punkt war sie nicht zu packen, dabei spielte sie praktisch die Kammerzofe der Grimm. Das gruftige Schlafzimmer ihrer Lady, in dem Frau Degenhart jetzt Alpträume kriegt, hätte die Lose in den Schlaf gewiegt wie eine Luxussuite im Romantikhotel. Trotzdem …" Als Täterin kam sie wohl kaum in Frage. Ich stellte sie mir vor: nicht gerade zierlich, aber höchstens einssechzig; zu klein, um einen Turm wie Degenhart aus dem Gefecht zu schlagen. „Vielleicht ist ihre Behauptung, Degenhart habe Mitarbeiterinnen belästigt, an den Haaren herbei gezogen. Vielleicht sollte sie seine Frau provozieren und den Mordverdacht auf sie lenken."

„Ihre Behauptung kursiert schon seit einem Vierteljahr", wandte Max ein. „Wenn sich dann noch herausstellt, dass Frau Degenhart dieses Gerücht völlig schnuppe war, weil sie Macht und Profit wichtiger findet als eine glückliche Ehe …?"

„Ihre Miene zu der Joint Venture, die Krafft und Katzbach planen, würde ich jedenfalls gern life erleben", gab ich zu.

„Ein Textautor, der demnächst in Pension geht", überlegte Max, „und ein Graphiker, der anderswo eine blendende Karriere machen könnte – so lautet zumindest das Urteil der lokalen Medien über Thomas Katzbach – das scheint mir dürftig für eine Partnerschaft. Wer hat da wem ins Ohr geflüstert: die Erbin den treuen Mitarbeitern oder umgekehrt?"

„Genau das ist der Punkt!"

In der Mittagspause verputzte ich einen knackigen Griechischen Bauernsalat und ein Vollkornbrötchen mit eingebackenen Walnussstückchen, beides bei Wennergreen gekauft, und las dabei Lückmanns Protokoll über seine Unterredung mit Achim Wollmacher.

Heinrich Kraffts engster Mitarbeiter wirkte sowohl äußerlich als auch in seiner Arbeitsethik so diametral entgegengesetzt, dass Max sich unwillkürlich gefragt hatte, wie unter ihren vier Händen homogene Bücher entstanden. Ich hatte den pedantisch veranlagten, von Selbstzweifeln gepeinigten Perfektionisten Krafft kennen gelernt,

Lückmann den Schaumschläger Wollmacher, der sich mit Eigenlob umspann wie mit Zuckerwatte und seine offenkundigen Lieblingswörter „sinnieren“ und „geistig ausbrennen lassen“ wie aus dem Salzstreuer schüttelte. Max beschrieb Wollmacher als leger, aber teuer gekleidet, mit Schuhen, die wie handgefertigt aussahen, und einem rot eingestickten Salamander auf dem schwarzen Rolli, der bei ihm besser saß als bei dem feisten Kupfer. Wollmacher war groß, schlank und hatte einen sensiblen, fast modiglianiartig geformten Kopf, den er gern in Schräglage hielt. Das Haar war dunkel und dicht, der Mund stark geschwungen und jederzeit bereit, in mokantes oder herablassendes Lächeln auszuzucken, auch wenn unser Thema dazu wenig Anlass gab.

1960 in Münster geboren, hatte er nach seinem Abitur am Schlaun-Gymnasium Kunstgeschichte und Orientalistik in Berlin, Paris und Münster studiert und ab Januar 2000 in der Edition Bisping als Textautor gearbeitet. Davor war er vierzehn Jahre lang als freiberuflicher Kurator und Verfasser von Kunstbüchern im Ruhrgebiet und in Frankreich tätig gewesen. Sein Auftreten ließ keinen Zweifel offen, dass er sich, obwohl gerade mal zwei Jahre dabei, bereits als den künftigen Chef der Edition Bisping betrachtete. Seine Bestürzung über Degenharts Tod hatte auf Lückmann theatralisch gewirkt, während mir Krafft vergleichsweise etwas zu unbeteiligt klang. Doch nichts deutete darauf hin, dass einer von beiden seinem Chef genügend Abneigung entgegengebracht hatte, um zum Mörder zu werden. Auch Wollmacher hatte für Samstagnacht ein Alibi: Er und seine Lebensgefährtin seien mit Freunden zum Essen in der „Großen Freiheit“ am Hafen gewesen. Sie hätten einen Tisch für sechs Personen reserviert und dann bis weit nach Mitternacht im „Spooky's“ gesessen. Das sei nachprüfbar!

Ich heftete das Protokoll ab und begann mit der Korrespondenz zwischen Degenhart und seinen Lyrikern – einer „Serie von Duellen“, wie Lückmann den Briefwechsel genannt hatte. Die erste Überraschung war, dass der Entschluss des Verlegers, seine Lyrikserie einzustellen, schon vor Jahresende gefallen war. Seine Briefe waren durchwegs Mitte November abgefasst und im Lauf des Dezember von den Betroffenen beantwortet worden. Ihr Tonfall ließ nichts an Deutlichkeit vermissen. Er reichte von den verschiedensten, hartnäckig vorgebrachten Verhinderungsstrategien über Verständnislosigkeit bis zur erbitterten Attacke. Manche Autoren brachten ihre guten Verkaufszahlen ins Spiel, andere versprachen, innovative Ideen einzubringen, die dem gefährdeten Programm einen neuen Anstoß verleihen würden. Die zum Äußersten Entschlossenen drohten Degenhart, ihre Arbeitsstunden für nicht mehr veröffentlichte Manuskripte in Rechnung zu stellen. Was dagegen fehlte, waren Resignation und Weinerlichkeit; und das fand ich bemerkenswert. Der Normalfall sah doch wohl so aus, dass die Manuskripte in der Schublade blieben und ein neuer Verhandlungspartner, vor allem eine Einkommensquelle erst gesucht werden musste. Monatelanges Grübeln, Formulieren und Feilen war in den Sand gesetzt, bloß weil es einem Verleger in den Sinn gekommen war, seine Geldmittel anders zu verteilen.

Hatte auch bei diesen Autoren das Phantom des unverfrorenen münsterschen Kulturkritikers wieder Konturen gewonnen? „Inquisitor“ hatte ihn ein wütender Theaterschriftsteller genannt, weil Degenhart ihm in einem winzigen, aber vernichtenden Pegasus-Artikel geistigen Diebstahl vorwarf. Von einem jungen Maler stammte das Schmähwort „Kulturterminator“ und ein Gastdirigent, dessen „Aida“ als „Schlamassel“ bezeichnet wurde, hatte zurück gegiftet, Degenharts Hirn sei ein Schrottplatz.

Weil weder Max noch ich mit all diesem Hader zurechtkamen, hatte ich Hilly gebeten, die alten Zeitungsartikel herauszusuchen. In diesem verbalen Hexenkessel hatten wir dann Äußerungsagglomerationen gefunden, die ein Kapitalverbrechen zumindest nicht ausschlossen: vor elf Jahren, als Degenhart die Skulpturenausstellung in der Hörster Promenade als „affige Provinzposse“ bezeichnete, oder vor zwölf Jahren, als er seinen unbarmherzigen Spott über ein Ballettfestival im Großen Haus ausgoss, das ein Hätschelkind des damaligen Intendanten war. Nicht nur die Primaballerina, deren Beine als „Ofenrohre“ verunglimpft wurden, auch die „Carmen“-Darstellerin, die zur „Schmuggleroma“ verkam, der „taktlose“ Dirigent und der „eindimensional denkende“ Regisseur konnten späte Rache geübt haben. Keiner von ihnen lebte noch in Münster.

Die Briefe der Lyriker waren chronologisch geordnet, die letzten hatten zuoberst gelegen, jetzt, wo der Stapel dünn war, landete ich bei dem Schriftwechsel mit Ulli Helder. Degenhart hatte ihn bereits am 2. November benachrichtigt, zwei volle Wochen vor den anderen Autoren, das wunderte mich. Helders Antwort stammte vom 14. November. Der Freund, das neue „Zugpferd“, war als erster mit dem Rausschmiss konfrontiert worden. Hatte Degenhart auf widerspruchsloses Verständnis für seine Maßnahme gehofft, vielleicht sogar mit der beruhigenden Auskunft gerechnet, Helder könne mühelos zu einer anderen Lyrikreihe überwechseln – um sich dann mit umso besserem Gewissen die anderen Autoren vorzuknöpfen?

Zu meiner Verwunderung klang Degenharts Brief nicht wie an einen Freund gerichtet. Er begann mit „Lieber Ulli“, aber die Anrede „Sehr geehrter Herr Helder“ wäre angemessener gewesen, denn es ging kühl und geschäftsmäßig weiter. Das Lyrikprogramm sei ein Zuschussgeschäft geworden, Umschlaggestaltung und Druckkosten hätten sich erheblich verteuert und einen qualitätsmäßigen Rückschritt könne er, Degenhart, sich nicht vorstellen. In Zukunft denke er nur mehr an bibliophile Klassikerausgaben.

Merkwürdig! dachte ich, bei den Kunstbänden hat er, wenn man Heinrich Krafft glaubt, eine völlig andere Strategie verfolgt: Massenware statt teurer Exklusivität. Das Angebot, das er seinen Autoren machte, bestand darin, die noch im Lager befindlichen Gedichtbände zu verramschen und die Urheberrechte zurückzugeben. Kürzlich eingereichte, noch nicht bearbeitete Manuskripte würden mit getrennter Post zurückgesandt – auch diese Ankündigung betraf alle zwölf Lyriker, die regelmäßig für die Edition Bisping geschrieben hatten. Neun von ihnen, darunter auch Helder, waren alte „Spieker“-Lieferanten. Degenharts Schreiben endete ohne ein Wort des Bedauerns über diese Sparmaßnahme oder des Dankes für die langjährige Zusammenarbeit, womit er am Schluss noch eine ganze Menge verbalen Sprengstoffs lieferte. Ein solches Verhalten ließ sich auch nicht damit erklären, dass er keine passenden Worte gefunden hatte. Noch instinktloser konnte nur jemand handeln, der seinen Mitarbeitern Kündigungen in Form von E-Mails schickte!

Jetzt war ich gespannt auf Helders Antwort. Zweimal hatte er zurückgeschrieben, doch bevor ich seine Briefe las, suchte ich heraus, was wir über ihn wussten. Lückmann hatte sich ausführlicher mit dem Dichter befasst.

Helder stammte aus Dortmund, war achtundvierzig Jahre alt und hatte nach dem Abitur Unterricht als Jazzgitarrist genommen. Zur gleichen Zeit, vor dreißig Jahren also, hatte er auch zu schreiben begonnen, und er war ein produktiver Mensch. Zwanzig Gedichtbände, ferner Liedtexte und Beiträge zu Anthologien. Er trat als Liedermacher auf, spielte in einer Band und in einer Theatergruppe. Irgendwann hatte er auch ein Drama verfasst, das „Mit den Wölfen heulen" hieß und im Frühsommer 1990 auf einer Kleinkunstbühne in Bochum gespielt worden war. Unwillkürlich fragte ich mich, wie er in diesen vielfältigen Aktivitäten vor dem „georgischen Drachentöter" bestehen und sogar sein guter Freund werden konnte. Seit dem Gründungsjahr der Edition im Spieker 1982 hatte Helder dort seine Gedichte verlegt. Doch wer behauptete eigentlich, dass die beiden Freunde waren? Niemand außer Jette Degenhart.

Ich legte Lückmanns Zettel mit den biographischen Daten auf den Tisch, stützte den Kopf in die Hand und grübelte, während mein Blick über den Vorgarten des Präsidiums wanderte. Der Schnee auf den Dächern der gegenüberliegenden Häuser leuchtete hell in der Dämmerung. Aber ich sah ihn nicht wirklich, sondern versuchte, Ordnung in meinen Kopf zu bekommen. Zwei Tage vor seinem Tod hatte sich Degenhart also zum Lunch mit einem Autor getroffen, dessen Bücher er zusammengerechnet vierzehn Jahre herausgebracht, mit gutem Erfolg verkauft und dann völlig überraschend aus dem Programm genommen hatte. War das Treffen als Besänftigungsversuch des Verlegers oder als Drohgebärde des Lyrikers gedacht? Hatten die beiden friedlich zusammen gesessen, getrunken, gegessen und von alten Zeiten geklönt, die unwiederbringlich vorbei waren? Das wollte mir nicht in den Kopf. Hätte man nicht Streit erwartet, erregte Stimmen, Türenschlagen? Ich legte Helders Briefe vor mich hin: Er hatte eine „Klaue", die manchen übernächtigten Klinikarzt zum Kalligraphen aufgewertet hätte.

Seine erste, mit dem 14. Dezember datierte Antwort an Degenhart war eine Mischung aus erstaunter Wut und trotzigem Optimismus. Klar, als ehemaliges „Zugpferd" ließ man sich weder einschüchtern noch entmutigen. Aber all die Jahre, die sie zusammen gearbeitet hätten, könne man nicht einfach weghängen wie einen lieb gewordenen Wintermantel, der fällig für die Kleidersammlung war. Im Übrigen werde er, Olaf, sich noch die Finger abschlecken nach dem neuen Gedichtzyklus, der demnächst seine Leser finden würde, dann allerdings in höherer Auflage und gefälligerer Aufmachung. Trotz der tiefen Kränkung, die aus Helders Worten troff, benutzte er keine Kraftausdrücke. Die Nadelstiche saßen perfekt, sie brauchten keine unflätigen Vokabeln, die wohl auch nicht zum Stil des Dichters gehörten.

Sein zweites, am Mittwoch vor Degenharts Tod verfasstes und am Donnerstag im Verlag eingetroffenes Schreiben konnte man dagegen nur als Drohbrief definieren. Hatte Degenhart ihn vor dem Treffen noch zur Kenntnis genommen? Hatte Frau König ihn in Überschreitung ihrer Kompetenzen gelesen? Hatte sie, in weiser Voraussicht der Gewitterwolken am Horizont, beschwichtigend gelächelt, als sie die Kaffeekanne und die Brötchenplatte in der Besucherecke ihres Chefs abstellte? Unsere Spurensicherung hatte diesen letzten Brief des Lyrikers nicht in der Postablage gefunden, sondern in einem Vorordner auf dem Boden des Büroschranks.

Der Drohbrief, der mit der unmissverständlichen Anrede „Liebes Freundchen" begann, ging mit keinem Wort mehr auf die Schließung des Lyrikprogramms ein. Er erinnerte zwar, wie schon in dem vorhergehenden Brief, an die alten Zeiten, aber diesmal nur mit dem Hinweis, dass die Autoren der Edition Bisping so lange auf ihr Honorar verzichtet hatten, bis sich ein solides Kapital im Verlag angesammelt hatte. Natürlich waren die Honorare nachgezahlt worden, doch das änderte nichts an dem freiwillig eingegangen Risiko. Helder ließ auch kein Wort mehr über seine hohen Verkaufszahlen fallen, die positiven Kritiken, die gut besuchten Leseabende – nichts dergleichen. Stattdessen redete er von Constanze Grimm, und er tat es nicht etwa weitschweifig und detailfreudig, als hätte diese Frau ihm viel bedeutet, sondern nüchtern wie in einem ärztlichen Bulletin. Er beschrieb ihren dramatischen seelischen Verfall, den sich ständig verschärfenden Mangel an Ideen und Konzentrationsvermögen, ihre Einbußen an sprachlicher Qualität, ihre Gedächtnisstörungen. Als hätte Degenhart von diesen Symptomen nichts gewusst und die Grimm sich Hilfe suchend an den Autorenkollegen gewandt. Aber wie hätte er ihr helfen können? Ich las den Brief zu Ende und stellte fest, dass ihr Tod mit keinem Wort erwähnt wurde.

Am Schluss stand lediglich die Ankündigung, Constanze Grimm in Münster wieder in den Mittelpunkt des öffentlichen Interesses zu rücken. Notfalls mit einem handfesten Skandal, zu dem er, Helder, alle Mittel in der Hand hätte. Was meinte er damit?

Gezeichnet war das Schreiben nur mit dem Nachnamen.

Max hatte sämtliche Schreiben kopiert, ich heftete alles sorgfältig ab und wollte gerade den Aktenschrank verschließen, da kam Hilly herein und legte mir einen Aktenordner auf den Tisch. Das komplette Ergebnis der Autopsie lag vor. Wenn mit dem einwandfrei definierten tödlichen Wirkstoff endlich die Latenzzeit vorlag, brauchte auf Grund des Rückschlusses vom Eintritt der Beschwerden auf die Aufnahme des Gifts das eine oder andere Alibi gar nicht mehr überprüft zu werden. Was uns jetzt noch einen Strich durch die Rechnung machen konnte, war die Tatsache, dass Degenhart ertrunken war. Eine Todesursache, die uns so lange nicht weiterführte, wie wir nicht wussten, wann und wo er in die Werse gefallen war. Die Analyse der Lungenflüssigkeit ließ nur die vage Möglichkeit zu, dass es unweit unserer Häuser passiert war, weil das Labor dort die gleichen Mikroorganismen sichergestellt hatte wie im Blut des Toten. Das war und blieb ein mageres Beweismittel.

Doch Professor Busses Befund ergab auch, dass sich im Herzmuskel eine verringerte Natrium- und Kaliumkonzentration bei gleichzeitiger Erhöhung der Kalziumwerte gefunden hatte, damit war die Hypothese einer Digitoxinvergiftung erhärtet. Wir konnten jetzt davon ausgehen, dass Degenhart im Lauf des Samstagabends mit dem Wirkstoff in Kontakt gekommen war. Die Symptome Herzrhythmusstörungen, Bradykardie, Sehstörungen und Verwirrung, möglicherweise auch Übelkeit hatten gegen Mitternacht eingesetzt, als der Verleger seinem Widersacher Kupfer gegenüberstand. Was war draußen passiert, nachdem er wütend das Feld geräumt hatte? Wer hatte ihm den Schlag auf den Hinterkopf versetzt? Wo und wann war er halbtot ins Wasser gestoßen worden?

Ich las den Befund zu Ende, erfuhr, dass weder Drogen noch bemerkenswerte Alkoholmengen nachgewiesen worden waren, und dachte über die Möglichkeit nach, dass wir es mit zwei Tätern zu tun hatten: einer drinnen, einer draußen. Was unsere Arbeit natürlich wesentlich erschwerte. Wusste der eine Täter vom anderen?

Hatten wir es mit einem Komplott zu tun? Sowohl bei dem O.B.Y.-Team als auch bei Kupfer war am Partyabend die Haustür offen geblieben. Kupfer hatte fünfzehn Minuten nach Degenhart die Partyrunde verlassen. Waren die beiden noch einmal aneinander geraten? Aber warum hätte Degenhart in Kupfers Haus gehen sollen? Oder in das Haus des O.B.Y.-Teams? Was konnte er dort gesucht haben? Bei den drei Grazien lag kein Mantel von ihm. Und als Benno und ich die Party verließen, hatte Kupfer Klavier gespielt. Falls Degenhart bei ihm allerdings doch etwas gesucht hatte, wäre dieses „etwas" auch für die Polizei interessant. Ich lächelte grimmig, als ich mir die Hausdurchsuchung bei Kupfer vorstellte: handfeste Beweise für Pfusch am Bau in Form von Quittungen über nicht geliefertes oder minderwertiges Material und für Leistungen, die er berechnet, aber nie erbracht hatte. Ich verschloss den Obduktionsbefund im Schrank und machte mich auf den Weg.

Ich hatte den Gastgebern der Karnevalsparty durch eine Nachricht im Briefkasten angekündigt, dass ich am Montagabend vorbei käme, um mir ihre exklusiven Rezepte aushändigen zu lassen. Dabei war ich davon ausgegangen, dass jeder der angesprochenen Nachbarn im Lauf des Tages in seinen Briefkasten gesehen hatte, in der vagen Vorfreude auf eine Nachricht, die Abwechslung ins Haus brachte: ein Ausverkauf im Teppichparadies, eine Einladung zur Butterfahrt nach Kopenhagen, der Gutschein für ein Schnuppertauchen à la Bogenmann. Meine unkonventionelle Vorgehensweise sollte der Aktion eine rein private Note geben. Schließlich war es für mich das erste Mal, dass Küchenangelegenheiten Eingang in unsere Akten fanden. Wenn es sich allerdings einbürgerte, dass regelmäßig Tatverdächtige nach Kochrezepten gefragt wurden, konnten wir glatt ein Präsidiumskochbuch herausgeben. Entwürfe für das Umschlagfoto geisterten mir durchs Hirn: der Polizeistern als Geschirrdekor? Eine Pistole aus Hühnerknochen? Ein Tschako als Suppentasse? Aber meine Gedanken streiften auch das Kochbuch der drei Grazien. Ich hatte es in einer Innenstadtbuchhandlung in der Hand gehabt: gute Fotos, übersichtliche Anleitungen, allerdings viel Fisch und Meeresgetier. Doch wenn ich mal wieder bei Marion eingeladen war, hatte ich ein passendes Mitbringsel.

In der Küche von Haus A, die zur Straße lag, brannte Licht. Bella kam zur Tür und ließ mich mit einem so gut gelaunten Lächeln herein, als wären wir beste Freundinnen. „Ich habe Ihren Zettel im Briefkasten gefunden. Normalerweise rücken wir keine Rezepte heraus, dafür gibt es schließlich unser Kochbuch. Bei Ihnen machen wir eine Ausnahme."

„Ich werde Ihr Buch meiner besten Freundin schenken. Sie liest Rezepte wie andere Leute Romane. Allerdings habe ich die Zutaten für Ihr ganz ausgezeichnetes Karnevalsbüffet dort nicht gefunden. Und gerade die würden mich interessieren."

„Der zweite Rezeptband erscheint kurz nach Ostern und enthält alles, was wir am Samstag aufgetischt haben. Es freut mich, dass es Ihnen geschmeckt hat." Sie führte mich in die Küche, wo sie offensichtlich allein beschäftigt war, weder Yvonne noch Olivia ließen sich blicken. Auf der Fensterbank waren Auberginen, Paprikaschoten und Zucchini so adrett angeordnet wie für einen Buchumschlag zum Thema Mittelmeerdiät. Neben der Spüle warteten drei imposante Blumenkohlköpfe darauf, in dekorative Röschen zerteilt zu werden, und im Backofen blubberte ein würzig duftendes Kartoffelgratin. Auf dem Tisch reihten sich zwei Plastiksiebe neben einer Porzellanplatte. In dem größeren Sieb lagen zwei Hummer, deren kräftiges Rot verriet, dass sie das Schlimmste bereits überstanden hatten, in dem kleineren etwa zwei Dutzend Flusskrebse, die ihre toten schwarzen Knopfaugen zur Decke hielten. Auf der Platte waren Froschschenkel aufgereiht, akkurat auf eine Linie ausgerichtet, blass, feucht und in ihrer gespreizten Form ziemlich obszön. Bella gab den Hummern einen freundschaftlichen Klaps auf die leblosen Scheren, etwa so wie man einem Hund die lahme Vorderpfote getätschelt hätte, und sagte vergnügt: „Heute Mittag sind die beiden Kerlchen noch so putzmunter über die Tischplatte gekrochen, aber Auftrag ist Auftrag. Und der Tod im kochendheißen Garbad ist nicht der allerschlechteste, oder?" Sie warf mir einen viel sagenden Blick zu. Dachte sie an die eiskalte Werse?

„Wir bereiten sie über einem Sud aus Kamillenblüten zu, das gibt dem Fleisch einen unvergleichlichen Geschmack und macht es ganz zart. Das Rezept stammt aus der Bretagne."

„Und die Krebse?"

Bella startete den Computer, der neben der Tür zum Kühlraum auf einem schlichten weißen Schreibtisch stand, und entgegnete wie beiläufig: „Die Krebse kochen wir auf normannische Art in Cidresahne. Streng genommen gehört Sauerampfer dazu, aber notfalls tut es auch Kerbel.“ Sie zog einen Bürohocker auf Rollen heran, schaltete den Lichtspot unter dem Oberschrank ein und begann auf der Tastatur zu klappern. Wir warteten, bis der Drucker seinen Auftrag erledigt hatte, dann stieß Bella die Blätter bündig auf und überreichte sie mir. Ihre hochgezogenen Augenbrauen und das resolute Lächeln, die diese Geste begleiteten, waren eindeutig. Sie hatte mir meinen Wunsch erfüllt, jetzt war es an mir, dezent zu verschwinden. Doch so schnell würde sie mich nicht loswerden. Ich hatte mir den Namen des Rechtsanwalts, der vor drei Jahren an ihrem Pilzragout gestorben war, von den Karlsruher Kollegen faxen lassen. In der wieder aufgenommenen Verhandlung war der Pilzlieferant schuldig gesprochen und Bella rehabilitiert worden. Diese Frage hatten wir geklärt. Jetzt musste ich noch einiges über ihren Aufenthalt im Elsass erfahren, wobei ich nicht mit der Tür ins Haus fiel, sondern lieber um den heißen Brei herumschlich.

Ich überflog die ausgedruckten Rezepte und sagte, obwohl ich keine Ahnung hatte, wie viel Arbeit sie einem professionellen Cateringservice bereiten mochten: „Sie haben sich mit Ihrem Büffet große Mühe gemacht. Gab es Angebote aus der Nachbarschaft, einen Beitrag zu leisten?“

Prompt nickte sie. „Von Frau Schneider und von Kitty Schlager kam der Vorschlag, etwas mitzubringen, was wir aber nicht in Anspruch genommen haben. Erstens sind wir stolz auf unsere Büffets, zweitens fanden wir, dass die Angebote nicht zum Motto passten.“

„Bekamen Herr Kupfer und die Artisten ähnliche Angebote?

„Keine Ahnung. Wir drei Hausparteien haben uns zwar schnell und problemlos über den Ablauf des Abends geeinigt, ob den anderen Hilfe angeboten wurde und ob sie sie angenommen haben, weiß ich nicht.“ Sie schickte einen schnellen Blick über das pittoreske Stillleben auf dem Küchentisch, als wollte sie mir zeigen, wie eilig sie es hatte. Dabei kam mir der Gedanke, dass auch das Büffet, das sie gerade vorbereitete, unter einem bestimmten Motto stand. Streifzüge durch Bretagne und Normandie, zum Beispiel? „Verarbeiten Sie regionale Themen? Fiesta auf mexikanisch, Russisch wie am Zarenhof. Elsässisch ohne Sauerkraut."

Sie lachte. „Nein, aber wir können das mal ins Auge fassen. Eigentlich haben die Kunden konkrete Vorstellungen, wenn sie zu uns kommen."

„Bieten Sie keine eigenen Vorschläge an?"

„Oh doch! Es gibt drei Preiskategorien mit verschiedenen Angeboten. Aber wir sind flexibel, sogar wenn es um ausgefallene Wünsche geht."

„Mal angenommen, jemand äußert Wünsche, die in anderen Kulturen zwar als Leckerbissen betrachtet werden, hier bei uns allerdings als Ekelfood gelten. Wie verhalten Sie sich?"

Ich hatte Protest erwartet, zu meiner Überraschung lachte sie wieder. „Das ist noch nie passiert. Können Sie Beispiele nennen?"

„Hammelaugen", schlug ich vor, „geröstete Hühnerfüße, Quallen."

Sie kicherte. „Vielleicht schmeckt so was besser, als man denkt."

„Sie haben Ihre Ausbildung im Elsass gemacht, stimmt's?"

Sie fragte nicht, woher ich das wusste, sondern entgegnete noch immer amüsiert: „Stimmt. In Colmar. Aber Ekelfood stand nie auf unserem Stundenplan."

„Wussten Sie, dass Herr Degenhart sechs Jahre im Elsass gearbeitet hat?"

„Natürlich!" Auch jetzt blieb ihr Tonfall locker. „Schließlich sind wir Nachbarn. Die Welt ist wirklich klein. Da hat man zur selben Zeit in derselben Region im Ausland gelebt, kehrt in die Heimat zurück und wo findet man sich wieder: praktisch Tür an Tür."

„Wie fanden Sie es heraus?"

„Zufall! Jette fragte mich mal um Rat, weil ihr die Steaks immer so zäh gerieten. Ich habe ihr meinen Trick verraten: Man muss das Fleisch mit Kräuteröl bepinseln und eine Weile ruhen lassen. … Ja, und damals hing hier in der Küche noch mein altes Poster aus dem Elsass. Irgendwann war es fettbespritzt und musste runter. Aber damals hatten wir es noch, sie sah es und erzählte mir, dass sie eine Weile im Elsass gelebt haben."

„Wo genau?"

„In Dambach-la-Ville. Er besaß dort einen Rieslingweinberg und ein Feinschmeckerrestaurant.“

Laut Jette Degenhart war er mit beidem gestrandet. Ehemalige Nachbarn ausfindig zu machen, wäre wahrscheinlich kein Problem. Dr. Gross gehörte zwar nicht unbedingt zu jenen Chefs, die Dienstreisen als selbstverständlich und nützlich betrachteten, aber vor meiner Hartnäckigkeit hatte er schon mehrmals kapituliert. Wenn ich davon überzeugt war, dass uns der Gedankenaustausch mit einem Kollegen, die Aussagen des Zeugen X oder des Verwandten Y weiterbrachten, ließ ich nicht locker, bis ich hatte, was ich wollte: ein Reiseticket, ein Quartier und etwas Zeit, um in Erfahrung zu bringen, was mir in Münster nun mal niemand sagen konnte.

„Wann haben Sie sich entschieden, dieses Haus zu kaufen?“

Sie musste nicht lange überlegen. „Vor anderthalb Jahren, genau an meinem Geburtstag. Yvonne, Olivia und ich, wir waren uns einig geworden, dass wir erst mal eine gemeinsame Bleibe suchen mussten, bevor wir den Cateringbetrieb in Gang setzen konnten. Wir arbeiten überwiegend in der Küche, deshalb muss sie groß sein, und mit dem flexiblen Grundriss hier im Haus bekamen wir sie. Bis zum Einzug im vergangenen Herbst haben wir in meiner winzigen Küche im Kreuzviertel gewerkelt. Das waren harte Zeiten! Wir haben die Aufträge streng dosiert, weil wir uns sonst gegenseitig blockiert hätten. Das machte sich natürlich finanziell bemerkbar.“

„Das kann ich mir lebhaft vorstellen. Aber jetzt sind Sie offensichtlich ganz gut ausgelastet.“

Sie lächelte so verzagt, als wäre sie eher vom Gegenteil überzeugt, und ich beschloss, das Thema zu wechseln. „Während der Party blieb Ihre Haustür unverschlossen. Haben Sie irgendeinen Hinweis darauf, dass es ungebetene Besucher gab?“

Diese Vorstellung schien Bella noch im Nachhinein zu schocken. „Meinen Sie Fremde? Unsere Gäste hatten natürlich jederzeit Zutritt. Außer Herrn Degenhart waren alle in Mänteln oder Jacken gekommen, einige, Frau Schneider zum Beispiel, sogar in Stiefeln. Jeder sollte die Möglichkeit haben, jederzeit an seine Sachen heranzukommen.“

„Hinweise auf ungebetene Gäste gibt es nicht?“

„Schwer zu sagen, aber wir vermissen nichts, und es war auch noch alles an seinem Platz.“ Ihr Blick wirkte ängstlich. „Haben Sie aus den anderen Häusern Hinweise auf einen Dieb?“

„Es muss kein Dieb gewesen sein, jemand könnte die Party ausgenutzt haben, um etwas zu suchen.“

„Jemand aus der Nachbarschaft?“

„Jemand, der beobachtet hatte, dass die Haustüren offen blieben. Ob er nun in der Nachbarschaft wohnt oder nicht.“

„Ich wüsste nicht, was man bei uns suchen sollte“, versetzte sie kurz angebunden. „Wegen unserer Rezepte wird ja wohl niemand einen Hausfriedensbruch begehen. So kostbar sind sie auch wieder nicht, und wir halten sie auch nicht unter Verschluss.“

„Olaf Degenhart“, sagte ich und betrachtete fasziniert die Knopfaugen der Flusskrebse – hatte sich da etwas bewegt? –, „war auf der Kostümparty nicht sehr gesprächig. Er hat mit niemandem geredet außer mit Ihnen. Ging es wirklich nur um eine Büffetbestellung für seine nächste Veranstaltung?“

Sie fuhr sich nachdenklich durch den blonden Haarschopf. „Ich fand ihn nicht wortkarg! Er lobte unser Büffet dermaßen, dass ich ganz gerührt war. Dann kündigte er an, uns in den nächsten Tagen einen Auftrag zu erteilen.“

„Eine gute Nachricht für Sie! Hat er auch gesagt, um welche Veranstaltung es sich handelte?“

Sie nickte. „Leider klang es nicht gerade überwältigend. Nur Fingerfood und Punsch anlässlich einer Buchpräsentation. Ob sie überhaupt noch stattfindet, ist völlig offen. Das eigentliche Problem lag allerdings woanders. Das Buch handelt von den Reisen der Droste-Hülshoff, und Herrn Degenhart schwebte vor, dass wir authentische Rezepte verwenden und in Biedermeiertracht servieren sollten.“

„Du lieber Himmel! So aufwändig plante er das Ganze?“

„Wem sagen Sie das! Erstens wäre der finanzielle Aufwand wohl auf unser Konto gegangen. Extra geschneiderte Kostüme, nur um ein paar Häppchen herumzureichen, über deren historische Echtheit wir uns vorher den Kopf zerbrechen durften. Zweitens“, jetzt wirkte ihre Miene noch verdrossener, „steckt hinter diesem Auftrag ein fauler Trick. Jette hat sich nämlich verplappert, als sie uns erzählte, dass sie einen Gedichtband der Droste plant, mit Details über ihren Lifestyle, von der Kindheit im Wasserschloss über die Zeit im Rüschhaus bis zu den letzten Jahren in der Meersburg."

„Mit anderen Worten: zu Gast bei Droste-Hülshoffs", sagte ich. „Der gedeckte Tisch, die fertig angerichteten Speisen in der Küche, Blumenarrangements, die Rechnungen der Lieferanten. Das habe ich schon mal gesehen: die Fiestas der Frida Kahlo, Pfirsichdesserts bei Nellie Melba, das Gastmahl des Trimalchio."

„Etwa so", nickte sie. „Jettes Dilemma lag darin, dass sie keine Kochrezepte aus der Biedermeierzeit kennt und auch keine Lust hat, lange zu suchen. Wozu sich die Mühe machen, wenn sie einen Partyservice einschalten kann? Nebenbei wüsste sie gar nicht, wo man diese Informationen findet." Ihr Tonfall wurde spitz.

„Hätten Sie den Auftrag trotzdem angenommen?"

„Das war noch nicht entschieden. Olivia meinte, ein Lyrik-Kochbuch auf historischer Basis sei zwar eine gute Idee, allerdings nicht, wenn Jette Degenhart ihren Schnitt dabei macht."

Die nachbarschaftlichen Verhältnisse waren wohl nicht so harmonisch, wie ich vermutet hatte. Wir standen noch in der Küche, als das Telefon zu läuten begann. Bella warf mir einen Blick zu, als wünschte sie mich zum Mond. Dann huschte sie seufzend zurück und nahm den Hörer ab. Wie es schien, war es ein wichtiges Gespräch, aber sie behielt mich konsequent im Auge, während ich mir die Kochbuchtitel in dem prallvollen Regal ansah. Auf dem Pinnbrett im Durchgang zur Haustür hing die Büffetbestellung dieses Abends: „Magische Atlantikküste." Lag die Betonung auf Esoterik oder auf Geographie? Machte sich außer Herrn Helder noch jemand Sorgen, Frau Grimm könne in Vergessenheit geraten? Oder hatten wir es ganz generell mit einem neuen kulinarischen Trend zu tun?

Boris Kupfer besaß keinen Küchencomputer und er hatte meinen Zettel im Briefkasten noch gar nicht entdeckt. Entsprechend lange musste er suchen, bis er das Paella-Rezept aufgestöbert hatte. Jetzt saß er mir in seinem Büro gegenüber und notierte die Zutaten auf einem barsch vom Schreibblock abgerissenen Blatt. Während er abwechselnd murmelte und stirnrunzelnd krakelte, sah ich mich diskret um. Die Papierrollen, die seinen Schreibtisch flankierten, waren himmelblau und zartgrün, und auf dem Zeichentisch am Fenster lag ein Plan, der große Ähnlichkeit mit der Fassade und den Grundrissen der bereits bestehenden Anlage aufwies.

„Wird jetzt die dritte Häuserzeile gebaut?"

„Was?" Er hob den Kopf und zeigte seine scharfen Eckzähne. „Ja, ja! Es ist so weit. Alle drei Projekte sind verkauft."

„Gratulation!"

Darauf reagierte er nicht, stattdessen wollte er wissen, wie es mit unseren Ermittlungen stand. Ich sagte ihm dies und das, also nicht viel und wies ihn darauf hin, dass Degenharts Beerdigung am Donnerstag stattfand.

„Da bin ich in Saudi-Arabien", versetzte er knapp. „Sind Sie auch an den Salatzutaten interessiert?"

Selbstverständlich", sagte ich, obwohl ich mich gut erinnerte. Chicoree, Eichblatt, Mango, Walnüsse. Ins Ernährungswissenschaftliche umgesetzt, hieß das: Opiate, Vitamin C, Omega-Drei-Fettsäuren. „Vergessen Sie bitte das Dressing nicht!"

„Da lacht der Koch und wundert sich." Dann wurde sein Lächeln schmal. „Waren die Ladies von nebenan auch so freigebig?"

„Sehr freigebig."

Sobald er mit seinen Notizen fertig war, stand er auf und drückte mir das Blatt in die Hand. „Kann ich noch etwas für Sie tun?"

„Sie können mir noch zwei Fragen beantworten. Erstens: Wurde Ihnen für den Partyabend aus der Nachbarschaft ein kulinarischer Beitrag angeboten?"

Jetzt grinste er frech. „Nein, auch kein Betthupferl. Falls ein Angebot gemacht worden wäre, hätte ich es abgelehnt. Meine Paella ist einsame Spitze, das Rezept eines winzigen Strandlokals südlich von Valencia. Und wenn", bei den folgenden Worten taxierte er mich dreist, „Sie nicht eine so attraktive Frau wären, könnten Sie sich Ihren Mund in Fransen reden und bekämen die Zutaten doch nicht! Erzählen Sie gelegentlich mal, wie es bei *Ihnen* geschmeckt hat." Er brach in ein so dröhnendes Lachen aus, dass mir der Verdacht kam, er hätte irgendeine Zutat auf die Liste geschmuggelt, die absolut nicht dorthin gehörte. Aber da täuschte er sich gewaltig: Auch ich besaß ein Rezept von der Küste südlich Valencias.

„Und die zweite Frage?“ Ungeduldig schnipste er die rechte Papierrolle noch weiter an den Rand der Schreibtischplatte.

„Ihre Haustür blieb am Partyabend unverschlossen. Gibt es irgendeinen Hinweis darauf, dass jemand davon profitiert hat, um sich bei Ihnen umzusehen?“

„Einer der Gäste?“ Sein mürrischer Tonfall verriet, dass mit diesem Begriff eine lästige, gefräßige und laute Bande gemeint war. Und jetzt hielt die Polizei diese Leute auch noch für neugierig bis zur Illegalität?

„Ich meine irgendjemanden. Ich denke auch nicht an einen herkömmlichen Einbruch. Den hätten Sie ja wahrscheinlich gemeldet. Meine Frage lautet: Könnte es hier im Haus etwas geben, das für eine andere Person so interessant oder nützlich ist, dass sie es bis zum Hausfriedensbruch kommen ließe?“

„Meine Hauspläne!“ Seine Eitelkeit war stark genug, um als Erstes die Produkte seiner Kreativität ins Spiel zu bringen.

„Sonst nichts?“

Sein Blick senkte sich kurz auf die Tischplatte, dann sah er mir voll ins Gesicht. „Nein, sonst nichts. Und verlassen Sie sich darauf: Jeder Diebstahl, auch jeder geistige, wird von mir sofort angezeigt.“

Ich steckte mein Blatt ein und verabschiedete mich.

Auch die Varietékünstler waren zu Hause. Charles kam zur Tür, bat mich freundlich herein, die Rezepte für die Desserts lagen abholbereit auf dem Tisch. Daneben standen eine blau-weiße Kanne mit japanischen Schriftzeichen und himmelblaue, hauchdünne Teeschalen. Charles forderte mich auf, Platz zu nehmen und mit ihnen Tee zu trinken. Als ich dankend ablehnte, fragte er nach dem neuesten Sachstand zu Degenharts Tod, während der taubstumme Ray sich mir gegenüber am Tisch niederließ, an den Nägeln zu kauen begann und seine Augen nicht von mir abwandte, als wollte er die Antwort von meinen Lippen ablesen. Ich wich seinem Blick aus, antwortete Charles mit ein paar Gemeinplätzen und betrachtete abwechselnd ihn und die Dekoration aus Gummitieren. Sie hielten die Fensterbank, ein offenes Regal und einen halbrunden, vor die Wand gerückten Tisch besetzt. Ihre Besitzer stellten sie mit dem gleichen Stolz zur Schau wie andere ihre Sammlung von Taschenuhren,

Cloisonnéeiern oder Miniteddybären. Trotzdem wirkte dieser Gummizoo abartig. Erst jetzt fiel mir auf, dass das Gebläse unter der Decke nicht rotierte, die Fliegenden Hunde hingen schlaff.

Um Ray und Charles zu signalisieren, wie viel Freude sie mir mit den Rezepten machten, las ich sie gründlich durch, und ich musste mein Interesse nicht mal heucheln, weil es sich wirklich um bemerkenswerte Zutaten handelte. Die Schokoladenmousse war ungewöhnlich leicht, mit fettarmer Sahne und wenig Zucker, die dunkle Variante wurde mit Birnengeist abgerundet, die weiße mit Amaretto, was ihren extravaganten Geschmack erklärte. Wie schon vorher Kupfer, fragte ich auch Charles nach möglichen Büffetbeiträgen aus der Nachbarschaft, doch er schüttelte energisch den Kopf. Als ich mir dann die Rezepte für rote und grüne Grütze vornahm, erhob sich Ray und setzte, als wollte er mir das Lesen erleichtern, sämtliche Lichtquellen in Betrieb, die das Wohnzimmer zu bieten hatte. Mit einem Schlag wirkte der Raum grell. Ich ließ das Blatt sinken und sah mir wieder das Gummigetier an. Kein müdes Lid, das sich von einem Krötenauge hob, keine Tentakeln, die die plötzliche Helligkeit in Zuckungen versetzte, keine Beißwerkzeuge, die zu mahlen begannen. Die Tiere waren eindeutig aus Kunststoff, auch wenn sie das nicht ansehnlicher machte. Ich warf Ray ein freundliches Lächeln zu und dachte gleichzeitig: Braucht jemand, dem die Welt der Töne vollständig verschlossen ist, der jeden Gedankengang, jede Frage oder Antwort zu Papier bringen muss, vielleicht eine Extraportion an drastischer Anschauung? Litt er, weil er von seiner Umwelt akustisch so abgeschlossen war wie in einer Taucherglocke, an permanenter Langeweile und hatte eine umso krassere Formenvielfalt nötig, die die Augen beschäftigte? Als könnte er Gedanken lesen, griff Ray nach der großen Vogelspinne, und als er sie in die Höhe hob, sah ich das schwarze Gummibällchen und den Schlauch, der im Bauch der Spinne endete. Ray setzte das Monstrum auf seine linke Schulter, pumpte rhythmisch Luft in den haarigen Körper, schloss die Augen und wiegte sich im Takt der Zuckungen, die die Luftströme auslösten. Dann wurde seine Miene ernst, er überblickte seinen Streichelzoo mit strenger Miene wie ein Dompteur seine Raubtiere und entschied sich nach einigem Zögern für den großen Hirschkäfer aus Hartgummi. Hier gab es keine Luftzufuhr, sondern einen mechanischen Antrieb in Form eines Schlüssels am Unterleib des Käfers. Ray drehte ihn und das Vieh begann unter plumpen Schaukelbewegungen zu kriechen, während Ray mir einen mokanten Blick zuwarf. Noch immer nicht genug? schien er zu fragen. Also dann die batteriebetriebene Ratte! Ihre Kriechbewegungen wirkten so gequält, als wäre das Tier schwer verletzt, dazu funkelten ihre roten Augen abwechselnd wie ein Warnsignal an einem Bahnübergang. Wieder schweifte Rays Blick über sein Horrorkabinett. Nach und nach führte er mir alles vor, was krabbeln, hüpfen oder robben konnte: Kröten, Olme, Schlangen. Als ich vor einem Feuersalamander zurückzuckte, der plötzlich Funken schlug, freute er sich so diebisch, dass ich ihn, wäre er ein Kind gewesen, einen Satansbraten genannt hätte. Doch Ray war ein erwachsener Mann, ein Varietékünstler, der lediglich nicht sprechen und hören konnte. Oder war er nicht ganz richtig im Kopf?

„Ist er seit seiner Geburt taubstumm?“, fragte ich.

Charles hatte die Darbietung nicht verfolgt, sie stand wohl zu oft auf dem Programm, um ihn noch fesseln zu können. Er warf mir einen melancholischen Blick zu, schlürfte aus seiner Teeschale und sagte träge: „Nein. Er erlitt einen schweren Unfall. Eine Gasexplosion zerfetzte ihm beide Trommelfelle, und da er erst zwei Jahre alt war, lernte er auch nicht sprechen. Die paar Brocken, die er beherrschte, vergaß er sofort. Auch sein Hirn erholte sich nicht.“ Er brach ab, als erwartete er Fragen. Als ich keine stellte, fuhr er fort: „Seine Eltern kamen ums Leben, mein Vater adoptierte ihn, wir wuchsen wie Brüder auf.“ Wieder machte er eine Pause, um dann zu ergänzen: „In einem Vorstadtvarieté. Wir hatten eine entbehrungsreiche Kindheit. Ist Ihr Informationsbedürfnis damit bedient?“

„Bitte entschuldigen Sie, wenn ich aufdringlich gewirkt habe. Wo stand das Vorstadtvarieté?“

„Im tiefsten Kohlenpott“, gab er zurück.

„Ihr Leben, Charles, ist nicht gerade leicht verlaufen.“

„Immerhin leichter als seins.“ Er warf einen Blick auf seinen stummen Partner und machte dann eine Bewegung, wie um aufzustehen. Ich erhob mich, vorläufig gab es nichts mehr zu fragen. Schließlich gingen wir davon aus, dass Degenhart den tödlichen Wirkstoff bereits in sich getragen hatte, als der Streit mit Kupfer ausbrach. Außerdem hatte er bei Ray und Charles weder Glas noch Teller benutzt. Was seinen Aufenthalt in Kupfers Haus anging, besaß ich diese flächendeckende Sicherheit leider nicht.

Unsere Praxisräume lagen im Dunkeln, nur das Licht im Treppenhaus brannte. Demnach war Franz zu einem Bauern im Umland unterwegs und Frau Hilbich, unser „guter Hausgeist", noch nicht am Werk. Für den Fall, dass sie sich gerade im Vorratskeller mit einem Gläschen Altbier auftankte, schickte ich ein kurzes „Hallo" ins Haus, das jedoch nicht erwidert wurde, und brachte meine Aktentasche ins Arbeitszimmer. Danach lotsten mich schlechte Vorahnungen in die Küche. Auf dem kurzen Weg vom Haus der Künstler war mir eingefallen, dass Kerstins Handballtraining neuerdings immer montagsnachmittags stattfand und sich unter den Eltern ein Versorgungs-Pool fürs Mittagessen gebildet hatte. An diesem Mittag war unsere Tochter für die Gruppe Handorf-Nord an der Reihe, und das Aufräumen der Küche war mit Sicherheit einer Tratschorgie zum Opfer gefallen. Ganz nebenbei: Hatte vielleicht Tine Lindemann Zeit zum Töpfeschrubben, wenn das Training wartete?

Neben und in der Spüle türmte sich jede Menge Geschirr, und die angetrockneten, fast miròartigen Linien und Kleckse erzählten viel von einem opulenten Spaghettiessen für mindestens acht Personen. Während ich Teller, Gläser und Besteck in die Maschine räumte und mich der völlig verkrusteten Soßenkasserolle widmete, stellte ich mir vor, wie diese vierzehn-, fünfzehnjährigen Gören ihre Nudeln zuzelten und dabei Kampfgeist und Selbstbewusstsein verbreiteten oder Enttäuschungen aus der Welt zu reden versuchten. Geduldig entsorgte ich die wie mit Blut getränkt aussehenden Papierservietten im Abfall, wischte die Fettfinger von dem Pestoglas und stellte es zurück in den Kühlschrank, zusammen mit der Ketchup-Flasche und der eleganten Edelstahldose für Parmesan, die Kerstin mal bei Kösters gekauft hatte, damit unser „oller Esstisch" ein bisschen Glanz bekam. Über all diesen Verrichtungen verblasste die Geschichte von der unglücklichen Kindheit der beiden Artisten. Auch als Franz und ich beim Abendessen saßen, kehrten meine Gedanken nicht zu dem Künstlerduo zurück, sondern wurden komplett von jenen Dingen besetzt, die dieser Tag meinen Lieben gebracht hatte. Kerstin hatte sich bei Franz die Absolution von einer „völlig unerklärlichen“ Fünf im Geschichtstest erteilen lassen, die mir gar nicht so unerklärlich vorkam. Ihn selbst bewegte dagegen die dramatische Frage, wie lange sich die Schweinepest, die die Landwirte in Niedersachsen um den Schlaf brachte, wohl noch vom Münsterland abwenden ließe.

Als der Tisch frei war und Franz wie jeden Abend mit dem Resümee seines Praxistages begann, setzte ich mich noch einmal zu ihm und versuchte, ihn von seinen lästigen Pflichten abzulenken, indem ich von meinem Besuch bei Ray und Charles berichtete.

„Wenigstens zwei, die wir vorläufig aus unserer Verdächtigenliste streichen können“, seufzte ich. „Ich kann nicht nur mit gutem Gewissen ihre Dessertrezepte ausprobieren, sondern auch überlegen, ob wir sie nicht als Entertainer bei deiner Geburtstagsparty engagieren.“ Natürlich erzählte ich Franz auch von Rays merkwürdiger Liebe zu Gummipräparaten, aber der Junge war nun mal krank. Irgendwie würden wir es schon hinkriegen, dass ihre Galavorstellung nicht zur Horrornummer eskalierte.

Franz hatte mir kommentarlos zugehört, jetzt zog er die Augenbrauen hoch und sagte: „Heute Nachmittag wurde ich bei Schulte-Bierbaum auf euren Mordfall angesprochen. Der Jungbauer hat eine ausgeprägte kriminalistische Ader. Die ganze Tenne ist mit Krimibänden voll gepackt, sie stehen in massiven Eichenregalen, die zwischen den Ständern eingebaut wurden. Wenn das Strohdach Feuer fängt, ist es allerdings aus mit der Herrlichkeit.“

Ich nickte. Diese Geschichten kannte ich von Marion. Auch der eine oder andere Galeriekunde besaß einen Hang zur Verbrechensbekämpfung, einschlägiges Material und eine blühende Phantasie.

Franz ließ sich nicht irritieren. „Der Jungbauer und ich mussten warten, bis die Betäubungsspritze auf den Bullen wirkte. Dabei stellte sich heraus, dass er ziemlich bewandert in Toxikologie ist. Er erzählte von einem Giftmord, der 1978 in London passierte. Dabei starb ein junger Mann, nachdem ihm jemand eine stecknadelgroße, mit Gift gefüllte Metallkugel ins Bein gestoßen hatte. Er stand an einer Bushaltestelle, es ist fraglich, ob er die Attacke überhaupt gespürt hat. Die Metallkugel enthielt drei Mikrogramm Ricin. Wie sicher seid ihr, dass das Gift ins Essen gemischt wurde?“

„Das ist tatsächlich eine teuflische Vorgangsweise“, stimmte ich zu, „die auch von Professor Busse in Betracht gezogen wurde. Schließlich fehlt Degenharts Sakko. Allerdings ist er aus Tweed und das Opfer trug dazu Jeans, die mir ebenfalls wenig durchlässig für eine hauchdünne Nadel scheinen.“

Daraufhin kam von Franz der Einwand, dass sich manche Diabetiker ihr Insulin durch ihre Hose in den Oberschenkel setzten. Erstens um nicht extra zur Toilette gehen zu müssen, und zweitens, weil sie mit derartigem öffentlichem Verhalten dem Verdacht aus dem Weg gingen, sie seien Fixer.

„Genau diesen Einwand hat Cornelia gebracht. Schließlich hätte der Täter schon eine sehr feine Kanüle benutzen müssen, um den Stich unbemerkt setzen zu können. Außerdem hat Busse die Kleidung auf Einstichstellen kontrolliert – bis auf den fehlenden Sakko natürlich. Wenn ich mich recht erinnere, behielt Degenhart die Jacke den ganzen Abend an, trotz der bulligen Wärme, die in allen drei Häusern herrschte. Als hätte er eine Giftattacke befürchtet.“

Hatte er deshalb auch jede Kostümierung abgelehnt? Weil er sich in seiner dicken Tweedpelle sicherer fühlte? War der Sakko vielleicht einfach nur in der Werse verloren gegangen, nachdem sich der Stoff voll gesogen hatte?

Ich dachte an die luftigen Pestarztgewänder aus schwarzem Taft, und an die Toga von Herwig Protz, an Bogenmanns feinen Smoking und Kupfers Seidenshirt. Und die Frauen? Jette in Taft und Tüll, Kitty Schlager mit bloßen Armen und ab der Wade textilfrei, die drei Grazien in blickdichten, aber hauchdünnen Strumpfhosen. Niemand hatte mit dem Blick auf bloße Haut gegeizt, außer unserem Verleger. Er hätte sich mit einem Eisbärfell vermummen und Fridtjof Nansen spielen oder bei den Städtischen Bühnen eine Wagnersche Ritterrüstung ausleihen können. Auf diese Weise wäre er kostümiert und dennoch unantastbar gewesen. Doch dann fiel mir ein, wie unflätig er Opernhaus und Theater beschimpft hatte. Gar nichts hätten sie ihm geliehen!

Der Gedanke an Kupfer brachte mir sein Salatrezept in Erinnerung: Chicoree und Mango, Walnuss und Eichblatt – eine ungewöhnliche Mischung, der auch Jette nicht hatte widerstehen können, falls es nicht die pure Langeweile war, die sie ans Büffet getrieben hatte. Degenharts höhnisches Lachen, als die Lyriklesung abgesagt und als Ersatz von Frau Schlager die Scharade aufgebracht wurde, füllte mein Ohr und mir wurde bewusst, wie viele verzerrte akustische und optische Eindrücke dieser Abend mit seinen zahlreichen Gästen, dem Wechsel der Schauplätze und den unterschiedlichen Programmeinlagen hinterlassen hatte. Und wieder schlich sich der Verdacht ein, dass Absicht im Spiel gewesen war. Dass jemand einen vordergründig fixen, übersichtlichen Rahmen, einschließlich einer klar geregelten Dreistufen-Bewirtung, geschaffen hatte, um den Abend dann zielstrebig ins mörderische Chaos zu führen. Wer war dieser Jemand? Jetzt erinnerte ich mich noch deutlicher: Im selben Moment, als die Scharade begann, hatte sich Jette aus ihrer lethargischen Haltung im Durchgang zur Bibliothek, den sie mit ihrem Mann teilte, gelöst und war wenig später mit zwei Portionen Salat zurückgekehrt. Ganz allein, während die übrigen Gäste sich die erste Pantomime ansahen, war sie zum Büffet gegangen und hatte auch ihrem Mann ein Tellerchen abgefüllt. Wie hatte sie es ihm schmackhaft gemacht? Hier, iss doch mal, Liebling, ein bisschen Grünzeug kann nicht schaden! Wir wussten noch immer zu wenig über die Latenzzeit von Herzglycosiden. So wie es aussah, würde sich das auch nicht mehr ändern. Dafür gingen nicht nur die Erfahrungswerte der Sachverständigen zu weit auseinander, sondern auch die Meinungen von Doktor Schmelzer und Professor Busse über den Gesundheitszustand des Opfers. Die Bemerkung von Franz über das Londoner Ricinopfer hinterließ ebenfalls einen feinen Nadelstich. Wenn das Gift direkt über die Blutbahn gewirkt hatte, anstatt zuerst durch den Magen-Darm-Kanal, dann mischten sich unsere Karten völlig neu.

Ricin war ein hochtoxisches Protein aus dem Samen der Rizinuspflanze, eins der gefährlichsten Pflanzengifte überhaupt, das innerhalb kürzester Zeit zu einer Ausflockung der roten Blutkörperchen führte. Unter seiner Einwirkung hätte Degenhart bei Ray und Charles nicht mal mehr den Weg nach draußen geschafft. Wie schnell wirkte Digitalis, subkutan gespritzt? Bisher hatten wir diese Theorie immer am Rand unseres Blickfelds stehen lassen, jetzt versuchte ich mich an unsere Tischordnung bei Ray und Charles zu erinnern. Degenhart hatte am unteren Ende gesessen, ihm gegenüber seine Frau, zu seiner Rechten Bernd Bogenmann. Über ihn und seine Freundin besaßen wir nur wenig Information. Seufzend verließ ich meinen Platz neben Franz, um mir Bogenmanns Homepage anzusehen. Beschäftigte er als Meerjungfrauen verkleidete Studentinnen, die für sein Unternehmen warben?

Er beschäftigte keine Meerjungfrauen, aber ich fand sein kleines Team auch so sehr attraktiv. Er hatte jede Menge Links in seine Firmenseite eingebaut, so dass ich den restlichen Abend am Computer verbrachte. Bogenmann war als Tauchlehrer und Inhaber registriert, Kitty Schlager als Assistent Instructor. Die beiden anderen Fotos zeigten eine dunkelhäutige Schönheit mit brünett gefärbten Rastalocken und einen ebenfalls smart aussehenden, blonden Mann. Ich sah mir das recht preiswerte Angebot eines Schnuppertauchens an und überlegte, ob ich Kerstin dazu überreden sollte. Ein zweistündiger Einsteigerkurs im Stadtbad Ost wäre ein guter Test um klarzustellen, ob das Geschenk der Hellmanns für ein „Junior Open Water Diver" tatsächlich eine gute Investition war. Mir wiederum bot sich die Gelegenheit, Erkundigungen einzuholen, die mir vielleicht niemand gab, wenn ich als Polizeibeamtin auftauchte. Auch würde Bogenmann ein zwangloses Gespräch im Zusammenhang mit dem sportlichen Ehrgeiz unserer Tochter bestimmt nicht dubios erscheinen, wenn ich sie zum Schnupperkurs anmeldete.

Auf dem dritten Computerausdruck waren die Ausflüge und Reisen der Bogenmannschen Schule aufgelistet. Die Bandbreite reichte von eher pfadfindermäßig organisierten Wochenenden an Baggerseen und Talsperren – vom Biggesee war die Rede und von einem Kreidesee südlich der Stadt Bremen – über „spannendes Wracktauchen" vor der Küste Ex-Jugoslawiens bis zu einem vierzehntägigen Aufenthalt auf einem Korallenatoll im Pazifik. Den Angeboten für das bevorstehende Frühjahr und den Sommer schlossen sich die Eindrücke von früheren Tauchurlauben an; eine Art Forum für die schmeichelhaften Reminiszenzen der Teilnehmer. Die meisten klangen tatsächlich so, dass ich mich motiviert gefühlt hätte, wäre ich eine begeisterte Taucherin gewesen, anstatt das Auffrischungstraining widerwillig zu absolvieren, weil mir anschließend einen halben Tag lang die Nebenhöhlen kribbelten und die Ohren von Wasser quietschten.

- X -

Als ich mitten in der Nacht wach wurde, fuhr mir Bennos Überwachungsaktion durch den Kopf. Benno hatte sich den ganzen Abend nicht gemeldet und das Handy abgestellt. War er mit unserem münsterschen Sprengstoffkommando unterwegs oder unternahm er die Aktion ganz allein? Wie gefährlich wurde sie eingestuft? Verdammt, Benno, dachte ich, wozu diese Heimlichtuerei? Drei Jahre lang hatten wir uns in Altötting am Schreibtisch gegenübergesessen, waren gemeinsam Streife gefahren, hatten Frust und Begeisterung für unsere Arbeit geteilt. Ich hatte über seine Kalauer gelacht, er mir zugehört, wenn ich von meiner Familie berichtete. War er zum Einzelgänger geworden? Zu cholerischen Ausbrüchen und zielsicheren Fausteinsätzen in Eigenregie hatte er schon damals tendiert und sich den einen oder anderen Verweis damit eingehandelt. Wer hatte versucht, ihm das Hotelzimmer wegzusprengen? Die Person, die er jetzt beschattete?

Der schwarze Toyota-Van fiel mir wieder ein, der in den letzten drei Nächten an unserem Gartenzaun gestanden hatte. Es war das gleiche Modell, das die O.B.Y.-Mädchen benutzten, nur in einer anderen Farbe. Morgens war er in der Dämmerung weggefahren, fast lautlos und abrupt, wie ein ferngesteuertes Spielzeugauto. Allerdings konnte er sich nicht entfernen, ohne mir das Heck mit dem Kennzeichen zuzudrehen. Für alle Fälle hatte ich es aufgeschrieben. Falls der Besitzer die Nacht im Fahrzeug verbrachte, hatte er es vielleicht nötig, sich im Morgengrauen davonzuschleichen wie ein Waffenschmuggler. Was verschlug einen Schmuggler nach Handorf? Seufzend schälte ich mich aus dem warmen Bett und schlich ins Arbeitszimmer, wo ich von dem Fenster neben dem Erker einen kompletten Überblick über den Vorgarten hatte. Da dieses Zimmer bisher von Benno blockiert gewesen war und ich ihn nicht wecken wollte, hatte ich den Van von der Küche aus beobachtet, wo mir allerdings der Blick durch den dicken Kastanienstamm verstellt war. Bis kurz vor Mitternacht hatte ich vergeblich auf ihn gewartet, jetzt um halb drei war er wieder da.

Seit dem späten Abend ging ein kräftiger Landregen nieder, das schwarze Autodach glänzte vor Nässe und die Scheiben waren fast blind von den Wassertropfen, die unaufhörlich herunterrannen. Lautlos öffnete ich das Fenster, draußen war es still bis auf das Rauschen des Regens. Ich nahm das Fernglas aus der Schublade.

Wer mit Oberservierungen zu tun hat, weiß, wie man sich im Wageninnern verhalten muss, um nicht entdeckt zu werden. Auch wenn sich gewisse Umrisse nicht vermeiden lassen, schließlich will man ja selbst etwas sehen. Die Kettenraucher unter meinen Kollegen schaffen es sogar, diskret an ihrem Glimmstängel zu ziehen, wenn sie die Sucht übermannt. Obwohl die Regentropfen auf der Scheibe ziemlich störten, sah ich im Sucher deutlich die leere Kopfstütze. Waren der oder die Insassen in die Horizontale gegangen, um jede Auffälligkeit zu vermeiden oder weil mit dem Objekt ihrer Neugier zurzeit nicht zu rechnen war? Hatte jemand den Wagen nur bei uns abgestellt und seinen Posten woanders bezogen? Ich ging auch die harmlose Möglichkeit durch, dass es sich lediglich um Besucher eines unserer Nachbarn handelte. Noch eine ganze Weile stand ich am Fenster, ohne dass sich die Kulisse draußen verändert hätte, nur der Regen pladderte stärker und es kam Wind auf. Der eisige Luftzug strich über meine Schultern wie die frostige Umarmung eines Gespenstes, während die Kälte des Parkettbodens durch die dünnen Sohlen meiner Pantoffel in die Zehen fuhr, bis sie sich merkwürdig gläsern anfühlten. Jetzt kehrte auch die Müdigkeit zurück, ich sehnte mich nach meinem Kopfkissen und meiner Hälfte der ehelichen Bettdecke. Jemand parkte sein Auto an unserem Gartenzaun? Na und? Das war weder gesetzeswidrig noch gefährlich für die Anrainer, es sei denn, im Wagen war eine Sprengstoffladung versteckt. Ich schloss das Fenster und wollte gerade meinen Posten verlassen, als auf der Höhe von Haus C ein feiner Lichtschein aufblitzte. Ich nahm das Fernglas wieder hoch und entdeckte im Hauseingang von Ray und Charles einen Taschenlampenkegel. Eine ungewöhnliche Zeit für einen Spaziergang! Einen Hund, der eine Gassirunde verlangte, besaßen sie offensichtlich nicht, und das Wetter hätte nicht mal Hobbyastronomen oder Mondsüchtige ins Freie locken können; der Himmel war pechschwarz. Es waren zwei Gestalten, die das Haus von Ray und Charles verließen und durch die stacheligen Berberitzen vor Kupfers Fassade schlichen. Als der Bewegungsmelder beim Architekten aufflammte, erkannte ich, bevor sie zum Grundstück von Haus A weiterhuschten, die beiden Artisten. Charles, der größer und viel schlanker war als sein kurzer, stämmiger Freund, trug einen mittelgroßen Koffer oder eine Aktentasche. Allerdings waren die beiden so schnell unterwegs, das ich Mühe hatte, ihnen mit meinem Fernglas zu folgen, immer wieder verschwanden sie aus dem Sucher. Auch Haus A besaß eine Alarmleuchte, warum schaltete sie sich nicht ein? Die beiden Männer hatten kaum die Haustür erreicht, als sie sich auch schon öffnete, als hätte jemand dahinter gewartet, und der unbeleuchtete Korridor verschluckte die nächtlichen Besucher wie ein schwarzes Loch.

Jetzt war an Schlaf nicht mehr zu denken. Warum schlichen Ray und Charles im mageren Schein einer Taschenlampe dicht an den Häusern entlang, durch schmutzige Schneereste und dorniges Gestrüpp, anstatt den Bürgersteig zu benutzen, wo ihnen die Straßenlaterne den Weg zeigte? Was war in dem Koffer? Als Kupfers Bewegungsmelder erlosch, lagen alle drei Häuser wieder im Dunkeln.

Im nächsten Augenblick flammten Scheinwerfer auf und mehrere Personen umstellten das Haus der Künstler. Eine von ihnen drückte die Schelle, während die vier anderen Rückendeckung gaben. Als niemand öffnete, kam das Megaphon zum Einsatz: Hände auf den Hinterkopf und sofort herauskommen! Ein frommer Wunsch!

Natürlich kam niemand heraus, was für mich als Zuschauerin plausibel war. Doch leider meldete sich auch auf Bennos Handy niemand, was ich weniger verständlich fand. Während die Kollegen ihre Aufforderung noch ein paar Mal wiederholten, setzten sich Ray und Charles wahrscheinlich zwei Häuser weiter durch den Keller ab. Und ich Schaf hatte noch an diesem Abend bei ihnen am Tisch gesessen und nichts Einfallsreicheres unternommen als ihre Puddingrezepte zu lesen. Falls Charles mit einem Polizeieinsatz gerechnet hatte, konnte ich seine Kaltblütigkeit nur bewundern.

Schnell zog ich mich an, langte an der Garderobe nach meiner Regenjacke und tastete in dem Schuhsammelsurium auf dem Boden herum. Dann jagte ich durch den Vorgarten, während in den Häusern rechts von mir die Lichter angingen. Bogenmann erschien im Bademantel am Hauseingang, der gegen die Kälte offensichtlich resistentere Torsvik beließ es beim Pyjama, Frau Degenhart streckte nur Kopf und Schultern heraus, während sie mit beiden Händen ihr Negligé unter Kontrolle hielt; eine skurrile Szene.

Ich nahm Benno das Megaphon aus der Hand und zog ihn weiter zu Haus A. Bennos Begleitung, vier Männer unseres münsterschen Sprengsatzkommandos, läuteten bei den Mädchen Sturm. Als sich nichts regte, kam wieder das Megaphon zum Einsatz, und diesmal zeigte es wenigstens insoweit Wirkung, als Olivia aufmachte.

„Was ist los?" Sie war ebenfalls im Morgenrock, und sie warf uns einen so verschlafenen Blick zu, dass ich mich sekundenlang fragte, ob ich das Ganze geträumt hatte. Benno plagten solche Zweifel nicht. Energisch schob er Olivia zur Seite und stürzte mit gezückter Waffe ins Haus. Sein Griff war wohl energischer als beabsichtigt, ihr Morgenrock öffnete sich und gab den Blick frei auf Pulli und Jeans. Alles nur Theater!

Jetzt tauchte Yvonne am oberen Ende der Wendeltreppe auf. Sie hatte sich die Mühe einer Verkleidung erst gar nicht gemacht, sondern erschien im Jogginganzug. Wo war die Dritte im Bunde? Und vor allem: Wo steckten Ray und Charles?

Natürlich stritten die Mädchen alles ab. Besuch sollten sie bekommen haben? Mit einem Koffer oder einer Aktentasche? Ihre treuherzigen Mienen brachten uns erst recht auf die Palme. Das Sprengstoffkommando schwärmte ins Obergeschoss und in den Keller, doch bis auf seine drei Besitzerinnen war das Haus leer. Ob ich mir den Koffer nicht eingebildet hätte? Wenn Ray und Charles es eilig hatten, wäre doch jeder unnötige Ballast stehen geblieben! Wozu überhaupt der Umweg über Haus A?

Drei Kollegen aus dem Kommando begannen das Gelände rund um das Haus nach Spuren abzusuchen, wir anderen nahmen das O.B.Y.-Team in die Mangel. Benno setze sich mit Yvonne ins Wohnzimmer, ich ging mit Olivia in die Küche, der vierte Sprengstoffexperte blieb mit Bella im Hausflur. Doch wie es schien, hatten sich die Mädchen vorher abgesprochen. Ihre Aussagen fielen völlig identisch aus, und sie waren absolut negativ. Erstens wussten sie nichts von nächtlichen Besuchern, zweitens hatten sie auch nie einen Koffer gesehen, der Ray und Charles gehörte, und drittens hatten sie den Abend bei einer Kundin in Mauritz verbracht, die im großen Familienkreis ihren fünfzigsten Geburtstag gefeiert und aus diesem Anlass das legendäre Fischbüffet bestellt hatte. Das sei nachweisbar! Erst vor zehn Minuten seien sie heimgekehrt und hätten gerade schlafen gehen wollen. Wenigstens in diesem Punkt sagten sie offenbar die Wahrheit, ihre Küche sah aus wie das ungeschrubbte Deck eines Fischkutters, auch wenn mich das nichts anging. Ich schrieb mir Namen und Adresse der Jubilarin auf.

Das Cateringteam sah uns mit giftigen Mienen zu, als wir die Suche fortsetzten, nahm kommentarlos die Anweisung hin, dass sie Münster in den nächsten Tagen nicht verlassen dürften, und schloss mit sattem Knall die Haustür hinter uns. Wir waren alles andere als in Siegerlaune, während wir durch den Regen zurück zum Haus C trotteten. Die übrigen Nachbarn hatten sich wieder in ihre gut geheizten vier Wände verzogen, Jette Degenhart war die einzige, bei der noch Licht brannte. Man hatte sich wohl gedacht, die ganze Aufregung werde am übernächsten Morgen in der Zeitung stehen und sei bei frisch gekochtem Kaffee und gut belegten Frühstücksbrötchen besser verdaulich als in Nässe und Kälte. Und: Man war ja nicht neugierig. Erst jetzt fiel mir auf, dass Kupfer sich nicht hatte blicken lassen. Im Parterre waren die Rollläden geschlossen, während die Fenster des ersten Stockwerks dunkel ins Leere starrten. Dann erinnerte ich mich an seine Aussage, er habe am Tag von Degenharts Beerdigung in Saudi-Arabien zu tun. Er war wohl am späten Abend abgereist. Mein Blick streifte unser eigenes Obergeschoss, hinter dem meine Lieben sich in entspannenden Träumen wiegten, und ich wunderte mich gerade, dass sie durch den Lärm nicht wach geworden waren, als ich entdeckte, dass der schwarze Van verschwunden war. Nachdem sich der Schreck gelegt hatte, fiel mir ein, dass ich das Kennzeichen aufgeschrieben hatte. Wenige Minuten später ging die Fahndung nach Ray und Charles heraus.

Inzwischen war es vier Uhr früh. Ich schloss leise unsere Haustür auf, dann setzten Benno und ich uns erst mal in die Küche. Ich brühte ihm einen extrasüßen Mokka und machte mir selbst einen Brennnesseltee, während sich Benno Klappschnitten mit Butter und Leberwurst schmierte und hungrig seine Zähne in die gehaltvolle Masse schlug. Er hatte seit dem vergangenen Nachmittag nichts mehr gegessen. Ich wartete, bis er alles verdrückt hatte, dann ließ ich mir von seiner Observierung erzählen.

„Von wegen Gasexplosion in frühester Kindheit!“, polterte er so laut, dass ich Sorge hatte, er würde Franz und Kerstin wecken. Aber Entrüstung und Frust steckten so tief, dass er sich Luft machen musste. „Er war kein zweijähriger Knirps, als er sich das Trommelfell zerfetzte. Obwohl er schon gezündelt hat, als er noch auf dem Töpfchen saß. Klopapier in Brand gesetzt! Aber die Katastrophe passierte vor zwei Jahren. Da war er neunundzwanzig, ein mieser, kleiner Macker im Münchener Bahnhofsviertel.“

Dass die beiden vor zwei Jahren nicht Ray und Charles hießen, sondern Bobby und Ronny, war vergleichsweise harmlos. Auch das waren nicht ihre echten Namen. Sie hatten den Nachtclub Anakonda betrieben, der wegen seiner Gummiartikel bekannt war.

„Die stimulierenden Präparate für die Peepshow hat Ray dir ganz bestimmt nicht vorgeführt“, entschied Benno. „Bei deren Anblick wäre dir ganz anders geworden. Da kamen Skorpione zum Einsatz und Oktopusse. Und stell dir vor: Rabenschnäbel aus Hartgummi und scharf wie Skalpelle. Die Jungs haben Phantasie, das muss man ihnen lassen. Aber ihre Abartigkeit ist auch nicht zu verachten.“

„Waren das die Schnäbel, die sie auf der Party trugen?“

„Ganz bestimmt“, Benno nickte voll Abscheu. Jetzt wurde mir doch „ein bisschen anders“, obwohl ich sonst nicht zimperlich war.

„Ist die Bar in die Luft geflogen?“

„Genau. Die beiden hatten schon in der Anakonda Zaubertricks auf dem Programm. Irgendwann wurde ihre Routinevorstellung zu unspektakulär. Wahrscheinlich lief der Schuppen nicht mehr so recht, die Gäste blieben aus und den Mädchen blätterte der Lack ab. Eine neue Show musste her, und zu diesem Zweck begannen Ray und Charles mit einem langstieligen Gasfeuerzeug und Platzpatronen zu trainieren. Damit lassen sich schöne Effekte erreichen. Ihre Experimente wurden immer riskanter, bis sie bekamen, was sie wollten: den Super-Gau auf der Basis von Nitroglycerin. Eins der Mädchen war sofort tot, ein zweites starb im Krankenhaus, auch den lieben Ray hat es schwer getroffen. Trotzdem konnten die beiden sich dünnmachen. Rays Stummheit stammt von einem Schock. Der wird den Mund schon wieder aufmachen.“

Ein anonymer Hinweis – Benno tippte auf eine der Bardamen, die mit einem so genannten blauen Auge davon gekommen waren – hatte der Münchener Polizei Ende Januar den neuen Wohnsitz des Duos im Münsterland gesteckt. „Und jetzt rat mal, warum sie auf mich verfallen sind, als die Dienstreise nach Münster vergeben wurde. Weil ich den Einfall hatte, als Karnevalsjeck zu fahren. Und weil dort meine clevere Exkollegin im Präsidium arbeitet!"

„Süßholzraspler!", tadelte ich und schenkte ihm Kaffee nach. In diesem Augenblick meldete sich sein Handy. Er hörte zu, seine Augenbrauen hoben sich, dann fuhr ein Leuchten über sein Gesicht, das mich an die Wunderkerzen erinnerte, mit denen Ray und Charles als Partygäste aufgetaucht waren. Hatte man sie gefasst?

„Am Rasthaus Teutoburger Wald", Benno rieb sich zufrieden die Hände. „Sie mussten tanken und der Tankwart hatte die Nachricht von der Fahndung im Radio gehört. In zwei Stunden soll ich im Präsidium erscheinen." Sein neuer Tag begann vielversprechend.

„Dann wusstest du von vornherein, dass die Leute, auf die du angesetzt warst, in unserer Nachbarschaft wohnten?"

„Ich vermutete es zumindest, obwohl die Namen nicht stimmten. Ich musste die beiden erst mal aus der Nähe sehen, daher meine Bitte, eine Pension in Handorf zu buchen."

„Und als ich dir vorschlug, mich zur Party zu begleiten, warst du außer dir vor Freude."

„Ich konnte mein Glück gar nicht fassen", ergänzte er in Nachahmung meines ironischen Tonfalls.

„Und wenn ich es dir *nicht* vorgeschlagen, sondern dich ins Frosch-Varieté geschickt hätte?"

Jetzt grinste er unverschämt. „Ich hätte bei den O.B.Y-Mädchen geschellt und nach dir gefragt, um mir den Weg zum Varieté erklären zu lassen. Dabei hätte ich mir die Banditen angesehen."

„Verkleidet wie sie waren? Mit großen Hüten und langen Rabenschnäbeln vorm Gesicht? Wahrscheinlich haben sie befürchtet, dass die Polizei auf der Party vertreten ist. Hast du sie sofort erkannt?"

„Ich kannte natürlich ihre Statur", sagte Benno und löffelte den Zuckerschmelz aus seiner Tasse, „das passte schon mal. Als die Tangonummer begann, nahmen sie die Masken herunter. Vorsicht ist die Mutter der Porzellankiste, doch die beiden hatten einen Puff betrieben, sie waren scharf auf erotische Nummern und …"

„Benno!", unterbrach ich ihn, „du bleibst wohl ewig ein Provinzei! Das war ein Tango, wie du ihn sonst nur am Stadtrand von Buenos Aires zu sehen kriegst, aber doch keine Puffnummer."

Meine Kritik ließ ihn kalt, unbeirrbar wie ein Zollfahnder fuhr er fort: „Ich kannte ihre unveränderlichen Kennzeichen. Charles hat eine große Brandnarbe am linken Handgelenk. Ich fragte ihn auf der Party, wie spät es sei, da hat er sie mir gezeigt. Ray präsentierte mir sein Muttermal im Nacken, als er sich bei der Scharade ans Genick griff, um auf die Lösung zu kommen. Du erinnerst dich, es wurde nach dem Begriff „Nackenbeißer" gefragt."

„Richtig", nickte ich. Eine Rätselfrage von Yvonne. Nackenbeißer wurden in Verlegerkreisen triviale Liebesromane genannt.

„Dann können wir jetzt einander sehr nützlich werden. Wie geht es weiter, wenn die beiden ein Geständnis abgelegt haben?"

Er bingelte noch immer mit seinem Löffel. „Sobald das Protokoll hier in Münster fertig ist, fahre ich nach München. Ich schreibe meinen Bericht, gebe die Sache zum Staatsanwalt, wenn dann noch Schnee liegt, hätte ich Lust auf Skifahren." Er kullerte mit den Augen, Ray hätte es nicht besser gekonnt.

„Und die Aussagen der Bewohnerinnen von Haus A?"

Jetzt wirkte sein Augenrollen gequält. „Würdest du das übernehmen? Amtshilfe aus Westfalen ist in Bayern ganz besonders gefragt. Vor allem, wenn es darum geht, die wortkarge Landbevölkerung zum Sprechen zu bringen." Bei dieser Antwort wurde mir klar, wie sehr ich zur Westfälin geworden war. Meine Anfangsschwierigkeiten gingen mir kurz durch den Kopf, das knarzige Münsterländer Platt, das mir die Arbeit wesentlich mehr erschwert hatte als die Sturheit der Bevölkerung. Die kannte ich aus der eigenen Provinz. Das ewige Regenwetter dagegen … Bennos Senfgläser und der Leberkäse fielen mir ein. Er hatte sie in Auftrag gegeben, um ein Heimweh zu stillen, das mich längst nicht mehr plagte.

Ich dachte auch an das Büffet „Magische Atlantikküste", das Bella, Yvonne und Olivia am vergangenen Abend ausgeliefert hatten. War die Kundin vielleicht eine Bewunderin der Grimmschen Reiseführer? Jedenfalls würden die drei Mädchen Max und mir noch zu ein paar Informationen verhelfen müssen. „Ich übernehme die Verhöre", sagte ich und Benno nickte zufrieden.

„Wie geht es dir in München? Ich meine rein privat?" Ich hatte ihn als eisernen Junggesellen in Erinnerung. Hier ein „Betthupferl" fürs Wochenende, dort eine honorige Tischdame für den Feuerwehrball, woanders eine geschmeidige Joggingfreundin. Festlegen mochte er sich nie. In Altötting hatte er wie ein Plantagenbesitzer geherrscht, auf einem beeindruckend großen Hof, den sein jüngerer Bruder bewirtschaftete. Von dort in die Großstadt mit ihren engen Mietwohnungen und dem ewigen Straßenlärm …?

Er wich meinem Blick aus. „Ich lebe allein und fahre jedes Wochenende nach Altötting." Ich nickte mitfühlend. Eine Zeitlang hatte ich das auch durchgehalten. Jeden Freitagabend im Stau auf der B 12, und die Schlange der LKWs wurde auch immer länger.

„Bei den vielen Skihaserln, die an den Lifts auf Begleitung lauern, wird sich schon etwas finden."

„Bestimmt!" Er besiegelte unser Gespräch mit einem kernigen Händedruck wie in alten Zeiten, wenn wir eine gemeinsame Schlacht gewonnen hatten. Es war eine kameradschaftliche Geste, dem Armdrücken nicht ganz unähnlich, die mir längst vergessene Gefühle ins Gedächtnis zurückholte. Ein Kapitel Lebensgeschichte. Im selben Moment schob sich die Küchentür auf. „Findet hier eine Verschwörung statt?", fragte Franz.

„Setz dich her!" Ich lächelte bestrickend. *Der* Mann, der nicht eifersüchtig wurde, wenn er seine Frau im fahlen Morgengrauen Hand in Hand mit einem alten Kollegen am Küchentisch entdeckte, musste noch gefunden werden. Der Kollege mit doppelten Leberwurststullen und kräftigem Mokka gestärkt, die Ehefrau ihren aphrodisischen Hexentee schlürfend. Da half nur das offene Gespräch.

„Wir reduzieren gerade die Zehn Kleinen Nachbarlein, die Olaf Degenhart auf dem Gewissen haben könnten. Zwei wurden auf der A 1 fest genommen. Demnach sind es nur noch acht, weil ich die Witwe auf eine Extraliste setze. Ein Kapitel für sich, während Christoph Pagenstecher eine noch völlig unbekannte Größe in meiner kriminalistischen Algebra darstellt." Als Benno fragend die Augenbrauen hob, ergänzte ich: „Das ist Degenharts Biograph. Kupfer lud ihn ein, auf der Party Nonsens-Gedichte zu lesen, doch er sagte ab. Gleichzeitig überredete er Degenhart zur Teilnahme und zwar mit dem Argument, der Mut zur Konfrontation mit dem korrupten Kupfer zeuge von Durchsetzungsvermögen und Rückgrad. Meine erste Frage lautet: Warum reagiert Degenhart auf die Absage seines Biographen mit einem so schadenfrohen Lachen? Die zweite: Warum sieht sich Pagenstecher die Konfrontation der beiden nicht hautnah an, um sie besser in seinem Buch verarbeiten zu können? Stattdessen setzt er sich vor den Inhalator seines Freundes. Der eine geht zur Party, obwohl er ursprünglich gar nicht wollte, und wird umgebracht, der andere sagt ab und setzt fünfzig Euro in den Sand. Welches Netzwerk ist da im Spiel?"

„Wäre es vorstellbar, dass der Biograph und die Witwe sich näher standen, als sie uns weismachen wollen? Eine so zwanglose Veranstaltung wie die Kostümparty hätte ihren intimen Umgang verraten." Da war er wieder, der Benno, den ich aus alten Zeiten kannte. Nie darum verlegen, alle nur denkbaren Affären, „Pantscherl", wie er sie nannte, in unsere Überlegungen einzubeziehen. Allerdings: Ganz neu war die Überlegung auch für mich nicht. Sie bekam noch Nachdruck, als ich an das Gespräch im Hause Degenhart dachte, als Pagenstecher mit Verzögerung zu uns stieß. Wo lag der Supermarkt, der um neunzehn Uhr schloss? Die meisten Selbstbedienungstempel an Stadtrand hielten bis zwanzig Uhr offen.

„Pagenstecher ist am Mittwochvormittag ins Präsidium bestellt", erklärte ich meinen beiden neugierigen Männern. „So wie ich ihn einschätze, lässt er sich von unserer Walhalla derart beeindrucken, dass er den Mund aufmacht. Die heutigen Studenten sind keine bärtigen Revoluzzer mehr, die beim Anblick einer Uniform den erstbesten Pflasterstein aus dem Boden hebeln. Die träumen von einer Karriere als Staatsanwalt oder als Polizeidirektor.

Als Franz wissen wollte, ob das Sprengstoffattentat in der Pension zu Lasten der beiden Künstler ginge, nickte Benno finster. Man hatte dieselbe hochexplosive Mischung sichergestellt, mit der auch die Anakonda-Bar in Schutt und Asche gelegt worden war.

Am Vormittag erschienen Bella, Yvonne und Olivia zum Verhör. Sie kamen nicht in Leggings und bequemen Pullis, sondern auf Stilettoabsätzen und in frischen, pastelligen Minirock-Kostümen, die aussahen wie bei Escada oder Laurèl gekauft. Recht hatten sie! Dies war der allererste Tag in Münster, der nach Frühling roch. Die Regenwolken waren abgezogen, der Himmel wirkte so zartblau und durchsichtig wie die Teetassen auf dem Tisch unserer beiden Magier. Je länger ich im Vernehmungszimmer hockte, desto mehr verwünschte ich meinen Angorapullover. Sobald die drei Gespräche protokolliert waren, würde ich einen kurzen Ausflug zu Sinn & Leffers machen und eins der topaktuellen Ringelshirts kaufen.

Die drei Powerfrauen traten selbstbewusst auf, schlugen kess die Beine übereinander und sahen immer wieder genervt auf die Uhr, als fiele ihnen zu Hause ein Soufflé zusammen. Umso hartnäckiger konfrontierte ich sie mit meiner nächtlichen Beobachtung, Ray und Charles seien mit einer Aktentasche an ihrer Haustür aufgekreuzt und hereingelassen worden. Daraufhin kam eine zweite Sprachregelung zum Zuge, die das Trio untereinander getroffen hatte. Es war beeindruckend, wie sich ihre Antworten glichen, obwohl jede gemäß ihrer Berufssparte noch eine persönliche Denkschleife einflocht. Bella als Chefköchin behauptete, sie hätte den nächtlichen Besuchern ganz bestimmt einen Kaffee angeboten, und ob ich denn Tassen auf dem Tisch gesehen hätte? *Das* wäre ja vielleicht ein Beweis. Olivia als Firmenanwältin erklärte kühl, dass Ray und Charles nicht im Handelsregister verzeichnet seien, weshalb sich das O.B.Y.-Team garantiert nicht auf Verpflichtungen eingelassen hätte – und die Aufbewahrung privaten, kostbaren Eigentums sei eine geschäftliche Verpflichtung. Yvonne als Produktmanagerin vertrat die Meinung, die beiden Künstler wären garantiert mit ihrer Bitte abgeblitzt, solange sie keinen Einblick in die Tasche gewährten. Zauberutensilien konnten ein erhebliches Sicherheitsrisiko darstellen und damit ihren eigenen Betrieb gefährden. Wie Recht sie hatte!

Yvonne blitzte mich triumphierend an. „Haben Sie vielleicht beobachtet, dass einer der beiden die Tasche im Türrahmen geöffnet hat? Darauf hätten ich und meine beiden Kolleginnen nämlich bestanden. Schließlich sind wir nicht die Gepäckaufbewahrung am Flughafen." Ray und Charles, das war in ihrer Mimik inkludiert, waren zwar Nachbarn, aber sie waren windige und halbseidene Nachbarn, mit denen man keine näheren Kontakte unterhielt.

Sie wollte wissen, was in der Tasche gewesen sei. Natürlich erhielt sie keine Antwort, obwohl das Corpus Delicti längst bei Schüller und Wagner im Labor stand. Nachdem dic Kollegen von der Sprengstoffabteilung sie im Kühlraum des O.B.Y.-Teams entdeckt hatten, waren unsere Techniker ans Werk gegangen. Gefunden hatten sie präparierte Pappschachteln sowie allerhand Zauber- und Verkleidungsutensilien wie die Pestarzthüte und die Rabenschnäbel. Jetzt gingen sie die Sachen einzeln durch. Warum hätten Ray und Charles ihr Arbeitszubehör verschwinden lassen sollen, wenn es aus unverdächtigem Plunder bestand?

Es war Mittag, als Bella, Yvonne und Olivia endlich ihren Widerstand aufgaben und eine Aussage unterschrieben, die uns weiter half. Zu verdanken hatten wir diesen Erfolg im Wesentlichen Max. Durch geschickte Fangfragen und das Ausfiltern winziger Widersprüche, die er dann wie unter eine Lupe gezogen jedem einzelnen Mädchen präsentierte, trieb er sie in die Enge, bis alle drei – auch dies offenbar in vorheriger Absprache für den „akuten Notfall“ – zugaben, dass die beiden Künstler sie schon vor einer Woche gebeten hatten, in der fraglichen Nacht kurzfristig eine Tasche in Verwahrung zu nehmen, deren Inhalt von unersetzlichem Wert sei. Zauberzubehör von Rays Vater. Sie selbst, so hatte Charles erklärt, brächen zu einer Vorstellungstournee auf, und da ein Einbruch grundsätzlich nie ausgeschlossen werden könne, sei die Tasche bei der Partyfirma sicherer aufgehoben als in ihrem eigenen Haus. Nicht auszumalen, wenn das zerfranste Stoffkaninchen, die Taube mit dem ausgeleierten Flattermechanismus, der Schal mit den geschichtsträchtigen Flecken, der Klappzylinder und der Feuerstab verloren gingen, mit denen einst Rays Vater seine legendären Soireen gestaltet hatte. Hätte ich nicht gewusst, wie sich die Explosion tatsächlich abgespielt hatte, meine Tränen wären nur so gekullert.

Ich hatte wieder mein Büro erreicht, wo sich Lückmann gerade auf den Weg zu Ulli Helder nach Gimbte machte, als Ansgar Schüller anrief. Ob ich ein paar Minuten Zeit für ihn hätte.

Man konnte seine Miene nicht anders als tief besorgt nennen, er murmelte etwas, das klang wie ‚Riesenschwein gehabt‘. „Was ist denn?“, fragte ich.

„Im doppelten Boden einer Pappschachtel fanden wir dies hier." Er faltete ein Blatt Papier auseinander. „Sieht aus wie der Plan für einen neuen Sprengstoffanschlag. Wenn wir nur wüssten, an welche Adresse sich die Drohung diesmal richtet und für welches Datum das Attentat geplant war." Ich nahm ihm den Plan aus der Hand. Er zeigte den Aufriss einer Hausfassade von allen vier Seiten. Auf der Rückseite war ein Grundriss gezeichnet, den ich mir gar nicht genauer anzusehen brauchte. Schon als ich die Fassade erkannte, war ein unbeschreibliches Grauen in mir hochgestiegen. Offenbar hatte ich viel Farbe verloren, denn Schüller betrachtete mich besorgt und fragte: „Ey, was ist denn? Alles in Ordnung?"

„Wir hätten euch schon längst mal zum Abendessen einladen sollen", seufzte ich und ließ die Zeichnung sinken. „Dann wüsstet ihr, wer gemeint ist. Wenn dies die neuesten Pläne unseres Dynamitpärchens sind, dann hatten sie es auf unser Haus abgesehen. Eingebrochen wären sie durch den Keller, der Sprengsatz sollte im Wartezimmer hochgehen, unter dem Erker, wo Benno wohnt." Bei dem Versuch, mir das Szenario vorzustellen, erstarrte meine Wirbelsäule wie unter dem nadelharten Strahl einer eisigen Dusche. Fröstelnd verjagte ich die Vision von Verletzten, die Bilder der materiellen Schäden genügten, geborstene Fenster, die Treppe im Nebel giftiger Dämpfe, die Haustür aus den Angeln gehoben, das ganze Haus eine verkohlte Ruine. Bennos Pensionswirtin hatte großes Glück gehabt, darin waren sich unsere Experten einig. Die Kalksteinplatten im Erdgeschoss und das versiegelte Parkett in den Gästezimmern hatten ein verheerendes Feuer verhindert. Nicht auszumalen, was bei einem billigen Synthetikbelag passiert wäre. Bei der nächsten Bewertung sollte das Tourismusbüro ihr einen weiteren Stern stiften. War die Sicherheit der Gäste nicht wichtiger als Designermöbel, Kabelfernsehen oder die Annahme von Kreditkarten?

Wie sicher war unser eigenes Haus?

Ich beschloss, mit Franz über Schüllers Entdeckung erst zu reden, wenn Kerstin außer Hörweite war. Auch würde ich mir sehr genau überlegen, *wie* ich es ihm beibrachte, um ihm jenen Schock zu ersparen, der mir in die Glieder gefahren war. Ich tröstete mich mit der Tatsache, dass wir tatsächlich ein Riesenschwein gehabt hatten, und kehrte zu meinen Akten zurück. Die Arbeit ging weiter, auch wenn mein Herz noch immer so aufgeregt surrte wie eine im Marmeladenglas eingefangene Hummel.

Ich las gerade die Lebensläufe von Bella, Yvonne und Olivia, als Max aus Gimbte zurückkehrte. Bereitwillig legte ich den Ordner zur Seite. Lückmanns Bericht versprach eine wohltuende Ablenkung von dem Horror der letzten Stunden, egal, was er zu erzählen hatte. Schließlich hatte sein Besuch nicht Stephen King gegolten.

Ulli Helder hatte Max allein empfangen. Seine Lebensgefährtin unterrichtete nachmittags in einer Schreibwerkstatt junge Leute, die wissen wollten, wie man einen Krimi beginnt, das Happyend einer Beziehungskiste aufbaut oder ganz einfach eine Sonne im Meer versinken lässt, Ölflecken in einer Flughafenpfütze zum Schillern bringt oder Geräusche wie das Kratzen des Fingernagels auf einer Schiefertafel in Worte umsetzt. Die Bandbreite des Unterrichtsmaterials, so hatte Helder ihm erklärt, reiche vom Achthundert-Seiten-Schmöker über die Kurzgeschichte bis zur winzig kleinen Glosse, die er mit einem hauchdünn gepinselten Medaillon auf einer Mokkatasse verglich. Den Schmöker könne man sich dagegen wie einen schweren Bierhumpen mit Zinndeckel vorstellen und die Novelle als soliden Whiskytumbler aus geriffeltem Bleikristall. Eigentümliche Vergleiche seien das, wunderte sich Max, sie entstammten US-amerikanischen Collegeprogrammen. Die Beschaffenheit des Schreibgeräts dürfe ebenso wenig unterschätzt werden wie der Arbeitsplatz zu Hause. Ein Erkerfenster mit Blick über die sturmgepeitschte Long Island-Küste sei natürlich das Nonplusultra, aber die Aussicht auf einen Tropengarten tue es notfalls auch. Als ich bei dem Wort „Erkerfenster“ blass wurde, wollte er den Grund dafür wissen, aber ich sagte nur: „Später.“

Über Helders Gedichte mochte Max sich nicht auslassen. Der Meister hatte ihm ein Exemplar in die Hand gedrückt, eine schon ältere Variation über das Thema „Tod und Nebel“. Gedichte waren reine Geschmackssache, was man von Helders heißer Schokolade absolut nicht behaupten konnte: das reine Wort Gottes.

„Ein eitler Mensch?“, fragte ich.

Er überlegte kurz. „Du meinst, ob bei ihm Fotos und Rezensionen im Sammelrahmen hängen? Dokumente über Lesungen und Signierstunden? Nein, nichts dergleichen. Die wenigen Fotos, die er aufgestellt hat, zeigen Studentenwichs, Knickerbocker oder Kriegsuniformen. Den Gedichtband hatte er auch nicht griffbereit im Regal stehen. Auf meine Frage, was für ein Typ Helder sei, schilderte Max einen bulligen Menschen mit Boxernase und öligem Kraushaar und reichte mir zusätzlich die Lyrikausgabe, deren Rückseite ein Foto schmückte. Bis auf die schief stehende Nase ein Allerweltsgesicht, aber intelligente Augen, wach und neugierig, und eine leicht verkniffene Protestnote um den Mund, als läge ihm ein permanenter Widerspruch auf den Lippen. Offenbar war er ein Mensch, der sich nicht ohne weiteres von seinen Plänen abbringen ließ.

Als ich die Rede auf sein Verhältnis zu Degenhart brachte, meinte Max, von Hass- oder Rachegefühlen habe er nichts bemerkt, allenfalls tiefe Verachtung für das „erbsenzählerische Denken“ des Verlegers. Aber das sei kein Mordmotiv!

„Worüber hat er mit Degenhart geredet, als er ihn am Donnerstag vor Karneval besuchte?“

„Über rein Geschäftliches. Er wollte die letzten Verkaufszahlen wissen.“ Degenhart legte sie ihm vor und das war’s. Jahrzehnte lang Freunde gewesen und dann ohne Handschlag auseinander gegangen. Bei Helder habe das ziemlich bitter geklungen.

„Über seinen Brief, der gerade angekommen war, wurde nicht gesprochen?“

„Kein Wort. Wenn man Helder glauben kann!“

„Er hatte Degenhart gedroht, Constanze Grimm in den Mittelpunkt des öffentlichen Interesses zu stellen, und zwar in Form eines handfesten Skandals. Die Mittel dazu hat er angeblich in der Hand.“

Daraufhin berichtete Max, dass Degenhart, eifersüchtig und cholerisch, wie er gewesen sei, seine Frau im Bootshaus tätlich angegriffen habe. Seitdem hatte er dort Hausverbot gehabt. „Für den Karnevalssamstag kann Helder ein Alibi vorweisen. Er und seine Partnerin haben den fraglichen Abend in der Schreibwerkstatt in Gimbte verbracht. Mit Lehrerkollegen und Schülern.“

„Warum macht er sich für Frau Grimm stark?“, überlegte ich. „Besitzt er einen so ausgeprägten Gerechtigkeitssinn? War er vielleicht in sie verliebt?“ Letzteres vermutete Max ziemlich stark, doch jeder Versuch, Helder diese Information „herauszukitzeln“, sei schon im Ansatz abgewürgt worden. Umso lieber habe er seine berufliche Situation präsentiert. Schon früher seien bedeutendere Verlage an ihn herangetreten, um ihn abzuwerben, doch er, Helder, habe sich von seiner Freundschaft mit Degenhart festnageln lassen. Im Klartext: Er veröffentlichte bei ihm aus Nächstenliebe. Da wirkte die Auflösung des Lyrikprogramms natürlich wie ein Faustschlag ins Gesicht. Es wurmte Helder, dass seine Gedichte nicht hoch genug eingestuft wurden, um ein marodes Lyrikprogramm am Leben zu halten. „Aber du musst zugeben", sagte Max, „dass er sich mit einem Mord seine Zukunft vermasselt hätte. Es sei denn, er wäre als Knastlyriker groß herausgekommen, etwa so wie Jack Unterweger."

„Wie schätzt er Frau Grimms Lyrik ein? Was wusste er über ihren Tod?"

„Eins nach dem anderen!" Lückmann griff in seine Aktentasche, raschelte kurz mit einer Papiertüte, um im nächsten Moment krachend in ein Matjesbrötchen zu beißen. Zwiebelgeruch machte sich breit. Während er hungrig kaute, berichtete er, dass Ulli Helder die Grimm nie als Konkurrenz betrachtet habe. „Er schreibt hermetische Lyrik", belehrte er mich, „die er als typisch männlich betrachtet, Frau Grimm schrieb kosmisch, also weiblich. Das klingt kompliziert, doch es ist einfach. Zumindest klang es aus Helders Mund ganz einfach. Er dichtet dunkel, sie dichtete hell."

„Aha!", nickte ich. „Habt ihr auch über die Art und Weise geredet, wie Frau Grimm ums Leben gekommen ist?"

„Natürlich. Helder glaubt an die Theorie vom Raubüberfall. Sich Degenhart als Mörder vorzustellen sei absurd, auch einen Selbstmord hielt er für ziemlich unwahrscheinlich. Dafür sei Constanze Grimm nicht der Typ gewesen, trotz ihrer psychischen Labilität."

„Und was wusste er darüber?"

Er zuckte unschlüssig die Schultern. „Man war einander natürlich im Verlag über den Weg gelaufen oder bei gemeinsamen Buchpräsentationen. Gelegentlich lud Degenhart seine Autoren auch ins Verlagshaus ein."

„Weißt du, ob es gemeinsame Lesungen von Grimm und Helder gab?"

„Selbstverständlich habe ich mich auch danach erkundigt", seine Stimme bekam einen leicht pikierten Unterton, „es gab *keine*, weil keiner der beiden das gut gefunden hätte. Wie hätten sich hermetisch und kosmisch orientierte Zuhörer miteinander vertragen?"

„Schlechter als die Autoren wahrscheinlich", nickte ich. „Und jeder Zuhörer hätte verlangt, dass sein Lyriker länger lesen darf als der Vertreter aus dem anderen Lager. Manche Dichter mögen ja ganz schön eitel sein, ihre Fans sind es auch." Ich beschloss das Thema zu wechseln: „Natürlich konntest du nicht sehen, welche Pflanzen in seinem Garten wachsen."

Er schüttelte den Kopf und behauptete, Helder passe nicht in unser Täterprofil. Und ich solle doch bitte nicht vergessen, dass Giftpflanzen auf beinahe jedem Grundstück vorkämen.

Wie viel Täterprofil besaßen wir überhaupt? Was im Fall Degenhart fehlte, war eine deutliche „Handschrift": liebevoll gefaltete Kleidung zum Beispiel, aber unser Toter hatte seine Kleidung noch getragen. Man hatte ihm einen Schlag auf den Kopf versetzt, der nicht tödlich wirkte, und dann die Nasenspitze abgetrennt. Der Schlag sollte ihn kampfunfähig machen, die barbarische Verstümmelung eine Botschaft an jene übermitteln, die ihn finden würden. Er war wahrscheinlich einem heimtückischen Giftanschlag im Rahmen eines Partybüffets zum Opfer gefallen, das den restlichen dreizehn Gästen keinen Schaden zugefügt hatte. Bei dieser Überlegung kam mir die Frage, ob unter den Speisen ein seltener Leckerbissen gewesen war, den Degenhart um alles in der Welt schätzte. Wer ihn aufgetischt hatte, wollte sichergehen, dass sein Opfer diesem Lieblingshappen nicht widerstehen konnte. Doch wie ließ sich verhindern, dass sich ein anderer Gast daran vergriff? War der kulinarische Lockvogel vielleicht in der Dekoration versteckt gewesen? Das Einzige, an das ich mich erinnerte, waren adrett mit Alufolie umwickelte Basilikum-, Kerbel- und Liebstöckeltöpfchen in der Büffetmitte. Und wer kannte so genau Degenharts Appetit? Wer hatte wem den entsprechenden Tipp gegeben? Jemand im Café Wennergreen, jemand vom Verlag? Heinrich Krafft kam in Frage, weil er bei den meisten Dienstessen anwesend war. Jette kannte sich natürlich aus und mit großer Wahrscheinlichkeit auch Christoph Pagenstecher. War es wirklich die Erkältung gewesen, die den Studenten von der Kostümparty fern gehalten hatte? Ich war gespannt auf das Treffen am Mittwoch.

- XI -

Nachdem Lückmann nach Hause gegangen war, wo er bei den groben Arbeiten für ein Sechs-Personen-Candellight-Dinner gebraucht wurde, legte ich die Füße hoch. Im Gegensatz zu Max, der die Hektik im Haus stimulierend fand, regte mich die Stille an. Die Lifts fuhren seltener, der Straßenlärm nahm ab und in der Regel schwieg auch das Telefon. Jeder Besucher, ob erwartet oder nicht, kündigte sich durch hallende Schritte in den leeren Korridoren an. Als ich irgendwann auf die Uhr sah und bemerkte, dass es beinahe acht war, beschloss ich, auf dem Heimweg kurz bei Wennergreen anzuhalten. Möglicherweise erinnerte sich das Cafépersonal an eine von Degenhart besonders geschätzte Spezialität des Hauses, die jemand kurz vor dem Tod des Verlegers gekauft hatte. Legte er bei seinen Bestellungen Wert auf die Garnierung? Ich sah Marion vor mir, wie sie jedes Mal das Grünzeug ihrer abgegrasten Häppchenplatten in den Bioeimer schnipste.

Die noch sehr rüstig wirkende Seniorchefin führte mich ins „Raucherzimmer", das, wie sie mir umständlich erklärte, einer Bridgerunde und einem ebenfalls seit langem etablierten Canastaclub vorbehalten war, und legte mir die Teekarte vor. Ich solle mir doch bitte etwas aussuchen. „Danke, Frau Wennergreen. Sie haben Ihr Café schon geschlossen, es geht nur um eine Auskunft."

Sie spielte mit der goldfarbenen Kette ihrer Brille. „Nun, die Hors d'œuvres und Frivolités, die Herr Degenhart immer bei uns bestellte, waren nicht für ihn bestimmt, sondern für seine Gäste. Über seine persönlichen Gelüste kann ich Ihnen gar nichts sagen."

Da hatte sie natürlich Recht. Der Gast war König! Ich selbst hegte ja auch den Verdacht, dass der Täter auf die „Gelüste" des Partygastes Degenhart Rücksicht genommen hatte, wenn auch in sehr schäbiger Absicht. Ob Degenharts am Kostümfest teilnehmen würden, hätte jeder der übrigen Eingeladenen von den Veranstaltern erfahren können. Ich notierte mir, dass ich mit Bella über entsprechende Nachfragen aus der Nachbarschaft reden müsse. Wie weit war sie selbst darüber informiert, was Degenhart gern aß? Er hatte nie ein Büffet von ihnen geordert. Das behauptete zumindest Bella.

„Machte er Vorgaben zur Garnierung?“

„Sie meinen, er wollte, dass die Platten und Schüsseln dekorativ aussahen? Aber das ist doch selbstverständlich. Er war mit uns immer sehr zufrieden. Das hat Frau Lose noch jedes Mal bestätigt.“

„Am Donnerstag vor Karneval hat er sich einen Lunch ins Büro kommen lassen. Haben Sie die Bestellung noch?“

„Ganz bestimmt.“ Sie stand auf und kam mit einem Stück Papier zurück. „Sechs Sandwiches“, las sie vor, „jeweils zwei mit westfälischer Mettwurst, mit Kressebutter und mit Frischkäse an Paprikatartar, dekoriert mit krauser Petersilie. Ist Ihnen damit geholfen?“

„War das seine übliche Preiskategorie bei Lunchbestellungen?“

Sie nestelte unruhig an ihrer Brille. „Es war eher schlicht.“

Eine Weile schwiegen wir, dann fuhr sie fort: „Bei den Desserts bestand Herr Degenhart immer darauf, dass Erdbeeren, getunkt in Bitterschokolade, geliefert wurden; eine Spezialität unseres Hauses im Frühsommer. Aber *er*“, sie lachte so kokett, als hätte der Verleger in Wirklichkeit einen ganz anderen, sehr pikanten Auftrag erteilt, „wollte sie jederzeit auf dem Tisch haben. Aber es ist gar nicht so einfach, so gute Ware zu bekommen, dass sie ein warmes Schokoladenbad verträgt und das Stielchen dran bleibt.“

„Das kann ich mir lebhaft vorstellen!“, lächelte ich genervt und beschloss, meinen letzten Versuchsballon zu starten. War vielleicht jedes Mal ein bestimmter *pikanter* Leckerbissen dabei gewesen? Doch so sehr Frau Wennergreen auch die Stirn in Falten zog, sie fand keine Antwort und mir blieb nichts anderes übrig, als mich zu bedanken. Sie schloss gerade die Tür auf, als mir eine Idee kam. Bei der Autorenlesung in der Vinothek zwei Tage vor seinem Tod hatte sich Degenhart in der Pause mit dem Veranstalter über Kaviar unterhalten. Der Verleger gelte als Fachmann, hatte der Vinothekbesitzer gesagt. Doch die Frage, die jetzt hinter meinen Überlegungen aufschoss wie ein spät gezündeter Feuerwerkskörper, galt weder ihm noch Frau Wennergreen, sondern meinem Kollegen Benno.

Am Morgen nach der Kostümparty war ihm sterbensschlecht gewesen. Kopfschmerzen, Herzklopfen, Darmkollern und vor den Augen die so genannten weißen Mäuse. Ein räudiger Kater wäre eine plausible Erklärung gewesen, aber Benno hatte kaum Alkohol getrunken. Ich erinnerte mich wieder klar und deutlich an unser

Sonntagsfrühstück und wunderte mich gleichzeitig über das eigenartig selektive Zusammenspiel meiner Erinnerungen: Benno an unserem Esstisch mit weich gekochtem Ei und Weißbrotstückchen. Benno auf der Party mit Ei und Weißbrot, das Ei diesmal hart gekocht, halbiert und mit Kaviar dekoriert. Ein Wachtelei. Auf dem Büffet hatte es aber gar keine Platte mit Wachteleiern und Kaviar gegeben, sondern nur zwei Eihälften als Garnitur zum Lachs. Sich an der Garnierung zu vergreifen, galt als unfein; die meisten Gäste schoben sie entweder mit begehrlichem Blick oder aber gereizt hin und her, weil sie im Weg war. Hatte Benno auch von anderen Garnierungen gegessen und irgendetwas erwischt, was Degenhart zugedacht war? Benno hatte nur unklare Beschwerden davon getragen, bei Degenhart war die Sache nicht so glimpflich verlaufen.

Vom Autotelefon rief ich ihn an. „Ich weiß", sagte er zerknirscht, „es gilt als unhöflich, sich an der Dekoration zu vergreifen, aber es ärgert mich immer, wenn sie in den Müll gekippt wird. Wenn die Platte abgegrast ist, hilft die schönste Verzierung nicht mehr."

„Degenhart galt als Kaviarexperte. Du hast die Attacke überlebt, nicht nur weil du eine bessere Kondition hast als er, dich hat auch niemand zusammengeschlagen und in die Werse gestoßen."

Bennos Antwort war ein geräuschvolles Atmen, bevor er zögernd sagte: „Und ich hatte schon die Pilze in Verdacht."

„Was denn für Pilze?"

Er seufzte, ob aus Verlegenheit oder weil ihm noch nachträglich schlecht wurde, konnte ich am Telefon nicht entscheiden.

„Auf dem Büffet stand so ein … Arrangement nennt man das, glaube ich, ein Gesteck in einem kleinen runden Blumentopf."

„Mir sind drei Kräutertöpfchen in der Tischmitte aufgefallen. Auf roten Tortendeckchen, mit Alufolie umwickelt."

„Die meine ich nicht!", brummte er, „am Tischende stand ein Gesteck. Papierblumen, Moos und eben diese Pilze. Junge Parasole. Als Kinder haben wir sie auf Kuhweiden gesammelt und gegessen."

„An solch einen Tischschmuck kann ich mich gar nicht erinnern."

„Es hat nur kurz dort gestanden. Wahrscheinlich das Mitbringsel eines Gastes, und diese Cateringladies befürchteten, dass andere es mir nachmachen und den Topf ratzekahl plündern würden."

„Wie haben die Pilze geschmeckt?“

„Wie rohe Parasole eben.“

„Und wie sahen sie aus? Wie Fliegenpilze?“

„Mensch, Sieglinde!“, polterte er, „ich bin doch nicht lebensmüde. Außerdem, wer stellt denn Giftpilze aufs Büffet?“

„Dich nehme ich noch mal zur Party mit! Das nächste Mal bedienst du dich am Gummibaum.“

„Weißt du, wie giftig *der* ist?“

„Benno, leg mir bitte eine Skizze dieser Pilze auf den Schreibtisch: Größe, Farbe, Geschmack. Alles was dir einfällt. Aber bitte nicht aus dem Sammlerbuch abschreiben. Benutz dein Gedächtnis!“

Grußlos legte er auf, nachdenklich setzte ich meinen Weg fort. An frische Pilze als Büffetschmuck konnte ich mich nicht erinnern, aber ich hatte mir erst relativ spät etwas zu essen geholt, lange nach Benno, lange nach Degenhart. Woher bekam man mitten im Winter Pilze, die nur in der freien Natur zu finden waren? Der Karneval trieb mitunter seltene Blüten, was sich nicht nur an Kostümen zeigte, sondern, wie es schien, auch an Scherzartikeln.

Bei den drei Grazien nahm Yvonne den Hörer ab und antwortete auf meine Frage, ob einer der Gäste etwas zur Büffetdekoration beigesteuert habe, der Aufbau des Büffets sei Bellas Geschäft gewesen, sie habe gerade vor fünf Minuten das Haus verlassen.

„Erinnern Sie sich an ein Gesteck mit frischen Waldpilzen?“

„An was denken Sie konkret?“ Ihr Tonfall wurde leicht mokant.

„An eine Mini-Spielwiese mit Moos und frischen Pilzen. In einem runden Töpfchen.“ Wenn sie mir jetzt mit der Gegenfrage gekommen wäre, ob ich sie verschaukeln wolle, hätte ich ihr das nicht mal verübelt, doch sie entgegnete kühl: „Ich erinnere mich nicht, aber ich hinterlege Bella eine Nachricht, dass sie Sie anrufen soll.“

Mehr konnte ich vorläufig nicht verlangen.

Ich hatte die ersten Häuser von Handorf erreicht, als hinter mir ein Martinshorn losbrüllte, und kurz darauf ein zweites. Ich fuhr auf den Randstreifen, um den Löschzug der Feuerwehr vorbei zu lassen. Die extralange, ausfahrbare Leiter hätte mich an unbeschwerteren Tagen vielleicht zu der zynischen Vermutung verleitet, es handle sich um einen Kellerbrand. Doch das Fahrzeug, das ihm folgte, war ein Einsatzwagen für Atemschutz, und die Betroffenen taten mir aus ganzer Seele Leid. Als ich meinen Weg wieder fortsetzen konnte, hatten die beiden Fahrzeuge bereits den Ort durchquert, und da die Straße weithin überschaubar war, konnte ich ihnen mit den Augen folgen, obwohl sie in halsbrecherischem Tempo unterwegs waren. Da hatte sich weder eine Katze im Baum verstiegen, noch saß ein Papagei auf dem Dach seines Besitzers, die Sache war ernst. Ich stellte mir gerade vor, wie sie zu unserem Haus gerast wären, hätten Ray und Charles ihren teuflischen Plan verwirklichen können, als der Löschzug scharf bremste und tatsächlich in unseren Weg einbog. Mein Herz klopfte bis zum Hals. Hatten Ray und Charles vielleicht Komplizen? Hatten wir tagelang auf einer Brandbombe gewohnt, die jetzt ferngezündet worden war? Noch gut fünfhundert Meter lagen vor mir, aber ich musste sofort Gewissheit haben. Ich tippte mit zitternden Händen unsere Praxisnummer ins Autotelefon, niemand nahm ab. Ich versuchte es auf Kerstins Handy, keine Reaktion. Dabei war ich mir sicher, dass sie in ihrer Mansarde für eine Englischklausur büffelte.

Es war Torsviks Haus. Und es war ein Kellerbrand. Dicker, grauer Qualm drang aus den Fenstern im Souterrain, hinter dem Drahtglas loderten die Flammen. Es roch nach verbranntem Holz, aber es waren auch beißende Dämpfe darunter, die sich ihren Weg noch durch die feinsten Ritzen suchten. Ich stieg aus und fand Frau Hilbich am Gartenzaun. Von ihr erfuhr ich, dass vor etwa zwanzig Minuten eine von Torsviks Assistentinnen an unserer Haustür Sturm geläutet hatte. „Aber der Herr Doktor war ja nicht da“, klagte Frau Hilbich, „da habe ich die Feuerwehr alarmiert. Jetzt sitzt die Kleine am Hauseingang. Hätte ich sie hereinlassen sollen? Ich habe Feierabend und Kerstin ist zu Freunden gefahren.“

Es handelte sich um eine der Blondinen von der Homepage. Sie war im Frotteebademantel und schlotterte vor Angst und Kälte. Als Torsviks hölzerne Kellertür unter dem Druck der Hitze aus den Angeln platzte, stob ein Funkenregen über die Außentreppe nach oben und zog hell lodernde Flammen nach sich, die das kreidige Gesicht des Mädchens gespenstisch beleuchteten. Erst jetzt sah ich, dass es tränenüberströmt war. Ich nahm sie mit in die Küche, wo das bedrohliche Fauchen der Flammen nur noch gedämpft zu hören war.

„Haben Sie drüben irgendein Haustier? Eine Katze, einen Kanarienvogel, Goldfische, die man herausholen müsste?“

Sie schüttelte den Kopf und klapperte mit den Zähnen.

„Setzen Sie sich doch! Möchten Sie einen Tee?“

Sie ließ sich auf den Hocker fallen und wickelte sich fester in ihren Bademantel. „Eine heiße Schokolade wäre jetzt toll.“

Ich begann im Vorratsschrank zu kramen. „Ovomaltine wäre noch da.“ Es hatte Zeiten gegeben, da trank Kerstin das Zeug kannenweise. Als ihr kanadischer Handballschwarm Münster wieder verlassen hatte, stieg sie auf grüne Tees um, und jede neue Schachtel hatte die Ovomaltinedose tiefer in den Schrank geschoben.

„In Ordnung“, nickte sie, dabei sprang ihr Bademantel auf und ich sah, dass sie darunter nur Unterwäsche trug. Offenbar hatte sie der Brand in der Sauna überrascht. „Warten Sie“, ich überlegte, während ich Milch in einen Topf goss und den Herd einschaltete. Das Mädchen war ein ordentliches Stück größer als Kerstin und etwas kleiner als ich, aber ich erinnerte mich an ausrangierte Jeans, die weder Kerstin noch mir passten, und ein Pullover würde sich auch finden. Ich brachte ihr die Sachen, und während sie sie überstreifte, fragte ich: „Was ist eigentlich passiert?“

Prompt rollten die Tränen. „Folke schmeißt mich raus! Ich bekam einen Telefonanruf und habe vergessen, den Schalter abzudrehen. Wahrscheinlich war es ein Kurzschluss.“ Sie wischte sich die Nase am Ärmel ab. Ich gab ihr ein Stück Küchenkrepp und ging ins Wohnzimmer, von wo man Torsviks Haus sehen konnte.

„Ein paar Feuerwehrmänner rollen schon die Schläuche ein. Aber wo steckt denn Herr Torsvik. Er weiß doch Bescheid, oder?“

„Er ist zur Freizeit-Messe in Köln“, heulte sie. „Er schlägt mich zu Brei, wenn er zurückkommt.“ Das machte mich hellhörig.

Ich setzte mich zu ihr und streichelte ihr den Arm. „Er wird ja wohl eine Versicherung abgeschlossen haben. Und was heißt hier zu Brei schlagen? Ist er manchmal gewalttätig?“ Dies war vielleicht kein geeigneter Moment, um eine Stellungnahme über Torsvik einzustreichen, andererseits auch nicht der Augenblick für übertriebene Rücksichtnahme. Außer seiner Selbstdarstellung und Kupfers bösem Gerede besaßen wir keine Aussagen über den Herrn.

Die Milch begann gerade aufzuwallen, als im Erdgeschoss ein Geräusch laut wurde, als klappte eine Tür. Anstatt mir zu antworten, sah sich das Mädchen neugierig um. „Ist das Ihr Mann?“ Ihre Stimme klang für mein Ohr etwas zu interessiert. Fast hätte ich mir die Finger verbrannt. Ich setzte den Topf wieder zurück. „Möglich. Was wollen Sie denn von ihm?“

„Ach, nichts!“ Sie strich sich mit einer routiniert wirkenden Geste die blonde Mähne aus dem Gesicht. „Immer wenn ich mal wieder mit meinen drei Meerschweinchen völlig am Ende bin, frage ich ihn um Rat. Er versteht echt was von Tieren.“

„Und welche Probleme haben Sie im Augenblick mit Ihren Meerschweinchen?“

Sie begriff, was ich meinte. „Sie sind nicht drüben, sondern bei mir zu Hause. Franz meint, es sei Rheuma. Die Burschen machen es nicht mehr lange. Aber sie sind so süß und noch immer so aktiv. Und Ihr Mann …“ Sie brach ab, während sich ihr Blick verlangend auf den Becher mit Ovomaltine heftete. Ich fragte: „Und … ja?“

„Er berät mich kostenlos. Ich kann kommen, wann ich will, er lässt mich sofort ins Sprechzimmer und hat gleich ein offenes Ohr.“

„Für Ihre Meerschweinchen!“ Ich goss die Ovomaltine auf und setzte ihr den Becher hin. Das schienen ja putzige Kerlchen zu sein.

„Kekse?“

Ein weniger selbstbewusster Typ wäre bei meiner Stimme zusammengezuckt. Mein Gast sagte locker: „Aber nur, wenn Sie nicht extra eine Packung aufmachen müssen …“ Sie hatte einen koketten Wimpernschlag, das musste man ihr lassen.

In diesem Moment ging noch einmal die Haustür auf, und die aufgeregten Stimmen von Franz und Kerstin schallten nach oben. Dann standen sie im Türrahmen. „Hey, Cosmima“, sagte Kerstin aufgeregt, „wer hat denn bei euch gezündelt?“ Jetzt endlich erfuhr ich, dass Torsviks Saunamädchen eine Schwester von Tanja war, unserer Sprechstundenhilfe. Als sie Tanja mal vom Dienst abholte, hatte der Schwede sie angesprochen: Ob sie sich nicht ein paar Euro verdienen wolle, als Homepagemodel und Hilfe auf dem Messestand? Und jetzt saß sie als Brandopfer bei uns am Küchentisch. Seit wann war Torsvik verreist?

Das Mädchen zuckte die Schultern. Keine Ahnung. Sie und die drei Kolleginnen machten Schichtdienst. Sie hatte ihren Chef seit einer Woche nicht zu Gesicht bekommen. Franz ließ sich die mögliche Brandursache erklären und machte ein skeptisches Gesicht: ein Saunaschalter, der bei Überhitzung nicht funktionierte? Kannte man auch in Schweden den Begriff „warmer Abriss?" Den erlebte im Münsterland allerdings nur die eine oder andere baufällige Scheune. Torsviks Haus war nagelneu. Lagen vielleicht auch bei ihm unbezahlte Rechnungen im Schreibtisch?

Es war auch Franz, der die Frage aufbrachte, über der wir lange grübelten. Wir stellten sie dem Kollegen von der Feuerwehr, der vor Ort blieb, um ihn auf mögliche Glutnester zu überwachen. Derjenige, der die Antwort am besten wusste, war noch immer nicht zu erreichen: Boris Kupfer. Alle sechs von ihm errichteten Häuser besaßen einen Brandschutzmelder. Damit hatte er geworben, und Pagenstecher hatte darüber sogar in seiner Biographie berichten wollen. Warum hatte er bei Torsvik nicht funktioniert? Wäre es nicht besser, die Melder in der gesamten Anlage zu überprüfen?

Kurz nach Mitternacht, als sich die grauen Rauchschwaden längst zu einer Nebelbank über der Werse verdichtet hatten oder als dubios riechendes Gespinst in unseren kahlen Bäumen hingen, während Schaum und Löschwasser schmutzige Pfützen bildeten, brachten wir Cosmima nach Hause. Auf dem Rückweg berichtete ich Franz von dem Anschlag, den unsere teuflischen Nachbarn Ray und Charles auf unser Haus geplant hatten. Die restliche Nacht verging mit unruhigem Schlaf. Und das Wort „Morgengrauen" hatte mit einem Mal eine ganz neue Bedeutung.

Pünktlich um elf Uhr meldete der Pförtner Christoph Pagenstecher. Ich brachte ihn hinauf in unser Büro, bot ihm eine Tasse Kaffee an, die er aber dankend ablehnte, und fragte, wie seine Prüfungen gelaufen seien. Er zuckte die Schultern: „So lala."

So viel ausdrucksstarke Wortkargheit amüsierte mich. Vielleicht schreibt er ja seine Diplomarbeit über den Dadaismus, dachte ich. Wenn ich ihn zu seinem Betreuer befrage, sagt er wahrscheinlich „Piff-paff-puff!"

„Was wird jetzt aus Ihrer Biographie über Olaf Degenhart?"

„Ich warte“, entgegnete er lakonisch.

Um ihn ein wenig aus seiner Reserve zu locken, fragte ich: „Warum schreiben Sie nicht weiter? Oder fühlen Sie sich von der Art, wie er gestorben ist, völlig blockiert?“

„Nein. Aber die Tatsache, *dass* er gestorben ist, macht mir einen Strich durch die Rechnung.“

„Können Sie mir das näher erklären?“

Er rutschte unbehaglich auf dem Besuchersessel herum. „Es … passt nicht in das Bild, das ich bisher von Olaf Degenhart entworfen hatte. Es ist einfach nicht stimmig, so … unrühmlich in der Werse abzusaufen.“ Er räusperte sich und ergänzte schnell: „Ich wollte sagen, zu ertrinken.“

„Und welches Bild hatten Sie von Olaf Degenhart entworfen? Vor allem, wenn Sie ihn als Kontrastfigur zu Hermann Wagenknecht betrachten?“

Er runzelte die Stirn und gab dann ein wenig patzig zur Antwort: „Eine Gegenüberstellung der beiden bietet sich in gar keiner Weise an, aus dem einfachen Grund, weil sie sich viel zu ähnlich sind.“

„Umso besser, dann können Sie Herrn Degenharts Eigenschaften noch präziser definieren, indem sie aus dem Doppelpack schöpfen. Was für ein Mensch war er?“ Er sah mich finster an und schwieg.

„Ein vielseitiger Charakter?“, bohrte ich weiter. „Oder sollte man besser sagen: ein Januskopf? War er einer jener Typen, die in fast jeder Beziehung ‚sowohl … als auch‘ sind?“

„Wie meinen Sie das?“

Die Ungeduld begann mir in den Fingerspitzen zu kribbeln. Hatte dieser Mensch denn über Degenhart noch gar nichts zu Papier gebracht? War er überhaupt dazu in der Lage? Oder lag es vielleicht an seiner Rolle als smarter Dauergast im Haus des Verlegers, dass sich unser Gespräch so mühsam gestaltete? Ich zwang mich zu einem aufmunternden Lächeln. „Ich nenne Ihnen ein Beispiel: Jemand ist in Alltagsdingen entsetzlich kleinlich und knauserig, aber bei großen Anschaffungen lässt er die Mark nur so springen.“

„Mein Großvater“, nickte er heftig. „Nie gab’s Taschengeld, doch zum Abi hat er mir hundert Mark geschenkt.“

„Trifft diese Eigenschaft auch auf Herrn Degenhart zu?“ Ich dachte an Jettes pompöse Kücheneinrichtung.

„Das könnte man behaupten“, sagte er. „In den drei Monaten, die ich dort verbracht habe, hat es einiges an Neuanschaffungen gegeben: eine Bildergruppe fürs Wohnzimmer, verschiedene Möbelstücke, und von einem neuen Wagen für Jette war auch die Rede.“

„Darf ich fragen, ob Sie mit Ihrem Honorar zufrieden sind?“

„Jette hat mir fünfhundert Euro versprochen, wenn die Biographie fertig ist. Allerdings muss sie mindestens dreihundert Seiten haben und nachdem, was jetzt passiert ist …“

„Na gut! Ich verstehe, dass es für Sie nicht einfach ist, über einen charismatischen Menschen zu schreiben, der als Mordopfer endet. Aber wirkte er auf Sie überhaupt charismatisch?“

„In gewisser Weise ja, andererseits …“ Er ließ seinen Blick über die Fensterbank wandern, obwohl es dort nichts zu sehen gab, außer ein paar mickrigen Kakteen und dem verklemmten Blechkästchen, in dem Max jeden Abend seinen Schreibtischschlüssel deponierte.

„Andererseits“, nahm ich das Gespräch wieder auf, „scheint es mir schwierig, die Geschichte einer Person zu schreiben, solange sie noch mitten im Leben steht. Wie viele Menschen drehen sich plötzlich um hundertachtzig Grad, werden kriminell oder gehen ins Kloster? Der eine macht eine fulminante Schenkung, der andere entwickelt krankhaften Geiz. Wenn man diese Kehrtwendung nicht vorhersehen kann, zeigt man jedem, der die Biographie nach dem Tod dieses Menschen liest, nur die eine Seite der Medaille.“ Als er nicht antwortete, fuhr ich fort: „Fühlte sich Herr Degenhart vielleicht von all den Autobiographien angeregt, die momentan die Buchhandlungen pflastern? Fußball- oder Tennisstars, Filmsternchen und Komiker – alle werfen ihre Memoiren auf den Markt. Er wollte seine Lebensgeschichte ursprünglich selbst schreiben.“

Er studierte angestrengt seine wohlgeformten Fingernägel, während mir wieder einfiel, dass auch Constanze Grimm kurz vor ihrem Tod das Genre Biographie für sich entdeckt hatte. Ich fragte Pagenstecher, ob er Dokumente aus Degenharts erster Ehe erhalten habe, und er nickte. „Jette hat mir einiges zur Verfügung gestellt.“

„War dabei Zensur im Spiel?“ Als er darauf die Augenbrauen hob, ergänzte ich: „Verweigerte sie das eine oder andere?“

„Nein, was ich haben wollte, habe ich auch gekriegt. Meine Biographie ist nicht streng chronologisch, sondern nach Themen aufgebaut. Olaf Degenhart als Kind, als Lektor in England, als erfolgreicher Verleger und angefeindeter Kritiker, aber auch Olaf der Weltenbummler, der Genussmensch, der Gastgeber. Zu Kindheit, Ausbildung und Beruf hatte er selbst viel erzählt, über den Kritiker Degenhart wollte ich mir lieber mein eigenes Bild machen, und auch der Genussmensch würde, so dachte ich mir jedenfalls, aus den Zeugnissen dritter Personen glaubwürdiger hervorgehen. Sie machen sich ja keine Vorstellung, wie eitel manche Leute werden, wenn sie ihren Lebensstil definieren sollen. Als gäbe es keine Geschmacksverirrungen, keine peinlichen Freunde oder lächerlichen Liebhabereien. Also fragte ich Jette. Sie hat ein paar Tage lang gesucht, weil sie mir etwas wirklich Repräsentatives bieten wollte, und das fand sie vor allem in Form einer Mappe, die die Feste im Hause Degenhart dokumentiert, als er noch mit der Grimm zusammen war. Die Gästeliste liest sich wie Münsters Who-is-who, und was auf den Tisch kam, war opulent und extravagant. Nachdem ich mir das mal ganz genussvoll reingezogen hatte, konnte ich verstehen, dass Degenhart Jettes Kochkünste auf den Mond wünschte und sich lieber mit selbst geschmierten Stullen zufrieden gab."

Mir fiel ein, dass Jette ein Buch über das Gesellschaftsleben der Droste-Hülshoff plante, demnach wusste sie, worauf es ankam. Als Pagenstecher sie um gesellschaftliche Highlights bat, die sie allerdings nur aus zweiter Hand liefern konnte, hatte sie ihm die alte Einladungsmappe in die Hand gedrückt. Der Glamour von Constanzes Festivitäten blendete einen so unerfahrenen jungen Mann wohl genug, um ein „opulentes und extravagantes" Kapitel zu schreiben.

„Können Sie mir diese Unterlagen zur Verfügung stellen?" Noch einmal nickte er, wenn auch nicht so entschlossen wie zuvor. „Ich hoffe nur, Jette ist damit einverstanden. Sie wollte es damals ziemlich schnell zurückhaben, deshalb musste ich die Sachen kopieren."

„Das lassen Sie mal unsere Sorge sein. Kann mein Kollege heute Abend bei Ihnen vorbei kommen? Sie wohnen nicht mehr bei Degenharts, stimmt's?"

„Was soll ich noch dort? Mit Degenharts Tod sind alle Möglichkeiten erschöpft, Erinnerungen heraufzubeschwören oder sich die eine oder andere Zukunftsperspektive zeichnen zu lassen. Mein Material ist komplett, mehr gibt es nicht. Auch wenn das letzte Kapitel anders ausfällt, als es mir vorschwebte. Und seine Frau …“ Eine leichte Röte huschte über sein Gesicht. Ich sagte: „Sie müssen keine Erklärungen über Ihr Privatleben abgeben, solange Ihr Privatleben nichts mit dem Mord an Herrn Degenhart zu tun hat“

Darauf reagierte er nicht.

„Leben Sie mit jemandem zusammen?“

„Ja. Und meine Freundin hätte absolut kein Verständnis dafür, wenn ich bei Frau Degenhart wohnen bliebe. Ich war ja nur deshalb dort einquartiert, weil ich einen Einblick in sein Alltagsleben brauchte. Wie viel Arbeit erledigt er zu Hause, womit verbringt er die Zeit, in der er nicht arbeitet, was liest er, was isst er, betreibt er viel Sport …?“ Wieder starrte er auf seine Hände und ich fragte mich, was diesen Jungen dermaßen blockierte. Bei unserem ersten Gespräch am Freitagabend hatte er doch ganz locker gewirkt!

„Und was aß er besonders gern?“

„An den Alltagen brachte er sich häufig etwas mit. Jette kocht jeden Abend, aber es schmeckt grauenhaft. Ich habe in der ganzen Zeit, während ich dort wohnte, nicht begriffen, warum sie so lange in der Küche herumwuselt.“

Ich verstand das sogar sehr gut: glitzernder Granit und von Hand gebürstete Eiche, glänzende Lacktapeten und ein witziges Bullauge, bei dessen Anblick einem die aufgestaute Wut des Stararchitekten von nebenan wohltuend im Ohr rauschte. Dieser Luxus lenkte ab von deprimierenden Tapeten oder Bettüberwürfen in Farben, mit denen Bestattungsinstitute ihre Briefköpfe gestalteten. In ihrem Schlafzimmer hätte sich Jette allenfalls mit Kerzen in Stimmung bringen können, in der Küche brauchte sie keine Steaks à point, kein Filet Wellington, um ihr Selbstbewusstsein ins Dreidimensionale zu befördern. Sie brauchte sich nur umzusehen und sich zu sagen, dass dies alles Degenhart keinen Euro zu teuer gewesen war.

„Was brachte Herr Degenhart zu essen mit?“ Die Antwort fiel enttäuschend aus: Käse, Wurst, Schnittbrot. Der Herr des Hauses machte sich ein Sandwich und nahm es mit ins Arbeitszimmer.

„Und was aß er am Wochenende, wenn er zu Hause blieb?“ Zugegeben, meine Fragen mussten den Jungen allmählich nerven, aber dies war eine reelle Gelegenheit, die geheimen „Gelüste“ seines Sponsors kennen zu lernen.

„Von Freitagabend bis Montagmittag“, entgegnete Pagenstecher, „bin ich nie dort gewesen. Schließlich musste ich meine Eindrücke zu Papier bringen.“

„Konnten Sie Herrn Degenhart bei seiner Arbeit im Verlag beobachten?“

Schon stockte er wieder. Die Auskunft über die picknickartige Stullenverpflegung seines Gastgebers war eine Lockerungsübung gewesen, Pagenstecher hätte mit Sicherheit weitere Hemmungen abgebaut, wenn Degenhart abends regelmäßig mit einer Tüte Pommes rot-weiß zur Tür hereingeschneit wäre. Meine neue Frage schüchterte ihn wieder ein, und ich fragte mich, wie er am Freitag mit Lückmanns ungleich aggressiverer Vorgehensweise zurechtgekommen war. In seinem Protokoll hatte Max nichts von Widersprüchen oder Wortkargheit vermerkt.

„Ist Ihnen im Verlag etwas Ungewöhnliches aufgefallen? Gab es mal Meinungsverschiedenheiten oder sogar Streit?“

„Wir haben uns nie lange im Verlag aufgehalten. Herr Degenhart nahm mich zu Druckereien und Fotostudios mit. Oft haben wir auch Buchhandlungen besucht, wo er sich davon überzeugte, dass seine Bücher besonders griffig präsentiert waren.“

„Okay.“ Ich lehnte mich in meinem Sessel zurück und hoffte, der junge Mann würde sich ebenfalls entspannen. Umsonst, er hockte so unglücklich da wie das Äffchen auf dem Leierkasten.

„Sie sagten, Herr Degenhart habe in großen Dingen generös gehandelt. Wie sah es bei den Alltagsbagatellen aus?“

„Für Kleinigkeiten ist Jette zuständig.“ Demnach wurden fünfhundert Euro Honorar als Kleinigkeit betrachtet.

„Herrschte auch sonst eine klare Aufgabenteilung?“

„Sie macht vormittags den Haushalt, kauft ein, stellt die Waschmaschine an. Erst nach dem Mittagessen fährt sie zum Verlag.“

„Wurden zu Hause Verlagsangelegenheiten besprochen?“

„Selten“, kam es knapp zurück. Das konnte natürlich an Pagenstechers Gegenwart liegen. Doch wenn der Hausherr sein Sandwich immer mit an den Schreibtisch nahm, gab es ohnehin nicht viel Gelegenheit zur Unterhaltung.

„Würden Sie die Ehe der beiden als gut bezeichnen?“

„Also, meine Eltern führten eine schlechtere, die haben sich dann auch scheiden lassen.“

„Seit wann genau wohnten Sie bei Degenharts?“

„Seit Anfang November.“

„Als Hausgast bekommt man ja so einiges mit, auch wenn man gar nicht daran interessiert ist. Verstehen Sie mich bitte nicht falsch, ich will Sie nicht als Voyeur darstellen, und ich frage aus rein beruflichen Gründen. Gab es oft Streit zwischen den beiden?“

„Also meine Eltern …“

„Lassen wir Ihre Eltern mal aus dem Spiel. Wie gingen Herr und Frau Degenhart miteinander um?“

„Wie gesagt: Sie kochte katastrophal und das regte ihn auf. Die Steaks zäh wie Leder und die Kartoffeln pappig. Sogar Reis im Kochbeutel brannte ihr an.“

Andere Frauen versengten Designeroberhemden, brachten beim Staubwischen den sensiblen Videorecorder aus der Spur oder fuhren gelegentlich mit angezogener Handbremse. „Kam das Thema auch mal auf Constanze Grimm?“ Er erinnerte sich nicht.

„Das Lyrikprogramm sollte komplett eingestellt werden. Damit fiel auch jeder Plan unter den Tisch, ihre Gedichte wieder herauszubringen. War davon bei Degenharts nie die Rede? Wenn ja, gab es Differenzen deswegen?“

Darüber hatten sie nicht gesprochen. Doch nachdem Degenhart tot war, konnte seine Erbin doch machen, was sie wollte, oder? Pagenstecher wandte mir sein schmales Gesicht mit dem dichten blonden Haarschopf und den rötlichen Bartstoppeln zu, die er am vergangenen Freitag noch nicht getragen hatte, und zuckte die Achseln.

„Wie geht es jetzt weiter?“

„Sie meinen die Biographie? Ich habe keine Ahnung, wie ich den Schluss gestalten soll.“

„Sie könnten Herrn Degenharts Tod auf einen einzigen Satz am Ende oder am Anfang beschränken“, schlug ich vor. „Außerdem sind auch andere Berühmtheiten auf elende Weise gestorben. Kaiser Barbarossa ist in einem türkischen Fluss ertrunken, Ödön von Horvath wurde während eines Gewitters an den Champs Elysées von einem Baum erschlagen, James Cook auf Hawaii von Eingeborenen gefressen.“ Darauf reagierte er nicht.

„Kommen wir mal zu Ihrer Absage auf der Kostümparty. Lag es wirklich nur an Ihrer Stimme, dass Sie nicht erschienen sind? Fünfzig Euro sind doch viel Geld!“

„Wie meinen Sie?“ Jetzt klang seine Stimme erschrocken.

„Gab es keinen anderen Grund?“ Er zögerte kurz und sah mir dann in plötzlich aufwallendem Zorn ins Gesicht: „Sie haben Recht. Meine Erkältung war nicht so stark, dass ich nicht zu der Lesung hätte antreten können. Ich hatte Schnupfen, meine Stimme war in Ordnung. Aber ich hatte erfahren, dass ich einen der Partygäste sehr gut kenne. Und ich wollte ihm nicht wieder begegnen. Ich hätte ihn totgeschlagen. Dass mir das erspart blieb, ich meine, die Schweinerei mit der Leiche, das war mir fünfzig Euro wert.“

„Kannte Herr Kupfer Ihr Problem?“

„Er hat mir meine Heiserkeit sofort abgenommen, aber schließlich lernt man das als Kabarettschauspieler.“ Jetzt grinste er frech. „Sie sollten mich mal als Hitler-Imitator erleben!“

„Warum gab es Mordgelüste gegen einen der Partyteilnehmer?“

Sofort wich alle Amüsiertheit aus seinem Gesicht, er wurde todernst. „Weil er meinen Studienkollegen auf dem Gewissen hat. Ich hoffe, Sie verstehen, dass ich keine Namen nennen möchte.“

„Auch nicht den Namen des Partyteilnehmers?“

Er senkte den Blick auf die Schreibtischplatte.

„War es ein Unfall?“, bohrte ich und dachte an die Nitroglyzerin-Experimente von Ray und Charles.

Keine Antwort.

„Eine Rauchgasvergiftung?“ Es war ja immerhin vorstellbar, dass Kupfer auch für andere Häuser Brandmelder bestellt hatte, die nicht funktionierten.

Er schüttelte den Kopf. Da er offensichtlich keine Lust hatte zu reden, halfen mir nur das gezielte Fragen und die Hoffnung, dass wenigstens seine Mimik verriet, wann ich einen Treffer landete. Hartnäckig ging ich die Teilnehmerliste durch. Dabei fiel mir Bogenmanns selbstbewusste Homepage mit dem Hinweis auf die hohen Sicherheitsstandards seiner Tauchschule ein.

„War es vielleicht bei einem Tauchkurs?“

Pagenstechers Augenlider flackerten kurz. „Wie kommen Sie darauf? Ihre Abteilung ist für diese Sache gar nicht zuständig. Und ich habe absolut keine Lust mehr, darüber zu reden, verstehen Sie?"

„Das verstehe ich, aber ich vernehme Sie zu einem Mordfall, und da müssen Sie sich ein paar Fragen gefallen lassen." Er wandte den Blick zum Fenster. Ich nahm mein Lineal zur Hand und fuhr mit den Fingern über die Kanten, um ihm zu signalisieren, dass meine Geduld Grenzen hatte. Als das nichts half, sagte ich so locker wie möglich: „Der einzige Tauchlehrer, der an der Party teilgenommen hat, ist Bert Bogenmann. Bei ihm wollte ich nächste Woche meine Tochter zum Schnupperkurs anmelden."

Panik füllte seinen Blick, doch auch jetzt kam keine Antwort.

„Was ist passiert, Herr Pagenstecher?" Er rieb nervös den Hosenstoff über seinen Kniescheiben, dann begann er zu reden.

Es hatte sich vor zwei Jahren zugetragen, im Mai, bei einem Tauchurlaub am Bodensee. Der Atemregler an einem der Sauerstoffgeräte hatte mehrmals Probleme gemacht. Bogenmann hatte versprochen, das Teil auszutauschen, aber das war offenbar nicht geschehen. Der Bodensee war noch sehr kalt gewesen, und beim nächsten Tauchgang vereiste ein Automat. Einige Schüler begannen zu meutern, da wurde Bogenmann frech, auch sein Team zeigte sich von den neuerlichen Beschwerden völlig unbeeindruckt. „‚Was wir uns einbildeten', brüllte Bogenmann abends im Quartier. Sein Equipment sei astrein, wenn jemand die Theorie nicht in die Praxis umsetzen könne, dann solle er gefälligst zu Hause bleiben."

„War Frau Schlager damals schon dabei?"

Er schüttelte den Kopf. „Es war überhaupt keine Frau dabei, nur drei junge Männer, kaum älter als wir und Bogenmann gegenüber völlig kusch. Dieser Mann ist von Ehrgeiz zerfressen! Seine Tauchschule ist selbstverständlich die erfolgreichste, kompetenteste und freundlichste zwischen Rotem Meer und Kattegat." Seine Augen waren hasserfüllt. „Am letzten Tag kam es zur Katastrophe. Diesmal streikte die Ausrüstung bei meinem Kumpel, er kriegte die volle Panik und tauchte zu schnell auf. Wenn wir Schüler nicht sofort den Notarzt gerufen und die Rettungskräfte nicht so gut reagiert hätten, wäre er tot gewesen." Es folgte eine lange, schwer lastende Pause, bevor er fortfuhr: „Als ich das erste Mal zu Degenharts fuhr, sah ich den Namen am Nachbarhaus. Mir wurde fast schlecht. Mein Freund hat sein Trauma noch immer. Er glaubt, er liegt in einer schwarzen Plastikplane und findet die Öffnung nicht. Er fährt pitschnass im Bett hoch und die nächste Valium ist fällig. Was glauben Sie, was aus dem mal wird?“ Er lachte böse. „Ein Super-Lehrer? Ein Fernsehjournalist, so wie er sich das erträumt hat? Da dürften ihm seine Alpträume im Weg sein.“ Er war laut geworden. „Okay, vielleicht bringt er seine Geschichte ja zu Papier. Die Frage ist nur: Wer druckt den Kram? Verschollen im Weltall? Geschenkt! So was wird gelesen. Meine Begegnung mit Außerirdischen? Auch gut! Aber mein Nahkampf mit Hecht und Zander, bis mir schwarz vor den Augen wurde? Das ist als Horror-Stoff nicht schrill genug, obwohl es tödlicher ausgehen kann als ein Kampf mit dem Weißen Hai.“

Ich nickte und war froh, dass er meinen Kaffee ausgeschlagen hatte. Vielleicht trieb ihn ein chronisch hoher Blutdruck zu diesen hitzigen Monologen, obwohl seine Geschichte eine Menge Sprengstoff enthielt. Als könnte er Gedanken lesen, sagte er in gemäßigterem Tonfall: „Seitdem ist das Tauchen für uns kein Thema mehr, sogar vor dem Schwimmen hat mein Freund eine Heidenangst. Und das alles, weil ein karrieregeiler Sack die Zügel schleifen lässt.“

„Der Fall wurde doch sicher von der lokalen Polizei untersucht. Wie hat Herr Bogenmann auf Fragen und Vorwürfe reagiert?“

„Er behauptete, mein Freund wäre viel zu tief getaucht, hätte dann total die Nerven verloren und sei zu schnell zur Oberfläche gekommen. Eine Sauerei war das!“

Er stand schon an der offenen Eingangstür des Präsidiums, als ich fragte: „Wie steht es mit Ihrem Manuskript? Können Sie uns eine Kopie zur Verfügung stellen?“ Darauf nickte er.

In den nächsten zwei Tagen traten unsere Ermittlungen auf der Stelle. Zwar meldete sich Bella bei mir, aber ihre Auskunft erschöpfte sich in der Tatsache, dass niemand zur Büffetdekoration beigetragen habe. „Auch nicht mit einem Gesteck aus rohen Pilzen?“

„Stimmt, jetzt, wo Sie es sagen! Wir hatten zwar genug Dekoratives, aber das Töpfchen sah hübsch aus, das müssen Sie zugeben.“

„Bis auf die Pilze.“

„Also, ich habe schon Abartigeres gesehen. Was heute so alles mit Blumen kombiniert wird. Aphrodisische Gestecke sind der letzte Schrei, mit allem was dazu gehört."

Kannte sie spezielle kulinarische Liebhabereien des Verlegers?

Nein, die kannte sie nicht. Auch von seinen sonstigen Liebhabereien wusste sie nichts. Aber er war angeblich kein Kostverächter.

„Ihr Büffet war mit Wachteleiern und Kaviar dekoriert."

Darauf lachte sie kehlig. „Weder das eine noch das andere zählt zu den Aphrodisiaka, so sehr einen das auch verwundert." Offenbar war sie von dem Thema nicht wegzubringen, und wie es schien, hatte unser abgehalfterter Verleger viel Sexappeal versprüht. Warum wäre das O.B.Y.-Team sonst darauf zu sprechen gekommen?

„Könnte auch der Kaviar eine Spende gewesen sein? Von jemandem, der angebrochene Dosen im Kühlschrank stehen hat?"

„Die Nachbarn bieten einem immer wieder etwas an. Tamara hat uns ihr Pecannussbrot sogar für unser Catering angedient. Aber wir wollen nicht für herausgefallene Zahnplomben verantwortlich gemacht werden. Das kommt bitte nicht in Ihre Akten!" Ihr Lachen wirkte anbiedernd, im nächsten Moment seufzte sie theatralisch. „Wenn die Beiträge fürs Büffet nicht unser Stil sind und nicht zum Motto passen, muss ich sie leider ablehnen."

„In diesem speziellen Fall könnte das Motto des Spenders „Mord" gelautet haben."

„Ich dachte, unser Nachbar wäre ertrunken." Damit legte sie auf.

Am Nachmittag redete ich mit Cornelia über die Partyrezepte. Sie versprach, die Zutaten auf ihre Eignung als Geruchs- und Geschmacksveränderer zu überprüfen, was natürlich in erster Linie von ihrer Löslichkeit in Wasser oder Fett abhinge. Ich brachte die Sprache auf den Kaviar. „Einem Kenner wie Degenhart würde jeder Fremdgeschmack wahrscheinlich sofort auffallen. Andererseits behauptet mein Kollege Benno, der auch ein Gourmet zu sein scheint, die Wachteleier seien mit Soja mariniert gewesen."

Sie fingerte den Papierstapel sorgfältig durch. „Kann ich mir das eine oder andere fotokopieren?"

„Wenn es nur für deine private Rezeptsammlung bestimmt ist!"

Sie lachte verschmitzt. „Dachtest du vielleicht, ich lege ein Präsidiumskochbuch an? Leckere Ideen aus der Ausnüchterungszelle?"

Ich kehrte in mein Büro zurück und begann mit Pagenstechers Manuskript. Als ich entdeckte, wie umfangreich es schon war, konnte ich die Wortkargheit seines Verfassers erst recht nicht verstehen. Der Junge war doch gut unterwegs, auch wenn er unter den von Jette geforderten dreihundert Seiten blieb. Doch wusste jeder, der mit Computerschreibprogrammen arbeitete, wie herrlich man Seitenzahlen manipulieren konnte. Eine etwas voluminösere Schrift und viele eingerückte Absätze, die dem Leserauge wohl taten, und der geforderte Textumfang wurde erreicht.

Der Aufsehen erregende Tod des Verlegers wäre – bei allem Zynismus, den man einer solchen Überlegung nicht absprechen konnte – ein publikumswirksamer Beginn gewesen. Nicht für Pagenstecher! Klassisch-konsequent und streng chronologisch begann er mit Degenharts glücklicher und harmonischer Kindheit.

Dem konventionellen Aufbau seiner Biographie zum Trotz benutzte er eine lockere, leicht flapsige Ausdrucksweise und ließ in beinahe regelmäßigen Abständen persönliche Zitate von Degenhart und Erinnerungen seiner Verwandten, Freunden oder Zeitzeugen einfließen, die das Ganze abwechslungsreich und lebendig machten.

So ergab sich von den Jahren, die der kleine Olaf in seinem Elternhaus in der Frauenstraße verbracht hatte – die Phase reichte von seinem Geburtsjahr 1946 bis zum Eintritt ins Paulinum im Alter von zehn Jahren –, ein Bild aus kräftigen Farben und melodischen Tönen. Wenn Pagenstecher die Klavierstunden schilderte, die Elisabeth Degenhart jeden Montag-, Mittwoch- und Freitagnachmittag im „kleinen Musikzimmer“ gab, hatte man die holprigen Tonleitern der Anfänger ebenso deutlich im Ohr wie die flüssigen Chopin-Mazurken oder die eine oder andere kraftvolle Bach-Gavotte, die die fortgeschrittenen Schüler ablieferten. Pagenstecher wusste, was den Leser faszinierte und dem Auftraggeber seiner Studie schmeichelte. Hatte Degenhart gelegentlich auf Einsicht bestanden?

Vorn zur Straße hatte sich die Antiquitätenhandlung von Wilhelm Degenhart befunden, und bei deren Beschreibung nahm die Phantasie des Biographen noch mehr freien Lauf. Der Geruch nach staubigem Samt und so aromatischen Materialien wie Sandelholz oder Bienenwachs, nach scharfen Stoffen wie Möbelpolitur und Mottenpulver stieg mir in die Nase wie ein dünner, aber markanter Film.

Ich glaubte, das resolute Schnurren der Ladenkasse ebenso zu hören wie das hauchdünne Zirpen der Unterglasuhren nach jeder Viertelstunde, das vornehme Klirren von Silberbesteck, wenn der moirégefütterte Kasten auf seine Vollständigkeit überprüft wurde, und das Ächzen eines alten Backensessels, der seinen Platz wechseln musste. Der alte Degenhart hatte sich kurz nach dem Krieg, als an ausländische Ware so gut wie nicht heranzukommen war, auf Erbstücke im Münsterland spezialisiert, war mit einem alten „Goliath"-Dreirad über die Dörfer getingelt, um in Tennen und auf Dachböden zu stöbern. Die Mehrheit der Möbel hatten Stadtbewohner herangekarrt und gegen Eier, Speck, notfalls auch Kartoffeln eingetauscht. Nachdem man die zerstörten Häuser wieder hergerichtet hatte, waren schöne Einrichtungsgegenstände begehrt. Und Degenhart, der offenbar ein geschultes Auge für Chippendale, Jugendstil oder Art déco besaß, machte seinen Schnitt …

Ich legte das Manuskript auf den Tisch und ließ mir die Kindheit von zwei anderen Nachbarn durch den Kopf gehen: in einem Vorstadtvarieté im tiefsten Ruhrgebiet. Von da bis zu einem miesen Bahnhofsnachtclub, das war ein Abstieg, der wahrscheinlich vermeidbar gewesen wäre. Warum hatte Charles mich so dreist belogen? Und was, wenn nun Degenhart in den für Pagenstecher bestimmten Schilderungen seine Kindheit mit Blattgold belegt oder Pagenstecher seinerseits Daten, die ihm zu schmucklos erschienen, mit barocken Schnörkeln aufgewertet hätte? Er lieferte zwar viele O-Töne von Familienangehörigen oder Freunden, doch wie streng war für ihn die Grenze zwischen Biographie und Roman?

Am Abend nahm ich das Manuskript mit nach Hause. Gegen elf hörte ich, wie Benno zur Haustür hereinkam. Sein Koffer stand gepackt am Fußende des Bettes. Seinen letzten Abend in Münster hatte er mit den Sprengstoffexperten bei Kruse Baimken verbracht.

- XII -

Am Freitag zog ich Erkundigungen über den Tauchunfall am Bodensee ein, doch die Kollegen in Überlingen gaben sich bedeckt. Es sei, wie ich ganz richtig bemerkt hätte, ein Unfall gewesen, und das Protokoll der Augenzeugen sei stimmig: falsches Verhalten infolge einer Panikattacke unter Wasser. Man wollte wissen, ob die Tauchschule nach dem Zwischenfall weiter in Betrieb geblieben sei, und als ich das bestätigte, verabschiedete sich mein Gesprächspartner mit dem tröstlich gemeinten Hinweis, wir im hohen Norden könnten uns gar nicht ausmalen, wie viele Tauchunfälle ihre düsteren Schatten auf Bodensee und bayrisches Seengebiet warfen. Nur die Motorradunfälle könnten den traurigen Rekord noch brechen. Nachdenklich legte ich auf. Auch im Münsterland gab es bestürzend viele „junge Büllekes“, die ihre Motorradtour mit dem Rodeo verwechselten.

In der Mittagspause ging ich zur Rettungsleitstelle auf der anderen Seite der Grevener Straße und fragte die Kollegen im Wachzimmer. Hatte es auch in Münster Probleme mit der Tauchschule am Aasee gegeben? Es dauerte eine Weile, bis ich meine Information bekam, dafür war sie eindeutig. Insgesamt viermal hatte die Ambulanz im letzten Sommer zu Baggerseen in der Umgebung ausrücken müssen, immer waren es dubiose Zwischenfälle gewesen. „Eigentlich müsste man diesem Bogenmann die Lizenz entziehen“, meinte der Kollege, „aber sein Anwalt paukt ihn jedes Mal raus.“

„Würden Sie Ihre Tochter bei Bogenmann anmelden?“

„Ich habe keine Tochter“, gab er lakonisch zurück, „trotzdem lautet meine Antwort: Nein!“

Am Nachmittag verabschiedete ich Benno am ICE nach München. Als ich anschließend auf dem Biomarkt am Domplatz einkaufte, dachte ich beinahe wehmütig an meinen Kumpel zurück. War es morgen schon eine Woche her, dass ich ihn hier mit seinen vollen Taschen aufgegabelt hatte? Das bedeutete auch, dass der Mord bereits zwei Wochen zurücklag und wir keine überzeugenderen Verdachtsmomente besaßen als Kaviareier und dubiose Pilze. Leider färbte meine gedämpfte Stimmung auf die Familie ab, obwohl freitagabends meistens gute Laune herrschte. Während ich den Tisch fürs Abendessen deckte, sah ich, dass Bennos Senfgläser, die inzwischen eingetroffen waren, aufgeschraubt im Kühlschrank standen: bayrisch-süßer, scharfer aus Dijon, leicht säuerlicher mit Champagner und eine herbe Sorte mit Knoblauch. Als Urheber dieser Testreihe kam eigentlich nur ein Familienmitglied in Frage.

„Hätte nicht erst mal eine Sorte gereicht?"

„Nee!" Kerstin wischte sich energisch Ei vom Kinn. Sie hatte an diesem Abend das Kochen übernommen. Es gab Käseomelette mit Champignons und Paprikawürfeln. Es sah gut aus und schmeckte.

„Wir brauchen alle vier Senfe für Montag", entgegnete sie und fuhr dann völlig übergangslos fort: „Kann Greta morgen Abend hier übernachten? Sie ist am Montag eigentlich mit der ‚Raubtierfütterung vorm Handballtraining' dran, aber weil wir beide zum Schnuppergespräch in die Tauchschule bestellt sind, habe ich das Essen für unsere Mannschaft übernommen."

„Dann gibt es wohl auch vier verschiedene Sorten Würstchen", stichelte Franz, worauf unsere stramme Vegetarierin giftete: „Nein! Wir machen Vollkorngetreideklößchen als geschmacksneutrale Basis, weil die vier verschiedenen Senfe erraten werden müssen. Wir nehmen in Biologie gerade die Geschmacksnerven durch."

„Unser Haus entartet wohl zur Versuchsstation", versetzte Franz mit gespielter Entrüstung und füllte sich Omelette nach. „Hier wird gegessen und übernachtet, was das Zeug hält. Von dem Lärm rede ich nicht, mich interessiert nur, ob das auf Gegenseitigkeit beruht."

Krach! Die Gabel flog auf den Teller. „Was heißt hier Gegenseitigkeit? Könnt ihr, mit eurem hemmungslos materialistischen Denken, überhaupt nachvollziehen, was Teamgeist und Kameradschaft sind? Wer wo schläft und wer für wen was kocht, das ist doch totale Nebensache!"

Unser Fräulein Chronisch-Missverstanden stürzte die Treppe hoch in ihre Mansarde. Zurück blieben die hemmungslos materialistisch denkenden Eltern. Ich überlegte, wer Kerstin diesen Floh ins Ohr gesetzt haben könnte. Hellmanns ganz bestimmt nicht. Mir wurde schwül, als ich wieder an die Unfälle in der Tauchschule dachte. Hätte ich Gretas Mutter nicht längst warnen müssen, dass Bogenmann einen schlechten Ruf hatte? Wenn Greta und Kerstin zu einem Gespräch eingeladen waren, konnte die Anmeldung schon beschlossene Sache sein. Franz tätschelte meine Hand. „Lass sie! Morgen früh hält sie garantiert ihre Krallen drinnen, damit diese kleine Schlange bei uns übernachten darf.“

Kleine Schlange? Was sollte das schon wieder? Ich schob seine Hand weg. Erst Cosmima mit ihren rheumatischen Meerschweinchen, jetzt Greta? Wie viele attraktive Jungbäuerinnen leisteten ihm eigentlich Gesellschaft, bis beim Zuchthengst oder Prachteber die Narkose wirkte? Gab es keine griffigeren Themen als Schweinepest oder Vogelgrippe? Während Franz wortlos seine Pfeife stopfte, bevor er sich seinem Tagesprotokoll widmete, deckte ich den Tisch ab. Machte er in letzter Zeit nicht auffallend viel Bereitschaftsdienst? Warum so viele Nachtschichten? Wenn er keinen Nachtdienst hatte, sah er sich Spätfilme an, um sich dann morgens, wenn ich aus den Federn musste, mürrisch die Decke über die Ohren zu ziehen. Ging er mir aus dem Weg?

Ich räumte die Spülmaschine ein und wünschte Franz noch einen schönen Abend. Er antwortete, indem er wie abwesend von seiner Kladde hochblickte. Aus Kerstins Mansarde drang Popmusik, demnach war der Ärger verflogen. Wenn sie echter Weltschmerz packte, hörte sie seit neuestem Fado. Ich beschloss, nur schnell meine Aktentasche auszuräumen und dann das Bettsofa für Greta zu beziehen, doch dann kam mir der Verdacht, dass dies nur ein unbewusster Trick wäre, um Kerstin gegen Franz auszuspielen. Jeder trug seinen Komplex mit sich herum wie der Bauchredner seine Handpuppe. Kerstin kann das Bett selbst beziehen, giftete mein Über-Ich, und was besagt schon die Bezeichnung ‚kleine Schlange‘?

Ich suchte nach einem zweckfreieren Anlass, um noch einmal bei Kerstin aufzutauchen, als mir keiner einfiel außer der nervigen „Gute Nacht! Und lies-nicht-bis-in-die-frühen-Morgenstunden!“-Kontrolle und ich gerade Pagenstechers Manuskript aufschlug, begann das Telefon zu läuten. Seufzend nahm ich den Hörer ab. Zu meiner Überraschung meldete sich Sonia David.

„Ich weiß, es ist schon spät, aber ich bin gerade erst nach Hause gekommen. Ich habe eine Neuigkeit für Sie. Jette ist gestern hier aufgetaucht. Stellen Sie sich vor: Sie hat Constanzes Nachlass mitgebracht. Fünf Stiefelkartons mit Briefen, Tagebüchern und Fotos.“

„Sie macht sich strafbar“, entgegnete ich etwas schroffer als beabsichtigt. „Nicht, weil sie Ihnen den Nachlass bringt, sondern weil sie Münster verlässt, ohne uns zu informieren. In einem schwebenden Ermittlungsverfahren muss sie hier bleiben.“

„Sie fährt morgen früh zurück“, entgegnete Sonia so sanft, als fühlte sie sich verpflichtet, Jette vor meiner Verärgerung zu schützen. Und ich war sauer. Da klärte man alle Beteiligten über ihre Pflichten auf, und sie tanzten einem auf der Nase herum.

„Was kann ich für Sie tun?“, fragte ich, um einen freundlicheren Tonfall bemüht.

Das Bettsofa wurde an diesem Abend nicht mehr bezogen, Pagenstechers Manuskript blieb ungeöffnet. Es wurde halb elf, es wurde elf, während ich am Telefon saß und Sonia David zuhörte. Dabei blätterte ich im Terminkalender. Sie hatte Recht. Für zwei, drei Tage nach Paris zu fahren, zur gemeinsamen Durchsicht jener Unterlagen, die ihr völlig unerwartet ins Haus geschneit waren, war eine vielversprechende Maßnahme. Am vergangenen Sonntag im Marktcafé hatte sie mir noch erklärt, an den Dokumenten ihrer Mutter nicht interessiert zu sein; eine Entscheidung, die ihr allein schon die enge Pariser Wohnung aufnötige. Am Mittwochabend war sie von Jette angerufen und gefragt worden, ob sie den Nachlass haben wolle. Aber eigentlich war es schon Nacht gewesen und Sonia gerade erst todmüde von einer Ausstellungseröffnung zurückgekehrt. Weshalb wollte Jette die Sachen so dringend abgeben, und was bedeutete schon ‚Nachlass‘? Hunderte von losen Zetteln zu den Magischen Reiseführern, Rohentwürfe avantgardistischer Gedichte, denen die Tochter ohnehin nichts abgewinnen konnte, kartonweise Fotos, die den ungeliebten Stiefvater zeigten oder die eigene Mutter bei literarischen Aktivitäten, die Sonia immer fragwürdig erschienen waren. Daraufhin hatte Jette drastisch zu verstehen gegeben, dann werde sie die Sachen eben vernichten.

„Warum? Sie lebt in einem geräumigen Haus.“

„Sie leidet nicht unter Platzmangel“, bestätigte Sonia. „Vor allem seitdem der Germanistikstudent ausgezogen ist, dieser junge Mann, der Degenharts Biographie schreiben sollte. Hätte sie den Nachlass behalten, könnte sie das Gästezimmer als ständiges Museum einrichten und Eintritt verlangen.“ Jetzt klang ihre Stimme spitz.

„Hat Herr Pagenstecher sein Projekt aufgegeben?“

„Kommt drauf an. Je nachdem mit welchem Ergebnis Sie den Fall lösen, schreibt er vielleicht einen Kriminalroman. Vorläufig ist er zu seiner Diplomarbeit zurückgekehrt.“

„Hat Jette Ihnen das erzählt?“

„Ja“, jetzt klang sie so kurz angebunden, als passte ihr unsere Themenstellung nicht mehr. „Um ehrlich zu sein, würde ich unsere Unterhaltung lieber hier, in unseren vier Wänden fortsetzen.“

Zwei Tage Paris! Oder sogar drei? Unschlüssig betrachtete ich die Seiten meines Planers. Wenn ich am Sonntagmorgen fuhr, konnte ich am Donnerstagnachmittag zurück sein und Dr. Gross vielleicht erste Ergebnisse vorlegen. Das klang plausibel. Frau David versprach, mir ein Hotelzimmer in der Nähe ihrer Wohnung zu reservieren und am Sonntag im Musée d'Orsay auf mich zu warten.

„Melden Sie sich am rechten Seiteneingang an. Er ist für Journalisten, eingeladene Gruppen und private Gäste bestimmt. Ich erwarte Sie in der Cafeteria im dritten Stock und zwar an dem Tisch unter dem Zifferblatt. An der Außenfassade hängen noch die alten Bahnhofsuhren, hinter dem rechten liegt die Cafeteria und genau unterhalb der Ziffer Sechs steht ein Zweiertisch. Ich reserviere ihn, wenn ich mit Gästen verabredet bin, weil er leicht zu finden ist.“ Wir tauschten unsere Handynummern aus, dann sagte Sonia wie beiläufig: „Bastien fliegt am Wochenende nach New York. Schade, er hätte sich gefreut, Sie kennen zu lernen.“ Damit legte sie auf.

Ich hatte Mühe einzuschlafen, was jedoch weniger an dem TV-Reißer à la Jack the Ripper lag, von dem Franz sich fesseln ließ, oder an dem zu erwartenden Widerstand von Dr. Gross. Bei Max rechnete ich ebenfalls mit Gemaule. In einer heißen Ermittlungsphase nach Paris fahren? Das würde er auch gern!

Nein, meine Skrupel beruhten auf dem Verdacht, dass in Sonias Angebot eine Fußangel versteckt war. Und was sollte man von Jettes beinahe erpresserischem Vorschlag halten, Sonia solle ihr die Dokumente abnehmen, um sie vor der Vernichtung zu retten? Hatte ich es mit einem faulen Trick beider Frauen zu tun? Wer garantierte mir, dass die Lieferung komplett war? Hatte Jette belastendes Material – belastend für wen auch immer – aussortiert, um der Polizei umso blauäugiger berichten zu können, sämtliche Kartons seien in

Paris? Ich sah sie vor mir mit ihren harten, trockenen Augen, die ich der Trauer um ihren Mann zugeschrieben hatte. Ich hörte wieder den scharfen Unterton, in dem sie über den Schatten klagte, den die tote Freundin auf ihre Ehe warf. Aber ich erinnerte mich auch an die schwärmerischen Worte, die sie für Sonia und Bastien gefunden hatte; eine Zuneigung, die auf wenig Gegenliebe stieß. Warum lebte sie in diesem gruftigen Schlafzimmer, das nicht mal Constanzes normalem Geschmack entsprochen hatte, sondern ihre letzten, düsteren Träume widerspiegelte? Kein frohes Aufwachen in den kräftigen Farben der Sonia Delaunay, dafür das Anthrazitgrau von Alpträumen, das Kopfschmerzen auslöste. Möglicherweise hatten unsere Spurenermittler einen Fehler gemacht, als sie Jettes Schlafzimmer nur flüchtig durchsahen. Je länger ich über all das nachdachte, desto drängender wurde der Verdacht, dass die Übergabe des Nachlasses an Sonia ein geschickter Schachzug war. Wenn das stimmte, dann war Degenharts Witwe der Joker, der sowohl zu dem ungeklärten Todesfall im Bootshaus passte als auch zur Ermordung ihres Mann.

Die Müdigkeit deckte mich gerade leicht, aber warm zu, als Jack the Ripper einen besonders abscheulichen Mord beging. Das Kreischen und Wimmern jenseits der Zimmerwand fuhr mir durch alle Glieder, und damit züngelten meine Gedanken wieder hoch wie Flammen, die jemand mit dem Feuerhaken schürte. Ich beschloss, Franz einen Kopfhörer fürs Fernsehen zu kaufen, und überlegte noch einmal, wie groß die Wahrscheinlichkeit war, dass der Nachlass komplett war. Was ich jedoch höchstens bei Tagebüchern überprüfen konnte. Ohne richterliche Erlaubnis konnte ich Sonia nicht zwingen, mir alles zu zeigen. Zum Teufel mit allen richterlichen Genehmigungen! Je länger ich über Jette Degenhart nachdachte, desto unverzichtbarer erschien mir diese Reise. Selbst wenn die Dokumente nicht vollständig waren, wie viele wertvolle Details würde ich entdecken, und was würden mir Constanzes Tagebuchnotizen enthüllen; jener Bodensatz aus Wünschen, Neigungen, Empfindungen, der ausschließlich für den privaten Gedankengang bestimmt war und dennoch zu Papier gebracht wurde, damit er nicht verloren ging. Bevor ich mir eine Strategie zurechtlegen konnte, die Dr. Gross von meiner Reise überzeugte, war ich eingeschlafen.

Am frühen Samstagnachmittag rief ich ihn in seinem Haus in der Gasselstiege an. Er erzählte gut gelaunt, wie es schien, er habe nach langer Zeit wieder den Wochenmarkt auf dem Domplatz besucht. Sein jüngster Enkel wünsche sich Hühner und er, der Großvater, sei gebeten worden, die krankheitsresistenteste Rasse ausfindig zu machen. „Stellen Sie sich vor, der Junge will zwei Kampfhähne haben, doch da hat meine Tochter gleich einen Riegel vorgeschoben. Keine Ahnung, wie er auf so was kommt, es muss an den grausamen Computerspielen liegen, die schon im Vorschulalter üblich sind." Hatte nicht dieser Enkel den Wunsch geäußert, später Kampfjets zu fliegen. Der Knabe schien ja gut unterwegs zu sein!

„Nehmen Sie Zwerghühner", riet ich, „die sind robust und friedlich." Dann kam ich auf meine Reise zu sprechen. Als ich damit fertig war, machte Dr. Gross lediglich „Hm!" Es folgten eine Pause und dann die Frage: „Ist Lückmann informiert?"

„Nein", sagte ich lammfromm, „ich wollte erst Sie um Ihre Einwilligung bitten. Wenn Sie nicht einverstanden sind, fahre ich nicht." Oder erst am nächsten Freitagnachmittag hin und sonntags zurück, dachte ich, doch der Gedanke begeisterte mich nicht sonderlich. „Außerdem arbeiten wir flächendeckend mit Frau Hanflang zusammen. Ich denke, sie wird mich drei Tage lang gut vertreten."

Darauf folgte ein noch gedehnteres „Hmmm!" Seiner zögernden, aber nicht unfreundlichen Reaktion entnahm ich, dass er meinem Plan einen gewissen Reiz abgewinnen konnte, sich aber auch Skepsis vorbehalten wollte. In seiner Sicht der Teamarbeit hätte eine vorbehaltlose Zustimmung auf mangelnde Führungsqualitäten schließen lassen. Seine grundsätzliche Abneigung gegen Dienstreisen spielte natürlich auch eine Rolle.

„Wenn Sie möchten", schlug ich vor, „komme ich vorbei und lege Ihnen meinen Plan im Detail vor. Es geht mir nicht nur um die Dokumente, sondern auch um Sonia David. Ich nehme an, dass sie ihr Angebot ehrlich meint, in dem Sinne, dass sie der Polizei helfen möchte, trotzdem werde ich sie im Auge behalten, wenn ich den Nachlass sichte. Diese erneute Konfrontation mit dem Tod ihrer Mutter ist möglicherweise aussagekräftig für das Verhältnis, in dem die beiden im August 1993 zueinander standen. Sonia Davids Alibi konnte nur von ihrem damaligen Freund bestätigt werden. Warum hat sie das Bootshaus nie mehr betreten? Es gehörte ihr doch!"

„Fahren Sie!", sagte er. „Aber vorher hätte ich Sie tatsächlich gern noch gesehen und am Donnerstagnachmittag dann im Büro."

„In Ordnung, Herr Dr. Gross."

Sein Haus lag, von der Straße hermetisch abgeschirmt, hinter einer dichten Taxushecke und im Schutz hünenhafter Tannen, die selbst für dieses recht weitläufige Grundstück eine Nummer zu groß wirkten. Außer seiner Sekretärin wusste niemand von uns, wie es bei ihm aussah, weil er noch keinen seiner Mitarbeiter eingeladen hatte. Nur Hilly Türmer musste am Wochenende gelegentlich Akten bringen und hatte von seinem Ambiente erzählt: Der Garten eine „grüne Hölle", die förmlich gegen die Fenster drücke, und alle ebenerdigen Räume als Arbeitsplätze eingerichtet. Eine Bibliothek mit juristischer Fachliteratur und den Biographien großer Feldherrn von Alkibiades bis Xerxes; genau gegenüber das trotz seines Namens eher spartanisch wirkende „Spielkasino", das den Fernseher, eine große HiFi-Anlage, Compact-Disks und ein Tischfußballspiel beherbergte. Zum Spielen gehörten zwei. Wen holte sich Dr. Gross als Partner ins Haus? Traten seine Enkel gegen ihn an? Einer von ihnen profilierte sich in der Jugendmannschaft des HSV.

Neben dem Casino lag die winzige „Denkstelle" mit einem Ohrensessel und einem alten Kapitänstisch, darauf ein großer Zigarrenvorrat, der Aschenbecher und Familienfotos. Dies war der Ort, wo Dr. Gross nach dem Abendessen, das ihm eine kleine, weißhaarige Haushaltshilfe zweimal pro Woche im Voraus kochte, ins Grübeln fiel und die Hirnzellen mit frischer Energie auffüllte.

Auf dem Weg zum Gartentor versuchte ich, mir die grüne Hölle auszumalen, wie sie im Sommer „gegen die Fenster drückte", vielleicht mit meterhohen Clematis- und Herkulesstauden oder dem alles umstrickenden Geißblatt. Jetzt bestimmte eine Efeudecke das Bild. Die dicken, ledrigen Blätter umklammerten nicht nur die Baumstämme bis in beachtliche Höhen, sondern hielten auch die Hausglocke besetzt. Als ich schellte, stob eine Großfamilie von Weberknechten davon; demnach hatte es in letzter Zeit nicht viel Besuch gegeben. Das mannshohe, weißlackierte Tor sprang auf, und ich blickte einem Gartenzwerg ins harmlos lächelnde Gesicht. Über die weite Rasenfläche verteilt, schmunzelte mir ein ganzes

Empfangskomitee entgegen, allerdings wichen die Kerlchen erheblich von jenen ab, die ich aus Tamara Schneiders Garten kannte. Sie trugen nämlich eine Glasur in Weiß und Königsblau, die sie kostbar und exotisch aussehen ließ. Weder rote Zipfelmützen noch grüne Schürzen, nur die Füße steckten, so weit sichtbar, in derben Holzschuhen. In Hillys Erzählungen waren sie nicht aufgetaucht.

Noch bevor ich sie mir aus der Nähe ansehen konnte – ein Gärtner mit einer Schubkarre voll Heidekraut, ein Handwerker mit einer so gewaltigen Axt, als hätte er vor, die Tannen umzulegen, ein Koch mit einer Pilzkasserolle, ein Angler– erschien Dr. Gross an der Haustür. Er brachte meine Steppjacke zur Garderobe, stellte die wagnerische Klangwolke ab, die aus dem „Spielcasino" quoll, und wies mich in einen Raum, der ebenfalls in Hillys Beschreibung nicht vorgekommen war: ins Esszimmer.

„Wie übersteht Ihre Gartendekoration den Frost?"

„So wie sie den Winter in Peking überstehen würde; ein Mitbringsel eines meiner Schwiegersöhne." Er rückte mir einen der Esstischstühle zurecht, die nicht schlecht ins Chor einer Kirche gepasst hätten. Auch die Anrichte hatte etwas Tabernakelartiges. Auf dem Parkett lag ein Perser in dunklen Farben, rechts und links des Sprossenfensters hingen schwere, weinrote Vorhänge, die Luft war abgestanden wie in einem selten besuchten Museum.

„Möchten Sie lieber Kaffee oder Tee?"

„Ich richte mich nach Ihnen", sagte ich und zog meinen Schreibblock aus der Tasche. „Dann also Tee!" Der Pinguin schlappte auf seinen ledernen Hausschuhen in die nebenan liegende Küche, wo er Wasser in einen Kessel füllte, einen Gasanzünder betätigte und mit Geschirr klapperte. Der Flötenkessel begann zu pfeifen, das kochende Wasser gurgelte in die Kanne, wenig später kehrte Dr. Gross mit einem Tablett zurück.

„Kann ich Ihnen vielleicht helfen?"

„Das fragt Frau Türmer auch jedes Mal. *Ich* bin der Hausherr."

„In einem behaglichen Haus." Schon im nächsten Moment bereute ich meine Worte. Hatte sich seine Frau nicht vom Balkon gestürzt? Dr. Gross schien meine Verlegenheit zu spüren, denn er erwiderte ruhig: „Ja, es gefällt mir hier, ich habe meinen Frieden gefunden. Solange meine Töchter noch nicht geheiratet hatten, wollte ich ihnen ihre vertraute Umgebung nicht nehmen. Sobald ich allein war, habe ich mir dies hier gesucht und unser Haus an der Sentruper Höhe verkauft. Es war das Elternhaus meiner Frau und …“ Er brach ab, strich kurz über seine spärlichen, wie immer ziemlich wirr stehenden Haare und fuhr fort: „Sie wissen, dass meine Frau …?“

„Lückmann hat es mir gesagt. Als ich bei Ihnen zu arbeiten begann. Es muss sehr schwer für Sie gewesen sein.“

„Es war mir unbegreiflich“, entgegnete er überraschend schroff. „Wochenbettdepressionen nannte es unser Hausarzt, als wenn das etwas erklärt hätte. Meine beiden älteren Töchter waren damals erst fünf und drei und die kleine …, aber lassen wir das Thema.“ Er fischte die Teebeutel aus der Kanne, goss zwei bauchige Blümchentassen voll, stellte mir die eine hin und rückte die Schale mit Konfekt näher. Seine Stimme verbarg den Zweifel nicht, als er fragte: „Verstehe ich recht? Hat für unsere Ermittlungen auf einmal der Tod der ersten Frau Degenhart oberste Priorität?“

„Ich denke eher“, schränkte ich ein, „dass wir diese Möglichkeit bisher zu wenig beachtet haben, weil im Fall Constanze Grimm ein Selbstmord ausgeschlossen wurde. Bei der Durchsicht ihrer privaten Papiere klärt sich vielleicht die Frage, ob sie sich nicht doch selbst erschossen hat. In diesem Fall ergäbe sich ein ganz neues Motiv für den Mord an Olaf Degenhart.“

Er hob die Augenbrauen. „Wenn ich mich recht erinnere, hat man damals die privaten Papiere durchgesehen. Mit dem Ergebnis, dass ein Selbstmord höchst unwahrscheinlich war. Sie hatte ein angefangenes Manuskript in der Schublade, aber keinen Abschiedsbrief. Sie hatte nicht mal einen letzten Willen aufgesetzt, nur die Verfügung, dass ihre Tochter das Bootshaus erbt. Und dann fährt sie genau zu diesem Bootshaus und jagt sich eine Kugel ins Herz? Das wäre der Gipfel der Geschmacklosigkeit, geben Sie es zu!“

Zugegeben! Das war ein handfestes Argument. Ich leugnete auch keineswegs, dass die Unterlagen, die Pagenstecher von Jette für seine Biographie erhalten hatten, puzzleartig das Porträt einer Ehefrau, Freundin und Gastgeberin zusammensetzten, die nicht nur verdammt gut kochte und über ein beachtliches Zeichentalent verfügte, sondern auch ein geselliger Mensch gewesen war. Noch im Mai vor ihrem Tod hatte sie für Olaf ein glanzvolles Geburtstagsfest organisiert, von dem Schnappschüsse existierten. Sie wären denkbar ungeeignet gewesen, meine Theorie zu untermauern, gäbe es da nicht einen Schönheitsfehler, der die tadellose Fassade verdarb. Wie passte ein so gastfreundliches Haus zu dem Polemiker und unverschämten Rezensenten Degenhart, der umjubelten Operndiven ihre Carmen-Mantilla von der Schulter gezerrt und dem Bajazzo das Maul gestopft hatte? Pagenstecher hatte auf eigene Tour darüber recherchieren wollen, das entsprechende Kapitel fehlte ebenso wie sein Bericht über die Jahre im Elsass.

Nach all den repräsentativen Party- und Dinnerfotos hatte ich mir die Reiseerinnerungen angesehen, die Jette für Pagenstecher herausgesucht hatte. Hochglanzaufnahmen von tropischen Sandstränden, die mich an Kupfers Ferienanlagen erinnerten; Rechnungen von Schlemmertempeln, Eintrittskarten renommierter Opernhäuser. Obwohl er damals noch die falsche Frau im Arm hielt, war es für Jette wichtig, ihren Mann auch als Gentleman vorzuführen. Mit dem Weinberg im Elsass hatte er sich verkalkuliert, dementsprechend gab es auch keine Fotos. Welche Rolle hatte Jette dort gespielt, wenn sie von Küche und Keller nicht viel Ahnung besaß?

Erst jetzt wurde mir bewusst, dass der Pinguin schon seit längerem auf meine Antwort wartete. Ich entschuldigte mich mit der Begründung, ich hätte über ein paar Ungereimtheiten im Leben des Verlegers nachdenken müssen, und erinnerte ihn daran, dass Constanze Grimm am Abend ihres Todes in einen heftigen Streit mit ihrer Tochter geraten war. „Es ging um einen mehrmonatigen Englischkurs. Sie selbst hatte sich San Francisco in den Kopf gesetzt, ihre Mutter plädierte für England in der Hoffnung, Sonia würde jedes Wochenende nach Hause kommen. Sie hatte Angst vor dem Alleinsein, obwohl ihr Mann abends meist zu Hause war. Als sie merkte, dass sie ihren Willen nicht durchsetzen konnte und auch von ihrem Mann keine Unterstützung bekam, verließ sie wütend das Haus. Vielleicht hat sie sich im Affekt umgebracht. Vielleicht wollte sie ihren Tod besonders makaber inszenieren. Angeblich war sie psychisch gestört. Was die Papiere betrifft, die unsere Kollegen damals gesichtet haben: Wie komplett waren sie? Wer garantiert uns, dass nicht das eine oder andere aussortiert wurde?“

„Glauben Sie, die Sachen sind inzwischen vollständiger geworden?“ Die Stimme von Dr. Gross klang spöttisch. Er schob ein Stück Königsberger Marzipan in den Mund und deponierte es in der Backentasche. „Wer sollte denn Ihrer Meinung nach das ‚eine oder andere‘ aussortiert haben?“

„Degenhart“, entgegnete ich, „oder jemand vom Verlag. Jette Abel, zum Beispiel. Ich gebe zu, meine Hypothese klingt abenteuerlich, aber sie scheint mir eine Überlegung wert zu sein. Gehen wir mal davon aus, dass Constanze Grimm sich im Bootshaus erschoss. Sie litt unter Depressionen und Gedächtnisschwund, ihre Arbeit stagnierte, ihre Lesungen gerieten zum Desaster – das haben unabhängig voneinander Jette Degenhart, Renate Lose und Thomas Katzbach ausgesagt. Jemand, der von ihrem Zustand weiß, den sie vielleicht in ihre Selbstmordabsichten eingeweiht hat, fährt ihr an jenem Abend nach und findet sie. Vergessen wir nicht“, sagte ich schnell, weil der Pinguin einen Einwand machen wollte, „dass der Dauerdienst in jener Nacht einen anonymen Anruf bekam.“ Dr. Gross machte sich eine Notiz und gab mir ein Zeichen, weiterzureden. „Diese Person verwischt alle Spuren, die einen Freitod verraten könnten. Sie schneidet ein Loch in die Fensterscheibe, ändert die Körperhaltung der Toten, lässt Armbanduhr und Waffe verschwinden und fährt mit Frau Grimms Wagen weg. Falls es sich um Degenhart handelt, wollte er erreichen, dass die Polizei an einen Raubüberfall glaubte, weil er sich entweder am Tod seiner Frau schuldig fühlte oder einen Skandal vermeiden wollte. Bei jeder anderen Person liegt der Gedanke nahe, dass sie einen Raubüberfall inszenierte in der Hoffnung, die Polizei würde ihn als vertuschten Mord interpretieren, als einen Mord, der Degenhart angehängt werden sollte. Bedenken Sie bitte, dass man ihn anonym beschuldigte und dass die Anruferin wusste, welche Waffe benutzt wurde.“

Dr. Gross befreite das Marzipanstück aus der Backentasche und lutschte gedankenvoll. „Also ein Selbstmord, der als Überfall getarnt wurde, damit die Polizei ihn als Mord interpretiert? Klingt das nicht reichlich verschlungen?“

„Es *ist* verschlungen und trotzdem nicht unrealistisch. Es ist ein raffiniert ausgeklügelter Plan, der gleich mehrere Urheber haben könnte. Leider ging er nicht auf: Degenhart wurde freigesprochen. Warum verließ er Münster, um sich sechs Jahre lang nicht blicken zu lassen? Ist jetzt, nachdem er zurückgekehrt ist, der Augenblick der Abrechnung gekommen? Meine erste Frage lautet: Warum wollte Jette Degenhart den Nachlass vernichten, wenn Sonia ihn nicht übernahm? Immerhin war sie nicht nur die Lektorin der Toten, sondern auch ihre Freundin."

„Und ihre Rivalin?".

„Wahrscheinlich", nickte ich. „Frage zwei: Was hat Frau Grimm in den Selbstmord getrieben? Und drittens: Aus welchem Grund könnte sich ihr Mann deswegen schuldig gefühlt haben?"

Eine Weile nippten wir nachdenklich an unserem Tee, dann sagte ich: „Es tut mir sehr Leid, dass ich mit meiner Hypothese an alte Wunden in Ihrer Familie rühren muss."

„Sie meinen, dass ich mich ebenfalls für den Tod meiner Frau verantwortlich fühle?" Wieder klang seine Stimme barsch. „Nun, wir führten eine glückliche Ehe, sie hatte ihre drei Wunschkinder, sie konnte sicher sein, dass sie geliebt und gebraucht wurde, dass sie der Mittelpunkt ihrer Familie war. Aber sie hat sich einfach weggestohlen, sie wollte uns nicht mehr."

„War Ihre Frau berufstätig?" Dr. Gross lehnte sich auf seinem Stuhl zurück und entgegnete: „Sie war Psychologin. Schon deshalb habe ich ihren Kurzschluss nicht verstanden. Sich über den Balkon zu lehnen …" Für ein paar Sekunden schienen seine Pupillen den Schrecken widerzuspiegeln, den der Vorfall ihm versetzt hatte. Hatte *er* sie gefunden? Vielleicht eins der Kinder? Er unterbrach meine Überlegungen: „Natürlich habe ich mir Vorwürfe gemacht. Habe mich gefragt, inwieweit ich zu diesem furchtbaren Entschluss beigetragen habe. Ich fand keine Antwort, keiner der Experten, die ich damals um eine Erklärung gebeten habe, fand sie."

Im Zimmer war es dämmrig geworden. Dr. Gross stand schwerfällig auf, knipste die mattgelbe, mit seidenen Fransen verzierte Stehlampe an und schenkte Tee nach. Dann sagte er: „Die Tatsache, dass Degenhart Münster verließ, könnte mit seiner Rolle als umstrittener Kulturkritiker zu tun haben. Vielleicht wurden bei seiner Rückkehr alte Rachepläne wach. Haben Sie darüber nachgedacht?"

„Natürlich! Als er fortging, war seine Situation alles andere als beneidenswert. Der Prozess hatte ihm vor Augen geführt, wie viele Feinde er sich gemacht hatte und wie einflussreich jene Personen waren, über die er seinen Spott ausgegossen hatte. Doch an einen Zusammenhang zwischen diesen Kontroversen und seiner Ermordung glaube ich nur dann, wenn seine Kritiken Konsequenzen hatten: einen schwerwiegenden Karriereknick, wenn nicht sogar den beruflichen Ruin. Alles andere scheint mir als Motiv zu dürftig. Lückmann prüft gegenwärtig nach, ob es in den Lebensläufen der von Degenhart kritisierten Personen dramatische Entwicklungen gegeben hat. Die Namensliste ist zwar mehr oder weniger komplett, trotzdem kann es etwas dauern, denn sämtliche Personen, die Degenhart verbal zu erledigen versuchte, sind inzwischen woanders beschäftigt. Wenn wir sie ausfindig gemacht haben, brauchen wir einen Nachweis dafür, dass Degenhart ihren Abstieg verschuldet hat. Und selbst dann stellt sich noch die Frage, wer am Karnevalssamstag in den Mordplan eingeweiht war oder die Fäden in der Hand hielt."

Ich berichtete Dr. Gross von Pagenstecher, der fünfzig Euro ausgeschlagen hatte, um eine Konfrontation mit Bogenmann zu vermeiden. Die Teilnehmer der Kostümparty hatten gewusst, dass der Verleger eingeladen war, so dass eine unerwartete Begegnung ausgeschlossen werden konnte.

„Unter den Teilnehmern waren auch jene zwei Künstler, die den Anschlag auf Ihren Kollegen Schüssler verübt haben", sagte Dr. Gross. „Wäre es vielleicht denkbar, dass Degenhart früher mal über sie geschrieben hat?"

„Nein!", entschied ich. „Erstens haben sie ihr zweifelhaftes Gewerbe in München betrieben, zweitens hätte der große Olaf Degenhart seine scharfe Tinte niemals für zwei Schmierenkomödianten im Rotlichtmilieu verschwendet. Was die übrigen Nachbarn betrifft: Ein Cateringservice, ein Saunagroßhändler, ein Tauchlehrer, die nie mit ihm ins Geschäft kamen, und ein Architekt, dem er Betrug vorwarf." Irgendjemanden vergessen? Ach ja! „Auch ein pensionierter Beamter des Standesamts war eingeladen. Herr Protz kam mit seiner Lebensgefährtin, einer Floristin, die zwar für zwei Hausparteien Gartenpläne erstellen durfte, allerdings nicht für unseren Verleger."

Er sah mich scharf an. „Und seine Autoren? Seine Mitarbeiter?"

„Inzwischen hat Lückmann mit dem Rest der betroffenen Lyriker gesprochen. Die Stimmung schwankt zwischen Frustration und

Verärgerung, aber Mordabsichten hegte offensichtlich keiner, und alle haben für den Karnevalssamstag ein nachprüfbares Alibi." Ich seufzte. „Das ist ja unser Dilemma. Niemand in Degenharts Umfeld gibt einen brauchbaren Täter ab. Gut, nicht jeder brachte ihm glühende Bewunderung entgegen, aber zwischen Verachtung und Mordgedanken liegt die ganze Milchstraße."

Jetzt bekomme ich auch schon kosmische Anwandlungen, dachte ich, während der Pinguin den Vergleich ignorierte. Wählerisch pickte er in seinem Konfektteller herum und nahm schließlich eine Kognakkirsche. Der bittersüße Alkoholgeruch drang zu mir herüber, als er fragte: „Und die Stimmung im Verlag? Entschuldigen Sie bitte, es ist schon Tage her, dass ich Ihre Berichte gelesen habe, dazwischen liegen ein paar sehr anstrengende Sitzungen mit Staatsanwalt Krahl."

„Im Verlag", sagte ich, „herrscht die einhellige Meinung, Degenhart sei ein fairer Chef gewesen, der hart arbeitete und für ein harmonisches Betriebsklima sorgte. Sogar Herr Katzbach wollte von seiner Theorie der Schürzenjägerei plötzlich nichts mehr wissen. Im Fall Grimm ist der Verlag in zwei Lager gespalten. Die eine Hälfte vergöttert sie noch heute, die andere hielt sie für durchgeknallt."

„Und in beiden Gruppen sehen Sie eine Seilschaft, der auch ein Mord zuzutrauen wäre?" Er lächelte süffisant.

Ich lächelte zurück und biss in eine köstliche Lebkuchenpraline mit Orangenmark und Krokant. „Wenn es so einfach wäre, könnte ich mir glatt die Reise nach Paris sparen. Nein, Spaß beiseite! Solange Lückmann in den Karrieren der von Degenhart so gnadenlos heruntergemachten Künstler keine eklatante Schramme entdeckt, halte ich meine Theorie aufrecht. Sie lautet, dass der Anschlag auf Degenhart als eine späte Rache gemeint war, weil unser Verleger an der psychischen Krise seiner ersten Frau nicht ganz unschuldig war … Es ist nur eine Hypothese!", wehrte ich den offensichtlichen Protest des Pinguins ab, „die nicht ausschließt, dass wir es mit einem Komplott zu tun haben, in das auch ein Opfer Degenhartscher Kritik verstrickt sein könnte. Doch solange wir nicht wissen, was hinter den Depressionen steckt, mit denen sich Frau Grimm vor ihrem Tod herumplagte, komme ich persönlich in unseren Ermittlungen nicht mehr weiter. Auch Lückmann sitzt fest."

Jetzt stoppte der Pinguin meinen Redestrom mit einer energischen Handbewegung und sagte: „Entschuldigen Sie, wenn ich Sie unterbreche, aber das Wort ‚Anschlag‘ erinnert mich an eine Nachricht, die Lückmann mir gestern hereinbrachte. Habe ich das richtig verstanden? Wollte man etwa auch Ihnen und Ihrer Familie ans Leben? Das ist ja haarsträubend.“

„Halb so schlimm! Herr Schüssler hatte das Duo schon länger im Visier. *Diesen* Plan hätten sie nicht mehr ausführen können.“

„Allein die Vorstellung!“, stöhnte er und warf einen Rundblick durch sein liebevoll möbliertes Schmuckkästchen. „Ihre kleine Tochter hat doch hoffentlich von dieser furchtbaren Bedrohung nichts mitbekommen.“

„Sie weiß nichts. Sie hat gerade gestern Abend wieder ihre Freundin zum Übernachten eingeladen.“ Ich schickte ebenfalls einen Blick durchs Zimmer und ergänzte: „Und Sie können sicher nicht über mangelnden Enkelbesuch klagen.“

„Oh nein“, meinte er lächelnd, „die Jungs können sich bei mir wundervoll austoben. Obwohl ich meine Gartenzwerge jedes Mal entfernen muss, wegen der scharfen Angriffe beim Fußballspielen. Es ist auch schon eine Fensterscheibe zu Bruch gegangen. Und hier drinnen?“ Jetzt wirkte sein Lächeln dünn. „Wenn die Viererbande gleichzeitig da ist, was ich nach Möglichkeit vermeide, konnte es früher schon mal aussehen wie nach einem Bombenangriff. Inzwischen habe ich alles weggesperrt, was zerreißbar, leicht entzündlich oder zerbrechlich ist. Meine Bibliothek schließe ich einfach ab.“

Dr. Gross hatte noch Bombenangriffe erlebt, er wusste, wovon er redete, deshalb fand ich seinen Vergleich ziemlich grotesk. Sekundenlang fuhr mir die Möglichkeit durch den Kopf, Benno hätte nach dem Anschlag auf seine Pension Unterschlupf hier im Haus gefunden, und Ray und Charles hätten ihren Plan noch in die Tat umsetzen können. Obwohl dies Visionen waren, mit denen man normalerweise nicht mal seine ärgsten Feinde in Verbindung brachte, setzte ich meinen unendlich perfiden virtuellen Rundgang fort, von den hübschen Sprossenfenstern bis zur weißlackierten Haustür im Sylter Stil … Die Blümchentassen im Küchenschrank, das Tischfußballspiel, die vielen CDs, die aus dem Regal purzeln würden, die geborstenen Fensterscheiben … Für wenige, pyromanisch angehauchte Sekunden tauchte ich die Szene sogar in orangefarbenes Licht und war überzeugt, dass dies eine konstruktive Auswirkung auf mein Arbeitsverhältnis zu Dr. Gross hatte. Ich würde ihm in Zukunft so manche Nörgelei, all die Rüffel und die Faustschläge auf die Schreibtischplatte besser verzeihen können, wenn er in meinen Gedanken das durchmachte, was uns geblüht hatte.

Inzwischen hatte mein inneres Auge den Garten und seine Keramikzwerge erreicht, die zwar dem Frost widerstanden, nicht aber den Torschüssen eines HSV-Nachwuchskickers und erst recht nicht einer geballten Ladung Nitroglyzerin. Die Zwerge verschwanden, dafür sah ich vier rotbackige Enkel, die mit Schneebällen warfen, Verstecken spielten, – und mein Rundgang hörte abrupt auf.

Der Pinguin hatte sich inzwischen mit einem seriöseren Problem beschäftigt, er fragte, ob nicht die Privatsphäre unbeteiligter Personen verletzt würde, wenn ich ohne richterliche Erlaubnis Briefe einsah. Dieser Skrupel war nicht neu, er hatte mich auch geplagt. Jetzt war er vom Tisch, weil er bei Dr. Gross auf das Konto seiner grundsätzlichen Bedenken gegen alles ging, was ich oder Max in die Wege leiteten. Anstatt auf sein tatkräftiges Team stolz zu sein, dachte er sich immer neue Fallstricke aus? Nein, ich wollte kein Konfekt mehr, ich ließ auch den aromatischen Tee in der Tasse vor mir kalt werden, weil ich es in diesem Augenblick einfach satt hatte, mir als fast vierzigjähriger Hauptkommissarin Vorschriften darüber machen zu lassen, wo im In- und Ausland ich meine Recherchen betrieb. Und wenn ich vorgehabt hätte, in den Iran zu reisen oder nach Vietnam – ich hätte Dr. Gross in seinem düsteren Esszimmer sitzen lassen oder an seinem Büroschreibtisch, wo ein wahrer „Großglockner“ aus Akten auf ihn wartete, den er nicht bewältigen konnte, ohne dass wir aktiv wurden. Ich musterte seine strengen, mausgrauen Augen und sagte: „Ich kann Ihnen unmöglich versprechen, dass ich aus Paris ein Ergebnis mitbringe, trotzdem möchte ich nichts unversucht lassen.“

Sofort schmolz die Härte in seinen Granitaugen. „Fahren Sie. Aber am Donnerstagnachmittag möchte ich Sie in meinem Büro sehen.“ Danach brachte er mich zur Haustür. Die Zwergenmannschaft schimmerte im matten Licht der Straßenlaterne so gespenstisch, als wäre sie von innen beleuchtet.

- XIII -

Am Sonntagmorgen um sechs Uhr fuhr ich los, der Tag versprach, schön zu werden. Die Luft war frisch und trocken, der Himmel sternklar, die Straße eisfrei. Die wenigen Autofahrer, die schon unterwegs waren, gaben sich flott und routiniert, die Sonntagsfahrer lagen noch im Bett. Ich hatte neue CDs auf Tonbandkassetten überspielt, und sobald ich die A 43 erreicht hatte, legte ich das „Wohltemperierte Klavier“ ein. In bester Stimmung durchquerte ich das Ruhrgebiet, Krefeld zog an mir vorbei, dann Aachen, während ich darüber nachdachte, wer aus der großen Schar der Intellektuellen und Kunstschaffenden, die von Degenhart zur Schnecke gemacht worden waren, sich zu einem Mord hätte hinreißen lassen. Dr. Gross hatte Recht. Wenn sich in dem Nachlass weder ein Hinweis auf einen Selbstmord der Grimm noch auf die Ursache ihrer Depressionen fand, blieb nur die Hoffnung, dass Max während seiner Tingeltour durch die Künstlerkolonien auf eine heiße Spur stieß. Warum hatte man Degenhart die Nasenspitze abgeschnitten? Auf seine Rolle des erbarmungslosen Kritikers passte das nicht. „Schnüffler!“, war meine spontane Interpretation. Gab es vielleicht noch mehr Anrüchiges in unserer Nachbarschaft?

In Südbelgien war die Natur schon weiter fortgeschritten als im rauen Münsterland. Gebüsch und Bäume trugen winzige Knospenansätze, was dem ansonsten ziemlich tristen Kohlenpott gut bekam. Als die erste Geländestufe des Pariser Beckens auftauchte, drang mir die Stimme unseres alten Erdkundelehrers ins Ohr, der diese markante Landschaft als ineinander gestellte Porzellanschüsseln beschrieben hatte. Es war auch ein bisschen wie Achterbahnfahren, obwohl der Spaß durch waghalsige Überholmanöver auf der Gegenfahrbahn getrübt wurde. Ich hatte nicht die gebührenpflichtige Autobahn genommen, sondern die abwechslungsreichere Route Nationale Zwei, die sich gelegentlich durch Dörfer schlängelte, in denen sich offenbar seit Ludwig XIV. nichts mehr geändert hatte. Als die ersten Hinweisschilder zum Flughafen Charles de Gaulle auftauchten, zog ich meinen handgezeichneten Plan unter dem Stapel aus Fruchtschnitten und Müsliriegeln hervor, den Kerstin am vergangenen Abend mit großzügiger Miene neben meinem Frühstücksgedeck aufgebaut hatte, und hielt nach der Umgehungsstraße Ausschau, die mich direkt auf den Boulevard Périphérique Ost führte – angeblich! Auf der Karte sahen die Verbindungen immer kinderleicht aus, doch ich erinnerte mich noch gut an einen Paris-Trip mit Franz, auf dem hemmungslos geflucht wurde, weil wir gleich drei Ausfahrten verdusselt hatten.

Das Glück war auf meiner Seite, ich fand den „Périph" auf Anhieb. Zwar kroch der Verkehr ab da nur noch, und die Anzeigetafeln über der Fahrbahn, die den Zeitraum bis zu den nächsten Ausfahrten meldeten, sahen entmutigend aus, doch ich hatte immerhin den Stadtrand von Paris erreicht. Wenn ich die Ausfahrt zur Porte de Bercy nicht verpasste, konnte nichts mehr schief gehen.

Als ich den rechten Quai der Seine erreichte, sprenkelten meine Windschutzscheibe Regentropfen, die sich auf der Höhe des Louvre zu einem resoluten Landregen verdichteten. Immer noch besser als Schnee!, dachte ich, fest entschlossen mir durch nichts und niemanden mein Reiseabenteuer verderben zu lassen. Auf dem gegenüberliegenden Seineufer tauchte das Musée d'Orsay mit seiner eleganten Belle-Epoque-Fassade aus Stahl und Glas und den noch immer tickenden großen Uhren auf. Im Jahr 1900 als Bahnhof für die Verbindungen nach Orléans eröffnet und 1939 wieder geschlossen, zeigte das Gebäude seit 1986 Kunst von der Mitte des 19. bis zum Beginn des 20. Jahrhunderts. Wenn ich mit meiner Arbeit zügig vorankam, würde mir Zeit für einen Besuch bleiben, und natürlich auch für die Einkaufsliste, die in meiner Jackentasche raschelte. Der neidische Unterton in Lückmanns Stimme, als er mir am vergangenen Abend viel Erfolg wünschte, war nicht zu überhören gewesen.

Ich überquerte den Pont de la Concorde, fuhr an der Nationalversammlung mit ihrer markanten Säulenhalle vorbei und fand einen Parkplatz in einer Seitenstraße. Dann stand ich in meinem Lieblingsmuseum. Unter dem hohen Tonnendach mit seinen unzähligen, schmalen Glasriemchen wirkte die riesige Halle schwebend leicht. Die holzfarbenen Eingänge der Ausstellungskojen zu beiden Seiten sahen aus wie die Tore ägyptischer Grabkammern und die über die Mittelfläche verteilten klassizistischen Marmorstatuen schienen Verstorbene zu sein, die auf Einlass in die Unterwelt warteten. Zwischen ihnen quirlten und wuselten die Besucherscharen, deren Stimmengewirr mit seinen vielfältigen Echos sich in dem großen Raum zu einer hohlen, kosmischen Klangwolke verzerrte.

Auf Ebene Fünf, am Cafeteriaeingang, hörte sich das Sprachengemisch bedeutend bodenständiger an, kein Orpheusgesang, sondern sehr profane Klagen über Durst oder wehe Füße. Und während sich die Menschenmenge über die weitläufige Ausstellungsfläche im Erdgeschoss so locker verteilt hatte wie ein Insektenschwarm über einen großen Garten, ballte sie sich vor dem Absperrseil des Cafés wie am Einschlupfloch eines Bienenstocks.

An dem Zweiertisch unter der alten Bahnhofsuhr saß ein Mann, nicht sehr groß, nicht mehr jung, mit grau meliertem Haar. Als ich näher kam, hob er den Kopf von seinem Notizbuch und sprang beflissen auf. „Frau Züricher? Meine Tochter ist noch in einer Besprechung. Ich soll Sie begrüßen und unterhalten, bis sie fertig ist."

Erich Grimm fragte liebenswürdig, ob ich eine gute Fahrt gehabt hätte, und da ich nicht wusste, in welchem Ausmaß er über meine Reise informiert war, brachte ich das Thema ganz generell auf das Leben in Frankreich. Entwickelte ein Münsteraner kein Heimweh?

Er wies auf das Fenster mit dem gewaltigen Zifferblatt hinter mir, an dem die Tropfen herunterperlten. „Ich vermisse weder das münstersche Regenwetter noch die Domglocken am Sonntag. Aber Paris interessiert mich auch nicht mehr. Ich habe mir", er zog fast kokett die Augenbrauen hoch, „im Midi eine wahre Idylle geschaffen. Ein Landhaus auf zweitausend Quadratmetern Grund mit altem Baumbestand." Er benutzte ein ziemlich fruchtiges Rasierwasser.

„Der Pool wird im Winter geheizt. Das hat mir Sonia erzählt."

„Ach, tatsächlich?" Er nahm einen großen Schluck aus dem Bierglas, das vor ihm stand, und musterte mich dabei über den Rand. Am linken kleinen Finger blinkte ein goldfarbener Siegelring. Irgendetwas störte mich an ihm, obwohl er weder unattraktiv war noch verlebt oder, im Gegenteil, auf jene abstoßende Weise auf jugendlich getrimmt wirkte, die manche Männer ab sechzig für angemessen halten. Er sah bedeutend jünger aus, war salopp, aber nicht nachlässig gekleidet, mit einem beigefarbenen Cordsakko, weißem Oberhemd und schwarzer Stoffhose. Er hatte regelmäßige, gepflegte Zähne, eine gerade, schmale Nase, die seine Tochter von ihm geerbt hatte, während ihr voller, kräftig geschwungener Mund von der Mutter stammte. Bei Grimm wirkte die untere Gesichtshälfte eckig, mit Lippen wie gemeißelt und einer tiefen Kerbe über dem Kinn. Und die Augen? Blau wie die von Sonia. Warum saugten sie sich so an mir fest, als wollte er mir etwas mitteilen, das sich nicht in Worte fassen ließ? Was hatte Sonia ihm über mich erzählt? Ich wandte den Blick auf die Tischplatte, und dabei fiel mir auf, dass ich meinen Ehering vergessen hatte.

„Ein Freund meines *Mannes*“, sagte ich, „hat mir die Sonderausstellung hier im Haus empfohlen. Ist sie sehenswert?“ Falls ich auf ihn anziehend wirkte, schmeichelte mir das zwar, aber es musste Klarheit herrschen.

„Ich habe sie mir nicht angesehen. Ich bin erst seit gestern Abend hier und fahre morgen für mehrere Tage nach Chantilly.“

Entgegen meiner ersten Befürchtung hatte Sonia ihren Vater also nicht dazu abkommandiert, mir bei der Durchsicht des Nachlasses zu helfen, was mir lästig gewesen wäre. Dass er gleich weiterreiste, brachte mich um die Gelegenheit, ihm Fragen über Constanze zu stellen, die womöglich nur er beantworten konnte. Es sei denn, ich ließ mir hier und jetzt etwas einfallen. Doch statt eines zündenden Anknüpfungspunktes kam mir ein beunruhigender Gedanke. Saß Grimm vielleicht gar nicht hier, um mir die Zeit zu vertreiben, sondern um den Stand unserer Ermittlungen zu erfahren? Was wussten wir schon über die wahre Rolle, die er und Sonia in den beiden Todesfällen gespielt hatten? Sein Alibi für die Nacht im August 1993 wurde nur von seiner damaligen Lebensgefährtin Evelyn gedeckt; die Mitarbeiter des Gestüts konnten sich nicht an ihn erinnern. Für das Karnevalswochenende verbürgte sich seine Tochter.

Ich lächelte ihm mit der unverbindlichen Freundlichkeit einer Politesse zu, die ein Strafmandat durchs Wagenfenster reicht, und dachte über einen günstigen Einstieg in unser Gespräch nach. Natürlich hatte ich mir Fragen für Sonia zurechtgelegt, mit ihrem Vater hatte ich nicht gerechnet, und der Zugang zu ihm wurde mir durch seinen Zentimeter dick aufgetragenen Charme nicht gerade erleichtert. Die Fragen, die *er* mir stellte, würde ich auf seine Absicht abklopfen müssen, einen Überblick über unsere Arbeit zu bekommen.

Als der Kellner zum Tisch kam, bestellte ich einen Milchkaffee und Grimm, der sein Glas mit einem langen Schluck geleert hatte, ein neues Bier. Dann war ich wieder seinem Blick ausgeliefert. Als Polizistin war ich es ja gewohnt, mit dubiosen Gesprächspartnern umzugehen, aber Sonias Vater führte sich auf, als hätte ich eine Kontaktanzeige aufgegeben. Da half nur eins: Ein Thema, das ihm heikel erschien, dem er sich trotzdem stellen musste, weil er sich nun mal hier eingefunden hatte, um seine Tochter zu vertreten.

„Der letzte Gedichtband von Constanze Grimm gefällt mir, allerdings hat mir jemand, der sich in ihrer Lyrik auskennt, gesagt, er sei ungewöhnlich kantig ausgefallen. Können Sie das bestätigen? Er kam kurz vor ihrem Tod heraus. ‚Die Sphinx blickt nach Westen'."

„Sind Sie Germanistin?" Sein Interesse klang echt, demnach hatte seine Tochter ihn nicht ins Bild gesetzt. Das machte meine Situation überschaubarer – und meine Mimik unbefangener. „Nein!"

„Was machen Sie beruflich?"

„Spielt das eine Rolle? Ich lese gern Gedichte."

Das genügte ihm als Auskunft. „Ich verstehe nichts von Gedichten", entgegnete er etwa so grob wie ein preußischer Landjunker, der mit seinen schlammbespritzten Stiefeln nach Hause kam und über die Waschbarkeit der Brüsseler Spitzendeckchen in seinem Vestibül befragt wurde. „Was meinen Sie überhaupt mit kantig?"

Ich rief mir Lückmanns Protokoll über das Treffen mit Helder ins Gedächtnis, versuchte mich an persönliche Eindrücke zu erinnern, die die Grimmschen Gedichte bei mir hinterlassen hatten, das Ergebnis war gleich null. „Ihre Wortwahl hat mich irritiert", begann ich vorsichtig, in der Sorge, mich vor dem Mann zu blamieren, der mit der Autorin lange verheiratet gewesen war. „Sie wirkt konfus, als wäre sie krank gewesen oder hätte sich krank gefühlt."

Er hob die Augenbrauen. „Constanze und ich waren vierzehn Jahre lang zusammen, über ihre Zeit mit Degenhart kann ich Ihnen nichts sagen. Und selbst in diesen vierzehn Jahren waren wir die halbe Zeit an verschiedenen Orten, haben uns angeschwiegen oder gestritten." Er setzte sein Bierglas energisch zur Seite und nervte mich wieder mit seinem Dackelblick. „Sie wusste, dass sie einen Mann geheiratet hatte, der nur Pferde im Kopf hat."

„Ist das keine ausfüllende Beschäftigung für zwei?", fragte ich.

„Nach Constanzes Meinung nicht“, konterte er scharf. „Ich hätte sie gern zu meinen Rennen mitgenommen und meine Siege mit ihr gefeiert. Es gab“, er lächelte selbstgefällig, „einiges zu feiern. Doch sie fand es idiotisch, im Kreis anderen Pferden hinterherzujagen. Vermutlich hätte sie es auch mit einem Formel-1-Fahrer nicht lange ausgehalten. Sie behauptete, meine Freunde seien ‚unkreativ‘, was ihre Unterhaltung betraf, und verkroch sich lieber dort, wo sie Kreativität vermutete. Beim Malen und Dichten.“

„Hatte sie keine eigenen Freunde?“ Ich dachte an die Abendessen, Cocktailpartys und Grillfeste, die Constanzes Ehe mit Degenhart offenbar zum Funkeln gebracht hatten wie ein chinesisches Neujahrsfeuerwerk. Die einfallsreiche Gastgeberin der Bootshauspartys, die mit derselben Hingabe Einladungskarten entwarf, wie sie ihre Leseabende inszenierte, neben der schwermütigen Einsiedlerin, die sich lieber mit den Chimären ihrer Alpträume unterhielt als mit der eigenen Tochter? Das waren zwei Extreme, die ich mir unmöglich in einer einzigen Person vorstellen konnte. Ich erinnerte mich wieder an mein Gespräch mit Pagenstecher über janusköpfige Menschen. Constanze Grimm war noch einen Schritt weiter gegangen, von der selbst gewählten Isolation über das hemmungslose Bad in der Menge zurück in die Einsamkeit der Depression.

„Wenn Sie über diese Aktivitäten etwas wissen wollen“, sagte Grimm, „dann fragen Sie Sonia. Aber selbst die …“

„Ich habe natürlich mit Ihrer Tochter darüber geredet, weil es mich interessiert, warum eine so erfolgreiche Autorin in so tiefe Depressionen fiel. Sie meinte, Constanze hätte auch früher schon Krisen durchgemacht und sich immer wieder an die Grenzen der Risikobereitschaft gewagt, um Stoff für ihre Gedichte zu sammeln. Das ist natürlich eine faszinierende Erklärung für die Verfolgungsängste und Alpträume, unter denen sie litt.“

Täuschte ich mich oder war der Glanz in seinen Pupillen erloschen? War das Thema Risiko vielleicht ein Terrain, das er grundsätzlich nicht mit Fremden teilte? Auch ein Jockey lebte riskant.

„Was meinen Sie mit Risikobereitschaft?“

„Ich meine jeden Versuch, sich mit Hilfe körperlicher Extremsituationen in eine Gefühlswelt zu versetzen, die zu außergewöhnlicher Lyrik führt.“

„Constanze war eine außergewöhnliche Autofahrerin", entgegnete er schroff. „In einem einzigen Urlaub hat sie an der Corniche gleich drei Mietwagen in den Straßengraben gesetzt. Wie man das zu außergewöhnlicher Lyrik verarbeiten kann, ist mir schleierhaft."

„Sie absolvierte auch einen Tauchkurs?"

„Stimmt. Dabei hat sie mich ganz besonders böse zum Narren gehalten, indem sie an einer anderen Stelle wieder auftauchte als vereinbart. Solche Zuschauerängste hätte ich ihr nie zugemutet." Er überlegte kurz und fuhr dann fort: „Nennen Sie sie ruhig kantig. In meinen Augen reagierte sie logisch nicht nachvollziehbar, einfach kindisch. Dazu besaß sie eine gehörige Portion schwarzen Humor. In *den* hätte sie ihre Gedichte verpacken sollen, nicht in dieses", seine Hand flatterte kurz über den Tisch, „kosmische Geschwafel."

„Waren Drogen im Spiel?"

„Nicht in meiner Gegenwart. Auch sonst sprach nichts dafür."

„Sie haben mir meine Frage noch nicht beantwortet. Wirkte sie in den Monaten vor ihrem Tod verändert? Halten Sie einen Selbstmord für denkbar?"

Grimm hob abwehrend beide Hände. „Als sie starb, hatte ich sie schon ein halbes Jahr lang nicht mehr gesehen. Im März lud sie mich zu Degenharts Geburtstagsparty ein, aber ich hatte keine Lust. In den Jahren vorher war sie regelmäßig auf meinem Landsitz aufgetaucht und hatte mir die Hölle heiß gemacht wegen der Unterhaltszahlungen für Sonia, solange sie noch nicht mit Degenhart zusammenlebte. Wie ich gehört habe, wurde dieser Mann umgebracht."

„Olaf Degenhart war ein sehr unbequemer Kritiker. Gnadenlos und oft ungerecht. Können Sie sich vorstellen, dass jemand aus der münsterschen Kulturszene hinter dem Verbrechen steckt?"

Er schüttelte resolut den Kopf. „Zugegeben, die Kulturszene war nicht unbedingt mein Zuhause, auch mein Freundeskreis stammte nicht von dort. Was jedoch nicht heißt, dass ich nicht zu gesellschaftlichen Anlässen eingeladen wurde. Ich kannte also den ganzen City-Tratsch, auch den über Degenhart. Aber wie sein Mörder aussieht, kann ich mir beim besten Willen nicht vorstellen."

In diesem Augenblick tauchte Sonia auf. Ich schenkte Grimm ein freundliches Lächeln, wobei ich mich wunderte, dass es mir gar nicht mehr schwer fiel. Auf den zweiten Blick war er wirklich ein charmanter, gut aussehender Mann. Oder war meine Erleichterung darauf zurückzuführen, dass ich mich in Anwesenheit seiner Tochter nicht mehr so ausgeliefert fühlte?

Sonia trug einen tomatenroten Zweiteiler aus Rohseide, der gut von ihrem hellblonden Kurzhaar abstach, und darunter ein vanilleweißes Shirt mit gehäkeltem Spitzenrand. Ihre Pumps besaßen das gleiche Rot, ihre Ohrläppchen zierten diesmal Hänger mit drei kleinen Onyxscheiben. Vielleicht lag es daran, dass wir uns an ihrer Arbeitsstelle befanden, jedenfalls hatte sie nicht mehr viel Ähnlichkeit mit dem flippigen jungen Mädchen aus dem Marktcafé. Sobald sie sich den Stuhl vom Nachbartisch herangezogen hatte, sah Grimm auf die Uhr und murmelte etwas von einer Verabredung.

„Du gehst schon?“ Sonia wirkte unzufrieden, während sich in mir Erleichterung breit machte, allerdings auch der Wunsch, die Informationen, die Grimm mir geliefert hatte, schnell zu notieren, bevor sich andere Auskünfte darüber stülpten. Ein kurzer Gedankenaustausch zwischen Vater und Tochter hätte dafür gereicht.

„Sonia, ich muss unbedingt noch diesen Mann treffen, bevor ich morgen die Stute für Evelyn kaufe …“

„Nein bitte, Daddy, bleib noch einen Tag.“ Sie legte den Kopf an seine Schulter, und er zupfte lächelnd an ihrem Ohrläppchen – eine vertraute Geste, wie es schien. Doch dann hob sie den Kopf und maulte weiter: „Es gibt noch so viel zu besprechen. Und du hast Sieglinde noch gar nicht kennen gelernt. Sie fährt am Donnerstagmorgen schon wieder.“ Sein abschätzender Blick streifte mich, als sie fortfuhr: „Hat sie dir erzählt, dass sie die Ermittlungen zu Olafs Ermordung leitet?“ Grimm zog überrascht die Augenbrauen hoch, während seine Tochter weiterplapperte: „Du kannst dich nützlich machen, indem du beim Sortieren des Nachlasses hilfst.“

Und wenn der eine oder andere Brief im Nachlass aus Grimms Feder stammte? Mit den Zärtlichkeiten und Versprechungen der ersten Verliebtheit? Den kränkenden Worten aus der Zeit der Scheidung? Als Dr. Gross den Einwand machte, die Intimsphäre lebender Personen könne durch meine Recherchen verletzt werden, hatte ich ihn nicht ernst genommen. Als ich an die Möglichkeit dachte, der Nachlass könne unvollständig sein, hatte ich nur Jette Degenhart in

Betracht gezogen. Dass Grimm als unmittelbar Betroffener mir bei der Durchsicht helfen würde, war von mir nicht einkalkuliert. Hatte er bereits aussortiert, was nicht in meine Hände geraten sollte? Selbst aus Tagebüchern konnte man einzelne Seiten entfernen.

„Wir könnten nachher essen gehen", drängte Sonia, und jetzt gab Erich sich geschlagen. Wir verabredeten uns für zwanzig Uhr.

Sie blickte ihrem Vater nach, seufzte und sagte dann, zu mir gewandt: „Finden Sie nicht auch, dass er ganz elend aussieht?" Da ich nicht wusste, wie Erich Grimm aussah, wenn es ihm gut ging, sparte ich mir die Antwort.

„Er hat mit Evelyn Schluss gemacht", erklärte sie. „Dass er diesen Pferdekauf in Chantilly noch für sie arrangiert, halte ich für völlig überflüssig. Weil sie ihn nämlich nach Strich und Faden betrügt. Aber ohne Freundin wird er es nicht lange aushalten."

„Wenn Ihr Vater sich einsam fühlt", sagte ich so sachlich wie die Besitzerin einer Partneragentur, die einen Kunden begutachtete, „hat er wohl keine Mühe, Ersatz zu finden. Er sieht gut aus, ist ein charmanter Gesprächspartner und hat viel Lebenserfahrung."

„Kennen Sie die TV-Serie ‚Jackie Pernod'? Die Hauptperson ist Privatdetektivin in Marseille und genau Daddys Fall. Schwarzhaarig und sportlich, ein reifer Typ. Sie sehen ihr ziemlich ähnlich."

Der Kellner kam zum Tisch, als wollte er seinen Senf zu Grimms Chancen bei reifen, dunkelhaarigen Frauen abgeben, aber Sonia winkte ab. Als „Kind des Hauses" musste sie nichts bestellen. „Ich hatte heute schon so viel Kaffee", seufzte sie, „es war ein schrecklicher Tag. Und heute Abend habe ich nicht mal Bastien, um mich auszuweinen." Sie zog ein Lippenstiftetui aus ihrer Louis-Vuitton-Tasche und betrachtete sich im Innenspiegel, bevor sie die Lippen nachzog. „Wenn ich es mir überlege", sagte sie wie zu sich selbst, „sollte ich Erich überreden, bis Mitte der Woche zu bleiben. Soll diese abgetakelte Fregatte sich ihr Pferd doch selber kaufen."

Wenn sie das schaffte, würde Grimm, allen Abwimmelungsversuchen zum Trotz, bei der Sichtung des Nachlasses an meiner Seite kleben, daran ließ sein unverhohlenes Interesse keinen Zweifel. Dabei wusste er offensichtlich gar nichts über die Krise, die seine Frau kurz vor ihrem Tod durchgemacht hatte. Als Ausgleich für seine Ahnungslosigkeit würde er mir jedes Foto ausführlich erläutern, jeden Briefschreiber, den er kannte, eingehend charakterisieren. Ich konnte nur hoffen, dass sich das Wetter besserte. Sobald der Regen aufhörte und die Temperaturen zulegten, konnte ich mich mit meiner Beute nach draußen verziehen, auf eine Parkbank, an einen Brunnenrand, wo Grimm mich nicht fand.

Sonia sah auf die Uhr. „Wenn um sechs meine Arbeitszeit zu Ende ist, fahren wir zu mir. Bis dahin können wir uns hier unterhalten. Ich hätte mir morgen und Dienstag gern freigenommen, damit wir Zeit für die Dokumente haben, aber die Verwaltung …"

„Frau David, wenn ich Fragen habe, schreibe ich sie auf."

„Sonia", korrigierte sie sanft. „Was möchten Sie wissen?"

Ich erinnerte mich noch deutlich genug an unser sprödes, nur schwer tröpfelndes Gespräch im Marktcafé, um mich jetzt über ihr loyales Verhalten zu wundern. Was steckte dahinter? Erleichterung, weil sie die lästige Bürde, die Jette ihr ins Haus gestellt hatte, weitergeben konnte? Eine Verschleierungstaktik, weil sie in beide Todesfälle verwickelt war? Die Anwesenheit ihres Vaters? Das Verhältnis zwischen den beiden schien von der Sorge um das gegenseitige Wohl geprägt und von einer Vertrautheit, die kein Generationenkonflikt überschattete. Auch eine erotische Note konnte ich nicht entdecken. Nach Constanzes Tod hatte Grimm seiner Tochter das Studium in Paris ermöglicht, und ich vermutete stark: Nicht nur sein großzügiges Angebot war hilfreich gewesen, sondern auch seine Zuwendung. War auch Eifersucht auf Degenhart im Spiel gewesen?

„Ist Ihnen außer Platzmangel noch ein anderer Grund eingefallen, weshalb Jette den Nachlass weggeben wollte? Ich darf doch einfach Jette sagen, oder?"

„Natürlich. Und es *gibt* einen anderen Grund. Constanze hatte kurz vor ihrem Tod die Biographie als Genre für sich entdeckt. Ihr erstes Opfer war Ingrid Bergman. Ich weiß nicht warum, vielleicht war die vorhandene Literatur schon zu veraltet. Aber sie hatte weitere Pläne, das geht aus ihrer Materialsammlung hervor. Sie wollte über Sonia Delaunay schreiben, und Jette meinte, das könnte mich interessieren. Da ihr selbst die Zeit und die Lust fehlten, die Sachen durchzusehen, packte sie alles ein und brachte es her."

„Sind Sie die Dokumente gemeinsam durchgegangen?"

„Nein. Sie lud die Kartons im Flur ab und verschwand mit der Begründung, sie sei mit Freunden zum Essen verabredet. Nicht mal zu einem Kaffee konnte ich sie überreden. Aber offen gesagt, war ich nicht böse. Jetzt wartet der ganze Kram auf Sie. Ich lasse Sie nachher damit allein, weil ich noch einkaufen muss."

Ich sagte, dass ich mir einen Karton mit ins Hotel nehmen wolle, und sie entgegnete beflissen: „Oh, natürlich können Sie das. Ihr Hotel liegt nur zwei Straßen weiter. Nehmen Sie mit, was Ihnen interessant erscheint, Erich hilf Ihnen beim Tragen."

Mir schwante Schlimmes. Erich bei jeder Mahlzeit dabei, immer bereit, Kartons zu schleppen, ungefragt dies und das an Erinnerungen beizusteuern und seine Tochter jedes Mal würdig zu vertreten, wenn sie keine Zeit hatte. Da gab es nur einen Ausweg. „Am liebsten würde ich mir heute Abend ein Sandwich aufs Hotelzimmer mitnehmen, damit ich mehr Zeit zum Arbeiten habe. Außerdem werden Sie sicherlich in Ruhe mit Ihrem Vater reden wollen."

„Kommt überhaupt nicht in Frage. Wir lassen Sie nicht weg, bevor Sie nicht unser Lieblingsrestaurant kennen gelernt haben. ‚Le Jérusalem'. Falls Sie nicht gern orientalisch essen, können wir auch zum Koreaner an den ‚Hallen' gehen oder zu unserem Mexikaner im Quartier Latin. Außerdem wird Erich Ihnen das Polizeimuseum in der Präfektur von Saint-Germain zeigen. Am besten gleich morgen. Um neun habe ich nämlich …"

„Hören Sie, Sonia, ich finde das sehr nett von Ihrem Vater …"

„Erich!", korrigierte sie nachdrücklich.

„Ich bin zum Arbeiten hier."

„Erich sagt, Sie interessierten sich für unsere Sonderausstellung."

„Ich habe ihn lediglich gefragt, ob sie sehenswert ist", verteidigte ich mich. „Ich weiß doch gar nicht, wie schnell ich vorankomme, wahrscheinlich werde ich auch Unterlagen nach Münster mitnehmen. Aber erst einmal lese ich. Sind die Sachen geordnet?"

„Ich erinnere mich an einen Karton, der nur Fotos enthält. Die Tagebücher sind mit Gummis zusammengebunden. Aber sonst?" Sie schürzte die Lippen. „Ich schätze, das ist eine Heidenarbeit, und wenn Sie bis Mittwochabend fertig werden wollen, kommen Sie an Erich einfach nicht vorbei. Er hilft Ihnen gern! Echt!"

„Wir werden sehen. Danke für das Angebot!"

Sie sah auf ihre Uhr. „Gehen wir!"

Der Regen hatte aufgehört, die Dämmerung fiel über die Stadt, und zwischen tief hängenden Wolken in den Farben eines etwa vier Tage alten Hämatoms zeigte sich der klare Himmel. Ich fragte Sonia nach der Wetterprognose. Sie hatte etwas von frühlingshaften Temperaturen gehört, meinte aber, ich solle nicht zu optimistisch sein. Ihre Wohnung lag nur einen Katzensprung von der berühmten Place des Vosges entfernt, einem der, wie sie stolz bemerkte, schönsten Plätze der Erde. Was für ein stimmungsvoller Ort, um alte Briefe oder Tagebücher durchzublättern, dachte ich, selbst wenn man sie vor dem Hintergrund zweier Todesfälle las. Was mich störte, war die Nähe zu Sonias Wohnung. Wenn Erich mich nicht bei seiner Tochter anträfe, würde er mich dort suchen, wohin die Touristen strömten. Die Vorstellung, dass er die Fotos seiner Frau vorsortierte, um sie mir einzeln und mit ausschweifenden Kommentaren zu überlassen, machte mich wütend.

Sonia lotste mich zielsicher und, wie es schien, leidgeprüft zu einem der wenigen Parkplätze, die in diesem labyrinthischen Viertel überhaupt zu haben waren, und riet mir, den Wagen bis zur Abreise stehen zu lassen. Ich ließ die Lenkradsperre einrasten, holte Jacke und Reisetasche aus dem Kofferraum, dann gingen wir erst mal zum Hotel. Es stellte sich als eins jener Raumwunder heraus, bei dessen handtuchschmaler Fassade man sich fragte, wie sich dahinter zwanzig Zimmer unterbringen ließen. Die Rezeption war so klein, dass der Mann hinter ihr wirkte wie Gulliver im Lande Liliput. Ich drückte dem Hotelboy, der meine Tasche in den vierten Stock getragen hatte, ein Trinkgeld in die Hand und stieß die Fensterläden auf. Schon im nächsten Moment fragte ich mich, ob der Boulevard Beaumarchais, auf den sich mein Zimmer öffnete wie ein Möwennest auf eine sturmumtoste Steilküste, die Luft im Zimmer nicht eher verschlechterte. Sogar die Sterne hoch über mir schienen unter dem Dröhnen der Automotoren zu zittern. Trotzdem!, dachte ich, endlich mal wieder in Paris! Und anstatt in der Polizeipräfektur von Saint-Germain die berühmten „Salatkörbe" und die Originalschlagstöcke von 1968 zu besichtigen, würde ich mit der Einkaufsliste lostigern, zu der Hilly, Marion und Cornelia beigetragen hatten. Von Kerstin gab es keine Wünsche, ihre Alterskategorie betrachtete Paris wohl als Shoppingparadies für Omas.

Da ich einer Essenseinladung kaum entkommen konnte, ohne unhöflich zu wirken, tauschte ich Jeans und Rolli gegen einen schwarzen Hosenanzug mit gelb-weiß gestreifter Bluse, verstaute die übrige Kleidung in dem schmalen Spind und ging.

Ihre Wohnung, hatte Sonia mir unterwegs erzählt, war ein Glücksgriff von Erich Grimm senior. Mitte der sechziger Jahre hatte er sie gekauft, als das Marais nach langen Zeiten des Verfalls wieder als schick zu gelten begann. Die von der Spätrenaissance über den Klassizismus bis zum Barock datierenden Palais entstanden damals wie Phönix aus der Asche.

Sie hatte mir den Code genannt, der die Haustür sicherte. Als ich den Hausflur betrat, fühlte mich an unseren Bauernhof in Altötting erinnert, wie er vor seiner gründlichen Renovierung ausgesehen hatte. Wasserflecken, abgestoßene Bodenfliesen, die Beleuchtung der reinste Witz. In dem wackelig wirkenden Lift hätten auch Nichtklaustrophobiker Zustände bekommen. Während ich mich umsah, ging die Wohnungstür des Concierge auf, und ein älterer Mann, Typ Schwergewichtsboxer mit schwarzer Wolle auf der Brust, erschien. Ich sagte ihm, ich sei eine Freundin von Sonia.

Die Wohnung lag im dritten Stock, ich klopfte und Sonia kam mir entgegen. „Daddy ist auch schon da", rief sie quirlig. „Wir können sofort zum Essen gehen." Ich seufzte resigniert. Ich hatte mich darauf gefreut, die Zeit vor dem Abendessen mit ersten Schürfarbeiten zu verbringen, während Sonia einkaufen ging und Erich mit seinem Pferdeexperten redete. Mit diesem Power-Duo fertig zu werden, würde nicht nur Zeit kosten, sondern verdammt viel Energie. Ich erwiderte Sonias unternehmungslustiges Lächeln und fragte mich, ob die beiden Katz und Maus mit mir spielten.

Das Restaurant lag, wie sie sagten, keine fünf Minuten entfernt, trotzdem ließ sich Erichs Hand mit einem so nachdrücklichen Gewicht auf meinem Rücken nieder, als hätten wir einen Zwei-Stunden-Marsch vor uns. Dabei ging er so eng neben mir, dass sich weitere Berührungen nicht vermeiden ließen. Ich war erleichtert, als Sonia ihn auf ihre Tischseite zog und mir die gegenüberliegende Flanke überließ. „Schade, dass Bastien nicht dabei ist", bemerkte er und griff nach der Weinkarte. „Nehmen wir wieder den Merlot? Der war letztes Mal ganz ordentlich.“

„Nein, der hat mir Sodbrennen gemacht. Ich bin für ‚Côtes du Rhône‘, wenn überhaupt …“ Sonias Stimme klang gereizt, als müsste der Wein nur mir zuliebe bestellt werden.

„Ich wäre auch mit Wasser zufrieden“, warf ich ein. „Ich würde nämlich nachher gern mit den ersten Dokumenten anfangen.“

Der Kellner kam und Erich bestellte eine Flasche Côtes du Rhône und Wasser. Unser Tisch stand mit der Schmalseite zum Fenster, so dass ich die Straße ebenso im Blick hatte wie das Lokal. Trotz seiner kleinen Fläche bot es viele Plätze und das Gedränge schaffte eine warme, lebhafte Behaglichkeit. So hätte ich mir die Altstadt von Jerusalem vorgestellt, ein faszinierender Mix aus arabischen und jüdischen Elementen, von der wechselnden musikalischen Hintergrunduntermalung über die gegerbten Gesichter mancher älterer Gäste, die an schroffe, aus der Luft fotografierte Gebirgslandschaften erinnerten, bis zum Duft nach Zwiebeln, frischem Brot und scharf angebratenem Fleisch. Die Kellnerin brachte die Karte, aber Sonia legte sie ungeöffnet auf den Tisch und fragte, ob wir mit einer Mezzeplatte und Garnelen mit Linsen als Hauptgang einverstanden seien. Danach wollte sie von mir wissen, welche Dokumente ich als Erstes in Angriff nähme. Ich entgegnete, dass Tagebuchlektüre angesagt sei, worauf sie ihrem Vater einen Blick zuwarf, als wäre seine Zustimmung unerlässlich, und sagte: „Dann gehen wir gleich noch bei mir vorbei und Sie suchen sich etwas heraus.“ Erichs Blick heftete sich unterdessen auf eine rastalockige, dunkelhäutige Schönheit, die der Toilette zustrebte. Langweilte er sich oder konnte er grundsätzlich an keinem Rock vorbeisehen?

„Ich werde mir auch für übermorgen etwas heraussuchen“, sagte ich. „Auf jeden Fall den Karton mit Fotos. Dann muss ich Sie morgen Abend nicht noch mal behelligen.“ War das klar genug?

„Sind die Fotos beschriftet?“, fragte Erich, Sonia zuckte die Schultern.

Ein junges Pärchen trat an unseren für drei Personen sehr großzügig bemessenen Tisch, alle restlichen, auch die kleineren waren besetzt. Doch der Kellner wies sie ab, was ich erst verstand, als unsere Vorspeisen serviert wurden: querbeet durch Acker und Garten, Meer und Oase und die ganze Tischfläche für sich beanspruchend.

„Das ist die reine Verschwendung!“, protestierte ich, während der Kellner den Wein entkorkte und Erich einen Schluck ins Glas goss.

„Das ist die subtilste Form der Beamtenbestechung“, konterte er mit leicht zugekniffenen Augen, was spöttisch gemeint sein konnte, vielleicht aber auch nur dem bevorstehenden Probeschluck galt. Er nickte dem Keller zu, worauf der unsere Gläser füllte und dann das junge Pärchen an einen Tisch winkte, der gerade frei wurde, gleich neben der zugigen Ausgabestelle für den Straßenverkauf. Die beiden wirkten dennoch begeistert, warm angezogen und schwer verliebt, wie sie offensichtlich waren.

Schon im nächsten Moment hatte ich vergessen, dass ich in der Tat einer massiven Beamtenbestechung ausgeliefert war. Angesichts der vollen Schüsseln wurde mein Magen von einem Hungergefühl überrannt, wie ich es lange nicht mehr erlebt hatte. Vor uns standen Kichererbsen- und Auberginenpüree, Falafel, Tahine und Tabouleh, dazu weitere erfrischende Salate. Später wurden gegrillte Garnelen serviert und, wie Erich händereibend bemerkte, „Esaus Linsengericht. Wussten Sie, dass er dafür sein Erstgeburtsrecht an seinen Zwillingsbruder Jacob abtrat? Genesis fünfundzwanzig. Lesen Sie es nach. Zum Nachlass gehört auch eine Bibel. Aber schlagen Sie sie erst auf, nachdem Sie hier an diesem Tisch die genialste Version aller möglichen Rezepte kennen gelernt haben. Es gibt unzählige.“

Es schmeckte hinreißend. Das Körbchen mit warmen Fladenbroten machte die Runde, wir prosteten einander zu, und ich dachte: Zum Teufel mit allen Bestechungsversuchen. Ich begegnete Erichs freundlich fragendem Blick, als er mir Rotwein nachschenkte. Er zwinkerte mir zu, und noch einmal ließ ich mich von der orientalischen Aura des reich gedeckten Tisches fesseln und von der Musik mit ihren sich ins Endlose fortsetzenden Melodienarabesken, die nur eintönig klingen, wenn man nicht genau zuhört. Dann holte mich die Gegenwart zurück, als wäre ich auf eine Fata Morgana hereingefallen. Meine Ohren waren wieder frei für das Gespräch am Tisch und meine Augen für die Blicke, die zwischen meinen Gastgebern hin- und herwanderten. Degenhart war vergiftet worden, hatte ich das denn vergessen? Wir hatten weder Verdächtige noch ein Motiv, aber ich saß hier und aß und trank, als wäre seit Lucrezia Borgia kein Giftmord mehr verübt worden.

Als die Teller abgeräumt waren, überredete Sonia mich zu einem Pfefferminztee. Danach würde ich schlafen wie in einen Kelim eingerollt! Erich lachte laut über ihren Witz, der Kellner, der die Bestellung entgegennahm, lachte ebenfalls, und ich dachte ernüchtert an all die schlechten Scherze über in Teppiche eingerollte Leichen, unter denen Wallenstein vielleicht noch der Präsentabelste war. Als der Kellner eine Silberkanne und drei Gläser brachte, ließ ich mir einschenken, behielt mein Teeglas aber scharf im Auge.

Ich bedankte mich für die opulente Bewirtung und folgte meinen Gastgebern zurück zur Wohnung, um mir die Tagebücher aushändigen zu lassen. Das Treppenhaus wirkte jetzt womöglich noch dubioser, weil die Birne im ersten Stock nicht brannte. Den Lift mochte niemand benutzen und so tasteten wir uns durch das scheckige Halbdunkel. Sonia schloss die Wohnung auf und sagte in überdrehtem Tonfall: „Lasst uns noch was trinken, Leute! Falafel müssen schwimmen!“ Sie schleuderte die hochhackigen Stiefeletten unter die Garderobe, während Erich meine Jacke an einen Haken hängte

„Kommen Sie mit!“ Sonja zog mich am Arm und mich beschlich das Gefühl, dass sie einen ziemlichen Schwips hatte. „Erich mixt uns inzwischen seinen Spezialdrink.“ Sie führte mich in einen Raum, der klein und sehr unordentlich war; ein ungemachtes Bett, herausgezogene Schubladen, über deren Rand Krawatten hingen, davor ein einzelner Schuh. „Stören Sie sich nicht dran“, sagte Sonia zwanglos, „Daddy ist erst gestern Abend angekommen. Setzen Sie sich ruhig aufs Bett und stöbern Sie nach Lust und Laune.“

Das zerwühlte Bett wäre der letzte Platz gewesen, auf den ich mich freiwillig gesetzt hätte. Außerdem waren die Kartons auf dem Boden unter der Fensterbank aufgereiht. Ich hob den ersten Deckel: Fotos! In den beiden nächsten lagen Briefe und Postkarten, der Stapel aus maschinegeschriebenen Blättern im vierten Karton sah nach Manuskripten aus, das Sammelsurium von Prospekten, Wanderkarten, Skizzen im fünften nach Material für die Reiseführer.

„Und die Tagebücher Ihrer Mutter?“

„Phhh!", machte Sonia, „das weiß ich jetzt so schnell gar nicht. Erich wollte drin blättern." Sie wühlte die Kommodenschubladen durch, dann fanden wir die fünf dicken Kladden unter Zeitungen auf der Fensterbank. Bis auf eine waren alle mit breiten Gummis umwickelt, wie man sie für Einmachgläser verwendete.

Aus dem Wohnzimmer drang Erichs Stimme: „Wo bleibt ihr denn? Der Champagner wird schal!"

„Kommen Sie!", drängte Sonia. „ich helfe Ihnen später." Ich folgte ihr nur unwillig. Ich wollte keinen Alkohol mehr trinken und der Anblick der prall gefüllten Kartons hatte mich unruhig gemacht. Da kam ja wirklich ein respektables Quantum auf mich zu.

Ich ließ mir von Erich ein eiskaltes Champagnerglas in die Hand drücken und hob es zum Anstoßen hoch, ohne zu trinken. „Nur ein Schlückchen!", forderte Sonia. „Es ist Erichs Kreation: Pommery mit Kumquatlikör, danach fühlen Sie sich wie neu geboren." Ich befürchtete eher das Gegenteil, ich fühlte mich schon jetzt wie eine wandelnde Schlaftablette. Erich und Sonia nahmen einen kräftigen Schluck, ich nippte nur. Es wäre ziemlich unvorsichtig gewesen, den Cocktail zu trinken, aber es konnte nicht schaden, wenn Grimm und Sonia glaubten, ich hätte es getan. Ich erkundigte mich nach dem Alter der prächtig nachgedunkelten Holzbalken unter der Decke, und während Vater und Tochter wie auf Kommando nach oben sahen, leerte ich mein Glas in den Topf mit gelben Begonien, der ein Beistelltischchen dekorierte. Das weitere Schicksal der Pflanze konnte aufschlussreich werden.

Existierten Angaben über die früheren Hausbewohner? Sonia und ihr Vater zuckten die Schultern. Das Palais war in der Mitte des siebzehnten Jahrhunderts von einer Adelsfamilie erbaut worden, so viel stand fest. Bis in die Nachkriegsjahre hatte der ganze Häuserblock hoffnungslos vor sich hingegammelt, auf das Treppenhaus wartete noch immer eine gründliche Instandsetzung.

Sonia holte die Tagebücher und den Karton mit Fotos, ich wehrte mich erfolgreich gegen Erichs Begleitung, dankte noch einmal für ihre Gastfreundschaft, dann war ich draußen.

- XIV -

Folgten ihre Blicke mir? Ihr Wohnzimmerfenster mit den schönen Chintzvorhängen, deren Herkunft mich weit mehr interessiert hätte als das Alter der Deckenbalken, ging auf die Straße, die zu meinem Hotel führte. Redeten sie über mich? Warum wurde ich mein hartnäckiges Misstrauen nicht los? Woher kam der fast penetrante Wunsch, die Dokumente ohne fremde Hilfe durchzusehen, obwohl sie wahrscheinlich Fragen aufwarfen, auf die ich ohne Erich oder Sonia keine Antwort fand? Ich wechselte den Karton auf den anderen Arm und beschloss, es trotzdem erst mal allein zu versuchen. Wir hatten im Umfeld unserer beiden Todesfälle mit so vielen Personen zu tun, dass mir die eine oder andere in Constanzes Materialsammlung wieder begegnen würde. Wenn sich aus dieser Begegnung eine enge Freundschaft mit der Toten ergab oder aber unversöhnliche Rivalitäten, dann war meine Reise nach Paris nicht umsonst gewesen, und ich hatte das vermieden, was ich am meisten befürchtete: Dass meine Arbeit durch Informanten in die Irre geleitet wurde, deren Rollenspiel undurchsichtig blieb.

Ich hockte mich auf die Bettkante und schlug das jüngste von Constanzes Tagebüchern auf. Es war mit allen möglichen Zetteln gespickt. Manche enthielten Gedichtfragmente, die Constanze wahrscheinlich eingefallen waren, während sie unterwegs war oder auf etwas wartete, auf den Abschleppdienst für ihren Urlaubsmietwagen zum Beispiel. Einige Zettel stammten aus der Rubrik „Leserpost". Da Constanze sie in ihrem Tagebuch aufbewahrt hatte, handelte es sich wohl um Lob, das sie gefreut hatte. Ich strich die Papiere glatt und legte sie auf den Nachttisch, damit keins verloren ging. Das Tagebuch war zu etwa drei Vierteln voll geschrieben und umfasste die Zeit von knapp drei Jahren. Die letzte Eintragung war auf den 1. August datiert. Achtzehn Tage später war sie gestorben.

Ich kam nicht weit mit der Lektüre, mir fielen die Augen zu. Als ich sie wieder öffnete, machte das Tageslicht meiner noch immer brennenden Nachttischlampe Konkurrenz, der dröhnende Motorenlärm unter dem offenen Fenster wetteiferte mit quietschenden Bremsen und meinen Kopf füllte ein rhythmisches Stechen, als hackten die sieben Zwerge dort nach Erz. Außerdem war mir todübel. Ich dachte kurz über die Möglichkeit nach, dass mir jemand mit dem Pfefferminztee böse mitgespielt hatte, was auch die überraschende Müdigkeit vorm Einschlafen erklärt hätte, doch dann klang mir dieser Einfall doch zu sehr nach Räuberpistole. Ich beschloss, mich telefonisch bei Sonia zu erkundigen, ob es ihr und Erich vielleicht ähnlich erging. Im Übrigen würde ich ganz generell vorsichtig sein. Ich drehte mich vom Fenster weg, um wenigstens das grelle Licht aus meinen Augen zu vertreiben, und wünschte mir Schneewittchens Sarg herbei, um mich von dem Radau abzuschotten. Dabei fiel mein Blick auf die Tagebücher. Dasjenige, in dem ich zu lesen begonnen hatte, war von der Bettdecke gerutscht. Ich hob es auf und wankte in Richtung Bad. Ich duschte heiß, rubbelte mich energisch ab, trocknete den beschlagenen Spiegel und wagte einen vorsichtigen Blick. Rein gar nichts sah man mir an; keine allergischen Rötungen, wie ich sie leicht nach Barbituraten bekam, bis auf Magen und Hirn war ich völlig in Ordnung. Leider waren sie die Schaltstellen für Wohlbefinden und Leistungsfähigkeit.

Im Frühstücksraum trank ich eine Tasse schwarzen Tee, wickelte mich in meine warme Steppjacke, nahm die Tagebücher und ging die paar Schritte zur Place des Vosges. Nicht mal Erichs klebrige Hilfsbereitschaft erschien mir abschreckend genug, um mir einen entlegeneren Platz zu suchen. Die Sonne stand am Himmel, die Luft war mild und noch immer von Feuchtigkeit gesättigt. Zu so früher Stunde saß noch niemand auf den Bänken, die die symmetrisch angelegten Rasenflächen flankierten. Nur die Spatzen hüpften unter den Sitzflächen herum auf der Suche nach Essbarem, und den Kopf des Standbilds von Ludwig XIII. in der Platzmitte krönte eine Taube, die sich unter gurrendem Kopfnicken unermüdlich im Kreis drehte wie ein aufgedrehtes Blechspielzeug. Ich wischte eine Bank sauber und ließ die harmonische Kulisse aus Klinker, Sandstein und Stuck in verschiedenen Ockertönen auf mich einwirken, die den geschichtsträchtigen Platz beherrschte. In Haus Nr. 21 hatte Richelieu gewohnt, in der Nr. 6 Victor Hugo. In Nr. 1 war die Marquise de Sévigné, die wohl berühmteste Tratschtante des 17. Jahrhunderts, zur Welt gekommen, in einem anderen, nicht näher definierten Gebäude die Edelkurtisane Marion de l'Orme gestorben. Nachdem ich genug gesehen hatte, holte ich das Handy heraus und tippte Sonias Dienstnummer ein. Als sie sich nicht meldete, versuchte ich es auf der Nachbarnummer, die sie mir für einen solchen Fall gegeben hatte, erreichte ihre Kollegin, und die Auskunft, die ich von ihr bekam, war eine echte Überraschung: Vor einer halben Stunde hatte sie von Sonia eine SMS mit der Mitteilung erhalten, sie wolle sich den Tag frei nehmen, weil sie ihren Vater nach Chantilly begleiten müsse, um ihn bei einer wichtigen Entscheidung zu beraten.

„Vielleicht beim Pferdekauf?"

„Keine Ahnung", sagte sie abweisend. Doch so schnell gab ich nicht auf. Die Tatsache, dass ich in Sonias Entscheidung eingeweiht war, würde ihrer Kollegin wahrscheinlich die Zunge lösen. „Ich war gestern Abend dabei", beteuerte ich, „als Sonia ihren Vater überredete, den Kauf um zwei Tage zu verschieben. Jetzt ist sie sogar mitgefahren? Entschuldigen Sie bitte meine Neugier: Aber ist es üblich, dass Sie Ihre Informationen per SMS austauschen?"

„Wozu wollen Sie das wissen?" Sie war misstrauisch geworden, also musste ich ihr eine Begründung für meine Frage liefern.

„Weil ich mir Sorgen um Sonia mache. Es ging ihr gestern Abend gar nicht gut. Wenn sie nicht mit Ihnen gesprochen hat, stammt die SMS vielleicht gar nicht von ihr."

„Bis um vier war sie noch okay! Warum gehen Sie nicht bei ihr vorbei, wenn Sie sich Sorgen machen. Wissen Sie, wo sie wohnt?"

„Das weiß ich. Danke!" Ich drückte die Aus-Taste und lächelte grimmig. Falls Vater und Tochter an meinen Kopfschmerzen nicht unschuldig waren, versuchten sie, meinen Reklamationen elegant aus dem Weg zu gehen. Kopfschmerzen hatten *sie* jedenfalls nicht.

Als die Sonne nach einer Weile hinter den steilen Schieferdächern verschwand, wurde es mir auf meiner Bank zu kalt. Unter den Arkaden gab es neben Antiquitäten- und Modegeschäften auch mehrere Cafés. Ich setzte mich ans Fenster, und weil mir der Gedanke an Pfefferminztee unheimlich war, bestellte ich einen Verveine-Tee und machte mich wieder an meine Lektüre.

Die Informationen, die ich bekam, waren zunächst nicht gerade überwältigend. Constanze hatte ihr Tagebuch sehr unregelmäßig geführt, und was sie berichtete, betraf hauptsächlich ihre literarischen Aktivitäten. Der Rest teilte sich auf in Nachrichten über die

Schulleistungen ihrer Tochter, die offensichtlich keine Leuchte gewesen war, in Kommentare über Dinnerpartys, die sie selbst gegeben oder bei anderen gefeiert hatte, und über ihren Gesundheitszustand. Sie hatte einen empfindlichen Magen und ihr Rücken schmerzte, wenn sie lange am Schreibtisch gesessen hatte – wobei ich mich fragte, ob sie damit jenes schwarze Ungetüm meinte, das Jettes Schlafzimmer beherrschte. Ich blätterte die eng beschriebenen Seiten durch, doch weder ihre physische Konstitution noch ihre Seelenlandschaft wiesen gravierende Veränderungen auf.

„Olafs Geburtstagsparty war ein voller Erfolg", notierte sie am 15. Mai, fast drei Monate vor ihrem Tod. „Für mich wieder eine Gelegenheit, mich über all diese Hohlköpfe zu amüsieren!" Sie zählte nicht nur die Speisen ihres Büffets auf, sondern auch die Geschenke. Anzüglichkeiten wie ein Korkenzieher in Gestalt einer nackten Frau und anderer Krempel.

Ende Mai kam ihr Gedichtband „Die Sphinx blickt nach Westen" heraus. „Olaf hat Champagner springen lassen und natürlich Kaviar. Dabei macht das Zeug impotent." Ich persönlich machte mir auch nichts aus Kaviar, aber *das* Gerücht war mir neu. Sollte man es als spöttischen Seitenhieb auf die Rolle ihres Mannes im Bett verstehen? Jedenfalls bestätigte diese Eintragung seine kulinarischen „Gelüste". „Eine der beiden Tageszeitungen", so der weitere Wortlaut, „und mehrere Provinzblättchen waren vertreten. Auf die Rezensionen darf man gespannt sein. Was versteht das Journalistenvolk schon von meiner Botschaft! Da lobe ich mir meinen ‚Pegasus'. Olaf hat mal wieder ganz brillant geschrieben."

In der ersten Juniwoche hatte sie eine Rundreise durch den Harz gemacht, auf der Suche nach Hexentanzplätzen am Brocken. Nach ihrer Rückkehr notierte sie halb amüsiert, halb skeptisch, Olaf habe sie mit einer neuen Schlafzimmereinrichtung überrascht: „Art déco in Schwarz und Grau, apart, aber gewöhnungsbedürftig. Als ich ihm sagte, meine Alpträume würden sich in diesem Mausoleum verschlimmern, meinte er, ich hätte das Prinzip der Homöopathie nicht verstanden. Auf meinen speziellen Fall angewendet gelte, dass ein Mittel, das beim Gesunden Alpträume auslöse, mich von meinen Alpträumen heilen könne. Hätte *er* das Prinzip verstanden, hinge nur ein einzelner schwarzer Vorhang an meinem Fenster." Es war das erste Mal, dass sie ihre Krise zur Sprache brachte.

Eine Woche später schrieb sie mit ungeminderter Schärfe und beißender Ironie über eine Bootshausparty. Aber konnten nicht auch Ironie und Spott Krankheitssymptome sein? Wie abwegig war die Annahme, dass Verfolgungswahn, Alpträume und ein dramatischer Leistungsknick zu verbalen Attacken auf die Umgebung führten?

Mitte Juni dann die Notiz: „Habe heute daran gedacht, Paula rauszuschmeißen. Dieser Trampel hat Staub gewischt, jetzt fehlen drei Seiten meiner Skizzen über den Harz. Wie durchs Fenster weggeflogen. Ich habe sogar im Garten gesucht. Es waren Zeilen von einer Intensität, wie ich sie lange nicht mehr geschrieben habe. Wenn ich sie wenigstens noch aus dem Gedächtnis wüsste! Aber sie sind mir spontan zugeflogen, ich habe sie wie in Trance aufgeschrieben. Das sind immer meine gelungensten Formulierungen."

„Die ganze Nacht nicht geschlafen!", klagte sie fünf Tage später. „Nur rotiert wegen der merkwürdigen Sache mit dem Manuskript über Ingrid Bergman. Keine Ahnung, wann ich diese vier Seiten so gravierend abgeändert habe. Vor allem ist das gar nicht mein Stil, allerdings stimmt die Schrift. Ich sollte ab sofort alles fotokopieren, was ich zu Papier bringe." Unter demselben Datum, mit der Zeitangabe „22 Uhr", hatte sie angefügt: „Habe noch mal das ganze Schlafzimmer auf den Kopf gestellt, wegen der drei Gedichtseiten. Komme mir manisch vor, wie der letzte Trottel, aber die Blätter sind weg! Olaf war sehr besorgt um mich. Er hat mir wieder eine heiße Schokolade gebracht, ist bei mir geblieben, bis ich sie getrunken hatte. Die ‚Sphinx' liegt in den Buchhandlungen wie Blei. Er hat von Autoren erzählt, die momentan auch keine guten Verkaufszahlen haben. Bei mir kann von ‚momentan' keine Rede sein! Wenn ich etwas zu Papier zu bringen versuche, scheinen sich meine Gedanken zu verflüssigen. Die verlorenen Manuskriptseiten haben wohl nur in meiner Phantasie existiert."

Ab Anfang Juli schrieb sie stellenweise verschlüsselt. Ich blätterte hin und her, um diesen Eindruck noch besser bestätigt zu finden, doch ich lernte lediglich das Prinzip kennen, nach dem Frau Grimm ihren Mann behandelte: War sie ärgerlich, schrieb sie „Degenhart" oder auch nur „D", war sie mit ihm im Reinen, nannte sie ihn Olaf.

Dieses System beschleunigte meine Lektüre, denn immer wenn der Name Olaf auftauchte, waren ihre Manuskripte komplett, hatte die Putzfrau einwandfrei gearbeitet, war ihr die abendliche heiße Schokolade gut bekommen. Oft klagte sie aber auch am nächsten Morgen über bizarre Träume, Übelkeit und Gleichgewichtsstörungen.

Drei Tage später die Eintragung: „Habe gestern den Anfang meiner Biographie zum Bootshaus gebracht und dort den ganzen Tag lang geschrieben. Jedes Tagebuch ist mit einem Einmachgummi umwickelt, seine Position mit einem dünnen Strich auf dem Kladdendeckel markiert. Auch das Video darf D nicht in die Hände geraten."

„Gestern Morgen", klagte sie am 10. Juli, „war der Zettel, den ich nachts geschrieben hatte, verschwunden. Wunderschöne Formulierungen, im Halbschlaf konzipiert. Ich mag diese Botschaften aus dem Unterbewusstsein. Und jetzt also verschwunden – acht Zeilen! Habe daraufhin den ganzen Vormittag gesucht und deshalb überhaupt nichts Neues zu Papier gebracht. Obwohl ich gerade an der brisanten Stelle bin, wo sich die Bergman von Rossellini trennt. Rossellini war ihr zu autoritär geworden: keinen anderen Regisseur außer ihm! Das kommt mir bekannt vor. Keinen anderen Verleger außer D! Und immer nur Gedichte oder Reiseführer!"

Und am 13. Juli: „Heute eine unerklärliche Unordnung in meinem Zettelkasten. Degenhart wirft mir vor, überhaupt in letzter Zeit so vergesslich zu sein. Er hat das in einem so besorgten Tonfall gesagt, als wäre ich nicht ganz dicht! Hat er sich das Video angesehen, bevor ich es versteckt habe? Um das herauszufinden, fragte ich ihn, ob Vergesslichkeit eine echte Krankheit sein könne. Muss mal mit M darüber reden. Degenhart lenkte vom Thema ab, indem er behauptete, mein neuer Gedichtband liefe schlecht. Er will, dass ich eine Signierstunde abhalte! – Mit einem Titel, der angeblich nicht läuft??? Ich habe ihm vorgeschlagen, bei Wennergreen aus meinem Reiseführer ‚Magischer Niederrhein' zu lesen. Das Kapitel über Xanten ist mir so gut gelungen. Aber D behauptete, meine Traumprotokolle würden keinen Zuhörer anlocken. Wenn er wüsste, dass ich tatsächlich wieder angefangen habe, meine Träume zu protokollieren, vor allem diejenigen, die ich nicht deuten kann. Wenn ein gewisses System dahinter steckte, würde ich diese Eindrücke in Verse umsetzen, es *steckt* kein Prinzip dahinter."

Ich ließ die Kladde sinken. Hatte Frau Grimm an drei Projekten gleichzeitig gearbeitet? Gedichte, die Biographie und ein neuer Reiseführer? Kein Wunder, dass sie den Überblick verlor! Und wer war M? Ich schrieb mir die Teilnehmer der Bootshauspartys und des Kostümfestes auf – Fehlanzeige. Ich versuchte, mich an das Autorenverzeichnis von Degenharts beiden Editionen zu erinnern, aber der Buchstabe M war im Register gar nicht aufgetaucht. Auch vom Verlagsteam kam niemand in Frage. In ihrer nächsten Eintragung klagte Constanze über Angstzustände, die sie in den Wahnsinn trieben. „Wenn ich zu denken versuche, reagiert mein Gehirn wie eine Zentrifuge. Der Inhalt wird gegen den Schädel gedrückt, was zurückkommt, kribbelt wie ein Heer Waldameisen. Das ist mir in den schlimmsten Zeiten meiner Reisen mit M nicht passiert."

Wieder legte ich das Buch zurück. Was verstand sie unter „Reisen", die mit „schlimmsten Zeiten" verbunden waren? Von Rauschgifttrips konnte wohl kaum die Rede sein, die Rechtsmediziner hatten nach ihrem Tod keine Drogen nachgewiesen. Heroin hielt sich bis zu neunzig Tage in den Haaren, ebenso Kokain. Über die so genannten weichen Drogen musste ich mich erst noch informieren. War diese Frau tatsächlich geisteskrank gewesen?

Ich war beim 1. August 1993 angekommen: ein Sonntag, die allerletzte Eintragung. Sie hatte am Abend eine Lesung im Verlagsgebäude gehalten. Ihr Resümee im Tagebuch las sich euphorisch.

„Fünfzig Zuhörer, das behauptet jedenfalls Renate. Ich habe aus alten Gedichtbänden vorgetragen und das Programm nach der Pause mit meinen Reisebeschreibungen fortgesetzt. Im Publikum eine Menge altbekannter Gesichter und so viele Signierwünsche, dass wir die Pause verlängern mussten. Die Beleuchtung war miserabel, ich habe nur schlecht gesehen, aber ich liebe den Kontakt mit den Lesern! Sie sind alle so geduldig und teilnahmsvoll. Als mir die Passagen aus ‚Mit magischen Kräften durch die Davert' ein bisschen konfus vorkamen, habe ich das Buch weggelegt und von meinen Träumen erzählt. Anschließend wurde aus dem Publikum von ähnlichen Visionen berichtet, was mich sehr beruhigte. Olaf hat mir wieder eine heiße Schokolade gebracht, er war sehr nett zu mir. Offenbar haben ihn die fünfzig Teilnehmer der Lesung mit den schlechten Verkaufszahlen versöhnt. Ich bin die einzige, die noch wach ist. Nein, Paula ist noch da. Ich habe sie auf der Treppe gehört, zum Fensterputzen ist es schon zu dunkel. Draußen im Garten meine Manuskriptseiten über Ingrid Bergman in der Hecke wie weiße Dohlen … Albinos. Könnte ein neuer Gedichttitel sein."

Ende der Vorstellung! Ich klappte das Tagebuch zu, legte es auf den Tisch und las die Anmerkungen, die ich beim Lesen gemacht hatte. Fünfzig Zuhörer konnten im Eingangsbereich des Verlagsgebäudes unmöglich Platz finden, also hatte die letzte Lesung wahrscheinlich bei Wennergreen stattgefunden. Andererseits hatte auch Renate Lose berichtet, sie sei im Verlag abgehalten worden. Also dann nicht mit fünfzig Personen? Konnte sich eine Autorin nach so kurzer Zeit daran nicht mehr erinnern? War die Grimm regelmäßig geistig weggetreten, wie Katzbach behauptete?

Ich schlug mein Notizbuch noch einmal auf und notierte: „Sonia fragen, wer Paula ist, und mir den Schlüssel vom Bootshaus geben lassen!" Dabei hoffte ich, dass das ominöse Video noch an seinem Platz war. Nachdem die Spurensicherung nach Constanzes Tod kein Video sichergestellt hatte, steckte es vielleicht unter den Dielenbrettern, wo ihm die Feuchtigkeit allerdings nicht gut bekommen war. Warum hatte sie es überhaupt versteckt? Waren die Bootshauspartys vielleicht doch nicht so jugendfrei, wie wir bisher angenommen hatten? Es musste ja nicht gleich um Gruppensex gehen, schon ein paar Joints und Cannabiskekse hätten Ärger machen können. Aber ich dachte auch an die heiße Schokolade des fürsorglichen Olaf. Er war immer so lange da geblieben, bis Constanze sie getrunken hatte? Hätte Paula die Tasse nicht zurückbringen können, wenn sie noch im Haus herumgeisterte?

Warum hatte sich Sonia das Bootshaus nie mehr angesehen?

Inzwischen war es Mittag und das Café hatte sich merklich gefüllt. Allein und mit einem leeren Teeglas würde ich meinen Fensterplatz nicht lange verteidigen können. Als sich noch ein geballtes Rudel Englisch sprechender Touristen durch die Tür hereinschob, kehrte ich ins Hotel zurück, hockte mich aufs Bett, da es keine andere Sitzgelegenheit gab, und blätterte die restlichen Tagebücher durch. Erst im ältesten der fünf Bände, der mit der etwa sechsmonatigen Phase zwischen Constanzes Scheidung von Grimm und der Heirat mit Degenhart endete, fand ich lose Blätter, mit Tesafilm in die Innenseite der Kladde geklebt: protokollartige Aufzeichnungen über Alpträume, qualvolle Wachzustände und Halluzinationen. Es gab keine Datierung. Doch als ich die datierten Eintragungen des Tagebuchs gelesen hatte, wurde mir klar, dass die Loseblattsammlung aus einer anderen Zeit stammen musste: Das Schriftbild hatte sich verschlechtert. In frühen Jahren hatte die Grimm eine gestochen scharfe Schrift, um die sie wohl jeder beneidete, der sich, so wie ich, kaum mehr traute, einen längeren Brief mit der Hand aufzusetzen. Auch ihr Stil schien stark verändert. Aus der kühl sezierenden, sarkastischen Chronistin von Familie, Freunden und der eigenen Arbeit war ein tief verunsicherter Mensch geworden, der salopp gesagt, nicht mehr wusste, wo es lang ging. Jette hatte ausgesagt, die Depressionen hätten ein paar Wochen gedauert, mir sah es nach mehreren Monaten aus. Wie genau war Jette überhaupt informiert gewesen? Und wie glaubwürdig war ihr Urteil?

Die Symptome traten nicht kontinuierlich auf, sie wurden jeweils von mehreren Tagen unterbrochen, in denen Constanze geschrieben, Gäste bewirtet und Autofahrten unternommen hatte, um Material für ihre Reiseführer zu sammeln. Allerdings beschäftigten sie dabei nicht nur Hexentanzplätze oder die Externsteine, sondern auch ihre psychotischen Zustände, vor denen sie Angst hatte und die sie immer wieder, von der stabilen Warte einer vorübergehenden Klarsichtigkeit aus, zu ergründen versuchte. Dass sie sich dermaßen um Erklärungen und Ursachen für die ihr unbegreiflichen Anwandlungen bemühte, sprach, wenn meine Kenntnisse in dieser Frage ausreichten, nicht nur gegen Schizophrenie, sondern auch gegen den Gebrauch von Drogen. Hegte sie gar keinen Verdacht gegen ihren Mann? Aus der Ratlosigkeit, mit der sie auf die rauschhaften Farben, fremdartigen Geräusche und Furcht erregenden Gesichter reagierte, die ihr Unterbewusstsein vor allem nachts aufrüttelten, schloss ich, dass sie bis zu diesem dramatischen Frühsommer keine Psychosen gekannt hatte. Nur der Hinweis auf die „schlimmsten Verhältnisse früherer Reisen mit M“ blieb weiterhin ein Rätsel.

Neben diesen Protokollen des Horrors und der Verwirrung klang das Manuskript zu ihrem letzten Reiseführer unbeschwert. Ich glaubte nicht an kosmische Energie, an Kultorte und Naturgeister. Doch je mehr ich mich in die Details vertiefte, desto dreister kletterten die Trolle durch Kerstins Mansardenfenster, bildete die Morgensonne einen perfekten Meridian auf unserem Esszimmerparkett, bot sich unsere knotige, weit verzweigte Clematisranke als Landerampe für außerirdische Besucher an. Constanze Grimm fing ihre Leser in einem betörenden Netz aus technischen Details und akribischen historischen Daten. Sie wies auf abgelegene, wenig bekannte Kultplätze hin, gab exklusive Tipps für den Lichteinfall zu einer bestimmten Tageszeit, empfahl längere Aufenthalte oder Übernachtungen in dieser Höhle oder jenem Felsendom. Selbst wenn man diesen ganzen Zauber konsequent beiseite ließ, blieb die frappierende Erkenntnis, dass die Autorin, solange sie allein unterwegs gewesen war, keine Depressionen bekommen hatte. Wurde sie nur in den eigenen vier Wänden psychotisch? Ich kannte seelisch Kranke, Phobiker meistens, die gerade zu Hause ihre Beschwerden ablegten. Warum fragte sie sich, ob Vergesslichkeit eine Krankheit sei? Zu dumm, dass sie den Titel des Videos nicht nannte, das im Bootshaus versteckt war. Oder hatte es keinen Titel? Dass manche Filme vor Minderjährigen besser unter Verschluss gehalten wurden, war ja kein Geheimnis, aber vor dem eigenen Mann?

Als die Dämmerung ins Zimmer fiel und der Feierabendverkehr unter meinem Fenster zu dröhnen begann, gab mein Magen endlich ein Freizeichen. Zwei Häuser weiter lag ein Lebensmittelladen, wo ich meinen unfreiwilligen Hungerstreik beenden konnte. Ich schnappte mir eins der Drahtkörbchen und ignorierte die orientalischen Sonderangebote, die gleich an der Tür aufgetürmt waren und nach denen mir so gar nicht zumute war. Offensichtlich war ich etwas zu zielstrebig unterwegs, denn der alte Fuchs von Ladeninhaber folgte mir in seinen Bau, als hätte er eine im ganzen Viertel verrufene Kleptomanin wieder erkannt, die bei ihm Hausverbot hatte. Seine kindlich wirkende, hochschwangere Frau blieb seelenruhig hinter der Ladenkasse sitzen und häkelte weiter an ihrem blassblauen Babymützchen. Als ich meine bescheidene Ernte zur Kasse trug, war die Frau verschwunden. Der Mann wog die zwei Bananen ab, auch der Viererpack Erdbeerjoghurt wanderte durch seine Hand, bei der Baguette begann er zu protestieren. Warum keinen Käse dazu?

Keine der herrlichen Hühnerpatés, die das Kühlregal schmückten wie Riesentopase eine Juwelierauslage? Und nur Wasser? Mon Dieu – warum denn keinen Rotwein? Er verkaufte auch kleine Flaschen. „Liebeskummer, Madame?“

Ich verstaute mein Abendessen in der dünnen Plastiktüte, die der Händler von einem Haken gezerrt hatte, und sagte: „Nein, Monsieur, viel Arbeit!“ Darauf fixierte er mich noch einmal, griff unter die Theke und legte mir ein in rotes Stanniol gewickeltes Schokoladenherz hin. „Vous êtes très belle, Madame!“ So ein Anmacher!

Zurück im Hotel, verfremdete ich das vom Zimmermädchen frisch ausgelegte Handtuch zur Tischdecke, zog das Picknickbesteck aus meiner Reisetasche, wo es seinen festen Platz hatte, und hockte mich im Schneidersitz aufs Bett. Ich biss abwechselnd in Bananen und Baguette, löffelte dazu Joghurt und versuchte mir den Esstisch der Grimms vorzustellen. Gab es Champagner auf das Wohl von Evelyns Stute? Hielten sie es eher mit Kamillentee, weil der Koch ihres Lieblingslokals nicht sauber gearbeitet hatte? Ich wickelte das übrig gebliebene Brot wieder ein und hob mit gebremster Neugier den Deckel von dem Karton mit den Fotos. Constanze hatte in der Regel die Fotografin abgegeben, so dass ich mich mit Leuten beschäftigen musste, deren Beziehung zu der Toten völlig im Unklaren blieb. In den wenigen Fällen, wo sie mit aufs Bild gekommen war, verdeckten oft Verwandte oder Freunde, die sie einrahmten, eine ihrer Gesichtshälften mit Schultern oder Hüten.

Es war kurz vor Mitternacht und ich stocherte noch immer in der Fotokiste, als mir ein Gesicht auffiel, das ich schon irgendwo gesehen hatte. Selbstverständlich war es nicht das erste bekannte Gesicht. Unzählige Aufnahmen von Grimm, Sonia und Olaf Degenhart hatte ich inzwischen schon gefunden. Sogar wie Sonias damaliger Freund aussah, wusste ich jetzt. Und natürlich war das Team der Edition im Spieker komplett vertreten, vor allem Renate Lose und Jette. Meine „Entdeckung“ tauchte auf mehreren Farbfotos auf, die von einem Wäscheband gehalten wurden, als wollte man ihre Zusammengehörigkeit unterstreichen oder sie bei Bedarf mühelos wieder finden. Nach der Kleidung zu urteilen, waren die Fotos in den Siebzigern gemacht worden, und alle stammten vom Bootshaus. Eindeutig erkannte man die weißen Fensterrahmen auf grünem Grund, das Ruderboot unter der Trauerweide und den Steg unter dem Fenster. Ich ordnete die Fotos zu einer Art Flügelaltar: links zwei Fotos mit Constanze, rechts zwei, auf der die fremde Frau allein zu sehen war, in der Mitte viermal beide Frauen, zweimal im Boot, einmal auf dem Steg, dann mit über dem Wasser hängenden Beinen, eng umschlungen. Die mittleren Bilder hatte demnach eine dritte Person gemacht, für einen Selbstauslöser hätte die Zeit zum Posieren nicht gereicht. Ich bereute, dass ich keine Lupe dabei hatte, denn ausgerechnet die Aufnahmen mit der Fremden allein waren nicht ganz scharf geworden. Und trotzdem: diese Kopfhaltung, diese hoch stehenden Backenknochen, diese Nase! … Constanze und sie trugen das schulterlange Haar offen, dazu knöchellange Kleider mit Blumenmuster und nichts an den Füßen. Mitte der Siebziger war die Grimm fünfundzwanzig gewesen, ihre Begleiterin wirkte etwa zehn Jahre älter, demnach war sie heute Anfang sechzig. Woher kannte ich sie? Vielleicht von einem Autorenporträt aus den Verlagskatalogen?

Ich legte die Fotos auf den Nachttisch und löschte das Licht. Unter meinem Fenster krakelte der Verkehr, aber er störte nicht, weil ich nachdenken wollte und mich der Lärm wach hielt. Ich hatte mir geschworen, erst mal im Alleingang zu arbeiten. Jetzt, da es einen Anknüpfungspunkt gab, konnte ich meine strengen Prinzipien aufgeben, auch wenn mich das nicht sehr optimistisch stimmte. Falls es sich bei der Unbekannten nicht um eine enge Verwandte handelte, war nicht nur Sonia damals viel zu klein, sondern auch der Freundeskreis der Grimm zu heterogen gewesen, um sie jetzt noch zu identifizieren. Constanze hatte ihr eigenes Leben geführt, dazu gehörten offenbar auch Freundinnen, die niemand kannte außer ihr.

Am nächsten Morgen tunkte ich mit voll erwachtem Heißhunger ein ofenfrisches Croissant in den Milchkaffee, betrachtete die Butterschlieren, die sich auf der sattbraunen Flüssigkeit bildeten, und dachte über eine Strategie nach, wie ich Sonia nach der Fremden auf den Fotos fragen sollte. Ich rief sie an, um ihr anzukündigen, dass ich am Abend gern die Fotos gegen die Briefe an Constanze austauschen würde, doch sie hatte ihr Telefon abgestellt, und da ich Erichs Nummer nicht kannte, nahm ich den Karton unter den Arm und ging zur Wohnung. Als mir niemand öffnete, setzte ich mich an die Place des Vosges und betrachtete die Sache als Wink des Schicksals, meinen Schatz nicht so schnell aus der Hand zu geben.

Am vergangenen Abend hatte ich versucht, Ordnung in das Chaos zu bringen, indem ich die Fotos nach den Themen Familie, Beruf und Freizeit sortierte, wobei sich eine völlig saubere Trennung natürlich nicht immer vornehmen ließ. Jetzt fingerte ich alles noch mal durch, in der Hoffnung, die ominöse Unbekannte anders als nur im Freizeitvergnügen zu entdecken. Ich hatte mein Pensum etwa zu einem Viertel absolviert, als der grobe Sand hinter mir plötzlich unter festen Schritten knirschte. Ich widerstand dem Reiz mich umzusehen. Trotz der frühen Stunde wurde die Anlage von jungen Müttern und Hundebesitzern mit Mops oder Pudel frequentiert, auch die Bänke waren begehrt. Doch die Schritte endeten hinter mir und untermalten akustisch einen Auftritt, den ich mir so oder sehr ähnlich schon mehrmals vorgestellt hatte.

„Darf ich mich setzen?", fragte Grimm.

„Bitte sehr!" Ich zog den Karton zu mir. Sonias Vater begutachtete die restliche Bankhälfte auf Sauberkeit und Trockenheit, bevor er sich so seufzend niederließ, als hätte er Probleme mit dem Kreuz.

„Wie geht es Ihnen?" Er nahm die Sonnenbrille ab und rieb sich heftig die Augen. Offenbar hatte er nicht gut geschlafen.

„Danke! Gibt es einen speziellen Anlass für Ihre Frage oder ist sie ganz generell gemeint?"

„Sonia ist krank."

„Das tut mir Leid. Was fehlt ihr denn?" Ich war gespannt. Hatte sie vielleicht eine Pferdeallergie?

„Ihr war gestern schrecklich übel und sie hatte Migräne."

„Ihre Kollegin meinte, sie sei gestern mit Ihnen nach Chantilly gefahren." Ich sah ihn nicht an, auch nicht, als er für meine Verhältnisse ein bisschen zu lange schwieg. Er streckte die Beine aus, betrachtete seine staubigen Schuhe und bemerkte: „Ich habe gern jemanden dabei, wenn ich wichtige Entscheidungen treffen muss. Doch auf halber Strecke wurden ihre Kopfschmerzen so schlimm, dass wir umkehren mussten."

„Wo ist sie jetzt?"

„In einer Schmerzklinik.“ Als ich meinerseits schwieg, fuhr er fort: „Ich war in Ihrem Hotel, um mich zu erkundigen, ob Sie vielleicht auch …“ Er machte eine viel sagende Pause, um dann abzuschließen: „An der Rezeption sagte man, Sie seien weggegangen, da dachte ich mir, mit all den Fotos können Sie nicht weit gekommen sein.“

„Warum sollte ich Kopfschmerzen haben?“

„Bei Sonia ist es die Kreuzkümmelallergie. Jedes Mal, wenn wir im Jérusalem einen Tisch reservieren, erinnere ich ausdrücklich daran, dass sie dieses Teufelszeug weglassen sollen. Sonia reagiert darauf, als würden in ihrem Hirn Pfefferkörner zerstoßen.“

Ein interessanter Vergleich! Mir hatte bei meiner eigenen Migräne eher eine Zwergenmannschaft mit Spitzhacken vorgeschwebt.

„Ich hatte den Pfefferminztee in Verdacht. Nach Sonias Witz über den Kelim lag das wohl nahe.“ Damit, so beschloss ich, war die Sache abgehakt zugunsten eines Themas, das mir mehr unter den Nägeln brannte als eine eingebildete Giftattacke. Wer oder was hinter den Kopfschmerzen steckte, würde ich sowieso nie erfahren. Ich schenkte Grimm ein Lächeln, bei dem mir kalt ums Herz wurde, weil es einerseits so schamlos geheuchelt war, andererseits vielleicht seine Hormone wieder auf Tour brachte, und fragte ihn nach Constanzes Freundeskreis in den siebziger Jahren. Er schüttelte den Kopf. Auch Personen mit dem Anfangsbuchstaben M waren ihm ein Rätsel. „Und *diese* Frau?“

Er nahm das Foto. „Sonia nannte sie nur ‚die Hexe‘.“

„Warum? Und wer war sie?“

Er blies die Backen auf und gab mir das Foto zurück. „Sie wohnte damals in der Nachbarschaft, kam ab und zu vorbei wegen einer Tasse Reis oder wegen zwei Eiern. Sie kennen doch diese Typen. Hocken stundenlang bei einem in der Küche, bis sie vergessen haben, wofür sie die Eier brauchten. Wenn ich überhaupt zu Hause war, hab ich mich immer dünngemacht. Sie ging mir auf den Wecker.“ Wie sie hieß, wusste er nicht mehr.

„Wo wohnten Sie in den siebziger Jahren?“

„An der Gasselstiege, auf der Höhe von Haus Wilkinghege.“

Hätte ich nicht gesessen, ich hätte mich schleunigst nach einer Sitzgelegenheit umsehen müssen. Genau dort wohnte Dr. Gross.

„Was wissen Sie noch über die Frau? Lebt sie noch dort?"

„Keine Ahnung. Nach meiner Scheidung bin ich zu meiner Partnerin gezogen; jener Frau, für die ich gestern ein Pferd kaufen wollte. Leider wurde mein guter Vorsatz durch den verdammten Kreuzkümmel vereitelt." Seine Stimme hatte einen gereizten Unterton angenommen. Leider konnte ich auf seine Verärgerung keine Rücksicht nehmen. Ich brauchte Antworten.

„Über die Bootshausgäste haben wir flächendeckende Unterlagen, einschließlich mehrerer Fotos. Keins von ihnen passt zu dieser Person. Sie ist etwa zehn Jahre älter als Constanze, war damals ein ausgesprochener Hippietyp und ihre enge Freundin. So wie die beiden sich im Arm halten …"

„Constanze war nicht lesbisch."

„So habe ich das auch nicht gemeint. Aber sie scheinen gut befreundet gewesen zu sein. Waren vielleicht Drogen im Spiel? Ich meine, in den Siebzigern …?"

Unser Gespräch behagte ihm nicht. Auch schien er sich auf der Bank unwohl zu fühlen; ein sicherer Gradmesser für Befangenheit.

„Wer könnte M sein?"

„Fragen Sie Sonia." Noch lächelte er, wenn auch gequält. „Heute Abend ist sie wieder zu Hause."

„Das Angebot nehme ich gerne an. Ich müsste ohnehin die Fotos dringend gegen die Kiste mit den Briefen austauschen. Morgen ist schon Mittwoch."

„Das können Sie schon jetzt." Er sprang auf, als würde er von einem Magneten gezogen, ich folgte ihm etwas langsamer mit der schweren Fotosammlung. Die Sonne hatte sich hinter einem mächtigen, dunkelgrauen Wolkenkloß verkrochen, der nichts Gutes versprach. An Sonias Haustür kreuzte der Mischling aus Schwergewichtsboxer und Brusthaarterrier von der Hausmeisterloge unseren Weg, und ob nun Grimm Ärger roch oder ich, mit meiner Last im Arm, ihm Leid tat, jedenfalls holte er den asthmatisch keuchenden Lift ins Erdgeschoss. Wir rumpelten in der engen Kabine nach oben, und ich hatte wieder Gelegenheit, mir sein Rasierwasser einzuprägen. Oben angekommen, hielt er mir galant die schwere Eisentür auf und entließ mich mit einem saloppen „Sie kennen sich aus!" in den Korridor. Ich hievte den Pappkarton, aus dem ich die

Fotos mit der Unbekannten herausgenommen hatte, wieder unter die Fensterbank und nahm die beiden Kartons mit den Briefen. Jetzt einfach verschwinden wie ein Dieb? Nein, das ging nicht. Ich musste mich wenigstens verabschieden. Ich fand Grimm in der Küche, wo er mit übertriebener Aufmerksamkeit den Kühlschrankinhalt überprüfte. Ein Blick durchs Fenster belehrte mich, dass draußen ein Sturzbach vom Himmel ging. Ich brauchte mir nicht lange vorzustellen, wie selbst auf den sechshundert Metern zum Hotel der Pappkarton durchweichen und die Tinten noch ungezählter Briefschreiber ineinander laufen würden, um kurzerhand das schwere Korrespondenzchaos auf den Küchentisch zu kippen. Es war bestimmt nicht chronologisch geordnet, in der alphabetischen Reihenfolge der Briefschreiber auch nicht. „Könnte M dazwischen sein?"

Grimm fischte gerade einen Joghurtbecher aus dem Kühlschrank, las mit zusammengekniffenen Augen das Ablaufdatum und stellte ihn neben das Spülbecken. „Woher soll ich das wissen?" Seine Stimme klang vergnügt. „Aber keine Sorge, Sie stören mich nicht. Ganz im Gegenteil!" Damit setzte er seine Inspektion unter gelegentlichem, abfällig klingendem Gemurmel fort, hob den Deckel eines Margarinebechers, schnupperte an einem in Klarsichtfolie gewickelten Käseblock und fischte welkes, algenähnlich aussehendes Grünfutter aus dem Gemüsefach. Als unsere Blicke einander begegneten, meiner auf der Suche nach etwas Abstand zu der unleserlichen Buchstabenflut, die mir aus dem Karton entgegenschlug, seiner in heilloser Verzweiflung auf dem Weg zur Decke, musste ich lachen. Sein Problem war mir nicht ganz unvertraut.

„Haben Sie Kinder?" Er hatte sich inzwischen zum Dreisternefach hochgearbeitet und betupfte mit der Fingerkuppe einen länglichen, altrosa Lappen in Wachspapier, der unter allen mir bekannten Nahrungsmitteln am ehesten einer Scheibe Räucherlachs ähnelte.

„Eine Tochter, sie wird fünfzehn. Jedes Mal, wenn ich verreist war, stehe ich genauso in der Küche wie jetzt Sie. Sie lebt wie ein buddhistischer Mönch, aber im Kühlschrank tummeln sich Delikatessen, als hätte Dallmayr einen Präsentkorb geschickt. ‚Für den Fall, dass Freunde vorbeikommen', sagt sie dann immer."

„Sie verreisen allein?" Seine Stimme verriet unverhohlenes Interesse. Dabei hätte ich gewettet, dass er sich jetzt nach dem Vater der buddhistischen Hungerkünstlerin erkundigte. Stattdessen hob er die Augenbrauen und taxierte mich wie der alleinreisende Autofahrer die Hitchhikerin. Das gab es nur eins: schonungslose Aufklärung.

„In Urlaub fahre ich immer mit der Familie. Aber sollte ich vielleicht Kind und Hund nach Paris mitnehmen? Gelegentlich gibt es Fortbildungskurse, bei denen der Anhang ebenfalls nicht gefragt ist.“ Weil mir meine Auskunft etwas zu stark nach Avon-Beraterin klang, setzte ich noch eins drauf. „Manchmal wollen meine Kollegen und ich uns auch einfach nur von den Schweinebacken erholen, mit denen wir fast täglich im Vernehmungszimmer sitzen.“

„Jetzt übertreiben Sie aber!“ Grimm hatte seine Kontrolle beendet und den Kühlschrank mit einem durchdringenden Türkreischen geschlossen. Er ließ sich mir gegenüber am Tisch nieder und stützte den Kopf in die Hände. „Wenn ich richtig verstanden habe, leben Sie mit Mann und Tochter zusammen. Wie schön! Ich kann nur alle zwei, drei Monate herkommen. Und wenn mein Schwiegersohn länger verreist ist, so wie jetzt, dann stehe ich hier vor einer regelrechten Intensivstation für abgelaufene Nahrungsmittel. Bastien kocht sehr gut, aber das muss er können, sonst würde er entweder an Auszehrung sterben oder an einer Schimmelpilzvergiftung.“

Ich lachte. „Raten Sie Sonia, sich barocke Stillleben anzusehen: übersichtlich arrangiert und üppig, mit Fasanen, Granatäpfeln, Weintrauben. Das macht Appetit und Lust aufs Kochen.“

„Soviel ich weiß, gibt es die im Musée d’Orsay nicht.“

„Dann eben Manets ‚Frühstück im Freien‘.“

„Nackt frühstücken ist nicht jedermanns Sache.“ Er zwinkerte amüsiert hinter seiner Nickelbrille. „Bringt Sie das da eigentlich weiter?“ Sein Blick streifte die mehrseitigen, voll gekritzelten Briefe, die ich aus ihrem Karton befreit hatte, und die dennoch so ineinander verkrümmt geblieben waren, dass sie auf groteske Art an die erstarrten Opfer des Vulkanausbruchs von Pompei erinnerten. Dieser bedauernswerte Hund zum Beispiel, mit seinem für alle Ewigkeit abgewinkelten Bein. Ich verdrängte den Eindruck zugunsten aktuellerer Bilder: violette Tinte, schwarze Tinte, grüne Tinte, sogar Sütterlin! Das musste eine in den Nachkriegsjahren verstorbene Tante sein, die an Constanzes Tod höchstens in Form eines unvorteilhaften Testaments schuld sein konnte. Vielleicht die dreizehnte Fee? Noch war ich optimistisch, Anhaltspunkte zu finden."

Ich verpasste den Briefbögen einen glättenden Bügelstrich und sah meinem Gegenüber in die meerblauen Augen. „Herr Grimm, bevor ich aus diesen Briefen Dinge erfahre, die mich nichts angehen: Hat sich Constanze umgebracht?"

Er starrte zum Fenster, an dem der Regen Perlenschnüre bildete, und seine Augen wurden eng. „Reden Sie heute Abend mit Sonia!"

Gegen Mittag aß ich zwei der abgelaufenen Joghurts, wobei ich jenen drei Bechern viel Glück wünschte, die auf meiner Hotelfensterbank wahrscheinlich längst nach Eiswürfeln lechzten wie ein Ambulanzpatient, der eine handfeste Schlägerei hinter sich hatte. Und während ich den unterschiedlich aggressiven Fruchtaromen nachspürte, die „Lait-France" von „Fraîche-Normandie" unterschieden, sortierte ich Constanzes Briefe nach ihrer Zweckgebundenheit, weil ich sonst in diesen Bauchladen überhaupt kein System gebracht hätte. Die Fanpost von Wanderfreunden und Lyrikliebhabern fand ihren Platz auf dem linken Stapel, Familienbelange wie Einladungen zur Erstkommunion oder Dank für „aufrichtige Teilnahme" bedeckten die Tischmitte, Urlaubsgrüße türmten sich zur Rechten. Von Erich stammte kein einziger Brief. Auf einem Extrastoß landete alles, was auf den ersten Blick undefinierbar schien. Danach ging ich die Stapel chronologisch durch, mit dem Ergebnis, dass es in Constanzes erster Ehe auffallend wenig Schriftverkehr gegeben hatte, dafür umso mehr in der mit Degenhart verbrachten Zeit. In dem halben Jahr vor ihrem Tod war die Korrespondenz dann wieder fast zum Erliegen gekommen. Ein paar Neujahrsgrüße, eine Osterkarte mit einem sehr menschlich aussehenden Karnickel, ein faltbarer Maikäfer, auf dem ein Schokoladenexemplar geklebt hatte, das war die Ausbeute. Von M kein Lebenszeichen!

Ich tauschte den ersten Briefkarton gegen den zweiten, doch die Sucherei gab nichts her. Kein einziger Absender begann mit M und die Beschäftigung mit Dingen, die mich nicht weiter brachten, mich nicht einmal interessierten, hing mir bald zum Hals heraus.

Grimm hatte sich gegen zehn Uhr auf den Weg zur Schmerzklinik gemacht und mir gesagt, ich könne, falls mir nicht an anspruchsvollerer Unterhaltung läge, gern am Abend wiederkommen.

Beim Verlassen der Wohnung solle ich die Tür einfach ins Schloss ziehen und dem Hausmeister Bescheid geben. Gegen zwanzig Uhr wollte Grimm mit Sonia zurück sein.

Um fünfzehn Uhr beschloss ich, zum Rahmen- und Damenprogramm meiner Dienstreise überzugehen, fingerte die restlichen Briefe an Constanze nur noch locker durch und fragte mich vergeblich, was ich mit nach Münster nehmen sollte. Schließlich verschob ich die Entscheidung auf den Abend, wenn ich mit Sonia geredet hätte. Am nächsten Morgen würde ich dann mit dem älteren Material für die Reiseführer weitermachen, nachmittags die unveröffentlicht gebliebenen Gedichte lesen. Ob sich dort Anhaltspunkte finden ließen – im Sinne eines Schwanengesangs –, bezweifelte ich sehr.

Der heftige Regen hatte die Autoabgase gefiltert, doch der Asphalt glänzte schmutzig und das Wasser, das durch die Abflussrinnen entlang der Trottoirs gluckerte, war braun. Auch in Paris gab es für ökologische Erweckungsprediger noch eine Menge zu tun.

Um meine Einkäufe so zu programmieren, dass ich nicht für jedes gewünschte Teil dreimal laufen musste, lernte ich die Liste auswendig: Für Hilly einen Flakon ihres Lieblingsparfums, für Marion einen Ausstellungskatalog des Centre Pompidou, für Cornelia die CD einer afrikanischen Folklore-Gruppe. Ich genoss meinen strammen Fußmarsch die Rue de Rivoli entlang, obwohl die endlose Kolonne vibrierender Automotoren das Atmen schon wieder schwer machte. Paris die Stadt der Liebe zum Auto! Auch das Gedränge auf den schmalen Bürgersteigen war gewöhnungsbedürftig. Trotzdem machte mir mein Ausflug die Gedanken wieder frei.

Das Forum des Halles, errichtet auf dem ehemaligen Großmarktgelände, auch „Bauch von Paris“ genannt, hatte noch immer etwas Gedärmartiges. Nicht nur die Luft in den verwinkelten, unterirdischen Gängen roch leicht kloakig, die höhlenartige Akustik verstopfte einem auch die Ohren und auf den Rolltreppen abwärts wurde man regelmäßig von anderen Mitreisenden dieser nervösen Peristaltik angerempelt. Als ich mich endlich aus der Umzingelung durch Treppennachbarn löste, fiel mir ein kleiner Teeladen ins Auge. Der Verveine-Tee vom Café an der Place des Vosges fiel mir wieder ein, der mir so gut getan hatte. Das wäre ein Mitbringsel für Kerstin. Ich kaufte noch einen Porzellanbecher mit Tim-und-

Struppi-Design, besorgte bei Marionnaud das Parfum und tauchte anschließend in die riesige Buchhandlung der FNAC ein. Bücher in unzähligen Kojen, auf Tischen aufgetürmt, am Boden gestapelt; Musikeinspielungen in endlosen Regalen, Videos und DVDs. Der gigantische Laden mit seinem unaufhörlich rieselnden Geräuschpegel sog mich ein wie eine Fleisch fressende Pflanze. Ich fand die CD für Cornelia und entdeckte einen Bildband von der Camargue, über den sich Franz freuen würde. Ich blätterte in Kochbüchern für Benno, vor allem aber suchte ich jene Informationsquelle, die mich eigentlich hergeführt hatte: Bestimmungsbücher für Pilze. Bei dem Exemplar, an dem sich Benno, dieser sentimentale Lebensmittel-Desperado, vergriffen hatte, handelte es sich um einen Parasol, das glaubte er fest. Als Kind hatte er ihn im Kuhmist der Weiden gepflückt und gleich vor Ort verzehrt. Parasole galten als genießbar, mit Beschwerden war nicht zu rechnen. Trotzdem hatte Benno Probleme bekommen. Was hatte er auf der Party wirklich gegessen? Geduldig durchforstete ich das umfangreiche Angebot.

Die meisten Ratgeber unterschieden nur zwischen essbaren und giftigen Exemplaren und sparten nicht mit farbigen Abbildungen, um das hohe Verwechslungsrisiko zu unterstreichen. Was war mit jener dritten Kategorie, die den Halluzinogenen zugerechnet wurde? Endlich fand ich einen Autor, der auch auf diesem Gebiet bewandert war. Er warnte nicht nur vor den bekannten Giftbomben, sondern auch vor einer Verwechslung mit Stimmungsmachern wie der Gattung Psilocybe. Roh oder getrocknet genossen, als Sud gepresst oder in Öl gebraten, lösten sie LSD-ähnliche Rauschzustände aus, Panikattacken und Alpträume. Unmittelbar nach der Aufnahme verursachten sie Übelkeit und Blähungen, noch Tage danach kam es zu Gleichgewichtsstörungen, Sprechhemmungen und so genannten Flashbacks: einer Rückkehr des Rauschzustands auch ohne Pilz. Der am weitesten verbreitete Rauschpilz, der Spitzkegelige Kahlkopf, wuchs an Waldrändern oder auf Kuhweiden, hatte also nicht nur den gleichen Standort wie Bennos geliebte Kindheitserinnerung, sondern sah ihm als junges Exemplar ziemlich ähnlich.

Ich klappte das Buch zu und dachte an einen anderen ehemaligen Kollegen im Münchener Sittendezernat. Nach besonders zermürbenden Nachtdiensten oder extrem abstoßenden Razzien im Zuhältermilieu hatte er sich daheim gern eine LSD-„Reise“ gegönnt. Von ihm kannte ich die Symptome: Geräuschorgeln, Farbkaskaden, unbeschreiblich intensive Landschaften und Gesichter, aber auch grauenhafte Abstürze, verbunden mit der Angst, verrückt zu werden. Es war ein Zustand am Rand der Schizophrenie, der tagelang anhielt, so dass mein Kollege seinen Dienst verbockte und sich Disziplinarstrafen einhandelte. Obwohl er treuherzig behauptete, seinen LSD-Konsum im Griff zu haben, wusste nicht nur er, sondern jeder Eingeweihte, dass an Aufhören nicht mehr zu denken war.

Irgendwann drückte mir die dumpfe Luft der Klimaanlage in der FNAC dermaßen aufs Hirn, dass ich mich wie auf einem U-Boot fühlte, hunderte Meilen unter dem Meer, Tonnen von schwer drückendem Wasser über mir. In großen, fensterlosen Räumen, zwischen wabernden Menschenmassen wurde mir schnell die Kehle eng. Ich trug meine Bücher und CDs zur Kasse, suchte mir meinen Weg nach oben und genoss frische Luft und Tageslicht. Eigentlich hatte ich mir noch das Holographiemuseum ansehen wollen, das ebenfalls im Forum des Halles untergebracht war, doch mein Quantum an verzerrten Eindrücken war ausgereizt. Optimistisch strebte ich dem Centre Pompidou zu, in der Hoffnung, dass der Museumskatalog für Marion noch nicht vergriffen war.

Die nächste Stunde verbrachte ich dann auf dem großen Vorplatz des Museums, in Sichtweite des knalligen Brunnens von Niki de Saint-Phalle, und ließ das mittelalterliche Straßenleben mit seinen Gauklern, Feuerschluckern, Straßenmalern auf mich wirken. Als die Sonne sank, wurden mir die Steinstufen, auf denen ich hockte, endgültig zu kalt. Ich schlenderte zurück zum Hotel, und als ich unterwegs an einer kleinen Gewürzhandlung vorbeikam, ließ ich mir ein Tütchen Kreuzkümmel abwiegen. Im Hotel duschte ich ausgiebig, setzte mich aufs Bett und nahm eine resolute Kostprobe Kümmel. Morgen war erst Mittwoch, ich konnte mir eine handfeste Migräne leisten, um der rätselhaften Attacke auf den Grund zu gehen. Noch eine zweite Dosis vorm Schlafengehen und ich würde endgültig Bescheid wissen. Das Zeug schmeckte etwa so, wie ich mir als Kind die Gabe des Mohrenkönigs Caspar an den neugeborenen Jesusknaben vorgestellt hatte: anfangs leicht zitronig, dann bitter. Ich neutralisierte den Geschmack mit der restlichen Baguette und notierte Fragen an Sonia. Ihr Vater wollte oder konnte mir nicht helfen? Dann blieben mir immer noch sie – und Dr. Gross. Ich hatte keine Ahnung, wann die letzte seiner Töchter geheiratet und er das Haus an der Gasselstiege gekauft hatte. Aber ich wusste, dass er bestimmt keinen Nerv für Nachbarinnen hatte, die wegen zwei Eiern oder einer Tasse Reis schellten. Vielleicht hatte er eine Idee, warum Sonia diese Frau Hexe genannt hatte.

Sonia lag auf der Couch und wartete mit geschlossenen Augen auf die Wirkung ihrer Stirnkompresse. Erich hatte mir die Tür geöffnet und war dann wortlos verschwunden. Das Sofa war ein so genannter Zweisitzer und Sonias Beine ragten weit über die Armlehne hinaus, was ihren Anblick noch bedauernswerter machte. War das wirklich das Ergebnis von wenigen Gramm eines allerdings sehr streng schmeckenden Gewürzes? Ich hatte in der FNAC auch in orientalischen Basiskochbüchern geblättert und dabei erfahren, dass längst nicht alle Falafel mit Kreuzkümmel abgeschmeckt wurden. Es war gut möglich, dass ich mit dem Teufelszeug noch nie in Berührung gekommen war, Sonias Zusammenbruch blieb mir trotzdem ein Rätsel. Ich zog mir einen Stuhl vom Esstisch und sagte sanft: „Hallo Sonia, wie geht es Ihnen?“ Abgrundtiefes Stöhnen war die Antwort, trotzdem redete ich weiter. „Ich will Sie nicht lange mit Fragen quälen. Zwei winzige Antworten, vielleicht auch drei, aber diese Antworten hätte ich gern.“

Sie hielt ihre Augen weiter geschlossen, doch ihre Lider flatterten, als verdächtigte sie mich, heimlich Daumenschrauben oder den Spanischen Stiefel in der Zimmerecke zu deponieren. Als sie keine Antwort gab, zog ich das Foto der Hexe aus der Tasche und schob es ihr behutsam zwischen die verschränkten Finger. So, wie man einer Sterbenden ein Heiligenbildchen in die Hände klemmen würde, dachte ich. Wie ein empörter Protest von Grimm drang im nächsten Moment das Quietschen der Kühlschranktür aus der Küche. Setzte er die Inspektion fort oder hatte er frisch eingekauft?

„Werfen Sie bitte einen Blick auf das Foto in Ihrer Hand.“

Leider folgte sie meiner Aufforderung nicht, sondern stöhnte weiter, und ich dachte frustriert: Auf der Polizeischule müsste das Fach Hypnose eingerichtet werden, dann bekäme ich meine Antwort. „Sonia! Erinnern Sie sich, ob Ihre Mutter jemals Drogen genommen hat? Keine Sorge, Ihre Antwort wird diskret behandelt. Bevor Sie Ihre Mithilfe verweigern, überlegen Sie sich bitte, dass wir auch den Todesfall Ihrer Mutter wieder aufgerollt haben."

Die einzige, die mir antwortete, war die Kühlschranktür. Wahrscheinlich lauschte Grimm. Eine abrupte Bewegung unterbrach meine Gedanken. Sonia stieß das Foto weg und sagte widerwillig: „Mara! Sie wohnte gleich um die Ecke. Hexe habe ich sie genannt."

„Wie war der Nachname? Hatte sie mit Giftpflanzen zu tun?"

Sie öffnete die Augen und lächelte gequält. „Wie sie weiter hieß, weiß ich nicht mehr. Und vielleicht hatte sie auch Giftpflanzen im Garten. Mara! Diese ausgeflippte Hippieziege zog in einem Glashaus Indischen Hanf und seltsame Pilze."

In meinem Hinterkopf schrillte es rot und heiß. Mara war eine Abkürzung, ein Kosename. Fast hätte ich darüber die dritte Frage vergessen. „Hieß im Haushalt Ihrer Mutter jemand Paula?"

„Ihre Putzfrau. Ist mit ihr auch etwas nicht in Ordnung?"

„Es ist alles in Ordnung. Versuchen Sie zu schlafen." Ich tätschelte ihre Hand und kam mir vor wie die „Tante Doktor" bei einem Fall von Ziegenpeter. Ich schob das Foto wieder in meine Tasche und sagte: „Gute Besserung, Sonia. Und danke für Ihre Hilfe."

Grimm stand an der Küchentür. „Sie wollen schon wieder gehen?"

Diesmal war mein Lächeln echt. Ich strahlte. „Sie und Ihre Tochter haben mir sehr geholfen. Ich brauche nichts mehr von Ihnen. Oh ja, doch!" Ich ließ den Türknauf wieder los. „Können Sie mir vielleicht für ein paar Tage den Schlüssel zum Bootshaus überlassen?"

Wenn ich ihn um Heinos Sonnenbrille gebeten hätte, wäre seine Miene nicht verdatterter gewesen. Er murmelte etwas, was ich nicht verstand, und begann im Garderobenschrank zu suchen. Wenig später hielt er mir einen alten Schlüssel an einem Metallring hin. Lange nicht benutzt, wie es schien. „Wann bekommt Sonia ihn zurück?"

„Sobald ich auch die Tagebücher nicht mehr brauche. Wir sehen uns, Erich!" Damit war ich aus der Tür. Noch heute Abend würde ich Lückmann anrufen, mein Hotelzimmer kündigen und morgen in aller Frühe aufbrechen. Dr. Gross erwartete mich erst am Donnerstagnachmittag. Ein voller Tag war mir geschenkt worden, mit Hilfe eines einzigen weiblichen Vornamens. Das straff aus dem Gesicht gekämmte, zum Knoten geraffte weiße Haar hatte mich irritiert. Sie war im Lauf der Jahre abgemagert, auch im Gesicht, aber die sehnigen Fußknöchel, um die auf dem alten Foto das Hippiekleid, am Karnevalssamstag eine Toga schwang, hatten sie verraten. Als sie am Eingang von Haus A die Sandalen abstreifte und in die Stiefel stieg, hatte sie mir Leid getan: noch tausend Meter zu tappen!

Ich bezahlte an der Rezeption mein Zimmer und telefonierte danach mit Max. Auf meine Nachricht, dass ich schon morgen Mittag wieder in Münster wäre, reagierte er überraschend cool: „Na gut, wenn du meinst? Um drei ist eine Besprechung beim Chef. Gab's in Paris nicht genug Ablenkung, dass du deine Vergnügungstour freiwillig abbrichst?" Jetzt klang er sogar giftig. Ich gab dem Bettpfosten neben mir einen ärgerlichen Tritt, der allerdings mir wehtat und nicht dem Bett, aber ich musste meine Wut abreagieren. Da glaubte dieser Knilch tatsächlich, ich hätte in aller Ruhe nach neuen Klamotten oder Schuhen gestöbert und im Ritz gewohnt? Nee, Bürschchen: ich habe den schon lange fälligen Test auf eine latente Kreuzkümmelallergie absolviert, allerdings nicht in einer noblen Klinik, sondern per Zufall und ohne jede Vorwarnung. Und anstatt mein Geld ins Grand Véfour zu tragen, habe ich von trockenem Brot gelebt und mich von einem Lebensmittelhändler mit einem Schokoladenherz anmachen lassen … Verdammt! Zu spät kam mir der Gedanke, dass ich unbedingt Sabine etwas aus Paris hätte mitbringen müssen. Wenigstens das Schokoladenherz. Lückmanns Dauerverlobte verkaufte Parfums, die nach Paris dufteten oder den Eiffelturm als Logo trugen, sie musste sich gelegentlich in den Farben der Tricolore kleiden, obwohl ihr Haar kupferfarben war und ganz grauenhaft dazu aussah … Und jetzt hatte ich kein Geschenk für sie! Die Läden im Marais waren geschlossen, die Drugstores an den Champs Elysées auf US-Tourismus spezialisiert. Und morgen? Keine Tankstelle, keine Raststätte würde etwas Passendes bereithalten. Allenfalls ein verstaubtes Elsass-Lothringen-Maskottchen, das der Veteranen-Opa des Pächters heimlich ins Regal gestellt hatte.

Lückmanns Stimme dröhnte in meiner Ohrmuschel, als spräche er in ein Megaphon. „Mach dich auf Überraschungen gefasst."

„Bitte schrei nicht so! Und was meinst du eigentlich, weshalb ich hier alles stehen und liegen lasse? Ich habe auch eine Überraschung und ich garantiere dir, die haut dich aus den Strümpfen. Wir sind ganz nah dran an der Lösung."

„Das Gefühl hatte *ich* schon gestern." Musste er einem jede Freude verderben? Aber eine einzige Antwort war er mir noch schuldig, sonst machte mein Überraschungsbesuch bei Tamara Schneider keinen Sinn.

„Was ist aus Bennos Beschreibung von jenem Pilz geworden, den er auf der Kostümparty gegessen hat?"

„Was?" Jetzt klang Lückmanns Stimme so weit weg, als telefonierte er aus der Inneren Mongolei. Ich stellte mich näher ans Fenster. „Der Pilz von der Büffetdekoration, ich meine die Kostümparty, nach der Degenhart gestorben ist. Cornelia müsste eine Beschreibung bekommen und uns eine Auswertung geschickt haben."

„Hier liegt keine Auswertung!", sagte Max unwirsch. Dann raschelte Papier. „Entschuldige, hier ist doch was! Hey, kann die Schlunze nicht deutlicher schreiben?"

„Versuch es bitte zu entziffern!"

„Mann, ich bin kein Analphabet!"

„Dann tu auch nicht so! Lies vor!"

„Spitzkegeliger Kahlkopf", kam es zögernd. Ich beauftragte Max, diesen Namen bei den Kollegen vom Drogendezernat noch einmal checken zu lassen, danach legte ich auf.

Um fünf Uhr tobte der Wecker. Er erlöste mich aus dem quälenden Versuch, über ein endloses Laufband aus der FNAC zu fliehen. Man verfolgte mich, weil ich nach einem nicht jugendfreien Video gegriffen hatte, und das Laufband klebte wie Leim … Ich öffnete die Augen, registrierte das dunkle Hotelzimmer mit den halb zugezogenen Vorhängen am Fenster, hob den Kopf – und da waren sie wieder, meine wackeren Zwerge. Alle sieben, mit ihren festen Hämmerchen. Ich tastete nach der Nachttischlampe und entdeckte die aufgerissene Zellophantüte: Kreuzkümmel. „Als würden Pfefferkörner im Gehirn zerstoßen." In meinem Hirn wurde gerade eine lukrative Erzader entdeckt. Autsch!

Irgendwann würde Grimm erfahren, dass er mit seiner Diagnose Recht gehabt hatte. Wahrscheinlich wenn ich ihm den Schlüssel vom Bootshaus zurückgab. Diesen Triumph hatte er verdient.

Die Zwerge waren noch immer aktiv, als ich meinen Weg durch das schlafende Paris zur Route Nationale Zwei suchte. Aber dann stellte sich heraus, dass ihnen die gebührenfreie Landstraße zu popelig war, einer nach dem anderen setzte sich mitsamt seinem Folterinstrument ab, mein Kopf war wieder frei. Trotzdem wurde meine Rückfahrt nach Münster nicht von Bach untermalt, ich brauchte keine Stimmungsmacher, auch keine Müsliriegel. Ich ließ sogar das Radio abgeschaltet, auf die Gefahr hin, Staumeldungen zu verpassen. Später, auf der Autobahn, hielt ich mich brav an die Geschwindigkeitsbeschränkungen und bog an Baustellen auf die rechte, gemächlichere Spur, während mein Inneres brodelte wie der Vesuv kurz vorm Ausbruch. Das wäre noch eine Erfindung, die die „Grünen" interessieren könnte: ein Automotor, der vom inneren Feuer seines Lenkers angetrieben wurde, unabhängig von fossilen Brennstoffen. Die Konzentration litt natürlich darunter, aber man konnte nicht alles haben.

Um exakt zwölf Uhr brauste ich über die Dorbaumer Straße, warf einen schnellen Blick zu unserem idyllischen Heim hinüber, wo Franz wahrscheinlich gerade sein Wartezimmer abschloss, um sich einem Mittagsschläfchen hinzugeben. Die so sehnsuchtsvoll erwarteten Paris-Souvenirs holperten auf der Ladefläche des Kombis, sie kamen erst zur Ruhe, als ich mein Ziel ereicht und mich vergewissert hatte, dass meine Ansprechpartnerin zu Hause war. Selbst aus ihren Essensvorbereitungen hätte ich sie aufgestört, hätte mich an den Küchentisch gesetzt und sie gnadenlos ausgequetscht.

Ich entdeckte sie im Garten. Völlig arglos harkte sie, mir den Hintern zugewandt, in einem schäbigen Parka, verblichenen Jeans und Gummistiefeln in Übergröße, die Frühlingsbeete. Als ich die Autotür zuknallte, blickte sie auf und lehnte den Rechen gegen den Stamm einer beneidenswert vital knospenden Zaubernuss.

„Frau Kommissaaarin! Was führt Sie her?"

„Ich störe nicht lange. Nur eine kleine Frage an die Expertin."

„Aber Sie stören doch nicht!" Sie zerrte die klobigen Arbeitshandschuhe von den Fingern und schloss das Gartentor auf.

„Sie sind schon wieder fleißig", lobte ich, um sie bei guter Laune zu halten. „Ich habe ja direkt ein schlechtes Gewissen, wenn ich Sie so wirken sehe …" Ich war in genau jenes betuliche Gelaber verfallen, das mir sonst bei Nachbarn so auf den Keks ging, aber ich konnte schlecht mit der Tür ins Haus fallen – oder in diesem Fall besser: mit dem Tor in den Garten. „Pflanzen halten einen das ganze Jahr auf Trab, stimmt's? Und wenn es dann noch so viele sind! Machen Sie das etwa ganz allein?"

Sie nickte. „Früher ist Herwig mir zur Hand gegangen, aber jetzt, mit seinem Bandscheibenvorfall …"

„Da fällt das Bücken schwer." Ungeduldig schweifte mein Blick zu dem Glashaus im Hintergrund der etwa tausend Quadratmeter großen Fläche.

„Wollen Sie rein kommen? Herwig ist nicht da …"

Umso besser, dann war die Trantüte wenigstens nicht im Weg.

„Er ist in die Stadt gefahren, deshalb muss ich heute nicht kochen. Meiner Linie bekommt das sowieso viel besser." Sie strich sich über den Magen. So genau wollte ich es gar nicht wissen.

„Meine Tochter", begann ich, „nimmt in der Schule gerade an einer Unterrichtsreihe zum Thema Wildpflanzen teil."

„In Biologie", ergänzte sie mit kristallklarem Sachverstand und stützte den Ellbogen auf den hässlichen Betonpfosten, in dem das Törchen verankert war.

„Richtig. Sie ist eine der wenigen, die ein Mikroskop besitzt …"

„Ganz der Herr Papa", sülzte sie mit einem so wonnigen Lächeln, als hätte sie uns noch nie im Leben wegen Rollo mit ihrem Anwalt gedroht.

„Deshalb muss sie Längsschnitte von Pilzen anfertigen und der Klasse die Ansicht durchs Okular in einer Zeichnung präsentieren: Lamellen, Stiele,… Ach, Sie als Botanikerin kennen sich da doch viel besser aus." Dass ich sie von der Floristin zur Botanikerin beförderte, schmeichelte ihr sichtlich, ihr Nicken wurde heftiger und ich plapperte weiter: „Jetzt frage ich mich verzweifelt: Wo bekomme ich Ende Februar frische Pilze her? Denn Zuchtchampignons dürfen es natürlich nicht sein, die Dinger müssen aus der freien Natur stammen. Was sich die Lehrer manchmal so einfallen lassen! Wir leben doch nicht in den Tropen!"

Ihre Mimik wirkte mit einem Mal undurchdringlich, nur ein leichtes Flattern bewegte ihre farblosen Wimpern, als stritte in ihrem Innern die geltungssüchtige Nachbarin mit der gerissenen Drogenexpertin.

„Ich weiß natürlich nicht, ob Ihnen damit geholfen wäre“, sagte sie dann so nachdenklich, als wäre die Brauchbarkeit ihres Angebots ein existenzielles Problem. „Aber warten Sie mal“, immerhin fiel ihr Blick jetzt in Richtung Glashaus. „Ich habe im letzten Herbst einen Kreuzungsversuch unternommen. Ein früher Erdschüppling und ein Parasolpilz, die ich zu einer Gattung vereinigen wollte, um die Erntezeiten zu verlängern. ‚Trüffel des Kleinen Mannes‘ nannte Herwig dieses Projekt. Um ehrlich zu sein, kein Schwein hat sich dafür interessiert. Seitdem pikiere ich lieber weiter meinen Feuersalbei und habe meine Freude, wenn der Heliotrop auch im dritten Jahr austreibt. Und meine Rembrandttulpen …“ Sie hatte sich schon abgewandt, drehte sich aber noch einmal um. „Wie viel brauchen Sie? Tatsächlich nur ein Scheibchen?“

„Geben Sie mir doch einfach ein ganzes Pilzchen mit“, rief ich ihr nach. „Meine Tochter braucht sowohl den Hut als auch den Stiel.“ Zuversichtlich schloss ich das Auto ab und folgte ihr in die Tiefen des Gartens. Doch vor dem Eingang zum Glashaus sagte sie mit der tyrannischen Stimme einer Schlossherrin, die befürchtet, ihre Besucherhorde könnte das Parkett ruinieren: „Bitte bleiben Sie hier. Die Tür lässt zu viel kalte Luft herein und das bekommt meinen Setzlingen nicht gut.“

Bei aller Vorsicht konnte sie nicht verhindern, dass ich sie durch die Scheibe beobachtete. Sie bückte sich über ein Gestell mit Blumenkästen: Da waren sie, die Spitzkegeligen Kahlköpfe, wenn auch viel kleiner als die Abbildungen im Pilzführer vermuten ließen. Ich sah zu, wie Frau Schneider einen ihrer Schützlinge erbarmungslos, aber fachgerecht abtrennte, längs halbierte und ihr Operationsergebnis prüfte. Im nächsten Moment erschien sie an der Tür und präsentierte mir auf einem Stückchen Alufolie drei winzige, bleiche Fetzen, die aussahen, als hätte sie Mäuse kastriert. „Reicht das?“

„Etwas mehr könnte ich schon brauchen.“ Sogar von einem Trüffel hätte sie mir sicher mehr abgehobelt, aber dies war illegaler Stoff und entsprechend unerbittlich blieb sie auch. Für einen Objektträger reichte das!

„Wie nett von Ihnen!“, sprach ich mir selber Mut zu, und während mir Frau Schneider wieder ihre vier Buchstaben zustreckte und weiterharkte, bettete ich das Kleinod ins Handschuhfach und brauste weg.

Dr. Gross, Max und Cornelia saßen im Chefbüro. Als ich atemlos hereinstürzte, blickten sie nur kurz auf. Meine vorverlegte Rückkehr hatte sich schon herumgesprochen.

„Fahren Sie fort, Lückmann!“, sagte der Pinguin und in meine Richtung giffelte er: „Holen Sie sich was zum Sitzen bei Frau Türmer und hören Sie gut zu. Der Kollege hat in Ihrer Abwesenheit ganz brillante Arbeit geleistet.“

Bescheiden ließ ich mich auf Hillys Aktenhöckerchen nieder, das sie nur benutzte, wenn ihr Schreibtisch mal wieder überquoll und sie vorübergehend an der Fensterbank arbeitete. Ich nahm mir nicht mal die Zeit, die schlecht gepolsterte Plastikschale auf normale Sitzhöhe zu orgeln, ich war ganz Ohr. Und in der nächsten Stunde staunte ich nicht schlecht. Das *war* brillante Arbeit.

Als Erstes hatte Max in Folke Torsviks Haus den Brandschutzmelder von der Wand gepolkt. Das Gerät war im Schlafzimmer angebracht. Er hatte es an Schüller und Wagner vom Technischen Dienst weiter gereicht und den Brandschutz in den restlichen Häusern der Kupferschen Siedlung überprüft. Das erste Ergebnis hatte ihn nicht sonderlich erschüttert: überall das gleiche Fabrikat am gleichen Standort positioniert. Doch als er ihre Funktionstüchtigkeit testete, hätte ihn seine Entdeckung fast aus den Schuhen gehauen. Die Melder *konnten* gar nicht funktionieren, weil sie keine Melder waren, sondern winzige Überwachungskameras mit Farb- und Audiofunktion. Die Herstellerfirma der Brandmelder zeigte sich unbelehrbar, was Auftrag und Lieferung betraf. Selbstbewusst hatten sie ihre Papiere offen gelegt und ausgesagt, dass Herr Kupfer das Einbauen der Geräte selbst übernommen habe.

„Und jetzt kommt’s!“, sagte Lückmann und funkelte mich an. „Kupfer, von mir zur Rede gestellt, behauptet, dass Jette Degenhart … Moment“, er suchte in seinen Unterlagen, „hier steht es: am 9. August des Vorjahres bei ihm im Büro erschienen sei und gefragt habe, ob man in ihr Haus eine Wanze einbauen könne.“

„Warum denn das?“, wunderte ich mich.

„Angst vor ihrem Mann! Bei den Vorbereitungen für den Umzug nach Handorf hatte sie alte Zeitungen, Quittungen und Briefe aussortiert; archäologische Schichten, die sich über Jahre sammeln und die man erst abträgt, wenn der Möbelwagen bestellt ist."

„Bei dieser Gelegenheit", sagte ich, „fand sie die Tagebücher von Constanze Grimm. Jetzt begreife ich einiges. Olaf Degenhart verlangte von ihr, dass sie die Schlafzimmereinrichtung seiner ersten Frau übernahm, und sie bildete sich ein, er wolle sie ebenfalls in den Wahnsinn treiben. Ich hoffe, wir finden in den nächsten Tagen heraus, was an der Geschichte wahr ist."

Max nickte düster. „Was immer diese Lyrikerin an Problemen mit sich herumschleppte, sie schob es ihrem Mann in die Schuhe. Irgendwann bildete sie sich dann ein, dass die heiße Schokolade, die ihr der fürsorgliche Gatte abends zur Beruhigung servierte, Halluzinationen und Alpträume auslöste."

„So genau hat sie das nicht definiert", protestierte ich. „In ihrem letztem Tagebuch …"

„Das allerletzte Tagebuch hast du ganz bestimmt nicht. Das hat Frau Degenhart behalten. Notizen über die letzten zwei Wochen vor dem Tod der Grimm. So kam sie auf die Idee, eine Wanze einbauen zu lassen. Von einer Kamera war allerdings nie die Rede."

„Hat sie Beweise, dass Degenhart seine erste Frau zu manipulieren versuchte?" Dr. Gross klopfte mit seinem Parker auf die Schreibtischfläche.

„Immer wenn Constanze Grimm allein auf Reisen ging", erklärte Max, „blieben die Symptome aus. Sie schlief wie ein Murmeltier und hatte weder Gedächtnislücken noch Konzentrationsstörungen. Schließlich zog sie zum Arbeiten und Schlafen in ihr Bootshaus, aber dort konnte sie nicht ewig bleiben. Wohin sollte sie gehen, wenn sie einen geheizten Unterschlupf brauchte?"

„Zu ihrer besten Freundin", warf ich ein, obwohl ich wusste, wie die Antwort lauten würde.

Max schüttelte den Kopf. „Ich habe Frau Degenhart auf den Zahn gefühlt. Bei ihr hat die Grimm nicht oft übernachtet. Mit ihrer Freundschaft war es nicht so weit her, wie wir geglaubt haben."

„Ich meine jene beste Freundin, bei der ich gerade war. Aber davon später. Hat Frau Degenhart etwas von einem Video gesagt?" Max schüttelte den Kopf.

„Warum", überlegte Cornelia, „hat Herr Kupfer überall Wanzen eingebaut, wenn nur Jette Degenhart danach verlangte, und warum eine Kamera, wenn sie gar keine haben wollte? Das mit der Wanze verstehe ich ja. Wenn jemand mit einem Monster verheiratet ist, das seiner ersten Frau Drogen in den Kakao geschüttet hat … Aber wer lässt sich denn einen Minispion einbauen?"

„Bei Frau Degenharts Obduktion wurden keine Drogen nachgewiesen", der Pinguin zog heftig an seiner Zigarre. „Aber man kann auch auf andere Weise Menschen in den Wahnsinn treiben."

„Nicht alle Drogen sind noch Tage nach der Aufnahme nachweisbar." Ich klopfte auf das kleine Alupäckchen, das ich so behutsam auf den Tisch gelegt hatte, als befände sich darin die Blaue Mauritius. Die drei sahen mich neugierig an, aber ich sagte wieder: „Später! Erstmal beschäftigt uns die Frage, wer hier das eigentliche Monster ist. Degenhart, der seine Frau mit dubiosen Stimmungsmachern manipuliert? Oder Kupfer, der seine gesamte Nachbarschaft – und ehemalige Kundschaft – abhört und beglupscht. Ich habe mich schon gewundert, dass er sich in Torsviks Haus so gut auskannte: Sodom und Gomorrah!"

„Hat Kupfer ein Geständnis abgelegt?"

„Was gibt es da zu gestehen?" Max lachte freudlos.

Als ich spät abends nach Hause fuhr, hatten wir noch keinen endgültigen Durchblick, dafür lag das Laborergebnis auf dem Tisch und sorgte für die nächste farbige Stecknadel auf unserer Marschroute. Die Pilzschnipsel aus Tamara Schneiders Glashaus stammten vom Spitzkegeligen Kahlkopf, dessen Anbau und Besitz nach dem geltenden Betäubungsmittelgesetz nicht verboten waren. Der Genuss seines Wirkstoffes Psilocybin war allerdings strafbar, was unterm Strich auf dasselbe hinauskam. Es sei denn, Tamara Schneider konnte uns einen ganz anderen Verwendungszweck nennen. Wir kannten nur den einen: gefährliche Rauschzustände auszulösen. Ihre Vorladung war beschlossene Sache.

Natürlich stritt sie alles ab, faselte von Zusätzen für eine umwälzend neue Gesichtscreme, die sie am eigenen Leibe testen und dann bei einer erfahrenen Kosmetikerin in Produktion geben wolle. Als ich das in Frage stellte, riet sie mir mit fast missionarischer Begeisterung, geriebene Muskatnuss unter meine Antifaltenpaste zu mischen, wodurch die Haut viel kräftiger durchblutet, weich und samtig würde. Ich rief in ihrer Gegenwart bei Sabine an und zu meiner Verblüffung bestätigte sie Frau Schneiders Tipp. Doch das blieb die einzige seriöse Aussage der „Hexe“. Außerdem begnügte sie sich nun mal nicht mit der Muskatnuss, deren halluzinogene Wirkung erst bei einer Dosis einsetzte, die normal entwickelte Geschmacksnerven nicht mehr tolerierten.

„Sie waren mit Constanze Grimm befreundet, Frau Schneider?“

„Wollen Sie mir das nachträglich zur Last legen?“, fauchte sie. „Wenn Constanze noch lebte, würde sie Ihnen vorschwärmen, was für eine treue Freundin ich war. In den letzten schweren Wochen …“

„Wer machte ihr diese letzten Wochen denn so schwer?“

„Das weiß ich nicht.“ Ihre Augen behaupteten das Gegenteil.

„Waren Sie bei Frau Grimm, als sie starb?“

Sie presste die Lippen zusammen und schwieg.

„Wo waren Sie in jener Nacht?“

„Das kann ich heute doch nicht mehr sagen; fast neun Jahre später! Ich habe von Constanzes Tod aus der Zeitung erfahren.“

Wir mussten sie laufen lassen. Kaum war sie weg, kam mir eine Idee. Ich zog die Tonbandkassette der anonymen Anruferin heraus und spulte mein Aufzeichnungsgerät zum Beginn von Frau Schneiders Verhör zurück. Vor allem ihre letzten, schon ziemlich erregt klingenden Antworten lösten ein lange offen gebliebenes Rätsel. Jetzt wussten wir, wer Grimms Tod bei der Polizei gemeldet hatte.

Der Pinguin saß am Schreibtisch und blätterte in Lückmanns Unterlagen. „Paris!“ Er griff zur Zigarre, als wollte er seinen Protest unterstreichen. „Sie suchen sich Ihr Ziel nicht nach den Akten aus, sondern nach privatem Bedarf.“

„Dann hätte ich meinen Mann mitgenommen.“

„Sie hatten mir noch eine Information versprochen.“

„Bevor ich ins Präsidium fuhr, war ich noch kurz bei Tamara Schneider, um ihr eine Pilzprobe aus ihrem Gewächshaus abzutricksen. Sie war zu der Karnevalsparty eingeladen.“ Ich zog das

Foto der „Hexe" aus meiner Tasche und legte es auf den Tisch. „Unser Labor hat mir die Proben bestätigt: Sie züchtet so genannte Psilocybe-Pilze. Sie war sehr sparsam mit ihrer Spende an mich, das spricht für die Brisanz ihrer Produkte."

„Und jetzt?", fragte Dr. Gross.

„Wenn Sie sich mal das Foto ansehen könnten? Kennen Sie diese Frau?" Er folgte meiner Bitte, konnte sich aber nicht entscheiden, also redete ich weiter: „Ich brauche einen Durchsuchungsbefehl. Meine Begründung: der Besitz illegaler Drogen."

„Das ergibt kein Mordmotiv im Fall Degenhart", raunzte Dr. Gross. „Geben Sie den Antrag den Kollegen vom Rauschgiftdezernat und wir haben wieder Platz auf unseren Schreibtischen."

„Das eine schließt das andere nicht aus. Was ich bei Schneider zu finden hoffe, sind Essenzen oder Extrakte von Giftpflanzen und einen Mordplan – sie ist die anonyme Anruferin."

„Weisen Sie es ihr nach!"

Ernüchtert fuhr ich nach Hause, teilte endlich meine Souvenirs aus, füllte die Waschmaschine und verzog mich ins Arbeitszimmer, wo mir als Erstes eine Einzelsocke von Benno ins Auge fiel, die sich in der engen Spalte zwischen Bettkasten und Bücherregal verheddert hatte. Dass ich dabei trotzdem nicht an Schüssler dachte, sondern an Grimm, stimmte mich sentimental. Würde ich ihn mal wieder sehen? Mein nostalgischer Exkurs brachte mir den Schlüssel vom Bootshaus in Erinnerung. Ich griff zum Telefonhörer. „Max, was hast du morgen früh im Terminkalender stehen?"

Statt seiner Antwort drang Sabines Kichern durch den Hörer. „Musst du wirklich alles ausplaudern, du Koalabärchen, du?"

„Oohm." Offenbar wurde das Koalabärchen heftig gekitzelt.

„Max, ich habe den Bootshausschlüssel, kannst du um acht Uhr da sein? Es gibt dort ein Video, das Degenhart nicht sehen durfte."

„Woher weißt du das?"

„Das beantworte ich dir morgen. Punkt acht!"

„Das Bootshaus wurde damals in alle Einzelteile zerlegt. Ich verspreche dir, da gibt es nichts mehr zu entdecken."

„Gut, dann gehe ich allein hin!"

„Um acht ist es noch dunkel!", protestierte er.

„Eben! Ich möchte dieselben Lichtverhältnisse haben, wie sie die Kollegen damals im Sommer hatten. Irgendetwas wurde übersehen."

„Ach ja?" Skeptischer konnte eine Männerstimme nicht klingen.

„Ich suche ein Video, Max! Wahrscheinlich unter den Bodenbrettern versteckt. Die Frage ist nur, wie gut es noch erhalten ist."

Das Schloss ergab sich butterweich, drinnen herrschte Meister-Propper-Glanz. Nicht mal Spinnen hatten eine Chance. War hier jemand zum Aufräumen gewesen? „Hast du es so in Erinnerung?"

„Schwer zu sagen." Lückmanns Blick wirkte genauso betreten wie meiner, als er die rot-braunen Flecken auf den Dielen streifte. Sogar der Umriss, den man um die Leiche gezogen hatte, war noch schwach zu sehen. Jetzt verstand ich Sonias Zurückhaltung.

Das Video steckte unter den Dielen, in einer schwarzen Mülltüte, verschnürt mit dem Gummi eines Einmachglases. Es handelte sich um einen Hollywoodfilm von 1944 – „Das Haus der Lady Alquist" mit der Schauspielerin Ingrid Bergman. Wir brachten die Kassette ins Präsidium, legten sie in den Recorder und setzten uns. Fußfreie Reihe sozusagen oder Hausfrauenfernsehen, wie man wollte. Es fehlte nur der Becher Popcorn oder die mobile Trockenhaube.

Die Geschichte spielte in London und begann mit der brutalen Erdrosselung der berühmten Sängerin Alice Alquist durch ihren früheren Pianobegleiter Gregory. Ihre zehnjährige Nichte Paula wird daraufhin vom Nachlassverwalter zum Gesangsunterricht nach Italien geschickt. Gregory stöbert sie dort auf, heiratet sie und überredet sie, in das verhasste Haus der Tante zu ziehen. Dort versucht er, sie in den Wahnsinn zu treiben, indem er wertvolle Gegenstände verschwinden lässt und Paula systematisch für vergesslich und verrückt erklärt. Immer wenn sie deswegen allein zu Hause bleibt, beginnt das Gaslicht zu flackern, tappen Schritte auf dem Dachboden. Doch dann lernt sie den jungen und smarten Detektive Cameron kennen, der als Kind ein großer Verehrer von Alice Alquist war und Gregory schließlich überführt.

„Ende gut – alles gut!" Ich ließ das Video zurücklaufen und setzte mich wieder neben Lückmann. Er wirkte sehr nachdenklich, ich nahm an, dass ihn dieselbe Ungereimtheit bewegte wie mich.

„Ich verstehe nicht“, sagte ich schließlich in die Stille hinein, „warum die Grimm so einen Zirkus um diesen Film gemacht hat. Ihr Mann durfte ihn nicht sehen? Okay, die Bergman trennte sich von Rossellini, weil er sie keinem anderen Regisseur gönnte. Frau Grimm wollte lieber Biographien schreiben, doch die passten nicht ins Verlagsprogramm. Aber erstens ist das kein Grund für Selbstmord und – zweitens – kommt dieses Problem in dem Film doch gar nicht vor! Gregory versucht Paula aus dem Weg zu räumen, um an die Juwelen ihrer Tante zu kommen. Möglich, dass Constanze ihren Mann verdächtigte, sie in den Wahnsinn zu treiben, damit sie bessere Gedichte schrieb. Aber wenn sie ihre Alpträume und Konzentrationsstörungen auf diese Art erklären konnte, hätte sie mit Hilfe der Filmvorlage doch einen Beweis für Degenharts Schuld gehabt. Warum hat sie sich weiter in ihre Wahnvorstellungen verkrochen, anstatt Zeugen zu suchen und ihrem Mann das Handwerk zu legen?“

Max nickte mit der Überzeugungskraft einer Fingerpuppe.

„Es sei denn“, fuhr ich fort, „sie hätte einen Helfer gefunden, der eine intimere Rolle spielte als der brave Cameron.“

„Wie meinst du?“

„Was ist los mit dir? Ich meine, dass die Grimm eine Beziehung angefangen haben könnte. In diesem Fall wären die Parallelen zu dem Film nicht nur zu Lasten Degenharts gegangen, sondern auch zu ihren eigenen. Selbst wenn sie eine ‚offene‘ Ehe führten.“

„Ich finde deine Argumente echt einleuchtend.“

„Und ich finde dein Verhalten echt merkwürdig. Hast du plötzlich Frostbeulen im Gehirn?“ Seine penible Auflistung des Bootshaus-Inventars fiel mir wieder ein. Woher wusste er, dass das Sofa durchgelegen und die Rattansessel bequem waren. „Max?“

Er war zum Fenster gegangen und redete zur Scheibe gewandt. „Die Sache zwischen Constanze und mir hat nicht lang gedauert.“

„Du hättest den Fall damals nicht übernehmen dürfen, du warst befangen.“

Er fuhr herum und brüllte: „Fällt dir dazu wirklich nichts anderes ein als dieser ewige Beamtenquatsch? Befangen oder nicht kompetent? Wie hätte ich das denn begründen sollen? Ich war zuständig!“

„Nicht so laut! Außerdem liegt der Fall neun Jahre zurück. Erzähl mal."

Er sprach wieder mit der Fensterscheibe, aber wenigstens redete er. Anfang Juli 1993 war Constanze Grimm bei ihm im Präsidium erschienen. Ob man in ihrem Haus eine Abhöranlage einbauen könne? Sie traute ihrem Mann nicht mehr und wollte Beweise gegen ihn in die Hand bekommen. Sie hatte Max Leid getan: Morgens wach zu werden und keine Erklärung für die nächtlichen Fratzen, die grellen Geräusche und Farbexplosionen zu finden. Ergebnislos nach Manuskriptseiten oder Notizen suchen zu müssen. Kein Mittel gegen Gedächtnisstörungen und Konzentrationsschwächen zu haben. Sie hatte ihn angefleht, die Überwachung zu übernehmen. Doch der Gedanke, dass ihn der Ehemann beim Ausspionieren seines Intimlebens überraschen könne, war ihm unheimlich.

„Kanntest du Degenhart damals schon?"

„Wer kannte ihn nicht. Als ich seinen Namen hörte, habe ich Constanze alles abgenommen, was sie an Schlechtem über ihn erzählte. Aber mich für sie einzusetzen – das war schwierig."

„Dein Einsatz war ja wohl von der ganz besonderen Art. Wie oft habt ihr euch getroffen?"

„Vielleicht zehnmal – das letzte Mal am Freitag, dem 13. August, ich habe noch gedacht, ob das gut geht?"

„Hat sie sich umgebracht?"

„Ich weiß es nicht. Sie schien gut gelaunt und hat von ihrem neuesten Reiseführer erzählt: Hexentanzplätze am Brocken!" Er schwieg einen Moment, dann kam die Frage, die ich mir auch immer wieder stellte: „Wer hätte ihr denn eine Pistole geben können?"

„Das erfahren wir vielleicht bei der Hausdurchsuchung." Ich dachte an Herwig Protz. Ein Mensch mit dem unstillbaren Wunsch nach Zoff besaß sicher einen Waffenschein.

Während Cornelia mit zwei Kollegen die Hausdurchsuchung vornahm, saß ich mit Tamara Schneider im Präsidium. Max unterhielt sich nebenan mit Protz. Ich fragte Frau Schneider, ob sie ein Glas Wasser wolle oder einen Aschenbecher? Sie schüttelte den Kopf und fixierte mich wie die Anakonda das Kaninchen.

„Ich beginne mit dem Monat Juli 1993. Constanze Grimm erwähnte damals in ihrem Tagebuch mehrfach eine Person namens M, der sie offenbar vertraute. Waren Sie das?"

„Möglich!" Sie musterte mit gespielter Indifferenz die Wände.

„Gab es nach Ihrem Wissensstand damals noch eine andere mit Frau Grimm verwandte, bekannte oder befreundete Person, deren Vor-, Nach- oder Kosename mit dem Buchstaben M anfing?"

„Nicht, dass ich wüsste."

„Sie können sich also mit dieser Person identifizieren?"

„Constanze hatte großes Vertrauen zu mir."

„Was könnte sie gemeint haben, als sie in ihrem Tagebuch von ihren früheren Reisen mit M schrieb?"

„In welchem Zusammenhang soll das gewesen sein?"

Ich zog das fünfte Tagebuch aus der Tasche und las Tamara Schneider den Passus vor. Ihre Miene blieb undurchdringlich.

„Nahm Olaf Degenhart Drogen? Vielleicht nur ab und zu?"

„Ich war es, die ihn von diesen harten Sachen herunterholte. Er nahm LSD, brauchte immer größere Dosen. Mit meinen magischen Pilzen bekam er denselben Effekt ohne körperliche Abhängigkeit."

„Hat er seine Frau unter Drogen gesetzt?"

„Das befürchtete ich."

„Womit?"

„Olaf hatte seine alten Bezugsquellen noch und man braucht nicht viel. Fünfzig Mikrogramm genügen."

„Sie kennen sich bemerkenswert gut aus, Frau Schneider."

„Ich denke, ich bin hier im Morddezernat. Überlassen Sie das gefälligst Ihren Kollegen, aber selbst die können mir nichts anlasten."

„Welchen Grund könnte Herr Degenhart gehabt haben, sie abhängig zu machen? Unter Drogen brachte sie nichts zu Papier."

„Er erwartete das Gegenteil: revolutionäre Texte im Rausch formuliert. Den Lesern gibt das den nötigen Kick, auch ohne Drogen."

„Das ist absurd!"

„Schade, dass Olaf das nicht mehr hören kann."

Mein Handy läutete: Cornelia! Sie hatten bei der Durchsuchung einen Waffenschein gefunden, der zum Besitz einer Browning berechtigte, Eigentümer: Herwig Protz. Die Waffe selbst sei allerdings unauffindbar. Ich wusste, wo sie lag. „Und noch eine gute Nachricht", fuhr Cornelia fort. „Hier stehen zwei Paar Gummistiefel, schwarz und rot, beide in der Größe 42. Im Kleiderschrank hängt ein Seidenschal in Hellblau. Ich sollte mich sehr täuschen, wenn wir davon nicht schon eine Faser im Labor hätten. Du weißt, aus Frau Grimms Ruderboot."

„Frau Schneider", fuhr ich mit ganz neuem Elan fort, „am 18. August, nach 22 Uhr erschien Frau Grimm in Ihrem Haus an der Dorbaumer Straße. Sie brauchte Trost, weil sich ihre Hoffnung, Sonia würde sich mit einem Sprachkurs in England zufriedengeben und sie häufig in Münster besuchen, zerschlagen hatte. Jetzt stand sie allein da mit ihrer Angst vor Degenhart und ihrer Befürchtung, verrückt zu werden. Sind Sie mit ihr zum Bootshaus gefahren?"

„Nein, das stimmt alles gar nicht!"

„Frau Grimm kam auch deshalb zu Ihnen, um sich von Ihrem Lebensgefährten die Pistole geben zu lassen. Wir haben seinen Waffenschein gefunden. Für eine Browning, wie sie sie benutzte."

„Sie wollte im Bootshaus übernachten, aber sie hatte Angst vor Einbrechern. Mit einer Waffe fühlte sie sich wohler."

„Sie sind ihr nachgefahren."

„Nein!"

„Frau Schneider, wir haben nicht nur Fasern Ihres hellblauen Seidenschals identifiziert, sondern auch Ihre Stimme wieder erkannt. Sie haben am 19. August, um null Uhr fünfzig, den Bereitschaftsdienst im Präsidium angerufen, etwa zwei Stunden, nachdem Constanze gestorben war. Und Sie wollen von ihrem Tod erst aus der Zeitung erfahren haben?"

Sie gab auf. An ihrem Lebensgefährten hatte Lückmann noch länger zu knacken, obwohl Protz an der Geschichte nur als Spurentilger beteiligt war. Weil er die morastige Zufahrt zu den Bootshäusern verabscheute, hatte er den Wagen an der Pleistermühle abgestellt. Das Bootshaus war verschlossen gewesen. Als sie drinnen die tote Freundin entdeckten, bekamen sie zunächst einen Schock, der schnell durch unbändige Wut auf Degenhart ersetzt wurde. Sie hatten sich in das Ruderboot zurückgezogen und über eine Strategie nachgedacht, mit der man ihm einen Mord anhängen könnte. Dann hatte Protz die Scheibe eingedrückt. Während Tamara Uhr, Waffe und Patronenhülse einkassierte, hatte ihr Freund die Position der Leiche verändert und die eigenen Spuren verwischt. Anschließend war Tamara mit dem Wagen der Grimm weggefahren und hatte ihn vier Tage später wieder ans Bootshaus gestellt. Der Freitod sollte wie ein Überfall aussehen – fingiert von dem Mörder Degenhart, denn das war er in ihren Augen. „Er hat sie in den Tod getrieben, sie wusste doch nicht mehr, wie ihr geschah. Herwig hatte ihr geraten, das Haus verwanzen zu lassen, damit sie Beweise gegen ihn in die Hand bekam. Aber niemand wollte ihr helfen."

„Hat Frau Grimm ihren Selbstmord angedroht?"

„Nein, aber sie wirkte an jenem Abend so wirr, dass ich befürchtete, sie würde einen Unfall bauen, deshalb bin ich ihr gefolgt."

„Sie haben ein massives Tatmotiv", stellte ich fest, worauf sie beteuerte, mit Degenharts Tod nichts zu tun zu haben. „Ich war im Haus dieser Artisten, als er weglief. Dafür gibt es Zeugen."

„Und die Pilze?"

Einen Moment lang wirkten ihre Gesichtszüge wie gemeißelt, dann gewann ihre Arroganz wieder die Oberhand. „Ich verstehe nur Bahnhof."

„Auf dem Partybüffet stand ein Gesteck mit rohen Pilzen. Es stand nicht lange dort, niemand hätte sich daran erinnert, wenn nicht der Adressat Olaf Degenhart plötzlich seine Muffeligkeit abgelegt hätte. Direkt überdreht kam er mir vor, Psilocybin wirkt schnell. Auch mein Kollege hat sich an den Pilzen vergriffen, er hielt sie für Parasole, die er aus Kindertagen kannte. Die Nachwirkungen am nächsten Morgen redeten eine ganz andere Sprache."

„Könnte ich jetzt vielleicht doch ein Glas Wasser haben?" Nachdem ich es ihr hingestellt hatte, fuhr sie fort: „Ich sagte ja schon, dass ich Olaf von Zeit zu Zeit ein paar Pilze zusteckte, damit er von diesem furchtbaren LSD herunterkam. Als Jette mich am Karnevalssamstag anflehte, ihm eine neue Lieferung mitzubringen, da er sonst an der Party nicht teilnehmen würde, tarnte ich sie in dem Blumengesteck. Bei den vielen Flaschen und Konfektschachteln fiel es nicht auf." Siegessicher blitzte sie mich an. „Sie können meinetwegen Fragen stellen, bis Sie tot umfallen; einem Freund ein Lebenselixier zukommen zu lassen, ist kein Verbrechen."

Als Max und ich sahen, was die Kollegen aus Frau Schneiders Keller mitbrachten, hob sich unsere Stimmung augenblicklich. Nicht nur, weil die Floristin eine Destille besaß, sondern auch weil sich das Ergebnis ihrer rastlosen Tätigkeit sehen lassen konnte: eine ganze Jaffakiste voll getrockneten Roten Fingerhuts und anderer Giftpflanzen, fertige Extrakte und ätherische Öle. Die feinen Kanülen für die Präparierung der Pilzhüte lagen griffbereit daneben.

„Wenn eins dieser Likörchen herzwirksame Glykoside enthält, ist sie geliefert", Cornelia rieb sich die Hände.

„Zumindest Degenharts Herzbeschwerden wären damit geklärt", bestätigte ich. „Und dass Frau Schneiders Lebenselixier etwas später auf dem Trockenen genauso zum Tode geführt hätte wie in der Werse, können wir getrost annehmen. Dafür ist Professor Busses Befund eindeutig genug. Aber Degenhart bekam auch einen Schlag auf den Hinterkopf, der garantiert nicht von ihr stammt. Sie und Protz haben mit uns das Haus der Artisten verlassen."

„Dafür kommt nur einer in Frage", knurrte Max.

Auf die Frage, wohin er nach seinem Aufbruch bei Ray und Charles gegangen sei, zuckte Kupfer die Achseln. „Nach Hause, wie Sie auch."

„Führte Ihr erster Weg vielleicht in Ihren Keller?"

„Ich habe, wenn Sie es schon so genau wissen wollen, in der Küche eine ganze Flasche Wasser getrunken – hatte ein bisschen zu viel Sekt intus, aber dafür habe ich mich ja schon entschuldigt ..."

„Sie haben", blaffte Max, „erst mal nach Ihrem Laptop im Keller gesehen." Als Kupfer protestieren wollte, fuhr er fort: „Nicht nur Frau Degenhart hatte ihre Wanze bekommen, sondern alle anderen auch. Und eine Überwachungskamera noch dazu, beides getarnt im Brandschutzmelder. Ein teuflischer Spaß, nicht wahr?"

„Ich weiß von keinen Überwachungskameras."

„Als Sie in den Keller kamen, stand dort Olaf Degenhart", sagte ich, „nicht weil er Wind von Ihrer Schnüffelaktion bekommen hatte, er suchte Beweise. Getürkte Rechnungen und falsche Lieferbescheide verwahrt ein seriöser Architekt natürlich nicht im Schreibtisch auf, wo die Polizei suchen könnte. Welcher Kanal ihrer privaten Big-Brother-Show war gerade eingeschaltet? Torsvik und seine Saunamädchen? Degenhart war jedenfalls schockiert und Sie gerieten wieder in Streit. Sie schlugen Degenhart die Schneeschaufel über den Kopf, als er zusammenbrach, hielten Sie ihn für tot. Er wäre ein paar Stunden später gestorben, weil man ihn vergiftet hatte. Als Sie ihm die Nasenspitze abschnitten, lebte er noch. Wann haben Sie ihn weggebracht?"

„Das ist doch alles Phantasie und Schneegestöber!", brüllte Kupfer. „Wo sind Ihre Beweise? Als ich angeblich Degenhart zusammenschlug, saß ich am Klavier. Das ist *mein* Beweis!"

„Es stimmt, dass Sie gespielt haben. Da lag Degenhart schon halbtot im Keller. Marche Funèbre wäre passender gewesen."

Als er mich verständnislos anglotzte, fuhr ich fort: „Sie wollen Beweise? Unsere Spurensicherung hat am Aschermittwoch an allen Autos der Hausanlage die Reifen überprüft. Keiner ist in der Samstagnacht weggefahren: außer *Ihnen.* Meine Kollegen haben in Ihrem Reifenprofil das hier gefunden." Ich langte nach dem versiegelten Plastikbeutel. „Konfetti, Herr Kupfer. Erinnern Sie sich an die breite Konfettispur entlang der Häuser? Der Wind hatte sie auf die Straße geweht, bevor Bella sie am Sonntagmorgen wegfegte. Ihre Aussage über die Karnevalstage lautet, Sie seien zu Hause geblieben und hätten nur einmal den Autoatlas aus dem Wagen geholt. Samstagnacht waren Sie unterwegs, um Olaf Degenhart wegzubringen. Sie können das leugnen, dann wird der Kofferraum untersucht. Degenharts Nasenwunde hat geblutet, weil er noch lebte. Um wie viel Uhr haben Sie ihn weggeschafft?"

„Um halb drei. Als rundherum endlich Ruhe herrschte." Kupfer sackte in sich zusammen. Er war nur ein paar Straßen weiter gefahren, um sein vermeintlich totes Opfer in der Werse zu versenken.

Die restlichen drei Fragen, von den vielen, die uns in den vergangenen Wochen bewegt hatten, klärten sich am nächsten Tag. Die dubiosen Überweisungen von zweitausend Euro, die Degenhart jeden Monat aus Frankreich erhalten hatte, gingen jetzt an seine Frau – Pachteinnahmen aus dem Weinberg samt Lokal im Elsass.

Die zweite Frage betraf die rätselhaften Krampfadern in Degenharts Beinen. Frau Schneider hatte ihre Psilocybe-Pilze schon längere Zeit mit Digitalis versetzt, bevor sie Ernst machte.

Drittens: Hellmanns sagten den Tauchkurs ab.

„Versucht es mal mit Minigolf", stichelte Franz, worauf Kerstin ihm die Zunge rausstreckte und auf ihren Clocks die Treppe herunterpolterte. Jeden Freitag war neuerdings „Kinotreff" mit den Handballgirls. Und ich hatte mit Franz viel zu besprechen.

Dank

An der Entwicklung dieses siebten Kriminalromans waren wieder liebe Familienmitglieder und gute Freunde beteiligt. Ihnen möchte ich an dieser Stelle sehr herzlich danken. Sei es mit aufmerksamem Probelesen, der Beantwortung kniffliger Fragen, der Beseitigung arbeitstechnischer Probleme oder mit Vorschlägen für Inhalt und äußere Gestaltung, sie alle haben mich bei meinem Buchprojekt kräftig unterstützt und meine Freude am Schreiben wach gehalten.

Auch dem Waxmann Verlag gilt mein Dank. Mit großer Sorgfalt und viel Einsatzbereitschaft haben Beate Plugge, Ursula Heckel und Werner Heckel mein Manuskript betreut. Auf diese Weise ist, ungeachtet geographischer Distanzen und der einen oder anderen Meinungsverschiedenheit, ein Buch entstanden, das hoffentlich vielen Lesern Entspannung und Vergnügen bereitet.